AĞRIYAN

AĞRIYAN

Sadık Yemni

TRANSNATIONAL PRESS LONDON

2021

TÜRKÇE SERİ: 13

AĞRIYAN

Sadık Yemni

Copyright © 2021 Transnational Press London

First published in 2012 by İthaki Yayınları, Turkey. This is a revised second edition first published in 2021 by TRANSNATIONAL PRESS LONDON in the United Kingdom, 12 Ridgeway Gardens, London, N6 5XR, UK.
www.tplondon.com

Transnational Press London® and the logo and its affiliated brands are registered trademarks.

Requests for permission to reproduce material from this work should be sent to:
sales@tplondon.com

Paperback
ISBN: 978-1-80135-045-7
Digital
ISBN: 978-1-80135-046-4

Cover Design: Nihal Yazgan
Cover photo by @grigdayyan https://unsplash.com/photos/SPXS6hlyPKk

Transnational Press London Ltd. is a company registered in England and Wales No. 8771684

İÇİNDEKİLER

Sadık Yemni (İstanbul, 1951) Roman, öykü, deneme yazarı ve çevirmen. Çocukluğu ve ilk gençliği İzmir'de geçti. 1975-2013 yılları arasında Amsterdam'da yaşadı. Şu sıralar İzmir'de ikamet ediyor. TekinsizX janrında, yani Bilimkurgu-Polisiye-Fantastik-Gizem tarzında yazıyor. Türk edebiyatının ilk sufi bilimkurgu yazarı. Türkiye'de 22'si roman olmak üzere basılmış 31 kitabı bulunuyor.

Yemni romancılığı yanı sıra tutkulu bir öykücü. Basılı öykü kitaplarının yanı sıra 2009-2016 yılları arasında sadece *Gölge* e-Dergi'de 70 kadar öykü yayınladı. Toplam öykülerinin sayısı 100'ü geçmiş bulunuyor. Yemni yeni sözler üretmeyi seviyor. Yirmi yıldır yeni sözcüklerini Sadık Yemni Sözlüğü'nde topluyor ve her yıl güncelliyor. Aynı zamanda çeşitli dergilere yazmayı sürdürüyor. Genellikle yakın geleceği anlatan yazılarında hassasiyetle Dijital Kafes'e değiniyor. Bu makalelerden bazıları şunlar: Üçüncü Kapı, Dijital Politbüro, Mor ve Bedensiz, Enteloid, Balonlu Vadi.

Son olarak 2021 yılının martında editörlüğünü Sümeyra Buran'ın yaptığı *Edebiyatta Posthümanizm* adlı kitapta "Posthüman Aşkın Ezgisi-Phantomat ve Bedensizlik Özlemi" adlı yazısı yayımlandı. Dergilere sürekli olarak yazmaya devam ediyor.

Türkiye'de Basılan Kitapları:
Muska (1996-2005-2013 - Roman), **Öte Yer** (1997 - 2005 - Roman), **Amsterdam'ın Gülü** (1997-2002-2006), **Metros** (2002 - Roman), **Çözücü** (2003 -2013 - Roman), **Ölümsüz** (2004 - Roman), **Yatır** (2005-2013 - Roman), **Muhabbet Evi** (2006 - Roman), **Durum 429** (2007 - 2015 - Anı), **Hayal Tozu Gölgecisi** (2009 - Öyküler), **Zaman Tozları** (2011 - Roman), **Sokaklar Benim Yeniden** (2011 - Roman), **Akisfer** (2012 - Roman), **Gizemli Evren** (2012 - Roman), **Zihin İşgalcileri** (2012 - Roman), **Kuşadasından Sevgilerle** (2012 - Roman), **Ağrıyan** (2012 - Roman), **Arafor** (2012 - Öyküler), **Sınav Hortlağı** (2012 – Öyküler), **Korkulobin** (2012 - Deneme), **İfrit 18.19** (2013 - Roman), **Alsancak Börekçisi** (2013 - Roman), **Kayıp Kedi** (2015 - Roman), **Nazarzede Kliniği** (2015 - Roman), **Ela** (2016 - Roman), **Hayalet Kapısı** (2018 -Roman), **Anız Yolunda** (2019 - Biyografi), **Çağrılan** (2019 - Roman)

Blog: sadikziyayemni.blogspot.com

1

DALGAYI BEKLERKEN

NEW YORK

15 Kasım Pazartesi

"Efendim dün haberlerde yer alan kazayı nasıl değerlendiriyorsunuz? Bütün dünyada uçak seferleri yüzde elli azalmış. Acaba uzaylı bir hücum mu söz konusu?"

"Nuh'un gemisi aslında UFO'ymuş. Binlerce yıl sonra yeryüzüne çıkınca hava ulaşımını aksatmış diyorlar."

"Bugün okulun son günü olabilir mi yani?"

Sınıfta kahkahalar patladı ve umarız öyledir sözleri yankılandı. Fizik öğretmeni David Gauda daldığı hayallerden sıyrılarak sağ elini havaya kaldırdı. "En son sorudan başlayalım!" Durakladı ve sırıttı. "Neydi?"

Yüksek sesle gülüşmeler oldu. David bu kıkırdamaların son iki dersin sözlüsüz ve eğlenceli geçmesi dileği ve umudu olduğunu bilecek kadar deneyimliydi.

Yirmi yedi yıllık öğretmendi. Gelecek Lisesi'nde çeyrek yüzyılını doldurmasına birkaç ay vardı. Yaşamının son yarısını bu bina merkezli geçirmekten ötürü kendini hayatta madiklenmiş saymıyordu. Çok eskilerde oynadığı poker oyunlarında nadiren kazanırdı. Çünkü sağlamcıydı. Blöf adamı değildi. Risk alma ayarı kısıktı doğuştan. Ayağını yorgana göre uzatma gurusu derdi sabık karısı Melisa. Bu sayede Long İsland'da şu anda İtalyan asıllı otobüşçü sevgilisiyle oturduğu dayalı döşeli bir dairesi vardı.

"Sonunda geldiler mi? 26 Eylül milat mı olacak?"

Bunu diyen en arka sırada tek başına oturan uzun boylu gençti. Walter. Walter Sands. Sınıfın en iyi öğrencisiydi. Küçücük burnu, kısık gözleri ve incecik dudaklarıyla pek yakışıklı sayılmazdı, ama kolaylıkla bir üniversite bursu kazanacak donanıma sahipti. İyi bölümlerden birini bitirip içinde seyrettikleri büyük kriz sonrasında dolgun maaşlı bir iş bulduğunda parlaklığı artacaktı. Şu anda bile ders çalıştırdığı kızlar vardı. Bazıları fıstık cinsindendi.

"26 Eylül sabahı bizim saatle 5.04'te neredeyse dünya çapında uydu iletişim problemi yaşandı ve 11 dakika, 23 saniye sürdü. Bugün 15 Kasım. Neredeler peki? Yeşil küçük adamcıklar?"

Sınıfın ironik açıklamasına sırıtma dozu kısıktı. Bu kısıntıda Akdeniz'deki petrol ve gaz kaynakların bölüşümü nedeniyle Pasifik'teki sınırlı savaş, kenarından dönülen topyekün dünya savaşı, Avrupa başkentlerindeki sarı yelekli gösterileri, yer yer ayaklanmalar, Avrupa bankalarının arka arkaya iflası, dünya çapında politik cinayetler salgını, Amerikan Baharı adı verilen ayaklanmalar, son krizden sonra biraz toparlanır gibi olan borsanın yeniden tepetaklak olması, pandemi sonrası turizm sektörünün yeniden krize girmesi, Çin'de bastırıldığı söylenen iç savaş, 5 Kasım sabahı bazı garip olaylara tanık olanların ifadeleri ve özellikle sığınaklara hücum haberlerinin haklı etkisi vardı. Kuşku kokusu keskin kendi pek farkedilemeyen bir toz tabakası gibi her noktaya değmekteydi sınıfta.

"Son yapılan İşgal filminde uzaydan bir virus geliyordu," dedi en arka sırada tek başına oturan Charlotta. Daracık kırmızı ince bir kazak giymişti. Kahverengi lüleli saçları omuzlarına kadar inmekteydi. İri kahverengi gözleri ışıl ışıl zeka ve fırlamalık parlıyordu. Kazağının ön tarafını iyice çıkıntılı göstermek için maksimum malzemeyi kullanmıştı. O yöne dönük bakışlardan memnun devam etti. "Organik bir virus. Elektronik bazlı virus yollanmış olamaz mı bir yerlerden?"

"Kim yollamış peki? Andromedalılar mı?" diye dalga geçti Sean. Başını arkaya çevirmeden konuşmuştu. Adı Charlotta'nın "Bu Yıl Arkada Bıraktıklarım'" listesinin son satırında yer almakta olduğu için gülüşmeye neden olmuştu. Hoş bir delikanlıydı. Çalışkan öğrenciydi. Babası yılda altı yüzbin dolar kazanmaktaydı. Onu teselli etmeye hazır kızlar vardı. Bu durumu felaket gibi görmesi için hiçbir neden yoktu yani, ama delikanlının gururu incinmişti. Laf sokuşturmadan duramamaktaydı.

O listenin bir sonraki adayı olan Helmut Trommel hemen kızı korumaya alma gereksinimi hissetmişti. "Organik virus o kadar uzaklardan buraya kadar sağ salim gelemeyebilir, ama elektronik bir yapı olabilir öyle değil mi hocam?" dedi. İki metreye yakın boyluydu. Giydiği limon sarısı kazakla kolları olduğundan çok daha uzun görünmekteydi.

David işin teknik inceliğini bilmiyordu haliyle, ama dünya devletlerinin heyecanlanma şeklinden tek bir sonuç çıkarmıştı. İş çok ciddiydi. Tehdit neyse gerçekti. Ve inşallah iddia edilen gibi geçip gitmişti. David doğma büyüme New Yorkluydu. Üstelik çocukluğu Green Village'te geçmişti. Felaket haberlerine aşırı bir hassaslığı vardı.

"Neden olmasın?" dedi. Samimiydi bu sözlerinde, ama şaka gibi algılandı ve tebessümler hızla sönerek yerini lütfen esas düşüncenizi belirtin bakışlarına bıraktı. On yedi kişilik sınıf sekize inmişti bugün. Gelmeyenlerin yarısının sığınaklarda olması bayağı muhtemeldi. Şehirde eylül sonundan bu yana ufak tefek yağma hareketleri yaşanmıştı. Soho ve Manhattan'daki marketlerin yağmalanmasını bütün dünya izlemişti televizyonlardan. FEMA kamplarında tutsak olan binlerce kişinin varlığı dedikoduları ayyuka çıkmıştı. 26 eylül şoku komplo teorileriyle beslenmeğe devam ederse gerçekten de unutulmaz bir milada dönüşebilirdi.

"Geçen ay Ortadoğu'da, Türkiye'nin doğusundaki Ağrı Dağı'nda birkaç bilimsel deney yapıldı," dedi David. "Bunu önce gizlediler. Sonra da parça parça zaman zaman bulandırarak da olsa açıklamak zorunda kaldılar. İletişim uyduları zaafı bu deneylerle ilgili. Yarı resmi itiraf ettiler. Uzaylı bir girişim yok yani. Gezici manyetik alanlar dendi. Eskiden yahılan deneyleri düşünürsek Telegeodynamics akla geliyor, ama MHD yani Magneto Hydro Dynamics, iletken bir sıvı ile manyetik alanın etkileşimi prensipleriyle çok benzemiyor. Çünkü manyetik alan sıvı ortamlara değil, atmosfere uygulanmıştı. MHD ise... MHD'nin en büyük avantajı, mekanik parçalar olmadan verimli enerji sağlaması... Neyse bu taraf şimdi gereksiz teknik ayrıntı. Mesela 1000 Megawatt'lık bir MHD jeneratörü 42.000 pound... Yuvarlak hesap 25 ton falan ağırlığında olabiliyor. Bunlardan İstanbul yakınlarında ik adet var deniyordu bir ara yanlış hatırlamıyorsam. Gizli olarak tabii. Ağrı dağı deneyleri bundan farklı olmalı. O dağ böyle bir şeyi nasıl oluşturabilir onu bilmem. Deneylerde kullanılan aparatların beklenmedik yan etkisi olması da pekâlâ mümkündür. Benim bilgim bundan ibaret. Sihirbazın Çırağı adlı öyküyü bilirsiniz. Çırak bir gün ustası yokken onun sihirli sopasıyla iş yapmaya çalışır ve ortalığı mahveder. Ta ki ustası gelip reaksiyonu durdurana kadar."

Siyah yün bluz giymiş olan Elizabeth memnuniyetle tebessüm ederek, "Usta mı bekleniyor aslında," diye sordu, "UFO yerine?"

Elizabeth sınıftaki en dindar kızdı. İtalyan anne, İrlandalı baba efekti derdi kendisi. Her pazar kiliseye gider, bağış kampanyalarına katılırdı.

"Şöyle olamaz mı?" diye devam etti Walter. Kuyuya attığı minik bir taşın çıkardığı sesten memnundu. "Milyonlarca yıl önce güneş sistemimizden geçen zeki yaratıklar Ağrı Dağı'na bir aparat yerleştirmiş olabilirler. O aparat bulunmuştur ve bir arıza yani..."

Bu görüş bayağı taraftara sahipti. Sosyal medyada dolanan en etkin 10 kehanetten birincisi seçilmişti. Bakışlarda olabilir işaretleri belirmişti. Orta sırada yan yana oturan iki kızdan kısa saçlı kara tenli olanı başını salladı. Adı Fran, diye hatırladı David. Çalışkan bir öğrenciydi. Annesi babası sonunda bu yıl boşanmışlardı resmi olarak. Erkek arkadaşı yoktu. Adı lesbiyene çıkmıştı. Yanında oturan hoş yüzlü tombul kızla samimiyeti yüzünden. David, Fran'ın yüzünde eşcinsellik sinyali görememekteydi. Kız buluğ çağındaydı ve ebeveynlerinin sorunlarından etkilenmişti.

"Nöbetçi adlı öyküsü seni çok etkilemiş bakıyorum," dedi Elizabeth. "A.C. Clarke'nin Nöbetçi'si. Ay yerine Ağrı."

Walter'in alnı kırışmıştı. Elizabeth dışında öğrencilerden kimse hangi öyküden bahsedildiğini bilmiyordu.

"2001 Uzay Destanı diye filmi yapılmıştı hani," diye müdahale etti David.

Kızın yaklaşımını çok zekice bulmuştu. Arkadaşlarında bu göndermeyi değerlendirebilecek kültürel alt yapı zayıftı. Hannah Baltimor bugün yoktu. O olsaydı Elizabeth'in yanında saf tutarak diğerleriyle dalga geçerdi. Bir kitap kurduydu. Bu sabah mide ağrıları yüzünden okula gelemeyeceğini bildirmişti.

"Çocukken görmüştüm," dedi Charlotta burun kıvırarak. "Biraz… sıkıcıydı. Sapık bilgisayar ve büyük amcama çok benzeyen bir astronot."

Helmut eliyle bir işaret yaptı. "Ben de gördüm. Hiçbir şey hatırlamıyorum ama."

Charlotta'ya yönelmiş yağcılık kelimeleri kimsede etkili olmadıysa da Helmut, kırmızı kazaklı kızın yüzündeki işaretlerden memnun gibiydi. Yanaklarında belli belirsiz allanmalar oluşmuştu.

"O bahsettiğin öyküyü bilmiyorum," dedi Walter. "Filmi de görmedim. O halde benim kendi orijinal görüşüm."

"Bence de ilginç bir yaklaşım," dedi Sean yanında oturan sarışın kıza göz kırparak. Carla Fallcare Hanım sol eliyle icra ettiği mesaj yollama işine çok daldığı için bu sinyali farketmemişti. Yoksa Charlotta'nın albenisine ilgiden acaip gıcık kapan biri olarak hemen caza katılırdı.

"Hocam," dedi Sean, "*Dead Nerd Screamers*'ların ruhları geldi intikam için deniyor. Tıpkı Michael Wyers'in olduğu gibi."

"Wyers değil bir kere, Myers," dedi Elizabeth, "üstelik ayın 13'ü de değildi."

"İki çarpı on üç ne eder?" dedi Sean hiç bozuntuya vermeden.

Sean'a hak veren mırıltılar yükselince Elizabeth omuzlarını silkti ve aman ne haliniz varsa görün moduna geçti.

"26 Eylül günü cuma da değildi, perşembeydi üstelik," dedi Helmut.

"Nereden biliyorsun?" dedi Fran alayla.

"Kız kardeşim Laura'nın 16. yaş günüydü."

"Eğer sana benziyorsa hâlâ bakire olduğuna bahse girerim," dedi Sean.

Bu laf genel olarak hoşa gittiği için hevesle devam etti. "Bir gerçeklik payı olmasa yirmi milyon kişinin katıldığı ankette *Dead Nerd Screamers*'ların Öcü ikinci sırayı almazdı."

Sınıfta her kafadan bir ses çıkmaya başlamıştı. Çoğunluk Sean'a her açıdan hak vermekteydi. 2021 yılının bir martıyla ekimin sonu aralığında kendilerine Nerd Screamers diyen ve kriz bahanesiyle despotluk yapmakla suçladığı devleti eleştirenlerden 156 kişi ölmüştü. Yaşları on sekizle yetmiş arasında değişen kimselerin 131'i erkek, gerisi kadındı. Bunların hepsi de lider tipli, kitleleri etkileyebilecek yetenekte politik olarak aktif insanlardı. Yıllardır belli kimselerin telefonunu dinleyen, maillerini depolayan merci tarafından öldürüldükleri iddia edilmişti. Neo'lar denmekteydi. Ters giden, komplo kokan her iş haklı haksız bu kesime mal edilmekteydi, ama David altı ay içinde 34'ü kaza, 22'si intihar, 6'sı kan kanserinden ve gerisi bizzat ateşli silahlarla vurulduğu için ölen *Nerd Screamers*'ların komploya kurban gittiğinden neredeyse emindi. 'Stop Dijital Pandemi' sloganıyla ünlü bu entelektüel grubun FEMA kamplarındaki bir milyon tutsak ve ABD'nin 4 parçaya bölünmesi anlaşmasıyla ilgili belgeleri yayınlayacaklarını duyurduktan sonra başlamıştı ölümler. Gizli bir şey değildi. Altı parçaya ayrılmaktan bile söz edilmekteydi. Belirtileri yok da değildi. Tabii bu fikrini burada söylemeyecekti. Birden Kahveli Brendi toplantılarını özledi. Kapalı kapılar ardında dostlarıyla bu konuyu sabahlara kadar tartışmak isterdi şimdi. Kulübü yeniden başlatma demesi hariç, son toplantı neredeyse on yıl geride kalmıştı. İçini çekerek sınıfa baktı. Elizabeth'le gözgöze gelince ne yapalım dercesine belli belirsiz sırıttı. "Bu kadar sohbet yeter. Geçen derste kaldığımız yerden devam edeceğiz. İvmelenme."

Tahmininin aksine laf atmalar bıçak gibi kesilmişti. David saatine bir göz atıp ayağa kalktı ve kara tahtaya doğru yürüdü. 9.02'ydi. Bildiği tanıdığı eski dünyanın çivisi çıkmadan önce geçireceği son dakikaya girmişlerdi. Bunu hiçbiri bilemezdi, ama havada sayısız bekleyiş sporları dolanmaktaydı. Ve gördüğü kadarıyla kimse buna alerjik değildi.

"Kütle ivmelendirmek için enerji harcanması gereken bir şeydir. O halde kütle ve ivmelenme birbirlerini tarif eden iki fiziki durumdur. Burada bir mantık hatası yaptım mı?"

Sessizlikte acaba ne desekten çok başka bir vurgu vardı. David bu sahneyi hiç unutmayacak her hatırladığında, "arkama dönmeden hissettim durumun vahametini" diye düşünecekti.

Sınıf kalabalıklaşmıştı birden. Otuz iki sandalyeli sınıf tıka basa öğrenci yüklenmişti. Yaşları on beş civarındaki otuz kadar davetsiz öğrenci doluşmuştu sınıfa. Kapıyı açmadan üstelik.

"Sevgili anamız şefaatın bizimle olsun!"

Elizabeth'in yüksek sesle mırıldanması diğer ses musluklarını da serbest bırakmıştı.

"Geldiler analarını becermişler."

Walter'ın sözüne kimse sırıtacak durumda değildi. Ne Elizabeth'in kınayacak, ne de David'in bu lafı sınıfta duymak stemiyorum bakışı takınacak hali vardı. Gelmişlerdi hakikaten. Ellerinde çeşitli defterler, kalemler bulunan kızlı erkekli öğrencilerde tehdit edici, korkutucu yan fiziki değildi. Kafalarının yarısı bulunmasa, zombi suratlı falan olsalar etkileri daha sınırlı ve kısa vadeli olabilirdi. Çünkü zihinleri bu tür film sahneleriyle tıka basa yüklüydü. Ama büyük çoğunluğu siyah saçlı, esmer ya da sarı tenli olan gençlerden tüten dehşet buharı onların ansızın belirmesinde ve örtülü duran niyetlerinde yatmaktaydı.

Sınıfın beyaz ağırlıklı görünümü bozulmuştu. Afrika ve Asya'yı taşımıştı davetsiz öğrenciler. Ensesindeki kıllar dimdik olmuş olan David, "Bu... Bu grubun başı kim?" dedi. Sesi çok titremediği için kendini kutlamaktaydı.

Elizabeth'in yanında oturan hatları hoş, ama sert bakışlı kız sağ elini kaldırdı. Uzun siyah saçlarına bir papatya iliştirmişti. Full Metal Jacket filmi gelmişti nedense aklına. Filmi seyrederlerken karısı son sahnede Amerikan askerlerini dürbünlü tüfekle vuran genç kızı bir hayalete benzetmişti. Gelecekten gelen bir hayalet gibi demişti. Bu nedenle kafasına kazınmıştı. Yirmi yıl falan önceydi. Sonradan iyi günler diye anılacak zaman aralığı. Oğulları Stephan bisikletle çöp kamyonunun altına girmiş ve bir iki basit incinme ile kurtulmuştu. Babasından kalan evin miras işleri kolayca çözülmüştü. Karısı Melisa sonradan ortağı olacağı bir emlakçıda işi bulmuştu. Daha o otobüsçüyle tanışmasına upuzun bir altı yıl vardı. On küsur yıl önce yaşanan ekonomik krize, korona salgınına rağmen tanıdıkları bildikleri dünya daha uzun süre öyle kalacak gibi görünüyordu.

"Kimsiniz?"

"Biz 6. sınıfın yeni öğrencileriyiz."

Kızın konuşmasında azıcık bir aksan sezilmekle birlikte İngilizcesi bayağı akıcıydı. Elizabeth'in yüzü solmuştu. Dudakları kıpır kıpır dua okumaktaydı. Gözleri dolu doluydu. Charlotta'nın en arkadaki kırmızı kazağının sağı ve solu pastel renkli giysili öğrencilerle bezenmişti. Kızın yüzü kireç gibi olmuştu. Ön sıradaki Helmut yanındaki kız ve erkek öğrencilerin iki misli büyüklükte gibi görünmekteydi, ama inanılmaz çökük durmaktaydı. Diğer öğrenciler de henüz şok kekini gevelemekteydi. Şok yerini paniğe bırakırsa ne olurdu? David bunu engellemeliyim diye düşündü.

"Nereden geldiniz?"

"Bu soru artık kullanışlı değil."

"Na... Nasıl yani?"

Kızın yüzünde acı bir gülümseme belirmişti. "Kayıt formu, oturum damgası, ikamet ilmühaberi, banka kağıtları ve gizli servislerden alınan temiz kağıdı zamanları geçti demek istiyorum. Biz, ben ve arkadaşlarım sizin öğrenciniziz artık. Süresiz olarak."

David bir şey diyeceği sırada dışarıda silah sesi duyuldu. İki kez. Ardından sessizlik örüldü. Martin ve adını bir türlü aklında tutamadığı iki koruma işe elkoymuş olmalıydılar. Saniyeler aktı geçti. Yardım gelecek beklentisi uyandıran diğer şeyler olmadı. Kapı açılmadı. İçeri doluşan vurucu timin ayak sesleri yoktu. Okulun çevresinde blokaj kurmuş polislerin telsiz sesleri de. Havalı müdürleri James Fort ne durumdaydı acaba? Sessizlik moral çürütücü bir karakter kazanmıştı. Direkt çaresizlik çağrıştırmaktaydı.

"Ben gidiyorum."

Charlotta doğruldu, kitaplarını, bir süredir çalışmayan pahalı cep telefonunun durduğu bez çantayı falan almadan yeni öğrencilerin arasından geçerek sağ taraftaki boşluğa çıktı. Kimsenin engellemeye kalkışmamasına şaşırmıştı biraz. Pişmanlıkla arkada bıraktığı çantasına ve sonra diğer öğrencilere baktı. Helmut'un yüzünde kararsız bir ifade vardı. Sean ve Carla'nın yerlerinden kımıldayacak halleri yoktu. Fran ve arkadaşı mum gibi kıpırtısız şok halini sürdürmekteydiler. Walter onun yüzünde bir direktif aramaktaydı.

David tamam dercesine başını sallayınca Charlotta çantasına falan boşvererek kapıya doğru yürüdü. Yeni öğrenciler bırak engellemeyi, ona bakmıyorlardı bile. Kapının kolunu çevirip açarken David nefesini tuttu. Kız kapıyı on santim kadar araladı ve kapattı. Geri döndüğünde yüzü o mesafeden bile sezilebilen yeni bir şok dalgasıyla yüklüydü. Sol eliyle bir işaret yaptı ve ardından dizleri kesilmiş gibi yere çöktü. Sırtı kapıya dayanır şekilde çöktüğü için bayıldığında başı kapıya dayalı kalmıştı. Siyah ayakkabılarından biri ayağından hafifçe sıyrılmıştı.

David bir işaret yapınca Helmut yerinden doğrularak kıza yardıma gitti. Bu arada kararını vermişti. En bilinen şeylerden başlayacaktı.

"Adınız nedir?"

"Shing Do," dedi siyah saçlı kız. Charlotta'nın şovuna kayıtsız kalmıştı.

"Nereden geliyorsunuz?"

"Bu soru da anlamsız artık. Yer kavramı yerinden oynadı. Bu dersin konusu gibi ivmelendi."

Helmut kızı kaldırınca Charlotta kendine gelmişti. Yüzü önce şaşkınlık ve ardından dehşetle dolmuştu. Ayıldığına pişman gibiydi sanki. David, Shing Do ile mülakata ara verip her şeyi gözüyle görmeye karar verdi. Masasının sağ yanından geçerek iki gencin yanına gitti. Helmut kıza ayakkabısını giydirmeye çabalamaktaydı. Şuh bakış prensesi olan Charlotta'nın gözleri yaşlıydı. İsteri krizi geçirmeye yakın bir hali vardı.

"Ne oldu Charlotta?"

"Sakın kapıyı açmayın. Yıldız Kapısı. Sakın!"

Buzdan parmaklar midesinin iç cidarlarına masaj yaparken David sakin çıkan sesinin son salvosunu kullandı. "

"Ne var dışarıda?"

Helmut'un yüzünde hiç renk kalmamıştı. Kelimelere gerek kalmaksızın kız dehşeti herkese geçirebilmekteydi.

"Öğrenciler."

Bu David'in hortlak ya da cin kelimesinden daha çok korktuğu bir kelimeydi haliyle, ama kızın ses tonuyla birleştiğinde bu anlamları solda sıfır bırakacak bir yeniliğin gündemde olduğunu hissetti. Bak ve geber bebeğim.

David şu işi bitirelim bir an önce diyerek kapıyı araladı ve gördüğü sahneye daldı. Saniyelerce. Kapıyı kapattığında annesiyle babasını yatakta halvet durumunda yakalayan dört yaşındaki bir çocuğun durumunda hissetti kendisini. Gördüğü sahne yepyeni ve idrakı zaman alacak bir süreçti.

"Ne oldu hocam?"

David, Elizabeth ve annesi gibi inançlı olmadığına hayıflanmaktaydı. Kapı aralığından gördüğü sahneyi kabullenmesine yardımcı olurdu en azından. Acı bir ilacın üstüne sürülen ince tabaka çikolata gibi. Dışarıdaki otuz metreye, on bir metre ebatlarındaki küçük salonda bin, belki de beş bin öğrenci beklemekteydi. Kızlı erkekli binlerce kişi o hacme sığışmıştı. En öndeki duvar beş metre kadar ötedeydi. Üst üste, yan yana hiç boşluk bırakmamacasına. Başları aşağı duranlar bile vardı. Ve yüzlerinde bu sıkışıklıktan rahatsız gibi bir ifade mevcut değildi. Bayağı dolgun ücretle bir sanat fotoğrafının çekimi için poz veren öğrencilere benziyorlardı. Salonda kapılarla etten duvar arasında kalan alanda tek bir kimse görünmemekteydi.

Kütlesizler David.

"Dışarısı..."

Dışarısı bitmiş, durum sakat gibi bir laf sarfetmekten son anda men etti kendini. Helmut ve Charlotta'ya yerlerinize oturun işareti yaptı ve tekrar kürsüsünün olduğu yere gitti. Boş duran yegane sandalyeye ilişti. Charlotta yerine oturmuştu. Helmut kapının dibinde kararsızca durmaktaydı. Bakacak ve görecekti anasının örekesini galiba.

David, Shing Do'ya bakarak içini çekti. "Bize bir izahınız var mı?"

Kız abartısız bir şekilde omuzlarını silkti. "Derse devam edin hocam."

Helmut hâlâ kapının önünde dikilmiş durmaktaydı. Uzun bacaklar, üç beş saniye koşu ve sokakların sınırsız özgürlüğü denklemini kurmaktaydı. Bu arada sol elindeki cep telefonuyla bir şey yapmaktaydı. Bu neyse çabuk vazgeçti ve aleti pantolonunun cebine koydu. Gözleri karşılaşınca David eliyle delikanlıya yerine geç işareti yaptı ve "Kaldığımız yerden devam edicez," diyerek doğruldu. Göz ucuyla Helmut'un yerine oturduğunu görünce nedense rahatladı. En yeni asayiş bir şekilde berkemaldi yeniden.

Karısı otobüşçü bir sevgilisi olduğunu söyleyip resmi olarak ayrılmak istemişti. David sonra ne olacak diye sorduğunda kadın sakin bir tavırla "Kaldığımız yerden devam edicez," demişti. İki yıldır ayrı odalarda yatmaktaydılar. Okulda asılsız olduğu en baştan açık olan bir şaiya çıkmıştı. 6 B'den Sarah Trompe ile mercimeği fırına verme masalını kim uydurmuştu bilmiyordu, ama saman alevi kadar etkin olmuş, hakkında soruşturma falan açılmamıştı. Soruşturma gerekecek bir şey de yoktu zaten. Bunlar olduğunda karısı bir sabah yeni kocasının kullandığı kamyonete bütün eşyalarını bir defada yükleyerek çekip gitmişti. Stephan üniversite eğitimi için Londra'ya yollanmıştı. Şu anda David üç yatak odalı bir evi tek başına kullanma lüksüne sahipti.

Keçe kaleme dokunmakta rahatlatan bir yan vardı nedense. Kafasında kemikleşmiş, kristalleşmiş bilgilere ait işaretleri tahtaya yazınca tanıdık bildiklik ışıyacaktı. Nitekim öyle oldu. F=ma yazınca Shing Do'yu buraya transport eden gücün dilinden de konuşmuş olmaktaydı. David fizik yasalarına uymayan hayaletlere inanmazdı. Metafizik onun için fiziğin dışı değil, fiziğin henüz açıklaması yapılmamışlık alanıydı.

"Anlamayan el kaldırsın."

Komik bir laftı tabii, ama kimsede bütün tahtayı dolduran formüllere anlamaz şekilde bakış yoktu. Motor gibi konuşmasına rağmen bir saatte anlattığı her şey son noktasına kadar anlaşılmıştı. Esas öğrencileri bu arada kendilerini biraz toplamıştı. Yeni öğrencilerde en ufak bir tehdit edicilik, rahatsızlık vericilik yoktu. İncitici tek bir imalı söz sarfetmiyorlardı.

Ansızın belirmeleri, sayıları ve tiplerinin şok vericiliği sürüyordu bir şekilde. Daha az dik bir açıyla çıkılan bir yokuş gibiydi. Tabanların altında her saniye mevcuttu.

Moral yıkıcı gelişmeler ard arda belirmekteydi bu arada. Dışarıdan yardım gelmiyordu. Dünyanın en büyük ordusu, gizli servisler, polis New York şehrinin göbeğindeki bir liseye yardıma gelmiyordu. Belki henüz olan bitenlerden haberleri yok beklentisi her geçen an hız kesmekteydi. Üçüncü Dünya Savaşı iyice hızlanmış da olabilirdi tabii, ama sirenler çalar, kafalarına bomba momba düşerdi. Durum başkaydı. Bu öğrenci tipli sakin, çalışkan ve kararlı yaratıkların sayısı tahmin edilenden daha çoktu belki. Bir an bütün okul, hastahane, işyerlerinin bu tür sessiz yaratıklarla dolduğunu hayal etti. Holde o imkânsız pozisyonda kümelenebilen birilerine kurşun da işlemezdi belki. Bu durumda gitmelerine dört gözle bakılan misafirlerin niyetine mahkûmdu elleri.

Saat üçe yaklaşırken Charlotta'nın eli kalktı havaya. "Hocam, acilen tuvalete gitmem gerekiyor."

Teneffüs zili çalmamıştı haliyle. Keçe kalemin mürekkebini tüketen zamanı farketti David. Kalemi yerine bıraktı ve ve tereddütsüz adımlarla sınıfın kapısına doğru yürüdü. Gidişini izleyenler sadece eski öğrencileriydi. Yüzünde iyi bir haber görmek için yanıp tutuşmaktaydılar. Diğerleri hummalı bir ilgiyle notlarını kontrol ediyorlardı.

Kapıyı aralarken nefesini tuttuğunun farkında değildi. Salon bir önceki bakışındaki durumu aşmıştı. Binlerce öğrencinin istiflendiği duvar kapıya on santim kadar yaklaşmıştı. *Artıyorlar.* Kokularını, devinen gözlerini, gözbebeklerindeki meraklı bakışları, genç tenlerini her ayrıntıyı seçebilmekteydi. Hiçbirinin yüzünde sıkışıklıktan yakınma hali yoktu. Sabırla bekliyorlardı. Neyi? Okuldaki mevcut tüm hacmi doldurmayı mı?

Kapıyı örterken araya sıkışacak bir eli, kapatmayı engelleyecek bir ayağı hayal etti, ama öyle bir şey olmadı. Kapı sorunsuz kapandı. David sınıfa doğru döndüğünde yüzünden durum çok açık okunabiliyor olmalıydı. Sekiz gerçek öğrencisi çeşitli şekillerde umarsızlığa kapılmışlardı.

Formül yüklü kara tahtaya doğru yürürken aklına bir iki yıl önce The New Yorker'da gördüğü bir karikatür geldi. Büyük patron şirket toplantısında hiç kimse bir şey bilmiyor deyince adamları tek böyle olan ben değilmişim diye düşünerek ferahlıyorlardı. Aboneliği bittiği halde yanlışlıkla yollanmış bir sayıydı. Ülkeyi vuran ekonomik krizin belki Manhattan'da oturmayı ucuzlatacağını yazmıştı birisi.

David yerine oturduğunda bir şeyi açıklıkla gördü. Bu bela bir sinema filmi değildi. Televizyon dizisi gibi uzun sürecekti. Kendisi Sex and City'i kaç yıl izlemişti. Friends'i? Daha eskiden üniversite öğrencisiyken the Twilight Zone dizisinin tamamını seyretmişti. The Outer Limits dizilerini de öyle. The X Files umduğu gibi çıkmamıştı. Üç dört tane izleyip bırakmıştı peşini. Fringe de gelip geçmişti. True Detective fanatiğiydi şu sıralar. Eski sezonları tekrar tekrar zevkle izliyordu.

Saat gece yarısına yaklaştığında kâbus fizyolojik alanları da vurmaya başlamıştı. Önce Helmut sıradan çıkıp duvara işemişti. Onu kızlar takip etmiş, birbirlerine paravan durarak sırayla mesanelerini ve barsaklarını boşaltmışlardı. Altına yapıp saatlerce üstünde oturmakla bu şartlar altındaki utancı göze alıp döşeme tahtasının üzerine çövdürmek arasındaki tercih çok hızla aşılmıştı. Yeni girdiler olmadığı için takip eden saatlerde bu tür eylemlerde bulunmalarına gerek kalmamıştı. Burunları da hızla kokuya alışmıştı.

Yeni öğrencilerin ne bu tür sorunları, ne de yorulma emaresi gösterme gibi bir halleri vardı. Sürekli notlarını okuyor, bir şeyler değiştiriyor ve sonra hepsini temize çekiyorlardı. Bir çalışkan öğrenci cehenneminden kaçmış gibiydiler.

Yeni öğrenciler sınıfın sekiz asli kimsesinin ön sıraya oturmasına itiraz etmemişler ve uysalca yerlerini değiştirmişlerdi. Elizabeth, Fran, Helmut,

Charlotta, Walter, Serani, Sean ve Carla tam karşısında yer almışlardı. Shing Do bir arka sırada Sean'ın arkasında oturmaktaydı.

Ölümlü bünyeler yorulmuşlar, susamışlar ve şiddetli acıkmışlardı. Açlık uykuya dalmalarını engelleyen sivri uçlu bir çubuk gibiydi midelerinde. David iki adet peynirli çift katlı hamburger ve bir bardak soğuk biranın hayaline öyle ısrarla sarılmıştı ki, neredeyse diğerleri tarafından da görülebilen bir şekle, tulpaya dönüşecekti. Yemeğin yanına soğuk içki kalp için zararlı diyen eski karısını düşündü. Acaba şimdi tamamı eski kocası tarafından ödenerek satın alınan dairesinde hayat nasıldı? Orada öğrenciler olduğunu sanmıyordu. Okul kendine uygun olanı üzerine yöneltmişti. Oğlu Stephan ne yapıyordu Londra'da. Dünyada her yerin yeni oluşumun etkisinde olduğunu seziyordu bir şekilde. Üç ay önce yolladığı boşluklu 128 karakterlik mesajın sahibi canlandı gözünün önünde. Annesinin gözleri hariç tıpatıp kendi olan delikanlıyla aralarına giren empatik izolasyon plakasını hayal etti ve içini çekti.

Kızlar oturdukları yerde kıvrılarak uyumaya çabalamaktaydılar. Helmut iyice kaykılmış durumda horuldamaktaydı. Walter'ın gözleri kapalıydı, ama uyumuyordu. Vücudu gergin duruyordu. Sean ve Suzan fısıl fısıl bir şey konuşmaktaydılar. Ara sıra endişeli bakışlarla hocalarını süzmekteydi. Onun metaneti, soğukkanlılığı, umut dolu bakışlarının diğerlerinin kendini kapıp koyuverme halini engelleyen bir pırıltı gibi olduğunu hissediyordu. Bu rolü sürdüremeyeceğinden korkuyordu. Bir şekilde güneş yeniden doğacaktı. Hissediyordu. Sağ salim varacaklardı o anlara. Sonra? Birini dışarı yemek almaya mı yollayacaklardı?

Shing Do'ya ısrarla bakınca genç kız notlarından başını kaldırdı. İlk gördüğü andaki diriliğindeydi. On saat içinde yemediği içmediği halde hiçbir azası yorulmamıştı. Yüzü de duygu olarak değişmemişti. Bir yakınlaşma, acıma, dostluk tesisi gibi insani hasletlerin izini göremiyordu. David gülümseyince saçlarına papatya iliştirmiş kız dudaklarının konumunu değiştirmeden zayıf bir karşılık verdi. Bir altmış boyunda, elli kilo ağırlığında, buğday tenli bir kızdı. Güzel sayılmazdı. Diriliği, canlılığı onu çekici yapmaktaydı. Giysilerinden vücut hatları belli olmaktaydı. Sırım gibi bir bedene sahipti. David kızın memelerini merak etti birden. Uçları, kokusu diğer memeler gibi miydi acaba? İnanılmaz derece insana benzeyen, ama artık o olmayan bir yapıydı karşısındaki. Öyle birine nefsi uyanır mıydı insanın? Shing Do'nun yanındaki delikanlı atletik bir vücuda sahipti. Daha sarımtrak tenli ve iri yapılı olmasına rağmen aynı ülkenin insanı gibi durmaktaydı. Çin? Değildi sanki. Kore, Vietnam? Oralardan bir yerden yeni kıtaya göçmüş kimselerin çocukları da olabilirlerdi. Akıcı İngilizcelerindeki aksan çok belli belirsizdi.

David ayakkabılarını ayağından çıkarttı ve başını masasına dayayarak uyumayı denedi. Uyusa ve zamana ip atlatsa. Sabah yatağında uyansa. Her şey rüyaymış meğerseyi keşfetse. Öyle malaka yoktu. Sabah buna benzer bir sabah, bu durumdan kaynaklanan bir sabah olacaktı. Burada susuzluktan öleceklerdi. Not alma hışırtıları eşliğinde. Uykuya dalarken, asla uyuyamayacağını sandığı anlarda, çok uzaklardan bir ses duydu. *Oyun düzeninde en temel ihtiyaçların sıkıntısı çekilmez.* Kendi sesi bile olabilirdi. Zaman tünellerinde yankılanırken karakterden fire vermiş sonik bir veriydi belki de.

Evinin oturma odasında dekoratif amaçlı duran eski bir Nord Mende radyoya baktı. Karısı giderayak yapmıştı yine numarasını. Radyonun üstünde duran el işi tül örtüyü götürmüştü. David bu radyoyu o bir zamanların ünlü radyo binasının bulunduğu sokaktaki eskicide belki bu örtüsü yüzünden satın almıştı. 320 dolara.

Radyonun durduğu sehpanın ayakları kıpırdayınca David irkildi. Düşünmeye zaman bırakmayan bir değişim başlamıştı. Sehpanın ayakları boyuna çizgileri olan bir kumaştan gri pantolonlu ve ellili yıllardaki iki renkli ıskarpinlere dönüşmüştü. Burun kısmı beyazdı ve üzerinde delikler vardı.

Radyo bulunduğu yerde yükselmeye başlayınca David iki adım geriledi. Kıçı yemek masasının kenarına çarpınca canı yanmıştı biraz. Başını çevirince masanın üzerinde kendi adı yazılı bir zarf bulunduğunu gördü. Merak etmişti, ama şimdi buna aldıracak zaman değildi.

Sehpa ve radyo birlikte boyları iki buçuk metre falan olmuştu. Radyonun gövdesi yuvarlanarak baş konumunu almıştı. Sehpanın plakası bir yemek üzerine dökülmesin diye bir çocuğun boynuna takılmış sert bir peçete gibi durmaktaydı. Ayaklar uzamış ve kendine pantolonun kumaşından bir gövde inşa etmişti. Gövde ile pantolonun birleştiği yer belli değildi. Kalıptan dökülmüş gibi durmaktaydı.

Radyo adamın yüzünde bir aydınlanma oldu ve ses dalgaları bütün odayı doldurdu.

"Sayın dinleyiciler, bu sabahki programımız dün kaldığı yerden devam edecektir. Bu sabah stüdyomuzda Geleceğin Lisesi'nin seçkin fizik öğretmeni David Gauda var. Kendisi bize otobüsçüye kaçan karısını ya da deniz aşırı bir ülkeden telgraf gibi mail yollayan oğlunu anlatmayacak. Konu çok daha derin. En yeni gerçekliğe fizikçi bakışı. İyi takdim ettim mi Bay Gauda? Bay Gauda? Bay Gauda?"

David gözlerini açınca baş ucunda Shing Do'nun bulunduğunu gördü.

"Bi… bir şey mi oldu?"

"Sizinle biraz konuşmamız lazım."

Kızların tamamı uyumaktaydı. Walter ve Sean ona bakmaktaydılar. Helmut maşallah gece uykusunu almaya iyice azimli bir şekilde horuldamaktaydı. David saatine bir göz atarak başıyla olumladı. Ayakkabılarını bulup ayağına geçirdi. Saat 5.47'ydi. Lacivert blucin takımlı genç kızın ardından yürüdü. Diğer yeni öğrenciler not alma işine devam etmekteydiler. Adam başı birer litre enerji verici içecek içmiş gibi diriydiler.

Kız kapıyı açıp çıkınca David hafif bir ürpertiyle onu takip etti. Bu defaki şok piyangoda bir şeyler kazanmak cinsindendi. Salon bomboştu.

"Ne… Ne oldu?"

"Teneffüs zamanı."

David bir süre bu sözcüğün anlamını düşündü. Erken sevinmeye korkmaktaydı.

"Yani?"

"Ara vericez hocam. Onu bilmenizi istedim. Bunu sınıfta da söylerdim ama… Bir şey daha var. Bunun için yalnız olmamız gerektiğini düşündüm."

Kız kalınca gri kumaştan tişörtünü boynuna kadar sıyırınca iddialı olmayan ölçülerde hoş kesimli seksenlerde kullanılan tipte sutyenle örtülü iki tümseğe bakakaldı David.

"Koklayın."

"Ne?"

"Koklayın lütfen."

David sağa sola bakındı. Bu sahnenin hiç tanığı yoktu. Gözetleme kameralarının dünden beri çalıştığını sanmıyordu. Daha da ötesi kimsenin onlara bakıp ahkam kesecek hali olmayacaktı.

"Bak Shing…"

"Lütfen dedim."

David eğilip kızın memelerini kokladı. Tanıdık bildik meme kokusuydu, ama kösnültü ışımıyorlardı. Bizler de varız diyordu sanki daha çok.

Kız tişörtünü indirdi ve kapıya doğru seğirtirken, "Bunu unutmayın," dedi.

David neyi unutmayayım sorusunu seslendirmedi. Shing'in arkasından içeri girdi. Esas öğrencilerin tamamı uyanmıştı. Walter ayakta gelişini beklemekteydi.

David en ön sıraya vardığında yeni öğrenciler sessizce dışarı çıkmaya başladılar. Bu sevinç verici durumun hızlı karar verdirici bir yanı da mevcuttu. Çünkü bütün yeni öğrenciler defterlerini sıraların üzerinde bırakmışlardı.

Kendi öğrencileri dirilmişlerdi iyice. Sınıfa işemiş, dışkılamış, kuru sandalyelerde uyuklamış ve açlıktan susuzluktan imanları gevremeş olmasına rağmen gençliğin verdiği enerjiyle hızla yenilenmişlerdi. Charlotta küçük aynasına bakarak ruj sürmekteydi. Walter cep telefonlarının çalışmadığını bulgulamasına rağmen hâlâ bir mucize için didinmekteydi. Carla, Sean'ın koluna girmişti. Helmut çantasının içini kontrol etmekteydi. Fran bez çantasını çapraz asmıştı omuzuna. Selani küçük fırçasıyla uzun kestane rengi saçlarını taramaktaydı. Eski gerçeklik limanına yanaşmaya çalışan külüstür bir taka gibiydiler.

"Dışarı çıkıcaz," dedi David. "Dışarı çıkıcaz ve sonrasına bakıcaz."

Sınıf boşalınca bütün yüzlerde umut gülleri açmıştı. David tam hadi çıkalım diyeceği sırada ders zili çalmaya başladı. On dört saat kadar geç kalmış kampana her şey onlara hastı duygusunu yerle bir etmişti. Meselenin okul çapındalığını hatırlamak, hızla daha büyük çapları düşünmeye iten tekinsiz bir süreçti.

Küçük salon panikle boşalan sınıflara açılmasına rağmen saatlerdir gözlerinin alıştığı tıkış tıkışlık duygusunu vermiyordu. Panik durumunu rahat rahat icra etmek için bol yer vardı yani. David ve sekiz kişilik birliği arka bahçeye çıkmakla ana salona gidip dışarıya çıkma seçiminde hiç zorlanmadılar. Charlotta arabasının anahtarını elinde tutmaktaydı. Yirmi otuz kişi ana salona doğru hızlı adımlarla yürürlerken sarışın bir kadın yanında yürümeye başladı.

"Merhaba. Sonunda bitti... Gibi yani..."

David'in gözü kadını bir yerden ısırmaktaydı.

"Adım. Helga. İngiliz Edebiyatı. Nasıldı sizin cehennem?"

David o telaş halinde bile iki şeyi hemen farketmişti. Mavi gözlü sarışın kadınından hoşlanmıştı. Kadının metaneti ve her şart altında dalga geçebilmesi biraz eski karısını çağrıştırmasına rağmen itici değildi.

"Ben David. Fizik. Acaba dışarısı ne durumda?"

Mavi yünden ince bir bluz, beyaz gömlek, siyah pantolon giymiş otuz sonlarındaki kadın kaşlarını kaldırarak tebessüm etti: "Bakıcaz."

Bu arada sabırsız ve genç bacaklı öğrencilerin çoğu hızlandığı için arkada kalmışlardı. En önden gidenler ana salona varmışlardı bile.

"Sence ne oldu?"

David kadının yüzüne bakarak içini çekti. "Sıradan denen hayatın fişini çekti yine birileri. O deneyler sanırım. Doğudaki. Şu Nuh'un dağında…"

"Öğrenciler… Harıl harıl deli gibi yazıyorlardı. T. S. Elliot anlatıp durdum saatlerce. Biraz su bulsak."

David boğazının ne denli kuruduğunu farkederek başını salladı. Bu arada ana salona varmışlardı. Altı yüz kişilik okulun ana salonunu CERN'deki proton çarpışma yeri gibi hayal eden yanı hayrete kapıldı. Protonlar boldu, ama çarpışmıyorlardı. Öğrenciler donmuş gibiydiler. Tavana bakmaktaydılar.

İmar planına göre on sekiz metre yüksekliğinde olan tavan bir hayli alçalmıştı. Bütün yeni öğrenciler tavanın her santimetre karesine yüzleri aşağı bakar şekilde yapışarak, hiç boşluk bırakmadan katmanlar halinde tavana yerleşmişlerdi. Bazıları sigara içtiği için mavimsi bir duman yavaşça aşağılara doğru yayılmaktaydı.

David daha önce mağaralarda ve eski evlerde yuvalanmış bir sürü yarasayı bir arada görmüştü. Çocukken korkardı bundan. Şimdi tavana bakmak, kendilerine tek bir kötü laf etmemiş ve fiske vurmamış da olsa bin küsur öğrencinin tavana yapışık katmanlar halinde durmasını sindirmek kolay değildi. O kütlede Shing Do'yu seçmeye çabalaması da pek akıl kârı bir iş değildi. Kızı sınıf kapısının önündeki haliyle hatırlaması akıl sağlığı için daha iyiydi. Daha dakikalarca bu manzarayı seyretmesini engelleyen Helga'nın elini tutması oldu.

"Çıkalım buradan."

Kadının elini sımsıkı kavradı ve ayaklarını biraz güçlükle ana kapı tarafına hareket geçirdi. Sekiz öğrencisi ile ilişkisi kesilmişti. Hiçbirini göremiyordu kalabalığın içinde. İspanyolca hocası Jose Felmane ağzı açık tavana bakmaktaydı. Sakalları uzamıştı. Gözlerinin altı çöküktü. David yürürken gözleri müdür Harry Fort'u boşuna aradı. Belki onu öğrenciler değil, Öte Yer'den gelen müdürler ziyaret etmişti belki de. Uzak Doğulu müdürlerle bürosunda çay kahve içerek sabahı etmişlerdi.

Dışarısını felaket filmleri dahil hiç böyle görmemişti. Nasıl izah edeceğini bilmiyordu, ama aklı ve sezgileri bangır bangır anomali çağrısı yapmaktaydılar.

22. Cadde tanıdığı bildiği yerdi, ama evlerden, binalardan panikle dışarı koşuşturanlar yoktu. Sokakta tek tük insan vardı. Elli metre kadar ötedeki yeni bir binanın üst katlarından kara dumanlar çıkmaktaydı. İtfaiye, asker ve polis hak getireydi. Gökte tek bir uçak ya da helikopter görülmemekteydi. Bir umutla cep telefonunu kontrol etti. Çalışmıyordu.

"Araban nerede?"

David arabasının tamirde olduğunu ve okula taksi ile geldiğini hatırlayarak durdu. "Church Sokağı'nda. Evim... Arabam tamirde. Sen nerede oturuyorsun?"

"Guttenberg'de. Arabam şurada."

Helga'nın şurada dediği yer küçük bir paralı park yeriydi. Okuldan çıkanlarla 22. Cadde kalabalıklaşmıştı birden. Millet ilk iş olarak arabalarına yönelmekteydi. Büyük gruplar halinde öğrenciler konuşa konuşa önlerinden gitmekteydi. Aralarında bir ara Helmut'un sarı kazağını görür gibi oldu ve kaybetti.

Helga'nın eflatun renkli BMW'sine binip sokağa çıkınca David duruma biraz daha umutla bakmaya başladı.

"Senden bir ricam var. Evli misin?"

"Değilim. Ayrıldık. Yıllar önce."

Kadın gözü soldan gelebilecek vasıtalarda, "Evde bekleyen biri var mı yani?"

"Sadece ödenecek faturalar. Onlar için de endişelenmeme gerek kalmadı sanırım."

Yollar tenha olduğu için hızla Madison Square Park'a gelmişlerdi. Yanlarından sarı bir Chevrolet geçti. İçindeki şişman bir adam klaksona bütün gücüyle abanmıştı. Boş yoldaki görünmez cinleri kovmayı düşünüyordu herhalde.

"George. Kocam. Evde yalnız. Bakıma ihtiyacı var. Ölüyor. Metastas. Son haftaları dedi doktor. Belki çoğul eki bile gereksiz. Evinde ölsün diye... Hastahanede bakım görmüştü. Onu... Eve gitmem lazım. Bunu yalnız yapmak istemiyorum. Özür dilerim, sana... Yani durumu... Şehre ne olduysa yalnız kalmak istemiyorum."

"Lincoln Tüneli'nden mi gideceğiz?"

Bakışları karşılaşınca kadın minnetle gülümsedi. "Sağol. İyi ki seni buldum. Okuldaki ikinci haftam daha. Kimseleri tanımıyorum."

"Ne tanışma ama," dedi David.

Kadın içine çekerek başıyla onayladı. Park duvarına spray boyalarla yazı yazan iki genç dikkatini çekmişti.

Sarı boyayla DİRENECEĞİZ yazıyorlardı. Gidecekleri yönden başlamışlardı. Üç adet DİRENECEĞİZ daha geçtikten sonra sola döndüler. Trafikte araba sayısı azdı. Hiçbir yerde devletin aldığı tedbir diyebileceği bir şey görememekteydiler. Bu kadar polis, asker ve özel koruma şirketi uyuyor muydu? Yazın şehrin birkaç bölgesindeki ufak çaplı süpermarket yağmalama olaylarını şiddetle anında bastırmışlardı. David aklına gelen şeyin üzerine düşünmeye ve enine boyuna didiklemeye korkuyordu. Çok basit bir akıl yürütmeydi. Onun sınıfına öğrenciler gelmişti. Askeri garnizonlara, polis bürolarına, özel koruma şirketlerine ne tür ziyaretler olmuştu acaba? Bu tür kurumlar teneffüssüz çalışırlardı üstelik. Tıpkı yirmi dört saat durmayan fabrikalar gibi.

Helga bir ara radyoyu açınca parazit sesi duyuldu. Osilatör düğmesi hışırtı yayarken birden bir ses duyuldu. Kadın alışık parmaklarla sesi netledi.

"Şimdi stüdyomuzda Cambridge Üniversitesi'nden emekli profesör John Taylor bulunmakta. Kendisine kara deliklerin neden olabileceği paranormal olayları soracağız. Sayın Taylor dünyanın içine girdiği en yeni gerçekliği nasıl değerlendiriyorsunuz?"

Emekli profesörün cevabı hışırtı oldu. Hışırtı bütün ayar denemelerine rağmen sürünce kadın radyoyu kapattı.

David bu adı tanımıştı. "Bu Taylor denen adam yetmiş başlarında kara deliklerle ilgili bir kitap yayımlamıştı," dedi. "On beş yaşındaydım. Kâinatın sonu falan gibi bir şeydi. O kitabı okumuş ve çok ilginç bulmuştum. Adam şimdi seksenine dayanmıştır. Kalkıp radyo evine gidecek de... Adını bile hatırlamazlar yahu..."

"Fizikle ilgili şeyleri okumayı severim. Ama adını bile duymadım emekli profesörün."

"Gariplikler neden şaşırtıyor hâlâ beni?" diye ekledi David. "Ben bir ay sonra elli üç yaşına basacağım."

Helga gözü yolda gülümsedi. "Ben hâlâ kırkım. Geçip gitmek bilmeyecek upuzun sekiz ay boyunca."

David sekiz ayla ilgili bir espri yapmak ve harika görünüyorsun demekten vazgeçti. Kadın üzüntülüydü, flörtist bir hamleyi itici bulabilirdi.

"Zaman bizim yanımızda."

Rollings Stones'un ünlü parçasına yaptığı gönderme güftenin diğer cümlelerini de çağrıştırmış olmalıydı. Kadın başını salladı ve sessiz kaldı.

Hell's Kitchen denilen yere geldiklerinde sokakların sakinliği denen şey sona eriverdi. Sonunda özledikleri kaos haline kavuşmuşlardı. Hemen önlerinde V şeklinde kafa kafaya çarpışmış iki beyaz Trans Bridge otobüsü durmaktaydı. Birinin arkasında kocaman kırmızı harflerle Martz yazılıydı. Onun ardında 39. Cadde görebildikleri kadarıyla yüzlerce arabayla tıkanmıştı. Arabalardan dışarı çıkmış insanlar gruplar halinde durmuş tartışmaktaydılar.

"Dön geri. Geçemicez buradan."

Helga arabayı geri vitese takıp gaza basınca arkadan gelen lacivert Landrover klaksona bastı. İçinde iri yarı bir adam oturmaktaydı. Yanında da Collie cinsi bir köpek vardı. Kadın fren yapınca arkadaki en az on yaşındaki Landrover'in kapısı açıldı. Kırk yaşlarında siyah saçlı, soluk tenli, bıyıklı bir adam indi. Umutsuzlukla ileri baktı. Mavi blucin ceket, sarı bir gömlek ve haki renkli dar paçalı pantolon giymişti. Göbek hizası biraz kabarık olmasına rağmen sportif bir tipi vardı. Onlara doğru yürüdü. David kararsızlığını çabuk yendi ve kapıyı açarak dışarı çıktı.

"Merhaba. Burası da kapalı Allah belasını versin."

"Merhaba. Diğer tünel..."

"Hepsi tıkalı. Bir görsen. Bütün sabahım karşıya bir yol aramakla geçti. Ne köprü, ne de tünel. Karşıya geçişler tümden kapalı. George Washington Köprüsü bile. Polis barikatı falan değil. Millet toplu halde karşıya geçmeye çabalayınca iş bitmiş. İki taraftan da. Helikopter falan bulmak lazım artık."

Güneyli aksanıyla konuşan adama kanı kaynayıvermişti David'in. Gökte tek bir araç bile görülmemesini neye bağladığını sormak geçti içinden, ama vazgeçti.

"Ne yapacaksın?"

"Biradere gidicem. 42. Cadde'de. Hemen şurada. Bakarız sonrasına. Ne olup bitiyor bir fikrin var mı? Evelsi gün gececiydim. Sigorta binasında bekçiyim. Biraderin evine öğlen birde geldim. Biraz bira içip yattım. Çok uykusuzdum. Sabah dörtte uyandım. Sokağa çıktım."

Kürsüde aç susuz uyumağa çalışırken geçirdiği anları hatırlayan David, "Sanırım o Ağrı Dağı'ndaki deneyler, doğuda..." dedi. "Bir sakatlık çıktı. Bir çeşit enerji serbest kaldı ve buraları... Her yeri etkiledi."

Adam iri elleriyle nehirde tuttuğun bir balığın büyüklüğünü tarif ediyor gibi yaparak, "Manyakça bir şey yahu…" dedi. "Deneyler demek... Bunlar uydurma yahu. Palavra. Gene avanta lavanta işidir. Bu Allahın belası elit bozuntuları, koskoca Amerika'yı batırdılar. Virüsle kendi insanlarını öldürdüler. Dünyanın çivisini çıkardılar acımasız puştlar."

Bu çözümlemedeki sadeliğinin huzurvericiliğini düşünen David başını salladı.

"Sen nerede oturuyorsun?"

"Church Sokağı'nda."

"Hiç oyalanma, karını al evine dön bayım. Bu olan bitenler hiç hayra alamet değil. Sokaklar tekinsiz. Bunun bir de yarını var. Birader sevgilisinde kalıyor şu sıralar. Telefonlar çalışmadığı için arayıp soramıyorum. Bilmem ne yaptımın götverenleri. Karşıda hiç kimsem yok neyse ki. Biraz beklesin New Jersey. Hadi hoşçakal. Kilise sokağında oturmanın vardır bir hikmeti. İsa yardımcın olsun."

"Amen."

Pencere açık olduğu için Helga her şeyi duymuştu. David yerine oturunca geri geri giderek arabanın burnunu çevirebileceği bir yer buldu ve gaza bastı. Lacivert araç elli metre kadar önlerinden gitmekteydi. Sonra hızlandı ve görüşlerinden silindi. Yol boyunca neredeyse hiç konuşmadılar. Kadının aklı ölüm döşeğindeki kocasındaydı haklı olarak.

David kapıyı açıp içerisini dün sabah bıraktığı gibi görünce nefesini tutarak oturma odasına yürüdü. Rüyasındaki o korkunç radyo adam yoktu. Masanın üstünde adı yazılı mektup da. Ferahlayarak arkasından gelen kadına baktı ve "Hoş geldin," dedi. "Ben kahve, çay, bira ve su içicem. Ardından bir duş. Buzdolabında hazır hamburgerler var. Beş tane yerim herhalde."

Kadının gözlerindeki yaşları farkedince ne yapacağını bilemez bir şekilde durakladı ve Helga'ya sarıldı. Kadın başını göğsüne yaslayınca kalbi şeffaf tülden kollarla İngilizce öğretmenini bir kez daha sarmaladı. Yeni hayatının kadınını bulmuştu. Hem de ne şartlar altında.

*

Aylar Sonra

"Kapıda bir şey var. "

David elindeki büyükçe mukavva kutuyla holden Helga'ya baktı. Üzerinde kirlenmiş gri bir eşofman ve lacivert renkli kalın ski anorağı vardı. Beyaz tellerle yüklü kahverengi sakalı ve yepyeni beyaz spor ayakkabılarıyla emekli bir Sovyet atletini andırmaktaydı. Adam sesindeki tondan etkilenmişti. Kutuyu oturma odasında bir yere bırakıp yanına geldi.

"Nedir?"

"Bak."

David kapının arkasındaki barikattan yer açarak gözetleme deliğinden dışarıya baktı.

"Bu tek kollu haydut yahu."

"Yanlış görmüyorum değil mi?"

"Bir bakalım."

"Tuzak olmasın?"

"Çok garip bir yem tuzak için. Ağır ve büyük. İkinci kata çıkarmak bayağı zor olmalı. Ayrıca iki günde bir zaten dışarı çıkıyoruz. Niye zahmet etsinler ki?"

Helga hak verircesine başını salladı. Kumarhanelerde raslanan, *one arm bandit* de denen koskoca kumar makinesinin nasıl olup da kapılarının önüne gelebildiğini çok merak etmişti, ama sezgileri uğursuz şeyler öngörmekteydi. Bakmadan da olmazdı tabii. Ciddi bir durumdu.

"Nereden geldi aklına dışarı bakmak?"

"Sokaktan sesler gelmişti. Bizim binanın ana kapısının yanındaydı. Belki gelen filan vardır diye düşündüm. Dördüncü kattaki bebeği olan kadın üç dört gündür ortalarda yok."

"Bir akrabası ya da tanıdığına gitmiştir. Arabası da yok her zaman park ettiği yerde."

Helga son iki ay içinde New York ahalisinin en az onda birinin taşraya göç ettiğini tahmin ediyordu. David'in şehrin yüzde kırkı ellisi gitti tezini biraz abartılı bulmaktaydı. Birkaç haftalık yayının ardından kararan devlet televizyonu yüzde sekiz demekteydi. Radyolar ittifakla yüzde otuz ile elli arası göçtüğünü söylemekteydiler. Çok yüksek sayıda intiharlar vuku bulmuştu. David'i haklı çıkartacak bir sürü emare vardı oysa. Yağma hızını neredeyse tamamen kesmişti. Vitrinde aynı malzemelerin haftalarca durduğunu görmekteydiler. Buna yiyecek malzemeleri de dahildi. Sokaklardan sarhoş arabalılardan oluşan konvoylar geçmiyordu artık. Kavşaklarda yüzlerce kişilik gruplanmalara da nadiren raslanmaktaydı. Askeri barikatlardan nöbetçiler çekilmişti. Özel hastahanelerin bir çoğu servis vermemekteydi. Sokaklardan cesediniz varsa teslim edin anonsu yapan açık kasalı kamyonlar geçmiyordu artık. İlk haftalarda bunların kasaları her yaştan olmak üzere silme kadavra dolu olurdu. Gene de şehir nüfusunun yarıya indiğine inanmakta zorluk çekmekteydi.

Kapının arkasına David'in anneannesinden kalan antika bir büfeyi dayamışlardı. Kapı sonradan eklenen ikinci bir sürgüyle de ekstra bir koruma altındaydı.

Adamın ağır olduğu için arkada bıraktığı çeyizi dediği büfeyi birlikte kenara çektiler. Sürgüleri açtılar. Gözetleme deliğinden kapı önünde hiç kimse görünmemekteydi. David holde kullanım için hazır bekleyen pompalı tüfeğinin namlusunu kapının aralığına doğru çevirmişti. Merdivenlerde hiç kimsecikler yoktu. Karşı kapı komşuları yaşlı çift bir sabah arabalarına binmiş ve geri gelmemişlerdi. Ara sıra merdivenlerde ayak sesleri duydukları ya da üst kat komşularıyla karşılaştıkları oluyordu. Bunlar hiç bir zaman tacize ya da şiddet kullanmaya vesile olmamıştı.

Saniyeler geçti bir hareket olmadı. İki metre boyundaki koskoca aparatı buraya getireni çok merak etmişti. Helga'nın bir yanı hâlâ tuzak kokusu almaya çalışmaktaydı.

David bunu hissetmekteydi. Tüfeği ona uzatırken, "Hangi ganimet için?" dedi ve ardından çapkınca gülümsedi. "Sen hariç tabii."

Kadın sırıtarak tüfeği aldı. Daha önce hiç ateşli silah kullanmadığı halde sokağa silahsız çıkılmadığı için eli tüfeğe alışmıştı. Namluyu merdivenlere doğru tutarak adamın düğmelere basmasını izledi. Dört şans penceresinin ikisinde mavi bir yıldız vardı. Altında minik harflerle Orion yazıyordu. Üçüncü pencerede 7 rakamı, dördüncüde de karpuz dilimi vardı. Helga karpuz sevmezdi, ama aşeren hamile kadınlar gibi canı çekmişti birden.

"Elektrik bağlantısı olmadığı için çalışmıyor haliyle."

"Ne yapacağız?"

"İçeri alalım."

"Ne?"

"İçeri alalım. Akım verince çalışır belki. Jackpot tuttururuz bakarsın. 10 milyon dolar. Gider Roma'ya yerleşiriz."

"Ciddi misin sen yahu?"

David'in dudakları bir gülümsemeyle kıvrılmıştı, ama gözleri ciddileşmişti birden. "Bir düş gördüm. Birkaç gün önce. Chambers Sokağı'nda o delikanlının vurulup öldüğü gece. Babamı gördüm. 'Jackpot'u kazanman şart .' dedi. İki kez tekrarladı. Burada kumar aletini koyduğumuz yerde ayakta duruyordu. Üzerinde çocukluk zamanından hatırladığım havalı bir beyaz keten takım elbise vardı. Yakaları uzun sarı bir gömlek giymişti. O sıralar modaydı. Ayakları çıplaktı. Bunu çok garip bulmuştum. Sordum. Elektrik için dedi. Eğer uyandığımda unutmasaydım sana mutlaka anlatırdım."

Yeni dünyanın içine girdiği ortam herkesi belli ölçüde inançlı ve batıl itikatlı yapmıştı. Helga'nın sezgileri jackpota takoz koymamaktaydı.

"Roma'yı istemem," dedi.

"Neresi peki?"

Helga St. Petersburg diyecekti, ama adamı incitmemek için düşünüyormuş gibi yaptı ve "Biraz daha güneye fitim. Kapri Adası mesela," dedi. St Petersburg büyülendiği bir şehirdi. İlk kez George ile balayına gittiklerinde görmüş ve aşık olmuştu. David bunu biliyordu. Çünkü geçen yıl 25 kasım tarihinde10 gün gecikmeyle gelen telefon mesajını okumuştu.

> *Sevgilim, Ne olduğunu birisi açıklasa keşke. Dördüncü gün. Yoksun. Dışarısı tımarhane. Tanıdık zamanlar bitti. Öyle olmalı. Yeni komşularımızı görsen. Hepsi de kundurasız. Çoluk çocuk, bu soğukta… Bu arada özenle sakladığın o minik beyaz kurtarıcıları buldum. On iki adet aldım. Umarım sen de bir şekilde kendini kurtarırsın. Tanrı günahlarımı affetsin. St. Petersburg'a gidiyorum. Bir kez daha. Son defa. Seni daima çok sevdim. Bundan emin olduğunu bilmek avutucu şimdi. George.*

David'in siyah gözleri neşeyle parladı. "Anlaştık."

Helga kapı sahanlığına çıkıp aşağı ve yukarı baktı. Tık yoktu. "Sence kim getirmiştir bunu?"

David muzipçe omuzlarını kaldırdı. "Siriuslular, iki hafta önce sokakta benzinle canlı canlı kedi ve köpek yakan gençler… Yeni kurulmuş olan Kumar İşleri Bakanlığı… Ne bileyim… Şans talih kader postası da olabilir…"

"Nereden peki?"

"Akılsırermezistan'dan."

Kumar makinesi Helga'nın sandığından daha hafifti. Çok zorlanmadan oturma odasının bir köşesine koydular.

"Bugün geç oldu artık," dedi David. "Yarın gider Duane Sokağı'nda gördüğümüz o jeneratöre bir bakarız. Hâlâ yerinde duruyorsa buraya getiririz."

Helga bu tür amaçlarla dışarıya çıkmayı sevmiyordu, ama başka çareleri yoktu. 15 Kasımda A'dan Z'ye değişen dünyada varkalma denen şey stokların bölüşülmesi haline indirgenmişti. İkinci dalga 24 kasımda sona erdikten sonra bir daha eski düzene geçebilmek mümkün olmamıştı. Şahsi girişimler dışındaki üretim durmuştu. Sayısız televizyon kanallarından sadece üçü dördü çalışmaktaydı. Radyo devri geri gelmişti. Yüzlerce amatör yayınla titreşmekteydi atmosfer. Dünyanın diğer taraflarını bilmiyordu, ama son uydu haberleşmesi 26 Kasım günü olmuştu. David'in oğlu Londra'dan tek cümlelik bir mesaj yollamıştı. "İyi misin?'" Cep telefonları da tedavülde değildi artık. Youtube, facebook, Big Google Brother, Twitter, Instagram, Tic toc falan da bitmiş gitmişti. WhatsApp grupları tarihe karışmıştı. Elon Musk'un uydularının akibeti belirsizdi. Bill Gates'ten de bir açıklama gelmemişti. Wi fi yayınları toprağın altına çekilmiş gibiydi. İnternet devri sona ermişti artık.

"Bir kutlama kahvesi içeriz değil mi?"

Helga neyi kutlayacağız diye düşünerek başıyla olumladı. David sokağa bakan balkonun kapısını açtı ve küçük bir mangalı içeri aldı. Kapıyı örtmedi. Mangalı balkon kapısına yakın bir yere koydu. Sayısız kullanımlar nedeniyle döşemede kalıcı izler oluşmuştu.

Evlerindeki jeneratör bozuktu, ama elektriksizliğin nedeni bu değildi. Benzin inanılmaz bir hızla tükenmişti. 25 Kasım tarihinden itibaren şehre benzin girişi yoktu. Mevcut stoklar hemen kapışılmıştı. Stok yağması sırasında yakıtın önemli bir kısmı heba olmuştu. Piromanyaklar da bir başka israf kalemiydi tabii. Radyocular haklı olabilirdi. Yüz bine yakın sayıdaki arabayı tutuşturmuşlardı. Bu nedenle bir aya yakın bir süredir odun kömürü yakmaktaydılar. David geleceği iyi görmüş, millet hortumlarla depolardan benzin çekerek kusarken, piknik malzemesi satan dükkânlardan birkaç yüz kilo ağırlığında kömürü eve atmışlardı.

Ellerinde biraz benzin varken bilgisayar oyunları oynadıkları anlar yaşamışlardı. Banyodaki suyu ısıtmışlar, ampulleri yakmışlar ve hatta bir alarm sistemi bile kurmuşlardı. Şimdi kış bütün gücüyle abanmıştı. Musluk suyu iki haftadır akmıyordu. İçme suyunu işyerlerindeki on galonluk iyi su pet damacanalarından sağlamaktaydılar. Gece karanlığında taşırken belleri kopmuştu, ama şimdi onları yaza çıkartacak kadar içme suları vardı. Kullanma suyu problem değildi. Millet inanılmaz miktarlarda su depolamış ve arkada bırakarak gitmişti. Bir sürü su arıtma cihazı kullanıma amadeydi.

David bakalit saplı orta boylu bir tencereyi kömür tepeceğinin üstüne koydu. Kahve boldu. Çeşit çeşit üstelik. Helga bir sürü çeşidi denedikten sonra yine herzaman içtiği markaya Santos'a dönmüştü. Adamı kahve kokan her sıcak sıvıyı içebilmekteydi. Az sonra önce kahvelerini içecekler, sonra kömürle ısıtılan banyoda artan sıcak suyu ılıtıp birlikte banyo yapacaklardı. Duş yapmak, dolu bir küvetin içinde ayak şıpırdatmak ya da dergi okumak nostaljik bir hayaldi artık. Sadece en gerekli yerleri sabunlayarak, ısıyı ve suyu israf etmemek için birlikte yıkanmaların artıları da vardı tabii. Hele iki aylık sevgili oldukları düşünülürse.

Kahvelerini yudumlarken Helga frekans düğmesini ayarlayarak radyo Newest Yorkers FM'in yayını netleştirdi. Kara derili olduğunu tahmin ettiği bir kadın motor gibi konuşmaktaydı. Mikrobiyologdu. Bir sonraki kışa şehir nüfusunun 1920'lerdeki haline döneceğini iddia etmekteydi. Üçüncü dalga yoldaydı. İkinci dalga hava taşıtlarını, savaş uçaklarını, radarlı, navigatörlü gemileri ve uyduları kullanılmaz hale getirmişti. Mutlu bir azınlık sığınaklara sinmişti mutlaka. Üçüncü dalga gelince ölümden en çok korkanlar belki de ilk ölenler olacaklardı. Pandemi dalgalarını mumla aratan bir durumdu.

Helga her dakika duyduğu şeyler uğruna pilleri ziyan etmemek için radyoyu kapattı ve "Üçüncü dalga gelecek," dedi. "Artık şüphem yok. Ama acaba ne zaman?"

David de aynı kanaatteydi. Başını salladı. Üzerine konuşmazlarsa belayı erteleyebilirler modundan sıyrılmışlardı. Devlet güçleri On bir gün süren ikinci dalga nedeniyle inanılmaz atıllaşmıştı. Aradan geçen iki buçuk ay içinde tek bir uçak ya da helikopter havalandırmayı başaramamışlardı. Cep telefonlarını geç, kablolu telefonlar bile çalışmıyordu. İlk haftalarda yağma ve iç çatışmalara karşı kurdukları barikatlarda kimsecikler yoktu şimdi. *Nerd Screamers* grubu bütün kayıplarına rağmen radyo kanalıyla yüzlerce sivilin gizlice öldürüldüğünü bildirip durmuştu. İsim listeleri bile yayınlamışlardı. Kitlesel sivil itaatsizlik nedeniyle. Ülkenin iç taraflarında on binlerce kişi alabilen Federal Ölçekte Acil Önlemler Ajansı olan FEMA kamplarından söz edilmekteydi, ama bunun doğruluğuna inanmıyordu pek. İddiaya göre bu kampların inşasına iki bin başlarında tam da bu amaçla sinsice başlanmıştı. O ünlü ekonomik felaket beklenmekteydi. Sırada dijitalizme hızlı geçişi sağlamak için kullanılan virüs salgını vardı. Hakkını arayan halkı zaptedecek mapushaneler olarak tasarlanmışlardı yani. Bu kadar kişiyi bir arada tutacak irade mevcut değildi şu anda. Sistem fena halde çökmüştü. Hepsi mazi olmuştu artık. Küçük gruplar halinde arkasını kurtarmaya çalışıyordu insanlar.

Chambers Sokağı'ndaki semt toplantıları iki kez silahlı saldırıya uğradıktan sonra yapılmaz hale gelmişti. Mesele saldırı değildi. İlki bir kavanoz kafa hapı yutmuş bir emekli bir polisin tabancasıyla rasgele ateş açmasıydı. İki kişi hafifçe yaralanmıştı. Adam tavana nişan aldığını sanmaktaydı. İkinci saldırı üç kişilik piromanyak çetesinin işiydi. Semtteki etkinliklerinin sınırlandırılmaması için göz dağı vermeye gelmişlerdi. Adam öldürme niyetleri yoktu. Silahla karşılık veren genç bir delikanlıyı karnından vurup kaçmışlardı. En yakın dispanser yüz metre yakındı, ama midesinden vurulmuş birine müdahale edebilecek cerrah mevcut değildi. Her nasılsa yanmamış arabalarda benzin yoktu. Çalışmıyorlardı. Kasalı bir bisikletle en yakın hastaneye götürmeye çabalarlarken acısını morfinle kestikleri delikanlı ölmüştü. O tarihten sonra toplantılar rasgele oluşmaktaydı. Dışarıda ve dört yol ağızlarında.

İlk haftalarda en çok korkulan şey olan dünya çapındaki panikten kaynaklanacak bir nükleer savaş meydana gelmemişti. Diğer çeşit kitle imha silahları da kullanılmamıştı. En korkulan virüs şu anda sıradan grip virüsüydü. Tanıdığı herkes evine kafasına göre bir eczane açmıştı. En basit bir enfeksiyon bile ölüme neden olabilirdi. Tek tük de olsa yeniden maske takanlara raslıyorlardı. Gönüllü doktorlar köşe başlarında ayak üstü hasta kontrolları yapmaktaydılar.

Temizlik şarttı. Bu nedenle her gün yıkanıyorlar, dişlerini muntazam fırçalıyorlar, omega 3 haplarını yutuyorlardı. Marketlerde ve terkedilmiş evlerde hâlâ son kullanma tarihi bir yıl sonra gelecek et, tavuk ve balık konserveleri bulunabilmekteydi. Kafa dengi üç beş kişiyle birlikte baharda parklarda tarıma başlayacaklardı. Tohum stoklarının maşallahı vardı. David boş duran alt katta minik bir su arıtma tesisi kurmuştu. Yıkama yıkanma suyunu oradan temin ediyorlardı. Biraz benzin bulduklarında odun, kömür, güneş panelleri gibi alternatif enerji kaynaklarını bulup getirerek kullanıma sokabilirlerdi. Dokunulmamış yer altı benzin depoları onları bekliyordu. En yakın gelecek yiyecek, içecek, enerji ve barınma bakımından ciddi bir sorun taşımıyordu.

"Başkanımız ayda birlik son üç konuşmasını sığınaktan yaptı," dedi David. Sol ayakkabısının bağcığı çözülmüştü ona bakmaktaydı. "Önceden kayıttır da belki. Biz Amerikalıyız bu sorunu da atlatırız bla bla. Onu ben de söylerdim yahu. Bu bile tek başına yeterli bir emare. Amerikan rüyası, Amerikan kâbusu oldu hâlâ traşa devam. Eski sıradan Amerikan yaşamı elden gitti."

Helga esas emarenin sınıfa gelen öğrencilerin tavırları olduğunu düşünmekteydi. Kütleleri vardı ya da yoktu, davranışlarında içburkan bir yumuşak kararlılık vardı. Radyolarda en çok iddia edilen şey, manyetik alanlar nedeniyle düşüncelerimizin materyalize olduğuydu. Buna inanması zordu. Şeytan, Hannibal Lector, Hostel, Makas, Çığlık, Ruhlar bölgesi vb. korku ve dehşet filmleriyle büyümüş kimselerin düşünceleri bu kadar yumuşak tavırlı hayaletimsiler imal etmezdi. Bütün dünyada askeri güçleri paralize eden düşünce birliğini yaratmaları da pek mümkün değildi. Manyetik alan beyinlerine bir şey yapıyordu, ama bu etki dışarıdan gelmekteydi. İçeriden değil. Ağrı Dağı'nda yapılan deneyler bu ziyaretçilere kapı açmıştı. En çok kabul gören bu sava kendi de sıcak bakmaktaydı.

Kendilerine tıpatıp benzeyen bu yaratıkların nereden geldiği sorusu çeşitli görüş farklılıkları yaratmıştı. Helga paralel evrenler, deforme olmuş yaratılmışlar çöplüğü, hiper uzaydaki nötrinodan yapılmış insan kopyaları fabrikaları gibi aşırı bilimkurgu kokan tezlere gönül indirememekteydi bir türlü. Tanrının yolundan çıkmış kullarına cezası cinsinden aşırı dinci bakışı da çok basma kalıp bulmaktaydı. Kurunun yanında bol bol yaş yanmaktaydı. Umulanın çok altında olsa da silahlı çeteler ortalığı haraca kesebilmekteydi. Daha dünyevi, insancı, yani kalp yanı inandırıcı bir neden arıyordu.

7 Şubat Pazartesi sabahı saat 04.00'te pilli saatin zili çaldığında Helga rüya görmekteydi. Yıllar önce Rusça dersi aldığı Vanecca Kolbaschi ile bir tatil beldesindeydiler. Yıldızı bol bir otelin lobisinde oturmuş kokteyl içiyorlardı. Teras yarı doluydu. Konuşmalardan etrafta bayağı çok Rus turist olduğu anlaşılmaktaydı. Şu anda altmışı devirmesi gereken Vanecca o anda yaşıtıydı. Saçlarını çok hoş bir sarıya boyatmıştı. Sıhhatli ve mutlu bir ışınıma sahipti. İngilizcesinin kırık döküklüğünden utanan mahçup hallerinden sıyrıktı. Bir sessizlik anıydı. Kadın ne diyeceğini düşünüyormuş gibi gözlerini kısmıştı biraz.

Vanecca'yı 2005 yılının eylülünde tanımıştı. Guttenberg'de dil dersi veren kurumların en tanınmışı yabancı dil kurslarına Rusçayı da eklediğini duyurmuştu. Balayından yeni dönmüşlerdi. *Russian: Learn and Translate* şeklindeki reklam gökten zembille inmiş bir işaret gibi görünmüştü. Helga Rusça kitap çevirerek ünlenme hayalleri bile imal etmişti.

"Servis biraz yavaş, ama kokteylleri müthiş değil mi canım?"

Helga başıyla olumladı. Rüyada olduğunu farkındaydı. Çünkü kadının biraz samimileştiklerinde yakın zamanlara kadar St Petersburg'da kocaman malikanelerinin bulunduğunu, soylu aileden geldiğini ve ailesinde dünyaca tanınmış bilim insanları olduğunu, dayısının emekli bir KGB ajanı olduğunu söylediğini, ülkede oturum alabilmek için yerlilerle evlenmek isteyen bir yığın genç Rus erkeği tanıdığı olduğunu hatırlayabiliyordu. Yarısından fazlası alkolik olan bu gençleri çeşitli vesilelerle düzenlediği partilere gelen bekâr öğrencilerine tanıştırmaktaydı. Biraz atmasyoncu olan bu canlı, heyecanlı, hoşsohbet kadını çok sevmişti. Kursa iki yıl devam etmiş ve Vanecca ile sıkı kontakt nedeniyle bayağı iyi Rusça öğrenmişti. Kadınla ilişkisi 2010'a kadar aralıkları giderek açılsa da sürmüştü. Sonra ondan bir kart almıştı. Antalya diye bir yerden. Abisinin turistik otelinde çalışıyordu. bu son kontaktı.

Vanecca pahalı görünümlü saatine bir göz atıp bakışlarıyla etrafı taradı.

"David geç kaldı?"

"Kim?"

Vanecca sevecen bir samimiyetle gülümsedi. "David. Sevgilinin adını mı unuttun yoksa?"

Helga bu adı nereden hatırlıyorum diye düşünürken bir rüyadan diğerine geçiverdi.

Guttenberg'deki evinin oturma odasındaydı. Kocaman bej renkli koltuk bütün eşyaları önemsizleştirmişti. Çünkü George'u hep hasta, melankolik, hareketsiz olarak temsil eden bir nesneydi. Kocasının hastalığının başında eve girmiş ve umarsız hastalıkla özdeşleşmişti. Bir litrelik buz gibi bira bardağının en tepesinde duran incecik bir köpük tabakasından ibaretti oysa. Köpüğün altında canlı, kanlı, enerjili George'a ait bir yaşam vardı.

Koltuğun oturma yerinde eski usul bir uzunçalar albümü vardı. Helga yaklaşınca bunun You only live twice adlı albüm olduğunu gördü. George 007 James Bond filmlerini severdi. Kolleksiyonunda tamamı vardı. Helga bu aşırı maço ve İngiliz böbürtülü filmleri sevmezdi. Bir gün ev koşu bandında spor yaparken cep telefonu çalmıştı. Tam o sırada Nancy Sinatra You Only Live Twice adlı parçayı söylemekteydi radyoda. "Metastas." İlk sözü bu olmuştu George'un. Arka plandaki melodiyi duyunca "İyi ki ikinci yaşam var sevgilim," demişti.

İki yıl sonra üniversitede ders vermeyi bırakıp popüler bir tarih kitabı yazmak istiyordu. Kanser ondan daha seri davranıp bu planı iptal etmişti. Tutkulu bir New York Times okuru, ilkçağ tarih profesörü olan George Mathias inanılmaz bir metanetle karşılamıştı ölümünü. Belki Mathias ailesinin genetiğinde mevcuttu bu direnç. George'un erkek kardeşi Arthur dört yıl önce evinin garajında arabasının motorunu çalıştırarak karbon monoksit gazıyla intihar etmişti. 43 yaşındaydı. Evliydi, iki çocuğu vardı. Para sorunu yoktu. Sıhhati yerindeydi. Arkada bir not bırakmamıştı. İyi çalışan bir araba kiralama şirketine sahipti. Karısı Jane, Arthur'un iki mesleği var demişti bir kez sarhoşken. Araba kiralama işi ve benim sözlerimi duymazdan gelme. Jane ile çok iyi anlaşırlardı. Bir semt kütüphanesinde memureydi. İyi bir okurdu. Arthur kadını geliri nedeniyle biraz küçümserdi. Adamın yüksek kazancı yüzünden her yıl vergi formu doldurmak ve bin tane ayrıntı yazmak zorunda kalıyorlardı. Zengin ve yalnız bir kadındı Jane şimdi. Kocası ölünce çocukları alarak Wisconsin'e ailesinin yanına gitmişti. Kimbilir nasıl bir hayatı vardı şu anda.

Helga koltuğa doğru bir adım attığında durakladı. Zil çalıyordu.

George geldi. İkinci hayattan.

Başını arkaya çevirdiğinde rüyadan kopuverdi. David arkasını dönmüş durumda uzanmıştı. Gri eşofmanının kapişonunu takmıştı soğuktan korunmak için. Alarm sesi nedeniyle inleme ile homurtu arası bir ses çıkardı. Krem renkli ince perdede gri bir kış gününün habercisi olan karamsar ışımanın belirmesine daha saatler vardı. Elektrikle çalışan radyolu saatlerin yeşil ışıklı sayılarını arayan bakışları durunca kolu uzandı ve komodinin üzerinde duran kurmalı kol saatini buldu. Dördü bir geçiyordu. Eski usül zemberekli çalar saat haklıydı. Harekat zamanıydı.

Ana kapıdan önce David çıktı. Eliyle işaret edince Helga kapıyı örterek dışarıya süzüldü. Elinde namlusu kesik otomatik av tüfeği vardı. David sağ elindeki tabancayı anorağına yaslamış yürümekteydi. İkinci bir tabanca kılıfının içinde kalbi hizasında yer almıştı. Tex Mex yemekleri dükkânının kapısı aralık durmaktaydı. Hemen yanındaki Şehir Merkezi ayakkabıcısının kırık vitrini gibi bir yenilik değildi. İlk yağma dalgasından nasibini almışlardı.

"Sana yaş gününde hediye alacağım ayakkabı hâlâ yerinde duruyor."

Helga yüzde kırk indirimli hali 240 dolar olan uzun topuklu kırmızı ayakkabıya içini çekerek baktı ve "Ancak üstüne uygun bir elbise bulabilirsek," diye fısıldadı.

"Tamam."

Duane sokağı yıldızlı göğün altında göz alabildiğince boştu. Gece sokakları lambalar yanmadan görmeye çabucak alışmışlardı. İlk ışıksız geceyi unutamıyordu ama. Millet elinde pilli lambalar, akülü projektörler ve gaz yağı ile ıslatılmış bezden yapılmış meşalelerle gezmekteydi. Helga'nın sol cebinde dört pilli bir elfeneri vardı. Piller çok yeniydi daha. David basılınca hareket enerjisiyle yanan bir lamba taşımaktaydı. Çin malı alet bozulana kadar pilsiz enerji vermek için imal edilmişti.

Yanmış iki araba, başıboş gezen dört beş köpek, sağ kaldırımda duran dev bir yeşil konteynırı geçtiler. Konteynırın yeşil olduğunu hatırlamayla bilmekteydi. Nesneler uzaktan güç seçilir siluetler olarak belirip tekrar arkada kalıyorlardı. David ücretsiz alışveriş dediği etkinlik için bu saati tercih etmesi kıyamet saati meleklerinin, ayyaşların ve hapçıların muhtemel tasallutunu asgariye indirmek içindi. İşe yarıyordu. En belalı saatler akşam dokuzla gece iki arasıydı.

Kaldırımda binalara yapışık durumda yürüyorlardı. Böylece muhtemel bir dürbünlü tüfekli manyak için daha az hedef teşkil etmekteydiler. Bu öğütü onlara bir binbaşı vermişti. Olaylar başlayınca ordudan kaçmıştı. Sivil elbiselerin içinde bile asker gibi duran, elleri çok becerikli bir adamdı. Alt kattaki su filtresi onun sayesinde çalışmaktaydı. Adam bir ay kadar önce gün ailesini alarak şehri terketmişti. Doğma büyüme Manhattan'lıydı. 'Çok boş. Böyle olmaz.' demişti giderken. Kızıl saçlı hoş bir karısı ve annesine çok benzeyen yaramaz bir oğlu vardı. Kadın Ohio'luydu. O taraflara bir yere gideceklerdi. Dev bir minibüse acaip malzeme yığılmıştı. Onları da davet etmişlerdi. David hadi dese giderdi. Boş şehir onca tıkış tıkışlıktan sonra insana ferahlık vermiyordu sanıldığı gibi. Bazı felaket filmlerinde yaratılan hava gerçeğe uymuyordu. Şehir insanı mevcudiyet için kurulmuş yaşayan bir sistemdi.

Oktoberfest pankartlı bir kafenin önünden geçtiler. Okulda Almancası iyi değildi, ama bunun ekim bayramı olduğunu kestirebilmesi için Arnold Schwarzenegger kadar Almanca bilmesi gerekmiyordu.

David içine kurşun geçirmez bir yelek giymiş, üstüne de beton rengi bir anorak geçirmişti. Bu nedenle bayağı heybetli durmaktaydı. İyice kırlaşmış gür saçlarıyla orta yaşlı bir polisi canlandıran bir aktörü andırmaktaydı. Helga da uzaktan hemen seçilemeyen pastel renkleri yeğlemişti. Ayaklarında pahalı koşu ayakkabıları vardı. Tam 395 dolardı fiyatı. Üçüncü Dünya ülkelerinde çocuk işçi çalıştırarak taş çatlasa 25 dolara mal edilen ayakkabılar şimdi bedavaydı.

West Broadway sokağının köşesindeki çiçekçiye vardıklarında Helga o ana kadar dört evin camında ışık ya da hareket görebilmişti. İlerilerinden bir araba hızla geçip gitmişti. Erken olmasına rağmen şehir merkezindeki hareketlilik bayağı azdı. Daha önceki çıkışlarını hatırlıyordu. Sokakta kendileri gibi alışverişe çıkmış tanıdıklarla bile karşılaşmaktaydılar. Şehir iddia edilenden bile daha boş olabilirdi gerçekten.

Hudson sokağının köşesine yaklaştıklarında David birden durdu. Helga muhtemel bir tehlikeyi görebilmek için telaşla etrafına bakındı.

"Şunu gördün mü?"

Helga David'in elinin işaret ettiği yere bakınca kalbi dana kalbi gibi genişledi.

Karşı sıradaki kırmızı tuğlalı binanın kapısı aralıktı. Kapıda küçük bir kız çocuğu oturmaktaydı. Başı sağa doğru kayıktı. Sabahın soğuğu için üstü çok inceydi. Kırmızı bir uzun kollu kazak ve siyah pantolon giymişti. Ayakları çıplaktı. Sol yanında sarı bir şey duruyordu.

David'in arkasından sokağı geçerken sağı solu tarayan gözleri bir hareket saptayamadı. Sarı nesne bir okul çantasına benziyordu. Sekiz yaşındaki kızların kullandığı Snoopy ya da Garfield çıkartmalı deri taklidi plastik çantalardan onun da olmuştu zamanında. Dinozorların yeryüzünden silinişinin hemen ardından gelen bir zaman dilimi gibi gerilerdeydi anıları şimdi.

"İsa aşkına, Carli bu."

Helga içinin sıkıntısından sesli cevap veremedi. Catteway ailesinin tek kızıydı Carli. Mavi gözleri yarı aralıktı. Sarı bukleli saçları ıslanmış gibi kafasına yapışmıştı. Ağzının kenarında ve kazağının göğsünde kurumuş kusmuklar göze çarpmaktaydı. Ağzının sol tarafındaki kusuk lekeleri elle silinmiş gibiydi. Belki de bir köpek yalamıştı. Tadını beğenmeyince devam etmemişti. Kız öleli bayağı zaman olmuştu. Bunu kendisinin yapabileceğini sanmıyordu.

David geriye bakınca kadın adamın gözlerindeki acıyı okudu. Catteway ailesi en yakın dostlarıydı. Harold Catteway sigorta poliçesi satan biriydi. Karısı Caroline de orta okullarda gramer dersi vermekteydi. Çok iyi anlaştıkları bir çiftti. Baharda parklarda tarım için kurdukları küçük gruba ilk katılan kimselerdi.

"Bakalım bir... Yukarı."

Kapının aralık durması her şeyi anlatmaktaydı. Çünkü oturma odasındaki divanda kaykılmış durumda oturan Catteway çiftininin cesetlerini görmeye hazır değillerdi. Hiç değillerdi hem de. Bütün ümitlerin berhavası gibi bir şeydi bu. Tarım yapacaklar, çocukları büyütecekler, bir okul açacaklar ve yavaş yavaş bozulan şehri yeniden çalıştıracaklardı. Bu Carli'nin lafıydı. Şehir dedemin çalar saati gibi bozuldu diyordu sık sık.

David kucağındaki kızı sol kolu annesine değecek şekilde divana oturttu. Aile yeniden tümlenmişti.

"Akıl almaz bir şey. Daha evvelsi gün..."

"Neredeyse bir saat konuşmuştuk." dedi Helga. Bir yandan evde tek başına 250 miligramlık morfin tabletlerini arayan George'u hayal etmekteydi. 3 gr. saf morfin bir öküzü bile öldürebilirdi. "En ufak bir emare göremedim Caroline'nin yüzünde."

Ev tıka basa stoklanmış eşya doluydu. Dokuz yüz yirmi iki adet dvd film kolleksiyonları vardı. Bazen burada oturup film seyrederlerdi. Bütün pencere pervazları, küçük tabureler test için tohum çimlendirilmiş saksılarla bezeliydi. Harold üşenmemiş arabalar yakılmadan önce depolardan benzini çekerek depolamıştı. Bu nedenle evde elektrikli aletler çalışmaktaydı. Kulak verince yan odada çalışan jeneratörün mırıltısını duyabilmekteydiler. Oturma odasında iki adet iktisatlı lamba yanmaktaydı. Ampul başına 10 voltluk enerji çekerek 80 volt gücünde ışık vermekteydiler. Onların mum aydınlanmalı odalarından çok farklıydı ortam.

Üçü de sıhhatliydiler. Kafa dengi bir grup oluşturmuşlardı. Birden ailece bir karar almışlar ve en yakın dostlarına dahi haber vermeden intihar etmişlerdi. Emirlerinde sayısız eczane ve kimyasal malzeme vardı. Harold işletme fakültesini bitirmeden önce iki yıl tıp okumuştu.

David daireyi kolaçan ederken Helga büyük yemek masasının üzerindeki sayısız ıvır ve zıvırdan oluşan yığınının en tepe noktasında duran krem rengi kağıdı farketti. Bir bloknottan yırtılmışa benziyordu. Sol alt köşesinde sarımsı bir leke vardı.

Tanrını sıtkı sıyrıldı bizden.

Yemiyorlar.

Yemiyorlar bile…

Etimiz de ruhumuz gibi kokuşmuş.

Aç köpekler ve fareler birbirlerini yiyorlar, ama sokaktaki leşlerimize dokunmuyor.

Ruhumuz… etimizi de kirletmiş.

Geleceği olmayan a…

Ne eski güzel filmler, ne de melodiler umut dolu çağrışımlar yaratmıyor.

Mazi kendinden silkiniyor.

Belleğim eskiyi terkediyor.

Çekilen su gibi.

Denizin dibi katranzlaşmış.

Üstteki mavilik kandırıcı, katran yükse…

Helga'nın yanakları ıslanmıştı. Caroline bu satırları bilinci yitmeye başladığında yazmış olmalıydı. Şair ruhlu sekiz yıllık gramer hocası, başka türlü bazı kelimeleri harfleri eksik bırakmaz, *katranzlaşmış* yazmazdı. Kağıdı iki defa katlayıp anorağının sol cebine koydu. Caroline'nin pusulasında moral denizini ziftleştirici bir güç vardı. David'in bunu hemen bilmesine gerek yoktu.

Elinin tersiyle yanaklarını silerek bordo renkli divana baktı. Kız hariç anne ve baba dışarı çıkacakmış gibi giyinmişlerdi. Ayakkabılıydılar. Caroline ona çok yakışan taba rengi paltosunu giymişti. Bütün düğmeleri ilikliydi. Kızıyla aynı tonda olan sarı saçları yeni yıkanmış ve kabartılmış gibi diri görünmekteydi. Harold'un kül rengi kabanının fermuarı açıktı. Kırk altı numara ayakkabılarının bağcıkları özenle bağlanmıştı. Yüzeyleri yeni cilalanmış gibi pırıl pırıldı. Yüzleri acemice baygın taklidi yapan aktörlerinki gibi incecik bir asılsızlık tabakasıyla, bir çeşit şaşkınlık denebilecek ifadeyle yüklüydü.

Çekirdek ailenin ölümü pozu şu ana kadar bir sürü ceset görmesine rağmen duygularını çok derinden etkilemişti. En ağır darbe iki yani keskin bir bıçaktı artık zihninde.

Gerçekten etleri fareler için bile cazip değildi. Bir parça yağ kokan bir nesne için didişen hayvanlar, sokakta günlerce kalmış bir cesedi ellememişlerdi bile. Caroline çok haklıydı. Maziyi düşünme işlemi giderek seyrekleşen bir zihinsel etkinlikti. Daha iki gün önce teyzesinin adını hatırlayabilmek için dakikalarca düşünmüştü. Fiona teyzesinin sesi ilerlemiş yaşında bile çok güzeldi. Birlikte bazen saatlerce şarkı söyledikleri olurdu. Kadın tutkulu bir Neil Young hayranıydı.

Helga küçük kızın rengarenk ojeli çıplak ayaklarına bakmadan duramıyordu. Carli kustuğu için ilacın tesiri yavaşlamış olmalıydı. Elinde okul çantası nereye gitmekteydi acaba? Onlara mı gelecekti? Ayakkabılarını ve çoraplarını niye çıkarmıştı o halde? Bunları birinci katın merdiven basamaklarında görmüşlerdi. Demekki orada sıyırmıştı ayağından. Hissettiği bunaltıdan ötürü belki. Çocuk ne olduğunu bilmiyordu büyük bir ihtimalle. Verilen sıvıyı içmişti hiç düşünmeden. Haksızlıktı bu. Basit bir ima ile bile Helga, Carli'ye kendi öz kızı gibi bakardı.

Katranz yükseliyor Helga.

Aklına George geldi yine. Adamın oturma odasındaki sevgili koltuğunda yüzü on altı yaşındayken yaptığı palyaço tablosuna çevrik giyimli olarak oturduğunu hayal etti. Yanındaki sehpada boş bir bardak, boş bir ilaç şişesi ve işlek yazısıyla yazdığı bir veda notu duruyor olmalıydı. Helga o notu asla okuyamayacağını hissederek iç geçirdi. Bir şekilde evini ve eşyalarını bir daha göremeyeceğini hissetmekteydi. Durumun ağırlığının neden olduğu bir karamsarlıktı. Eğer yaşarsa on kilometre ötedeki evine varacağı bir an bulunacaktı mutlaka.

'Blockchain Helga, geleceğin e-topografyası.' Kocası son zamanlara sürekli olarak blockchain ve 5 G'den bahsetmeye başlamıştı. O da bitmiş gitmişti. Halkaları dört saçıldı gitmişti dalgalar vurunca. Hiçbir şey kâğıda yazılmış o not kadar değerli değildi artık.

Birden masanın altında bir hareket sezince namlusu yere bakan tüfeği tutan elleri refleksle o tarafa yöneldi.

"Marduk."

Bir yaşındaki bembeyaz dişi kedi şüpheyle onları süzmekteydi.

"Ödüm patladı."

Oda kapısının eşiğinde duran David keyifsizce sırıttı. "Benim de."

Beyinlerinin içinde durumun bütün ağırlığına rağmen elektrik sorunu çözüldü düşüncesi geçmekteydi. Harold'un üst katları tamamen boş olan binada en az birkaç yüz galon benzin depoladığına kalıbını basardı. Yaşamının son yirmi yılında sigorta poliçesi satmıştı sonuçta.

"Miyaaauv."

Helga eğilip hayvanın sırtını okşadı. Bir de kedileri olmuştu. David kendisi gibi kedi delisi değildi, ama bu harika güzellikteki hayvanı burada bırakacağını sanmıyordu.

"Onları böyle... Böyle bırakamayız. Gömmemiz gerekir."

Helga'nın yeniden gözleri dolmuştu. David'e baktı ve "Nasıl yapacağız bunu?" dedi. Aklına belki topraktaki kurtların bile cesetlerine dokunmayacakları geldi. Toprak altı mumyaları mı olacaklardı? O da gömecek biri bulunursa tabii. Ağlamak üzereydi.

Adam çaresizlikle omuzlarını silkti ve içini çekti. Bir doksan beş boyunda yüz yirmi kilo ağırlığındaki Harold'u ve ailesini en yakın parka götürebilmek için kasalı bisikleti kullansalar bile, Catteway ailesini gömecek kadar çukur açabilmeleri yumuşak toprağa rağmen çok zaman alırdı. Riskli bir işti. Bu tür törenlerden gıcık kapan silahlı manyaklara hedef teşkil edeceklerdi. Adamın yüzündeki kararlılığı görünce Helga başıyla olumladı. "Önce jeneratörü ve kediyi eve götüreceğiz ama."

"Anlaştık."

Az sonra yeni jeneratör, bir çanta benzin ve Marduk yeni evine taşınmıştı. Geride kalan sotalanmış benzine kimsenin dokunacağı yoktu. Başka yerde durması daha güvenliydi. David jeneratörü çalıştırdı ve aylar sonra ilk kez su ısıtıcıyla kahve hazırladı. İktisatlı lambalardan biri de yanmaktaydı. Kahvelerini içecekler ve sonra dostlarını gömmek için harekete geçeceklerdi. Marduk yeni evini araştırmakla meşguldü. Saat sabahın altı otuz ikisi olmuştu. Hayat her şeye rağmen dayanılır gibiydi yeniden. Üçüncü dalganın vurmasına dakikalar kaldığını bilemezlerdi.

"Bana babanı anlatsana."

"Ne?"

Kadın şaşkınlıkla yüzüne baktı. Lambanın azıcık boğuk ışığında Helga'nın yüz hatlarını görebiliyordu. Kadın az önce yaşadıkları şokun tesirini ölçercesine bakıyordu. Endişelenmişti. David'in içi minnet ve sevgiyle doldu.

"Sen hiç rüya görüyor musun?"

"Evet. Bazen. Niye sordun?"

David babamın yüzünü unuttum be diyecekti vazgeçti. Adamın yakmadığı piposuyla yazı masasında saatlerce oturduğu anları hatırladı. On altı yaşındaydı. Burs kazanmıştı. Bu evdeydiler. Miras işleri yüzünden Green Village'deki evden buraya taşınmışlardı. Annesi şehir merkezi şehir merkezidir diyordu. Babası susarak ve tek bir kelime etmeden hiç de değil sinyali ışıyordu. Kadının ince barsak kanserinden ölmesine yarım yıldan az zaman kalmıştı. Sahi annesinin kızlık soyadı neydi? Halası ya da teyzelerinin isimleri. Adamın karnında korku özlü bir köpük hızla büyümeye yüz tutacakken bir şeyin etkisiyle büzüldü gitti. David barsaklarından ağır bir yükü bir defada çıkarmış gibi rahatlamıştı.

Bir kez babasının elinden hiç düşmeyen lacivert ciltli deftere hızlı bir göz atmıştı. Yasak iş yapma ve mahremiyete tecavüz yüklü duygularla. Babasının binlerce saat elinde tuttuğu, durmadan bir şeyler not alıyormuş izlenimini veren defterin üçte biri doluydu sadece. 'Bakkaldan bira aldım. Aspirin bitmiş yine.' cinsinden yazılanların çoğu sıradan notlardı. 'Başağrısı uzay boşluğundan kaynaklanıyor.' şeklinde uçuk satırlar da vardı. Evden uzak kaldığı yıllarda ayırdına varmıştı. Defter yazmak için değildi. Yazmamasını sağlıyordu. Düşünüyor ama o defter sayesinde kelimelere dökemiyordu. Kelime dökmek yasaktır alanıydı o defter.

Helga'nın kendinden cevap beklediğini farkedince sırıtarak, "Daha önce konuştuğumuz şey canım." dedi. "Birden... Belleğimiz yer yer perdelenmiş gibi.

Eskisi gibi hatırlamıyoruz bir sürü şeyi bir anda."

Kadın hakverircesine başını salladı. "Aklıma bir şey geldi ama yine de. Arkon diye birini tanıyor musun?"

"Karımın yeni sevgilisinin adı." dedi David. "Matt ve Diana adlı iki çocuğu vardı. Karım bayılmıştı onlara." Helga merakla dinlediği için birden içinde anlatma çoşkusu doldu. "Taşınmalarına bile yardım ettim. Sonra beni yemeğe davet ettiler. On iki yılda borcunu ödediğim, değerinin yarısını bir defada yatırmıştım, evdeydiler. Oturma odasına kocaman bir Köln katedrali resmi asılmıştı. Altında da bordo renkli bir divan duruyordu. Matt yaptı demişti David. Saçlarını boyayan, orta boylu, ince yapılı biriydi. Kim bilir belki de karımı ilk olarak o bordo divanda becermişti. Tabloya bakarken Arkon ve Melisa'nın yüzlerindeki sırıtmadan bu neredeyse açıkça okunmaktaydı. Stefan da Matt'la iyi anlaşmıştı. Harika bir uyumla çalışan sistemdeki tek fazlalık bendim hayal edebiliyor musun?"

Helga anlayışla başını salladı. "Hep öyle olur."

David minnetle gülümsedi kadına. "Hiç sorun çıkarmadan sökülüp atılmama göz yumdum ama. David'un Michigan gölü kıyısında bir evi vardı. Stefan da gidip görmüştü. Fotoğrafları gördüm. Doğa çok güzeldi ve Melisa mutluydu. 21 yıl evli kalmıştık. Belki bu kadar sorunsuz ayrılmayı sindiremeyen bir yanı vardı. Bilmiyorum. Aklıma neyi getirdi. Ben çocukken, Greenvillage'de adını unuttum şimdi, Mell Quinsy miydi neyse, bir süpermarket açılmıştı. Kağıt torba yerine ince plastik torbalarla alışveriş yapılan o rezil yerlerden. Her şey inanılmaz derecede ucuz, ama kalitesizdi. Et, sebze, meyva haftalarca dayanabilecek gibi taze görünüyordu, ama ikinci gün meyvalar pörsüyor, et kokmaya başlıyordu. Buzdolabına rağmen. Babam bu dükkânda teknolojik bir hile var diyordu. Işıklandırmada ya da içdizaynda falan bir kumpas vardı yani. İki tezi vardı. Birincisi ışıklandırma kanalıyla sağladıkları hipnoz ortamı nedeniyle her şey taze görünüyordu. İkincisi de içerdeki oksijen oranı fazlalığıydı. Bu sayede insanlar kendilerini mutlu hissediyor ve mamullerin kalitesini abartıyordu. Annem babama o markete gitmeyi yasaklamıştı. Babamın gizlice oraya giderek bir sakız alıp çıktığını bilirim. Birkaç kez birlikte de gitmiştik. Sırrı keşfetmeye çabalıyordu. Bizim Melisa ile olan beraberliğimiz de sanırım o dükkâna benziyordu. Parlak, hoş, kullanışlı görünen bir sürü şey vardı, ama hızla çürümek gibi berbat bir özelliğe sahipti. Buna akıl erdiremiyorduk belki."

"O brendili kahve akşamları mı yoksa? Babamın da öyle bir votka kulübü vardı."

David sevgiyle kadına baktı. Aklı yeniden Catteway ailesinin dramına girmişti. Bu şehir artık o dükkân gibi bile değil deyip, belki de ardından ağlayacaktı. Bunu yaparsa kendi oksijenleri de azalacaktı biliyordu, ama elinde değildi. Neyse ki Helga... Kadına Cuma toplantılarını anlattığını unuttuğunu unutmuştu. Kendini toplayarak yetişkin hayatımın en güzel şeyi dediği anılara döndü. "Henry, Ferris ve Bob. Her ayın ilk cuması bu evde toplanırdık. Benim çalışma odamda. Arka arkaya brendili kahve içer ve deli gibi gülerdik. Sabaha kadar akla gelecek her şeyden söz ederdik. Yazları bir ara biraya dönerdik. Sadece Temmuz-Ağustosta falan. Sonra brendiye devam. Henry o sıralarda çok formdaydı. Binden fazla fıkra bilirdi. Aynı fıkrayı yirmi kere anlatsa gene gülerdin. Acaip derecede üsluplu bir şaklabanlığı vardı. O da fizik öğretmeniydi benim gibi. İkinci karısından da ayrılmıştı. Nafaka ödüyordu, ama neşesi her daim yerindeydi. Vergi dairesinde çalışan Bob bütün yeni şehir dedikodularını bilirdi. Kendi komik yorumuyla bizi gülmekten kırar geçirirdi. Ferris de Bob gibi liseden arkadaşımdı. Belleği inanılmaz güçlüydü. Unutulan ayrıntıları hatırlatarak espri güçlendirici bir rol oynardı. 2004 güzünden sayarsak dokuz yıl sürdü bu Cuma toplantıları. O yıllarda gülmek daha kolaydı. Eski dergiler, filmler, müziklerden ve çocukluk anılarımızdan söz ederek, zaman zaman gülmekten katılarak sabahı bulurduk. Eski film ve müzik delisiydik. Ann Margaret, Jane Fonda, Jon Voight, William Smith'li filmlerini eski video bantlardan izlerdik. Darker Than Amber'i en az on kez gördüm inan. Belki daha bile fazla. Şimdi kimse adını bile hatırlamaz. Caz sevmeyen bir ekiptik. Mega gruplara fazla yüz vermezdik. Wishbone Ash, Magma, Ten years after, Hawkwind falan dinlerdik. Tabii bol bol da blues. Melisa altmış-yetmişlerden nafile ruh çağırma seansları derdi. O yıllarda bilc yaşlanıyorduk." Sözlerinin Helga'nın hoşuna gittiğini farkedince daha hevesle devam etti. "Havada o yılların ruhunu taşıyan sporlar azalmaktaydı. Kısır bir hevesmiş. Sonradan... Çok iyi anladım. O ruhu kısırlaştıran bizdik. Çünkü metaya odaklanmıştık. Daha büyük ekranlı televizyon almak istiyorduk derdi Henry bu konu açıldığında. Bilgisayar ve internet kullanmamayı başarmış nadir kimselerdendi. Tabii sonra onu öyle hasta... İki yıl önce öldü. Cenazesinde tek eski arkadaşı bendim. Karısı beni önce tanımadı. Belki üzüntüden... Ve de... Sabaha karşı çok acıkınca peynirli makarna yerdik. Henry çok severdi."

"Kraft marka olmasın sakın?"

"Peynirli olanlardan üstelik." Dedi David dilini çıkartarak. Hâlâ bu markayı çok sevdiğinden yan odalardan birinde en az elli kutu bulunmaktaydı şu anda.

"Kimyası bol olanı desene. Suni bir gıda ama lezzeti bayağı iyi."

Genetik ilginç bir şey diye düşündü David. Babası da bu makarnaları çok severdi. Oğlu Stefan, annesi gibi ağzına bile koymazdı. Helga hatırı için küçük porsiyonlar şeklinde yemekteydi zaman zaman.

"Sonra?"

"Melisa da zaman zaman bize katılırdı." dedi David. "O makarnalara elini bile sürmezdi ama. Bizle aynı mantalitede değildi. Kapıların ardına geçen gülme salvolarının nedenini çözebilmek için bulunmaktaydı daha çok. Sabık karım... Bunda... Burada çizgiyi aşan bir şey görüyordu. Babam sessiz bir muhalifti. Sessizliğe güç yüklerdi. Ben çenesi düşük, ama iyice pasif muhaliftim. Karım bundan bile gıcık kapıyordu. Sonra... 2012'de Bob işinden ayrıldı ve serbest çalışmaya başladı. Sık sık başka eyaletlere gitmesi gerekiyordu. Henry yeni bir evlilik yapmıştı. Bilinen küçük şeyler. Biraz ara verdik. Yedi yıl neredeyse. Sonra üç yıl önce bir kez daha toplandık. Ferris karısından boşanmış ve kendini alkole vermişti. Bütün gece abusluk milli madalyasını kazanmak için çabaladı desem yeridir. Aşırı içkiden oturma odamdaki o İran halısının üstüne kustuğunda 'Gülerek kusarsan daha az kötü kokuyor' deyip ardından ağlamaya başlamıştı. Henry koltukta sızmıştı. Bir damla bile içmeden. Kanserdi. Kemoterapi görmüştü. Kafasında üç beş tel saç vardı. Fıkralarının gücü 300 vattan 3 vata inmişti ve bunlardan yirmi tanesine içten gülüyor numarası yapmak zorunda kalmıştık. Bob başka türlü değişmişti. Para durumu çok iyileşmişti. Kafasına saç ektirmişti. İyi görünüyordu. Genç bir sevgilisi vardı. Atmıyordu. Gözüyle görmüştü. Birkaç kez karşılaşmışlardı şehir merkezindeki kafelerde. Bütün gece sıkıntıdan gebermişti. Buraya gelişi çürümüşlüğün tescilini görmek ve geçmişindeki hilafsız en güzel ve baştançıkarıcı şeylerden birini anı çöplüğüne atmaktı belki de. Melisa gibi çizgi dışı eğilimlere tahammül edemeyen bir hali vardı. Lise arkadaşı David Gauda'nın yerinde otladığını görmüştü. Kendisi elit New York'luydu artık. Maziden arta kalan şeylerle geviş getirmeler bitmişti kitabında."

"Şimdi ne yapıyordur acaba yeni New york'lu arkadaşın?"

David'in sezgileri bir yana doğru yöneldiğinden soruyu unutuverdi. Babanın şu votka kulübünden bahsetsene diyecekti, o da çıktı aklından. Bir şey, bir şeyler geliyordu. Onlara doğru. Geliyorlar diyecekti kapı çalındı.

Daha yeni sahanlığa kürekleri koydukları için kapı aralık durmaktaydı. David kapının ağzında belirenleri görünce apışıp kaldı. Öğrenciler geri gelmişlerdi. Altıyı otuz üç geçiyordu.

Saat sekizi tam kırk beş geçe ders zili çaldı. Bir dizüstü bilgisayar yardımıyla elde edilen ses eskiden okuldan alıştıklarının tıpatıp aynısıydı. Yığılmış eşyalarla bir ardiyeyi andıran büyük oturma odası tanınmaz durumdaydı. İçerideki eşyaların tümü, duvardaki tablolar ve minik raflardaki süs eşyaları da dahil üst kata taşınmıştı. Karşılıklı iki duvar siyaha boyanmış ve fönlerle kurutulmuştu. Odanın ortası açılır kapanır sandalyelerle doluydu. Duvar diplerine birer kürsü ve sandalye yerleştirilmişti. Helga bir duvarda, David diğer duvarda ders verecekti. İngilizce ve fizik. Fizik için yirmi, İngilizce için on altı öğrenci vardı. Otuz altı öğrenci iki buçuk saat arı gibi çalışarak en yeni yaşam dekorlarını kurmuştu. İçersi leş gibi boya koktuğu için pencereler açılmıştı. Soğuğu engellemek için iki elektrikli soba kurulmuştu. Öğrencilerin ısı sorunu olmadığından sobalar kürsülerin yanına yerleştirilmişti.

Bu seferki öğrenci başı da genç bir kızdı. İmtisal El Husrevi. Siyah saçlı, esmer, ince yapılı, uzun boylu bir kızdı. Taş çatlasa on sekizinde falandı. Saçlarının perçemini açıkta bırakan ince beyaz kumaştan bir başörtüsü takmaktaydı. Gruptaki yirmi iki kızın arasında başörtülü dört kız daha vardı. Öğrenciler ilk geldiğinde David'in Shing Do'yu arayan gözleri farkı hemen görmüştü. Bu defaki öğrenciler daha ziyade Orta Doğu kökenliye benzemekteydiler. Diğerleri gibi saygılı ve neredeyse telepatiyle anlaştıklarını düşündürecek kadar sessizdiler.

David yan gözle diğer kara duvara arkasını dönmüş olan Helga'ya baktı. Üzerindeki anorağı çıkarmıştı. Bin vatlık soba yeterince ısı vermekteydi. Sarı kazağı, beyaz gömleği ve daracık bluciniyle bir genç öğretmen havası vardı. Bunca stresli ve ani gelişmelere rağmen kıyafetini değiştirmesi, saçlarını özenle taraması ve ruj sürmesi olumlu bir işaretti. Kendini kapıp koyuvermek yasaktı. Akıntıyla birlikte yüzmeye devam sinyali.

Aynı anda ders verecekleri için seslerin karışması, konsantrasyon falan ne olacak soruları zihninde hızla buharlaşıverdi. Beyinleri uyarlanmıştı. Kendisini ancak isterse Helga'nın ne dediğini anlıyordu. Bunun dışında kadının konuşması onun ders anlatmasını engellemiyordu. Öğrenciler dersle çok yakından ilgiliydiler. Daha ilk dakikalardan çok akıllıca tertip ettikleri soruları sormaya başlamışlardı.

"Kütle ivmelendirmek için enerji harcanması gereken bir şeydir. O halde Kütle ve İvmelenme birbirlerini tarif eden iki fiziki durumdur. Burada bir mantık hatası yaptım mı?"

David ikinci dalga vurduğu anda kaldığı yerden başlamaya karar vermişti. Dört parmak birden kalkınca ders vermeyi seven yanı zevk duydu. Protokol sırasını gözeterek koyu kahverengi gözleri zekayla yanan İmtisal hanımı işaret etti. Aynı anda da ben bu adı nereden tanıyorum dıye düşünmeye başlamıştı.

*

"Bullseye ne çeşit bir katalizör olmuştur?"

Helga bütün sınıfın parmağı aynı anda havaya kalkınca şaşırmadı. Bir ayı aşkındır her derste eksiksiz bulunan öğrencilerini tanımaktaydı artık. En öndeki esmer genci işaret etti. Mart ortası olmasına rağmen serince bir gündü. Elektrik sobaları sadece çok yakın çevrelerini ısıtabilmekteydi. Alnı sivilceli gencin üzerinde bol bir beyaz tişört vardı. Daracık bir siyah kot pantolon giymişti. Ayakları çıplaktı. Kızlar da dahil öğrencilerin hepsinin ayakları çıplaktı. Kirlenmeyen, toz tutmayan, tırnakları uzamayan çıplak ayaklar içinde iki farklı gerçeğin birbirine teyellendiği hareketli noktalar duygusu uyandırmaktaydı.

"Söyle bakalım Faruki."

"Araba eksozlarına konan çevreci bir katalizör gibi davranmıştır. Bill Skyies aşırı kirlilik saçmaktaydı."

Diğer bakışlarda ittifakla evet öyle mesajları yanıp sönünce Helga bir başkasına söz vermedi. Derslere başladıklarından beri kelimenin sözlük anlamıyla Charles Dickens'ın eserlerini tiftiklemekteydiler. En sona kalan Oliver Twist çok ilgi çekmekteydi. Yetimhanede büyüyen Oliver Twist'in bir sorundan diğer soruna atlayarak yaşadığı serüvenler yemeyen, içmeyen, üşümeyen, uyumayan öğretmenlerinin akıl sağlığını bozmamak için nefes alıyormuş hissi veren öğrencilerde çok güçlü bir empati duygusu uyandırmıştı. Bu empati salgısı onları normal insana boyamaktaydı. Merhametsiz Bill Skyies'in trajik sonu yüzlerde hınç çizgileri yaratmadan onaylanmaktaydı. Bir sonraki yazar modernizm akımının önemli yazarlarından Joseph Conrad ve ünlü eseri *Karanlığın Kalbi* olacaktı. Bakalım öğretmenlik hayatı boyunca gördüğü en duyarlı ve çalışkan öğrencileri ne tür tepkiler verecekti.

Zil çalınca Helga rüya ertesinde uyanma anı yaşadığını düşündü kimbilir kaçıncı kez. Son dersti. Öğrenciler saygılı bir düzenlilikle defterlerini ve kitaplarını toplayarak çantalarına tıktılar ve sessizce oturma odasını terk ettiler. Bir kucaktan diğerine geçerek bütün derslere katılmış olan Marduk kuyruğu havada salonu terketmişti. Kendini lütfen elleten ve asla kucağa aldırtmayan hayvan öğrenciler gelince değişmişti. Gece bile onlarla birlikte yatmaktaydı. Ne yaptılarsa üst kattaki sıcak yatağına yüz vermiyordu.

Helga ıslak bir bezle duvara yazdığı formülleri silen David'e baktı. Adam açıkça zayıflamıştı. Krem rengi ceketi bollanmıştı. Kıçı havalı kot pantolonunu eskisi kadar germiyordu. Kilo vermişti, ama bunu biradan şaraba geçmesinden çok hızlandırıcılara borçluydu.

"İyi geceler saygıdeğer öğretmenlerimiz."

Helga salonda en sona kalmış olan İmtisal'e bakıp gözleriyle sağol sinyali vererek başını salladı. Üzerinde çok yakışan kahverengi bir elbise bulunan çıplak ayaklı kız odadan çıkınca içini çekerek adamına baktı.

David ellerine bulaşan tebeşir tozlarını çıkarmakla meşguldü. Bakışları karşılaşınca sevgiyle tebessüm etti. Ardından rutin işlere giriştiler. Helga Marduk'un mutfakta duran yemek kabını tepeleme doldurdu. Gündüzleri öğrencilerin kucağından hiç inmeyen hayvan geceleri yemek yemekteydi.

Birisi çeyrekliği attı oyun makinesinin haznesine.

Helga zihninde ansızın parlayıp sönen bu sözcüklere aldırışsız pencereyi açarak Church sokağına bir göz attı. Sokakta görebildiği kadarıyla sadece üç beş evde lambalar yanmaktaydı. Biri otuz metre kadar ötedeki yoga dersanesiydi. Hint asıllı Meşhar ve Arjantinli karısı Jackline'nin yeri. Birinci kattaki yogacılarla muntazaman görüşmekteydiler. Salonları müşteri kaynıyordu. Hepsi de öğrencileri cinsinden varlıklardı. Karı koca hafta sonları da çalıştıkları için ancak cumartesi akşamları görüşebilmekteydiler. Kendileri de mecbur kalmadıkça sokağa sadece hafta sonları çıkmaktaydılar.

Her okul, işletme ve kurum harıl harıl çalışmaktaydı. David yeni New Yorkluların sayısının bir milyon civarında olduğunu tahmin etmekteydi. Onların sayesinde şehir yeniden şehire benzemeye başlamıştı. Pazar gezilerinden birinde şoför ve hostesi hariç bütün yolcuları kütlesiz müşterilerden ibaret olan bir turist otobüsü görmüşlerdi. Trafik ve park sorunu yaşamadan şehri turlamaktaydılar. Bankacı dostları Auster Corr bu durum için sıfır işsizlik hali bu. Büyük krizle birlikte geri dönen devlet korumacılığı yanında solda sıfır kalır demişti.

Helga sokağın sakinliğine bakarak içini çekti. Bugün cumaydı. İki gün ders yoktu. Çevrede oturan ahbapları ve yeni arkadaşlarıyla cumartesi akşamları Duane sokağında eskiden suratsız garsonların hizmet ettiği lüks bir kafeterya olan Lyric'te toplanmaktaydılar. On dört kişilik bir gruptular. Müzisyenler, yogacılar, bankacılar, kumarbazlar, memurlar ve öğretmenler bir aradaydılar. Bu takım normal şartlarda asla bir araya gelemezdi. Şimdi hortlaklı köşkten bozma bir lisede yatılı okuyan öğrencilere benziyorlardı. Hafta sonu ailelerine, yani normal hayata dönemedikleri için mecburi bir birliktelik geliştirmişlerdi. Sabahlara kadar sohbet edip deli gibi içmekteydiler. Aşırı alkol ihtiva edenlerin bir kısmı hariç bütün biraların son kullanma tarihi geçmişti. Bu nedenle şarap ve destile içkiler revaçtaydı.

Katranz yükseliyor Helga.

Aklına Caroline gelince dudaklarından hafif bir çık sesi çıktı. Catteway ailesi öğrencilerin ani gelişi nedeniyle yerlerinde kalmıştı. Hâlâ salondaki divanda oturmaktaydılar. İçinden bir ses hiç bozunmadan, azıcık cilası solarak ama demekteydi. David'le birkaç kez bahsini etmişlerdi. Tam o sıralarda hafta sonları sokakta arabayla gezerek makineli tüfeklerle gördükleri herkese ateş eden manyak tipler belirmişti. Bu nedenle biraz beklemeye karar vermişlerdi. Altı hafta geçmişti. Dış kapıları hâlâ açık durmaktaydı. Geçerken görmüştü. İkisi de eski dostlarının bunca zaman sonra ne durumda olduklarını görmeye hevesli değildi. Ait oldukları mekân tarafından konservelenmişlerdi.

Jeneratörü kapatıp yukarıdaki daireye çıktılar. 36 adet öğrenci fizik ve edebiyat sınıfları olarak ayrı odalarda barınmaktaydılar. Yirmi öğrenci tuvaletin yanındaki küçük odada, on altı öğrenci de holün sonunda eskiden ıvır zıvırı depoladıkları odada gecelemekteydi. Tavana istiflenmiş olarak. Haftanın beş günü sadece geceleri, hafta sonları ve resmi tatil günlerindeyse bütün günü o odalarda geçirmekteydiler. Elbiseleri kirlenmeyen, kırışmayan, nefesleri ve tenleri yıkanmadıkları halde kokmayan, zihinleri hiç bulanmayan dünyevi mekân anlayışını cart diye yırtmış atmış insanımsı yaratıklardı. Henüz tam anlayamadıkları bir misyona sahip oldukları çok açıktı. O tanrının gazabı deneylerin sonucu olarak vardılar. Bir karınca sabrına, disiplinine ve tükenmez pilli bir robot enerjisine sahiptiler. Kazara dokununca ağırlıkları ve kas sertlikleri insanı andırıyordu, ama David onların kütlesiz olduğunu düşünmekteydi. Kütlesiz karıncalar kış için yiyecek topluyorlardı. Yeni düzendeki esas kış yoldaydı yani.

Evleri kendi imalatları olan kat kaloriferleriyle ılınmış durumdaydı. Düğmelere basılınca bütün lambalar yanmaktaydı. Prizlerde 220-240 voltluk cereyan hazır beklemekteydi. Bu lüksü öğrencilerinin benzin bulmaktaki olağanüstü hız ve becerilerine borçluydular. Yakınlardaki boş evlerde depoladıkları binlerce galon benzine sahiptiler.

Helga oturma odasındaki deri koltuğa oturup dalgınca bir şekilde eski dergilerden birinin sayfalarını karıştırdı. Orta Doğu'da değişim devam ediyor. En Yeni ekonomik kriz kapıda. İçsavaş bitti mi? Çin'de kaos sürüyor. Rusya karanlıkta. Asya'da kriz göçü körükleyecek mi? Kirli çamaşırlar listesinin en üstünde hangi eski başkanın adı var? Çığrından çıkmış dünyanın en güzel kadını kim olacak? Bir yıl önce dünya en manyakça çalkantılı halindeyken bile ne denli alışıldık bildik bir yermiş diye düşündü. Eclips adlı dergiyi sehpanın üzerine bırakırken gözü tek kollu haydut denen kumar makinesine takıldı. David'in karısından kalan devasa büfenin yanında dimdik durmaktaydı. Prizi fişe takılı olmadığı için lambaları yanmıyordu. Öğrenciler onlara danışmadan eşyalarını bir üst kata taşırken kumar makinesini de getirmişlerdi. Normaldışı zamanların oturma odası dekoru olmuştu. Burada bir zaman varolan eşyalara ne olmuştu hiçbir fikirleri yoktu. Sokağa atılmadığına göre bir yerlere sıkıştırılmış olmalıydılar.

Babası Norman Ironside şans oyunları için sosyal devlet törpücüleri derdi. Sıkı ateist ve ateşli bir komunistti. Guttenberg Kızıl Kitap kulübünün kurucusu ve altı dirayetli üyesinden biriydi. Kulüp toplantıları votka içmeye bahane olduğu için ölene dek sürmüştü. Yaşı nedeniyle Mc Carthy dönemine denk gelmeyen babası posta memuru olarak otuz dört yıl çalışmış ve emekliliğine iki ay kala beyin kanamasından ölmüştü. Sokakta posta dağıtırken. Bir proletere yakışacak tarzda yaşamdan cızlamı çekmişti yani.

Zıtların çekimi tezi doğru olmalıydı. Annesi Betty Ironside metodist kiliseye bağlı, David'in annesi gibi hayır işlerine düşkün biriydi. Yıllarca balık fabrikasında çalıştıktan sonra bir hayır kurumunda maaşla işe başlamıştı.

Helga iki kızın büyüğüydü. Helgi ondan birbuçuk yaş küçüktü. İki kız da üniversiteyi bitirmişler ve iyi gelirli bir yaşama dahil olmuşlardı. Betty tam bunların tadını çıkartacağı sırada 2009'da ansızın kocasını kaybetmişti. Norman birkaç hafta sonra 63. yaşını kutlayacaktı. Babasıyla aynı yaşta olan Betty dört yıl sonra görünürde hiçbir neden olmadan Alzaymır belasının karasularına girmişti. Zihni tümden eleğe dönmediği zamanlarda bir gün, 'Bu hastalık insanın aşırı bol zamanı olmasına şaşamaması hali' demişti. Hayır kurumunda çalıştığı ve kiliseye muntazaman gittiği için hayırlı çok dostu vardı. On aylık hızlı geri kayış periyodu sırasında dostları hep yanında olmuştu. Cenazesi inanılmaz derecede kalabalıktı. Helga kadının kullanılır durumda olan eşyalarını hayır kurumları için tanzim ederken bir mukavva kutusu mavi playtex eldiveni bulmuştu. En az kırk çiftti. Bu kadar çok eldivenin evde ne işi vardı anlayamamıştı. Eşyaları teslim alan annesinin yakın arkadaşı Clara Palmer bu eldivenlerin ellili yıllarda moda olduğunu söylemişti. Hâlâ kullanılır durumda olduğu için eldivenleri de alıp gitmişti.

"Sebzeli pilav ve konserve ton balığı yiyoruz."

David elinde iki kadeh şarapla gelerek birini ona uzattı. Bu akşam yemek yapma sırası ondaydı. Helga kadehi aldı ve adamın yüzüne baktı. Siyah gözleri enerjiyle yanıyordu. David bir aydır amfetamin kullanmaktaydı. Akşamları çok içiyor ve geceleri kötü uyuyordu. Bütün gün aşırı tetikte duran, zeki öğrencilere ders verebilecek gücü speed hapları kullanarak sağlamaktaydı. Civardaki evleri tarayıp yararlı şeyleri götürürlerken yüzlercesini bir arada bulmuşlardı. David öğrenciliği sırasında sınav dönemlerinde speed kullandığından malzemeyi tanıyordu. David'in takatı kalmadığı sırada yardıma o mavi hapçıklar yetişmişti. Birinci ay sorunsuz geçmişti. Gündüzleri enerji kaynıyor, geceleri kendini şarapla bayıltıyordu. Buna hap rezervleri yeterli gelse bile karaciğeri ve kalbi ne kadar dayanabilirdi? Bir yıl? İki? Kadınsı sezgileri önlerinde o kadar zamanları olmadığını söylemekteydi. Tıkır tıkır sorunsuz çalışan düzendeki aşırı mükemmellik iyice yamuk bir şeylere gebeydi.

"Miyam miyam."

Helga içkisini verip acele adımlarla mutfağa dönen adamın ardından sevgi ve acımayla baktı. Beterin az beteri seçeneğine karşı çıkmamıştı. Derslerin başlamasından bir hafta sonra David deposunu tıka basa doldurduğu bir arabayla şehirden kaçmayı önermişti. Cumartesi sabahı erkenden. Helga'nın bir yanı bunu deli gibi arzu etmekteydi. Yalnız aklının bir diğer yanı da dünyada kaçılacak bir yerin kalmadığını iyi bilmekteydi. Adamı güç bela engelleyebilmişti. Lyric'teki toplantılarda kaçma deneyimleri geçirenlerin başarma oranlarının sıfır, sağ kalma yüzdelerinin epey düşük olduğunu kestirebilecek kadar gerçek yaşam öyküsü dinlemişlerdi. Şehrin giriş ve çıkış noktalarının bir çoğunda kaçak avlayan silahlı sapıklar peydahlanmıştı. Bunların bir kısmı kendi aralarında çarpışarak elenmişlerdi, ama hâlâ zaman zaman uzaklardan silah sesleri duyulmaktaydı.

Sosyal yardım alanların iş yaşamına adaptesiyle uğraşan dairede çalışan John Brime bu seslerin bahsi edildiğinde Flak 88 demişti. Yakın tarihe düşkün biriydi. Annesi Frankfurt doğumlu olduğu için iyi Almanca bilmekteydi. *Flug abwehr kanone* kelimelerinden türemiş bir sözcüktü. Adam belki yirmi kez yinelediği için aklına çakılmıştı. İkinci dünya savaşından kalma bir uçaksavar silahını cipe monte etmiş sapık bir ekip gezici ölüm rolü için sahnedeydi. John bu silahı kullananları bizzat görmüştü. En yaşlısı yirmi yaşında olan dört beş delikanlıydılar. Beyaz boyayla jipin iki yanına *Flak 88 cennet vaadediyor* yazmışlardı. John ve arabayı kullanan arkadaşı silahın tutukluk yapması sayesinde sağdılar şu anda.

On beşle yirmi yaşı arasında olan gençler yeni düzenden en şiddetli etkilenenler olmuşlardı. Sokakta rasgele uygulanan şiddetin yüzde doksanı bu yaş grubu kimseler tarafından icra edilmekteydi. Brime'in bir sözünü unutamıyordu. 'Sanal aleme kilitli yaşayan, ikinci sanal hayattan üçüncü hayata geçince manyaklaşan çocuklarımız. Biz daha yaşlılar birden üçe geçmenin şokunu yaşar ve buna direnirken, onlar üçüncü hayatı şiddetle benimsediler. Her türlü aşırılığın mübah olduğu bir alan gibi algıladılar ve kitlesel olarak kırıldılar.' Adam haklıydı. İntiharlar ve şehirden göç en çok bu yaş grubunda yoğunlaşmıştı.

Gözü sehpanın üzerinde duran küçük ama çok güçlü FM alıcısı radyoya takılınca içini çekti. Az sayıda olsa da radyo yayını yapılmaktaydı. Çoğu dini öğütler ve o çerçeveli gelecek tasvirleri yapan yayınlardı. Büyük ölçüde uydurma olan rakamlar vermekteydiler. Bunlardan biri şehirde iki yüz bin kişilik bir nüfus kaldığını iddia etmekteydi. Tek doğru haber bu olabilirdi. Church sokağında oturan yüzlerce kişiden geriye otuz kırk kişi kalmıştı. Bu oran bütün şehir için de pekâlâ geçerli olabilirdi. Helga yaşamında ilk kez tanrıdan sıtkı sıyrılmışlığın ne olduğunu anlamaya başlamıştı. Öğrenciler gayb alemine ait değillerdi belki. İnsanın yerini almaya gelmiş de olabilirlerdi pekâlâ.

*

David aşağıya indiğinde Helga pencereden dışarıya bakmaktaydı. Marduk kadının ayaklarının dibinde miyavca bir şeyler demekteydi. Sınıf boştu.

"Bugün Salı değil mi yoksa?"

Helga ona doğru dönüp, "Gitmişler." dedi.

David hemen sevinmeye korkma dozuna şaşarak, "Odalarında yoklar mı yani?" diye sordu. Kedilerinin de meraklandığını farketmişti. Hayvan açıkça öğrencileri aramaktaydı.

"Baktım. Yoklar.

David damarlarında hızla dolaşan kanın verdiği enerjiyle etrafına bakındı. Kalemleri defterleri silgileri ve örgütlü tavırlarıyla çekip gitmişlerdi.

"Biricik öğretmenlerine tek bir veda sözcüğü etmeden. Ceza olarak yıllığa koymayalım fotoğraflarını."

Helga'nın tebessümü her an geri gelebilirler sakınımı yüklüydü. "Ne yapıyoruz?"

"Radyoyu açalım."

Kadın başıyla onaylayınca birlikte kapıya doğru yöneldiler. Her an içeride sabırsızlanan onlarca öğrencinin kıpırtısını hissedeceğini düşünerek basamakları çıktılar. Politik zekası yüksek bir kedi olan Marduk da miyavlayarak arkalarından gelmişti.

Yayın yapan radyo sayısı artmıştı. Çoğunun sesi aşırı cızırtı yüklüydü ve ne yapılırsa yapılsın netleştirilemiyordu. Yarım saat içinde bir şey kesinlik kazanmıştı. 5 Nisan günü bir dönüm başlangıcıydı. Üçüncü dalga kırılmıştı. Ve taşradan şehre göç başlamıştı. 156 FM'den yayın yapan *Dead Nerd Screamers* sesi en ikna edici, umut verici, enerjik yayın yapan radyolardan biriydi. Artık korkacakları bir merci kalmadığı için bir buçuk milyar dolar harcanarak yapılan FEMA kampları, Atlanta'da patlatılan Dirty Bomb – Kirli Bomba cinsinden haberleri bütün ayrıntılarıyla veriyorlardı. Arada kütlesiz insanımsılar için 'Bizi kurtarmaya geldiler' cinsinden laf da etmeye başladıklarından David onların esas radyo ekibi olmadığından şüpheleniyordu. Canlı Nerd yoktu artık belki de. Bu arada zaman telakkileri epey değişmişti. Akıllı telefonlar suspus olalı bin yıl geçmiş gibiydi. Google, Facebook, Instagram, Microsoft baraj patlayınca sular altında kalan antik medeniyet kalıntıları gibiydi. İnsan 2.0 başlamadan sonlanmıştı. Bay Kurzweil kimbilir neredeydi şu anda.

"Helgi de gelir belki."

Helga'nın ağzının bir karış açılması David'i hiç şaşırtmadı. Manyetik alan bellek etkinliğini yavaşlatmıştı. Beyni hiç düşünmeden etmişti bu sözcükleri. Beş dakika önce Helga kız kardeşimin adı ne diye sorsa hemen söyleyemeyebilirdi. Oysa Helga özellikle ilk tanıştıkları günlerde en az on defa sözünü etmişti.

"Aklımdan… Bir gün önce… Geçen yıl on dört kasım akşamı telefonla konuşmuştuk. Aklımdan çıkmış gitmiş."

David'in zihni dirilmişti. Helgi Ottawa'ya gelin gitmişti diye düşündü. Bolivya asıllı kocası Phillippo ile beraber General Motors'da çalışmaktaydılar. Kadın muhasebeciydi. Adam da mühendis. Kriz nedeniyle fabrika sıkıntıya girince karı koca New York'a gelip sigara dükkânı açmağa karar vermişlerdi. Eğer 2. dalga vurmasaydı şu anda burada olacaklardı.

"Bence gelmezler artık." dedi Helga. "Sigara tüketimi iyice azalmış olmalı."

Bu söz ikisini de acı acı tebessüm ettirmişti. David fosur fosur sigara içen Arkon'u ve duman sevmez Melisa'yı düşündü. Kimbilir ne durumdaydılar şu anda.

"Bence gelmedikleri iyi oldu."

"Neden?" dedi Helga.

"Benim üç kuşak New York'lu olmam nedeniyle belki, bu şehrin dünyada en çok bela çeken yer olduğunu düşünürüm hep."

Kadın hak verircesine başını salladı. "Tedbir almamız lazım."

"Ne için?"

"Ters göç."

David ve Helga hızla bir dizi önlem aldılar. Birinci katta oturan emekli avukatın ağır metal kasasıyla dış kapıyı arkadan desteklediler. Binadaki yiyecek, içecek ve enerji stokları bayağı iyiydi. Birinci yağma dalgasının sonlanmasını beklemek için kedi maması dahil her şeyleri mevcuttu.

Radyoda yeni gelenlerle yapılan söyleşiler vardı. Konuşulanlara bakılırsa göçenlerin sayısı bin kadar araçtan ibaretti ki, şehirdeki malzeme on misline rahatça yeterdi. İlk günlerin telaşında sokakta bulunmamak yetecekti. Gelenlerin çoğu kendi evlerine geri dönenlerdi zaten. David büyük bir kargaşa yaşanılacağını sanmıyordu. Bir iyi haber de vardı. Uçaksavarlarla milletin üzerine ateş açan çete diğer çeteler tarafından tümüyle etkisiz hale getirilmişti. Popülerlik yarışı çete bitirici bir işleve sahipti neyse ki.

David öğrencilerin iki aydır kaldığı odadan onlardan kalmış tek bir iz bile görememenin şaşkınlığıyla çıktı. Dersaneye döndüğünde Helga yine pencereden bakmaktaydı. Saatler önce olduğu gibi ayak parmaklarında yükselmişti azıcık. Yeni yıkanmış gür sarı saçları eflatun renkli gömleğiyle hoş bir kontrast oluşturmuştu. Marduk da ayaklarının altıdaydı. Tek fark kısık sesli radyodaki konuşmalardı. Déjà vu gibi bir şeydi. Bunu söyleyeceği sırada zihninde bir kelime belirdi. Uçurtmanın gövdesi gibiydi. Kuyruğunda upuzun bir rüyadan arta kalan malzemeyi taşıyordu.

"Bu sabah bir rüya gördüm." Dedi David. "Unutmuştum. Şimdi sana bakarken hatırladım. Çok garıptı. Yukardaydık. Senle o tek kollu haydutun önünde duruyorduk. Kolu bir sen çekiyordun, bir ben. Üzerimizde, nasıl izah etsem... Bir gerilim vardı sanki. Bir şeyden korkuyorduk. Çok korkuyorduk. Ellerimin titrediğini hissediyordum. Senin yüzünde göz yaşlarından makyajın akmıştı. Sonra sen bir ara bana dönüp, 'Bana 'başaracağız' de yoksa çıkamıcaz buradan.' dedin. Ardından uyandım ve şu ana kadar unuttum."

"Ben de benzer bir rüya gördüm dün gece. Guttenberg'de bir kafedeydik. Garson eliyle bir köşede duran tek kollu haydutu işaret ederek, 'Size dört adet 7 lazım. Sirius'a bilet.' dedi. Şimdi sen söyleyince ben de hatırladım. Sahi Guttenberg diye bir yer vardı değil mi?"

"Var, merak etme." dedi David. "Lisedeyken orada kalan bir arkadaşım vardı. Çok iyi obua çalardı. Avrupa'da bir yere taşındı sonra. New Jersey'e, evine gider gelirdim."

Sessizlik olunca David aklındaki şeyleri söylemeyi erteledi. Kadın düşüncelere dalmıştı. Hâlâ resmen evli olduğu adamı düşünüyor olmalıydı.

"Bir kahve içelim. Burada. Sınıf terasta. Hava çok güzel. Bir terasta aylakça oturup hayallere dalmayalı yıllar geçmiş gibi."

Kadın gülümseyerek ona sokulunca sarıldılar. David kimbilir kaçıncı kez o gün okul çıkışında bu kadınla karşılaşmasaydım halim ne olurdu diye düşündü.

"Sence ne kadar sürecek?"

Karşılıklı bakışımlı olan kürsülerde oturmuşlardı. Açık pencereden içeriye bahar havası doluşmaktaydı. Aralarında otuz altı boş sandalye durmaktaydı. Marduk en öndeki sırada soldan ikinci sandalyede kıvrılmış uyumaktaydı. İmtisal hanımın yeriydi. Protokol gözetiyordu yani kuyruklu çokbilmiş.

"Çok sürmeyecek." dedi David eliyle kediyi işaret ederek. "Marduk bile biliyor bunu. Gelecekler yine."

"Bence de."

Helga'nın arkasındaki siyah duvar geçmişini yutan bir satıh gibiydi. Bu salonda geçirdiği yılları, anıları uzaklara itiyordu sanki. Onlar yüzünden burayı eski eşyalarıyla hatırlamakta zorluk çekmekteydi.

"Duvarların rengini değiştirmeyelim hemen."

Kadın sırıttı. "Lafı ağzımdan aldın."

Çağrışım şarlatan bir sahneydi. David eski karısı Melisa'yı düşündü yine. Şu anda ne yapmaktaydı acaba? Sağ mıydı? Afiyette miydi? Ya oğlu Stefan? Londra'da hayat nasıldı acaba? Radyo haberlerine bakılırsa felaketin değmediği bir toprak parçası mevcut değildi yeryüzünde. Yine ilk kez onları ve daha bir çok tanıdık şeyi bir daha asla göremeyeceğini derinden hissetti. İsa'nın bir daha geri gelmeyeceğini derinden sezmek gibi bir histi. Dinselin tinsele baskısında gerilemeye tanık olmak diyesi geliyordu. Biraz uçuk bir izahattı, ama daha tutarlısı aklına gelmiyordu şu anda.

*

18 Haziran sabahı dördü altı geçe içinde seyredilmiş, ama unutulmuş rüyaların bitiminde David uyandı. Başını çevirince Helga'nın yüzü ona dönüverdi. Kadın bir saattir son gördüğü rüyanın sarsıntısını yaşamaktaydı. Adam uyandığı için memnun olmuştu.

"Bugün." Dedi David.

"Bir rüya gördüm."

"Bir gün daha ertelemenin anlamı yok."

"Biliyorum." Dedi Helga fısıltıyla. "Rüyamda tek kollu haydutu çalıştırmıştık. Dört adet 7, yani Sirius'a bileti tutturuyorduk. Sen 'Birisi çeyrekliği attı oyun makinesinin haznesine' deyip durmaktaydın. Ardından Siriuslar yan yana. Jackpot yani."

"Bozdur bozdur harca." dedi David. Helga'nın söz verdiği halde ödleklik nedeniyle plandan sapmasına bozulmaktaydı. Diğer yandan kadının hayatı kendine ait bir şeydi. Nasıl isterse kullanırdı.

Kadın adamın sesindeki acı sertliğe aldırmadan, "Jackpot ikramiyesi para değildi."

"Neydi peki?"

"Bir tatil beldesiydi. Antasya gibi bir şey. Türkiye'de. Yalnız burası gibi değildi. Hayat orada daha farklıydı."

David kadına bozulduğu için kendini sessizce azarladı. Kendini zor durumdan sıyırma bahanesiyle rüyalarına senaryo yazdırmaktaydı.

"Nasıl farklıydı yani?"

"Seni beni orada gördüm. Bir grupla. Bir misyonumuz vardı."

David hiç hali olmadığı halde sırıttı. "Misyon ha?"

Helga gördüğü şeyin rüya olmadığından çok emindi. İçinde son günlerde ilk kez bir umut ampulu yanmıştı. Cehennemden çıkmak değilse bile daha ehven bir bela yerine geçmek mümkündü. Ehvenişeristana.

"Kendin daha iki hafta önce Lyric'te anlatıyordun. Manyetik alan belli bir yoğunlukta olmasa placebo öğrencilerimiz olmazdı diye."

İki hafta önce Lyric'te son kez toplanmışlardı. On dört kişilik takım şimdi sekize inmişti. Banker Auster ve tatlıların tatlısı karısı Valeria intihar etmişlerdi. Dört kilo dinamiti patlatarak. Şimdi köpekler ve fareler iltifat etmediği için adamın hâlâ çalışan rolex saatli sağ kolu omuzdan kopmuş şekilde Church sokağını 120 numaranın kaldırımında durmaktaydı. Başka azalar da vardı mutlaka, ama daha küçük parçalara ayrıldığı için dikkatini çekmemişti. Yogacı dostları ve çok iyi görüştükleri memur çift kepenklerini kapatmak için morfini yeğlemişlerdi. David en temiz ölümün morfinle olacağını biliyordu, ama kadın kocası ve Catteway ailesi nedeniyle bu çözüme soğuk duruyordu. Morfin A planıydı. B planı arabaya atlayıp kemer falan takmadan ağzına kadar dolu depoyla yüz yirmi, yüz otuz mil hızla bir yere çarpmaktı.

Helga içindeki sese aşırı güvenmiş olmaktan korkuyordu, ama adamı ikna etmek için ısrarla devam etti. "Manyetik alanın yoğunluğu aynı zamanda bize başka yerlere kapı da açabilir. Gördüğüm rüya değildi. Bundan çok eminim."

David kadının inançlı ısrarından etkilenmişti. "Tam olarak ne demek istiyorsun?" diye sordu.

Helga bu sorudan mutlu heyecanla, "Tek kollu haydutun fişini takıcaz, ama test için bile ellemicez." dedi. "Saatin 10.20 olmasını bekliyeceğiz ve sonra içine bir çeyrekliği atıp silindirlerin dönmesini bekleyeceğiz."

"Ya bir şey olmazsa?"

Helga'nın gözü karanlığa alıştığı için adamının yüzündeki umarsızlığı yeterince görebilmekteydi. Ses tonu tek başına yeterdi zaten. 11 Nisan günü öğrencileri geri gelmişlerdi. Bu geliş diğerlerinden farklıydı. Dördüncü dalga bitirici dalgaydı. Öğrencilerin hemen hepsi savaştan ya da yamultucu bir işlemden çıkmışçasına yaralı bereli ve arızalıydı. Liderleri yine İmtisal el Husrevi'ydi. Ama kadın görmedikleri altı gün içinde büyük belalar atlatmış biri gibiydi. Sık sık öfkeleniyor, bağırıyordu. Öğrencilerin eski sakinliği yoktu. İtaat duyguları da, saygılı davranışları da iyice fire vermişti. Ders saatlerini çok gaddarca yeniden uyarlamışlardı. Sabah 8.45 ile 16.30 arasında bilinen gündüz derslerine ek olarak 20.00 – 23.30 saatlerine akşam dersleri konmuştu. Buna cumartesi de dahildi. Diğer dostları da program olarak bayağı yüklüydüler. Bankacı dostlarının haftada altı gün gececi ve gündüzcü şeklinde vardiyalı stajyerleri vardı. Yogacılar haftada yedi gün, günde on iki saat çalışmaktaydılar. Bu nedenle kafa sağlıklarını koruyabilmek için Lyric'de gece toplantıları yapmaya başlamışlardı. Geçen haftadan itibaren David'in elinde amfetamin kalmamıştı. İçkiyi iyice azaltmasına rağmen ağır ders programını kaldıramaz durumdaydı. Sadece bu değildi. Bütün radyolar birer birer susmuşlardı. Sokaklarda sadece placebo New Yorklular gezinmekteydi. Bütün umutlar solmuş gitmişti. Artık bu aşamadan sonra işlerin düzelmesi mümkün değildi.

"Plan B ne güne duruyor?"

Plan A'nın bir kumar makinesinin içinde dönen dört adet silindirin keyfine yaslanmasını kaçıklık olarak görüyordu, ama kadının ısrarı David'i etkilemişti. Mevcut manyetik alan gerçekten bazı fiziksel anomalilere yol açabilirdi. 1941'de yapılan Philedelphia deneyi de böyle bir şey değil miydi?

"Tamam söz. 10.18'de buraya geleceğiz."

"Öğrencilere bir mazeret uydurmamız lazım."

Kadın haklıydı. Öğrencilerin eski saygılı halleri artık mevcut değildi. Tuvalette biraz uzun durunca gelip kapıyı tıklatıyorlar, sabah yatakta uyuyakalınca baş ucunda dikiliveriyorlardı. Aynı cümleyi ikiden çok yineleyince anlamlı anlamlı bakışarak sırıtmaktaydılar. Kötü ve hâlâ soluk alıp veren öğretmenler için biçilmiş bir cehennem ünitesi gibiydi bina.

"Ne dicez peki?"

"Senin mide ağrın tutar. Ben ilaç nerede biliyorum derim."

David eliyle kadının saçlarını okşadı. "Aferin benim Helga'ma."

Kadın sımsıkı sarılınca David'in gözleri doldu ve içini çekti.

Helga yeni A planına fanatikçe sarılmanın rahatlığıyla gözlerini yumdu ve "Haydi şimdi biraz uyuyalım." dedi. "Önümüzde daha uzun bir yol var."

David bavulsuz mu gideceğiz gibi bir espri yapacaktı. Düşündü ama söylemedi. Kadının içindeki umudu ilk kez böylesine güçlü hissetmişti.

Aklına Cuma toplantılarında sık sık bahsini ettikleri bir film gelmişti. They Shoot Horses, Don't They? filmi gelmişti. 1969 yapımı filmi ilk kez gördüğünde on iki yaşındaydı. O zaman bile yularlı at olmanın riskli bir şey olduğunu sezmişti. Babasıyla beraber gitmişlerdi sinemaya. Çıkınca babası kendine has suskunluğuyla hiç konuşmadan yürürlerken, bir an durmuş ve yüzüne bakarak, "Yuları olan bütün atları istisnasız vururlar." demişti. David o zaman anlamış gibi başını sallamıştı. Anlamını ancak şimdi çaktığı bir sözdü. Gelecekten ekolanan ilham gibiydi.

*

David saatine baktı. 10.04'tü. Dışarıdaki güneşli, sıcak, tatil hayalleri kurdurtan haziran havasının içerideki karşılığı sıfırdı. Asık suratlı, berelenmiş bedenli otuz altı öğrenci fizik ve edebiyat geviş getiren korkuluklara benzemekteydi.

David elini midesine götürüp yüzünü buruşturdu. Bütün ders hayatındaki ilk arızası olduğu için ilgi uyandırmıştı. İmtisal hanım ayağa kalkıp yanına geldi. Ayaklarının dibinde oturan Marduk da arkasından gelmişti. Merakla ne yaptığına bakmaktaydı. David az kalsın gülüp her şeyi berbat edecekti.

"Bir şeyiniz mi var?"

"Midem." dedi.

İkinci gülme dürtüsü daha güçsüzdü neyse ki. Genç kadının nefret yansıtan bakışları etkili olmuştu. Şubat ayında tanıdığı zeki, saygılı ve güzelliğinin farkında bakışlı kadının yerini tam tersi nemrut bir yaratık almıştı. Dördüncü dalga öldürücü ve bitirici dalgaydı. Bir sonrakine gerek yoktu. Eğer kaçılacak bir yer yoksa dünyadaki insanlı yaşamın sonu gelmişti.

"Derse devam etmelisiniz." dedi öğrenci başı kadın. Sesinde acıma dozu sıfırdı.

David yan gözla Helga'ya bakarak başını salladı. "Yukarıda bir… Bir ilaç olacak. Lamisil terbinafine. Helga biliyor yerini."

David aklına ilk gelen alengirli ilaç ismini söyleyivermişti. İnşallah kız ayak tırnaklarına musallat olan mantarlar için kullanılan ilacı bilmiyordu. Babasının yıllar önce kullandığı haplardı. Kür üç ay sürdüğünden evde herkes bu adı ezberlemişti.

"Öğretmen hanım gitsin alsın." dedi İmtisal. O sırada merak edip yanına gelen Helga'nın yüzü çökmüştü bu sözler üzerine. David hızla bir plan yapmıştı. Kadına, "Sen hemen git al gel sevgilim." dedi. Zeki kadın işi çakmıştı. Kısa bir tereddütün ardından hemen odadan çıkıp üst kata gitti.

David köşedeki küçük masanın olduğu yere giderek bir bardağa su doldurdu ve otuz altı çift göz bakış sağanağının altında suyu içti. Bu arada saatine bir göz atmıştı. 10.08'di. Bardağı yerine koydu. Kahve ve çay termoslarına bakarak içini çekti ve yalandan yeniden yüzünü buruşturdu. Planları o kadar soyut ve manyakçaydı ki, başarısızlık durumunda ağır bir ceza alacaklarını ummuyordu. İmtisal ayakta durmaktaydı hâlâ.

David şimdi ya da hiç diye düşünerek kapıya doğru yürüdü. "Helga bulamadı belki. Gidip bakayım."

Beyaz incecik başörtülü genç kadının yüzündeki ilk kararsızlığı görmekten bu denli zevk alacağını sanmazdı.

"Hemen gelin hocam, derslere ara veremeyiz malum. Müfredatı tamamlamak zorundayız."

"Tamam."

David yüzünden ne kadar ferahlama gazı saldığını bilememenin telaşıyla başını sallayıp hole çıktı. Daire kapısına doğru yürürken ardından kapı açıldı. Sınıfbaşının güzel yüzü uzandı ve "Çabucak geri gelin hocam." Dedi.

"Öğrencilerin ruh halleri malum."

David maluma dikiz diye düşünerek eliyle tamam anlamına bir işaret yaptı ve kapıyı açtı. Üst kata giden basamakları çabucak tırmandı.

Helga aleti fişe takmıştı. Yalnız geldiğini görünce sevinmişti.

"Çeyrekliğin var mı?"

David bu kadar basit bir şeyi şimdi akıl ettikleri için eliyle alnına vurarak, "Para mı kaldı hayatımızda." Dedi.

Saat 10.17'i olmuştu ve ellerinde hâlâ bir çeyreklik yoktu. David ilk kez bu yöntemle buradan kaçabileceklerine yüzde yüz ikna olmuştu. 25 sentlik bir metal parçası yüzünden bunu yapamayacaklardı. Deli gibi eşyaları, masaların üstlerini, çekmeceleri gözden geçirirken saat 10.19 olmuştu. David elleri belinde bu iş bu kadar ben teslim oluyorum bakışıyla Helga'ya bakarken içeriye Marduk geldi. Yanında sahibesi yoktu neyse ki. Kapının ağzında miyavladı. Ve kumar makinesine doğru gidip aleti kokladı. Sonra sağ patisini aletin altına sokarak minik döngeller ve bir şey çıkardı. David bir çeyreklik gördüğüne yemin ederdi. Deli gibi hızla eğilip parayı aldı. George Washington ve kartal. O'ydu tanrıya şükürler olsun. Binlerce şükürler olsun. Musa ve İsa'ya da şükürler olsun. Parmaklarıyla tozlarından arındırdı. Ve aletin haznesine attı. Trink sesiyle para geri geldi.

David ne yapacağız dercesine kadına bakarken Helga parayı alıp bir kez daha hazneye yuvarladı. Bu defa olmuştu.

Helga tek kollu haydutun kolunu indirdiğinde dört silindir dönmeye başladı. Tam o sırada İmtisal kapıda belirdi. Yüzünde ihanetle karşılaşmış birinden farklı bir ifade vardı. Acelesi yokmuş gibi ağır davranmaktaydı. Dört adet 7 ve Sirius yan yana dizildiğinde odanın içi iyice ışıklandı.

İmtisal tam karşılarına geldiğinde optik ve geometrik yönden izahı zor bir durumun tam göbeğindeydiler. Helga ve David sanki aletin içinden kızın yüzüne bakmaktaydılar. Öğrencibaşının ayaklarına sürünen kedi de merakla onlara bakmaktaydı. İmtisal 11 Nisandan bu yana ilk kez gülümsedi ve sol eliyle bileklerine kadar kapalı elbisesinin sağ kolunu yukarı doğru sıyırdı. Dirseğinin hemen altı cılk yaraydı. Bütün kolu mor lekelerle bezeliydi.

Saniyeler geçti ve kızın ve kedinin görüntüleri odayla birlikte soluklaşıp yok oldu. Geriye sadece İmtisal'in yaralarla bezeli sağ kolu ve kedinin sağ patisi kalmıştı. Bir iki saniye içinde onlar da yokoldu.

PARIS

"Sophie ne haber?"

"Hey Andre. Ne yapıyorsun burada?"

Siyah saçlı, uzun boylu kadın onu gördüğüne memnun olmuştu. Gözlerindeki kısa şaşkınlığın yerini iki yeşil ışık almıştı. Yol açıktı. Ama henüz üçüncü lamba yanmıyordu.

Andre kaldırımda sol taraftan gelen ikisi Afrikalı tipli üç genci hızla süzerek tehlikesiz olarak etiketledi ve "Bir iş vardı da. Hallettim. Sen?" dedi.

Sophie silindir şeklindeki erguvani parlak çantasını işaret ederek gülümsedi. "Judo." Onun gelen gidene karşı tetikte olması halini yadırgamamıştı. Ne de olsa Gilbert Mario Borsalino'nun biricik kızıydı. İki yıl önce Gilbert'in sonradan sattığı çiftlikte dokuz milimetre tabancayla kızın beş- altı metreden bir kahve fincanını vurduğunu görmüştü. Judoda nasıldı bilmiyordu ama kız atıcılıkta süperdi.

Andre uçuk renkli kot pantolon ve ince bir koyu kahverengi kısa süveter ve spor ayakkabılar giymiş kadını arzulayan yanını ön planda tutarak başını salladı. "Benim de başlamam lazım. Hamlayacağım yoksa?"

"Gel sen de." dedi Sophie. "Bir elbise buluruz."

"Başka zaman. Şu köşede birine uğramam gerekiyor daha."

Kızın parmağıyla işaret ettiği yer yerine yüzüne bakmaya devam etmesi iyi bir gidişattı.

"Okul nasıl gidiyor?"

"İyi. Virüs nedeniyle bir yıl online eğitim takıldım. Ne kadar sıkıcıydı bilsen. Bu yıl mezun oluyorum artık. Okullarda eğitim devam ederse tabii. GÖF'e de söz verdim ayrıca."

"GÖF?"

"Gilbert Öğrenim Fonu."

"Anladım. Bildiğim kadar karşılıksız bir fon."

Kadın gülümsedi. "Doğru ama dört yıllık moda okulunu altınca yılında bitirmek isitiyorum artık. Film dekorları işinde çalışacağım. Bu kriz ortamında iş bulabilirsem tabii. Bakalım."

Andre yakın çevrelerindeki hiç kimsenin artık uzun vadeli gelecek planı yapabilme lüksü olmadığını düşündü ve elindeki esas kartı masanın üzerine koydu.

"Kaçta çıkarsın?"

"Ner... Bire doğru. Niye sordun?"

"Bana bir uğra istersen diyecektim. Zamanın varsa tabii."

Andre saniyenin kesirlerinin üçüncü lambanın kaderini belirlediğini düşünürken bir şeyden iyice emin oldu. Kız babasının planlarından bihaberdi. Yanakları bu kadar doğallıkla allanmazdı yoksa.

"Aynı evde mi oturuyorsun hâlâ?"

"Taşındım. Üst kattakiler bir felaket biliyorsun. Bir ay su akar, diğer ay gaz kaçağı nedeniyle gece yarısı sokağa çıkarız. Baktım polis bunları çıkartmıyor, ben çıkayım dedim."

Sophie biliyorsun vurgusuna beklediği tepkiyi vermişti. O anlara dönüş bakışı ve duygulanımı. Bir buçuk yıl kadar önce bir akşam ansızın evine gelmişti. Ağlamaklıydı. Erkek arkadaşıyla ayrılmışlardı. Teselli sarılmaları hızla öpüşmeye dönüşmüştü. Kız özel gününde olmasaydı daha ileri de gidecekleri kesindi. Sonra ikisinin de diğerinden bir hamle bekledikleri ara devir yaşanmıştı. Andre patronunun kızıyla aşırı samimileşmek istemiyordu. Bu uzun vadede kendi çıkarına olmazdı. Elbombasının pimini çekmemişti bu nedenle. O zaman mantığını kullandığı için şu anda elinde harika bir koz vardı.

"Nerede oturuyorsun şimdi?"

"Rue de Turenne'de. Bastille ile Saint Paul metro duraklarının arasında. Arabayla beş dakika. Bastil otelinden sola dön oralarda."

Beş dakikadaki 'ne olur gel'yüklemi etkin olmuştu. Kadının tereddütü çok kısa sürdü. "Biliyorum dediğin yeri. Biri çeyrek geçe falan. Ha... Kaç numaraydı?"

Andre parmağıyla havaya rakamları yazdı. Kendisi aynaymış gibi yansıyan şekilleriyle çizmekteydi."

"27"

"Aynen. Zilin üstünde Pierre yazıyor."

Bu aynadan yansıyan rakam esprisi Sophie'ye aitti. Hatırladığını belli etmesi fazladan bingo etkisi yapmıştı.

"Pierre ha? Anlaştık."

Kadın ona hafifçe sarılıp yanaklarını öpünce parfümü ve teninin kokusuyla içi acıdı. Bu güzel, zeki ve ciddi ölçüde masum genç kadının canı yanabilirdi, ama Gilbert'in sinsi planları kendisine başka çıkar yol bırakmamıştı. Adam öyle acil ve yıkıcı bir plan yapmıştı ki, bundan biricik kızına bile söz etmemişti. Aklınca Sophie'yi kritik anlar geçene kadar dışarıda tutuyordu.

"Birazdan görüşmek üzere."

"Hoşça kal."

Andre kızın uzun bacaklarıyla köşedeki spor salonunun kadının doğru yürümesini izledi. Sophie üzerinde judo elbiseli sarışın bir kadın posteri olan kapıdan içeri girmeden duraklayıp ona bir gülücük yolladı ve görüntüden silindi.

Andre buruk bir memnuniyet duygusuyla karşı kaldırıma park ettiği arabasına doğru yürüdü. Bebek arabalı iri yarı bir anne, beş metre arkasında emekli bir profesör tipli yaşlı adam ve seksen bin euroluk bmwsiyle acemice park etmeye çabalayan bankacı tipli adam en yakınındaki tiplerdi. François Miron sokağında görebildiği kadarıyla ona yönelik özel bir ilgi yoktu. Vatos planının iki hayati noktası başarıyla kurulmuştu. Şimdi üçüncü nokta üzerine çalışmaya gidecekti.

Arabayı **André** Mazet sokağına park etti. Bir grup Japon turistin arkasından yürüyerek Dauphine sokağına girdi. Grup *Willem De Kooning'in resimleri burada* yazılı bir serginin camekânının önünde durunca Andre de durdu. Yol boyunca Japonların Kunink Kunink diye adını mantra gibi yineledikleri kimse bir ressamdı. Andre modern resmi sevmezdi. Ressam dediğin fotoğraf makinesini yaya bırakacak kadar gerçek resimler çizebilendi onun gözünde.

Sol cebinden o ana dek hiç kullanmadığı bir cep telefonunu çıkartarak *Pierre A* yazıp Jean Morrelas'ın gizli numarasına SMS yolladı. Haberleşmede müzik notalarını kullanmaktaydılar. C yani Do ufak sorun, D orta halli sorun, E büyük sorun, Fa yani F de felaket demekti. A la majör keyif sinyaliydi. Jean'ın bir hafta önce imasını ettiği şeyi şimdi verecekti. Hediyesiyle birlikte tabii.

"Kimle görüşüyorum?"

"Pierre Fuccing. İki C ile."

"Bir sorun yok ya?"

"61 gram."

"En ehven mi yoksa?"

"Aynen."

"Gel yukarı."

"Tamam."

Andre galeriye doluşmuş Japon turistleri gözleri euro euro parlayarak seyreden galericiye sırtını dönerek sokağı kesti ve ağır adımlarla yürümeye başladı. Marionnaud Parfümericisini, İtalyan restoranı La Main â la Pate'yi geçerek Christine sokağını kolaçan etti ve çikolatıcının önünden karşıya geçti. 18 numaranın önünde duraklamadan yoluna devam etti. Le 12 Restoran piyano bar, Sushi 6'yı geçerek Change'in önünde durdu ve dışarıya konmuş tabelada biz hâlâ varız diyen dolar, euro, yen ve poundlarla ilgileniyormuş gibi yaptı. Aslında mesele de tam olarak bunların paylaşılması işiydi tabii.

Gilbert kokain kaçakçılığı işini tamamen bırakarak çekilmeye karar vermişti. İş sırlarının önemli bir kısmını bilen sol kolu Andre'yi büyük tehlike olarak görmekteydi. Geçen ayki bir seri transportta 2,2 kilogramlık kokain yok olunca aracı çete onu temizlemeye karar vermişti. Çetenin içinde bir zamanlar çok yardım ettiği ve hapiste sebil olmaktan kurtardığı Leon de Buffer adlı delikanlıdan almıştı haberi. Gilbert tarafından ayarlanmış bir sabotajdı. Çete onu bu akşam evine döndüğünde öldürecekti. İki kişi dışarıda bekleyecek ve Gilbert'ten aldıkları anahtarlarla içeri giren üç kişiye erketelik edeceklerdi. Kimse bunu bildiğini bilmiyordu. Leon'a mükafat olarak elli bin euro ve bir kilo yirmi bir gramlık en üst kalite kokain vermişti.

Dolar euro paritesi seyretmeyi bırakarak geriye doğru yürümeye başladı. Jean Morrelas tam bir profesyoneldi ve patronun sağ koluydu. Gilbert, Jean'ın yardımını almadan tasfiye işine girişemezdi. Fransa dışında çalışan iki üst düzey eleman daha vardı. Paul Herzog geçen hafta Salı günü Londra'daki evinin yakınlarında arabasından çıkarken soyguna uğramış ve ağır yaralanmıştı. Devriye gezen polis arabası sayesinde hayatı kurtulmuştu. Şimdilik tabii. Andre bunun sıradan bir soygun olduğuna inanmıyordu. Tasfiye girişimiydi. Ardından onun sorumluluğundaki 2,2 kilo kokain taşıyıcısı ile birlikte sırra kadem basıp başı derde girince hiç şüphesi kalmamıştı.

İkinci üst düzey eleman aynı zamanda ortaktı da, Jim Verdune yarın Paris'e geliyordu. Büyük bir ihtimalle eceline, ama bugün işler yolunda giderse senaryo değişecek, pek muhtemeldi ki Jim beyin poposu bu işi ucuz atlatacaktı.

18 numaralı kapının önünde durup üzerinde I.Colcounay yazılı zile bastı.

Kapı hafif bir vızıltıyla aralandı. Kapıyı örterek içeri girdi. Yaklaşan kışa aldırış etmeyen bir yeşillikle çevrelendi. Bütün duvarlar silme sarmaşık kaplıydı. Sararan, kızıllaşan yapraklar dev bir sonbahar posteri gibiydi. Küçük ve bakımlı bir bahçenin çakıl taş döşeli yolundan geçerek koyu yeşile boyalı demirden bir kapının önünde durdu. Kapı saniyeler sonra otomatik olarak açıldı. Andre dik bir merdivenden tahta yüzeyleri cilalı basamakları çıktı. Sahanlıkta koca gövdesiyle Jean durmaktaydı. Giyimliydi. Buram buram traş losyonu kokuyordu. Bir yere çıkacak gibiydi sanki. Eğer yalnızsa iyi bir zamanda gelmişti.

"61 gram ha?"

Kırk yedi numara siyah ayakkabılar, gri pantolon, lacivert kruvaze ceket, siyah çizgili beyaz gömlek ve kırmızı kravat. Ceketi önden ilikli değildi. İri göğsü giydiği çelik yelek nedeniyle herzamankinden daha kabarık durmaktaydı. Elli sekiz yaşında olmasına rağmen bir doksan boyu, yüz on kilo ağırlığıyla bir güç ışımasına sahipti. Gür ve bukleli beyaz saçları, kırmızı yüzüyle kasları yağa dönüşmekte olan orta yaşlı bir aktörü andırmaktaydı. Gilbert, bu tür giyindiğinde Jean'ı Marlon Brando'ya benzetirdi. Özellikle *Last tango in Paris* filmi diye eklerdi. Andre merak edip bu filmi seyretmiş ve Jean'ın otuz kilo zayıf, on yaş genç halini hayal etmeye çalışmıştı.

"61,5 hatta."

"Pierre Fuccing, Pierre dostum. Gel içeri."

Ön adını ödünç aldığı Pierre Tasken lisedeyken tanıdığı araba delisi bir delikanlıydı. Çocukluğu Clichy-sous-Bois'de geçmişti. BabasıTürk, annesi Fransızdı. Kafayı fena kırmıştı. NWA adlı hayali bir kuruluştan, Ferno adlı şefinden aldığı talimatları ve yaşadığı serüvenleri anlata anlata bitiremezdi. Haflerin açılımı İngilizceydi. New World Army. Yeni Dünya Ordusu elemanları her türlü kriminaliteyle uğraşmaktaydılar. Çok uluslu bir kurumdu. Çok gülerlerdi birlikte. Evlerinin oturma odasında çerçeveli resmi bulunan De Gaulle'ü on iki yaşına kadar dedesi sandığını öyle komik anlatırdı ki, Andre her defasında yerlere yatardı. Komiklik olsun diye fucking kelimesini fuccing şeklinde yazar ve telaffuz ederdi. Lise sonrasında bir daha görmemişti. Kimbilir ne olmuştu Pierre'e. 2018-19'da sarı yelekli olmuş muydu acaba diye düşünüp durmuştu. NWA ajanı olarak Covid-19'un nereden çıktığını da biliyor olmalıydı haliyle.

Andre yavaş hareketlerle sol eliyle deri ceketinin sol cebinden beyaz toz dolu torbayı alıp adama uzattı. "Rahatsız etmeyeyim. Biraz erken. Yakınlardaydım. Mal üzerimde durmasın diye…"

Jean sapına kadar profesyoneldi. Torbayı sol eliyle aldı. Sağ eli belindeki silahı çekmeye hazır bekliyordu. Andre çok nadir tabanca taşırdı. Jean bunu bilirdi. Daracık, ince ve kısa deri ceketi silahsız olduğunu belli etmekteydi zaten bir ölçüde. Torbaya yakından baktı. Yüzünde bir memnuniyet ifadesi belirmişti. Andre cebinde Paris'te satılan en iyi kalite tozlar ve bunlara düşkün fıstıklarla gezmek konusunda nam yapmıştı.

"Sen bu saatte içki içmezsin. Gel bir kahve ikram edeyim sana. Irene kimbilir kaçıncı uykusunda. Kalkmaz daha."

Andre saatine bakarak başını salladı. Jean'ın yüzünü tarayan bakışları çıkarımdan memnun kalmıştı. Akşam başına ne geleceğini bilmeyen biri rolünü iyi oynamıştı. Ansızın gelmesi, hediyesi ve sakin tavırları işe yaramıştı. Ama süresi çok sınırlı bir avantajdı bu.

"Bir yere mi gidecektin?"

"Öyle, ama…" dedi Jean. "Acelesi yok. Gel."

Andre'nin sezgileri Gilbert diye italikledi. Gilbert gelecekti. Tasfiye planını görüşeceklerdi. Saniyelerin hayati önemi vardı artık. İçeri girerse işi bitecekti. Neden giremeyeceğini UFO'ların Paris'e ani baskını ya da bu sabahtan beri edindiği şiddetli kapalı yer korkusu dışında bir bahaneyle ifade ederse burada sahanlıkta da vurulması muhtemeldi. Bütün bina onlara ait olduğu için bu pekâlâ mümkündü.

"Espresso makinen çalışıyor mu hâlâ?"

Andre'yi Gilbert keşfetmiş, ama başyardımcısı Jean onaylamıştı. Bir kahvenin o sıralarda 8 euroya içildiği Masseiance Kafesi'nde. Yirmi üç yaşındaydı. Varlıklı kart karıların şımarttığı, genç kızların bittiği genç ve yakışıklı garson Andre Breton'a reddedemeyeceği bir iş teklifinde bulunmuştu. Yarım yollu icra ettiği jigololuk sayesinde markaya, bol para harcamaya alışmış olan Andre kokain işinin dağıtımını denetleyecekti. 'Kafanı kullanırsan.' demişti Jean patronu adına. 'Kafanı kullanırsan yirmili yaşların cilası bitmeden böyle bir kafe de sen açarsın.'

Abisi Paul de aynı kafede garsondu. Bu işi onun sayesinde bulmuştu zaten. O da yakışıklıydı. İri yarı, gözünü budaktan sakınmaz bir tipti. Gilbert ve Jean, sessiz, elegant, ihtiyatlı, karşı tarafı tahrik etmeyen, dikkati çekmeyen, yumuşak karakterli birini arıyorlardı. Çabuk öfkelenen ve köprüleri atan Paul böyle bir posta asla aday olamazdı.

Aradan geçen beş yılda işinde gerçekten başarılı olmuş ve Masseiance kafesi açacak kadar olmasa da iyi para kazanmıştı. Ve ardından dünyayı sarsan olaylar patlayınca dengeler değişmişti. Patron onu iptal etmeye karar vermişti. Leon olmasaydı bugün son günü olacaktı. Şimdi durum değişmişti. Zarlar yeniden karılmış ve son gün etiketi yapıştırılacak isimler yeniden belirlenmişti.

"Merak etme. Zımba gibi."

Jean torbayı sağ eline aktarıp cebine koyarken Andre'nin eli yıldırım gibi ceketinin sağ cebine daldı ve on iki santim uzunluğundaki kamayı çekerek adamın boynunun sol tarafına sapladı. Hamle başarılı olmuş kama sapına kadar ete gömülmüştü. Adamın homurtulu çığlığı cüssesine oranla çok cılız çıkmıştı. Yüzünde korku, acı ve telaş ifadesi koyulaşırken sağ eli silahını çekmeye davrandı.

"Piç oğlu piç seni. Orospu çocuğu…"

Andre sağ yumruğunu bıçağın biraz üstüne şakağına indirince bunu yapamadı. Yara inanılmaz derecede kanamaktaydı. Adam kendi kanını yuttuğu için öksürmekteydi.

"Öhhöö. Senin de sonun Paul gibi ola… Fuccing."

Andre neredeyse tabanları yağlayıp kaçacaktı. İnsan öldürmeye alışık biri değildi. Kokain işinde küçük çeteleri koordine ederdi. İşi buydu. Kendini zorlayarak adama çelme taktı ve yere yıktı. Belinden silahını alarak ceketinin iç cebine koydu. Jean sağ eliyle kamayı kavramıştı. Bir iki santim kadar çekti, ama kuvveti tükendi ve her şeyden vazgeçti. Ölmek üzereydi. Sahanlık kan içinde kalmıştı. Andre midesi boş olduğu için şükretmekteydi.

Jean hareketsiz kaldığında Andre kulak kesildi. Çıt yoktu. Asayiş berkemaldi. Üç katlı evin tamamı Irene Colcounay'a aitti. Kırk başlarındaki kadın zengin bir ailenin züğürtlemiş kolundandı. Bu ev elden çıkacakken Jean'i tanımış ve mülkü kurtarmıştı. Yirmi sekiz yaşında piyano çalan, kültürlü ve güzel bir kadındı o sıralarda. Fotoğraflarını görmüştü. Birazdan adamı kapının önünde ölü bulunca kadının bir yanı sevinecekti mutlaka. Jean çekilmez biriydi ve sonunda işi nedeniyle er ya da geç kadının başına büyük bir bela getirecekti. Bugün Irene'nin beladan sıyrılma günüydü. Paris'in göbeğinde üç katlı evi, bankada en az bir milyoncuk eurosu olan dul bir hatundu. Azıcık kilo verirse, yeni dönemin tadını bayağı iyi çıkarabilirdi.

Senin de sonun Paul gibi ola…

Paul Breton, Andre'nin iki yaş büyüğü ve on santim kadar uzunuydu. Pierre Tasken'i o da iyi tanırdı. Aralarındaki yaş farkı az olmasına rağmen espirilere katılmaz somurtur dururdu. Bir yığın işe girip çıktıktan sonra gidip Dünya Ultra

Katiller Kulübü Academy nam-ı diğer Blackwater'a kapılanmıştı. Şanssızdı. İkinci maaşını almasına bir gün kala Irak'da Habur sınır kapısına yakın bir yerde tuzağa düşürülüp öldürülmüştü. 28 yaşındaydı. Andre gidip tabutu gümrükten teslim almıştı. Abisi kız arkadaşının yanında kaldığı için kendi evi yoktu. Hiç olmamıştı. Oturduğu yerde darallar gelen huzursuz bir kimseydi toprağı bol olsun. Şimdi iki buçuk yıldır mezarlıkta annesinin yanında yatmaktaydı. Beş yıl kadar önce mide kanamasından ölen Celine Breton iki oğlunun ne işler yaptıklarını ve bunların sonuçlarını görmeden bu dünyadan çekip gitmişti. Babası hiç olmamıştı. Adı Adrian olan yakışıklı, kumral kamyon şoförü annesi hamile kalınca çekip gitmişti. Tanıdığı tek yakın akrabası Claudia teyzesiydi. Sağolsun annesi ve Paul öldüğünde bütün cenaze işlerini vb. o üstlenmişti. Kadın annesinden beş yaş büyük olmasına rağmen çok zinde biriydi. Yıllarca kocası Jorge ile birlikte küçük bir restoran işletmişlerdi. Şimdi iki yıldır Menton'da emekliliğin tadını çıkartıyorlardı.

Andre tekrar Dauphine sokağına çıktığında saatine baktı. Dış kapıyı, bahçeyi, holü gözetleyen kameraları denetleyen merkezdeki hard diskin sökülmesi, cesedin oturma odasına taşınması, yerdeki kanların ve muhtemel parmak izlerinin silinmesi ve kamayı, ellerini özenle yıkaması dahil bütün işlemin sadece otuz üç dakika sürmesi soyut bir bilmecenin cevabını bir kerede doğru bilmek derecesinden bir şaşkınlık yaratmıştı üzerinde.

L12 Piyano barının vitrinine astığı programa bakarken etrafı kesti. Nefesi düzelmişti. Elindeki çöp torbasına kanlı havluları tıkmıştı. Polisten korkusu yoktu. İrene önce Gilbert'i arayacaktı. Çok özel bir durum olmazsa bunu yapmasına daha en az iki saat, uyku haplarını içkiyle beraber aldıysa dört saat vardı. Gilbert her an Jean'ı arayabilirdi tabii. Adam öğlen vakti boşuna giyinmemişti. Kısacası işe önce Gilbert müdahale edecekti. Bunu yapmasına en az bir saat vardı. Sophie'nin randevusuna gelmesine de elli dakika kalmıştı. Kadın vaktinde gelirse ve Andre bütün bu işlerden yakayı sıyırabilirse bu günü şahsi yortu günü olarak ilan edecekti. Arkayı sağlama alma yortusu. Bütün dileklerinin kabul olmasına birkaç saatçik kaldığını bilemezdi tabii ki.

"Demek yeni yerin burası?"

Andre tadını alsın diye açık beklettiği şarap şişesinden iki iri kadehe şarap doldurmaktaydı. Mutfaktaydılar. Sophie üzerine sımsıkı oturan ince beyaz kazağıyla bir içim su ışımaktaydı.

"Hızlı taşındım malum."

Genç kadın başıyla anlıyorum işareti yaptı. Eski kiracı Afrikalı bir adamla evli olan bir öğretmendi. Adam işsizdi. Kadın part time çalışıyordu. Altı yaşında bir kızları vardı. Andre bütün eşyaları satın alarak değerlerinin beş mislini falan ödemişti. Bir yılı aşkın bir süredir sota ev olarak kenarda tuttuğu nadiren kontrol için geldiği bir yerdi burası. Halısına mobilyasına çok dikkat edecek zamanı olmamıştı. Çok şey satın alırsa her yerde adresi ve ismi bir arada geçerdi. Bunu engellemek için bulduğu şekliyle yetinmişti. Diğer yandan Sophie isterse evi düzebilecek mali güce sahip olduğunu biliyordu. Babasının kızıydı. Sürekli adres değiştirme denen bir gereksinime yabancı değildi.

Andre sol elindeki kadehi kıza uzattı ve "Yıllar sonra tekrar birlikte olmamızın şerefine." dedi.

"Yıllar? O kadar oldu mu?"

Andre oldu mu sözcüğündeki bu iş olacak tonundan memnun kadehini kadınınkine değdirdi. "Hızla gelip geçen zamana"

Kadın gülümsemekle yetindi. Parlak güzel gözleri arzuyla yanmaktaydı. Andre yirmi sekiz yaşındaydı. On yıllık testosteron bazlı deneyimi bu tavra bir karşı tavır biçivermişti hemen. Mutfakta ayakta duruyorlardı. Elinden kadehi levyeye yakın bir yere bıraktı ve kadına sarıldı. Dudakları birleşti. Diğer kadehin cam kaidesi arkadaşının yanında bir yere değip kadının elinden kurtulunca deli gibi öpüşmeye başladılar.

"Karnım çok aç. Evde yiyecek bir şeyler var mı?"

Andre yemek işini düşünemediği için hayıflandı. Hergün bıçakla adam boğazlamıyordu. Aklından çıkmıştı.

"Hep dışarıda yediğim için… Gider alırım bir şeyler."

"Tacocu var mı buralarda?" dedi Sophie. "Örtündüğü ince battaniyeden sadece sol kolu dışarıya taşmıştı. İçerisi kapalı perdeler ve bulutlu hava yüzünden iyice loştu. "Olmazsa patatesli sosisli sandviç de olur."

Andre kadının elini tuttu. "Taco 1, Sandviç 2." dedi ve sonra az önceki şiddetli judo gösterisinde her nasılsa kolunda kalmış olan saatine baktı. 14.41'di.

Andre roket hızıyla giyindi. Kızın ve kendi cep telefonunu kontrol etti. İkisini de arayan olmamıştı. Kızın telefonunu çalmasın diye kapattı. Gilbert, Jean'ın en yeni durumunu görünce uzlaşma ayağına yatar diye bir tahmini vardı. Kendi evine gidecek kadar enayi olmayacağından bu akşamki programı yatmıştı çünkü.

İçinden bir ses dışarı çıkma diyordu, ama kendi de açtı. On beş yirmi dakikada alışveriş yapıp geri dönerse kendini pek riske atmış olmayacaktı. Bu evi bilmiyorlardı. Çok özenli davranmıştı. Kız bir yere gitmezdi. Hayatından memnun hayallerle kaydırak oynamaktaydı.

Evde kendi tabancası vardı, ama Jean'in tabancasını pantolon kemerine takarak deri ceketinin önünü ilikledi ve dışarı çıktı. Kapının önünde durarak sokağı kontrol etti. Hemen önünde kırmızı Peageot park etmişti. İçi boştu. Ardındaki gri araba çıkmaya çalışıyordu. Orta yaşlı bir kadın sürücüsü vardı. Sol taraftan iki motorsikletli geliyordu. Telefonuyla mesaj yolluyormuş gibi yaparak onların geçmesini bekledi ve kaldırımda hızlı adımlarla yürümeye başladı. İki kadın üçüncü dünya ülkeleri için eski giysileri toplayan yeşil konteynırın başında sohbet etmekteydiler. İçinde kanlı havlulardan oluşan bir torba da vardı. Miam kafeyi, manavı geçerek sandviç yapan dükkâna girdi. Ondan önce üç müşteri vardı. Sabırsızlığını belli etmeden beklemeye başladı.

Bu arada beynindeki Hiper Murphy diye adlandırdığı felaket tellalı taraf eve dönünce kızın gitmiş olacağını ve iki silahlı temizlikçinin bekleyeceğini söylemekteydi. Murphy mi Asla yanı ise sandviçleri yedikten sonra hoş bir hazım cimnastiği yapılacağını müjdelemekteydi. Andre'nin içinde babasının planlarından zerre kadar haberi olmayan kadın için bir merhamet uyanmıştı. Ne olursa olsun ona bir zarar vermeyecek, en kötü şartlarda kıçına tekmeyi basarak dışarı salacaktı. Jean olmayınca Gilbert'in silahlı çetelerle ilişkisi kopmuştu. Parayı basarsa istediği kadar adam bulabilirdi, ama herkes de yüzünü hatırlardı sonradan. Gilbert'in gözünün bu kadar kara olabileceğini sanmıyordu, ama belli olmazdı tabii.

Sandviçleri aldıktan sonra eve giderken, bir daha dışarı çıkmamak için bir süpermarketten alışveriş yapmaya karar verdi. Sokağın diğer tarafında böyle bir yeri hatırlıyordu. Alışverişi Jean'a yapılacak ziyaret sonrasına ertelemesinin ahmakça bir karar olduğunu düşünmekteydi. Akan kan bütün ayarını bozmuştu. Şu ana kadar hayatında tek bir kez birini vurmuştu. Dört yıl önce San Remo'da, iki yıldızlı bir otelin park yerinde. Karanlıktı. Uzaktan birbirlerine ateş etmişler ve sonra adam yere yıkılmıştı. Andre motoruna atlayıp kaçmış, hiç sorunsuz sınırı geçerek sağ salim evine dönmüştü. Bir pilotun avcı uçaklarını güç bela atlattıktan sonra, binlerce metre yukardan ve bulutların arasından aşağıdaki bir hedefe bombaları bırakıp üssüne geri dönmesi gibi bir şeydi. Kendisinin çarpışmaya iki kurşun önceden başlaması ve bunun ciddi bir avantaja dönüşmesi ayrıntı kabilinden bir vicdan kaşıntısıydı. Rakip bir çetenin önde gelen adamıydı. Oraya Andre Breton'u eşekler cennetine yollamaya gelmişti.

Kendi evinin kapısının önünden geçerken içinden gelen ani bir hisle alışverişin ikinci kısmını erteledi. Kapıyı açıp içeri girdi. Saat üçü biraz geçiyordu.

İkinci katın basamaklarının hızla çıktı. Dördüncü ya da beşinci kattan bir kız çocuğunun sesi gelmekteydi. Kız gene mi orası. Ben gelmesem olmaz mı diye annesine yalvarmaktaydı. Kadının otoriter sözlerinden bunun mümkün olmadığı anlaşılmaktaydı.

Andre anahtarını kilide sokarken Hiper Murphy karşılama heyeti içeride bekliyor müjdesini verdi. Diğer yan suskundu. Andre ayağıyla kapıyı iterken arkasından gelen ayak seslerini duyarak başını çevirdi. Andre küçük çocukken bile korku filmlerinden tırsan ve aşırı etkilenen biri olmamıştı. Ne televizyondan çıkan ölü kız tarafından çarpılan insanlar, ne de zombiler onu deli gibi korkutabilmeyi başarmıştı. Nadiren ziyaretine gelen kâbuslar hep labirentimsi mekânlarda geçerdi. Karanlıkta bitip tükenmez yolları arşınlayıp dururken içi daralırdı.

Ama şimdi üç metre mesafede basamaklarda duran şey aklını başından almıştı. Jean ziyaretine gelmişti. Yüzü bembeyazdı ve üstü başı kan içindeydi.

"Pierre, Pierre Fuccing, dostum. Sana bir şey sormam lazım acilen. Seni rüyamda gördüm. Ziyaretime gelmiştin. Kahve içecektik. Uyandım. Şu halime bir bak. Bir tefsir lazım bana. Kallavi bir tefsir. Söyle dostum neye delalet eder bütün bu olan bitenler?"

Andre bir süreliğine konuşma hassasını yitirmişti. Beyninin merkezinde hep tetikte duran timsah sağ ve sol ellerini harekete geçirmişti. Sandviçlerin durduğu naylon torba sol elinden çözülüp yere düştü. Sağ eli belindeki tabancayı çekip Jean'a doğrulttu.

"Bir dakka yahu. Beni yanlış anladın."

Andre şarjördeki kurşunların tamamını hayaletin gövdesine boşaltacaktı, ama olmadı. Çünkü Jean üçüncü kurşundan sonra arkaya doğru yuvarlanıp alt katın sahanlığına kadar inmişti. Andre ancak altıncı kurşunu basamaklara sıktıktan sonra durabildi. Bütün vücudu titremekteydi. Sandviç paketine falan boş vererek panikle kapıyı açıp içeri girdi ve kapıyı arkadan sürgüledi.

"Ne oldu ya?"

Sophie iç çamaşırlarıyla holde durmaktaydı. Etkileyiciliği geçmişe aitti artık. "Jean." dedi Andre. "İkinci kez şey yaptım. Anlatıcam. Çok… Çok manyakça bir şey. Sen üzerine bir şey geçir. Çabuk."

Kız yıldırım gibi giyinirken Andre başını kapıya dayayarak dışarısını dinledi. Jean'in artık duygu yansıtmayan bakışlarını görmemek için göz deliğinden bakmıyordu. Sonunda korkusunu yenerek baktı. Holde kimsecikler yoktu.

Apartmanın içinde altı el ateş edilmişti. Ortalıkta kanlı bir ceset dolanıyordu, ama hiç kimse seyire çıkmamıştı. Belki daha erkendi. Polisin gelmesini bekliyorlardı.

Aradan beş dakika geçip hiçbir şey olmayınca biraz sakinlemiş olan Andre Jean'ın tabancasını sımsıkı kavramış durumda holden oturma odasına giderek sokağa baktı. İki araba yolun ortasında duruyordu. Turist olduğunu sandığı bir kalabalık doluşmuştu. Sarı paltolu şişmanca bir kadın bağıra çağıra ters yöne doğru koşmaktaydı. Turistlerin ona aldırdığı falan yoktu. Merakla çevredeki dükkânları seyretmekteydiler. Bir şeyler garipti. Şimdi daha yeni farketmişti. Yolun ortasında bir motor yatmaktaydı. Kimsenin de buna aldırdığı yoktu. Genç adamın zihninde ilk kez derli toplu bir bilgi lambası yandı. Bir şeyler çığrından çıkmıştı. Fena halde üstelik. Yoksa nabzı duralı saatler geçmiş ve neredeyse bütün kanı dışarı akmış olan Jean'ın kimsenin bilmediği bir adrese gelmesi nasıl mümkün olabilirdi.

"Ne oldu Andre. Anlatsana."

Sophie üzerine beyaz kazağını geçirmişti. Sadece sol ayağında çorap vardı ve pantolonunun kemeri çözük durmaktaydı. Çok seksi bir görünümü vardı, ama Andre bunun tadını çıkartacak ruh halini binlerce yıl geride bırakmış gibiydi.

"Anlatıcam. Her şeyi anlatıcam. Bu öğlen senden ayrıldıktan sonra bizim Jean babayı ziyarete gittim. Şey için…"

*

Sophie çorabın diğer tekini ayağına geçirirken Andre'nin kelimesi kelimesine doğru söylediğini ve dışarıda bir şeylerin fena halde ters gittiğini ilikerinde hissetmekteydi. Şimdi düşününce babasının her şeyi tasfiye etmenin eşiğinde olduğunu görüyordu. Küçük ayrıntılar. 'Biraz da Kaliforniya güneşini tatsak, bu işler bir gün bittiğinde, Paris'ten uzunca bir süre ayrı kalmak' gibi sözcüklerin son bir iki ayda sıkça geçtiğini farketmişti. Bütün dünya politik ve ekonomik çalkantı içindeydi. Kaliforniya eski Kaliforniya değildi büyük bir ihtimalle artık. Bunu düşünmüş, ama adama söylememişti. Kendi de ne yapması gerektiğini bilmiyordu çünkü. Kafası karışıktı. Diğer yandan babasının Andre gibi dürüst ve sadık bir yardımcısını öldürtmek istemesi çok adice bir karardı. İkisinden birini seçmek zorunda kalırsa ne yapacağını bilmiyordu. Özelikle şu son bir saatten beri.

Spor ayakkabılarının bağcıklarını iliklerken gözü spor çantasına ilişti. Orada judo elbisesi, terli tişörtü, iki havlu ve birkaç ıvır zıvırın yanı sıra bir şey daha vardı. 6.35'lik Astra tabanca. Ve içinde yedi kurşunu olan ekstra bir şarjör.

Andre oturma odasının penceresinden dışarı bakmaya devam etmekteydi. Tabancayı ağzı büzülü bez torbadan çıkartarak pantolon kemerinin arka kısmına iliştirdi. Yedek şarjörü de sol ön cebine tıktı. Birazdan gidip merdivenlerdeki hortlağa bakacaklardı. Sophie adamın işlediği cinayet nedeniyle yaşadığı stresin neden olduğunu düşünmekteydi buna. Diğer yandan bir çok şey garipti. Cep telefonları çalışmıyordu. Elektrikler kesikti. Binanın içinde defalarca ateş edilmişti polis gelmiyordu. Camdan görünen sokak da bir garipti. Arabalar sokağın ortasına park etmişti.

"Ben hazırım ."

Andre önde yürüdüler. Kapıya yaklaştıkça Sophie'nin heyecanı artmaktaydı. On iki yaşında babasının eski çiftliğinde traktör süren Sophie hayaletlere inanır ve onlardan korkardı. Tam Andre'nin eli kapının sürgüsüne uzanırken kapının zili çaldı. Sophie tepeden tırnağa titremişti. Adamla bakıştılar ve sessiz kalmaya karar verdiler. Zil ikinci kez çalınca Andre eliyle geri çekilelim işareti yaptı. Sophie ne yapmaları gerektiğini düşünebilecek durumda değildi. Adama uydu ve oturma odasına geri döndüler.

"Sence kim?" diye sordu Sophie. Jean mı yoksa dememek için zor tutmuştu kendisini. Andre'nin cazibesine girip buraya geldiği için lanet okumaktaydı kendine.

"Bilmiyorum." dedi Andre. Yakışıklı yüzü endişe nedeniyle çökmüştü. Sağ elindeki tabancayı sımsıkı tutmaktaydı. Yeni farketmişti. Dışarı saldığı gömleğinin kemeri hizasında bir kabarıklık vardı. Yedek silah taşıyordu.

Birden kapı açılınca ikisi de irkildi. Gelenler bir âlemdi. En önde öz ve öz babası durmasına rağmen aklından bu kelime geçmişti ilk olarak. Babasının elinde namlusu yere çevrili bir silah vardı. Arkasında cezayirli tipli sekiz kadar gençle birlikte oturma odasına geldiler. Babası hariç hepsinin ayakları çıplaktı. Oda çok küçülüvermişti birden. Cezayirliler bozuk Fransızca ve Arapça karışımı bir dille kendi aralarında tamamını anlayamadığı bir şeyler mırıldanmaktaydılar. "Mal, iş, yeni yer."Babasını hiç böyle çaresiz bakışlı görmemişti.

"Sophie ne yapıyorsun burada?"

"Andre'yle... Sen... Ne oluyor baba?"

"Sokaklar bitmiş, beni... Jean'ın oradan aldılar. Bu... Paris yok artık. Yok. Bu puştun yüzünden."

Babası tabancayı Andre'ye doğrulturken Sophie birkaç şeyi birden farketti. Babasının pantolonu önden kalça hizasında ıslaktı. Islaklık pantolonun sol ayağında dize kadar inmekteydi. Krem rengi olduğu için açıkça göründüğü halde anlaması için saniyelerin geçmesi gerekmişti. Gelenlerin yabancı kökenli olması aldatıcıydı. Gelenler yabancıdan da öte bir şeydiler. Bu yeryüzünde yerleri yoktu. Son nokta da babasının sağ elindeki tabancanın Andre'nin göğsüne doğru yukarı yükselmekte olduğuydu. Andre şoka babasından biraz daha fazla idmanlı ve otuz yıl kadar da genç olduğu için daha atik davranarak adamın alnında bir delik açmayı başardı. Küçük odada sıkış sıkış durumda tabancanın patlaması

top gürlemesi gibi etki yapmıştı.

Sophie sonradan üzerine epey düşünmeye zaman bulduğunda dahi nasıl oluştuğuna akıl erdiremeyeceği şeyi yaptı ve silahını çekerek Andre'nin kalbi hizasında tetiği çekti. Andre bunu bekliyordu belki çünkü göğsünden fışkıran kanları seyirle oyalanmadı ve silahını onun göğsüne doğru ateşledi. Sophie göğsüne sol yanından giren ve sırtından çıkan merminin itmesiyle geriye doğru savruldu. Acı sandığından azdı, ama hızla takatı kesilmekteydi. Aynı tünelden kurşun çıkıp gittikten sonra hafifleyen acı geçmekteydi şimdi. Nefesi daralmıştı. Tetiği ikinci kez çekecek hali kalmamıştı. Dizleri üstüne yığılarak sağ yanına devrildi.

Andre koltuğa oturacak gibi bir hareket yapmıştı, ama sanki çok sarhoşmuşçasına bunu başaramadı ve yere yığıldı. Gözleri açıktı. Ölmüştü. Ölüm Sophie'ye çok yakındı. Kendini bir an beyaz bir elbiseyle Lüksemburg bahçesinde gördü. Ayağında beyaz ayakkabılar vardı. Yazdı. O günün bir fotoğrafı vardı. Dört yaşında olduğunu biliyordu bu nedenle. Arkasından biri adını seslendi. Başını çevirirken o sahneden koptu. Eskimiş kirlenmiş duvar kağıtlarına baktı. Andre yerde kıpırtısız yatmaktaydı. Ne yaptıysa da parka dönmeyi başaramadı. Bilinci kapanırken son gördüğü şey odadaki çıplak ayaklı tiplerden birinin ceketinin cebinden çıkardığı kocaman bir şırıngayı Andre'nin sol koluna soktuğuydu. Gözleri kararmaktaydı, ama bedeninde hâlâ kendi sol koluna saplanan iğneyi hissedecek kadar can vardı.

Karanlığın ardından aynı sahneye tekrar tekrar döndüğünü farkedebilmesi için ayaklarının dibindeki boş şarjörü ve sağ elindeki boş tabancayı görmesi gerekmişti. Esmer tenli varlıklar babasının cesedini alarak gitmişlerdi. Andre ile yalnızdılar. İkisinin de göğsü kan içindeydi. Andre'nin gömleği ve kendi kazağının göğüs kısmında bir sürü delik vardı. Yedi şarjörde, yedi de elindeki tabancada Andre'yi on dört kez vurmuştu. Andre'nin elinde başka bir tabanca vardı. Silah değiştirmesine bakılırsa kendi de defalarca vurulmuştu. Kollarına saplanan iğnelerin içindeki şey her neyse onları her defasında hayata döndürmüştü.

Sophie kazağını üzerinden sıyırarak tenine baktı. Aynı şeyi Andre de yapmaktaydı. İkisinin de teninde tek bir yara izi bile yoktu, ama giysilerine bulaşan kan hakikiydi ve hâlâ ıslaktı.

"Ne oldu bize ya?"

Sophie her şeye boş vererek adama sarıldı. Çıplak tenlerinin birkaç saat önce hırsla buluşmalarını hatırlatan bir temastı, ama duygular iyice soğumuştu.

"Bilmiyorum. Çok manyakça. İyi ki yalnız değilim. Çok… Babam bir ara… Acaba o nerede? O adamlar… Gerçek miydi acaba?"

"Bilmiyorum. Rüya gibi. Barut kokusu hariç."

Sophie adamdan kollarını çözdü. "Bana giyecek bir şey versene."

Az sonra ikisi de üst giysilerini yenilemiş olarak oturma odasına gelince

yerdeki tabanca, boş kovanlar ve şarjörler, bej rengi kirli halıdaki kan lekeleri hiçbir şey hayal değil şamarını suratlarına indiriverdi.

Dairenin kapısı aralık durmaktaydı. Dışarıdan konuşma sesleri geliyordu. Onlar apışıklıklarını geçene kadar ayak sesleri yaklaştı ve yedi sekiz kişi hole girdi. Kâbus motoru çalışmaya son gaz devam etmekteydi. Spor giyimli, orta yapılı, yabancı tipli gençlerdi. Üçü kadındı. Hepsinin de ellerinde çeşitli aparatlar, ambalajlanmış bir şeyler, çeşitli malzemeler vardı. En öndeki Vietnamlı tipli başları olmalıydı. Saygıyla Pierre'ye bakıyordu.

"Pierre Patron. Adamlar ve eşyalar tamam. Hazırız."

Andre şaşkınlığına vites küçülttürtmeye çabalamaktaydı. "Ne için?" diye sordu.

"Sekiz buçuk kilo saf malımız var. Sabah piyasaya yetiştirmek için ambalajlamamız gerekiyor."

Andre yüzüne bakınca Sophie belli belirsiz omuzlarını silkti. Tehlike umduğu cinsten değildi, ama rahatlaması da asla mümkün değildi. Gelen adamların silahsız olması ve saygılı davranmaları korkusunu daha da arttırmıştı. Belki ölüm döşeğinde bu tür bir kâbus görmekteydi. Aslında çirkef halının üstünde yatmış ölmekteydi belki de. Ama bu da yeterli değildi. Çünkü yaşadığı sahne dokunulabilir ve sezgilerle hissedilebilir gerçeklikteydi.

"Bir dakka" dedi Pierre. "Siz kimin hesabına çalışıyorsunuz? Ve adın ne?"

Buğday tenli, taş çatlasa yirmi beş yaşında olan delikanlı hürmetle tebessüm etti. "Adım Ping Fou. Bu öğle üzerinden itibaren emrinizdeyim. saygıdeğer patron Pierre Fuccing. Baş yardımcım dahil tam elli bir kişiyiz. Dağıtımcılar arabalarında ve motorlarında malı bekliyorlar. Baş yardımcım Hassan el Gayreti dış ekipleri denetliyor şu anda. Korumalar sokağı kolluyorlar. Kesme ve karışımlama ekibi de burada. Umarım karışımlama kelimesini iyi telaffuz ettim efendim."

"Bak… Ping." dedi Andre. Biraz kendini toplamıştı sonunda. "Önce… Bana Fuccing deme."

"Size nasıl hitap etmemi arzu edersiniz efendim?"

"Pierre Tesken de. Bu bir. Diğer… Nasıl söylesem yani… Bay Borsalino ve Morrelas şu anda neredeler?"

"İki merhum efendiyi toprağa kavuşturduk patron Tesken. İş yapacak halleri kalmamıştı. İsa'nın dizlerinin dibindeler artık. Şu anda bütün yetki sizlerde efendim. Bayan Colver de ikinci derece olmak üzere."

Sophie'nin annesiyle babası o Lüksemburg parkındaki gezinti sıralarında ayrılınca mahkeme vesayet hakkını sabıkalı babadan alarak anneye vermişti. Bu nedenle Sophie'nin soyadı Colver'di. Ping Fou'nun buna sıradan bir bilgi gibi değinmesi genç kadını sarsmıştı. Esas sarsıldığı yer adamın nezaketinde ve saygısında tek bir defo görememesiydi. Tek bir sinsi bakış aralığı. Minik bir niyet kaçağı. Patronunu seven ve onun emirlerine amade biri rolünde ufacık bir çatlak bile olmaması korkusunu körükleyen bir işlev görmekteydi. Mükemmel bir kâbus nesnesiydi bela herif.

"Şimdi ne yapacağız tam olarak?"

Ping Fou yarım dönerek diğerlerini işaret etti. "İzninizle çalışmaya başlıyacağız."

Andre sen ne diyorsun bu işe mealli bakınca genç kadın durumun ağırlığına rağmen içinden biraz sırıttı. İzin işi bayağı ilginç bir yorumla sunulmaktaydı.

"Biraz daha şarap ister misin?"

Sophie başıyla olumlayınca Andre şişede kalan sıvıyı bardaklara üleştirdi.

Küçük mutfakta dikilmiş durmaktaydılar. Ping dahil dokuz kişi dokuz on saattir harıl harıl çalışmaktaydı. Saf kokain tartılıyor, başka malzemeyle karıştırılıyor ve paketleniyordu. Oturma odasının bütün eşyaları boşaltılmış ve yerine çalışma masaları konmuştu. Elektrikler kesik olduğu için aydınlanma bir jeneratörle sağlanmaktaydı. Jeneratör ve gerekli bütün aksamı adamları sağlamıştı. Alışveriş bile yapmayı ihmal etmemişlerdi. Toplam onbir kişi için alınan iki baget, yarım kilo peynir, konserve sosis, tereyağ ve birkaç şeyi çok az bulmuştu başlangıçta. Şimdi aradan dokuz saat geçmiş ve gece yarısı olmuştu. Arı gibi çalışan işçilerden hiçbiri ne bir lokma bir şey yemiş, ne bir yudum bir şey içmiş, ne de tuvalete falan gitmişti. Bu iş disiplininden öte bir şeydi. Tekinsizliğin gaz pedalına basan bir yamukluktu.

Sophie bu tür iş yapan kimseleri babasının mesleğine rağmen sadece filmlerde görmüştü. Erkekler donla, kadınlar buna sutyen ekli olarak oturmaktaydılar. Kaloriferler çalışmadığı için içerisi soğuktu. İşçilerin ısıyla mısıyla bir sorunları olmadığı çok belliydi. Andre ve Sophie kazakların üstüne ceketlerini giymişlerdi.

Kadın işçilerden biri beş aylık hamileydi. Parlak esmer tenli güzel vücutlu gencecik bir kadındı. İri memeleri beyaz sutyeninden taşıyordu adeta. Saçlarını firketelerle toplamıştı. Hamile bir kadın dokuz saat bir şey içmeden yemeden durabilir miydi? Hiçbirinin yüzünde bıkkınlık, yorgunluk belirtisi yoktu. Canla başla çalışıyorlar arada sırada Arapça ve anlamadığı bir dille birşeyler konuşuyorlardı.

Annesi babasından ayrıldıktan sonra Mısırlı bir sevgili edinmişti. Ulvi El Katoumi. Çok güzel ney çalan zeytin gözlü bir adamdı. Kendisine çok iyi babalık yapmıştı. Fransızcası neredeyse aksansızdı. Uyumadan önce harika öyküler anlatırdı. Annesi mutluydu yine yıllar sonra. İş yaparken şarkı söylemeye başlamıştı çünkü. Sonra adam bir gün Mısır'a gitmiş ve geri dönmemişti. Balık taşıyan bir kamyon içinde bulunduğu minibüse çarpınca diğer dört yolcuyla birlikte ölmüştü. İskenderiye'de. Sekiz buçuk yıl süren beraberlikleri süresinde bayağı Arapça öğrenmişti.

"Sence ne oluyor? Türkiye'nin doğusunda yapılan deneyler diyordu radyoda. Nuh'un gemisi mi bulundu acaba?"

"Bilmiyorum." dedi Andre alçak sesle. Başını çevirerek birinin gelip gelmediğine baktı. "Bütün bunlar..."

"İkinci dalga gelecek denmişti. Belki de bu odur."

Andre içkisinden bir yudum alarak genç kadına baktı ve omuzlarını silkti.

"Yorgunum Sophie. Uyumak ve bu hayatın olmadığı bir yerde uyanmak istiyorum."

Genç kadın adamın koyu kahverengi gözlerindeki yılgınlığın aynısıyla baktığını düşünerek içini çekti. Bu olaylar olduğunda bütün dünyanın çivisi çıkmıştı neredeyse. İkinci dalga malga cabasıydı.

"Ben de öyle. Yalnız... Bilmiyorum. Şu ana kadar bir şekilde idare ettik."

"Bunlar insan falan değil. Yemiyorlar içmiyorlar, robot da değiller. Ne boklarsa..."

Bu defa kimse geliyor mu diye bakma sırası Sophie'deydi.

"Hiç olmazsa saygılılar ve söz dinliyorlar. Ayrıca peynirden ve şaraptan anladıklarını da söyleyebiliriz. Şaka bir yana o hamile kadına bakınca içimi ürperti kaplıyor. Karnındaki... Bir şey... Eğer o üzerine bu kadar konuşulan deneyler gerçekse ve bu şeyler onun mahsülüyse..."

Sophie bizi on dört kez diriltenlerden nasıl kaçacağız dememek için kadehinden bir yudum aldı. İkinci şişeyi boşaltmaktaydılar. Alkol gerçekti. Damarlarında her şeye boşver tatlım serumu dolaşmaya başlamıştı. Deneydışı alanlar mevcuttu pekâlâ yani.

Andre sözünü tamamlamasını bekliyordu. Sophie giderek adama sarıldı. On dört kez birbirlerini vurmuşlardı. Hayatında kendisine bir kez bile öykü anlatmamış babasını öbür dünyaya yollayan adamı seviyordu. Şu anda onunla beraber olmaktan ölesiye memnundu. Bütün bu olan bitenlere tek başına katlanması mümkün değildi. Annesi iki gün önce Buanes Aires'teki teyzesini ziyarete gitmişti. Altı aylığına. Acaba orası nasıldı. Evdeki televizyon bozuk olduğu için haberleri görüntülü dinleyemiyorlardı. Radyo izotropik bela demişti. Her yer aynı durumdaydı demekki. Uydu ya da kablolu telefon iletişimi tamamen kesikti. Kadını arayamıyordu. Hat bağlansa ne diyecekti? *Sevgili annecim, yeni bir sevgilim var. Yakışıklı mı yakışıklı. Bu öğleden sonra babamı vurdu. Tek kurşunla. Acısız sızısız. Sonra birbirimizi vurduk. Bayağı zordu ölüp ölüp dirilmek. Şimdi de kokain ambalajlama işi yapıyoruz. İşçilerimiz maşallah cansiperane çalışıyorlar. Seni şimdiden çok özledim.*

"Bir fırsat bulup tüyelim buradan"

Sophie elinde olmadan gelen var mı diye hole baktı. Yoktu kimsecikler. İçeriden harıl harıl çalışma eşliğinde ara sıra bozdurulan birkaç cümlenin mırıltısı duyulmaktaydı. Çoğunlukla Arapça konuşuyorlardı. Havadan, sudan, alışverişten, pahalılıktan, çocuklardan falan bahsediyorlardı. Ping Fou neyceyse kendi dilini konuşuyordu. Diğerleri komutları anlıyorlar ve Arapça karşılık veriyorlardı. Adam bir şey söylediğinde bütün takım gülmüştü bir keresinde. Fıkra anlatmıştı herhalde. Bu nasıl mümkün olabilirdi?

"Patron sensen gerçekten?"

Andre'nin bunu niye önceden düşünmedim diye kaşları kalktı. "İçimde bir his... Bence işçiler yatmağa falan gittiğinde arabayı alıp voltayı alalım."

Sophie başıyla olumladı. Dışarısını gördüğü kadarıyla bildikleri tanıdıkları dünya elden gitmişti. O deneyler nedeniyle. Genç kadının mantığı her yerin eşit derecede etkilenmiş, elden çıkmış olabileceğini kabullenemiyordu.

"Bana gideriz. Çamaşırlarımı değiştirmem lazım. Ve de kendi eşyalarım..."

Sophie'nin gözleri dolmuştu. Sırf bana ait olan bir yer istiyorum diyecekti. Bunu yaparsa yine ağlayacağını bildiğini için iç geçirmekle yetindi.

"Sana da uğrarız." dedi Andre. Kadehi boşalmıştı. Cam kabı evyenin üzerine bıraktı. "Önce benim esas eve gidip cephane ikmali yapmamız lazım. Bu daha ilk saatler. Sokağın halini gördün. Böyle giderse birazdan Paris'te kıran kırana mücadele başlayacak. Hazırlık... Hazırlıklı olmamız lazım. Gel şimdi gidip biraz yatalım. Uyumasak bile dinlenelim. Sabah olduğunda ilk uygun fırsatı yakaladığımızda tüyeriz.

Sophie rüyasında babasını görmekteydi. Adam evinin oturma odasında oturmuştu. Halının üstünde. On altı bin euroya aldım diye övündüğü dört yüz minik ampul takılmış kristalden yapılma arı kovanı gibi duran avizenin tam altında bağdaş kurarak oturmuştu. Alnındaki delik duruyordu. Sophie gözünü oraya dayayıp bakarsa babasının bellek evreninin tamamını göreceğini düşünmekteydi. Çeşidi az bir depoydu. Banknot istifleri, boş şarap şişeleri ve küs kadın yüzleri.

"Annen biraz önce döndü Buanes Aires'den. Banyoda makyajını tazeliyor."

"Sahi mi?"

"Yolculuk biraz gırgır geçmiş. Önce Amsterdam'a inmişler. Oradan yakıt alıp ver elini Moskova. Oradan otobüsle Paris'e gelmiş. Oradan da, havaalanından çıngıraklı develerle buraya geldi. Yorgun biraz tabii, ama çok eğlenmiş. Konuşkan yol arkadaşları varmış."

Babasının oradan derken sağ elinin avucu açık olarak müstehcenimsi bir hareket yapması Sophie için yeni bir şeydi. Bir şekilde rüyada olduğunun ve annesinin binlerce kilometre uzakta kendi kader filmini çekmekte olduğunun bilinci sürmekteydi. Ama gene de banyoda makyaj tazeleyen kadını merak etmişti. Görmek istiyordu. Develer sözcüğü nedeniyle en çok bunu yapmaması gerektiğini hissetmekteydi. Sakın açma kapıyı çıngırakları çıngır çıngırdı, ama kendini engelleyemiyordu. Adımları tuvalete doğru ilerliyordu. Sağ eli kapının kolunu kavradığında kalbi olanca gücüyle atmaktaydı.

"Patron Pierre Tesken."

Sophie gözlerini açınca başuçlarında duran Ping Fou'yu gördü. Yüzü herzamanki saygılı sakinliğine sahipti. Pierre uyanmıştı. Uyku sersemi adama bakmaktaydı.

"Patron sabah altı kırk oldu. Paketleme işi bitti. Kuryelerle gideceği yere yolladım. İşçiler dinlenmeye çekilmek için izninizi rica ediyorlar."

"Ne? Ha… Anladım. Şey… Sağol Ping. Gidebilirsiniz."

Ping minnetle gülümseyerek odadan çıkınca Andre'nin hareketleri hızlandı. Yataktan fırlayıp giyinmeye başladı. Bir kelime konuşmadan sessizce giyindiler. Hazır olduklarında Andre odanın kapısını aralayıp baktı ve eliyle gelmesi için işaret etti.

Oturma odasında kimse yoktu. Tezgâhların üstü boştu. On beş saat çalışmanın ardından işçilerden geriye ne nefes, ne sigara, ne de diğer insanı bir koku kalmaması burnu hassas olan genç kadını sarsmıştı. Kendileri, ter, kir, kan, seks ve korku rahiyaları salmaktaydılar. Saatler önce ateşlenen yirmi dokuz mermiden kalan barut kokusu bile hâlâ bir miktar hissedilebilmekteydi.

Holde yürürlerken telefon kulübesi büyüklüğündeki minik yüklüğün kapısının aralık durduğunu gördüler. Andre duraklayıp elini yüklüğün kapısının topuz şeklindeki çıkıntısına attığında Sophie az önceki rüyada kaldığı yere dönmüş gibi hissetti kendini. Bakacak ve günlerini göreceklerdi. Nitekim öyle oldu.

Ping ve sekiz işçileri yüklüğe çekilmişlerdi. Plastik hazneli bir paspas takımı, onlarca tuvalet kağıdı, çöp torbaları ve daha bir yığın ıvır zıvırdan kalan yere, tavana yakın bölgeye çekilmişlerdi. Ufalarak, sıkışarak, biraz şekilsizleşseler de tanınırlıklarını muhafaza ederek on ikilik bir tuvalet kağıdı paketinin hacmine sığışmışlardı. Hepsinin gözleri açıktı ve belli bir devinim içersindeydi. Gözleri orijinal ölçülerinde kaldığı için göz çevresinde büyümüş dev hücrelere bakıyorlardı sanki.

Sophie'nin dizlerinin bağı çözülmüştü. Midesinde bir bulantı başlamıştı. Kalbi bir koşuda onuncu kata çıkmış gibi hızlanmıştı. Andre'nin yüzü de allak bullaktı, yalnız yapı olarak şoka daha dayanıklıydı. Ağzı suyu eskimiş akvaryumdaki bir altın balığı gibi açıktı, ama eli kapıyı örtebilmişti. Kapı kapanınca apartmanın merdivenlerine ne kadar yakın oldukları çıkmıştı ortaya.

"Anahtar… Arabanın anahtarları evde kalmış."

Sophie sokağa dalmıştı. Camekânı boydan boya kırılmış Glacier restoranın önünde durmaktaydılar. Sarı bir araba Bastille Gare de Lyon tabelasına bindirmiş ve durmuştu. İçinde kimsecikler yoktu ve kapısı açıktı. Pencereden gördükleri motor hâlâ yolun ortasında durmaktaydı. Genç kadın burayı gece vakti görmemişti, ama yolda çok az parkedilmiş araba olduğunu düşündü. Sokak arabaca boştu, ama bir hareketlilik mevcuttu. Üç beş kişi evlere girip çıkmaktaydılar. Kalbinde birileriyle olan bitenler üzerine konuşma tutkusu yanarak Andre'ye baktı.

"Ne dedin?"

"Anahtar. Şu sarı arabayı bir deneyelim önce."

Sophie'nin adımları otomatik olarak adamı takip etti. Sarı araba da direk te fazla hasar görmemişti. Direğe kilitlenmiş kırmızı bisikletin ön tekerleği iyice yassılmıştı. Andre şoför mahalline oturunca yanına geçti ve alışkanlıkla emniyet kemerini bağladı. Arka koltuktaki çocuk sandalyesine bakılırsa araba küçük çocuklu bir aileye aitti. Ucunda mavi bir Smurf başı olan anahtar şarj motorunun üzerindeydi. Görünürde kan ya da mücadele edilmiş duygusu veren bir şey yoktu. Dört kapılı aracın bütün kapıları açıktı. İçerdekileri kaçırtan şeyi merak etmiyordu haliyle. Yüklükte yan yana duran kıpırtılı gözleri düşünmek tek başına yeterliydi.

"Aziz anamız sen bizden şefaatını esirgeme."

Motor çalışınca Andre arabayı ustaca geri sürdü ve De Turenne sokağında ilerlemeye başladı. O da kendi gibi diğerlerinin durumunu merak etmekteydi. Bu nedenle yavaş gitmekteydi. Hava bulutluydu, ama yeterince ışık vardı. Bazı evlerin pencerelerinde hareketlilik vardı. Birileri merakla onlara bakmaktaydı.

"Radyoyu açsana."

Andre bir eliyle radyoyu açtı ve bir yayın aradı. Osilatör düğmesi otomatikti. Bütün kanallarda bol bol cızırtı vardı sadece. Adam içini çekerek radyoyu kapattı.

"Nereye gideceğiz?"

"Bana gidelim önce. Dediğim gibi…"

Sophie başıyla olumlayınca Andre gaza bastı. Xoos adlı bir dükkânın önünde toplanmış üç beş kişi onlar geçerken başlarını bile çevirip bakmadılar. Bu kadar meraksız olunur muydu? Arabayı kendi sürse yanlarında durup konuşurdu. Andre gaz pedalını daha hızla bastırmakla yetinmişti. Andre'nin sivil polis, sakıncalı tip ve zulada silah kestirme radarları üç adam ve şişmanca bir kadından oluşan dörtlüyü beğenmemişti. Krem rengi pardesülü kadının yüzündeki paniğin diğer üç tipin sakin yüzleriyle yaptığı tezatı metrelerce öteden sezmişti.

Bazı mağazaların camekânları hasar görmüştü. Çok değildi. Yüzde onu belki. Yalnız sokakların tenhalığı ve radyo yayınlarının yokluğu hiç de hayra alamet değildi. Asker, polis, sivil örgütler neredeydi. Niye sirenler çalmıyordu? Yol boyunca bir şerit olarak gördüğü gökyüzü niye boştu? Helikopterler, uçaklar neredeydi? Eskiden geceleri ortaya çıkıp banliyö semtlerini yakan göçmen isyancılara bile razıydı. Sarı yeleklilerle, kırmızı fularlılar neredeydi? Okulları, kafeleri kapatan virüse bile razıydı. Sophie ilk kez Paris'in ve belki bütün Fransa'nın aşırı esnek vücutlu ve yorulmak bilmeyen yaratıklarla işgal edildiğini düşündü.

Hiper Murphy neşeli bir sesle, tarağa yan bastın dostum, dünyanın işi bitmiş, bu sokağı çıkamayacaksın demekteydi. Murphy mi asla yani ise ufukta mantar bulutları belirmediyse bir şansımız var karşılığını vermekteydi.

"Ters tarafa gidiyoruz ya."

Andre direksiyonu sola kırınca Du Parc Royal sokağına girdiler. Sokak bir sürü kimsenin işe ve alışverişe gitmek için ayaklanması gereken saatte çok sakindi. Sol taraflarındaki yeşil alanı geçerek daracık sokakta ilerlediler. İki defa daha sol yapınca Mahler sokağından geçerek De Rivoli sokağına çıktılar. Bu sokağın Sophie'nin hayatında çok ciddi bir yeri vardı. Kızlığını yitirdiği sokak müzesiyle ünlüydü. On altı yaşındaydı. Şimdi Kobe'de yazılımcı olarak çalışan Patric adlı lise arkadaşıyla bütün öğleden sonra uğraşarak sonunda başarmışlardı.

Sophie içinde kabaran gerilim dalgası yüzünden tatlı hayallerden hızla uzaklaştı. Yol birden kalabalıklaşmıştı. İki otobüs kafa kafaya çarpışmışlardı. Gelen giden arabalar belirmişti. Kaldırımlarda insanlar ve diğerleri bir arada yürümekteydi. Gene de sabahın 7.08'i için sokaklar çok tenhaydı.

Andre kaza yapmış otobüsleri sollayınca lacivert bir reno ile çarpışmalarına ramak kaldı. İzbandut gibi bir adam yanında bir kadın neredeyse sıyırarak geçti. Andre boşuna klaksona basmıştı. Üzerinde sadece beyaz bir atlet olan adamın buna aldırdığı yoktu. Yıldırım gibi geçip gitti yanlarından. Bagajının kapağı yarım açıktı. Adamın yeni durumla ciddi bir sorunu vardı anlaşılan.

"Ağzına sıçtımın herifi."

Sophie az ilerdeki polis arabasını görünce sevindi. Sonunda kurulu düzene dair bir şey görmüştü. Yanından geçerken arabanın içinin boş ve bütün kapılarının açık olduğunu görünce içi buz gibi oldu.

"Polis arabasını gördün mü?"

"Evet."

Luvr müzesi sol yanlarında kalmak üzere ilerlerlerken çoğu zaman sımsıkı kapalı duran tarihi kapıların tamamının aralık olduğunu gördü. Yeni Paris sakinleri gruplar halinde müzeye girip çıkmaktaydılar. Sophie müze bekçilerinin ruh hallerini merak etmişti. Mevcut tarihi mirasın tek bir ipucu bile vermediği bir şok hali olmalıydı.

Fransa'nın en iddialı binalarından biri olan müze sonunda bittiğinde karşıdan gelen bir süt kamyonuyla neredeyse kafa kafaya çarpışacaklardı. Andre usta bir şofördü. Daracık kaldırıma çıkarak gelen araçtan sıyırdı ve direksiyonu sağa kırarak diğer yola girdi.

De Rivoli sokağı biterayak çok sakat bir yer olup çıkmıştı. Az da olsa araç trafiğinin olduğu sokakta hızla ilerlediler. Sophie'nin idrak aparatı iki ayrı programla çalışmaktaydı hâlâ. Katoumi ve Colver formatları. Babalığı anlattığı öykülerin bir yerlerdeki gerçeklik olduğuna inanan biriydi. Anlattığı şeylerin film gibi gözünün önünde belirmesi belki biraz da bundandı. Annesi bir mantık ve pratik çözümler gurusuydu. Sadece elle dokunulan ve içine her an adım atılabilen gerçekliklere pas verirdi. Genç kadının Colver tarafı yeni gerçekliği kabullenmişti. Katoumi tarafı ise arzuladığı daha ehven bir yerin yakınlarda olması gerektiğini iddia etmekteydi. Annesine bunları söyleyebilseydi keşke.

Vaneau sokağından De Sevres sokağına dönerken bütün yol boyunca kaçınabildikleri şey başlarına geldi. Yürüme hızıyla ilerleyen yepyeni bir çöp kamyonuna önden vurdular. Doksan derece dönecekleri için epey yavaşlamışlardı. Sadme şiddetli olmadı. Kamyonu süren uzun boylu adam kapıyı açarak indi. İri burunlu, kısa beyaz saçlı, orta yaşlı bir adamdı. Ayakta duramayacak kadar sarhoştu. Rengi solmuş mavi bir tulumun altına bembeyaz spor ayakkabılar giymişti. Sol ayakkabısının bağcığı çözüktü.

"Bir şey olmadı ya? Biraz şey yapayım dedim. Size de geldiler mi? Onlar. Cin hepsi. Cinler. Ateşten yapılmışlar. Birisi şişenin mantarını açmış."

Andre ön camı açarak adama eliyle uzak dur işareti yaptı ve geri geri gitti. Adamın kırmızı yüzü bu kaba hareketten hiç etkilenmemişti. Bir şarkı mırıldanarak onları abartılı bir şekilde selamladı. *La Marseillaise*'i söylemekteydi. Araba ileri vitese geçerken vites kutusu gıcırdadı. Sonra bir telefon kulübesini, metro durağını arkada bırakarak yıldırım gibi ilerlediler. Sokakta tek tük normal insan görünmekteydi. Sophie'nin gözleri alışmıştı. Gerçek insanları şaşkolozluklarından hemen ayırd edebilmekteydi. Andre yeşil kocaman harflerle eczane yazılı yerin önünde durdu. Genç kadın derin bir nefes alarak kemerini çözdü. Burayı iyi bilmekteydi. Sevgilisi Richard onu ansızın bıraktığında kendini Andre'nin kollarına attığı yerdi.

*

Sade ve zevkli döşenmiş oturma odası bir tehlike hissi vermemekteydi. Arkasına sinilecek herhangi bir eşya yoktu. Andre evden alelacele çıkarken yanına yedek bir şarjör almayı düşünemediği için kendine küfür ederek diğer odalara göz gezdirdi. Ev temizdi. Daire kapısını kilitledi ve çift sürgüsünü sürdü.

"Bir şey içer misin?"

Kadın omuzlarını silkince mutfağa gitti. Kapının camındaki tül perdelerin arkasında sakin bir sahne vardı. Camı delerek bedenine saplanan kurşunları hayal yanı çok ölgündü. Eski entrikacıların işi bitmişti. Tümüyle hem de. Gelirken sokakları görmüştü. Devletin D'si bile yoktu. Gökyüzü bomboştu. Televizyon ve radyo yayını durmuştu. Cep telefonları suspustu.

Elektrikler kesilmişti. Musluktan su da akmıyordu. Sosyal medya bilinmez bir yere sıvışmıştı. Wifi hak getireydi. Eğilip levyenin altındaki dolabı açtı. Otuz küsur şaraplık bir depoydu burası. İki yaşında bir Medoc alarak mantarını açtı. Şişeyi dinlendirmeye koydu.

"Karnın aç mı?"

Sophie parmağının ucuyla cam levhalı sehpanın üzerindeki Black Orphe biblosuna dokunarak, "Biraz sonra." dedi.

İçersi soğuk olduğu için ceketini çıkarmamıştı. Füme rengi kollu erkek tişörtü çok yakışmıştı. Tişörtün altındaki görünmez on küsur deliği düşünerek ürperdi. Sağ eli otomatik olarak göğsündeki delikleri araştırmak üzere yükselmişti. O yaratıklar damarlarına zerkettikleri serumlarla ikisini de hayata döndürmüşlerdi. Andre pek romantik biri değildi, ama bir şekilde o yaraların bir yerde kanamaya devam ettiğini bilmekteydi.

Buzdolabının durumu fena değildi. Et, salam, iki adet pırasa, yoğurt ve çikolatalı tatlılar vardı. Andre birkaç yıldır musluk suyu içmediği için eve yirmi litrelik şeffaf damanacalarla iyi kalite su almaktaydı. Ellerinde otuz litre su vardı.

"Birazdan su stoğu yapmak için harekete geçmemiz gerekecek. Yiyecek de tabii. Dayanıklı gıdalar. Önce biraz dinleniriz. Bir... Plan yaparız."

"Olur."

Andre'nin aklına yakınlarda seyrettiği eski bir film geldi. Veba virüsü

ABD'deki nüfusun yüzde doksan dokuzunu yok ediyordu. Kalanlar yeniden organize oluyor ve aralarında beliren kötülüğe karşı çıkıyorlardı. Yakınlarda dizisi de yapılmıştı galiba. Paris'te de böyle gruplar mı belirecekti acaba? İnsanımsı yaratıklar kimin tarafını tutacaktı?

Andre hâlâ ayakta duran kadına gel anlamına işaret yaparak büro gibi kullandığı küçük odaya gitti. Yüz kitaplık bir kütüphane, on beş yirmi yıl öncesine ait Blade, Narnia, Ringu gibi delikanlı işi küçük posterlerle süslü duvar, tahtadan yapılma klasik tipli çalışma masası ve buna uygun bir sandalyeden ibaret eşyayı görmek iyi gelmişti. Tanıdık bildik dünya ışıması. Kalemlikten aldığı minik bir anahtarla büronun dört çekmecesinden en altta duranı açtı. Yedi şarjör ve Belçika yapımı siyah kabzalı parabellum tabancayı alarak büronun üstüne koydu. Şarjörlerden üçü diğerlerinden farklıydı. Parabellumu ve üç şarjörü kıza uzattı.

"Eski bir silahtır, ama iyi durumda . Daha uygununu bulana kadar bunu kullanırsın."

Sophie başını sallayarak tabancayı aldı ve elinde tarttı. Andre göğsünde kapanmış yaraların hayali kabuklarının tatlı tatlı kaşındığını hayal etti bir an. Kadın da benzer duygular içinde olmalıydı silahı masanın üzerine bırakarak içini çekti.

"Nuh'un gemisinin şerefine."

"Çok başka bir şey olmalı."

Andre kadehini kadınınkine değdirdi. "Her neyse."

"Eski sıkıcı, ama tanıdık hayatın şerefine."

"Anlaştık."

Tam o sırada zil çalınca ilk yudumların tadını çıkartamadılar. On sekiz saat önce yaratıklarla De Turenne sokağındaki ilk karşılaşma anına dönmüşlerdi sanki.

"Onlar mı acaba?" dedi Sophie endişeyle.

"Bakalım."

Andre kadehini bir sehpanın üzerine bıraktı ve pencereye gidip sokağa baktı. Namluya kurşun sürülmüş durumdaki silahı sağ elindeydi. İkinci katta oturmaktaydı. Tek tük geçen vasıtalar, kaldırımda yürüyen birkaç kişi dışında sokakta özel bir hareketlilik yoktu.

"Elektrikler kesikse zil nasıl çalabiliyor?"

Andre şaşkınlıkla Sophie'ye baktı. Genç kadın bir elinde kadeh, diğer elinde parabellumu tutmaktaydı. Tül perdelerin ardından süzülen ışıkta parlak gözleri ve etli dudakları çok cazip görünmekteydi. Zilin ikinci kez çalması üzerine kadın kadehi elinden bırakarak en yakın elektrik düğmesine bastı. Lamba yanmadı. Zil belli ki, kendi gücüyle avaz avazdı.

Daire kapısına yumuşakça vurulduğunda Andre'nin burnu kalın tahtaya neredeyse değecek kadar yakındı.

"Kim o?"

"Benim patron Tesken. Ping Fou."

Sophie'nin yüzündeki şaşkınlık dozu pek azdı. Bunu bekliyordu. Kendi de öyle. Ping'in sakin ve saygılı yüzünü biraz özlemiş olduğunu bile söyleyebilirdi. Takım halinde sapıtmışlardı valla.

"Açın lütfen patron Tesken. Acil gelişmeler var da."

Andre birinci sürgüyü çekti. Tabancayı kemerine iliştirdi ve ardından ikinciyi ve kapıyı araladı. Ping Fou kapının eşiğinde durmaktaydı. Yalnızdı. Kulağının arkasında upuzun sarı ve silgili bir kurşun kalem iliştirmişti. Üzerinde uzun kollu beyaz bir tişört ve ayağına bol gelen siyah bir pantolon vardı. Ayakları çıplaktı. Ayıktırıcı bir çift şoktu.

"Ne oldu Ping?"

"Yeni mal geldi patron. 13 kilo saf eroin ve 15,5 kilogram üst kalite kokain. Tam 28,5 kilogram. İşçilere haber verdim. Yoldalar. Yedek işçi de gelecek. On dakika içinde yeni yerimizde çalışmaya başlayabiliriz. Baş yardımcım Hassan el Gayreti sokağın güvenliği ve transport işlerini denetlemek üzere dışarıda bekliyor."

Andre, Ping'in sesinde Louis de Funes tonu mu vardı diye düşününce teyzesi Claudia geldi aklına. Claudia tutkulu bir Louis de Funes hayranı olduğu için doğumundan on yıl önce ölen aktörü iyi tanımaktaydı. Özellikle Fantoma serisini çocukken belki beşer kez izlemişti.

"Eski yerde çalışmanız mümkün değil mi? Ben ve bayan Colver gelip ara sıra... İşleri falan denetleriz yani."

"Mümkün değil patron Tesken. Size endeksli bir curcuna içindeyiz. Nasıl izah etsem. Siz merkezliyiz. Bayana da tabii haliyle."

Andre curcuna kelimesinin yarattığı komikliğe rağmen içinin üşüdüğünü hissetti. Asla kaçamayacakları bir oyuna dahil edilmişlerdi. Andre son aylarda

Türkiye'de yapılan deneyler ve ilk dalga dedikleri çok kısa süren şoku falan duyup durmuştu haliyle. Bir ara televizyon izlerken hangi kanalı açsa bu konuşulmaktaydı. Büyük ekonomik krizi, banka iflaslarını ve Avrupa metropollerindeki isyanları bile önemsizleştiren bir haberdi. Vitrindeki gazete ve dergilerin önsayfaları da öyle. Şimdi ilk kez dünyanın kalıcı bir şekilde değişime uğradığını ve değişen düzenin kararlılığını hissetmekteydi. Yakın gelecekte ilk kurşunda ölüp gitmediklerine pişman olacakları anlar gelebilirdi.

"Anlıyorum."

"Tercihiniz bir oda var mı efendim?"

Andre ve Sophie bakıştılar. Kadının yüzü solmuştu. Tabancası hâlâ sağ elindeydi. Seçim zor değildi. Bunca kişiyi küçücük çalışma odasında rahat rahat çalışır durumda görmeye dayanamayacaktı. Oturma odası feda edilecekti yine.

"Oturma odasını kullanın."

"Emriniz başım üstüne patron Tesken. Gidip işçileri alayım."

Ping merdivenlerde kaybolunca kadının aklından geçenleri neredeyse sesli olarak hissetti. Bu nedenle postahane gibi yerlerde yapılan hava basıncıyla iktirilen küçük tüplerle yapılan para naklinden esinlenerek işçilerin transportu konulu espriyi erteledi.

"Kaçamayız Sophie." Dedi. "Birinci dalga şimdi unuttum ne kadardı, ama çok kısa sürmüştü. Dakikalar demişlerdi. Uydu iletişimi ve elektronik aparatlar etkilenmiş sadece. Bu yaratıklar, tipler yoktu. İkinci dalga gelmiş olmalı. Belki bu da bitecek ve gidecektir. Ancak o zaman."

"Ne yapıcaz peki?"

"Gel bir şeyler yiyelim. Sonrasına bakarız."

Genç kadının sağ elindeki tabancada belli belirsiz bir kımıldanma oldu ve sonra tamam anlamına başını salladı. Bu durum Andre'ye Şeytanın Avukatı filminden bir sahneyi hatırlatmıştı. Genç avukat Kevin Lomax, John Milton kılığındaki şeytanı tabancayla öldüremeyince serbest irade ha diyerek son kurşunu beynine sıkıyor ve oyundan çıkıyordu. Sophie'den minik de olsa oyundan çıkma sinyali aldığına yemin ederdi. Daha birinci gündeydiler üstelik. 24 saat bile olmamıştı şov başlayalı.

*

"İsa Mesih dün vardı, bugün kalbimde, yarın yine kalpleri ışıtacak. Benim günahımı da yüklendi. Tanrı esini kutsal kitap şahidim olsun. Her şeyin yaratıcısı rab beni affetsin. Amen.''

Sophie'nin annesi sofu olmayan bir katolikti. Çocukluğunda kiliseye daha çok düğünler için gidilmişti. Noel ağaçları daima çok büyük ve süslemeleri zengin olurdu. Annesinin kocası Ulvi ağaç süslemesini çok severdi. Kendisi ramazanlarda üç gün oruç tutardı. İlk gün, on yirmi yedinci gün ve son gün. Ramazan bayramlarında Sophie'ye bir sürü hediyeler alırdı. Ara sıra namaz da kılardı. Annesinin ısrarı üzerine abdest almayı ve namaz kılmayı ona da öğretmişti. Kalbimizde kötülüğü yenebileceğimizi hissettiğimizde Allah ışığını görünür kılar derdi sık sık. Büyük bir firmanın baş muhasebecisiydi. Adamın *para gönül ışığını absorbe eden kirli kağıttır* sözünü unutması mümkün değildi.

24 kasımda ikinci dalga sönüp gittiğinde, televizyon ve radyo yayınları tekrar başladığında nasıl ümitlenmişti. Ardından korkunç bir kaos gelmişti. Gökyüzü bomboştu. Havadan ağır tek bir nesne yükselememekteydi. Devletin matbaalarında bastırıp gönüllülerle sokakta dağıttığı gazeteler iki hafta çıkıp durmuştu. İnanılmaz bir kaos boy göstermişti çünkü.

Uydu telefonları sadece bir gün çalışmıştı. 24 kasım tarihinde. Babası ve annesinden iki mesaj gelmişti. İkisi de 15 kasım tarihliydi.

> *Sophie çok önemli. Bu mesajı alır almaz benim evime git. Yedek anahtar nerede biliyorsun. Ve seni aramamı bekle. Çok önemli. Hemen yap lütfen.*
>
> *Baban.*

> *Sevgili kızım, Ulvi geri döndü. Hem de ta buralara. Yolu nasıl bulduysa. Şimdi gazete okuyor salonda. Yanında dört bavul dolusu hediye getirmiş. Biraz çocuk şeyi… ama hoşuna giderdi sanırım. Bugün böyle başladı hayat. Tanrı buyruğu sonuçta. Kutsal anamız hep yanımızda olsun. Öptüm canım. Annen.*

Babası ikiyi birkaç dakika geçe aramıştı. Annesi de 11.34'de. Yani saat Paris'de 15.34'ken. Bu hayatta aldığı alacağı son iki mesajdı.

Üçüncü dalganın patlayacağı 7 Şubat tarihine kadar Andre ile birlikte en az on bir kişiyi öldürmüşlerdi. Su, yiyecek, benzin temini ya da arkalarını korumak için. De Sevres sokağı ve yakın çevresinden hiçbir yere kımıldayamamışlardı. Şehir küçük çeteler cenneti olmuş çıkmıştı. Varkalmak için gerekli malzemeyi küçük çetelerle boğuşarak ve zorla kopartarak temin edebilmişlerdi. Ping ve ekibi 25 Kasım ile 7 Şubat arasında tatile çıkmışlardı. Yalnızdılar. Herkes bir şeyleri yağmalayıp depoladığı için bir sürü ev baskını yapmaları gerekmişti. Aspirin ve parasetemol için Mayet sokağında pompalı av tüfeğiyle üzerlerine ateş açan emekli bir başçavuşu vurmaları gerekmişti. Adam evine birkaç yüz kutu aspirin ve parasetemol depolamıştı. Bunların çoğu komşuları olan eczaneden götürme olduğu için üzerinde biraz hak hissetmekteydiler.

Ardından üçüncü dalga patlamıştı. Evde yine kokain ambalajlama işi başlamıştı, ama şartlar epey ağırlaşmıştı. Ping Fou'nun yerine adını sürekli duydukları halde bir türlü yüzlerini göremedikleri Hassan El Gayreti adlı Cezayir kökenli olduğunu sandıkları iri yarı, esmer, asık suratlı adam almıştı. Ping'le yaşadıkları yumuşak cehennem kendini yenileyerek iyice berbatlaşmıştı. Çalışanların sayısı yüzü aşmıştı. Bütün ev tek bir oda olsa sığamazlardı, ama oturma odasında hem normal ebatlarında kalarak hem de çok sıkışıyor izlenimini vermeden oturmaktaydılar. Optik yanılgı demişti Andre. Fizik dersi hiçbir zaman favori ders olmamıştı, ama genç kadın burada optiği moptiği çok aşan kurallar söz konusu olduğunu sezmekteydi. Beyinleri gelenlerin esas çehrelerini görebilecek derecede yetkin değildi belki. Asıl neden pekâlâ bu olabilirdi.

Çalışma saatleri sünmüştü. Artık daha uzun çalışılıyordu. Sabah altı civarında biten mesailer ona kadar sürüyordu. Talep arttı demişti bay Gayreti sorduklarında.

Gündüz biraz uyuyor ve kısa da olsa sokaklarda geziniyorlardı. Şehrin nüfusu onda bire falan inmiş olmalıydı. Bir tenhalık başlamıştı. Kırsala göç deniyordu. Kırsal çözüm olabilir miydi? Tanıdıkları bir çok kimse çoluk çocuk göçüp gitmişlerdi. Bu arada çeteler iyice azalmakla birlikte yirmi dört kasımla sekiz şubat boşluğunda bir ara moda olan şey yeniden hortlamıştı. Sokakta benzinle insan yakmak. Sokak serserilerinin başı boş kedi, köpek ve sıçan yakmalardan sıçradıkları yer burasıydı.

İnsan yakan küçük bir gruba Andre'yle birlikte baskın verip tümünü imha etmişlerdi. Yaş ortalaması on sekiz olan dört gençtiler. Hamile kadın, çocuk, yaşlı falan dinlemeden önlerine çıkan herkesi canlı canlı yakıyorlardı. Melani adlı sınıf arkadaşını güpegündüz sokak ortasında yakmışlardı. Arkadaşsızlıktan daralan Sophie bir raslantıyla De Sevres sokağında karşılaşıp kızın bir yan sokakta oturduğunu öğrenince çok sevinmişti. Bu sevinç iki güncük sürüp bitince çok üzülmüş ve intikam lokmalarını sıcak sıcak çiğnemişti.

Bazı şeyler çok garipti. Şehirde yaşı yirminin altı gençlerin sayısı çok azalmıştı. Mevcutların neredeyse tümü acaip bir şekilde şiddet yanlısı kesilmişlerdi. Alkoliklik, esrarkeşlik, eroin kullanımı en çok bu kesimde raslanmaktaydı. Sokaklarda en çok onların leşlerine raslamaktaydılar. Andre bir keresinde bahsini ettiğinde yeni düzen bilgisayar oyunlarındaki ortamı gerçek yaptı. Buna dayanamıyorlar belki de demişti.

Devlet nasıl darbe almışsa bir türlü toparlanamıyordu. Askerler bir ara görünmüş ve sonra ortadan silinmişlerdi. Ordudan toplu istifa yazmaktaydı sokak afişlerinden birinde. Sokaklara sarı yelekli nümayişçi salan yapay zekânın sesi soluğu kesilmişti.

11 Nisan günü vuran dördüncü dalga umutların son kalıntısını sürükleyip götürmüştü. Cehennem kendisini yenilemişti. İki yüz dört işçi oturma odasında harıl harıl çalışmaktaydı. Kendi aralarında espri yapıyorlar, gülüşüyorlar ve ciddi konularda tartışıyorlardı. Genellikle Arapça konuşuyorlardı. Arapça birkaç kelime bilen Andre her denileni anlamaya başlamıştı. Beyinleri hızlı bir değişim içindeydi.

Bu arada çalışma saatleri yeniden uyarlanmıştı. Tek vardiya haftada yedi gün akşam on ile öğleden sonra dört arası sürmekteydi. Somurtuk suretli bay Gayreti saatte ortalama iki kez gelerek ya bir şey imzalatıyor, ya da mevcut imalatın trasportu için izin istiyordu. Bunu uyurlarken de yapmaktaydı. Bu yüzden uykuları sürekli şef şimdi gelecek, birazdan gelecek bölünmeleriyle geçiyordu. Andre bir ara bıraktığı kokaine başlamıştı yeniden. Bu sayede ayakta durabiliyordu. Uyuyabilmek için de şişelerle şarap içmesi gerekmekteydi haliyle. Şef Gayreti'nin sokak ekibimiz dediği kimseler sayesinde şarap stokları binlerle ifade edilebilecek sayılara ulaşmıştı. Aylardır boş duran alt katı depo olarak kullanmaktaydılar. Ne yazık ki, işçiler onlara endekslilik yüzünden alt ya da üst kata taşınamıyordu. Sokağa çıkışları da bayağı sınırlıydı. Birkaç saatten fazla duramıyorlardı dışarıda. İki üç kilometreden öteye giderlerse hemen abus çehreli El Gayreti yanlarında bitiveriyordu.

Haziranın ikinci haftası geldiğinde takatları iyice tükenmişti. Nisan ve mayısta tek tük ve az sayıda yapılan gösteriler binlerce uyuşturucu mağdurunun katıldığı pankartlı, bandolu resmi geçitlere dönmüştü. Dün binden fazla jünkinin katıldığı bir resmigeçit yapılmıştı. Kafaları yamulmuş, yer yer yırtılarak adeta patlamış, sıskalıktan dökülen kadın erkek ve çocuklar bandonun eşliğinde kapılarının önünden geçmişti. İçlerinde Jean ve babasının da bulunduğu yürüyüşçüler sokak kapısına siyah çelenk bırakmışlardı. En önde açılan panktlardan birinde *Uyuştuk ama bitmedik, beynimizi mısır patlağı gibi saçtık* yazılıydı. Bütün bunlara dayanabilmek zordu. Beyaz tozlarda bu güç yoktu. Tam tersine uyanık tutarak daha uzun süre aynı şeyleri düşünmelerini sağlıyorlardı.

Dupin sokağındaki insan yakıcı gençlerin içleri dokuz milimetre kurşun dolu cesetlerinin çürüdüğü apartman dairesinde beş çanta benzin vardı. Kafalarına kurşun sıkarlarsa formülü yenilenmiş kokain serumuyla tekrar hayata döndürülebilirlerdi. Ama evlerinden üç yüz metre mesafede beş çanta benzinle yanarlarsa geri dönüşmeyebilirlerdi. Bu fikrini açtığında hiç dindar olmayan Andre bir sonraki adım olan cehennem için biraz ısınma olur hem de demişti. Reddetmemişti yani. Bu önemliydi. Bir sonraki dalgaya falan gerek yoktu. İnsanlı yaşamın işi bitmişti dünya denen yerde. Direnmenin bir alemi yoktu.

Dün yürüyüşe çıktıklarında oraya uğramışlardı. Benzinler yerli yerindeydi. Cesetler de. İnanılmaz yavaş bir çürüme söz konusuydu. Yavaşça suları çekiliyor mumyalaşıyorlardı sanki. Bozulmanın kokusu belli belirsizdi. Ortalık yeterince kadavra kokmuyordu. Sadece ikisi silahlı dört genci ortadan kaldırma eyleminin arkada kalan izleri uçuşup gitmemeye ve sürekli hatırlatıcı kalmaya azimliydi.

Yakıcı bir kinle astra tabancası delikanlıların en çok görmek istedikleri yere gizlenmiş olarak aralarına girmişti. Odada arkası dönük soyunurken çırılçıplak durumda ağzından salyalar akıtan Jerome adlı genci alnı kabağından vurmuştu. Ayağından donu ve pantolonunu aynı anda çıkarmaya çalıştığı için dengesi bozulan diğer genç tabancasına davranamamış, kurşunu göğsüne yiyince yatağın kenarına yığılıp kalmıştı. Sonra Andre'ye kapıyı açmış ve geri kalan işi ona bırakmıştı. Acilen kusması gerekmekteydi çünkü. Genç canları almış, dişe diş, göze göz yaparak günaha bulaşmıştı. Tanrı günahları affetsin, ama başka ne yapılabilirdi bilmiyordu. Yeni Parislilerin nedense ilgilenmediği çete insanları canlı canlı yakmaya devam edecekti. Kötülüğü kötülükle durdurmuşlardı.

Sophie ölüme çok yakın tanrıyla özdeşleşmişti. İnsan yeryüzünde ancak onun ışığıyla varkalabilirdi. Işık sönerse karanlık etlerini bırakır, ruhlarını katur kutur yer ve öğütürdü. Öyle olmaktaydı. Başkalarını da görmüştü. Cesetler bile çürümüyordu. Ne demekti bu? Çamura üflenmiş nefes yok olunca çamur da çamurluktan çıkmıştı. Artık toprağın bile bağrına istemediği bir çirkefti insan. Bu yakınlarda bulunan kilisenin birinde tuhaf bir ayine tanık olmuştu. Tamamı yeni Parislilerden olma bir ahali oturmuş yüksek sesle ilahiler okumaktaydı. Baş papaz ve şürekası solgun yüzlerle ayini idare etmekteydiler. Kimin kanı, kimin eti, hangi şarap, hangi ekmek verilecekti o kimselere? Bir daha oraya ayak basmamıştı.

8 Haziran Çarşamba final günüydü. Birazdan Andre'yle gidip o küçük işlemi bitirecek ve bu defteri kapatacaklardı.

*

"İsa Mesih Kutsal Ruh aracılığıyla Meryem anadan mucizevî bir şekilde doğdu. Tamamen günahsız ve kusursuz olup, bizim günahlarımız için haça gerilip öldü."

Andre yatakta uzanmış komodinin önünde diz çökmüş dua eden Sophie'ye bakmadan kadını dinliyordu. Yanan mumun tavanda kadının nefesiyle yaptığı kıpırtılı yansımaları izliyordu. Tanrı, İsa ve Meryem Ana kalbinde hiçbir zaman rahat koltuklarda kaykılmamıştı. Bunların insanların doğru yolda kalmalarını sağlayacak sembolik anlatımlar olduğunu kabul etmenin bile inançlı sayılmak için yettiğini düşünürdü. Esas Pierre Tesken inancın mürekkebi bitmiş tükenmez kalemle kağıda yazı yazmak olduğunu söylemişti bir keresinde. Salaş bir bardaydılar. Ucuz birayla kafayı bulmuşlardı. 'Kalemi bastırırsan kolayca görünmeyen izi kalır, işte bu kağıt rengindeki iz bazı kimselerde huşu uyandırır' demişti. Yaşından beklenmeyecek olgunlukta bir sözcüktü müslüman kökenli NWA'cı arkadaşının. Abisi Paul da yanlarındaydı. Alnı kırışmıştı bu sözler üzerine.

"Üçüncü gün ölüler arasından bedenen dirilerek öğrencilerine göründü ve kırk gün sonra da diriliş bedeniyle göğe çıktı."

Dünkü toplu nümayişten sonra ilk kez kadınla tam aynı fikirdeydi. O kara çelenk, sıska ve tükenmiş bedenlerin ayak sürüyerek yürümesi ve kendi mazilerine ait ölüler. Jean ve Gilbert'in kanlı giysileriyle tek bir kez bile onların oturtuğu yere bakmadan vakarla yürümeleri. Bitmişlik tükenmişlikti bu. Ümit kalmamıştı. Beyaz kağıdın üzerinde iz miz de yoktu artık. Bugün oyundan çıkma günüydü.

"Şimdi buna iman ediyorum. Babalığımın sözünü ettiği ışık gönlümü hiç terketmesin. Amen."

"Amen."

"Hazır mısın?"

Andre kadına bakarak başını salladı. Beyaz bir külot ve sutyen vardı üzerinde sadece. Bu parlak tenin birazdan tutuşarak kararacağını hayal etmek zordu. Hayal da, umut da bitmişti. Soluk almaya devam etmenin, yaşamı birbirinin aynı olan azap günlerini tıpatıp aynısıyla sürdürmenin bir anlamı da yoktu. Çünkü aşılamaz bir dağın altında sıkışmışlardı. Küçük ve sık sık temizlenmeyen bir kafesin içinde tek başına bütün ömrünü tamamlayan bir kobay gibiydiler.

Hiç konuşmadan giyindiler. İşçiler istirahata çekilmişlerdi. Şefle birlikte iki yüz beş kişi olan işçiler bir ara iki tabancayı koyduğu büro çekmecesinde istiflenmişlerdi. Bin yıl düşünse aklına gelmezdi. Daha önce de yarasa gibi oturma odasının tavanına tünemişlerdi. El Gayreti tavan biraz esintili bu nedenle alt çekmeceye taşındık demese asla yeni yerlerini tahmin edemezdi. İki yüz küsur işçiyi tavana yapışmış ve ufalmış olarak izlemek yeterince akıl bozucuydu ve alışılamıyordu. Kıpır kıpır dört yüz on adet gözün çekmeceye sığışması için ise ancak müteşekkirdi. Alışıldık bildik dünyanın tükendiğini gözüne sokacak daha iyi bir yöntem bulunamazdı.

Dupin sokağında dünden beri bir değişiklik olmamıştı. Tenhaydı. Ta ileriden bir bisikletli geçiyordu. Onları görünce hızlanarak gözden silindi. Sağ şeride park etmiş üç dört araba vardı. En önde duranın bütün camları kırıktı. Hepsinin de depoları boştu. Paris'te sokakta yakıt deposu dolu bir araba bulmak kolay bir iş değildi. Binaların camlarında tek tük hareketlilik vardı. Gözler tarafından izleniyorlardı. Polisten ve önde gelen gizli servislerin finanse ettiği terör gruplarından korkmadıkları geniş zamanlardaydılar. Geniş zamanlar. Aylar önce Bordo yakınlarındaki akrabalarının yanına göç eden Marcello'nun sözüydü bu. Üçüncü dalga öncesinde ahbap oldukları küçük bir gruba dahildi. Dalga yeniden vurunca grup dağılıvermişti. Grup üyelerinden daha yeni tanıdıkları Melani adlı bir genç kadın dört sapık tarafından bu sokağın ortasında yakılınca çeteyi derdest etmişlerdi. Sophie'nin eski bir arkadaşıydı. Kadın kafayı yemişti kömürleşmiş cesedi görünce.

Postahanenin çapraz karşısındaki Japon suşi barın sol tarafından aşağıya basamaklardan indiler. İkisi de ellerinde namluya kurşun sürülü tabancalarını ateşe hazır tutmaktaydılar. Giriştikleri şeyi bitirmek için birden fazla imkân bulabileceklerini sanmıyorlardı. Onlara endeksli olan işçiler ve abus şefleri düşüncelerini okuyabilirler ya da hissedebilirlerdi. Zaman sandıklarından dar olabilirdi. Bu nedenle sokak serserilerinin muhtemel bir müdahalesi için hazırlıklıydılar.

Dün evi kontrolden geçirmişlerdi. Ellerinde kapının anahtarı vardı. Hiç sorunsuz zil etiketinde George Bellamy yazılı daireye girdiler. Kültürlü bir yuppiye ait olan daire hâlâ yeterince ceset kokmamaktaydı. Daha önce de gözledikleri bir şeydi. Sokakta günlerce kalan insan leşleri çok yavaş bozulmaktaydı. İnsan yakıcı dört genç bay Bellamy'i yakmadan önce cebinden anahtarlarını almış olmalıydılar. Adamın iki oda dolusu kitabı, uzunçaları, cdsi, dvdsi vardı. En az yirmi adet fotoğraf makinesi mevcuttu. Bütün odalar usta bir ressam tarafından kopyalanmış klasik ressamların tablolarıyla süslüydü. Ve çok ilginç olan şey evde bilgisayar olmamasıydı.Adam doksanlarda takılıp kalmış gibiydi.

Andre holdeki yüklükten iki çanta benzini getirdi. Sonra gidip diğer iki çantayı aldı. Hızla çantaların metal kapaklarını açtı. Çantalardan birinin içindeki benzini önce kendi üstüne sonra da kadının üzerine boca etti. Çantaların hemen dibinde ayakta yan yana durmaktaydılar. Tam karşısındaki beyaz divanda iki kurşun deliği vardı. Kurşunun girdiği yerler hafifçe kararmıştı. Andre delikanlılar içinde en sona kalan yüzü çilli genci şimdi durduğu yerden mıhlamıştı. Ahmak bez kaplı uyduruk divanın onu kurşunlardan koruyacağını ummuştu. Az sonra alevler bütün binayı sarınca yan odada inatla bozunmadan duran cesetleri küle dönüşecekti.

Standart bir tuzak kurmuşlardı. Sophie'yi yem olarak ortaya sürmüşlerdi. Kadın bunda ısrar etmişti. Bir şeyler yapmazlarsa biricik arkadaşı Melanie'nin intikamını almaya tek başına gidecekti. Genç kadın ve kokain tuzağı çok etkili olmuş. Fareler kapandaki peyniri hap diye ısırmışlardı. Andre içeri girdiğinde Sophie Astra'yı çekip iki piromanyağı yere sermişti bile. Gerisi hiç zor olmamıştı. Dört odalı evde biri silahsız olan iki genci kolaylıkla eşekler cennetine postalamıştı.

Sophie gözlerini kapatmıştı. Dudaklarında dua kıpır kıpırlığı vardı. Andre hızla hareket etmekteydi. Yavaşlarsa vazgeçmeyi düşüneceğinden korkmaktaydı. Sol cebine her ihtimale karşı iki çakmak koymuştu. Birini rasgele aldı. Sarı olanıydı.

"Sophie..."

"Durma Andre lütfen. Haydi..."

"Seni seviyorum Sophie."

"Tanrı bize acısın. Azize anamız... Efendimiz bize acısın."

Andre derin bir nefes alarak çakmağı çaktı. Alev parladı ve söndü. Aynı anda kapının zili çalmıştı. Çakmak elinden düştü. Hâlâ yanıyor olsaydı benzin ateş alırdı. Eğilip aldı. Sophie gözlerini açmıştı. Yüzü şaşkındı.

"Kim olabilir?"

"El Gayreti mi acaba?"

Andre bilmem anlamına omuzlarını silkerken zil ikinci kez çaldı. Andre şefin zili çalacağını falan tahmin etmiyordu. İntihara yatkın hava hızla incelmişti. Andre çakmağı cebine tıktı ve masanın üzerine bıraktığı tabancasını alarak hole çıktı. Spor ayakkabılarının içine dolmuş benzinler yürürken fışırdıyordu. Hiper Murphy çok keyifliydi. 'Hah işte, bütün işçiler birlikte patronlarını almaya geldiler demekteydi.' Murphy mi asla yanı ise sadece postacılar kapıyı iki kez çalar çıkarsaması yapmıştı.

"Kim o?"

"Postacı?"

Andre geri dönerek Sophie'ye baktı. Elinde tabancası şaşkın bir şekilde hemen arkasında durmaktaydı. Andre rüyada gibi otomatik bir hareketle dairenin kapısını açtı. Karşılarında gerçekten de bir posta memuru vardı. Orta boylu, piknik yapılı, simsiyah düz saçlı bir adamdı. Köse bir tip olduğundan yaşını tahmin etmek zordu. Sol göğsündeki sarı üzerine mavi La Poste baskılı kimlik kartında adının Jean Finland olduğu yazmaktaydı. Silahsızdı. Elinde parlak sarı kağıttan büyükçe bir zarf tutmaktaydı.

"Buyrun."

"İadeli ve taahhütlü bir mektubunuz var. Mösyö Pierre Tasken ve Madam Sophie Colver?"

Andre kadına bakınca onun alnının kırışmış olduğunu gördü. Tabancayı kemerine iliştirerek adama baktı ve "Nedir tam olarak?" dedi. "Zaman dar. Acil bir işimiz var da."

Adam anlayışlı bir şekilde gülümsedi. "Sirius turizm şirketi her yıl bu sıralarda şehir telefon rehberinden rasgele seçtiği iki kişiyi Haslett otelinde ağırlıyor. Yemek içmek, yol parası ve hatta makul bir harcırah da dahil olmak üzere."

Andre bir çeşit hipnoz altında olmasa kesinlikle kapıyı kapatırdı. Adamın biraz eğri burnuna yumruğu indirerek üstelik, ama bunu yapamadı. "Nerede bu Haslett oteli?"

"Türkiye'de. Antalya'da."

"Antalya ha? Hımmm. Hareket ne zaman peki?"

"Teslimat yapılır yapılmaz."

Adam zarfı uzatınca ikisi birden hamle etti. Bir saniye sonra zarfı ikiye parçalanmış olarak ellerinde tutmaktaydılar.

"Aranızda biraz ayrılık gayrılık olmuş bir ara belli ama... Teslimat gerçekleşmiş durumda, merak etmeyin."

Andre tam bir şey diyeceği sırada postacının arkasında beliren El Gayreti'yi gördü. Adamın yüzü sandığının aksine gülümsemekteydi. Tehditkâr bir hali yoktu. Kapı eşiği, postacı, bay El Gayreti ve arka plandaki binalar şeffaflaşırken Andre başını çevirip Sophie'ye bakmaya çabaladı, ama başaramadı. Bir şeyler hızlanırken, başka şeyler fena halde yavaşlamıştı.

İSTANBUL

"Hazır bulunan cemaat buyrun cenaze namazına."

Dağınık bir şekilde cami avlusunda bekleşen insanlar derlenip toplandılar. Bazıları saatine baktı. Beşe iki vardı. 'Neredeyse akşam namazı oldu' diyenler oldu, ama alelacele saflar oluşturulmuştu bile. Küçük amcası cenazeye gelirken hemen yakınlarda küçük bir trafik kazası yaptığı için biraz beklenmişti. On beş-yirmi dakika üç çeyrek saat olduğunda adamın daha gecikeceği belli olmuş ve cenaze namazına başlanmıştı. Bu gidişle defin işlemi akşam karanlığında yapılacaktı. Trafikte yığılma nedeniyle zaten beklenen bir sonuçtu.

Erkekler tabutun arkasında saf tutmuşlardı. İkindi namazından çıkanlardan sekiz-on kişi sabırla beklemişti. Kadınlar yan tarafta iki sıra halinde duruyorlardı. Nesrin Okova solunda annesi ve sağında büyük teyzesi, iki halası, dayı ve teyze kızlarıyla ön saftaydı.

"Ey cemaat safları sıklaştıralım lütfen."

Nesrin etrafına baktı. Yer mi vardı sıkışacak. Nişanlısı Fehmi tabutun hemen arkasındaki sırada duruyordu. Onla göz göze gelmeyi umarak baktı, ama genç adam dalgındı. Birden ortalık kalabalıklaşınca dudaklardan hayret nidaları döküldü. Nesrin görsel felaketin eşiğindeki sesi sonradan binlerce minik ve görünmez kuşun hemen kulaklarının dibinde kanat çırpmasına benzetecekti. Korku genç kadının üzerine sabah çiyi gibi yağmaktaydı. Bir şeyler yanlış gitmekteydi. Cenaze namazı kılanların sayısı iki üç kat artmıştı birden. Hiçbirinin yüzünü tanımadığı baş örtülü kadınlar, üzgün yüzlü erkekler belirmişti. Genellikle matem giysileri vardı üzerlerinde. Kendileri yerlerinden kımıldamadığı halde musalla taşının önündeki alana sığmışlardı. Boğaz'ın suyundan ve hatta yere yakın duran bulutlardan gelmişçesine hafif, nemli ve yıvışkan bir dehşet havası saçmaktaydılar.

"Ölünün ruhuna fatiha."

Bazıları tereddütlü olmakla birlikte avuçlar gökyüzüne çevrildi. Dudaklar kıpır kıpırdı. Mırıltı seli ile kalabalık fatiha süresini okudu bitirdi.

"Ey cemaat merhumu nasıl bilirdiniz?"

Cenaze namazında aksayan bir şey vardı, ama kalabalık hipnozda gibi denileni yapmaktaydı. İyi bilirdik sesleri pek solgun çıkmıştı yine de. Korku sağanağı etkili olmaya başlamıştı.

"Hocam pek yeterli bir karşılık alamadık. Bir de mevtanın kendisine sorsak? Caiz midir?"

Nesrin bunu diyeni görmek için arkasına bakındıysa da kalabalığın içinde seçemedi.

Hoca başını salladı ve "Caizdir." dedi.

Nesrin adamın yüzünü görünce şaşkınlığı vites büyülttü. Kahverengi sakallı, açık renk gözlü genç biriydi. Az önce konuştukları imamdan en az yirmi yaş daha genç ve on santim daha uzundu. İmamlar o farketmeden yer değiştirmişti. Nasıl olabilirdi bu? Yüzü sürekli o tarafa çevrik dururken.

Üç delikanlı hürmetkâr bir tavırla tabutun üzerindeki yeşil bezi kaldırdı ve katlayıp arka saflarda duran birine verdiler. Sonra kolayca tabutun kapağını kaldırdılar. Kefene sarılı ceset ellerinin üzerinde yükseldi ve ayaklarıyla basıyor şekilde iki delikanlının arasında durduğu bir an geldi.

Nesrin şok denen şeyin zamanı yavaşlatan etkisini damarlarında hissetmekteydi. İki gün önce evde beklenen ölümüyle buluşan babası dimdik ayakta durmaktaydı. Delikanlılardan biri eliyle başı hizasındaki kefen bezini aralayınca yirmi altı yıllık babasının kısa beyaz saçlı, zayıf yüzü çıktı ortaya. Çenesi beyaz bir sargı beziyle bağlıydı. İki günde uzamış sakalları gümüş gibi parlamaktaydı. Gözleri aralıktı. Annesi ve dayısı 'Ne yaptıysak kapanmadı. Doymadan gitti yazık dünyaya' demişlerdi. Babası altmış iki yaşındaydı. Yirmili yaşlarda biri için o yaşta doyamadan gitmek bayağı göreceli bir kavramdı.

Delikanlılardan biri çenesini bağlı tutan bezi çekip aldı ve "Saygıdeğer merhum efendi siz ne diyorsunuz?" dedi. "Kendinizi nasıl bilirdiniz?"

Şok refleksleri ağırlaştırmıştı. Sahne burada kopmalıydı. Ama olmuyordu bir türlü.

"Ben… Göz açıp kapayana kadar geçti gitti. Ne desem ki…"

"Yani kısaca bir fikrinizi alsak."

"Hayat bir seyir mumu gibi. Yana yana bitiyor."

"Bayağı veciz bir açıklama. Merhuma çok teşekkür ediyoruz. Başka soru sormak isteyen var mı?"

Annesi şoku bitiren düğmeye basıverdi. İki günlük mevta kocasıyla yapılan söyleşiye dayanamayıp bayılmıştı. Dayısı ve teyzesi koluna girip kadını kaldırmaya çalışırlarken kalabalık hareketlendi. Panik milletin ayaklarının altını gıdıklamış gibiydi. Ana kapıya doğru koşuşturmalar başlamıştı. Küçük bir grup su tarafına yönelmişti. En önde sol ayağı aksayarak yürüyen yaşlıca bir teyze 'Sudan geldiler, sudan geldiler iyi saatte olasıcılar' diye bağırmaktaydı.

"Ne oluyo burda ya..?"

Fehmi sonunda konuşmayı başarmıştı. Bir doksan beş boyunda ve yüz on kilo ağırlığında birinin böyle tutulması genç kadın için alışılmadık bir deneyimdi. Fehmi çabuk düşünen ve hızla uygulayan bir tipti. Çoğunlukla kontrol edebildiği bir asabiliğe sahipti.

"Affedersiniz bir şey sorabilir miyim?" dedi İngilizce konuşan bir ses.

Nesrin'in annesine doğru yönelmek isteyen ayakları duraklamıştı. Çinli tipli genç bir adamın elinde mavi bir broşür vardı. Üzerinde İstanbul hakkında her şey yazıyordu İngilizce olarak. Adam broşürü açıp parmağıyla iç sayfada bir yeri işaret etti.

"Bakın burada iki mevta konuşacak deniyordu. Burası Ortaköy camisi değil mi yoksa? Diğer mevta nerede acaba?"

İngilizcesi pek iyi olmayan Nesrin adamın dediği her şeyi Türkçe söylüyormuş gibi anlamaktaydı. Korku ve paniğin bazı olumlu yanları da vardı demekki.

"Ne diyon lan sen yavşak?"

Adam cebinden yassı bir elektronik alet çıkartarak düğmesine bastı. "Yavşak ha. Bir bakalım. Pire yavrusu demekmiş. Ne alakası…"

Kısa boylu, siyah takım elbiseli adam suratına Fehmi'nin yumruğunu yiyince geriledi, ama yere yıkılmadı. Taş çatlasa elli beş kilo olan biri için çok dayanıklıydı. Kindar birine de benzemiyordu.

"Kızmayın ya. Ben de başkasına sorarım."

Adam bunu deyip Arapça dualar okuyarak kapı yönüne yürüyen tombul bir amcaya doğru yöneldi.

Nesrin annesine bakınca kadının kendine geldiğini gördü. Koyu kahverengi baş örtüsü çözülmüştü. Boyalı parlak kestane rengi saçları görünmekteydi. Bu arada ölü babasının iki delikanlının kolunda caminin çıkış kapısına vardığını gördü. Başı hariç kefenliydi hâlâ. Adım atması mümkün değildi. Kollarda taşınıyordu besbelli. O sırada birisi düdük çalarak başla sinyali vermiş gibi bütün yakın akrabalar koşar adımlarla kapıya doğru yürümeye başladılar. Ahlamalar feryatlar gırlaydı.

Birileri ana yoldaki trafiği durdurmuştu. Kapıda sadece üzerinde *İhsan'ı çok seviyoruz* yazılı bir pankart olan cam göbeği renginde bir otobüs vardı. İçi hınca hınç insan doluydu. Nesrin camdan onlara bakan hiç kimseyi tanımıyordu. Genç hoca direksiyondaydı. Ne zaman binmişti otobüse? Mevta İhsan Okova ön kapıdan içeriye bindirilince bir alkış koptu ve kapı kapandı. Otobüsün tekerlekleri hareket ettiğinde annesi ikinci kez bayıldı. Nesrin kadını kıskanmaya başlamıştı. Olan biteni gözlemlemeye devam etmek kendi kanından yapılma mürekkeple kâbus defteri tutmak gibi bir şeydi.

Otobüs hızla gözden silindi. Trafik hâlâ normale dönmemişti. Boğaz'ın üstündeki gri, bombeli minik bulutlar iyice alçalmışlardı. Bir şeylerin fena halde aksadığı belliydi.

*

"Sıkıştık kaldık Allah kahretsin."

Fehmi dışarı çıkınca Nesrin'de öyle yaptı. Önlerinde ve arkalarında duran arabalardan dışarı çıkanların sayısı bayağı fazlaydı. Yarıyı biraz geçmişlerdi. Kuzguncuk tarafına yakındılar. Yukarıdan bakınca Ortaköy camisi bir maket gibi görünmekteydi. Yüzlerce bulut parçacığının ardından güçbela süzülen gün ışığı gerçekdışı atmosferi artıran bir etkiye sahipti. Babasının hayranlarıyla otobüse binip gitmesinin etkisini hâlâ özümlüyememekteydi haklı olarak. Annesi yakın akrabalarıyla o hengamede çekip gidince Fehmi'yle Asya tarafına yönelmişlerdi. Defin mefin düşünecek halleri kalmamıştı. Adam bir an önce evine varmak istiyordu. Tırlatmanın eşiğinde gibiydi sanki. Genç kadının gibinin gereksiz bir ek olduğunu anlamasına saniyeler kalmıştı.

Biraz aklını başına topladığında cep telefonlarının çalışmadığını farketmişti. Dışarıya çıkmış insanların bir çoğu boşu boşuna telefonlarından ses ve görüntü çıkartmaya çabalamaktaydılar. Bir şeyler çok manyakça bir tarzla da olsa kökünden değişmiş gibiydi.

"Yeterli su var merak etme."

"Ne?"

"Evde yani. Bunu... O birinci dalgadan sonra bayağı malzeme depoladım. Silah da var. Bir pompalı tüfek ve tabanca. Az önce... Bütün bunlar hayra alamet değil."

"Allah yardımcımız olsun."

"Ağrı'yı patlattılar sonunda."

"Sence oradan mı?"

"Başka ne olabilir?"

Köprünün Avrupa tarafında bir hareketlenme olunca o tarafa baktılar. Birileri geliyordu yaya olarak. Elleri eşya yüklüydü. Çoğu on iki on dört yaşında görünen ufak yapılı seyyar satıcılardı. Sayıları bayağı fazlaydı. Onlarca, belki de yüzlercesi mal bulmuş mağribi gibi üzerlerine doğru gelmekteydiler.

"Bunlar da ne ya?"

"Satıcıya benziyorlar."

"Şimdi satıcının sırası mı be?"

Nesrin bir karşılık bulana kadar ilk iki satıcı yanlarına varmıştı.

"Bay ve bayan fırından yeni çıkmış akide şekerlerimiz var. Yüz gramı bir lira. Beş tane alırsanız üç lira."

Kısa siyah saçlı, parlak tenli bir delikanlıydı bunu diyen Taş çatlasa on dört yaşında olmalıydı. Elinde sadece iki tane yüz gramlık şeffaf torba tutmaktaydı. Belki de esas cephane arkadaki arkadaşlarındaydı. Tip olarak andırıyorlardı, ama Suriyeli değillerdi. Bu çok açıktı.

Çocuğun sesi yaşına uygundu, ama bir şey normal değildi. Nesrin aslında iletişim mezunuydu. Bir yıl kadar yerel bir kanalda çalıştıktan sonra bir arkadaşı sesindeki özel tınıyı keşfetmiş ve onu dublajcı arkadaşlarıyla tanıştırmıştı. Çocukken kolaylıkla herkesin konuşmasını taklit edebilen Nesrin kalbindeki mesleği bulmuştu. Bir buçuk yıldır film dublajı ve reklam filmlerinde seslendirme yapmaktaydı. Görüntüye uygun ses yaratma deneyimi bir şeyler söylemekteydi, ama çıkaramıyordu. Az önce camide dayağı yiyen turistin sesinde olan cinsten bir nitelik. Adını bulamıyordu. Şoktan beyninde kelimeler donmuştu.

"Defol git lan, şimdi senle mi uğraşıcaz."

İri zeytin gözlü çocuk omuzlarını silkti ve Nesrin'e göz kırparak kendilerinden sonraki hedefe yöneldi. Bej rengi palto giymiş otuz yaşlarında kumral bir kadındı. Elindeki cep telefonuyla uğraşmaktaydı. Lacivert Audi'sinde yalnızdı. Gelen çocuğa korku ve hayretle bakmaktaydı.

"Bu götveren…"

"Abiler ve ablalar iyi haberler burada. Kuş kaldıran ve kafes parlatan pastiller burada. Üçü beş lira. On tanesi on lira. Burma'dan gelen saadet hapları."

Bir önceki çocuğun biraz daha irisi olan satıcı beline yan tekmeyi yiyince korkuluklara doğru savruldu. Elindeki dört beş kırmızı hap kutusu yerlere saçılmıştı.

"Bana bak... Defol."

Çocuk sessizce hapları topladı ve tek bir söz etmeden, yüzünü de bozmadan bej rengi paltolu kadına yöneldi. Yüzünde acı çeken birinin ifadesi, gözlerinde yaş, ve kindar bakışlar yoktu. Nesrin'in bir yanı hafiften eğlenmeye başlamıştı. Korkusunu yeniden azdıran bir yan etkisi vardı ama. Toplu çıldırma pikniğinden gelen duman kokusu mu alıyordu?

Fehmi arabanın bagajından levyeyi çıkarmasını ve bir sonra gelen çocuk satıcının daha malının reklamını yapmasına fırsat vermeden kafasına indirmesini hayal gibi izledi. Çocuğun kafası kanamıştı. Biraz. Kanlarının kırmızı olduğunu görmek Nesrin'e iyi gelmişti. Sezgileri babasını otobüsle alıp götürenlerin olduğu gibi, bu satıcı çocukların da içleri boş ve ateşten yaratıldılar diye basbas bağırmaktaydı çünkü.

Çocuk levyeyi kafasına yiyince elinden düşen yeşil kutuları toplayarak bir sonraki kurbana yönelince genç kadının bir saattir olan bitenleri kavramaya çalışan yanı ilk derli toplu anlaşılır çıkarsamasını yaptı. İnsanın hatalı edimi bir karşılık bulmuştu sonunda. Toptan bir göksel karşılık. Nesrin bütün aile fertleri gibi inançlı biriydi. Ramazanda üç beş gün oruç tutardı. İş saatlerinin düzensizliği nedeniyle çoktandır namaz kılmayı bırakmıştı. Çalışma saatleri çok uzundu. Gecesi gündüzü yoktu. Ve birden her şey tepetaklak olmuştu. Birden değil tabii. Son aylarda dünyada gidişat iyi değildi. Virüs sorunu biter gibi olmuşsa da dünya artık eskisinden farklı bir yer olup çıkmıştı. Pasifikte savaş çıktığı ve İran'ın bölünmenin eşiğinde olduğu rivayet edilmekteydi. ABD'de için için kaynıyordu. Kaliforniya, Teksas ve Alaska eyaletleri ayrı devlet olmak için harekete geçmişti. Şimdi gökten aşağıya yeni bir perde inmekteydi. Buna ne ad vereceğini bilmiyordu. Post Truth'tan geçilen yer burasıydı. Prekıyamet.

"Bunlar satıcı falan değiller. Bu..."

Satıcılar yakınlardaki bir arı kovanından çıkmış gibi vızıl vızıldılar. Akla gelebilecek her şeyi satmaktaydılar. Bazıları inanılmaz ucuzdu. Hem mini el feneri, hem tek kanallı mini radyo, hem de anahtarlık 1 liraydı. Işığı gün ışığında bile güçlüydü. Manyetoyla çalışıyordu. Radyonun sesi de bayağı iyiydi. Bu kadar acıya ve şoka rağmen Nesrin'in kadın yanı malları bir görmek, ellemek istiyordu.

Fehmi ise tırlatmış gibiydi. Elindeki levyeyle yanlarına gelen satıcıları kovmak için deli gibi uğraşmaktaydı. Bir yanı komikti. Sanki Japon filmlerindeki tek kılıçlı kahramanın bir orduyu safdışı etmesi sahnelerini andırmaktaydı. Diğer yandan Fehmi kendi üzerindeki kontrolu kaybetmeye başlamıştı. Nefesi tıkandıkça duruyor ve sonra yine yakınına gelen satıcılara girişip duruyordu. Nesrin'in varlığını unutmuş gibiydi.

Birden yeni şok dalgası yaratacak bir dalganın ilk hareketi meydana geldi. Dört beş satıcı tarafından sarılmış bej rengi paltolu kadın elindeki telefondan ses çıkarma büyüsü girişiminden vazgeçerek aparatı yere attı. Ve yakındaki korkuluklara yürüdü. Korkuluğu tırmanırken kahverengi sağ ayakkabısı ayağından sıyrıldı. Kadın kendini boşluğa bırakınca arabalarından dışarı çıkmış insanlar 'Oooo…' diye bir nida saldılar. Genç kadının eylemi havada yaşayabilen ve hızla bulaşan virüs salmıştı sanki. Takım elbiseli şişmanca bir adam elindeki dizüstü çantasıyla birlikte korkuluğu tırmandı ve gözden yitiverdi. Arkası çorap söküğü gibi geldi. Köprünün üstünde toplanmış insanları bir grup maniası sardı. Üçer beşer aşağıya atlamaya başladılar. Nesrin olacağı hissetmişti. Arabanın kapısını aralarken Fehmi elindeki levyeyle satıcı biçmeye devam ederek kenara doğru yürümeye başladı. Nesrin yüreği ağzına gelmiş bir durumda kapıdan çıktığında. Fehmi'nin yüz on kiloluk bedeni aşağıya doğru ivmelenmeye başlamıştı. Genç kadının içi soğumuştu. Nişanlısı bir kez bile dönüp ona bakmamıştı. Ve de köprünün göbeğinde yapayalnızdı.

Korkuluklara varıp aşağıya baktığında suyun yüzeyinin cesetlerle bezeli olduğunu gördü. Suya atlamalar devam etmekteydi. Aşağıda başıboş gibi yan yana kıyıya yaklaşan vapura baktı. Acaba onlar ne durumdaydılar. Ölü bedenler üzerinde adeta sirenler gibi bir etki yapmaktaydı. İçinde kendini suya atarak bu sahneyi kapatma isteği büyürken arka arkaya besmele çekerek korkuyla geri çekildi.

Arabaya bakarak içini çekti. İradesi tekrar 32 kısım tekmili birden direksiyondaydı. Etrafına bir göz attı. Satıcı yoğunluğu seyrelmeye yüz tutmuştu. Yolcular cesede dönüşünce talep azalmıştı herhalde. Arabayla yola devam edemezdi. Yürümeye karar verdi. Gidip arabadan Fehmi'nin elçantasını aldı. Açtı. Evin yedek anahtarlarını çantada saklıyordu. Buradan geriye dönemezdi. Fehmi'nin evi daha yakındı. Nesrin annesiyle birlikte Kurtuluş'ta oturmaktaydı. Eğer dayısına gittilerse daha da uzaktı. Bir helikopter olmadan bu hengamede İki Telli'ye ulaşamazdı. Yolda bir yerde sıkışmış olabilirlerdi ayrıca şu anda.

Korkuluktan aşağı atlayanlara bakmadan, satıcılara aldırmadan yürüdü. Kendi gibi yapan başkaları da vardı. Köprü bittikten sonra çevre yolundaki sıkışmış arabaları takip etti. Arabaların çoğu boştu. Arkasına baktı. Köprüde cümbüş azalmakla birlikte sürmekteydi. Köprünün üstü seyreldiğinden olacak atlamalar tek tük meydana gelmekteydi.

Köprüden çıkan arabaların iyice seyreldiği yere varması neredeyse bir saat sürdü. Bitmeyecek hissi veren bir sıkışmaydı. Arabaların üçte birinde insan vardı. Diğerleri boştu.

İki adet şirin oğula sahip ve aşırı sigara tiryakisi olan Cevat beyin arabasının anahtarı şarj motorunun üzerinde durmaktaydı. Arkada iki çocuk koltuğu görünmekteydi. Cevat Kolcu bey cep telefonunu, banka kartını ve ehliyetini sürücü koltuğunun üzerinde bırakarak arabayı terk etmişti. Adamın acelesinin nedenini hiç merak etmemekteydi. Kreşte ya da tanıdık birinde olan iki küçük çocuğun halini düşünmeye başlamıştı.

Motor çalışınca Nesrin yola koyuldu. Hava kararmaya başlamıştı. Bir an önce eve vararak haberleri dinlemek istiyordu. Karnı çok acıkmıştı. Saatlerdir ağzına tek bir lokma sokmamıştı. Çok da susamıştı. Arabada o kadar bakındıysa da su görememişti. İki küçük çocuğu olanlar neden arabalarında su bulundurmazdı.

Yollarda arabalar bazıları yol ortası olmak üzere rasgele park etmişlerdi. Fenerbahçe stadyumunun önünden geçerken binlerce ağızdan gol sesi yükseldi. Bu saatte, bu şartlar altında millet maç mı seyrediyordu yahu? Aklına satıcılar gelince yüreği üşüdü. Ayağı gaz pedalını daha hızla bastırdı. Sahil yolundan neredeyse sorunsuzca Dünya Göz Hastahanesinin olduğu yere kadar geldi. Köşeye yakın yol arabalarla tamamen tıkanmıştı. Hiçbir yerden geçmek mümkün değildi. Arkası hemen dolmuştu. Geriye de dönülemezdi artık. Cevat Kolcu beyin zeytin yeşili Renosunun motorunu susturdu. Buradan gerisi iki yüz-üç yüz metre falandı. Yürüyebilirdi. Kendi gibi yürüyenler vardı.

Bağdat caddesinde trafik karşıdan gelen araçlar nedeniyle inanılmaz bir kaotiklikte sıkışmıştı. Satıcı çocuklar henüz görünürde yoktu. Varmalarının an meselesi olduğunu hissediyordu. Araçların yarıdan çoğu boş olduğundan tek tük klakson çalanlar vardı. Kaldırımlarda öbek öbek toplanıp durum muhasebesi yapanlardan en sıkça duyulan sözcük Ağrı, Üçüncü Dünya Savaşı, ekonomik kriz, Nuh'un gemisi ve uzaylılardı.

Birden bütün farlar sönünce bir sessizlik oldu. Sokak ışıkları da yanmadığı için çökmekte olan karanlık acaip belirginleşmişti. Far ışıkları on beş saniye sonra tekrar yanınca gruplarda bir hareketlenme oldu. Herkes kendi arabasına doğru hamle etmekteydi. Genç kadın fizikten falan çok anlamazdı, ama bu işin uzaylıların işi olduğunu sanmıyordu. İnsan mamulatı bir felakete benziyordu

Allah yardımcıları olsun.

Nesrin kapıyı ardından örtünce derin bir nefes aldı. Neredeyse kapının dibine yığılıp kalacaktı. Asansör bozuktu. Bütün gerilimin üstüne altı katı tırmanmak son enerjisini de yiyip bitirmişti.

Rahatlamak kaslarını ağırlaştırmıştı. Ayaklarını adeta sürükleyerek mutfağa gitti. Bir bardak su içti. Camdan dışarı baktı. Her zamanki manzaraydı. Dikine çıkılmış binalara sıkışmış hayat parçaları. Bugün çivisi çıkmıştı dikine duran her şeyin.

Babasının cenaze töreni, Fehmi'nin köprüden atlaması ve diğer olan biten şeylerin yükü yarı baygınlık gibi bir etki yapmaktaydı. Dün gece de birkaç saat uyuyabilmişti ancak. Üzerinden beyaz anorağını çıkarıp yere attı. Yatağa güç bela erişti. Yorganı sıyırıp altına girdi. Ayakkabılarını çıkarıp çıkarmadığını hatırlamıyordu. Bu şu anda çok anlamsız bir ayrıntıydı haliyle.

*

Ezan da bitmişti. Saat sekize üç vardı. Etraftaki camilerden ses seda gelmiyordu. Nesrin elinde kız belli çay bardağı balkona çıktı. Sokak bir iş günü için çok tenhaydı. Cep telefonu, televizyon hâlâ çalışmıyordu. Elektrikler kesilmişti. İnternet de öyle. Musluktaki su çatıdaki depo sayesinde şimdilik akıyordu. Pilli radyonun sadece cazırtı çıkarması çok ciddi bir sinyaldi.

Aşağılara doğru bakındı. Bağdat caddesinin küçük bir kısmını görebilmekteydi. Arabalar hâlâ duruyordu. Tıkanıklık devam etmekteydi, ama tek bir klakson sesi bile gelmiyordu. Aşağıda köşedeki bakkal açıktı. Manav kısmındaki boş kasalar, yerlere yuvarlanmış meyvalara ve içkilerin durduğu soğutucu dolabın kapağının açık olduğuna bakılırsa gece dükkânı kapatmamıştı.

Hiçbirini hatırlamadığı bir sürü rüyayla sörf yaptığı uzun ve deliksiz bir uyku çekerek az önce uyanmıştı. On beş saatlik uyku ve iki adet sandviç genç kadını diriltmişti. Babasının cesedinin otobüse binmesi ve Fehmi'nin cesede dönüşmesi gerçeğini yeni yeni idrak etmekteydi. Artık tek başınaydı ve bildik tanıdık dünya fena halde elden gitmişti.

Karşı binada balkonda duranlar vardı. Bunlardan biri neredeyse onun hizasındaydı. Kırçıllı kazak giymiş iri yarı bir kadın elinde sigara aşağılara bakıyordu. Kendisi çok çabalayarak sigara içmeyi bırakmıştı. Canının ne denli sigara çektiğine şaştı kaldı. Bakışları karşılaşınca Nesrin saçları boyama sarı olan kadına el salladı. Kadın görmezden gelmişti. Ellerini beline koyarak yine ana cadde tarafına baktı ve sonra içeri girdi. Rol kesiyor gibi bir hali vardı. Balkon kapısını örterken uzun uzun bulunduğu tarafa bakmıştı.

"Namaz vakti geçti çoktan."

Nesrin'in ensesindeki kıllar dikilmişti. Ağzında yarım çığlık geriye dönüp baktı. Oturma odasının ortasında uzunca boylu, ince yapılı bir adam durmaktaydı. Kısa siyah saçlı, orta yaşlı şeklinde tanımlanabilirdi, ama kesinlikle öyle biri değildi. Çamurdan yaratılan taifesinden hiç değildi.

Adam sağ elinin işaret parmağıyla kol saati bulunmayan sol bileğini işaret etti. "Vakit, çok önemli. Gözünü açarsın vardır. Kapatırsın yoktur."

Kimsiniz diye soracaktı, saçma olduğunu düşünerek vazgeçti. Kim olduğu çok belliydi.

"Euzu billahi mineş şeytanir racim, bismillahirrahmanirrahim."

"Bu tür gurur okşayıcı saygı sözleri duymayı nedense çok severim. Herkesin bir zayıf yanı vardır."

Nesrin adam eliyle işaret edince hipnozda gibi o tarafa doğru yürüdü. Bir metre aralıkla karşılıklı durduklarında koyu renk gözler dikkatle suretini soğurmaktaydı.

"Şimdi gidicem. Gene gelirim istersen."

Nesrin konuşabilecek durumda değildi. Adamın hole doğru yürüyüşünü hayalde gibi izledi. Kapının kapanma sesi ayıkma tesiri yaptı. Dizlerinin bağı çözülmüştü. Az kalsın bulunduğu yere yığılacaktı. Köprüden aşağı baktığı an geldi aklına. Suyun üstünde yüzen cesetlerden diğer bir cesede geçti. Bulunduğu apartmanın giriş kapısının girişinde yüzükoyun yatmaktaydı. Genç bir kadındı. Kendisi olduğunu farkedince silkinerek toparlandı ve gözü açık gördüğü hayalden sıyrıldı.

Divan delisi Fehmi'nin dört adet birbirine uyumsuz renk ve tip divanla doldurduğu oturma odasındaydı. Bu divanların bahsi çok edilmişti. Dört ay sonra evlendiklerinde hepsi evden gidecekti. Yerdeki iğrenç halı, duvarlara minik raflarla biblo gibi yerleştirilmiş pipo koleksiyonları ve girişteki hortlaklı köşkere yaraşır portmanto da tabii.

Adı batasıcanın ses tonu köprüdeki satıcı çocukların ses tonunda da mevcuttu. Sonunda bulmuştu. Yaşa ve cinse göre incelen kalınlaşan, ama karakter olarak aynı kalan tını. Böcekler için tek tip ses muhabbeti diyeceği geliyordu. İnsan dili konuşan böceklere has bir aksan.

Elleri titreyerek abdest aldı. Midesinde hafif bulantılar başlamıştı. İnşallah kusmayacaktı. Kusmaktan ölesiye nefret ederdi. Üstünkörü kurulandı. Çıplak ayaklarla Fehmi'nin yatak odasına gitti. Bordo kadife perdeler örtülü olduğundan içerisi loştu. Perdeleri araladı. O taraftan baktığında semt yeni değişiklik üzerine hiçbir ipucu vermemekteydi.

Fehmi'nin kırk beş numara terlikleri, öylesine savrulmuş pijama altı, millete başucu kitabım dediği halde aylardır beş sayfa bile okumadığına emin olduğu İbni Haldun'un Mukaddime'si, odada asılı duran erkek kokusu ve komodinin üzerinde duran yarım dolu su şişesi içini acıtmaktaydı. Dün gece hiçbirini hatırlamadığı rüyalarla çalkantılı bir uykuyla sarmalayan, üç gün önce kızlığına son noktayı koyduğu yatağa bakmaya dayanamıyordu. Babasının otobüse binişini hatırlıyordu nedense. Eskice şifonyerin en alt çekmecesinden Fehmi'ye dedesinden kalan ipek seccadeyi alarak hızla odayı terketti.

Ya Fehmi de şimdi dairenin kapısında duruyorsa. Cebinden anahtar yerine yosun çıkmasına şaşıyordur mutlaka. Git aç ve al garibanı içeriye.

Korku körükçüsü vesvese kumkuması Fatoş hanımın sesine aldırmadan seccade elinde holde yürüdü. İki yıl önce beyin kanamasından ölen Fatoş hanım annesinin en büyük ablasıydı. Hiç evlenmemiş kıskanç yapılı bir kadındı, ama on parmağında on marifet vardı. Korku körükçüsü vesvese kumkuması sıfatını babası uydurmuştu. Fatoş hanım inanılmaz lezzette kurabiyeler, börekler, tatlılar yapardı. Ağzınızda lezzet rahat oturamazdınız ama. Çünkü Fatoş hanımın ağzı insanı korkutacak haberler ve sürekli her şeyden kuşkulanan birinin değerlendirmeleriyle dolu olurdu. Bir yere minik bir gök taşı düşmüşse milyonlarca kat büyüğünün tepemize inmesine saatler kaldığını söylerdi. Gereksiz yere zayıflayan biri mutlaka kanserdi. Kahve fallarında sadece zor durumlar müjdelenirdi. Yaşı otuzun üstündeki kadınların aldatılma oranı yüzde yüze yakındı. Ailenin bazı fertleri de dahil potansiyel katillerden çok korkardı. Her sözünde vesvese çiğneyen ve aşırı hevesli anlatımıyla özellikle çocukları çok olumsuz etkileyen bir kadıncağızdı. Nesrin küçük çocukken kadının anlattığı şeylerden çok korkar, gece kâbuslarla çelik çomak oynar, ama yolunu da iple çekerdi. Alışkanlık yapıcı bir tarafı da vardı rahmetli Fatoş hanımın.

Çıplak ayaklarla oturma odasına yürüdü. Balkon kapısı aralık kaldığı için içerisi soğumuştu. Kapıyı örttü. Ve yönü ayarlayarak seccadeyi serdi.

Dünya birden elden gitmişti. Buna el koyan, ya da en azından durumu kontrol almaya çalışan birilerini şu ana kadar görememişti. Sahipsizdiler. Büyük bir depremin ilk gününü çağrıştıran ama ölçekçe çok daha büyük olan bir durum tarafından sarmalanmışlardı. Allah yardımcıları olmazsa işleri bitikti.

Ziyaretçi hep aklının bir köşesindeydi. Şimdi yolunu açması ve bu müşkül durumdan çıkması için Allaha yalvarırken bile mevcuttu. Kelimelerini tartan kurnaz bakışlı bir kuyumcuya benziyordu. Gerçek inancını ölçüyordu. Onun ziyareti ancak inancının mihenk taşında bıraktığı izin kalitesine bağlıydı.

İki rekatlık namazı tamamlayıp ayağa kalktığında gözleri dolmuştu. Babası ölmüş ve inanılmaz bir cenaze töreniyle uğurlanmıştı. Şu anda kimbilir neredeydi. Bir gün bir mezarı olacak mıydı acaba? Annesinden ve yakın akrabalarından ayrıydı. Fehmi bitmişti ve burada hiçbirini yakından tanımadığı komşularınla yapayalnızdı. Bu haksızlıktı, ama diğer yandan eve varabilmeyi başarmıştı. Fehmi gerçekten bol su ve yiyecek depolamıştı. Yatağın altı bile bakliyat, kuru meyva ve fındık fıstık paketleriyle doluydu. Ziyaretçiye gelince o herzaman yanındaydı. Herkesin yanındaydı.

"Allahım sen beni ve ailemi koru. Bizi zor günlerden esirge."

"Amin."

Amin sesi iyice alçaktı. Nesrin rüyada gibi başını çevirdi, beyaz tülbentle saçlarını örtmüş orta yaşlı, topluca bir kadın hemen sağında durmaktaydı. Kendi gibi ayakları çıplaktı. Upuzun, ayak bileklerine kadar uzanan beyaz pamuklu kumaştan bol bir elbise giymişti. Nur yüzü hiçbir yerden tanıdık değildi. Nesrin'in ensesindeki kıllar dikilmişti yine, ama korkudan değil huşudandı bu defa.

"Bak kızım. Zor günler vaktin memelerinden süt emiyor. Kendini salma. Üç kutlu yer hayatı tuttu. Allah sana açacağın kapıyı elbet gösterecek."

Nesrin'in dili tutulmuştu. Kadın gülümseyerek kendi seccadesini yerden aldı. Üşümüş gibi omuzlarına atıverdi ve anında ortadan silindi gitti. Genç kadın içini çekerek tül perdeden dışarıya baktı. Vaktin memelerinden katran damlamaktaydı ve Allah herkese acısın bu daha başlangıca benziyordu.

*

Zil çaldığında Nesrin bulaşık yıkamaktaydı. Sıcak su yoktu. Elektrikler kesik olduğu için iki adet mum yanmaktaydı. Musluk suyu bayağı incelmişti. Böyle giderse yakında kesileceğe benziyordu. Ellerini küçük mutfak havlusuna kurulayıp mumlardan birini eline aldı ve kapıya doğru yürüdü.

Hah, Fehmi geldi. Anahtarını unutmuş yine.

Vesvese kumkuması Fatoş hanıma boş vererek kapıyı araladı. Kapıda dört kadın ve bir erkek durmaktaydı. Elleri torba ve çantalarla yüklüydü. Mum ışığının aydınlattığı yüzlerden tekini bile tanımıyordu. Belki de bir semt yardım komitesi kurulmuştu.

"Nesrin hanım merhaba. Ben Fatma Doruk. Dublaj için geldik malum. Beş on dakika geç kaldığımız için mazur görün. Trafik biraz sıkışık da."

"Ne dublajı ya?"

"Kibir Sapağı filminin."

İyi saatte olsunlar şürekası Nesrincim.

Nesrin köprüdeki satıcıları ve otobüs yolcularını düşünürken gelenlerin ellerindeki aparatları ve bu soğukta ayaklarının çıplak olduğunu farketti. İş ciddiydi. Sorun kalıcıydı. Meselenin özü elektrik, su kesintisi, savaş mavaş değildi. Daha başka bir şeyler de rayından iyice çıkmıştı. Ve galiba çözümsüz bir arızaydı.

"Siz kimsiniz peki?"

"Diran bey teknik ayarlamayı yapacak." dedi Fatma Doruk sağ yanında duran genç ve uzun boylu esmerce adamı işaret ederek. "Geri kalanlar seslendirici olarak. Siz de dahil. Kadınlar matinesi."

"Anlıyorum"

"Zaman biraz dar Nesrin hanım. Hemen başlasak."

Nesrin kapıyı yüzlerine örtebilirdi. Hiçbirinin suratında tehdit edicilik yoktu. Sezgileri kapı açık olduğu için böyle demekteydi. Reddedilemezi kabullenmek kısa sürdü ve "Buyrun" dedi.

Elinde mum yeni mesai arkadaşlarını oturma odasına götürdü. Gelenlerin elleri sandığından çok daha fazla malzemeyle yüklüydü. Yirmi dakika içinde evin bütün ışıkları yanmaktaydı. Kahverengi bir dalma tübüne benzeyen ayaklı jeneratör mırıltıyla çalışmaktaydı. Oturma odasına onun oturacağı yere yakın duran elektrikli bir soba yerleştirilmişti. Çok pahalı olduğunu tahmin ettiği bir montaj ve kayıt cihazı yemek masasının üzerine kurulmuştu. Telsiz mikrofonlar yakalara iliştirilmiş olarak aparatın başına toplanmaları yarım saati geçmemişti.

Herkesin kucağında okunacak metnin kopyaları bulunmaktaydı. Nesrin kağıtları biraz karıştırınca iki şeyi farketmişti. Film sinema filmi değil diziydi. Konu Mevlana'nın Mesnevisi'nden alınmıştı. İblis ile Muaviye'nin diyaloglarından esinlenerek bu zamanda geçen bir metin uydurulmuştu. Uyarlayan kimsenin adı hiçbir yerde geçmemekteydi. Kibir Sapağı filmi bu yıl Konya'da çekildiği halde konuşmalar Farsçaydı. Oyuncular bütün film boyunca

Farsça konuşmaktaydılar. Bunun Türkçe dublajı yapılacaktı.

Zamanın geçtiğini karnı yüksek sesle guruldayınca farketti. Konuşmaktan ağzı kurumuştu ve çişi gelmişti. Pilli duvar saati gecenin ikisini göstermekteydi. Stüdyoda da çok uzun ve yoğun çalışılırdı, ama çay, kahve, pohaçalar, pizzalar hep ellerinin altında olurdu. Çok garip davranarak gelenlere size ne ikram edebilir miyim diye sormamıştı. Onlar da bahsini etmemişlerdi. Hiçbiri tuvalete gitmemiş ve paltolarını, anoraklarınıda çıkartmışlardı. Sağ bacağına yakın duran elektrikli soba sadece kendi çevresini ısıtmaktaydı. Meslekdaşları üzerlerinde incecik sayılabilecek kıyafetlerle soğuktan etkilenmemekteydiler. Gözleri pırıl pırıl şevkle çalışıyorlardı.

Yüzlerinde tek bir düşmanca ifade görememişti. Sevecendiler hatta. Bir hata yaptığında özendirici bir şekilde duruyor ve tekrarlamasını bekliyorlardı. Ayaklarının çıplak olması hariç kıyafetleri normaldi. Lula adlı kumral kız bayağı güzeldi. Göğüslerini fazlaca belli eden incecik sarı bir kazak giymişti. Bütün kadınlar belli belirsiz makyajlıydı. Tırnakları bakımlı, çantaları, giysileri yepyeni ve uyumluydu. Tenleri diriydi. Diran hoş bir genç adamdı. Piyano çalmak için yaratılmış uzun parmaklarıyla teknik aparatları büyük bir ustalıkla kullanmaktaydı. Nazik ve sabırlıydı, ama… Allah yardımcısı olsun, meslekdaşları insan taifesinden değildi.

Nesrin oturmaktan biraz sertleşmiş kaslarını harekete geçirerek doğruldu. "Kim içecek bir şey istiyor? Kurabiye de var."

Fatma hanım uzunca siyah saçlarını sol eliyle arkaya doğru düzelterek gülümsedi. Diğerleri de tebessüm etmekteydiler. Beşi bir yerde denebilecek bakışların etkisi yüreğini daraltırken, aklı 'Sakin ol. Git çişini yap. Çay demle ve bir şeyler atıştır. Yoksa ülserin azacak ona göre' diye fısıldadı.

"Hemen geliyorum."

"Bekliyoruz Nesrincim." dedi Fatma. Yüzü anlayış ışıyordu.

Mutfağa doğru giderken sokak kapısına baktı. Bir yanı kapıyı açıp deli gibi fırlamak istiyordu. Kimse arkasından gelmeye kalkışmamıştı. Metazori çalışması dışında baskıcı değillerdi. En büyük sorun birlikteliklerinin sünüp gitmesiydi. Bu tür kimselerle karşılaşmalar öykülerde, filmlerde ve gerçek hayat öykülerinde hep kısa sürerdi. Bir hortlak, cadı, iyi saatte olsunlar, cin kısa bir süre görünüp bir sonraki sefere kadar kaybolurdu. Beraber yan yana oturup saatlerce ses kaydı yapmak yeni tür bir deneyimdi. Aklına köprüde olanlar gelince ayakları yeniden merdiven basamaklarını özler oldu.

Hortlaklar taştan hızlıdır kızım.

Zayıf bir itkiydi zaten. Kaçabilecek yer yoktu artık İstanbul'da. Bunu iliklerinde hissetmekteydi. Eski çayın üstüne biraz tazesini ilave ederek demliği ateşin üstüne yerleştirdi ve hole çıktı. İçeriden arkadaşlarının konuşma sesleri geliyordu. Kalbinde şükran goncaları belirmişti. Sussalar dayanamazdı belki.

Düğmesine basınca holün ışığı yandı. Diran jeneratörün ana çıkışını evin elektrik sistemine bağladığı için artık mum yakmaya gerek kalmamıştı. Tuvalette annesini düşündü. Dayısı, teyzeleri aklından çıkmış gitmişti. Unutmamıştı. Sadece öncelikli düşünülecekler listesinde biraz arkaya itilmişlerdi. Fehmi sanki ölmemiş de uzun sürecek bir iş seyahatına çıkmış gibiydi. Nişanlısının ölümünü bir türlü kabullenemiyordu. Onun iri cüssesinden ve dediğim dedik karakterinden beklenmeyecek bir çıkış yapmıştı. Apansız. Bir türlü içselleştiremiyordu. Annesi ve yakın akrabaları hep birlikteydiler. Olan bitenlere daha kolay karşı koyabilirlerdi. Kendisi nazik arkadaşlarını saymazsa yapayalnızdı.

Ağrı dağında yapılan deneyler üzerine yazılan çizilenleri ve filmleri yeterince görmüştü. Arzın manyetik alanı değişince düzen yerinden oynayacak denmişti. O sırada zaten dünyanın düzeni iyice sallantıdaydı. Covid-19 tek başına tüm dünyayı sallamıştı. Akdeniz'de bir savaştan kıl payıyla dönülmüştü. Avrupa başkentleri yanıyordu. İran karışmıştı. Türkiye'de sıkı yönetim ilân edileceği söyleniyordu. Pasifikte Çin ve ABD sıkı kapışmışlardı. Bu olay hepsinin üzerine tuz biber ekmişti. Su, elektrik, ezan, devlet, ve ordu kesikti hâlâ. Niye bir semt örgütlenmesi yapılmıyordu. Millet sokağa çıksa kendiliğinden oluşurdu böyle bir şey.

Misafir ağırlamaktan halleri mi kalmış kız.

Sesseses stüdyosundaki arkadaşlarını düşündü. Meral'i, Serhat'ı. Sağ salim eve varmışlarsa kim bilir hangi dizileri seslendirmekteydiler şu anda. Normalde ekonomik kriz nedeniyle yeni taşındıkları Cihangir'deki o berbat yerde çalışacaktı bu gece. Babasının ani vefatı nedeniyle izin almıştı. İçinden bir ses stüdyonun tam kapasite çalıştığını söylemekteydi.

Değişimin kalıcılık kokan büyüklüğünü idrak etme egzersizleri sandığından daha az bunaltı veriyordu şimdilik. Lambalar yanıyordu, yeterli suyu ve yemeği vardı. Allah bugünleri aratmazdı inşallah.

Nesrin oturma odasına elinde tepsiyle döndü. Kimseye bir şey ikram etmeğe kalkışmadan yerine oturdu. İki bardak çay içti ve üç günlük olmasına rağmen hâlâ taze olan poğaçalardan iki tane yedi. O bunları yaparken kimse ona özel bir dikkat yapıştırmamaktaydı. Kendi aralarında işle ilgili konuşuyorlar ve hiçbirinin gözü yiyeceğe içeceğe takılmıyordu.

Nesrin tepsiyi bir kenara koydu ve "Nerede kalmıştık?" dedi.

Fatma'nın gözleri işkolikçe parladı. "O son sahneyi bir kez daha kaydedelim." Dedi.

Diran başıyla olumladı. Parmakları hızla bilgisayarın klavyesinde gezindi ve "16. Bölüm üçüncü kayıt." dedi .

Fatma dizinin iki baş rol oyuncusundan biri olan Hafize kadıyı canlandırmaktaydı. Olay daha yeni çağlara taşınmıştı. 19. yüzyıl başında İstanbul'daydılar. Kadınlar nadiren de olsa kadı olabilmekteydi. Hafize hanım bayağı ünlenmişti. Dizinin önceki bölümlerini bilmiyordu. Kayıt ettikleri bölümde komşu kadını öldüren evkadını Mübeccel hanımı yargılamaktaydı. Mübeccel hanım iblise uyduğu için suçsuz sayılması gerektiğini söylemekteydi. İblisin şahit olarak dinlenmesi talebi vardı. Kadı hanım bunu kabul etmişti. Kayda çekecekleri bölüm iblisin savunmasından bir bölümdü. İblis kadın kılığındaydı. Başı açıktı. Upuzun siyah saçları vardı. Gri pamuklu bir elbise giymişti. Yaşı belirsizdi. Nesrin iblisi seslendirmekteydi. Katil kadını Lula, aleyhte iki şahidi de Aylin ve Seher üstlenmişlerdi.

Nesrin önce üçüncü defa iblisin Farsça konuşmasını dinledi. Motor gibi soluksuz konuşmaktaydı. 23 saniyede sözlerinin Türkçesini elindeki kağıttan okuması gerekmekteydi. İlk iki kayıt fena değildi, ama daha iyisini yapabilirdi.

"Önceden melektik. Kulluk yoluna candan koyulmuştuk. Yol alanlara mahremdik, yurdu arş olanlarla solukdaştık. İlk sanat nasıl olur da gönülden çıkar? Biz de bu şarabın sarhoşlarındandık; biz de O'nun eşiğine aşık olanlardandık. Göbeğimizi O'nun sevgisiyle kesmişlerdi; canımıza onun aşkını ekmişlerdi. Bizi de O'nun lütuf eli ekmedi mi; bizi de yokluktan getiren, yoktan var eden O değil mi? Süt emer çocukken beşiğimi kim salladı benim? O. O'nun sütünden başka kimin sütünü emdim? O'nun işbaşarmasından başka kim besledi, yetiştirdi beni? Bedene sütle yerleşen huy, insanlardan nasıl çıkartılabilir?"

"Süper. Yeni sahneye geçebiliriz."

Diran'ın sözleri üzerine diğerleri takdirle Nesrin'e baktılar. Genç kadın iblisin sözlerinin altındaki yakıcı anlama dalmıştı. Bedene sütle yerleşen huyu düşünmekteydi.

Fatma, "O zaman 17. Bölüme geçelim." deyince Nesrin toparlanarak ana döndü ve başını sallayarak elindeki kağıtlar arasından üzerinde 17 yazanı buldu ve en üste koydu.

Bu şekilde sadece onun verdiği zorunlu aralarla durarak sabaha kadar devam ettiler. Bu süre içinde çalışma arkadaşlarından hiçbiri ne yerinden kalkmış, ne de ağzına bir lokma bir şey koymuştu. Nesrin yorgunluktan bitmişti. Oturduğu divanda arkaya kaykılarak gözlerini kapattı. Fatma'ya ben azıcık dinleneceğim dediğini hatırlamaktaydı. Kadın da tabii ki canım demişti. Bütün bunlar hayal olabilir miydi?

Nesrincim,

Biz de dinlenmeye çekildik. Akşam 22.00'de görüşmek üzere. O'nun ışığı, nuru hep daim kalsın.

Fatma

Nesrin divanda uzandığı yerden doğrularak oturur duruma geçti ve duvar saatine baktı. on ikiyi üç geçiyordu. Dehşetli susamıştı. Hemen yanı başında elektrikli soba yanmasına rağmen içerisi biraz serindi. Birisi, pusulayı yazan olmalıydı, üzerine ekose bir battaniye örtmüştü. Yerinden kalkacakken saniyelerdir gözünün ucuyla gördüğü şeyin ne olduğunu farkederek donakaldı. Tavandaydılar. Arkadaşları tavandaki on iki lambalı avizenin betona bağlantı yerinin etrafında hilal şeklinde dizilmişlerdi. Tavanda tersine yerçekim gücü varmış gibi neredeyse tamamı sırtüstü uzanmış konumdaydılar. Boyları orantılarını hiç kaybetmeden yirmi santime inmişti. Sadece gözleri çok iriydi. Kıpır kıpırdı ve onu kesmekteydiler.

Genç kadının sıcak bir sıvının kalçalarından fışkırdığını hissedince ayağa kalktı ve aceleyle tuvalete doğru koştu. Yatmadan kemerini biraz gevşettiği pantolonu batmıştı. Tuvalette geri kalan malzemeyi boşalttıktan sonra banyoda soğuk suyla alelacele temizlendi ve yatak odasındaki dolaptan bir külot ve Fehmi'nin geçen yıl hediye verdiği cam göbeği renkli eşofmanın altını alıp giydi.

Tekrar hole çıktığında tavandaki beş çift fırıl fırıl göz her an aklındaydı. Korkusu altedilebilir gibiydi neyseki. Yemeyen içmeyen ve dışkılamayanlar için mekânı kullanma da alışıldıkdışıydı haliyle.

Mutfağa giderek çay demledi. Buzdolabını açarak peyniri çıkardı. Kendine bir tost yaptı. Yanına bir domates kesti. Elinde tepsi, ağzında besmele oturma odasına gitti. Tavandakiler yerli yerindeydi. Elindeki tepsiyi masaya bırakıp camdan dışarıya gri sonbahar gününe baktı.

Denemeden cep telefonlarının hâlâ çalışmadığını, televizyon ve radyo yayınlarının kesik olduğunu ve internet kontağının bittiğini bilmekteydi. Önünde yeni hayatı içselleştirme egzersizi yapabileceği dokuz küsur saat vardı. İlk lokmadan aldığı lezzet umut verici yükseklikteydi. Çayın kokusu da alışıldık bildik çay gibiydi. Buradan başlayabilirdi.

*

"… böylelikle ikinci dalganın bittiğini resmen ilan etti. Geçen hafta sanal ortamda teşkil edilen Dünya Kriz komitesi'nin bilim ve teknik komisyonu başkanı fizik profesörü Harry Coolhaven bütün dünyada büyük şok yaratan, kurulu düzeni yerinden sarsan etkenin aşırı yüklü manyetik alandan kaynaklandığını söyledi ve şöyle ekledi…"

Nesrin eğilerek radyoyu kapattı. İri bir kurt köpeği olan Dobra gözleri kapalı beyaz divanın üstünde uyuklamaktaydı. Ses kesilince kulakları belli belirsiz oynamıştı. Merve elinde çay tepsisiyle holün başlangıcında belirince

"Gerisi aynı terane." dedi Nesrin.

"Öyle."

Merve başını sallayınca ağzında külü uzamış sigaranın ucu ufalanıverdi. Tepsiyi ileride tuttuğu için küller siyah kazağının üstüne dökülmüştü. Kadın buna aldırmadan tepsiye sehpanın üstüne bıraktı. Külleri silkelemeye kalkışmamıştı. Nesrin kadını tanımaya başlamıştı. Aklına bir şey gelmiş olmalıydı.

"Bak ne dicem. Ben bu işten ümidimi kestim. Aradan iki ay geçti neredeyse. Dalga malga her neyse bitip gideli. Hâlâ organize olamadılar. Sadece Türkiye değil, diğer ülkeler de. Bu böyle gidicek valla. Virüs dalgalarına benzemiyor. Bak söyledi dersin."

Nesrin kadının çayı bardaklara doldurmasını izleyerek dilinin altından baklayı çıkartmasını bekledi.

"Dinle bak kız. Ne asker, ne de polis şehre hakim olamadı. Gördün serseriler kaç bina yaktılar. Ben diyim bin, sen de beş bin. Volkan patlamış gibiydi geçen haftalara kadar. Sonra… Sokağa çıkamıyorduk çetelerden. Hepsi de abazan takımından puştlar yüzünden. Sonra ne oldu? Pek çete mete de kalmadı. Birbirlerini kırdılar. Kırılanlar tamam, ama esas neden milletin şehirden kaçması. Radyo yalan söylüyor. Eğer İstanbul'da şu anda iddia edildiği gibi beş milyon kişi varsa ben de Bülent Ersoy'um."

Nesrin içini çekerek başıyla denilenleri onayladı. Boyama sarışın, kısaca boylu, iri kemikli toplu bir kadındı Merve. Küçücük burnu, sigaradan sararmış aralıklı dişlerini bolca sergileyen büyükçe bir ağzı vardı. Yüzünün teni gergindi. Gözlerinin kenarındaki kırışıklıklara rağmen elli yaşına basmasına iki gün olduğunu kimsecikler tahmin edemezdi. Kırktan fazla göstermiyordu.

"Bak şuraya yazıyorum. Bu bela kalıcı. Bilim adamı mı nedirler, Allah hepsinin mekânını gayya kuyusu yapsın. Buradan çıkış yok. Şehirlerde hayat bitecek. Hızla hem de. Bak her taraf yiyecek içecek mücevher dolu. Evler boş. Gir ne istiyorsan al. Hani nerede yağmacılar? İki hafta boyunca orayı burayı soyanlar, sokakta yaşlıları döve döve öldürenler, sabahın dördünde müzik çalarak araba sürenler. Neredeler. Sokaklar bir ara on beşlik puştlarla, kıçıkırık stajyer orospulara kalmıştı. Onların da çoğu şimdiden pes etti. Belli noktalara çekildiler. Uzaktan insan avlıyorlar. Ya devlet? Polis? Ordu? Sivil kuruluşlar? Seksen tane kanal var. Üç dört gün birkaç saat yayın yaptılar. Şimdi biri bile çalışmıyor. Bir tek uçak muçak gördün mü sen havada? Bence artık başımızda idareci falan da yok. Dünyanın da yok. Olsa esamileri okunur lan. Değil mi kız? O radyoda duyduğumuz haberlerin tamamı yalan. Bir de o yaratıklar için manyetik alan nedeniyle beyninizin içinden çıkıp gelen vehimler demiyorlar mı? Delirtecekler beni valla. Ulan ben kırk yıl düşünsem aklıma Beslemeci Ana tipi gelir mi? Orospu çocukları palavra sıkarak milletin beynini çitiliyorlar."

Nesrin beynini çitileme lafını önceden hiç duymamıştı. Merve Tunceliliydi. Konuşmasındaki belli belirsiz bir doğulu aksanıyla benzersiz bir canlılıkta anlatma şekli vardı. Televizyonda program yapsa hiç reyting sorunu olmazdı. Çeyrek yüzyıl boyunca İstanbul'un çeşitli semtlerinde süpermarket idare etmiş ve kocasız iki çocuk büyütüp okutmuştu. Sokakları, esnafı, çok iyi tanımaktaydı. İnsan sarrafıydı. Kadının tecrübesine güveniyordu.

"Yani?"

Merve bardağını uzattı ve "Tarım yapabileceğimiz ve dışarıdan çok cazip görünmeyen bir yere arazi olmamız lazım." dedi. "O… O, yaratıkların sevmeyeceği bir yere. Fizikten mizikten anlamam. Liseyi bitireli otuz yılı geçti. Ama bana sorarsan şehirler mıknatıs gibi. Çekiyorlar. Her boku, her belayı." Kendi bardağını alıp ağzına götürdü. İri çakır gözleri çok görmüşlüğün yaşamışlığın verdiği elemle bulaşık bir enerjiyle parlıyordu. "İki buçuk ay hayal gibi geçmiş, o gün arabada… Trafik durduğunda. Cep telefonu ve radyo da durduğunda, dünyanın sigortası attı diye düşünmeye başladığımda… Bağdat caddesinde binlerce araba yığıldığımızda iyi ki, kızlarım burada değil diye düşünmüştüm. Yerel bir arıza sanmıştım. Herkes gibi önce. Sonra… Neden bilmiyorum bir çoğunun yaptığı gibi arabayı terketmedim. Yanımda yarım termos dolusu çay, bir buçuk litre su, dört adet muz vardı. Bir de ucundan azıcık ısırılmış fındıklı çikolata. Bekledim."

Kadın sözlerine ara verince Nesrin kadının devam etmesini bekledi. Merve düşüncelere dalmıştı. Milano'da yaşıyan kızlarını düşünüyordu belki de. İkinci dalga sönünce cep telefonları birkaç saatliğine çalışmış ve tekrar eski sessizliklerine dönmüşlerdi. Aslında çalışmamışlar, sadece olay sırasında konuşmayı başaramayınca çekilen mesajların bazılarını iletmişlerdi. Maziden ekoydu bir çeşit yani. Kendi dayısı 'Kız nerelere gittin' yazmıştı mesela. Kadının büyük kızı Pınar 'Anneciğim iyi misin' den ibaret bir mesaj yollamıştı. Hepsi buydu. Akıllı telefonlar bunamış aparatlar müzesinde yer almaya hazırdı. Kadın haklıydı. Nesrin bir daha mikro dalgalar yardımıyla konuşabileceğini zorlukla hayal edebilmekteydi.

"Bir his gitme dedi. Köprüyü yaya geçmeye kalkanların halini sonradan gördün. Sen çok şanslısın parlamanın hemen başında geçtin. Binlerce arabanın tutuşmasıyla çöken köprüyü sonradan görünce… "

Kadın başucunda dikilerek küçük kaşıkla yarısı içilmiş bardağındaki çayı karıştırdı. Gözleri dalmış gibiydi. O anları yeniden yaşıyor gibiydi. Merve on gün boyunca arabada yatmış kalkmıştı. Yirmi dört ekim günü dublajcı dostları çekip gidinceye kadar araba yakınlarında hacet gidermiş, kurulu düzenin kendini yenilemesini beklemişti. Bu arada kendilerine Beslemeci Ana diyen sırım yapılı, kırış kırış yüzlü, uzun çeneli, azıcık bıyıklı, kapkara uzun elbiseler giymiş kadınlar bakmıştı arabalarında yatan kalkanlara. Günde iki öğün sıcak yemek getirmişler ve eski tip emaye kaplı lazımlıkları hiç erinmeden döküp temizlemişlerdi. Motoru çalıştırıp kaloriferleri yakmak kısa süreli bir lüks olmuştu. Çıplak ayaklı Beslemeci Analar yakıtı bitenlere üşümesinler diye kalın yünlü ve tek tip gri battaniyeler dağıtmışlardı. Kadın tek değildi. Yolda tıkanıp kalmış arabalarda yaşayan binlerce kimse vardı. Beslemeci Analar bunların hepsine özenle bakmıştı. Sonra birden gerçek hayatla başbaşa kalınmış, kaos, yağma, şok, çığrından çıkma ve homo hominu lipus düzeni tedavüle girmişti.

Birkaç yüz arabanın aynı anda tutuşturulması genç çetelerin işi olmalıydı. Televizyonda çete vahşeti denmişti. Böyle bir fırsat insanlık tarihinde bir kez ele geçerdi. Gençler onu değerlendirmişlerdi. Kapkalın kabloların bazıları eriyerek kopmuştu. Yirmi altı ekim günüydü. Köprünün Avrupa tarafı çökerek sulara gömüldüğü için yanan arabaların çoğu suyun dibindeydi şu anda.

Bu felaket sahnesi temsili bir işaretti Nesrin için. Onun bir şekilde Avrupa yakasına geçerek annesi ve yakın akrabalarına gitme isteğini tökezletmekteydi. Merve bir araç bularak deniz yoluyla karşıya geçebileceklerini, ama çeteler nedeniyle buna kalkışmanın tehlikeli olduğunu söylemişti. Kısa süren televizyon yayınlarında bütün kilit noktaların çetelerin elinde olduğu söylenmişti. Bir resmi görevli bunu yarım ağızla yalanlayınca Nesrin gerçeğin ifadesi olduğuna iyice inanmıştı. Merve'nin evi Kadıköy'deydi. Oraya ancak yürüyerek ya da bir motorsikletle ara sokakları kullanarak gidilebilirdi. İki yöntem de tehlikeliydi. Deneyip ve sağ kalıp geri gelenlerin beyanları bu yöndeydi. Ağır silahları ele geçirmiş çeteler bütün hayati noktaları tutmuşlardı. Merve haklıydı, zamanla çete mete de kalmayacaktı. Hem göç, hem de birbirleriyle vuruşmaları nedeniyle sayıları sürekli olarak azalmaktaydı. Burada güvenlik içinde oturup beklemek en akıllıcasıydı belki. Ama üçüncü dalga yolda deniyordu. O zaman ne olacaktı.

Merve gidip divana oturdu ve Dobra'nın başını okşadı. Hayvan gözlerini hafifçe aralayıp kıykıladı. Altmış kiloluk devasa bir köpekti. Sesi fino gibi yumuşak çıkmıştı.

"Üçüncü dalga gelmeden gidelim buradan."

Nesrin başıyla olumladı. "Ben de bundan söz edecektim. Nereye gidelim? Bir fikrin var mı?"

Merve kalan çayını hüpleyip bardağı sağ ayağının dibine bıraktı. "On beş kasım günü on tonluk bir kamyonla sabah erkenden Bolu'daki yeni şubemize mal yolladım. Şoförüm beni aradı ve malı depoya koydu dedi. Saat kaçtı biliyor musun? Dördü yirmi iki geçmekteydi. Adam o sırada neredeydi biliyor musun? Otobüste. İstanbul'a varmak üzereydi. Diğer şoför iki gün sonra boş kamyonu geri getirecekti. Ben neredeydim peki? Bu sokağa doğru yaklaşıyordum. Trafik sıkışmağa başlamıştı. Olay tam 17.03'te patladı. Gözüm saate ilişmişti raslantıyla. Neyse... Depo oradaki markete yakın bir yerde. Bir binanın girişi bahçe tarafından olan bir garajı bu işler için kullanıyorum. Elinde kaynak makinesi olmayan biri asla oraya giremez. Korunması çok iyidir. Kullanıma yeni başladığım için kimse dışarıdan alelade bir bina olan yerde bu kıymette bir mal olacağını tahmin edemez. Kısacası içimden bir his kamyon bizi bekliyor diyor. Yolda benzin aldığı için dörtte üçü dolu bir yakıt deposuyla. Tuvalet kağıdından zeytin yağına, çerezden ucuz şampanyaya kadar her şey. Asprinler, vitaminler, daha aklına ne gelirse. On ton malzeme. Üstelik hepsi de bedava. Toptancım iki buçuk aydır beni aramıyor malum."

Merve göz kırpınca Nesrin sırıttı.

"Yapacağımız iş şu. Bir motorsiklet bulacağız. Çok zor olmayacak. Rekabet çok azaldı. O iki sokak ötedeki sarı bina vardı ya. Orayı arar tararken gördüğümüz motor işi fazla fazla görür. Sonra motorla yolda kalmış arabaların en sonuncusuna gideceğiz. Bolu tarafına doğru. Yanımızda iki bidon dolusu benzin olsa yeter. Bununla en uçtaki arabayı ödünç alıp, ver elini Bolu. Oradan kamyonu alıp volta."

"Nereye?"

"İçerilere. Tarım yapılacak bir yerlere. Buluruz uygun bir yer. Kafa dengi bir grup yani. Neyle geldiğimizi görürlerse bize kucak açan çok olur. Bu iş ha deyince bitmeyecek. Ne dersin?"

Nesrin bu konuyu kadınla defalarca konuştuğu için idmanlıydı. Mal yüklü kamyon bahsini ilk kez duyuyordu. Kadının yalan söyleyeceğini hiç sanmıyordu. Genel yağma eğrisinin çok kısa bir süre diklendiğini ve sonra inişe geçtiğini değerlendirdikten sonra umut ışığı yakmayı yeğlemiş olmalıydı. İçinde annesi ve yakın akrabalarına kavuşmayı isteyen yan hâlâ güçlüydü. Tek sorun arabayla eve varıp varamadıklarıydı. Ev pekâlâ boş olabilirdi. Merve beş kilometre ötedeki evine gidememişti mesela. Annesi yalnız değildi. Grup halindeydiler. Beslemeci Analar'ın müjdesi olan koruyucu kalkanlar mevcuttu. Bu içine biraz su serpmekteydi. Diğer yandan kadın haklıydı. Burada yıllarca kalamazlardı. Bütün yiyeceklerin son kullanma tarihi gelip çatacaktı. Çetelerin olmadığı bir yerdeki zirai üretimli bir hayatı denemek akıl karıydı. Orada uygun bir düzen kurabilirlerse bir gün geri gelip annesini ve akrabalarını arayabilirdi belki.

"Ne zaman gidiyoruz?"

Merve sol eliyle aferin sana işareti yaptı. "Hemen şimdi. Bugün günlerden ne?"

"7 Şubat Pazartesi. Hayırdır."

Merve eliyle boşver anlamına bir işaret yaptı. "Beklicek zaman yok."

"O da doğru."

Merve'nin gözleri daha bir şevkle parladı ve "Bak sana planımı bir kez daha anlatayım." dedi.

Sermet apartmanın birinci katının bahçe tarafındaki kapısına kadar hiç sorunsuz geldiler. Sokaklar acaip bir tenhalıktaydı. Bahçedeki manolya ağaçları nedeniyle karşı taraftan görünmeleri mümkün değildi. Nesrin üst katlarda kaç kişi barınıyordu bilmiyordu, ama apartman terkedilmiş gibiydi. Bu eve daha önce antibiyotik, zeytin yağı, ocak için tüp aramak amacıyla gelmişlerdi. Haftalarca dairede en ufak bir hayat belirtisi görmeyince arka kapıyı kanırtarak içeriye girmişlerdi. Arka kapı son bıraktıklarındaki gibi aralık durmaktaydı. Mutfağın girişteki naylon döşemenin üzerinde çamurlu kuş ayağı izleri görülmekteydi. Kargalar. Çöpten beslenme devri bitince kargalar daha iyi örgütlenmişler ve ev talanında neredeyse bir numara olmuşlardı. Allahtan konserveleri ve sürgülü dolapları açmayı bilmiyorlardı. Girebildikleri evlere verdikleri tahribat çok büyüktü. Yiyecek bir şeyler bulabilmek için giysiler de dahil her şeyi didiklemekteydiler. Mutfaktaki deterjan kutuları bile gagalarla delik deşik edilmişti.

Bir şey ilginçti. Sokaklarda bir ara epey ceset bulunmaktaydı. Devletin ceset toplama işlevi iki haftada sonlanmıştı. Sivil örgütlenmelerin de öyle. Fare, kedi, köpek buldukları her türlü leşi didikleyen kargalar cansız insan bedenine ilişmemekteydiler. Sürüler halinde gezen sokak köpekleri kurtlaşmıştı. Birbirlerini bile yiyorlar ama, besili insan cesetlere dokunmuyorlardı.

Dobra onlardan önce içeri dalmış, etrafı kolaçan edip geri dönmüştü. Kimsecikler yoktu. Nesrin içi acıyarak hayvanın başını okşadı. Eğer motor çalışırsa Dobra'yı arkada bırakacaklardı. Başka yolu yoktu. Çok büyük bir hayvandı. Motora yanlarına alamazlardı. Yanlarında koşması da mümkün değildi. Yol çok uzundu ve bazı yerlerden yıldırım gibi geçmeleri gerekecekti.

Oturma odasının iki duvarı silme kitap yüklü kütüphaneydi. Nesrin merak ettiği için önceden bakmıştı. Her çeşit kitap vardı. Klasikler, Fehmi'nin okkalı edebiyat dediği cinsten romanlar azınlıktaydı. Bu evin sahibi yalnız yaşayan tirildetir türü romanların meraklısı altmış yaşlarında bir erkekti. Zil etiketinde Erhan Altındamar yazılıydı. 1948 Ankara doğumluydu. Baba adı Remzi'ydi. Bunu biliyorlardı, çünkü adamın nüfus cüzdanı masanın üzerinde durmaktaydı. Masanın üzerinde daha neler yoktu. Akıllı telefon, dizüstü bilgisayar, küçük ama güçlü epson marka bir dürbün, evin anahtarları, ekim ayının elektrik bonosu, apartman yönetim kurulundan binanın önyüzünü boyama ile ilgili teklif mektubu, iki drajelik cialis hap kutusu, bir tomar ellilik banknot, bordo bir banka cüzdanı, iki adet vapur jetonu, bir tırnak makası ve yarısı tabakta yenmeden bırakıldığı için küflenmiş pilav. Ve de altın kaplamaymış hissi veren sarı metaldan yapılma bir kaşık.

Işığı çabuk solan, hızla pes eden puştlar kuşağı. Fehmi'nin babası Hasan amcanın lafıydı bu. Kendi de 1950'liydi. Hepimiz kof çıktık derdi altmışlıların bahsi edilince. Nesrin'e o yıllar yaşanacak yıllar gibi gelmekteydi yine de. Dünyanın şimdiki sorunları kırk elli yıl gerideydi en azından ve internet denen zaman yutucu medyum tedavülde değildi.

Burayı on beş gün kadar önce keşfetmişlerdi. O zamandan bu yana kimse içeri girmemiş gibiydi. Yanına para, anahtar ve dürbün almadan çıkan giden

Erhan beye ne olmuştu acaba. Nesrin adamın cesedinin semtin bir yerinde serili olduğunu düşündü. Çeteler çok can yakmışlardı. Belki de şehirden göçmüştü. Arkada bıraktıkları eşyaların çoğu işlevini tamamlamış şeylerdi. Kendileri geçen gelişlerinde buradan sadece bir kiloluk pirinç paketi ve yarı dolu bir gaz tübü almışlardı. Nesrin'in okumayı her zaman çok seven yanı kitapların kapaklarına bile dokunmamıştı. Kitapların ışıması da bitmişti. Bunca basılı harf ve dijital ortam kelimeleri insanların bir işine yaramamış, başlarına bu bela gelmişti.

Eşyalar da hızla işlevlerinden sıyrılmaktaydılar. Cep telefonları, internet, televizyon, bütün elektrikli aparatlarla işleri sonsuza kadar bitmiş gibiydi. Kitaplar, dergiler, fotoğraflar ne ruh verebiliyor, ne de geçmişe özlem yaratabiliyorlardı. Hasan bey Ankara'da benzer şeyleri yaşıyorsa, uğruna devrimi sattık dediği beyaz eşyanın en yeni kredisinden memnun olmalıydı.

Nesrin adamın biricik oğlunun öldüğünü bilmediğini düşününce sarsıldı. Göğüs kafesi bir umarsızlık dalgasıyla kabardı. Fehmi'yle yaşadıkları anları, tartışmalarını, sevişmelerini ne kadar az düşündüğünü farketmişti yeniden. İlk erkeğiydi. Babası ölmeseydi on gün sonra evlenecek ve bir yastıkta kocamaya başlayacaklardı. Babasının ağır hasta olduğu ortaya çıkınca nikahı ve düğünü iki ay ertelemişlerdi.

Annesi ve akrabalarını da neredeyse hiç düşünmüyordu. Yüzleri otobüsle hızla geçerken sokak duvarlarına yapıştırılmış afişlerden alınma gibi bir eğretiliğe sahipti. Çağrışımları yavaşlamıştı. Anıları fire veriyor diyeceği geliyordu. Merve de bundan kaç kez söz etmişti. Kızlarımın adını unutucam len neredeyse demişti en son defa. Unutuyorlardı. Bağlar gevşiyordu insanlar arasında. Ruh bağı gevşerken, etleri sıkılaşıyordu sanki . Bu yüzden belki pirinç küfleniyor, ama dışarıdaki cesetler korku filmlerindeki gibi kurtçuk cennetli korkunç hallere dönüşmüyor ve çürümüyordu. Daha da kötüsü, cesetlerine kargalar bile tenezzül etmiyordu.

Merve eğilip yerden bir şeyi aldı. "Burada. Kimse ellememiş." Sağ elinde motorun anahtarlarını tutmaktaydı.

Motor yan odada bıraktıkları yerde durmaktaydı. Sonbaharda orman temalı bir duvar kağıdıyla kaplı eşyasız odada durmaktaydı. Yeniliği ve metal aksamın ışıması etkileyiciydi. Evin içinde olması nedeniyle gözüne bir uzay aracı gibi görünmekteydi.

"Acaba çalışıyor mu?" dedi Nesrin.

"Anlarız hemen. Bedri'nin, benim son… Marketin getir götür işine bakıyordu. Onun buna benzer bir motoru vardı. İki ayda bir motor değiştirdiği için bayağı kültür edindim. Sadece motor değil. Arka seleye oturttuğu kızları da yeniliyordu. Sonunda kapının önüne koyuverdim adiyi. Neyse kız... Gilera Nexus bu. Tek silindirli. 35-40 beygir gücünde. En fazla yirmi litre benzin alır, ama işimizi çok iyi görür. Yeterki çalışsın. Gel şunu dışarı çıkartalım."

İki kadın birlikte motoru geri geri oturma odasına çıkardılar. Merve siyah anorağını çıkartarak sandalyelerden birine astı. Motorun üstüne oturdu. Anahtarı yuvasına yerleştirdi ve çevirdi. Yepyeni beyaz spor ayakkabılı ayağı şarj pedalını ittirdi. Bir daha. Bir daha. Motor suskundu. Merve umutluydu. İşlemi yeniledi. Birden mucizevi gürültü duyuldu. Egsozdan duman çıktı. Motor muntazam çalışmaya başladı. Merve'nin yüzü zaferle aydınlanmıştı. Nesrin böyle hem fizik, hem de karakter olarak güçlü biriyle olduğu için haline şükretti kimbilir kaçıncı kez. Tek başına olsaydı son aylar nasıl geçerdi hiç hayal edemiyordu.

"Depo da dolu. Bu iş tamam."

Az sonra Fesleğen sokağında harekete hazırdılar. Yanlarında su, çerez, kurabiye ve ilk yardım çantasından ibaret küçük bir paket vardı. Fehmi'nin tabancası Merve'nin belindeydi. Araba için benzin taşıyacaklarından daha fazla yük alamazlardı. Merve bir şeyde daha çok haklıydı. Şehirde az insan vardı. Gerekli malzemeyi çok zorlanmadan her yerde temin edebilirlerdi.

Dobra'yı tanesi iki kiloluk yirmi bir adet karton kutu kuru köpek maması ve bir leğen suyla birlikte oturma odasında bırakmışlardı. Bahçe kapısı aralıktı. Kapanmaması için tedbir almışlardı. Oturma odasının kapısı kilitli değildi. Bir mukavvayla sıkıştırmışlardı. Köpek biraz zorlayınca açılıverecekti. Zeki hayvan burayı kendine üs yaparsa en azından bir süre beslenme sorunu olmayacaktı. Sonrası kendileri için bile garanti değildi. Yaşayıp göreceklerdi.

"Hazır mıyız?"

Erhan beyin iki adet kaskı vardı neyse ki. Adam kocakafalı olduğu için Nesrin bir uzay başlığı takmış gibi hissediyordu kendini. Kış olduğu için kask kullanmaları şarttı. Kadını dinleyip en kalın anorağını geçirmişti üstüne. İçine iki kazak giyerek. Adamın beş çift eldiveni olduğundan renk seçimi bile mümkün olmuştu. Merve kırmızı, kendi de beyaz eldivenliydi.

"Evet."

Bir şey, bir duygu Nesrin'i rahatsız etmekteydi. Ne olduğunu çıkaramıyordu. Motor hareket edince bu duyguya neden olacak şey arkada kalacakmış gibi sevindi. Beş on kişi pencerelerden onları izlemekteydi. Motor sesi dikkatlerini çekmişti. Yokuş yukarı çıkarlarken tamamen yanmış iki arabanın yanından geçtiler. Annesi affetsindi, ama Nesrin bu kâbus kuluçkası şehirden çıkacağına memnundu.

Her şey birden oldu. Motor sesi nedeniyle Nesrin diğer sesi hemen ayırdedemedi. Merve'nin elleri direksiyondan çözülmüştü. Gidip köşedeki evin bahçe duvarına bindirdiler. Kaldırım alçak olduğundan ve sağa dönecekleri için hız kestiklerinden çarpma sert olmamıştı. Nesrin kolayca arka seleden sıyrıldı. Motor sol yanına devrildiğinde Merve aracın altında

kaldı.

Kadına doğru seğirten Nesrin kaskın ön camındaki kanı görünce içi soğumuştu. Aynı anda bir şey sağ yanındaki saçlarına dokunup geçti. Bu defa silah sesini duymuştu. Hayatını kurtaran şey atikliği değil, tökezlemesi oldu. İkinci kurşun motorun metal aksamına vurarak neredeyse bir gong sesi çıkardı. Nesrin dört ayak emekleyerek köşeyi döndü ve bahçe duvarına kendini siper etti. Üçüncü ve dördüncü kurşunlar öfke atışlarıydı. Biri taş duvara çarparak sekmişti. Vınlaması bayağı uzun sürmüştü.

"Nesrin."

Nesrin kadının sesindeki hırıltıya rağmen deli gibi sevinmişti. "Buradayım."

"Yaralı mısın?"

"Hayır. Sen?"

"Dinle. Benim işim bitti. Beni böyle… sokakta bırakma. Tamam mı?"

Nesrin'in yanakları ıslanmıştı. "Tamam." Dedi.

"Şimdi kaç ama. Son gaz hem de. Aşağı gelirler belki. Orospu çocukları… Sonra… uygun bir zamanda… Uygun ah… Tamam mı?"

"Tamam, ama sen?"

"Ben bittim kız. Bu kadarmış demek ki… Dobra'yı al, eve git. Haydi."

Nesrin azıcık doğruldu ve iki büklüm hareket edeceği sırada yanından kapkara kocaman, camları filmli denen cinsten, içi görünmeyen modern bir otobüs geçti ve köşeyi dönerek durdu. Silah sesleri tekrar başlamıştı. Bu defa hedef kurşun geçirmez camlı olan otobüstü. Mermiler camlarda iz bile bırakmadan sekiyorlardı.

Genç kadın otobüsten inen tepeden tırnağa mor üniformalı, kurşun geçirmez siyah kasklı, makineli tüfekli yirmi kadar adamı rüyada gibi izledi. Adamlar apartmanın üst katından yaylım ateşinden hiç etkilenmeden ana kapıdan içeri girdiler. Silah sesleri bir dakika kadar devam etti ve sonra sustu. Az sonra adamlar aynı sessizlik ve vakarla dışarı çıktılar. Otobüse binerek gittiler. Görünürde içlerinde yaralanan ya da ölen olmamıştı.

"Merve! Merve beni duyuyor musun?"

Kadın ölmüştü herhalde. Bayılmış da olabilirdi. Nesrin o tarafa doğru emekledi. Bir tehlike kalmadığını bilmesine rağmen dimdik yürümeye korkmaktaydı. Köşeyi dönünce kadının kıpırdamadan yattığını gördü. Kaskı başından çıkardığı için kurşunu boynundan yediğini hemen gördü. Acaip kanama olmuştu. Yakından bakınca öldüğünü anladı. Talihsizliklerine küfretti. Bu sokak yerine bir diğerinden geçselerdi şimdi yolda olacaklardı. Kimbilir bu tür tuzaklardan kaç tane vardı.

Sağ eliyle kadının yanağına dokundu. Dudakları titriyordu. Gözyaşları oluk gibi boşalmaktaydı. Onunla Bağdat caddesinde tanışmışlardı. Kadın on günlük arabaotel deneyiminden sonra yakınlarda bir barınak aramaya karar vermişti. Kendisi de tek başına ne yapacağını bilemez durumda kargaşayı izlemekteydi. İlk silah sesleri duyulmaya başlamıştı. Yangınlar da yeni yeni başlamaktaydı. Dobra sokakta başıboş gezinmekteydi. Çıkan kaosta sahibini kaybetmiş olmalıydı. Başını okşayınca ona yamanmıştı birden. Ardından kadını görmüştü. Buralarda bir yerde kalacak yer arıyorum demişti, az ilerisinde duran gri mantolu orta yaşlı kadına. Kadın ağır bir şoktaydı. Cevap verecek hali yoktu. Yürüyüp gidince bakışmışlardı.

Işıması güven verici, yapısı kunt bir kadındı. Yılların işçi çalıştıran patronu gibi davranmıyordu. Mesafesizliği samimiydi. İçi ısınıvermişti birden. Gece tavana yapışıp yatmayan birilerini özlemekteydi. Bir yer biliyorum. Bir hafta falan ama demişti. Bir hafta sözü nedeniyle sonradan biraz utanmıştı. Kadın bunu hissetmiş ve 'Kim olsa öyle der kız. Elin yabanıydım. Nerden bileceksin.' diyerek utancını yumuşatmıştı.

Eve geldiklerinde 'Su ısıtalım bir duş yapayım kız. Bitlencem valla, bana bir don ödünç verirsin di mi?' dediği anı hatırladı. Yakın bir akrabası ya da arkadaşı gibiydi. Kendi donları imkânsız onun bacaklarından geçmezdi. Kadın çevredeki butiklerden mal götürmeye başlayana kadar Fehmi'nin bazıları her nedense ipekten ve kırmızı olan boksör donlarını giymişti.

"Hadi kızım kalk. Git Dobra'yı al ve işinin başına dön."

Bir doksanı aşkın boyda, kehribar rengi elbiseli yaşı belirsiz kadını görünce Nesrin içinde seyrettiği şoktan sıyrıldı ve doğruldu. Kadının kendisini takdim etmesine gerek yoktu. Beslemeci Anaydı.

"Onu… Onu böyle bırakamam."

Uzun çeneli, kırış kırış yüzlü, gözlerinin rengi belirsiz kadın belli belirsiz tebessüm etti ve "O benim sorumluluğumda artık. Sen müsterih ol. Toprağına kavuşacak. Hadi kızım işine de geç kalma." dedi.

Nesrin başıyla onayladı ve yokuş aşağı camlardan bakanlara seyir malzemesi ola ola yürümeye başladı.

Dobra geri gelmesine deli gibi sevinmişti. Yokuş aşağı indiklerinden hayvanla birlikte kaldığı apartmana varması beş dakika bile sürmedi. Merdivenleri çıkıp altıncı kat hizasına geldiklerinde Dobra kıy kıy diyerek bir üst kata çıktı. Nesrin arkasından seslenip hayvan geri gelmeyince merak edip basamakları tırmandı.

15 numaralı dairenin kapısı aralık durmaktaydı. Dobra içeri dalmış olmalıydı. Ortalıkta görünmüyordu. Nesrin üst katta oturan soluk yüzlü genç kadını unutmuştu neredeyse. Bu olaylar başladığından beri hiç görmemişti. Eskiden karşıdaki bakkalda, eczanede, aşağıdaki süpermarketlerde bazen karşılaşır ve merhabalaşırlardı.

Kendini bir yorganın altına sokarak ağlamak ve saatlerce yatakta kalmak istemesine rağmen merakla içeri girdi. Holde içinde elli çift kadar ayakkabı ve sarı bir manto bulunan portmanto vardı. Dobra oturma odasının tam ortasında oturmuş gelmesini beklemekteydi. İçeri girince nerede kaldın anlamına kıykıyladı. Oturma odasındaki eşyalardan, masa ve perdelerin uyumdan falan kadının hem paralı, hem de estetik zevki yüksek biri olduğu belliydi. Mutfak darmadağınıktı yalnız. Bulaşıklar dağ gibi yığılmıştı. Yerde bile bir çelik tencere ve dört adet kaşık durmaktaydı. Dökülmemiş bir çöp torbasından çürümüş organik madde kokusu yayılmaktaydı. Koca torba için koku azdı yalnız.

Çok olmuş el değmeyeli.

Limon rengine boyalı koridor çok hoş çinilerle süslenmişti. Yatak odasına giden ayakları sağ tarafındaki banyonun önünden geçerken durakladı. Kapıyı ittirirken durakladı. Aklına oturma odasının üzerinde gördüğü el feneri gelmişti. Hızla gidip feneri aldı. Dobra banyo kapısının önündeki yerinden kıpırdamamıştı bu arada.

Piller yeni olmalıydı elfeneri bayağı şevkle yanmaktaydı. Kapıyı açıp feneri içeri tuttu. Diğer bir cins kokuyla bezeli mekânda göz gezdirdi. Küvette biri vardı. Yaklaşıp ışığı tuttu. O kadındı. Çıplaktı. Gözleri açıktı. Uzun saçları sol memesini örtmekteydi. Duru tenli, güzel bir kadındı. Bileklerini keserek intihar etmişti. Kan çok kırmızıydı.

Yarım saat içindeki ikinci ölüyü görmek, bunca idmanına rağmen fazla gelmişti. Sanki hızlı yürümesini engelleyecekmiş gibi ışığı söndürdü ve dışarı çıktı. Dobra kapının ağzındaki yerini değiştirmemişti. Bir şeyler zihnine yeni yeni doluşmaktaydı. Üçüncü dalga gelmişti. Dobra onu buraya bir amaçla getirmişti. Dobra onu buraya belli bir amaçla getirmiş olabilir miydi? Merve'yle kaç kez bunu konuşmuşlardı. Tasmasında adı yazılı olan köpek bakımlı görünmekteydi. Yeni bir sahip arayacak kadar başıboş kalmış bir hali yoktu.

Hızlı adımlarla oturma odasına döndü. Masanın üstünde kobalt mavisi bir el çantası durmaktaydı. Sade şıklık o ortamda bile kadın tarafını etkilemişti. Gidip ağzı açık duran çantaya bir baktı.

On adet yüzlük ve iki adet yirmilik banknot, kadının kimliği, yarısı dolu bir kutu seroxat, kağıt mendil ve bir sürü makyaj malzemesi banyoda cesedi yatan kadına aitlikten sıyrılmış gibiydi. Bu hissi veren neydi bilemiyordu, ama kuvvetle hissediyordu. Dikkatini çantadan çekince taba renkli kadife divanın üstündeki defteri gördü. İki yastığın arasında dik olarak durmaktaydı. Baş parmağı kalınlığında, bir cep kitabı ebatlarında sayfalarının kenarları altın yaldızlı bir defterdi. Defteri alıp içine bakmadan anorağının sol cebine soktu.

Dış kapıyı bulduğu gibi bırakarak alt kata indiğinde kendi kapısı açık durmaktaydı. Eşikte tanıdık bir tip beklemekteydi. Dublaj şefi Fatma hanım. Kendisine çok yakışan gri kırçıllı bir döpyes giymişti. Ayakları çıplak olmasına rağmen üzerinde çok şık durmaktaydı. Geldiğini görünce yüzüne dostça bir gülümseme yayılmıştı.

"Bu akşam tam 22.00'de başlıyoruz Nesrin hanım. Biraz farklı bir program olacak bundan böyle. İşler bayağı yığıldı da. Bunların hepsini akşama konuşuruz artık. Yorgun görünüyorsunuz. İçeri gelin ve biraz dinlenin. Köpek almışsınız. Hoş bir hayvan. Adı ne demiştiniz?"

"Dobra."

"Çok iyi. Buyurun. Özledik sizi valla."

Nesrin beyni uğuldayarak içeriye girdi. Duvar saati üçü bir geçeyi göstermekteydi. Biraz uyusa kendini toplardı. Önünde upuzun saatler vardı.

Bir konuda şiddetli yanıldığını henüz bilmiyordu haliyle.

*

Nesrin pencereden dışarıya bakmaktaydı. Üzerinde sadece iç çamaşırları vardı. Ayakları çıplaktı. Ela Karlak hanımın mutfağındaydı. Gaz bitecek diye boşuna korkmuştu. Ocağın üstüne koyduğu altı litrelik büyük tenceredeki su kaynamıştı neredeyse. Haziran ortasında sıcak bir gündü. Oturma odasındaki termometre ısıyı 22 derece olarak vermekteydi. Saat sekizi birkaç dakika geçmekteydi ve bütün pencereleri açtığı halde içerisi şimdiden sıcaktı. Şansı varsa günün geri kalan kısmını görmeyecekti. Birazdan oyundan çıkıyordu.

Ocağın altını kapattı. Tencereyi alarak banyoya gitti. Küvet doluydu. Kaynar suyu içine döktü. Eliyle suyun ısısını kontrol etti. Yeterli ılınmıştı. Düne kadar burada suyun içinde peynir külçesi gibi yatan Ela hanımı bir çarşafa sararak oturma odasındaki koltuklardan birine oturtmuştu.

Kadın intiharını bir yıl önce planlamıştı. Güncesine her şeyi yazmıştı. Para sıkıntısı yoka benziyordu. Mürekkep yalamış biriydi. Tarih öğretmeniydi. Bir yıl önce istifa etmişti. Nedensiz. Deftere öyle yazmıştı. Mısır'a gidip piramitleri görmüştü. Sıhhatliydi. Güzeldi. Daha 29 yaşındaydı. Ama mutlu değildi. Doktorların ağır depresyon teşhisi koyduğu rahatsızlığını hayat denilen şeyin her alanda birden çekim gücü yitirmesi olarak nitelendirmekteydi. Kadın tam ikinci dalganın vurduğu anlarda son nefesini vermiş olmalıydı. O yüzden cesedi çürümemiş ve yeterince katılaşmamıştı. Şimdi intiharından yedi ay kadar sonra teni sadece azıcık matlaşmış durumda oturma odasında oturuyordu. Nesrin fizikten anlamazdı pek, ama kadın eğer bir güncük sabretseydi ve hayatın kaybolan çekim gücünün yerini neyin aldığını görebilseydi şimdi hayatta olacağını düşünüyordu. Tabii o zaman belki de bir şeyi hiçbir zaman bilemeyecekti.

> *Erkek dün son kez geldi. Gerçekten bu sonuncu dedi. Üstelemedim. Kız kazandı sonunda. Öyle olacağı belli demesin kimse. Çünkü... Bu işler belli olmaz. Aşk virajlı bir yoldur. Dönersin ve ancak görürsün. Öyle işte. Etim iştahından sıyrılmış. Ona aldığım kırmızı şey yoktu ayağında. Dört aylık bir tutunma. Ve kaymağa devam.*

Erkek dediği Fehmi'ydi. Üç delil vardı elinde. Fehmi işe yarasın yaramasın eskiyen anahtarları atmaz ve büyükçe bir mukavva kutuda biriktirirdi. Tıpkı facebook'unda nişanlanmadan önce kendi deyimiyle sanal vajina biriktirmesi gibi. Kadının eşyalarını karıştırırken o kırmızı donlardan birini bulunca araştırmaya başlamıştı.

> *Erkek kız için üzülüyor, ama etime tutunmuş bir dağcı gibi. Bırakmıyor. Tırmanıyor. Zirvede ne var? Alt katta olmayan nedir?*

Erkek sonuncu kez geldi yazılı sayfadaki tarih12 Kasımdı. Fehmi'yle birlikte olduğu gün. Evlenmelerine iki hafta vardı. Saati de yazmıştı Ela hanım. 13.30. O günü unutması imkânsızdı. İnsan bakireliğini bir kez yitirirdi. Beşe doğru geldiğinde Fehmi evdeydi. Yemek hazırlamıştı. Etli kuru fasulye ve bulgur pilavı. Çok açtı deli gibi yemişti. Demek ki o gün Fehmi kadına resti çekmiş ve müstakbel karıcığına dönmüştü. Karşılığında o küçük şeyi iki hafta öncesinden alarak. Mükafat olarak. Güncedeki tarih ve o ipek donları bulduktan sonra kutudaki elli altmış kadar anahtarın içinde yukarıdaki kapıya uyan biri var mı diye araştırmak basit bir işlemdi haliyle.

Küvete girip uzandı. Suyun kırmasıyla eğrilen bacaklarına baktı. Ela hanımınkiler yanında biraz çırpı kalsa da, düzgünler. Biraz kılları uzamış sadece. O da bir günce tutsa. *Ağda mı, Kimin için?* yazardı belki. O sayfanın altında kalan yere tabii ki.

> *Ağda yaptım. Çam kozalaklı testilerde serin sular gibi ruhum. Levent'teki o bahçeli ev, ay günlerim başlayınca beni terkeden masalcı ninem. Benden önceki birinden devralınan hayal mirası. Kaçmış artık elden ne gelir.*

Son iki günde cesedi oturma odasına taşımış, suyu boşaltmış, küveti temizlemiş ve defalarca alt kata inerek içini dolduracak kadar suyu sağlayabilmişti.

Sol taraftaki pervazda kurmalı kol saati, bir kutu dolusu secorbarbital, üçte bir litrelik yassı bir şişe konyak, ölü kadının cep telefonu ve son okuduğu Çözücü adlı kitap durmaktaydı. Sekizi yirmi altı geçmekteydi. İnsan damarlarını kesince ne kadar yaşardı? Bir saat? Belki de iki. Daha uzun süreceğini sanmıyordu. Ama o kendini kesebilecek bir tip değildi. Yedinci kattan aşağıya atlarsa öleceğinden emindi. Hızlı ve acısız, ama kendini hayalinde kanlar içinde yerde yatar gördüğünden beri buna da kalkışabilecek durumda değildi. Bu nedenle uyku haplarıyla ölmeye karar vermişti. Filmlerdeki gibi yapacaktı. İçkiyle birlikte bir kutu kırmızı hapı alacak ve ılık suyun içinde hayallerden yoğurduğu bir sandalla diğer tarafa geçecekti.

Ne Fehmi'nin ihaneti, ne de Merve'nin ölümü intihar etmesi için yeterli değildi. Üçüncü dalganın kısa bir aradan sonra yerini dördüncü dalgaya bırakmasıyla artık yaşama yer kalmamıştı bu dünya yüzünde. Fatma Doruk hanım hâlâ dublaj şefiydi, ama çalışma saatleri ve şartları çok değişmişti.

Üç değişik ekiple toplam 42 kişiyle cumartesi pazar dahil günde on altı saat çalışmaktaydı. Öğlen on iki ile üç arasında kendilerini Mc Arthur Yüzen Film

Akademisi stajyerleri olarak nitelendiren hepsi de simsiyah Afrikalı tip olan yirmi kişiyle fütüristik bir filmi seslendirmekle geçiriyordu. Konu çok berbattı. Bir işkence gemisinde hapis olan yüz küsur müslüman mahkûmun bitmek tükenmek bilmeyen çilesini işliyorlardı. Üçle yedi arasını Gua-Nemo Babilesk film okulunun hemen hepsi Orta Doğulu olan öğrencileriyle geçiriyordu. Onların çektiği bitirme sınavı filmi de berbattı. Makas filmine taş çıkartacak sahnelerdeki sesleri taklit etmek zorunda kalıyor. Sonra bunları bir de rüyasında görüyordu. Fatma ve dört arkadaşıyla seslendirdikleri Kibir Sapağı adlı dizi gene en hafifiydi. Bari suçun işlenme anı görülmüyordu. Bitmet tükenmez sorgulamalarla ve çeşitli kılıklara girmiş olan iblisin şeytanca kendini müdafa etmesiyle çalışmaları sabah yediyi buluyordu.

İkinci dalga vurduğunda sabık işyeri Sesseses stüdyosunda bulunanların şu anda hangi filmleri seslendirdiklerini düşündü. Zavallı Meral üç aylık hamileydi. Serhat evde annesine bakıyordu. Şefleri sinirli Vedat ne yapıyordu acaba? Bu filmlere can mı dayanırdı. Kimbilir günde kaç saat çalışıyorlardı.

Her şeyin bittiğinin işareti gökteydi. Aylardır tek bir uçak bile havalanamamıştı. Dışarıdaki hayat eskisinin fotokopisinin kopisiydi. Aynı gibi görünüyordu, ama özü bitmişti. Sokakta kimse kimseyle konuşmuyordu artık. Aylardır tek bir silah patlamadığı halde millet birbirinden iyice kaçar olmuştu. Kimbilir onların ziyaretçileri nasıldı? Birlikte ne yapıyorlardı? Gülüp oynamadıkları çok açıktı. Bezgindiler. Umarsızdılar. Evlerin çürümeyen cesetlerle dolduğunu düşünüyordu. Hayat sınıfında çakan tek kendisi değildi. Diğerleri gibi yavaş yavaş enerjisi tükenmiş, ev sahibesinin hayat denilen şeyin her alanda birden çekim gücü yitirmesinden ne kastettiğini derinden kavramıştı.

İnşallah iyi olcaksın İhsancım.

Nesrin'in aklı yakın geçmişteki kasvetli bir ana kaymıştı. Yaklaşan ölüm parfümü kokulu hasta odasının kapısında durmuş, yataktaki adama bakıyordu. Kendini arkadan görüyordu. Annesi dayısıyla biraz hava almaya çıkmıştı. Karaciğer yetmezliğinden muzdarip olan babasının yanında Emin denen riyakâr herif oturmaktaydı. İnşallah iyi olcaksın İhsancım deyip durmaktaydı. Babasından aldığı senetsiz borçların üstüne yatacağını düşünerek için için seviniyor olmalıydı. Adama biçilen azami ömür bir gündü ve o akşam babası dokuz sıralarında ölecekti. Şartlar elverseydi bir hafta sonra Emin gelecek ve annesine bin- bin iki yüz elli lira falan getirecekti muhtemelen. Aldığı borç en azından bunun on katıydı oysa.

Konyak şişesini açarak iri bir yudum aldı ve burnunu bir eliyle kapatarak yuttu. Biradan başka içkiye pek alışık olmayan boğazı yanmıştı. Aynı yöntemle ikinci yudumu aldıktan sonra hap şişesine uzandı. Avucuna beş altı tane hap koyarak ağzına attı ve konyağın yardımıyla yuttu.

Bu hapları ve konyağı bir daha asla ayak basmayacağını düşündüğü bir yerden temin etmişti. Erhan Altındamar'ın evinde bu hap kutularından daha iki tane vardı. İlk geldiklerinde haplara dikkatini çeken Merve olmuştu. Sakat mal demişti. İki ay kullanan müptela oluyordu. Konyak da aynı yerdendi. Netameli bir yer olmuş çıkmıştı bay Altındamar'ın evi. Uğrayan hayattan voltayı almaktaydı.

Önce daha ileriye gitmişti Dobra'yla. Dilara Nexus mu her neyse motor düştüğü yerde duruyordu. Metal aksam yağmurlardan etkilenmemiş gibiydi. Araç kir toz kaplıydı sadece ve Merve'nin cesedi ortalarda yoktu. Beslemeci Ana onu bir yere gömmüştü herhalde. On gün boyunca lazımlığını döken kimse bunu haydi haydi yapardı.

Onlara ateş açanların olduğu daireden çıt çıkmıyordu. Onun bir altındaki katta oturanlar vardı. Merakla kendini süzmüşlerdi. Sokaklar eskisinden daha tenhalaşmıştı. Nisan başında bir ara çalışan radyolardan birinde geçen yüzyıl başındaki nüfusa dönüldüğünü söylenmekteydi. Pekâlâ mümkündü bu. Yazdı. Hava harikaydı. Kuşlar cıvıl cıvıldı. İnsanlıksa suskun ve puskun. Evlerdeki cesetlerin sayısı dirileri çoktan sollamış olmalıydı.

Avucunu haplarla doldurup içkinin yardımıyla bir defada yuttu. Midesi hafifçe bulanmaktaydı. Dikkatini başka yere vererek, Fehmi, annesi, akrabaları, eski arkadaşları ve yakın geçmişteki hayatından ne kadar uzak olduğunu düşündü. Şu anda tavanda iç içe halkalar şeklinde sıralanmış dublajcı arkadaşları onsuz ne yapacaklardı acaba. Afrikalı dublajcıların bazen kısa aralarda mırıldandıkları iç burkucu türküleri hatırladı. Kalbi etkileyen sözlerden tek bir kelime çözememenin bunaltıcılığını hissettiği anları düşündü. Bütün bunlar iddia edildiği gibi onun beyninin uydurması olabilir miydi? O ölünce dublaj işinin biteceğinden emindi, ama gene de işin özü başkaydı. Akla mantığa sığan bir izah mutlaka mevcut olmalıydı.

Soyunmadan önce iki rekat namaz kılmış ve bitiminde kelimeyi şehadet getirmişti. Bilinci birden kısılırsa bunu yapmaya zaman bulamazdı. Allahın bir bildiği vardı ki, bu bela gelmişti başlarına. O filmler gerçekti. İşkenceler sahiciydi. Rol kesmek böyle olmazdı. Gelen varlıklar kıvam olarak farklı olmakla birlikte yüzde yüz dünyalıydı. Bakışları, şarkıları, sesleri, hikayeleri bu gezegene aitti. Bir hata yapılmış ve fatura kesilmişti. Allah affetsin dayanacak hali kalmamıştı.

Dobra için bütün merdivenlere su dolu kaplar ve karton kutular içinde köpek mamaları koymuştu. Apartmanın dış kapısı aylardır hep açık durmaktaydı. Zeki hayvan inşallah kendine yeni bir sahip bulana kadar bir yolunu bulacaktı sağ kalmanın.

"Kıykıyy."

Tam onu düşündüğü sırada köpeğin sesi gelince Nesrin gözlerini açıp sağına baktı.

"Dublajcılardır mutlaka."

Bir an alt katta namaz kıldığı sırada gördüğü nur yüzlü nine sanmıştı. Değildi. İçeri giren vesvese kumkuması Fatoş hanımdı. Çocukluktan hatırladığı gibiydi. Bol bir entari giymişti. Tombulca, bol yanaklı bir kadındı. Ayaklarında kırmızı yüksek topuklu ayakkabılar vardı. Aylardır kırk küsur dublajcı içinde ayakkabı kullanan tek kendisi olduğu için yavaşça ağırlaşmaya başlayan kafasına rağmen gelenin kim olduğunu anladı.

"Boşuna çeneni yorma iblis hanım. Yemezler."

Fatoş hanımın yüzü güldü. "Keskin zeka keskin sirke gibidir. Kabına zarar verir."

"Euzu billahi mineş şeytanir racim, bismillahirrahmanirrahim."

"Ah bu dokunaklı sözler yine."

Nesrin bütün gece yeterince iblis kelâmı dinlemekteydi. Gözlerini yumarak kendini yaklaşan baygınlığa bırakmaya çabaladı. Bulantı hissi hâlâ midesinin cidarlarını gıdıklamaktaydı. Ne varsa çıkarsaydı şu Fatoş'un üstüne. Sonra yeniden başlamak gerekirdi. Bu kadar bol vakti olmayabilirdi. Başka şeyler düşünmeye çabaladı.

Islak bir şey sağ eline dokununca panikle gözlerini açtı. Fatoş gitmişti. Dobra'ydı elini yalayan. Tam hayvana bir şey diyeceği sırada bir melodi sesi duyuldu. Telefon çalıyordu. Hayaldi tabii. Telefonlar susalı çok olmuştu. Tanıdığı ama ne olduğunu çıkaramadığı melodi sürüyordu. Aparatın ön yüzü ışıklanmıştı.

İçinden gülümsedi ve "Duyuyor musun, Dobra beni arıyorlar. Fehmi'dir mutlaka. Ya da Merve ablam."

Nesrin bu ses yüzünden rahat rahat ölemeyeceğini anladığı için telefonu alıp konuşma tuşuna bastı.

"Nesrin hanım merhaba. Sirius Ajentasından arıyorum. Derhal oturma odasına gidip. Masanın üzerindeki formu doldurun. Bu sıkışık durumdan çıkış formudur. Tabii, bu arada giyinseniz iyi olur. Ha bir şey daha. İki parmağınızı ağzınıza iyice sokun ve ne varsa çıkarın."

Ses kesilince Nesrin Dobra'ya baktı. Hayvanın gözleri enerji ve dostlukla parlıyordu.

"Ne dersin Dobra."

Dobra kıkıy yaparak banyodan çıkınca kararını verdi. O form var mı yok mu gidip bakacaktı. Doğrulunca midesindeki bulantı arttı. *İki parmağınızı ağzınıza...* Hayalde gibi parmaklarının köküne kadar ağzına girdiğini gördü. Ardından öğürmeye başladı. Eğer form morm yoksa işi fena halde bitikti. Yegane şansını fena halde ıskalamıştı.

Islak iç çamaşırlarla aralık duran sokak kapısına aldırmadan yürümekten o şartlar altında bile utanç duyuyordu. Telefonda konuşan sesin kim olabileceğini düşünüyordu. Teknik arızada arıza olmuşsa telefon kısa bir süreliğine çalışabilrdi, ama o adam intihar ettiğini nasıl bilebilirdi?

Dobra iki patisini masanın üstüne koymuş onu beklemekteydi. Masanın üstünde kobalt mavisi deri çantanın yanında gerçekten bir form durmaktaydı.

"Kıyyy, kıyyy."

"Dur bir bakalım Dobra bey."

"Kıyyyyyy, kıyyy."

Nesrin hayvanın 'çabuk ol ulan' dediğine yemin ederdi. Eğilip tek sayfalık sarımsı kalın kağıda baktı.

Kim istemez.

Tamamen bedava. Sirius Turizm'in kıyağı olaraktan.

İkinci bahar misali.

Beş yıldızlı Haslett otelinde.

Yemek, içmek, müzik, alengirli cümbüş ve bilumum hizmetler. Tepeden tırnağa ücretsiz. Paranız kalp, kalbiniz coşkulu.

Tatil beldesinin kadife ikliminde ballı anları geri çağırmanın zar zor dayanılır çekiciği sizi bekliyor.

Sorunlar bitmez hayat kadar uzun, ama neyse ki böyle anlar da mevcut.

Formu doldurun.

Dikkat: Son kelime hareket düdüğüdür.

Nesrin iki şeyi birden hatırlamıştı. Ayakları hole doğru yönelirken Erhan beyin oturma odasındaki tek yapraklık takvimi düşündü. Tam ortasında tanınmış sarışın bir film yıldızının bikinili fotoğrafı vardı ve 2004 yılına aitti. Adam tükenmezle en üste *Sorunlar bitmez, hayat kadar uzun* yazmıştı. Bu takvimi bunca yıl odada tutan şeyin kadının cazibesi olmadığını düşündü yeniden. O yıl bir şey olmuştu. İçinden bir ses adamın hayatından güzel bir şeyin çekildiğini söylüyordu. Bir ayrılık belki. Bir ölüm. Oraya takılıp kaldırtacak başka bir şey ya da. Secorbarbital'le sağılan uykuların başlangıç tarihi.

Tabii, bu arada giyinseniz iyi olur.

Ne giyersen giy sana buradan çıkış yok. Merdivenin altında öcüler seni bekliyor.

"Siktir lan Fatoş."

Ağzına biber sürücem valla. Eskiden hiç böyle...

Zamanın dar olduğu duygusu ağzındaki kusuk tadı kadar keskindi. Bu nedenle eline ilk gelen şeyleri giymeye başladı. buraya üzerinde bir şort ve sutyenle gelmişti. Bunlarla tatile gidemezdi. Yatak odasında iki dolap dolusu giysisi olan Ela hanımdan bir siyah pantolon, iç çamaşırları ve masadaki çanta renginde kollu bir tişört ödünç aldı. Siyah çorap ve siyah rahat mokasen ayakkabılarla kıyafetini tamamladı. Aynada kendine baktı. Pantolonun kıçı biraz boldu, ama üzerine tıpatıp uymuştu. Kadınla aynı boydaydılar. Kadının kalçalarındaki ve göğsündeki doluluk nedeniyle boyunu da fazla zannetmişti. Ayakkabı çeyrek numara boldu, ama idare ederdi.

"Kıyyy, kıyyy."

"Anladım Dobra. Hazırım oğlum."

Köpek önde koşar adımlarla holü geçti. Formül masanın üzerinde durmaktaydı hâlâ. Telefon eden her kimse ona güvenmeye karar vermişti. Masala benzer bir şeye kapılmanın aptalca olduğunu söyleyen yanını susturarak kalemi aldı ve formu doldurmaya başladı.

İki şey soruluyordu sadece. Adı soyadı hanesine Nesrin Okova yazdı. İkinci soru 'Rızanız'dı. Evet ya da Hayır cevabı verilecekti. Boş kutuya Evet yazarken garip bir süreç başladı.

Hemen başucunda Fatma hanım belirmişti. Üzerinde sarımsı uzun bir pamuklu elbise vardı. Yüzü gözü gülüyordu. Onu hiç böyle neşeli görmemişti. Kendisi kopyalara ayrılmıştı sanki bu arada. Nesrinlerden biri köpeğe sarılmıştı. Diğeri merakla Fatma hanıma bakmaktaydı. Ama her şey uzaklaşmaya başlamıştı. Boşluk tarafından emiliyor gibiydi sanki. Sadece bedeni değil sözleri de. Ağzından sadece Bismillah... kelimesi dökülmüştü. Geri kalanı sadece düşünsel olarak mevcuttu.

2

ASILSIZ TOPRAKLAR

Sarp Sapmaz iki yanında yemyeşil ağaçların bulunduğu geniş kaldırımlı sokağa dahil olduğunda aradığı yere vardığını anlayarak heyecanlandı. Berlin'de Friedrich Sokağıyla, Zimmer Sokağı'nın kavşağında, şimdiki turistik Charlie noktasına yakın duran girişten en uygun yere çıkmıştı. Hissediyordu.

Ağaçlar, yol çok bakımlıydı. Yeşilin diri tonları, birkaç gün önce dökülmüş gibi yeni asfalt yol, camları kapıları örtülü bakımlı evler göz alabildiğine uzanıyordu. Uzaktan makine uğultusuna benzer bir ses geliyordu. Beldenin medeniyet nabzı orada atıyor olmalıydı. Hemen sağında duran binanın alt katısındaki kapı açıktı. Kocaman tabelasında Haslett Oteli yazılı pembe beyaz boyalı, apartmandan bozma üç katlı butik bir oteldi.

Sarp açık kapıdan içeri girdiğinde tahmin ettiği sahneyle karşılaştı. Otel tertemiz,, düzenli kullanışa hazırdı, ama henüz müşteriler yoktu. İdareci kesim de öyle. Hoş bir ahşaptan yapılma resepsiyona doğru yürüdü. Üst bölümde eskiden müşterilerin kaydının elle yazıldığı cinsten siyah ciltli kalın bir defter ikiye açık duruyordu. İki Amerikalı, iki Fransız ve bir Türk olmak üzere üçü kadın, ikisi erkek beş kişi için rezervasyon yapılmıştı. İsim soyadı, doğum tarihi, nasyonalite dışındaki bir bilgi mevcut değildi.

Etrafa bakındı. Bavul, çanta benzeri bir şey yoktu. Kaldırıma park etmiş bir araç falan da görünmüyordu. Tahmin ettiği gibi olmuştu. Kendisi ekipten daha erken varmıştı. Bu iyiye alametti. Çünkü burası çok tekinsiz bir beldeydi. Önceki deneyimlerden açıkça görmüşlerdi ki, takım halinde kazasız belasız buranın sınırları dışına çıkmak çok zordu.

Dünya geçen yıl 26 Eylül tarihinde vuran birinci dalgadan sonra giderek hızla istikrarsızlaşmış ve ikinci dalgadan sonra önceden öngörülemeyen bir forma bürünmüştü. İnsan gibi davranan kütlesi olmayan yaratıklar dünyayı işgal etmişti. İnsan nüfusu kendi aralarında çatışma ve intiharlar nedeniyle beşte bire inmişti. Eğer dördüncü dalga daha bir yıl falan sürer ya da beşinci bir dalga gelirse insanlık sonlanabilirdi.

Neyse ki, Washington, Sao Paulo, Berlin, Amsterdam, Londra, İstanbul, Pekin, Bombay, Zürih, Kyoto ve Resmo' da küçük adacıklar halinde olmak üzere şu anda bildiği on bir direnç noktası mevcuttu. Buralarda insanımsıların tasallutundan etkilenmeyen adacıklar mevcuttu şimdilik. İstanbul'daki direnç alanı bildiği kadarıyla mevcutların en büyüğü ve güçlüsüydü. Sarp Çamlıca, Sultan Ahmet ve Ayasofya Camileri merkezli kuruluşa aitti. Bilim adamı, stratejist, kurmay asker, en önde gelen siyasilerden teşkil edilmiş bir ekibe dahil edilmişti.

Şu ana kadar toplam on yedi ekip kurulmuştu. Her ekip altı kişiden müteşekkildi. Amaç Ağrı'ya ulaşmaktı ve ekip başı hariç diğer beş kişi rasgele seçilmiş kimseler oluyordu. Maalesef aynı misyonu daha hızla ve daha teknik donanımlı bir timle gerçekleştirmek mümkün değildi. Uçak kaldırmak artık mümkün değildi. Dalga durduğunda da öyleydi. Çünkü manyetik alan akısı düşmekle birlikte devam ediyordu. Jet motorları bir yana pervaneli uçakları bile uçurmak mümkün olmamıştı. Ayrıca bütün iletişim uyduları susmuştu. Haberleşme zaafı hüküm sürüyordu.

Direnç noktaları arasında pencere denilen bağlantı köprüleri kuruluyor ve kopup gidiyordu. Bu bağlanma anlarından yararlanarak biraz bilgi toplamışlardı. Dünya öyle büyük bir kaosla sarsılmıştı ki, eğitimli kimselerden teşkil edilen grupları bir yerlere ulaştırmak mümkün değildi. Bu tür insanlar ayrıca çok dağınık durumdaydı. Aralarında iletişim kopuktu. Büyük intihar ve çatışma dalgalarında çoğu hayatını yitirmişti.

Bu sorunlardan sadece bir tanesiydi. Yapay gerçeklikler meydana gelmişti. Gerçeğin tıpatıp aynısı, dokunulabilen ve fizik kanunlarına tabi yeni beldeler oluşmuştu. Bilinen dünya haritası şimdilik geçerli değildi.

Bu kaotik çalkalanmada beş kişinin hangi kriterlerle seçildiği üzerine kimsenin derli toplu bir fikri yoktu. Raslantısallığın azizliği deniyordu espriyle. Rasgelelik burgacı şeklinde mantıki bir izah da mevcuttu bu arada. İradeleri manyetik alanda bir karşılık buluyor ve bu durum zaman zaman bu tür eylem gerçekleştirebilecekleri fırsatlar sunuyordu.

Bir diğer tez de mevcuttu. Kendine Terra Dogon adını veren bir yapay zekâ oyuncuları seçiyor ve misyonun başlangıç yeri olan Haslett Otele'e postalıyordu. Oyun başlarını kendileri seçiyor, ama başlangıç noktasına postalamayı Terra Dogon üstleniyordu. Mutlaka kendince kriterlerle, ama onlara rasgele gibi görünen şekilde seçim yapıyordu. Sarp bu akıl yürütmeye sıcak bakanlardandı.

Şu ana kadar ki oyunlara Berlin üç, Amsterdam bir, Pekin üç, Londra iki, Washington beş, Moskova bir, Zürih bir ve Bombay bir oyun başı tayin etmişti. Teşkil edilen on yedi ekipten sadece ikisi başarılı olmuştu. Diğerleri kuruluş aşamasında aralarında çıkan sorunlar ve çevre tasallutu nedeniyle dağılıp gitmişti.

İki stabil ekip maalesef oyunun ilk etabındaki engeli aşmayı başaramamıştı.

Sarp, İstanbul'un görevlendirdiği ilk ekip başıydı. On sekizinci deneme olacaktı. Bu da başarısız olursa belki bir sonraki rasgelelik burgacına ulaşacak kadar vakit kalmayabilirdi. İstanbul bunun bilincindeydi ve plan ona göre yapılmıştı.

Plan basitti. Sarp beş kişilik ekiple Haslett otelinde karşılaşırsa onlara kendisini bir gün beklemelerini önerecekti. Önden tek başına giderek yolu aşmayı deneyecek ve ardında ekibi için akıllı iz bırakacaktı. Şimdi buna gerek kalmamıştı. Oyuncular henüz avdet etmemişti. Her şey için yeterli zaman vardı inşallah.

Sarp çığrından çıkmanın bütün evrelerine tanık olmuştu. İkinci dalganın vurduğu sırada bir araştırma için gittiği ABD'den geri dönüyordu. Frankfurt'a inmesi gereken uçak Berlin'e inince bilinen düzenin çivisinin iyice çıktığı belli olmuştu. Uçağın kanadına asılan tül gibi şeffaf yaratıklara rağmen yere çakılmamaları büyük bir şanstı.

Geçen yılın 15 Kasım Pazartesi günü dünya tarihinin en anlamlı milatlarından birine evsahipliği etmişti.İstanbul saatiyle 14.03'te kurulu düzenin ne kadar çivisi varsa sökülmeye başlamıştı. Dünya nüfusu ikiye katlamıştı ve artık yarısı etten kemikten yapılma değildi.

Uçağa körüğü dayayanlar havalanı işçileri değildi. Eli becerikli insan tipli varlıklardı. Molekül yapısı farklı insanımsılar zeki ve duyarlıydılar. Kızarlarsa çok kurnazca intikam yolları düşleyebiliyorlardı. Ateş, darbe, ısı farkından kolayca etkilenmeyen bir yapıya sahiptiler.

Havalanındaki kaosun ilk dakikalarındaki organize zaafından yararlanarak Sarp dış kapıya ulaşabilmişti. Hemen ardında silah sesleri duyulmaya başlamıştı. Güvenlikten sorumlu genç bir asker elindeki otomatik silahla ayakları ve elleri olan bir bavula ateş açmıştı. Şakacı varlıklar bavul ve çanta kılığında yolcuların yanlarında yürümekteydi. Küçük çocuklar ve bazı büyükler isteri krizleriyle haykırmakta ve bazıları yerlerde tepinmekteydi. Kurşunlar iki yolcuyu da yere yıkmıştı. Göbekli iri yarı bir adam dana gibi böğürmekteydi. Bacağından vurulmuştu. Bej rengi pantolonu kan içindeydi.

Panik içindeki askerin silahında kurşunlar bittiğinde ölü ve yaralıların sayısı onu geçmişti. Sarp kimseye yardım edememenin çaresizliğiyle pratik bir çözüme yönelmiş ve boş duran taksilerden birine el koyarak şehir merkezine yönelmişti.

Ana caddelerden birinden geçerken ansızın fren yapınca arkasından gelen

Vespa'lı bindirivermişti. Motorlu kasksız tombulca bir genç kızdı. Yere yuvarlanmıştı. Yüzü panik yüklüydü. Kolayca doğrulunca bir şeyi olmadığı belli olmuştu.

"Araba sürmesini biliyor musun?"

Kız başıyla olumlayınca, "Bu arabayı al ve şehir dışına çık. Oralarda bir tanıdığın varsa, onun yanına git. Tamam mı?"

"Bu senin taksin değil mi?"

"Ödünç aldım. Ben burada kalacağım. Sen arabayı al git. Biraz sonra bütün yollar tıkanabilir."

Kız biraz kendini toplamıştı bu arada. Çevresine hızlı bir göz gezdirdi. Her şey normal gibiydi şimdilik.

"Ne oluyor? Staj yerimdeydim. Garip yaratıklar..."

"Bilmiyorum. Herhalde o Ağrı Dağı işi. Çabuk ol."

Sarp kaldırımda yürümeye başladı. Birkaç saniye sonra taksi yanından korna çalarak geçti. Yeni kuşak pratik davranmakta eşsizdi. Kızın kafası hemen basmıştı ne yapması gerektiğine.

Az ileride Bundel adlı bir kafe vardı. Camekâna dayalı masalarda oturan genç bir çift hararetle konuşmaya dalmışlardı. Sarp bir Torom görmüştü. Kaldırımın üzerinde tam o çiftin dibindeydi. Ebatları ortalama toromla aynı olmakla birlikte parlaklığı çok göz alıcıydı. Toromtanır Çinli dostu Huan Tenmong'la 26 Eylül sonrasında olan bitenler nedeniyle oluşan yeni ortamda toromların kendilerine fizik geçişlilik vereceği konusunu uzun uzun tartışmışlardı. Toromtanır camiada böyle bir beklenti vardı. Kaybedecek zaman olmadığı için Sarp bizzat test etmeğe karar verdi. Bedenini kahvede bir çay içiyor gibi tutarak astral geçiş yapmasına belki de gerek kalmamıştı.

Sarp nabzı hızlanmış durumda cama yaklaşınca genç kadın ve erkek merakla ona baktılar. Sarp bir toroma girmenin dışarıdan nasıl algılandığına hiç tanık olmamıştı haliyle, ama bir tahmini vardı. İğ gibi uzadığını, hızla şeffaflaşarak yok olduğunu göreceklerdi. Birazdan karşılaşacakları şeyler için mütevazı bir idman denebilirdi buna.

Sarp eşyasız ve sayısız kapılarla bezeli holde yürürken ne yapacağına karar vermeye çalışıyordu. Bedensel olarak geçişlenmişti. Hiçbir rahatsızlık hissetmiyordu. Belki böyle alan değiştirmiş durumda istediği kadar uzun kalabilirdi. Böylelikle gelen dalganın etkilerinden sakınırdı. Bu geçici bir önlemdi yalnız. Çünkü dış dünyada yeni gerçeklik kararlı bir yapı oturtabilirse zaman içinde bu tarafları da etkileyebilecek duruma gelecekti.

1969 yazında tanıştığı Hayal Bekçisi'nin sözlerini hatırlayarak içini çekti. O dünya gerçekliği için bir diyordu. İkinci çeşit gerçeklik, birincinin türeviydi. Ardından üç, dört vb. geliyordu. Sarp ikiden ötesini hiç deneyimlememişti. Bir ile iki arasındaki geçici ve gezici çatlaklardı Toromlar. Velinimeti Ayzıt Hanım, toromdan geçerek bir yere gitmediğini, oradan taşan şeyler nedeniyle bunu vehmettiğini söylemişti bir keresinde. Ama şimdi dünya değişmişti. Toromlar fizik geçişliliğe izin vermekteydiler.

Sarp bu nedenle direnç gösterecek bir ekibe katılmak istemekteydi. Toromun açıldığı âlem niyetölçer bir yapıya da sahipti. Hemen önündeki kapılardan birine müdahale etmişti. Kapının numarası 26'ydı. Rakamın altında Supreme Existenz/Nur Geladene Gäste – Sadece Davetliler yazılmıştı. Bu sayı onun uğurlu sayısıydı. Charlie noktasında kurulmuş olan Supreme Existenz - Aşkın Varoluş Katedralinin lideri olan Warner Hertzt adlı bir Alman sosyolog ve ekibiyle yıllar sonra karşılaşması böyle olmuştu. O zamandan beri İstanbul'a ayak basamamış ve eski arkadaşı İbrahim Tekgören'le ile iki kısa kez güçbela aralanan pencereler kanalıyla konuşabilmişti. Sonuncusu dündü. İstanbul oyun kuruyordu ve oyun başı olarak onu seçmişlerdi. Acilen işe girişmesi gerekiyordu.

Sarp resepsiyon defterinin sayfalarını karıştırdı. Sadece açık olan sayfalarda yazı vardı. Diğer sayfalar oyun fonksiyonu için uygun kılınmamıştı. Arka tarafa geçti. 23 inçlik ekran ve F klavye bir bilgisayar aksamıydı, ama eskiliği ve kullanımsız görünümü nedeniyle bin yıl öncesine ait gibiydi. Kalemler, sayfaları kıvrılmış, yer yer sararmış iki not defteri de çok eski görünüyordu, ama garip bir şekilde toz içinde değillerdi. Rafın bir köşesine örümcek ağ örmemişti. Steril bir püskülük söz konusuydu. Dört çekmeceli küçük şifonyer/ baktı. En üstte bir yığın fatura, kağıt vardı. Hiçbirinin üzerindeki yazılar okunaklı değildi. İkinci çekmecede mürekkebi kupkuru bir ıstampa vardı sadece. Üçüncü çekmece boştu, ama dördüncü çekmece ağırdı. Oyun ortamının dört ana kuralı vardı. Üçüncü kural şuydu: Oyunda hiçbir zaman temel ihtiyaçların sıkıntısı çekilmezdi.

Yepyeni Glock 19 tabanca ve üç dolu şarjör bir teselli mükafatından çok öte bir kıyaktı. Sarp uzaktan motor uğultusu gelen bu beldeye üzerine tırnak makası bile alamadan gelmişti. Daha önceki ekipler buradan çıkmayı başaramamıştı. Bunun anlamı şuydu:Sesin geldiği yer sakat bölgeydi ve oradan geçmek zorundaydılar.

Silahı kontrol etti. Çok iyi durumdaydı. Tabancayı önden kemerine iliştirdi ve şarjörleri de blucin ceketinin geniş iç cepllerine üleştirdi. Burada daha fazla durmasına gerek kalmamıştı. Kurallardan ilki oyunun asla atalet kaldırmadığıydı. Bir yerde takılıp kalmak mümkün değildi.

Sesin geldiği tarafa doğru yürürken on beş metre kadar ilerideki köşeden biri çıktı.

Bir delikanlıydı. Üstü başı dökülen, yüzünde sakalların on bire on bir maç yaptığı kopil irisi bir tipti. Ayaklarında farklı markalarda ve renklerde spor ayakkabılar vardı. Bordo tişörtün üstüne hava sıcak olmasına rağmen kalınca bir gri rüzgarlık geçirmişti. Rüzgarlığın sol cebi yırtılmış sarkmaktaydı. Yarısı bozulup raydan çıkmış ondan fazla fermuarlı cebi olan bej rengi bir pantolon giymişti. Elindeki pırıl pırıl nikelajlı dokuz milimetre tabancaya rağmen komik bir görünümü vardı.

Sarp silahına davranmadı. Karşılaştığı ilk kimse kural üçe aite benziyordu. Oyuncu değildi. Temel sıkıntı gidermek için geliyordu. Delikanlı onu görünce önce irkildi, silah tutan eli ona doğru yönelecekken durakladı ve durup dikkatle baktı. Yüzündeki şaşkınlık yerini saygı diyebileceği bir ifadeye bırakmıştı.

"Siz hangi gruba dahilsiniz? Daha önce hiç görmedim."

"Adın ne senin?" diye sordu Sarp eliyle tabancayı işaret ederek.

Delikanlı silahı havaya çevirerek tetiği çekti. Klik sesinden tabancanın boş olduğu belliydi. Sonra silahı kaldırıma atarak "Buralı değilsiniz?" dedi.

"Değilim."

"Dışarıdan mı geldiniz?"

Sarp bu noktanın çok önemli olduğunu düşünerek başıyla onayladı. Yalan sayılmazdı.

"Çok uzun zamandır kimse gelmedi."

"Kaç yaşındasın sen?"

"On dört. Adım Murad. D ile."

"Benim adım da Sarp. Nerdeyim ben Murad?"

Kıyı şeridi ve onun uzantısı olan on kilometre kare büyüklüğündeki bir alan Hatırlılar'ın elindeydi. Bunların her şeyi vardı. Yeterli yiyecek, su, eğlence imkânları, beş yıldızlı oteller, tank dahil silah ve özel askerler. Elektronik aletler, dinamolar, makineler. Özel teba. Korunmalı yerin dışında kalan bölge de dahil buradan çıkmak yasaktı. Tel örgülerle çevrili sınır onlarca asker tarafından korunmaktaydı. Delikanlının anlattıklarına bakılırsa dışarı çıkmaya çabalamak intihar girişiminden başka bir şey değildi yani. En ilginç konu ise dışarıyı mahveden dalgalardan ve insanımsı yaratıklardan bihaber olmasıydı. Bu belde farklı bir yerdi. Bilim adamları abnormal yerlerin olabileceğini öngörüyorlardı. Cep bölgelerdi ve asla stabil değillerdi.Telefon, internet mevcut olmadığı için içe kapanmış durumdaydılar.

"Bir adı yok mu buranın?"

"Antalya diye bir laf dolanıyordu bir ara. Belki orasıdır. Bir fikrim yok."

"Denizi, turistik tesisleri falan hiç görmedin mi yani?"

Murad omuzlarını silkti. "Hayır."

"Kaç yıldır böyle? Buralar yani."

"Ben doğduğumdan beri böyle."

"Neden kıyıya yada Toroslar'a doğru gitmek, dışarı çıkmak yasak?"

Delikanlının gözlerinde mahzun bir ifade oluştu. İçini çekerek, "Bilmiyorum." dedi. "Benim zamanımda bunu yapabilen hiç kimseyi tanımadım."

"Ama girişimciler oldu değil mi?"

"Oldu. Ara sıra. Bazen dış alandaki gruplar denerler. Sınır bölgesi mezarlarıyla bezeli. Dışarı çıkabilmek mümkün değildir."

"Bazen. Kendim hiç görmedim ama. Sözü edilir durur."

"Dış alanda kaç grup var?"

"12-14 falan."

"Toplam kaç kişi yani?"

"150 – 200 kişi taş çatlasa."

"Neden Hatırlılar onların işini bitirmiyor?"

"Bazen küçük çarpışmalar olur. Bu taraflarda saklanacak çok yer var. Zaiyatı göze almadan kapı kapı arayamazlar. Bir de... Sanki şey... bizleri, bizlerin bitmesini istemiyorlar gibiler."

"Neden?"

"Nereden bileyim. Belki şeyden... Biz olmasak canları sıkılır be abi."

Sarp'ın kanı ısınmıştı Murad'a. Doğruyu söylediğini hissediyordu. Gözlerinde kurnazlık, hinoğluhinlik ışıltısı mevcut değildi. Onu bulmaya gelmişti buraya. Oyuncu değildi, çünkü defterde ismi yoktu. Yedinci kimseydi. Daha önceki gruplarda böyle bir durum meydana gelmemişti bildikleri kadarıyla. Lucky seven'dı Murad pek muhtemelen.

"Peki sizler ne yiyor içiyorsunuz?"

"Konserve sardalya, kuru fasulye ve saksılarda yetiştirdiğimiz gece bitiren otu."

"Hepsi bu mu?"

"Yolların kenarında yarpuz, yabani nane de yetişiyor. Onları da toplarız. Midesi ağrıyanlar yer daha çok. Tadı keskindir."

"Marketleri mi yağmalamıyorsunuz değil mi? Orada daha fazla çeşit olması lazım."

"Marketler biz yokken varmış. Artık mevcut değiller. Bu malzemenin bulunduğu yerler vardır. Evlerde. Bin yüz adet yarım kiloluk konserve balık ve gene o kadar fasulye duran bir yeri biliyorum. Bilenler eskiden altı kişiydi. Geriye tek ben kaldım. Son kalan... Çeteler tarafından öldürüldü. Mesude, benim kız arkadaşım da Hatırlılar'ın askerleri tarafından vuruldu. Bir yıl önce falan. Yoksa yemekler çoktan biterdi."

Sarp delikanlının dediklerini belleğine kazıyordu. Ayrıca etrafı da kesmek lazımdı. Kabak gibi ortada duruyorlardı. Her an bir baskına uğrayabilirlerdi. "Bu gece bitiren otu nedir?"

"Ben doğduğumdan beri var. Başka sebze yok bu tarafta. Yarpuz dışında ot var ama acı ve kusturucu cinstendir. Gece bitiren yararlıdır. Yiyince hiç hasta olmazsın, hem de iyi kafa yapar. Gecenin nasıl geçtiğini anlamazsın. Mesude 'Zamana ip atlatıyor bu bitki.' derdi. "

"Peki içme suyu?"

Murad eliyle seslerin geldiği yeri işaret etti. "Esas kaynak orada. Ben kendim görmedim. Arıtma tesisleri falan. Her şey varmış."

"Bu tarafta peki?"

"Şişe içme suyu çok azaldı. Sizi kader kurucu güç yolladı buraya."

Sarp başıyla onayladı. "Başka su kaynağı yok mu?"

Murad sağ ayağındaki sarımsı kesiyle bulunduğu yere vurdu iki kez.. "Altımız hep su. Kırk metre derinde derdi bir abim. Öldü geçen yıl. Hatırlılar'ın tankının altında kaldı. Nasıl kazacaksın. Alet olsa bile daha iki metre kazmadan tepene binerler.

"Çeteler ne yapıyor peki?"

Murad çevresine göz atarken kollarını iki yana açtı. "Hatırlılar'a gücümüz yetmez. Bazı bölgelerde henüz girilmemiş binalar var. Kimi çökmüş, kimi adım atsan kafana yıkılacak durumda. Oralarda hâlâ su ve yiyecek bulunabiliyor. İçki de. Yıllanmış viskiler falan. İşte bu... Bu bölgede nüfuz kurmak için sürekli çatışma vardır. Kaç kişi o enkazların altında yatıyor. Bir de ganimete el koyarız tabii."

"Bizim de öyle mi yapmamız gerekiyor?"

Sarp yine ondan önce davranmıştı. Murad'ın gözlerinde ilk kez çeteci pırıltı olanca gücüyle belirdi. "Başka çare yok. Susuz en fazla iki gün dayanabiliriz."

"Senin de mi suyun yok?"

"İçtiğim son sularla az önce bir ağaç dibini şenlendirdim."

"Murad sen hiç okula gitmedin değil mi?"

"Hayır, ama okulun ne olduğunu biliyorum."

"Annen baban da yoktu."

"Burada kimsenin yoktur."

Sarp manyetik alanın dış dünyada yaptığı tahribatın, metamorfozun bir mertebesini daha görmekten müteessirdi. "En erken kaç yaşını hatırlıyorsun?"

"Üç kış öncesini. Kışın çok yağmur yağar, ama suyu içilmez. Acıdır."

"Daha öncesi?"

"Daha öncesi yoktur. Hiç kimse hatırlamaz."

"Yani sen bebek olmadın, annenin kucağında uyumadın, emeklemedin mi?"

Murad dalgınlaşmıştı. Tekrar konuştuğunda yüzünde alınma ya da neleri kaçırmışız yahu eseflenme belirtisi yoktu. "Ama bütün bunların ne olduğunu biliyorum."

"Nereden biliyorsun?"

"Elimizde yedi sekiz bin adet film var. Her şey var içlerinde. Çeşit çeşit hayatlar, aşk, ölüm, savaş... En çok çizgi filmleri seviyorum. Orada kimse gerçekten acı çekmez. Belgeseller de çok öğreticidir."

Sarp Blade Runner - Bıçak Sırtı filminde ölmek üzere olan androidin sözlerini hatırlamıştı nedense. Yıldızları evreni tanımıştı. Varkalmak istiyordu.

"Elektrik işini nasıl hallettiniz?"

"Sürüyle jeneratör var. Benzin bitti bitecek durumda. Hatırlılar bölgesi dışında tabii."

"Burada herkes aynı yaşta mı?"

"Bir iki yıl farkla."

"Hatırlılar?"

"Orada yaşlılar da varmış, bizden daha gençler de. Başları Gevheri adlı biriymiş. Ben hiç görmedim tabii. Öyle duydum."

"Peki sence şimdi ne yapmamız lazım?"

Murad ne diyeceğini bilmesine rağmen biraz düşünür gibi yaptı. "Bir çete var. Hemen yakında, şurdalar. En fazla sekiz kişiler. Tabancadan daha güçlü silahları yok. Pusuya düşürürsek mallarına el koyabiliriz? Çarpışmaya kalkarsak bizi tek tek avlarlar. Ya da müdafada kalıp susuzluktan ölmemizi beklerler."

Sarp daha önceki ekiplerin bu çetelerle çatışarak vakit ve enerji yitirdiğini düşünerek başını salladı. Daha tesirli olacağını umduğu bir fikri vardı. "Gel şöyle yürüyelim, bana dışarıdan gelenleri anlat biraz."

"Beş altı ay kadar önce sahicim. Öyle bir lafı çıkmıştı. Gelenler oldu diye."

"Bu sahicim lafı da ne şimdi?"

Murad utangaçça gülümsedi. "İçimden size öyle hitap etmek geldi birden."

Sarp birkaç saniye delikanlıyı süzdü. Samimiye benziyordu. "Sen bana gene abi de. Sizi bizi de bırak. Ne oldular peki gelenler?"."

"Telef oldular. Çeteler."

"Nasıl biriydiler?"

"İki erkek. Senden gençtiler. Çeteler işlerini bitirdi. Asılsız toprağa gömüldüler."

"Asılsız toprak dediğin yer nedir?"

Murad durup arkalarında kalan bölgeyi işaret etti. "O tarafta yürümeyle yarım saat mesafede çimenlik bir yer var. Dışardan gelenlerin oraya gömülmesi şarttır."

"Neden?"

Murad utangaçça tebessüm etti. "Dışarda bırakılır ya da başka yere gömülürse hışırdarlarmış."

Tekrar yürümeye devam ettiler. "Neden asılsız toprak deniyor peki?"

"Şeyden sahicim, abim yani... Bir defa uzaktan gördüm sadece. Öyle... Manzara geliyor gidiyor abi. Kararsız bi yer. Bizim ekipten bir kız vardı. Bahsetmiştim hani... Mesudecik adını takmıştım. Bazen kelimeler zihnime doluşur. Öylesine. Hoşuna giderdi. O geri postalama yeri derdi asılsız toprak için. Çok zeki ve duyarlı bir kızdı abi. Anısı belleğime yapışmış pembe bir midye gibidir. "

Sarp pembe midye esprisini tutmuştu. Murad'ın bütün ilhamını filmlerden alan beyni iyi malzeme üretiyordu. Belagatı da tek kelimeyle süperdi.

"Buradan tam olarak ne kadar uzak?"

"Taş çatlasa bir kilometre, ama sınıra çok yakın. Hatırlılar'ın başı Gevheri Bey'in izni olmadan oraya gidebilmek mümkün değildir. Bu izin sadece dışarısı kaynaklı cesetlerin mevcudiyetinde verilir. O zaman çeteler arası bir uzlaşma olur. Kimse engellemeye falan kalkışmaz."

Konuşmadan yürüdüler. Ortam değişmişti. İki yanda gördüğü binalar harabe durumdaydı. Bakımlı asfalt ve boyaları gıcır gıcır binalar giriş bölgesine has bir dekordu anlaşılan. Bir çok bina çökmüştü. Duvarlarda çatışma izleri görünüyordu. Çöken binalar tankların işiydi besbelli. Asfaltı delik deşen de onların taretleriydi. Sınır Haslett oteline çok yakın bir yerde olmalıydı. Asılsız topraklar orasıydı. Şimdi denize doğru yürüyorlardı. Elinde silahlı gücü ve otoriteyi barındıranların ortamı nasıldı bakalım.

"Şu Gevheri dediğin şahsın, hatırlı dediğin kimselerin, tip mip görünüş olarak bir farkları var mı?"

Murad olumsuz anlamda başını salladı. "Bi fark yok. Sadece... Vücutları gölge yapmaz deniyor. Gölgesizler de deriz bazen onlara."

"Nasıl yani?"

"Oradaki ışık gölge yapmıyormuş sahicim, Sarp Abi yani. Öyle diyorlar. Ben gözümle görmedim. Şehir efsanesi de olabilir."

"Anlıyorum."

"Murad sen saat taşımıyorsun değil mi?"

"Yok abi. Burada kimse taşımaz. Hatırlılar'ın salonlarında büyük duvar saatleri olurmuş diye duydum, ama süsmüş. Çalışmazmış. Saat delirtir. Burada kimse ne zaman döneceğini kesin belirtmez. Ölçülü kesinlik yoktur abi. Sonra deriz, önce deriz, sırası geldiğinde deriz, ama yarın, iki saat sonra, asla, daima ya da terminatörün dediği gibi 'I'll be back.' gibi sözcükler çıkmaz ağzımızdan. Filmlerde sıkça duyduğumuz iyi sabahlar ya da geceler hayırlı olsun falan gibi sözleri kimse telaffuz etmez. Uğursuzluk getirir. Zaman burada biraz müphemdir. Bu söz uydu mu?"

Sarp, Murad'ın kelime dağarcığında doğru yolu bulmuş diğer kelimeleri düşünürken başını salladı. "Açık seçik değilse de, evet."

Sarp katedral sohbetlerindeki bir anı hatırlamıştı. Biyolog olan bir arkadaşı bir keresinde zaman ölçümü için aklı bucurgatlatan miktar tasnifi demişti. Kolunda kocaman bir pilot saati taşırdı hep.

"Saatin çalışıyor mu peki?"

Sarp kadrana bakmadan kolunu kaldırarak saatini delikanlıya gösterdi. "Bir salise bile durmadı. "Salisenin ne olduğunu biliyor musun Murad?"

Murad başıyla onaylayınca Sarp buna hiç şaşırmadı.

"Sizin aslında neyi sorduğunuzu şimdi anladım abi," dedi Murad gözlerinde biraz mahzun bir bakışla. "Biz de konuşuruz bazen. O filmlerdeki insanlar gibi. Hepsini kaç defa izledik. Kimlik mesela. Bizde kimlik meşruiyetini geçmişten almaz. Çok tartıştık bunu. Kimse üç yıldan öncesini hatırlamıyor. Filmlerdeki bebek ve çocuklarla empati kurabiliyoruz ama. Bundan şey sonucuna vardık. Biz geçmişte yapılan eylemlerin toplamından bağımsızız. Varlığımızın zembereğini kuran şey gelecek. Kurulmuş bir geleceğe hortumlarla bağlı eski devir dalgıçları gibiyiz. Bizi ruhen besleyen, ama henüz varolmayan an yani."

Sarp'ın aklından yazılım marifeti düşüncesi belirdi, ama dillendirmedi. "Bağlı olduğunuz geleceğin türediği geçmişle ilintisi var ama." dedi. "Sizin o geçmişle bağınız dolaylı da olsa mevcut. Yoksa filmlerde ne seyrettiğinizi anlamazdınız. Dili böyle derinliğine kullanamazdın.

Murad başıyla onayladı. "Biz de bu sonuca varmıştık abi. Son noktaya yani."

Sarp on dört yaşında mektep medrese görmemiş birinin böylesine bilgece sözleri etmesine giderek normal bulmaya başlamıştı.

"Bir başka zaman, bir başka yerde, herhangi bir yerde parçasını hatırlattın bana."

"O grubu tanıyorum," dedi Murad ciddi ciddi. "Ben robotum adlı bir albümleri vardı."

Albüm diye düşündü Sarp. Bu kelimeyi bilen çocuklar vardı demek hâlâ. Murad otuz-kırk yaşlarında bir hayli mürekkep yalamış bir yetişkinin belagatına sahipti. Bu çok ilginç ve garipti. Yoksa soludukları havada gece bitiren tozları vardı da bu konuşmaları hayal mı ediyordu. Bunları düşünürken adımları yavaşladı.

Sarp çocukluğundan beri toromları görmeden önce sezerdi. Yine öyle olmuştu. On beş metre kadar ötede iki katlı eski bir bina vardı. Ön cephesi yüksek kalibreli makineli mermileriyle delik deşikti. Önünde küçük bir bahçesi vardı.Orada bir parıltı hissediyordu. Bir Toromdu. Eşik yani.

Çocukluğundan beri çeşitli oyunlarda rol alan Sarp evrenin sandıklarından daha interaktif ve çeşitli âlemlerin içiçe olduğunu bilmekteydi. Erken yaştan edindiği oyun deneyimini anneannesi Cemile Hanım ve arkadaşlarına borçluydu. Toromu farkındalık düzeyine çıkartmayı onlardan öğrenmişti.

Torom bu tür oluşumlara Sarp'ın çocukken taktığı bir isimdi. Kendisini içiçe evrenler arasındaki yolculuklar için eğiten üç yaşlı velinimetinden biri olan Ayzıt Hanım eşik derdi. 'Her eşik yol vermez, kem yol eşik tanımaz' derdi bahsi açılınca. Sarp Sultan Ahmet, Ayasofya, Çamlıca Camileri ve Aşkın Varoluş'daki kimseleri tanıdıktan sonra oyunbaşlarının Toromları tanıyan ve kullananlar arasından seçildiklerini idrak etmişti. Warner onun Torom sözcüğünün ağ anlamına gelen Tor kelimesinden türettiğini duyduğunda kendisinin de bunlara *weblink* dediğini söylemişti.

Molozlarla bezeli bahçenin önüne geldiklerinde sadece Torom'a değil tehlikeye de epey yaklaşmışlardı. Elli metre kadar ötede iki askeri cip üzerlerine doğru geliyordu. İçi tepeleme silahlı asker doluydu.

Sarp'ın planı hazırdı. "Dinle Murad." dedi. "Ben şimdi bir başka yere geçeceğim. Sen burada bekle. Sakın kaçma. Askerlere direnme. Teslim ol. Allahın izniyle gelip seni kurtaracağım."

"Merak etme sahicim."

Delikanlının yüzündeki tevekkülden içi acıyan Sarp bahçedeki parıltıya doğru yürürken cızırtılı bir anons duyuldu. "Teslim olun. İlk ve son uyarı."

Sarp aldırışsız bir şekilde besmele çekerek sağ ayağıyla parlak elips lekenin üzerine bastı.

Her torom eşik değildi. Daha doğrusu onun yapısıyla uyuşmayan Toromlar işe yaramazdı. İnşallah geçişlenmede başarılı olacaktı. Yoksa takım halinde işleri bitmiş sayılırdı.

Bedeninde tanıdık karıncılaşma başladığında kaldırımda beliren iki asker silahını ona doğrultmuştu. Ağızları oynuyordu, ama Sarp sözcükleri duyamıyordu. Namluların ucunda alevler belirdiğinde Sarp kurşunlara o dünyaca ünlü öyküde kaybolan kedinin geriye kalan sırıtması kadar hedef teşkil etmekteydi.

"Kaçıncı kata ulaşmak istersiniz efendim."

Sarp çocukluğundan beri tanıdığı asansör kabinine ayak basmaktan mutlu tuttuğu nefesini salıverdi ve "Aradan biraz zaman... Doktor Ferruh Bey'in olduğu yere lütfen," dedi.

Geçen yüzyıl ortalarında metropollerdeki lüks otellerin asansörcülerine benzer kırmızı üniforma giymiş, aynı renkte kep takmış, kır saçlı orta boylu adam saygıyla gülümsedi. "Hayhay efendim."

Asansör yükseliyor mu, alçalıyor muydu belli değildi. Durmadığını bir şekilde hissetmekteydi ama. Bu kabine şu ana kadar onlarca kere binerek normal farkındalıklara kapalı alemlere ayak basmıştı. Asansörcüyü ilk gördüğü zamanları düşündü. Kaç yaşındaydı? Sekiz? Aradan geçen zamanda yüzünde tek bir yaşlanma izi belirmemişti. Tek değişen şey kendi farkındalığının gelişimiydi. Çocukken bir çeşit masal âlemi gibi algıladığı şey şimdi interaktif evren gerçekliğinden başka bir şey değildi.

"Buradan efendim."

Sarp ışıklı, temiz, yeni görünümlü, eşyasız tanıdık koridora bakıp başını salladı. "Teşekkür ederim." Dışarı adımını attı ve kabine doğru döndü. "Birazdan görüşürüz."

Biraz şişmanlasa ideal bir noel baba olabilecek adam saygıyla gülümsedi, "Tabii efendim."

Kabinin kapısı örtülünce Sarp bir ucu asansör kapısıyla son bulduğu için tek yönlü olan koridorda yürümeye başladı. Buraya en son üç yıl kadar önce gelmişti. Sydney'deki o garip elmas işi nedeniyle.

Toromlar ya da *weblinkler* -kimbilir kaç ismi daha vardı bunların- tıka basa dolu evrendeki farklı âlemlere açılan kapılardı. Hareketli baz istasyonları misali dünyanın her yerinde bulunabilmekteydiler. Bunları görebilmek için üst düzey bir farkındalık düzeyi gerekmekteydi. İçine girebilmek, daha doğrusu zihinsel ve fiziksel olarak geçişlenebilmek bayağı zor bir işti, ama bir kez bu başarıldığında insanın bilincine açılan yepyeni âlemlere dahil olunmaktaydı. Bu âlemler kaba gerçekliğin türevleriydi.

Eşyasız, tozsuz, kokusuz, hangi malzemeden imal edildiği belirsiz, ama şekil olarak bir dikdörtgen prizma olan koridorda yürürken birden önünde bir sahne açıldı. Sarp Mareşal Rommel'i çağrıştıran dört eski püskü tankı ve yirmi kadar laubali giyimli gepegenç askeri görünce şaşırdı. Tanklı birliğin başı yirmi yaşlarında bir gençti. Ortada duran tanklardan birinin üstüne oturmuştu. Diğer tankların üstü boştu. Adamlarının aksine silahsızdı. Orta boylu, iri kahverengi gözlü ve ince yapılıydı. Kısa siyah saçlarının çerçevelediği yüzü güneşte durmaktan bronzlaşmıştı. Bu sıcak havada kalın haki pantolonunun paçalarını koyu kahverengi uzun çizmelerin içine sokmuştu. Üzerinde bir zamanlar beyaz olan renklilerle yıkana yıkana dört yaşındaki bir çocuğun çizimlerindeki gök kuşağını çağrıştıran bir atlet vardı. Yüzünde her an hiddete dönüşebilecek sakin bir ölçerbiçerlilikle bakmaktaydı. Onca silah üstünlüklerine rağmen bakışlarında örtülü korku ve buna raptiyeli nefreti seziyordu. Bunlar gerçek asker değildi. Mekânın gerçek Antalya olmaması gibi birileri buldukları malzemelere el koyarak askercilik oynamaya kalkmıştı. Kafasını buran en ciddi soru bu eskilikteki tankları nereden bulduklarıydı. Ancak bir müzeden çıkabilecek köhnelikteydiler.

Oradan başka sahneye geçiverince olan bitenleri Murad'ın gözünden gördüğünü anladı. Tahtadan örtüsüz bir masa, üç beş sandalyeden ibaret eşyalı, halısız, beton zeminli bir salonu görüyordu. Soluk yeşil plastik badanalı odanın duvarları süssüz ve desensizdi. Beyaz tavanda altı adet floresan lambası yanmaktaydı. Odada iki kişi vardı. Biri elleri arkadan kelepçeli şekilde sandalyede oturan Murad'tı.

Diğer şahıs beyaz ayakkabı, beyaz golf pantolon, V yakalı ince sarı bir kazak giymişti. Buraya kadar hırpani ortamı aşan bir centilmen görünümündeydi. Boyu taş çatlasa bir altmış beşti, dar omuzlu, dar kalçalı, ince yapılıydı. Ama kafasındaki upuzun beyaz melon şapka nedeniyle gülünçlüğü hızla sollayan ve aşırı tehlikeli bir delilik enzimi salgılayan iki ayaklı bir biyomotora benziyordu.

Gevher Altuni Soluk tenli, kopça gözlü, düzgün burunlu ve etli dudaklı bir adamdı. Kısa kahverengi saçlarında tek tük beyaz telcikler göze çarpmaktaydı. Yakışıklı denebilecek bir adamdı, ama gözlerindeki mutlak sıfır dereceli delilik ötesi parıltı nedeniyle bu hali iyice arka plana çekilmişti.

"O silahtör nereye gitti?"

"Bilmiyorum. Askerler de gördü. Bahçedeydi, sonra da yoktu.

"Bana bak yozvelet burada silahtör istemiyoruz." Adam sağ elini Murad'a doğru uzatınca elinde antenli bir telsiz tuttuğunu gördü. "Bildiğin şeyleri dosdoğru anlatırsan gitmene izin veririm. İstediğin kadar su ve yiyecekle."

"İşin aslını Sarp Bey biliyor."

"Sarp Bey demek."

Kısa bir sessizlik oldu. Adamın elindeki telsiz vınladı. Gevheri aparatı çalıştırdı.

"Evet, ne var?"

"O kaçan adamı bulduk şefim. Yanında biri var."

Gevheri'nin yüzü gülmüştü. "Buraya getirsinler." dedi. "Hemen. Canlı olarak."

Sarp yakın geleceğe baktığını anlamıştı. Biraz sonra olacakları işitiyordu. Tam o sırada Murad başını çevirip ona doğru bakınca bundan iyice emin oldu. Delikanlının yüzünde korku emaresi yoktu. Bahçede kurşunları boşa çıkaratarak kaybolup giden sahicisine güveniyordu.

Vizyon kopunca Sarp toparlandı ve holde yürümeye devam etti. Gördüğü sahne içinde umut ışığı yakmıştı. Çünkü dışarı çıktığında yalnız değildi.

Holde ara sıra kapıların önünden geçiyordu. Burada kurallar o kadar karmaşık değildi. Gele gide bir çoğunu tespit etmişti.. Bunlardan en önemlisi ancak tek kapı açılabilmesiydi. Bazı kapıların üzerinde isim etiketleri, küçük afişler, spray boyayla yazılmış uçuk sözcükler vardı. Tüyo olarak. Sarsılmazlıkta Örs, Özmekâncılar Yarı, Lüks Dirençsizliği, Boşakürekçekenler İçin Iskarmoz, Tatil Yokuşu Sonu, vb. sürüp gitmekteydi. Bazı kapılarda da tek bir çizik bile bulunmamaktaydı. On beşinci kapıdan sonra Sarp'ın içinde ilk tereddüt oluşmuştu. Zaman dardı. Oyundaşları safdışı edilebilirdi. Kendini konsantre ederek Murad'ı düşündü. Bunu yaparken gelen ilk kapının önünde durdu. Kirli beyaza boyalı yüzey yazısız ve amblemsizdi. Koridorun tavanında bir metre arayla elips şeklinde cam kubbeler monte edilmişti. Sarp azıcık solunda kaldığı için sağ yanına doğru taşan gölgesine baktı. Önce bir şey göremedi. Sabırla bekledi. Saniyeler boşa akmamıştı. Farkettiği şey bütün hazırlığına rağmen tüylerini diken diken etmişti. Sağ yanında duran gölgesi hafifçe sola ve kapıya doğru yönelmişti. İçerdeki bir şey gölgesini emiyor gibiydi. Doğru yerdeydi.

Korkusunu yenmek için aklına eski günleri getirdi. Geçen yüzyıla, altmışlı yıllara, İzmir'e, Göztepe'deki o evin bahçesine gitti. Ayzıt, Cemile ve Seher adlı üç beyaz cadının birlikte konuşmadan dakikalarca sessiz durdukları anlardan birini odakladı. Bir yaz öğleden sonrasıydı. Dev incir ağacının yeni sulanmış toprağa düşen gölgesinin altında oturmaktaydılar. O havayı, eşsiz birlikteliklerini adeta içine çekti ve sonra besmeleyle önünde durduğu kapıyı itti.

Dışarıdan gelen ışıkla aydınlanan loş yer ille de tek kelimeyle tarif edilecekse buraya stüdyo denebilirdi. Otuz metre kadar boyunda, en az yirmi metre enindeki bir odaya ayak basmıştı. Mekânın tek eşyası onun bakışıyla sağ köşede toplanmıştı. Tek kişilik bir yatak, küçük bir çalışma masası, tek bir sandalye, elbise giyip çıkarmak için kullanılan L şeklinde bir paravana, küçük bir ahşap dolap, birkaç yüz kitaplık bir kütüphane ve anlam veremediği birkaç ıvır zıvır. Tuvalet, banyo, mutfak cinsinden birimler mevcut değildi. Duvarlar rahat on metre yüksekti. İçeride ne olduğunu kestiremediği ağır bir koku vardı. Birkaç baharatın karışımından yapılma bir tütsü yakılmış gibiydi.

Sarp bunları algılarken gözü gölgesindeydi. Arkadan gelen ışıkla içeri hamle etmiş olan gölgesi optik kurallarına boş vererek eğim bulmuş sıvı gibi sırtı ona dönük yegâne sandalyede oturan iri yarı adama doğru yönelmişti. Aradığı yeri bulmuştu.

"Öhhömmm."

Adam başını çevirmeden, "Kendinizi faş edin lütfen," dedi.

Oydu. Elli küsur yıl sonra bile sesinin tonunu unutmamıştı.

"Adım Sarp Sapmaz. Sizle elli yıl kadar önce buralarda bir yerde tanışmıştık. Kalabalıktı. Parti veriliyordu sanırım."

Adam başını çevirip baktı. Yüzü karanlıkta kaldığı için o mesafeden seçemiyordu. "Siz O'sunuz gerçekten. Son anda mızıkçılık yaptınız."

"Şu anda burada telafi için bulunmaktayım."

Telafi sözcüğü etkin olmuştu. Adam yavaşça sandalyesinden doğruldu ve ona doğru yürümeye başladı. Sarp korkusunu yenmek için sağ elini karnına bastırmıştı.

Adam bir metre kadar yaklaşıp durunca Ferruh bin Ziya'ya da yılların dokunamadığını farketti. Yarım yüzyıl sonra hâlâ eskisi gibi görünmekteydi. Simsiyah iri gözler, eğri ve uzun bir burun, etli dudakları olan bir ağız ve kocaman bir kafa. Kısa siyah saçları boya değilse hiç ağarmamış gibiydi. Üzerinde krem renkli bol bir pantolon ve siyah bol bir gömlek vardı. Ayakları çıplaktı. Geçmişi göz önüne alındığında kıyafeti modernite ışımaktaydı.

"Pişman mı oldunuz yani?"

Sarp'ın beyninde iki flaş aynı anda çakmıştı. Birincisi netameli bir istekti. Adamın sattığı şeye kendisi talipti. Ölesiye istiyordu üstelik. İkincisi eğer teklifini kabul etmezse şu odaya birkaç bin yıllığına oturmak üzere yerleşmesi an meselesiydi.

"Size bir müşteri buldum desem."

Ferruh'un insan sarrafı gözleri yüzünü taramaktaydı. Sarp nedense bahçede üzerine ateş kusan namluları düşünmeye başlamıştı.

"Gerçekten mi?"

Sarp başıyla olumladı. Adamın talip tavrı içini rahatlatmakla birlikte işin en zor kısmına gelmişlerdi. Dünyanın en yeni hali belirene kadar buralara asral bedenlerle geçebilmekteydi. Şimdi her şey çok değişmişti. Torom onu Berlin'de fizik bedeniyle kabul etmişti. Demek ki, artık ters yönlü geçişler de pekâlâ mümkün olabilirdi. Bu Aşkın Varoluş'ta ittifakla kabul gören bir tezdi. İlk kez test edilecekti.

"Yalnız özel bir nedenden kendisi buraya gelemiyor. Acaba biz o tarafa gidebilir miyiz?"

"Bana gölge madrabazı demiştiniz."

Adamın eski defterleri açmasını tereddüt olarak değerlendiren Sarp, "Çok toydum." dedi. "Bu işler için çocuk sayılırdım daha,"

"Falanca şeyleri bir yerinize tıkın da demiştiniz."

Eskiden İkinci Âlem diye adlandırdığı yerde yaşadıkları Sarp'ın beynine kazınmış anılar olduğu için unutması imkânsızdı. İlk aşkı olan genç kadın ve artık sayfiye beldesi özelliğini yitirmiş olan yerde yaşadığı serüven bütün canlılığıyla kıpır kıpırdı beyninde.

"Çocuktum, hamdım dediğim gibi. Özür diliyorum. Ve kendimi affettirmek için size zımba gibi bir müşteri buldum."

"Caymaz değil mi?"

Sarp sırıtmasını güç bela engelleyerek, "Caymayacak merak etmeyin," dedi.

"Peki çıkış için izin almak gerekmez mi?"

"Dış dünya çok değişti. İzin sanırım sorun olmayacak."

"Peki o zaman. Giyineyim ve gidelim."

Gölge satıcısı ağır adımlarla çift kapaklı tahta dolabın durduğu yere doğru giderken Sarp kalbine çöreklenmiş istek yılanının etkisini çözebilmek için dışarı koridora çıktı. Sağ tarafında hemen yakındaki asansör kapısı *işler yoluna girecek inşallah* ışımaktaydı. Sol tarafında bitimsizce uzanan tenha koridor bilinmezlik, kestirilemezlik ve kuşku kışkırtmaktaydı.

"Bu kıyafetim iyi mi? Gelen geçenlerden kalan şeyler."

Ferruh Bey siyah tişörtün üstüne füme rengi kırçıllı bir kumaştan kruvaze dikilmiş bir ceket giymiş ve kafasına da nereden bulduysa benzer renkten bir fötr şapka geçirmişti. Altında aynı pantolon vardı. Tırnakları inanılmaz büyüklüğe ulaşmış olan ayakları çıplaktı. Sol elinde eski usul bir baston vardı.

"Bayağı iyi."

"Bu baston burada eskiden tanıdığım birine ait. Yıllar önce... Ansızın çekip gidince bana kaldı."

"Anlıyorum."

"Hadi gidelim o zaman."

Adam kapısını örttü ve birlikte yürümeye başladılar. Asansör kapısı beş kadar ötedeydi.

"Kolkola girecek miyiz iki dost olarak. Çok uzun zamandır bir dostum olmadı da."

"İzninizle size dokunmak istemiyorum," dedi Sarp. "Son yıllarda böyle şeyler değişik anlamlara çekiliyor ayrıca."

"Nasıl yani?"

Sarp lafı uzatmamak için esas nedene değinmeye karar verdi. "Sadece o değil tabii. Siz biraz farklısınız bizden. Malum."

Ferruh Bey anlayışlı bir şekilde tebessüm etti. "Doğru. O da var tabii. Her halukârda geldiğinize çok sevindim Sarp Efendi."

"Ben de öyle."

Asansörü çağırma düğmesi falan hak getireydi. Sarp kır saçlı asansörcüyü düşünürken kapı aralandı.

"Gidiyor musunuz efendim?"

"Evet. Ferruh Bey de benle geliyor. Kabin ehven mi?"

Asansörcü his yansıtmaz bakışlarla adamı ölçüp biçti ve başını salladı.

"Sınırda, ama idare ederiz. Buyrun efendim."

Kabinin alçaldığı çok açıktı bu defa. Ferruh Bey istemeden asansörün taşıma kapasitesini ciddi ölçüde zorlamaktaydı. Hareket bitip kapı açıldığında Sarp o moloz yüklü bahçeye varmalarına rağmen derin bir nefes aldı. Tarihi bir andı valla. Başarmıştı.

*

"Sarıldınız kıpırdamayın."

Bahçeli evden kıyıya doğru bir kilometre kadar yürüyerek vardıkları yerde baskına uğramışlardı.Tam sevgililer günü kartına yazılacak iki kelime diye düşünen Sarp ellerini havaya kaldırdı ve "Adım Sarp.Teslim oluyoruz."

Biri mitralyözlü iki cip ve altı askerden ibaret gücü gören Sarp'ın umudu artmıştı. O lanet tankların gitmesi iyi olmuştu. Merakla adamlara bakan gölge satıcısına acilen bir izahatta bulunması lazımdı. Askerlerden biri telsizle durumu karargaha bildirirken, "Formalite icabı sanırım bütün bunlar," diye fısıldadı.

Ferruh Bey anlayışla başını salladı. Kurnaz gözleri dikkatle etrafı kolaçan etmekteydi. Sarp planını yapmıştı bu arada. Ağır silahları olmayan iki orta yaşlı çaylağı görünce gevşeyen askerler gafil avlanacaklardı. Kimsenin Ferruh Bey'in asfaltta bıraktığı oyuk ayak izlerine, kocaman ve kıpır kıpır olan gölgesine falan dikkat ettiği yoktu.

"Tutuklusunuz. Bileklerinizi uzatın. Kelepçe takılacak."

Askerlerin başı yılışık bir gülüşle yanlarına gelmişti. İki eli belinde kendinden emin sırıtmaktaydı. Tıfıl bir asker kelepçelerden ilkini takmak için Ferruh Bey'e yanaşmıştı. Leş gibi ter ve bira kokmaktaydı. Haki renkli fanila giymiş eli tüfekli iki asker bir direnç beklemedikleri için tüfeklerinin namlularını yere çevirmişlerdi. Cipin üstünde mitralyözün başında olan sarışın asker laubali bir şekilde sakız çiğnemekteydi. Alacalı bulacalı komando pantolonu ayak bileği hizasında akordeonlaşmıştı. Bir nedenden palaskasını gevşetince göbek teşhir eder duruma gelmişti. Sarp kendinin buradan paçayı kurtarıp kurtaramayacağını bilmiyordu, ama bu takımın işi bitmişti.

"Sarp Bey, bunlar alıcı değil galiba?"

"Bence de. Korkarım bizi engellemek istiyorlar. Rakip firmanın taşeronları belki de."

"Taşeron? Ha... Anladım. Gerçekten asker de değiller sanki."

"Sanırım öyle."

"Konuşmayı kesin ve bilekleriniz uzatın. Sen de bırak bakayım o bastonu elinden."

Bastonun havayı yararken çıkardığı ses tiz bir ıslığa benziyordu. Bastonu ağzına yiyen çavuş yere iki parça olarak yuvarlanmıştı. Ağzı hizasından parçalanarak kopan kafası gövdeden bir metre kadar ileriye fırlamıştı. Üst yüz onlara çevrik durmaktaydı. Sarp adamın gözlerinin oynadığını görmekteydi.

Şok havada pervanesi durmuş bir helikopter gibiydi. Dirilmeyle birlikte pervane tekrar tur kazanmaya başlamıştı. Sarp yıldırım gibi belindeki tabancaya davrandı. İnşallah âlem değiştirme nedeniyle tutukluk yapmaz diye dua ederek emniyeti açtı. Eli tüfekli ahmaklar hayati saniyeleri boşa harcamışlardı. Kelepçe takmak isteyen askerin göğüs kafesini delen baston diğerinin sağ elinin bileğine inince el ve tüfek birlikte yere düştü. Adam feryatlar ederek ve ardında kandan izler bırakarak evlerin olduğu tarafa doğru koşmaya başlamıştı.

Pervane durduran yeni bir şok dalgası yürürlükteydi. Ama hepsi için değil. Gölge satıcısına en uzak duran asker tüfeğini doğrultup tetiği çekmişti bile. Kurşunlar Ferruh Bey'e çarpınca yamulup yere düşmekteydiler. Sarp'ın gözü mitralyözün arkasındaki askerdeydi. Silahı adamın göğsüne doğrulttuğunda çaylak daha yeni ayılmaktaydı. Kulakları sağır eden bir sesle kurşunlar arkalarındaki binanın duvarından toz kaldırmaya başlamıştı. Tek kurşun adamın gereksiz telaşını dindiriverdi. Mitralyöz sesi kesilince Sarp Ferruh Bey'i kurşun tedavisine tabi tutan askerlerden birine nişan alıp tetiği çekti. Kurşun istediği yere gitmemiş adam omuzundan hafifçe yaralanmıştı. Ateşe ara vermek zorunda kalmıştı en azından. İkinci kurşun göğsüne saplanınca dizleri üstüne yere yuvarlandı ve sol yanına yıkılıp kaldı. Altıncı asker şarjöründe kurşun bitince tüfeği yere atmış ve tabancasına davranmıştı. Bu sırada baston menziline girmişti. Kafası parçalanıp şeklini yitirince hareket etme hevesi sonlanıverdi ve cansız bedeni dikine duvara dayalı duran bir deniz yatağının sönmesini andırır bir şekilde yere yığıldı. Eli bileğinden kopan asker öğle yemeği sonrası güneşleniyormuş gibi duvara yaslanarak oturmuştu. Başının sağa yatık durumundan bayıldığı belliydi. Ayılmayacağı için boynu falan tutulmayacaktı neyse ki.

"Bitti mi Sarp efendi?"

"Sanırım."

Ferruh Bey sol ayağıyla yerde duran otomatik silahlardan birini hafifçe itti. "Ateşli silah dedikleri şey olmalı bu? Sizde de var bir tane."

"Evet."

"Hani alıcı nerede?"

Sarp eliyle deniz tarafını işaret etti. "Orada. Cipe biner gideriz."

Sarp gölge satıcısının asfalt üzerinde bıraktığı izlerden normalden çok ağır olduğunu tahmin ediyordu. Bu molekül yapısından kaynaklanmaktaydı. Aynı cüsseye sahiptiler, ama Ferruh Bey'in kütlesi beş altı misli daha fazlaydı.

Bu hesapta bayağı yanıldığı Ferruh Bey içinde kan lekeleri olmayan cipe binince belli oldu. Az kalsın cip sağ yana doğru devrilecekti. Adam ön koltuğa oturunca koltuğun yayları çökmüştü. Adamın başı biraz alçakta duruyordu. Sağ ön lastik iyice yassılaşmıştı. Arka lastikte biraz daha az olmak üzere aynı durumdaydı. Araca katana binmiş gibiydi. Adam en az 800 kilo ağırlığında falan olmalıydı.

"Arabanın atı yok mu Sarp Bey?"

"Yeni zamanlarda atlar iyice ufaltılıp, sayıları artırılıp şu kapağın altına kondular."

"Duydum. Anlatırlar hep. Hiç sesleri gelmiyor."

"Birazdan işiteceğiz inşallah."

Sarp'ın doksan altı kiloluk kütlesi şoför mahalline yerleşince durumda pek bir iyileşme olmadı. Araç sağa yatmış durumdaydı. Motor çalışıp, metal kütle öne doğru hareket edince Sarp rahat bir nefes aldı. Sağ ön tekerlek karosere sürttüğü için gri mavi dumanlar eşliğinde inlemekteydi, ama araç yoluna devam etmekteydi. Yürüyerek de gidebilirlerdi, yalnız zaman kısıtlıydı. Biri arkada bıraktıkları cesetleri bulursa merkezdeki karşılamayla başa çıkamayabilirlerdi. Şaşırtmaca ve şok vericilik kartlarını kullanmaları şarttı.

Ferruh Bey göze görünmeyen minik atların çektiği araca hayran olmuştu. Keyfine diyecek yoktu. Şaşkın ve meraklı gözlerle aradan geçen iki bin küsur yılda değişen şehir yapısını seyretmekteydi. Bulunduğu yere bu taraftan girişimler olduğundan zamanla gelişen teknolojiye tamamen yabancı değildi, ama şu anda her şeyi gözle görmek başkaydı.

Sarp zevksizlikle doğru orantılı totaliter bir gücün meydana dizdirdiği heykelleri görünce geldiklerini anladı. Eskiden züğürt Avrupalıların ucuza tatil yapıp ömrü boyunca görmedikleri çeşitteki yemekleri bir arada yiyip mide fesadına uğradıkları otel karargâh yapılmıştı anlaşılan. Dört katlı büyük bina bakımsızlıktan dökülmekteydi. Bazı pencerelerde cam bile yoktu. Hatırlılar'a bu kadar köhnemiş bir yapıyı yakıştıramamıştı doğrusu.

Meydanda altı adet tank, yirmi kadar cip ve en az elli kişi vardı. Beş altı silahsız kadının dışında kalanların tamamı silahlıydı. Silahlar patlamaya başladığında ciddi bir takviye alacaklarına da kuşku yoktu. Elli yıl önce neredeyse yıkımına neden olan şeyi görmek zorunda kalacaktı yeniden. Tanklardan birinin namlusu onlara yöneldiğinde Sarp cipi durdurdu. Ortalık leş gibi yanık lastik kokuyordu.

"Geldik mi Sarp Bey?"

"Geldik. Alıcı şu binada. Yalnız düşmanlarımız bunu engellemek istiyorlar. Az önce gördünüz."

"Ne yapıcaz peki?"

"O tüp yanınızda olmalı?"

Ferruh bey sağ eliyle kalbi hizasını tıpışladı. "Daima."

"Burası sizin geldiğiniz yerden farklı malum. Malzemenin çok küçük bir kısmını ziyan etmeniz gerekecek korkarım. Bir damlanın bile yeteceğini sanıyorum."

"Ama Sarp efendi, bir damla neredeyse on bin kişiye denktir. Yüzlerce yılın emeği. Takdir edersiniz ki..."

Askerlerin toparlandığını farkeden Sarp, "Bu ateşli silahlar ve belki top mermisi bile sizi etkilemez, ama beni anında öldürür. O zaman satıcıyı asla bulamazsınız." dedi.

Ferruh Bey meseleyi çakmıştı. Elini ceketinin iç cebine atıp içi simsiyah bir sıvı dolu olan on beş santim boyunda, iki santimetre çapında bir tüp çıkardı.

"Bir damla daha fazla olmaz."

"Dikkat. Elleriniz ensenizde olarak cipten aşağı inin. Çabuk. Emre uymazsanız ateş açılacaktır."

Sarp başıyla onayladı. Kara sıvının çekimi korkunçtu. Korkunç bir ihtirasla ona sahip olmak istiyordu. Sıvı görünümlüydü, ama aslında sıvı olmayan şey Ferruh Bey'in binlerce yılda biriktirdiği gölgelerin toplamıydı. İşin fizik yanının inceliğini bilmiyordu tabii. Aşkın Varoluş'ta fizik bilgini olan Chin Tarr adlı Çinli oyun çavuşu sıvı gölgenin bahsi geçtiğinde evrenin dolgu malzemesi olan kara madde ile çekim gücü dışındaki bir yöntemle iletişimde bulunan bir yapı demişti. Sarp'ın optik öfke tanımlamasını sanatkârane bir yaklaşım olarak değerlendirmekteydi.

"İçeride Murad adlı yardımcım var. Ve de bu yerin patronu Gevheri Bey, yani satın alacak kimse. Buranın en hatırlı zatı. Bu iki kişi için muafiyet talep ediyorum."

Ferruh Bey anlayışla başını salladı. "Onları düşünün yeter."

Sarp o baştançıkarıcı kara usareyi görmemek için gözlerini yumdu ve "Lütfen çabuk olun," dedi.

"Üçe kadar sayıyorum. 3, 2..."

Gerisi hayal gibiydi. Tıslama diyebileceği şeyi duydu. Yere değen bir damla öz yıldırım gibi işe koyuldu. Sarp iki el silah sesiyle irkilip gözlerini açtığında onlar hariç meydanda kadın erkek herkesin kapkara kesildiğini gördü. Gölgeye aç olan vahşi öz gölgesi olmayanları gölge yapar hale çevirebilmek için kendince bir işlemden geçirmekteydi. İnsanların hemen hepsi kırılgan, kaskatı, hızla ufalanmaya başlayan siyah heykeller haline dönüşmüşlerdi. Tanklardan sadece ikisinde insan vardı. Çünkü sadece onların üstünde kara şeritler oluşmuştu. Antik çağ taklidi heykelciklerle süslü meydanı kapkara bir toz bulutu kaplamaya başlamıştı. Bu arada silah sesleri susmuştu. Çünkü askerlerin hiçbirinde nişan alacak göz, tetik çekecek parmak kalmamıştı.

*

Gevheri Altuni bir zihin sanatkarıydı. Hatırlılar'ın oturdukları beldede yaşam tökezlemeye başladığında iptale direnmiş ve adı eskiden Faryap olan bu üç yıldızlı otele yerleşmişti. Gevheri kıyıdaki beş yıldızlı Fortuno adlı otelin çatı katındaki restoranda baş garsondu. Dışarıdan müdahale başladığında beldenin patronları önlem almakta çaresiz kalmışlar ve ahali sapır sapır dökülmüştü.

Virüs denmişti. *Airborn*, yani havadan solumakla geçiyordu. Virüsü soluyanlar bir saat içinde geçmişlerini unutuyordu. Bu kadar olsa bazıları hayatta kalmayı başarırdı. Bellek kutusu parçalanıyordu. Kimse bir saniye önce ne yaptığını hatırlayamaz duruma gelmişti. Geçmişten gelen hiçbir deneyimden yararlanamamaktaydılar. Bildikleri bütün dilleri unutmuşlardı. Bir serçeden bile daha geri zekâlı durumunda dolaşan et yığınlarıydılar artık. Üzerlerine işiyor, elbise değiştirmeyi bilmiyor, karnı acıkınca dolu buzdolapların kapağını açacağına arkadaşının kolunu ısırmaya başlıyorlardı. Kendi kollarının kemirerek kan kaybından ölenleri görmüştü. Kimse o uyduruk filmlerdeki gibi zombiye falan dönüşmemişti. Virüs siyah beyaz çalışıyordu. İçine girdiği kimselerin ya bellek istasyonları patlıyor ve ölüyor ya da sadece geçmişi tümden unutarak yeni bir faza intikal ediyordu.

Paçayı yırtma oranı binde otuz beş falandı. En yaşlısı on yedi yaşında olan üç yüz yirmi dört kişi sağ kalmıştı. Gevheri otuz iki yaşıyla bir istisnaydı. Sayısız boşluklarla seyrelen hafıza kalıntısından inatla geçmişe ait bilgileri kopartmayı ve onları beyninde her nasılsa sağlam kalmış bir yerlere depo etmeyi başarmış tek kişiydi.

Gevheri küçük krallığını elinde kalan bölük pörçük malzemeden güç alarak kurmuştu. Kendi bölgeleri dışında çeteler halinde yaşayanlar virüsten kurtulanlardı. Onları hem tampon bölge olsunlar, hem de terk edilmiş bir garnizondan bulduğu malzemeyle donattığı eğitimsiz sivillerden teşkil ettiği askerleri diri tutacak düşman rolü oynasınlar diye öteki kadrosuna almıştı. Üç yıl önceydi bütün bunlar.

Akdeniz'deki petrol sondaj kulelerine seri sabotajların yapıldığı, Pasifik'te ABD ve Çin gemilerinin çatıştığı, Virüs nedenli kapatmalara tepki olarak Avrupa şehirlerinin kalkışmalarla çalkalandığı zamanlardı. Türkiye'de iki dış mihraklı kalkışma başarıyla engellenmişti. Topyekün katılımlı Üçüncü Dünya Savaşı çıkmak üzere denmekteydi.

Dışarıda ne oluyordu bilmiyordu. Artık hiçbir yerden haber alınamıyordu. Bulundukları bölgede virüs daha erken davranmış ve kontrolu ele almıştı. Film izleyerek, konserve yiyerek asi hayatı yaşadıklarını sanmaktaydılar. Onlara verilen bilgiye göre kıyıdaki ihtişamlı yaşam devam etmekteydi. Böyle bilmeleri daha iyiydi. Elli dört üniformalı salak, çocuk doğuramayan kırk üç kadın ve birkaç uyduruk tanktan ibaret kaldıklarını bilmelerini istemiyordu. Göz boyayıcı efsane sürmeliydi.

Diğer önemli nokta da burasının suyunun ısınmakta olduğuydu. Toprak ayaklarının altında ufalanıyordu. Üç yıl önce hepsinin normal gölgesi vardı. Çok yavaş bir değişimin sonucu altı aydır gölgesizdiler. Etleri, kemikleri, derileri neden ışığı durdurmuyor diye çok düşünmüş, meselenin püf noktasının ışığın yapısını değiştirmesi olduğunu bulgulamıştı. Lise mezunuydu. Okulda fizik diye öğretilen şeylerini tamamını unutmuştu, ama ışığın ve hatta zaman telakkisinin de kelek yaptığından emindi. Dışarıdan gelenlerin de gölgelerinin olmaması bunun sağlamasıydı. Işık kendini bozuyordu.

Gevheri'nin beyninde belleğinin durduğu hurdalığın en dip köşesinde bir tabela vardı. Bazen kendiliğinden gözlerinin önünde beliriyordu. 'Arakat 999 km.' Dev bir tabelaydı. Işığın kendini bozduğu yerde madde de alırdı nasibini bundan. Gevheri seçilmiş biriydi. Yoksa belleğini yeniden inşa etmesine izin verilmezdi. Seçilmiş birine bu tabela boşuna gösterilmezdi. Arakat denilen yer belki de acilen sığınmaları gereken topraktı. Yozvelet diğer buralılar gibi ebleh durmuyordu. Dışarıdan gelenlerle irtibatı vardı. Onu deşmeye karar verdi.

"Arakat diye bir yerin adını duydun mu hiç."

"Esas adı Ağrı'dır, Ararat da deniyor. Doğu'da. Bölgedeki en yüksek dağmış. Bütün bildiğim bu."

Yozvelet'in kendinden emin ve bilgiç hali sinirine dokunduğu için Gevheri'nin göğüs boşluğu acı bir öfke gazıyla dolmuştu. Fortuno'daki metrodel Helmut Gödell'in odasında yediği zılgıtı hatırlamıştı. İki metre boyundaki hipopotam cüsseli adam ona aşağılarcasına bakarak son baloda aksayan noktaları sıralamıştı. Bir daha böyle şeyler olursa kendini kapı dışında bulacaktı. Adamın aralarındaki takma ismi Armut Götel'di. Ünlü Alman delegesi Helmut Bingöteller'in yeğeniydi. Bu sözcüklerle başlayıp bin sövgü kelimesini ipe dizmeyi isterdi, ama turist sezonunun sonundaydılar. Bir dahaki bahara kadar kaliteli bir iş bulamazdı. Bekârdı. Eline bakanı da yoktu, yine de cesaret edip adam hakkındaki hassas düşüncelerini dışarı salamamıştı. Üstelik bazı garsonların aşırı istekli turist bayanlara sarkıntılık yapmaları, yemeklerin en nadide parçalarını ziftlenmeleri gibi sıradan durumlardı sözünü ettiği şeyler. Adam gece bakarada çok kaybetmişti. Sorun buydu aslında. Hıncını başkasından çıkarmaktaydı. Tıpkı şimdi olduğu gibi göğüs kafesi yanmaya başlamıştı.

Bay Gödel'in altını batırmış vaziyette Fortuno'nun havuz kenarında oturuyor halini hatırladı. Yüz otuz kilo ağırlığındaki bir bebek gibiydi. Elini pantolonunun kemerinin arasından içeri sokmuş çıkardığı kahverengi şeyleri atıştırıyordu. Küçük bir tekmecikle yüzme bilmeyi unutmuş olan anlı şanlı metrodeli iki iyice şişmiş cesedin yüzdüğü havuza iteklemişti. Böyle hızlı ve acısız bir şekilde sorunlarından arındırdığı için adam ona müteşekkir olmalıydı.

Ardından bir yerine ıstaka monte etmek için bilardo meraklısı medrodel yardımcısını Cilveli İdris'i aramışsa da bulamamıştı. Cilveli İdris sevgilisi kel Hamdi'yle küçük yatlarında kalıyordu. Yat marinada yoktu. Kim bilir iki et beyinli tarafından nerelere sürüklenmişti.

"Şimdi sana çok hayati bir soru soracağım. Sadece sorduğum şeye cevap ver tamam mı?"

Gevheri delikanlıya göz kırparak gülümsedi. "Bu Ararat ya da Arakat her neyse, oraya nasıl ulaşılabilir?"

Yozvelet, samimi bir şekilde omuzlarını silkerek, "Sanırım bin kilometre falan doğuda." Dedi. "Yolu bilmiyorum. Buradan hiç çıkmadım."

Gevheri yozveletteki vakar, güven ve konuşma şeklinden etkilenmişti. Kararsızca ne yapmasını gerektiğini düşünürken dışarıdan silah sesleri geldi. Bu da ne demek oluyordu? Sesler başladığı gibi kesilince rahat bir nefes aldı. Küçük bir itaatsizlik vukubulmuş ve bunu yapan kalbura çevrilmişti. Odadaki duruma baktı. Yozvelet'in sakinliğinden olumlu etkilendi. Elindeki tabancayla otoriteyi sürdürebilirdi. Gözüne bakan askerlere bir işaret yapınca adamlar kapıyı açıp hole çıktılar. Ayak sesleri bir garipti. Üçüncü adımda birden sessizleşmiştiler.

Gevheri elinde tabanca kapıya doğru yürüdü. Hiç hoşuna gitmeyen sessizliğin müsebbibini acilen görmeliydi. Sandalyeden melon şapkasını alıp başına geçirdi ve aralık duran kapıyı açıp dışarı fırladı.

*

Gölgesiz askerlerin vücudunu yiyip toza çeviren öz son kalanı kara toza çevirmemişti gerçekten. Hatırlılar'ın keyif içinde yüzdükleri bir belde falan artık mevcut değildi. Gevheri tamamı iptal edilen küçük bir özel ordunun başıydı ve bu binada konuşlanmışlardı.

Beyaz melon şapkalı adam elinde tabanca birden karşılarına dikildiğinde Sarp deli gibi bağırdı. "Alıcı bu adam. Lütfen kara öz ona dokunmasın."

Adam iki askerin kapkara cesetlerini görünce ateş etmekten vazgeçmişti. Zeki biriydi. Ferruh Bey'in komik denebilecek kıyafeti nedeniyle durumu küçümseme hatasına girmemişti. O beyaz melon şapkayla kendisi de üç boyutlu bir karikatür gibiydi zaten.

Ferruh Bey'in iradesi müthişti. Kara öz melon şapkasının ayaklarına beş santim kala durmuştu.

"Lütfen silahınızı bırakın," dedi Sarp. Her ihtimale karşı gölge satıcısını kendine siper almıştı.

Gevheri eğilip tabancayı yavaşça yere bıraktı. Sonra ellerini havaya kaldırdı. "Teslim oluyorum ve haklarımı talep ediyorum." dedi. Büyük komutan tavırları nedeniyle adamı Kut el Amara'da ele geçen İngiliz general Towsend'e benzetmişti."

Ferruh Bey, "Bu adamın alıcı olduğundan emin misiniz?" diye sorunca Sarp az kalsın kahkahalar atarak gülecekti. Kendini güçlükle engelledi ve "Gevheri Bey haliyle küçük bir şok geçirmekte. Kendisi mala talip," dedi.

Bu arada beyaz şapkalının zekasının sandığı cinsten olması için dua etmekteydi. Merak ancak zekayla yoğrulduğunda patlayıcı özellik kazanırdı.

"Ne malı?"

"Ferruh Bey gösterin lütfen," dedi Sarp. Gözlerini yummuştu yeniden. Körlerle ilgili anlatılan bazı mucizevi hikayeler doğru olmalıydı. Bakmadan o tübün içindeki simsiyah şeyi görüyordu. Parmağını uzatsa tübe dokunabileceğine yemin ederdi.

"Bu... Bu da nesi? Ne var bu tübün içinde?"

"Gölge özü. Binlerce yılda biriktirilmiş optik öfke. İyi dedim mi Sarp Bey?"

"Müthiş bir tasvir Ferruh Bey. Daha iyisi mümkün değil."

"Gölge demek. Evet... Evet... His..."

Bu duraklamada dinsel bir yan vardı. Adamın harlı zekası neyin sunulduğunu anlamıştı Allaha şükür. Tek bilmediği bir sonraki müşterinin gelmesi için geçecek yüzlerce belki de binlerce yılda nerede ikamet edeceğiydi.

"Alıyor musunuz?"

Sarp gözünü açtığında iki şapkalı adam el sıkışmaktaydılar. Gevheri Bey tübü eline almış, yakından seyretmenin his çalkantılı sarmalına girmişti. Eller çözüldüğünde hemen yanı başlarında binayı delen geçen bir metalik silindir belirmişti. Üç metre çapında falandı. Birisi alüminyum bir boruyu maket eve dikine batırmış gibiydi. İçe geçme kapı açılınca asansör kabini göründü. Asansörcü yoktu. Bu doğaldı, çünkü adam çocukluktan kalma tabirle onun düşsel dostuydu. Sadece Sarp'lı geçişlerde mevcuttu.

"Şim... Şimdi ne olacak?"

"Lütfen kabine binin Gevheri Bey. Gittiğiniz yerde yolunuz belirgin."

Gevheri'nin huşu yüklü halinin yanı sıra daha küçük yüzdeli panikleyen tarafı yeterince etkin değildi neyseki. Sarp adamın kara bir kütüğe dönüşmekle sınırsız bir zaman aralığında yepyeni alemlere tanık olma arasında en uygun seçimi yaptığını düşünmekteydi. Elindeki şeye deli gibi sahip olmak isteyen yanı basbar bağırıyordu beyninin ücra bir köşesinde. Çabuk gebert o herifi ve tübü sen al diyen ses bin yerden ekolanmaktaydı kulaklarında.

"Zaman dar Gevheri Bey," dedi Sarp duygularını belli etmemeye çabalayarak.

Adam asansöre doğru yürüdü. Kabinin içine girerken durakladı. Sol eliyle başındaki melon şapkayı çıkarıp ileriye onlara doğru savurdu. Sağ eliyle tübü karnı hizasında tutmaktaydı.

"Bu şapkayı bir kız... Dev bir pastanın içinden çıkmıştı. Minicik bir bikiniyle. Beyaz bir bikini. Bayağı dolgun... Bizim dallama metrodelin yaşgünüydü. O kızındı bu şapka. İki sabah sonra sahilde cesedini... Yüksek doz dediler. Yalandı. Yalandı. Kız mafya işinde harcandı. Falancanın bir numarasını, filancaya söylemiş dediler. Herkesin bildiği bir sırdı halbuki. Aslında kıskançlık cinayetiydi. Bir zamanlar işte böyle bir yerdi buralar. Sonra... Eski düzeni yiyen bir şey çıkageldi."

Kapı kapanınca ses kesildi. Ardından dev metal silindir gözle izlenebilir bir tempoyla kendini iptal etti. Sarp yan gözle Murad'ın sağında durduğunu fark etti. Sapasağlamdı.

"Şimdi ne olacak Sarp Efendi?"

Kara tüple arasına mesafe girince rahatlamış olan Sarp derin bir iç geçirdi ve "Çıkıcaz Ferruh Bey," dedi. "Çıkıcaz bu lanet yerden."

*

"Duralım biraz Sarp Efendi."

Sarp klaksona basarak sinyal verdikten sonra aracı durdurdu. Çitleri yüz metre kadar geçmişlerdi. İlk tehlike arkada kalmıştı. Murad'ın deyimiyle Asılsız Topraklar'a girmişlerdi. En yakındaki kontrol kulesindeki iki nöbetçi sandıklarından daha zeki çıkmışlar ve kuleyi terketmişti. Merkezle bağlantının kopmasının ve onların gelişinin anlamı açıktı.

"Burada ayrılıyoruz sanırım."

Ferruh Bey başını salladı. "Deniz arkada kaldı."

"Öyle. Geri mi döneceksiniz?"

"Evet."

"İsterseniz bizle gelebilirsiniz."

"Çok naziksin Sarp Efendi, ama malum… Ben gruba dahil değilim." Adam haklıydı. Oyun biri yedek yedi kişi için kurulmuştu. "Bir de... Biraz yalnız kalmam lazım. Şöyle denize bakan bir yerde."

"Anlıyorum. Sizi bırakayım istediğiniz yere."

"Gerek yok. Kaç yıldır açık havada yürümedim biliyorsunuz."

Ferruh Bey cipten inince sağ taraf çok az yükselmişti. Sürtünme nedeniyle yanan lastik leş gibi kokmaktaydı. Şu ana kadar patlamamış olması bir mucizeydi, ama cip son kullanma tarihine fena halde yakınlaşmıştı. Sarp aşağı inip hiç istememesine rağmen adama elini uzattı. Bir gökdelen asansörünü çeken çelik tele dokunuyormuş gibiydi. Murad ifadesiz bir yüzle arka koltukta oturmuş onlara bakmaktaydı.

"Sarılmayacak mıyız eski dostlar olarak?"

"Onu yapmayalım. Yani..."

"Ha anladım. Yeni zamanlar..."

Sarp gülümseyerek adama hafifçe sarıldı ve hemen kollarını çözdü. "Sizi özleyeceğim."

Ferruh Bey'in derin kara gözleri dostlukla parladı. "Adresim belli Sarp Efendi. Belli olmaz. Belki yine yollarımız karşılaşır."

"Haklısınız."

"Yolunuz açık olsun."

Sarp kırk yıl önce adamın paralara yüzünü koyan ilk kimse diye tanıdığı bir kraldan söz etmesini hatırlamıştı.

"Sizin de. Bir dakika, şey... Siz o ünlü kral Kreysüs değilsiniz sanırım."

"Değilim. Baş katibiydim bir aralar. Azledildim. Uzun hikaye. Sonra... Sonra taştan oyulmuş bir kaptaki kara sıvıya vuruldum. Gerisi malum. Birinden esinle ismimi değiştirip Ferruh bin Ziya oldum. Eski isimler ve satıcılar... Hep vardırlar. Dini menkıbeler, kolektif hafızaya çakılı gibi duran meseller onların öykülerini anlatıp dururlar. Ha, bir şey daha... Nasıl desem... Az önce bana sarıldığınızda hissettim. Yolunuz uzun ve zor taşlarla döşeli. Bunu alın. Yanınızdan ayırmayın. İhtiyacınız olabilir."

"Ama?.."

"Büyük sözü dinleyin Sarp Efendi. Alın."

Sarp adamın uzattığı bastona istemeden dokundu ve sonra cilası iyice solmuş, pürtüklü yüzeyli tahtayı ortasının biraz üstünden kavradı. Beş kiloya yakın ağırlığıyla benzerlerinin çok üstünde bir kütleye sahipti. Normal bir insanın yanında taşıyabileceği bir şey değildi.

"Bir gezgin... Adı çıkmış aklımdan şimdi, onun anısı. Size uyum sağladı hemen. Yoksa elinizde bir saniye bile tutamazdınız."

"Teşekkür ederim."

"Değmez. "

Adam az önce yıkıp geçtikleri kapıya doğru yürümeye başladı. Sarp adamı çürümüş cesetlerle bezeli bir otelin terasında hayal etti. Tek başına. Ne hayatlar vardı.

Sarp aracı hızlandırarak öne geçti ve birkaç yüz metre kadar ileride metalik parıltılar saçan bir bina görünüyordu. Uçsuz bucaksız uzanan bozkırda görünen tek yapıydı. Oyunun bir sonraki merhalesinin zembereğiydi büyük bir ihtimalle.

3

ASALKENT

Toprağa kapatılmış yirmi metre yarıçapında, yarı silindir şeklindeki alüminyum ve şeffaf mikadan örülmüş korugan yapı bir çeşit otobüs deposuydu. İçerde in cin top atmaktaydı. Basit tamirler için kurulmuş tezgâhta yarım kalmış işler durmaktaydı. Sanki zil çalınca herkes öğle yemeği için yandaki kantine gitmiş gibiydi.

Oraya da bakmışlardı. Muhtemel personel yemeğin tam ortasında beş masalık kantini de bırakıp başka yere göçmüşlerdi sanki. Yarı içilmiş bardaklar, taze görünümlü ısırılmış meyvalar, belli oranlarda yenmiş sandviçler falan masaların üzerinde durmaktaydı. Yemek sırasında birinin okuduğu Sarp'ın da bir zamanlar okumayı çok sevdiği İyi Saatte Olsunlar Hafiyesi Osman Demir'in *Çiftil Meselesi* adlı serüveni konulu çizgi roman öylecene arkada bırakılmıştı.

Her şeyin taze, kazandaki mercimek çorbasının hâlâ ılık olması ve minik toplar şeklindeki köfteler açlıktan guruldayan karınlara vurmuş piyango olmuştu. Kantinin küçük deposu bir diğer *jackpot*'tu. Hepsi de iyi durumda olan gıda malzemeleriyle tıka basa doluydu. Su boldu. Cam şişelerde sayısız miktarda meyve ve şalgam suyu mevcuttu.

Murad'ın, 'Alaattin'in sihirli lambası da buralarda bir yerde olmalı' şeklindeki esprisi çok manidardı. Oyunun 3. Kuralıydı. Oyun sırasında temel gereksinim sıkıntısı çekilmezdi.

Garajda ilk bakışta göze çarpan sayısız dengesizlik mevcuttu. Bir bölmede en az elli akü yan yana ve üst üste istif edilmişti. Hemen yanındaki bölmede mevcut hiçbir otobüse ait olamayacak küçük ebatlarda lastikler yığılmıştı. Yeni görünümlü dört adet otobüs yan yana durmaktaydı. Biri hariç hepsinin ön kapısı açıktı.

Dokundukları hiçbir şeyin üzerinde toz yoktu. İki tarafı açık bir yer, bozkırda böylesine tozsuz durabilir miydi? Jiplerin depolarındaki yakıt iyice dibe dayanmış durumdaydı. Birinde amortisör falan kalmamıştı zaten. İlk üç otobüsün motoru ne yaptılarsa çalışmamıştı. Lacivert renkli sonuncusundan umudu büyüktü bu nedenle. Görünürde başka araç yoktu çünkü ve durmaları mümkün değildi.1. kuraldı, oyun atalet kaldırmazdı.

Murad arkasından ayrılmıyordu. Asılsız Topraklar'ı terkettiği için mutlu görünmekteydi.

"Buranın varlığından haberdar mıydınız?"

Delikanlı olumsuz bir ifadeyle yüzüne baktı. "Hiç duymadım."

Motor sesi duyulunca Sarp başını çevirip sağlarında kalan otobüse baktı. Yetmişli yıllarda çok popüler olan Mercedes 302'lere benzeyen bordo renkli bir otobüstü. Direksiyonda kimse görünmüyordu. 0 ve 1'lerden imal edilmiş zemberek harekete geçmişti. Mercimek çorbasının ısısı cinsinden bir haberciydi motor sesi.

*

"Hangi yöne gidicez?"

Sarp direksiyonda oturan Murad'a baktı. Bozkır genişlemişti. Ufukta hiçbir şey görünmüyordu ve güneş tam tepedeydi. O hır gür içinde doğunun ne taraf olduğundan emin değildi. Pusulaları yoktu. Olsaydı da işlerine yarayacağını sanmıyordu. Bordo otobüsü garajın dışına çıkarmışlardı. Bagaj yerleri yiyecek ve içeceklerle tepeleme yüklüydü. Otobüsün arka koltuklarında karpuzlar, kuru kayısı ve çerez paketleri oturuyordu. Termoslar tepeleme kahve doldurulmuştu ve şalgam suları motor çalışınca harekete geçen buzdolabında usul usul ısı kaybetmekteydi.

Sarp hemen sağ önlerinde uzanan izleri görünce derin bir nefes aldı. Her yönü ufuk olan Bozkır'da ne tarafa gitmeleri gerektiğine karar vermek kolay değildi.

"Gördün değil mi sen de?"

Delikanlı başıyla onayladı ve aracı durdurdu..

"Bir bakalım."

Birlikte gidip yerdeki bir şeye baktılar. Sarp'ın gördüğü şey nedeniyle ensesindeki killar dikilmişti. Kıraç toprakta çok alçaktan uçan bir kuşa ait olabilecek bir gölge vardı. Üç adım kadar ötede bir tane daha. Böyle ufka kadar devam etmekteydi belki de. Yanlız gölgeye neden olacak cisim yoktu ortada. Hatırlılar'ın beldesindeki durumun tersiydi. Havaya bakıp bir şeyler görmeye çalışmanın bir anlamı yoktu. Kuşsuz, uçaksız, belki de insansız ve hatta böceksiz bir oyun bozkırının içindeydiler.

"Ne diyorsun?"

Sarp kuşa benzer gölgenin düştüğü toprağı ayağıyla eşeledi. Kara tahtadan bir şeyi silmek ister gibiydi hali. Gölge bu eylemine bana mısın bile dememişti. Öylece varkalmaktaydı. Optik kâbus deyimi geçti kafasından, ama bu o değildi. Rota çizgisiydi bu gölgeler.

"Daha önce dışarıdan gelenler bu tür bir vakadan söz etmişler," dedi Sarp. Sonra yeni yeni gölge yapmaya başlamış güneşin konumundan yararlanarak ellerini doğu ve batıyı gösterecek şekilde açtı. Yüzü kuzeye bakmaktaydı. "Gölgeler doğuyu işaret ediyor. Ne diyorsun Murad, sence bir depo benzinle bu bozkırı çıkabilir miyiz?"

Murad bilmiyorum anlamına omuzlarını silkti, ama yüzünden umutlu olduğu belliydi.

Sarp otobüse doğru yürümeğe başladı. "Haydi o zaman."

*

Otobüsün motor çalışınca dört adet sıfırla uyanan saatine göre aradan üç buçuk saat geçmişti. 500 kilometre boyunca tek bir çıkıntıya ya da girintiye raslamamışlardı. Ufuk çizgi halini sürdürmekteydi. Otobüsün harika amortisörleri sayesinde kıpırtısız bir su sathında kayarak yol alan gemide gibi hissediyordu kendini.

Yola çıktıklarında otobüsün saatinde olan dört adet sıfırın yerini 03.38 sayısı almıştı. Güneş batı yönünde alçalmaya başlamıştı. Bu yönden bir anomali yok gibiydi.

Murad direksiyonda mum gibi oturmuş aracı kullanmaya devam etmekteydi. Bu yaşta birinin otobüs kullanabilmesi ve mürekkep yalamış bir yetişkin gibi konuşmasına çok alışmıştı.

Otobüsün tekerlekleri nesnesiz gölgeleri çiğneyerek beş yüz küsur kilometre falan gitmişlerdi. Eski bildiği tanıdığı Türkiye'de ufukta hiçbir şeye raslamadan bu kadar gidilebilecek boş bir alan mevcut değildi. Üçte biri bile mümkün değildi. Oyun düzlemi gerçekten asıl ölçülerinden taşmıştı.

Sarp tek düze ortamı seyrederken 15 Kasım gününü düşünmeye başladı. Türkiye saatiyle 14.03'te kurulu düzenin ne kadar çivisi varsa sökülmeye başlamıştı. Dünya nüfusu ikiye katlamıştı ve artık yarısı etten kemikten kandan yapılma değildi. Berlin'de bir toromdan geçerek Aşkın Varoluş'a ulaştığı anı hatırladı.

Eklemlendiği yerdeki kapılardan birinin numarası 26'ydı. Rakamın altında

Supreme Existenz/Sadece Davetliler yazılmıştı. Bu sayı onun uğurlu sayısıydı. Kapıyı aralayıp eşyasız, nereden aydınlatıldığı belli olmayan, ayak seslerini biraz boğan yeni bir hole daldı. Hol bitiminde bir kapı vardı. Sarp kapıyı aralayınca tuttuğu nefesini koyuverdi. Karşısında bembeyaz devasa bir yapı vardı. Köln'deki Dom gibi binbir kabartma, oyuntu yüklü insan muhayyilesine tasallut eden duvarlara sahip değildi. Sade yapısıyla yine de bir katedrale benziyordu. Kocaman bir kubbeye sahipti. Binanın sağında solunda normal Berlin binaları vardı. Bu beyaz yapı, Supreme Existenz yani, yeni gerçekliğe aitti. İçeride bavul kafalarında kurşun deliği olan şakacı yaratıklar bulunduğunu sanmıyordu. Direnç yapısı titreşimini hissediyordu.

Sağ tarafında elli metre kadar ötede bir turist otobüsü kaldırıma çıkıp dükkânlardan birine toslayınca Sarp tereddütünü yendi ve kalın tahta kapıya takılmış el şeklindeki yüzeyi pürtüklü dökme demirden tokmağı yuvasına vurdu. Üç defa.

Otobüsten inenlerin tamamı normal yolcu değildi. Normal olanlar panik ve isteri içinde koşuşturmaktaydılar. Virüs hızla yayılmaktaydı. Tokmağı tekrar vurmayı planlarken içeriden bir ses duyuldu.

"Kimsin sen?"

Sarp sorunun hangi dilden sorulduğunu farketmeden anlamıştı. Doğru yerdeydi.

"Eski ben değilim artık."

Otobüs yolcularından birkaçı onun tarafına doğru yürümekteydiler. Kapı aralandığında yirmi metre mesafedeydiler. Berlin'de şehri gezmek için yanlış tarih seçmiş Fransız turistlerdi. Maalesef onlar için bir şey yapamazdı artık.

"Aşkın Varoluş'a hoşgeldiniz. Vay canına... Üç yıldır ne bir mail yollayan, ne de telefon etmeyen hayırsız bir dost."

Sarp uzun boylu, iri kemikli, bembeyaz saçlı adama şaşkınlıkla bakakaldı.

"Warner Abi. Maşallah sizi iyi gördüm."

"Sizli bizli mi olduk yani yeniden?"

"Üç yıl değil. İki yıl bir ay. Nedeni de uzun hikaye. Bir süre inzivaya çekilmiştim."

"Tahmin etmiştim zaten. Seni iyi gördüm. Saçlar biraz tenhalaşmış, ama barraküda gibisin hâlâ aferin."

Adamla kucaklaştılar.

"Neden İstanbul'da değilsin?"

"Yolculukta yakalandım dalgaya. Frankfurt'tan aktarmalı İstanbul'a uçacaktım, ama dalga vurunca güç bela buraya indik. Sağ kalmamız mucize."

"Doğru."

"Şurada bir yerde bir Torom'a bedenimle dahil oldum."

Warner'in kaşları sahte bir hayretle yükseldi. "Gerçekten mi? Sen de artık efsanevi bir mastır sayılırsın o zaman."

Sarp, Warner Hertz'i 1973'ten beri tanımaktaydı. Kimya doktorası yapmak için Berlin'de üç yıl kalmıştı. Bir öğrenci kafesinde tanışmışlardı. Tanınmış bir sosyoloji profesörü olmuştu sonradan. Warner, Thule cemiyetinin kurucusu Rudolf von Sebottendorf'un müridiydi. Thule onun kızıl elmasıydı. Bu nedenle olacak rakibi olmasına rağmen Sarp'ın Türk Kızıl Elması'na anlayışla bakabiliyordu, ama asıl numarası kendi gibi Toromcu olmasıydı. Sarp'ı Berlin'de hızla kendi cinsinden insanlarla tanıştırmıştı. İnanılmaz bir hitabet gücüne sahip olan 1.94 boyundaki Warner doğuştan liderdi. Onun sayesinde o sıralarda kendilerine alantanır ya da Alaca Karanlık Kuşağı izcileri diyen büyük bir arkadaş grubuna sahip olmuştu. Warner'i gerçek abisi gibi severdi.

"Ne dalga geçiyorsun ya. İlk defa böyle bir şey..."

Warner içini çekti. "Yarım saat kadar önce benim de başıma geldi aynı şey dostum. Hep hayal ettiğimiz ve bir süredir beklediğimiz bir şeydi, ama hayra alâmet değil. Bakalım... Gel içeri girelim. Dışarısı elden gidiyor."

Kapı ardından örtüldüğünde dışarının sesi dışarıda kalmıştı. Binanın muhteşem iç mimarisi ilk andan Sarp'ı etkisi altına almıştı. Aynı sade ve kalbe hitap eden yapı içeride de mevcuttu.

"Burası ne zamandır var?"

"Bir saattir en fazla," dedi Warner. "Biz de yeni geldik daha. Sen 26.sın. Ne olabilirdi başka? Diğerleri de gelecek sanırım."

"Çığrından çıkmaya karşılık ağırlık," dedi Sarp doğru yerde olmaktan memnun.

Warner gülümsedi. "Bir eski usul terazi düşün. Bir kefede çığırdışılık, diğer kefede de daralar. Yani biz."

Sarp dostuyla Türkçe konuştuğunu farketmişti. Adam da kendi dilinde,

Almanca konuşuyor olmalıydı. Diller arası yabancılık hali kalkmıştı.

Adam düşüncelerini sezmişti. "Aşkın Varoluş'ta herkes kendi dilini konuşuyor," dedi.

"Tercümanlar işsiz kalacak desene."

Dış dünya elden giderken Aşkın Varoluş'ta kendi cinsinden dostlarıyla güvenli bir çatı altında bulunmak acaip moral verici olmuştu. İzmir'de oturan ailesine aralarında yarı espriyle zayıf tezahür denilen bir yöntemle ulaşabilmiş ve onları olan bitenlerin doğası üzerine uyarabilmişti. Yakınları kaos patlamadan önce yiyecek, içecek depolayabilmişlerdi. Aynı şeyi önce İstanbul'daki Hayır Üçgeni, ardından dünyanın her yerindeki yirmi kadar hatırlı dostu için de yapmıştı. 3. dalga vurduğunda ailesi hâlâ iyi durumdaydı. Çeşitli ziyaretçileri vardı. Onlara gelenleri nasıl idare edeceğini izah etmişti. 4.Dalga vurduğunda İzmir'in nüfusu bir milyonun altına inmişti. Ailesi hâlâ göreceli iyice durumdaydı, ama eğer bu dalgayı durduramazlarsa hepsinin işi biterdi. Ardından sıra yavaş da olsa İstanbul'daki merkeze ve Aşkın Varoluş'a gelirdi.

*

Dizel göstergesinin ibresi umut verici bir şekilde yarı çizgisinin solunda durmaktaydı. Yakıt deposu otobüsün hacmiyle oranlı normal büyüklükteydi ilk kontrol ettiklerinde. Ve ağzına kadar dizel doluydu. Sarp bu işlerden biraz anlamaktaydı. Depo için 400 - 450 litre dizel alır ve her yüz kilometrede 30-35 litre yakıt harcar tahmininde bulunmuştu. Ortalama 1300 kilometre gidebilirlerdi bu hesapça. Diğer otobüslerin yakıt depoları boştu. Garajın hiçbir yerinde yakıt dolu çanta falan gibi bir şey bulamamışlardı. Bir depoluk menzil söz konusuydu anlaşılan.

"Yakıt durumu iyi gibi?" dedi Murad tırnağıyla ibreyi tıklatarak. "892 kilometre yol gittik. Depo yarının biraz altına indi. Bire üç yakıyoruz. Ortalama yüz elli, yüz altmışla gittiğimiz düşünülürse. Harika bir şey. Bir ara iki yüzü bile denedim. Motor canavar. Altımızdaki yol da ideal. Hız rekorları kırılan o tuz çölleri gibi. Çok daha iyisi hatta."

"Yuvarlak hesap bin yapınca mola verelim.

Murad gülümseyerek başıyla onayladı. Bin kilometrelik bir ıssızlık hiç de hayra alamet değildi. Göreceklerdi bakalım diye düşünürken görüverdi. Birkaç yüz metre önlerinde bir şey duruyordu. On derecelik açıyla sağ yanına yatmış siyah boyalı bir şilepti. Kırk metre boyunda falandı ve gövdesinde tuhaf şekillerde kocaman bir şeyler vardı. Yaklaşınca bunların mermere benzer bir malzemeden yapılmış yontular olduğunu gördüler. Şilebin ebatları göz önüne alındığında devasa duruyorlardı.

"Acaba bu mermer bildiğimiz kalsiyum karbonat mı?" dedi Murad.

Delikanlının sözleri onu şaşırtmaya devam ediyordu. Yedinci katılımcı bir çeşit sekstanttı belki. Organik bir usturlab.

Sarp, "Kalsiyumun buna aldırdığını sanmıyorum." deyince delikanlı tebessüm etti.

"Belgesellerden bayağı kimya öğrendim."

Sarp belli anlamına başını salladı. Delikanlının bilgisinin derinliğine şaşamaz hale gelmişti. Oyun için imal edilmiş bir aparat düşüncesi beyninde dolanıp duruyordu. Bu arada o hantal sütun ve yontulara bir anlam veremiyordu. Timsahı, maymunu, fili, iri kuşları ve üç bacaklı olsa da insanı çok andıran gerçek boyutlarına yakın yontulardı. Mermerden yapılmışlardı. Biraz yetenekli dört yaşında bir çocuğun elinden çıkmış gibi organlar arası orantı biraz bozuktu. Normal şartlarda bir yerde görünce fazla ilgi verilmeyecek olan on dört adet yontu burada, ıssızlığın ortasındaki bir şilebin ön güvertesinde tekinsizlik ışımaktaydı. İki metre çapında sekiz metre kadar yüksekliğindeki mermer sütun da diğer bir bedbelirtiydi. Yakından bakınca şilebin küçüklüğü nedeniyle cüssesi afallatıcı bir etki yapmaktaydı. Eğer ön güvertedeki bu mermer yontular ve o akıl bozucu sütun olmasa dahi, içinde bir zamanlar insan bulunmuş hissi vermeyen, seyir deftersiz, yakıtsız, tuvaletsiz, lumbozu mumbozu olmayan geminin burada bulunması için mantıki bir neden bulunamazdı.

"Gemi gökten gelmiş gibi."

"Yamuk trasport bu." dedi Sarp gülümseyerek. "Ağırlıkları elli, altmış ton olmalı en az. Tekneyi batırır be." Bu tekne hiçbir zaman deniz görmemişti. Onun için inşa edilmemişti. Esas işlevinden kopmuş bir nesneydi. Oyun hamuru yeniden karılınca yollarına çıkmıştı. "Sence nedir bu Murad?"

"Kerteriz olarak bulunuyor burada sanırım."

Delikanlı haklıydı. "Bir başka şeyin ya da yerin öncülü olmalı." dedi Sarp. "Belki de bunun yanı sıra bir çeşit sinyal verici."

Murad sinyallerin nereye gittiğini sormayınca Sarp bu konuyu daha fazla deşmemeye karar verdi. Güneş ufka doğru alçalmaya başlamıştı. Bulutsuz mavi gökyüzünde ne bir kuş, ne de uçan başka bir şey yoktu. Tekne gibi sanki gökyüzü de bunun için yapılmamıştı. "Yedi, yedi buçuk gibi hava kararmaya başlayacak."

dedi. "Burada mola verelim."

Bir saat kadar sonra otobüsün yan bagajında buldukları katlanabilir plastik sandalyelerde oturuyorlardı. Köfte, fiyonk makarna, acılı şalgam suyundan ibaret yemeklerini bitirmişlerdi. Yemeği pişirdikleri piknik tübünün üzerinde çay demlenmekteydi şu anda. Ellerinde bir adet tüp daha bulunduğu için bu lüksü rahatça kullanıyorlardı..

Güneş batınca Sarp gökyüzünün fonksiyonları hakkında biraz yanıldığını düşünmüştü. Sirius yıldızı şimdiye kadar hiç görmediği kadar parlaktı. Bildikleri tanıdıkları kuzey yarıküre yıldızları, galaksiler tepelerinde pırıl pırıldı. Esas dünyayı geri kazanmak için umut vardı.

*

Sarp otobüsün en arkasında durmuş Doğu'ya doğru bakıyordu. Otobüsün tekerlekleri yolda iz bırakıyordu. Aslında inşallah arkada sadece iz değil yol da bırakıyorlardı. Haslett Oteli'nde ismi yazılı ekibin mümkün olan en hızla arkalarından gelebilmeleri için bu şarttı.

Geri gelip sağdaki koltuğa otururken ufuktaki şeyi fark ederek şaşırdı. Bu bir şehir siluetiydi. Öğle üzerinin ilk saatleriydi. On, on beş katlı yüksek binaların bulunduğu bir yerdi.

"Bu da nereden çıktı böyle?"

"Birden dikildi karşımıza sahicim."

"Peki nasıl oldu da şehri daha uzaktayken farketmedik?" dedi Sarp. "Bu açık havada ve ışıkta çok daha önceden farketmeliydik. Bir meyil mi çıkıyorduk yoksa?"

Murad'ın yüzünde 'hiç sanmıyorum' ifadesi belirmişti. O da ani tezahürü meyil işi gibi görmüyordu.

"Şehir çöle inşa edilmiş Las Vegas'ı anımsatmaktaydı, ama ondan çok farklıydı yine de. Bir iki kilometre eninde bir alana yayılmıştı. Çok steril bir yayılmaydı. Kenarlarda tek bir bina ya da insan yapımı bir nesne görünmemekteydi. Bir alanı çizgiyle sınırlamış ve içine şehir inşa etmişlerdi sanki. Bilgisayar oyunlarındaki şehirleri çağrıştıran bir yanı vardı."

"Bu tarafa gelen bir yol yok ve karşılama ekibi de nanay," dedi Sarp. "Bu tarafa yol yok. Karşılama ekibi yok. Havada uçan bir yaratık yok. Uçak yok, helikopter yok. Bir meyil vardı, ama topografik cinsten değil. Farkındalığımız yetince şehir önümüzde açıldı."

Murad başıyla onayladı ve "Asalkent bu," dedi. "Bir kez bahsini işittim. Dört kişilik çeteden biri sözünü etmişti. Asılsız Topraklar'dan çıkıp yeterince uzaklaşırsan bir tanesiyle karşılaşırmışın."

Sarp bu sözlerdeki gerçekliği hissediyordu. Asalkent güzergâh üzerindeki bir kapandı. Etrafından dolanarak geçip gitmeleri işe yaramazdı. Mecburi olarak içine girecek ve sonra çıkmaya çalışacaklardı. Oyun kurallarından ikincisi çok açıktı: Oyun yönü yani senaryonun ana gidişatı değiştirilemezdi.

*

Asalkent'e yaklaştıklarında şehrin bir dekordan ibaret olmadığı iyice ortaya çıkmıştı. Derinlik netlikle görülmekteydi. Hâlâ bir yol, oradan geçmiş birilerinin bıraktığı bir nesne ya da şehirde trafik cinsinden bir kıpırtı farkedememişlerdi. Şimdi üç yüz metre mesafeden bile bir park, yeşil bir alan göze çarpmamaktaydı. Ön cephenin ortalarındaki geniş cadde boşa benziyordu. Hiçbir yerde tek bir ağaç yoktu. Beyaz ve açık sarı boyalarla badanalanmış binaların yeniliği, renklerinin diriliği falan terkedilmiş şehir ihtimalini azaltan bir etki yapmaktaydı.

Birden bir ses dalgası üzerlerine çöreklenince Murad'ın direksiyonu tutan elleri birkaç santim oynadı ve araç hafifçe yalpaladı. O da neydi? Murad elleriyle kulaklarını kapatmıştı. Sanki bir milyon çekirgelik bir ordu etraflarında dans etmekteydi. Ön camdan yüz metre kadar yaklaştıkları ön cephe açıkça görünmekteydi.

"Ses uyarlanması," dedi Sarp gözleri karşılaşınca. "Birazdan hafifleyecektir. Umarım. O ana caddeye gir."

Delikanlı direksiyonu azıcık sola kırarak yönünü ayarladı. Bu arada hızını elli kilometreye indirmişti. Modern görünümlü binaların hepsinin camları örtülüydü. Hiçbirinde perde, jaluzi, kepenk mepenk yoktu. Kırk metre enindeki ana caddede tek bir araç yoktu. Otobüsün tekerlekleri bozkırdan çıkıp parke taşlı yola girince Sarp'ın heyecanı son kerteye yükseldi. Boş sokağa rağmen Murad birini ezmemek için hızını iyice düşürdü. O sırada camları zangırdatan ses birden kesiliverdi. Bal dök yala caddeden geçen araç metreleri yutarken sesin tümden kesilmediğini uzaktan gelen bir uğultu şeklinde sürdüğünü farkettiler. Sanki uzakta yüzlerce kişi kaynana zırıltısı çalıyor gibiydi.

"Orada."

Murad'ın işaret ettiği normal boyda, koyu renk saçlı, mavi kısa kollu gömlek, lacivert kumaş pantolon giymiş yetişkin bir erkekti. Hemen önlerindeki köşede durmuş onlara bakmaktaydı. Beyaz spor ayakkabıları çok yeni ve temiz görünüyordu. Murad otobüsü adamın önünde durdurunca arkasına dönüp kaçtı ve kapılardan birine dalarak yok oldu.

"Biraz utangaç biri galiba," dedi Sarp.

Murad gülümseyerek başını salladı. "Şehir boş değilmiş."

Kapalı ve perdesiz camların ardında bazı hareketler sezilmekteydi. Asalkent sakinlerinin merak ipi daha yeni çekilmişti anlaşılan.

"Burada yaşayanlar var," dedi Sarp. "Umarım yabancılardan gıcık kapmıyorlardır."

Tam o sırada sağ tarafta caddedeki yegane tabelayı fark etti. "Murad orada duralım,"

Bu arada yakıt ibresinin hali de belliydi. Caddeyi çıkaracakları bile şüpheliydi. Tekerlekleri döndüren depodaki mazotun son damlalarıydı. 61 numara tabelasındaki iyice solmuş güç bela okunan harflerle Hayat Oteli yazan üç katlı bir binaydı. Ön kapıda durdular. Kapı kilitli değildi.

Hayat Oteli bomboştu, ama hissettirdiği şey Haslett Oteli'nden çok farklıydı. Lobi bilinen otel lobilerine benzemekteydi. Yerdeki halı, mobilyalar, duvarların rengi, asılı ıssız bozkır tabloları falan ortalama bir dört yıldız seviyesi ışımaktaydı. Dostça sarmalayan hatta diye düşündü Sarp. Kapana konmuş peynir bile olsa burada belli bir konfor emirlerine amadeydi. Uğultu halinde bütün şehre hakim olan sesler içeri girince duyulmaz hale gelmişti.

Lobi Haslett otelinden büyüktü, ama benzer şekilde dekore edilmişti. Ortalıkta kimsecikler yoktu. Sarp hızla lobi kürsüsünün ardına geçti. Burada da diğeri gibi bilgisayar ve gerekli eküpmanlar hak getireydi. Kalın ciltli resepsiyon kayıt defteri ortalara yakın bir yerden ayrık duruyordu. Ne sol ne de sağ taraftaki sayfalarda tek bir yazı bulunmuyordu. Açık duran iki yaprağın sağ sayfasında beş isim vardı.

Sarp hiç tereddüt etmeden o yaprağı kopardı ve kısa bir tereddütün ardından katlayıp pantolonun cebine koydu. Oyuncuların kaydını buradan silmişti. Tescil ancak bu suni şehir bozuntusu yerden çıktıklarında geçerli olacaktı haliyle.

Lobiye yakın bir yere tahta ayaklı bir kara tahta konmuştu. Pervazında renk renk tebeşirler durmaktaydı. Tahtanın zemini hiç tebeşirle buluşmamış gibi çok temizdi.

Havada çok hafif bir yemek kokusu vardı. Balık. Evet balık kokusu almaktaydı.

"Kokuyu alıyor musun?"

"Balık."

"Başka?"

Murad biraz düşündü ve "Henüz tam pişmemiş." dedi. "Bizim için değil. Başkaları sanki. Burada değiller ama. Henüz yani. Gelecekler. Yoldalar belki."

'Beş kişilik rezervasyon, altı kişilik yemek' diye düşünen Sarp, "Bence de öyle." dedi. "Önce mutfağa bir göz atalım."

Mutfağın çelikten aksamı, kaplar, kacaklar falan yepyeniydi. Dolaplar boştu yalnız. Yiyecek hiçbir şey yoktu. Ocaklar sönüktü. Ortada ahçı yamağı bile görünmüyordu. Ortamın aşırı temiz görünümü daha önce kullanılmamışlık hissiyatını depreştiriyordu. Dahası balık kokusu sadece lobide mevcuttu. Sanki gelmesi beklenen beş kişi için kurulmuş gibiydi bu otel. Onlar buraya ayak basınca kurulum tamamlanıp yemek kokuları yükselecekti. Buram buram tekinsizlik kokuyordu.

"Çıkıp gidelim buradan Murad. Geldiğimiz yoldan dönemeyiz ama. Şehirde bir miktar adım atmamız ve iz bırakmamız lazım. Gel hemen çıkalım şimdi. Anlatıcam."

Kapının önünde durduklarında iki yönde ıssızlığını koruyordu. "İnsan benzeri yaratıklar var.

Bizi merak ediyorlar, ama çok mahçuplar. Otobüsümüzün yakıtı bitti. Etrafta hiç araç yok. Yakıt da yok. Asalkent'ten rasgele bir şekilde çıkamayız. Bir yol bulmamız lazım.

"Geldiğimiz yöne doğru yürüsek?"

"Doğru yönü bulamazsak uçsuz bucaksız bozkıra çıkarız yeniden."

dedi Sarp gözü sağı solu tararken. "Çevreyi gezerek bozkır olmayan bir yer de bulamayız. Çünkü çevre... Nasıl söylesem... Sınırsız ama sonlu evren tanımı gibi. Ömrümüz yetmez çevreyi gezmeye. Şehir o kadar büyük değil, ama yerleşim şekli labirentimsi ve çok karmaşık. Boyut olarak da belki. Bir de... yiyeceklere de çok güvenmeyelim. Bir yerden diğer yere nakledildiklerinde çabucak nitelik değiştirmeleri mümkün. "

Murad'ın aklı denilene yatmıştı. "Zeki bir yapı olmalı. " dedi. "Zeki yaratıklar meraklı da olurlar."

"Doğru. Az önce içlerinden geçtik. Kısa vadede zararlı olacaklarını sanmıyorum. Haydi etrafı bir kolaçan edelim. Her ihtimale karşı yanına silah al. Birimiz kaybolursa buluşma yerimiz bu otelin önü.. En güvenli yer otobüsümüzün içi. Kapılarını açık bırakacağız. O bir süre bizden kalacak. Doku farklılığı nedeniyle bir süre kimse dokunmaz ona.''

Sarp silahını ve yedek şarjörlerini kontrol etti. Aynı şeyi Murad da yapınca otobüsün yüzünün dönük olduğu tarafa doğru yürüdüler. Üzerlerine çullanan uğultu dayanılır dozdaydı. Trafik olmadığından iki tarafı da iyi görebilmek ve muhtemel bir bulaşmaya hazırlıklı olabilmek için caddenin ortasından yürüyorlardı.

Otele gelirken farkettikleri gibi kirli beyaz ve uçuk sarı renkli badanalanmış evler insanımsı yaratık kaynıyordu. İki yandaki binaların pencerelerin tamamı perdesizdi. Sokak kapıları aralık durmaktaydı. Aşırı steril caddede hiçbir çocuk oyuncağı, çöp tenekesi, motorlu bir araç, bisiklet göze çarpmıyordu. Etrafta bir sap ot, bir taş parçası bile yoktu. Sarp ellerinde pertavsızla araştırsalar dahi tek bir sinek ölüsü ya da örümcek ağı bulamayacaklarına bahse girmeye hazırdı. Asalşehir yekpare olarak, tozutmayan kompozit bir malzemeyle tek bir kalıptan ve daha yeni dökülmüş gibiydi.

"Bayağı seyircimiz var,''.

Sarp delikanlının imasının dayandığı yeri düşünüp durmaktaydı o anda. Meraklı Asalkentlilerle tanışmaları şarttı. "Birazdan çaya gideriz birine,'' dedi.

Dönüp arkasına bakınca iki şeyi farketti. Yetmiş seksen metre uzaktaki otobüs hâlâ onlardan kalmaya devam etmekteydi. Bu geceye kadar sürecekti en azından. Bu iyiydi. Çünkü belki de içindeki birkaç şeye gereksinimleri olacaktı.

Hışırtısı uğultu tarafından boğulan adımlarla uçsuz bucaksız gibi görünen caddenin ortasında yürümeye devam ettiler. Aynı büyüklükteki bir caddeyi kestiklerinde Sarp tam ortada durdu. Etraftaki ortalama altı katlı olan binalardan gözler üzerlerine çevrilmişti. Aradan bir saat falan geçmişti. Caddenin ortasında duruyorlardı.Homojen bir yapının içersindeydiler. Mevcuttan farklı bir şey görmememişlerdi şu ana kadar.

"Geri dönelim.'' dedi Sarp. "Yol üzerinde zoraki misafirlik dahil, araştırmaya başlayacağız.''

Uzaktan otobüsleri görüldüğünde Sarp durdu. Önlerindeki beyaz binanın ana kapısı aralık durmaktaydı. Numarası 1009'du. Binalar numara sırasına göre dizilmemişlerdi önünden geçtikleri komşu binanın numarası 153'tü.

"1009'a çaya gidiyoruz,'' dedi Sarp. "Çok gerekmedikçe silah kullanılmayacak."

Birinci katta tek bir daire vardı. Kapının üzerinde altın yaldızlarla1009 yazılmıştı. Zil ya da isim etiketi yoktu. Kapının üzerinde bir kol vardı. Hiçbir yerinde anahtar deliği ya da elektronik kart yarığı görünmemekteydi.

Sarp kapıyı tıklatıp kolu çevirdi. Kapı bildikleri evlere benzer bir şekilde bir hole açılmaktaydı. Perde kullanılmadığı için ışıklıydı. Ne portmanto, ne ayakkabı, terlik vb. göze çarpmamaktaydı. Sarp en öndeydi. Mermere benzer zeminde yürüyerek oturma odasına gittiler. Büyük oturma odasında üç kişi oturmuş çerez atıştırarak televizyon seyretmekteydiler. Yirmili yaşlarda iki kadın ve bir erkek. Kadınlardan biri çikolata tenliydi. Diğeri duru tenli ve kumraldı. Diri vücutluydular. Askılı tişört giymişlerdi. Seksi görünmeleri lazımdı, ama öyle değillerdi. Atletik yapılı siyah saçlı bembeyaz tişörtlü adam onlar içeri girdiğinde buna hiç aldırmadan, en ufak bir irkilti göstermeden sehpanın üzerindeki çerezlerden bir tutam alıp ağzına atmıştı. Şu anda bile onların cümbür cemaat içeri girdiklerinin farkında değilmiş gibi davranıyorlardı.

İkibinli yılların modasında giyinmiş modern denen türden kimselerdi. Hiçbiri çok yakışıklı ya da aşırı güzel değildi, ama sıhhatli, hoş bir halleri vardı. Bir de iyi sıhhatte olsunlar çok taze imal edilmişler gibi bir havaya sahiptiler. Tıpkı odadaki bütün eşya ve aksamın yepyeni olması gibi. Burada eşyayı eskitecek kadar uzun barınmamışlardı.

"Cann'ı da dumansız bir ateşten yarattı." diye mırıldandı Murad.

"Ben cinleri ve insanları yalnızca bana ibadet etsinler diye yarattım."

Murad , Sarp'a bakıp başını salladı. Yüzü merak yüklüydü, ama korkmuyordu. Bu çok iyiydi. Televizyonda kısa saçlı, orta yaşlı bir adam bir şey anlatmaktaydı. Ağzı kıpırdıyordu, ama ses onlara deşifre edilmesi imkânsız bir hışırtı halinde ulaşmaktaydı. Üç seyirci konuşmanın içeriğine uygun yüz ifadeleri takınmaktaydılar. Alınları kırışıyor, sırıtır gibi oluyor ya da şaşkınlık gösteriyorlardı.

Televizyon iki katlı tahtadan bir altlığa sahipti. Televizyon aparatının altındaki bölmede üzerinde hiçbir işaret olmayan bir metal kutu durmaktaydı. On santim yüksekliğinde, kırk santim eninde ve elli santim boyunda olan parlak metal kutuda ne bir düğme, ne de bir yarık yoktu. Görünüşte yukarısındaki aparatla kablo bağlantısı da bulunmuyordu.

Arada üç adet sarı fincanın durduğu sehpanın üzerindeki çerezleri yemeğe devam ediyorlardı. Sarp divana doğru yürüdü. Beyaz askılı tişört giymiş kadın en uçtaydı. Sağ elini uzatarak kadının omuzuna dokundu. Aynı anda iki şey meydana gelmişti. Birincisi beyninde bir ışık patlamış ve bir iki saniyeliğine kendini Aşkın Varoluş'ta Warner'la karşı karşıya oturuyor görmüştü. İkinci durum beş tanıklı gerçekleşmişti. Televizyon ekranından çıkan dumanımsı bir şey üzerlerine gelmiş değme noktasına kadar yaklaşınca çözülüp gitmişti. Fıstığın ve arkadaşlarının bu dokunuşa, odada onların varlığına falan aldırdıkları falan yoktu. Çerezleri atıştırarak aptal kutusu izlemeye devam ediyorlardı.

"Ne yapıcaz?"

"Diğer kata bakalım," dedi Sarp.

Aradan geçen zamanda takımın toparlanacağını ummaktaydı. Her yerde bu tür durumla karşılacağını tahmin etmekteydi artık. Televizyon aparatından fışkıran o şeyin bir çeşit zeka taşıdığına yemin ederdi. Odada bir cin varsa o bulutumsu şeyden başkası olamazdı.

Gıcır gıcır temiz basamaklardan bir üst kata tırmandılar. 1008'in kilitsiz kapısı aralık durmaktaydı. Aynı boş holden geçerek oturma odasına girdiler. Burada da aynı ebat ve modelde bir televizyon, aynı büyüklükte bir sehpanın üstüne konmuştu. Altında az önce gördükleri metal kutunun tıpatıp bir benzeri bulunmaktaydı.

Divanda iki orta yaşlı adam oturmaktaydılar. İkisi de beyaz takım elbise giymiş, uçuk mavi gömlek üzerine turuncu kravat takmıştı. Ayakkabıları bile aynı modeldi. Beyaz mokasen ayakkabılar. İkiz değillerdi yalnız. Birinin gür dalgalı kahverengi saçları iyice kırlaşmıştı. Diğerinin siyah saçları biraz kelleşmişti, ama tek tük beyaz teller göze çarpmaktaydı.

Ekranda beyaz başörtülü bir kadın bir adamla konuşmaktaydı. Şişe dibi camlı gözlüklü genç adamın motor gibi konuşması onların kulaklarına hışırtı olarak varmaktaydı.

İki adamın önündeki sehpada etiketsiz uzun şişeler vardı. Bunlar yarıya kadar içilmişti. İki derin kapta hoş görünümlü çerezler vardı. İçinden geçtiyse de Sarp bunlardan hiçbirine dokunmaya kalkışmadı.

Başıyla işaret yapınca Murad salondan diğer odaya açılan kapıyı açmayı denedi. Kolu bütün gücüyle çevirdiyse de kapı bana mısın dememişti. Sarp dairede bu oda ve o holden başka bir yer olmadığını tahmin etmekteydi. Bunun anlamı bu yaratıklar çerezlerden başka bir şey yemiyor, soyunmuyor, giyinmiyor, sevişmiyor, dışkılamıyor ve uyumuyordu. Mutfak, duş ve hela falan da yoktu. Dışarıya çok sınırlı süreyle çıkabilmekteydiler. Bütün ömürlerini televizyon karşısında geçiriyorlardı.

Bütün katlarda benzer görüntüyle karşılaşılmıştı. Hol ve tek odadan ibaret daireler. Sayısı iki ile dört arasında değişen seyirciler. Hepsi de sıhhatli görünümlü, temiz pak giysiler içindeydi. İçlerinde türbanlı, başörtülü kadınlar, tek tük kipalı, sarıklı erkekler de vardı. Hepsi aynı özelliklere haizdi.

"Ne biçim yaratık bunlar yahu?"

Sarp, "Ya televizyon seyircisini yaratmış, ya da birisi burayı böyle kurgulamış," dedi. Dışarıda apartman kapısının önünde durmaktaydılar.

"Ya o bulutumsu şey?

Reyting özütü olmasın sakın?"

"Reyting bağımlıları mı? Reyting tebası belki."

Delikanlı tam uygun terimi bulmuştu. "Üzerine bastın ayağını kaldır."

*

"Bu da ne böyle?"

Önünden geçtikleri binanın alt katındaki kocaman cemakândan içersi tabak gibi görünmekteydi. Camda en ufak bir tabela mabela yoktu, ama bir manken imalathanesine benzemekteydi. Yalnız daha içeri girmeden bile akıl sağlığını sarsan şey açıkça görülebilmekteydi.

Murad aralık duran kapıyı ayağıyla iterek açtı ve içeri girdi. Sarp arkasından yürüdü. Karşı duvardaki boydan boya ayna yüzünden içerisinin görünümü bayağı hareketlenmişti. On metreye sekiz ebatlarındaki yerde, dükkân mı demeliydi acaba, on beş kadar manken vardı. Kadın erkek karışıktılar. Ayakta gelişigüzel duruyorlardı. Kapıya göre sağda kalan duvara yaslı ayaklı askılıkta bir sürü giysi durmaktaydı. Evlerdekine benzer bir sehpanın üzerine konmuş televizyon açıktı. Güzel yüzlü kumral bir kadın bir şeyler anlatmaktaydı. Mankenler aparattan çıkan hışırtıya kulak vermiş gibiydiler.

Sarp'ın ilk aklına gelen o daireleri dolduran insanların önce manken şeklinde varoldukları, sonra canlanarak diğer faza geçtikleri oldu. Toprağa üflenen nefes yerine plastiğe emdirilen yayınlar.

"Bunlar canlı değil," dedi Murad. "Evdekiler gibi değil yani"

"Haklısın galiba,"

"Şu tülümsü şeyler e bak."

Sarp en yakındaki mankenin göğüslerini, belini ve omuzunun bir kısmını örten şeyi fark etti. Bir iki milimetre kalınlığında örümcek ağından yapılmışa benzer bir dokuydu.

Murad, sırım yapılı erkek mankenin üzerindeki uzun kollu tişörte benzer dokumayı işaret etti. "Diğerlerinde de var. Kadın televizyondan konuşuyor ve kelimeleri her mankene bir giysi örüyor galiba. Aparattan çıkan çok minik zerrecikler var."

Sarp gözlerini kısınca zerrecikleri görebildi. "Doğru," dedi "Yayın elbise örüyor mankenlere. Açıkça görebiliyorum."

"Ne yapıcaz peki?"

Televizyondaki kadın bir dergideki giysileri göstererek bir şeyler anlatmaktaydı. Sarp yayınla mankenlere elbise örebiliyorsan başka şeyler de yapılabileceğini düşündü. Bütün Asalkent yayın mahsülü olabilirdi. Taşlar, tuğlalar, badana, kapı, bina ve o insanımsılar. O zaman her şey dalgacıklardan ibaret olan yayınlarla başlamış olabilirdi. Ferruh Bey'i alıp getirdiği yeri hatırlamıştı. Evrende hiç boşluk yoktu. Her nokta sımsıkı doluydu. Bir gerçeklik giderek yetkinliğini yitiren kopyaların, yani paralel evrenlerin yanı sıra, gerçekliğin bir çeşit yorumu denebilecek çatallanmalar da yaratıyor olabilirdi.

Tekrar sokağa çıkıp otel yönüne yürümeğe devam ettiler. Murad birden durunca Sarp merakla ona baktı.

"İlginç."

Delikanlının işaret ettiği yer bir alt kat dairesiydi ve boştu. Zemin katlarında nadiren bulunan dairelerdeki oturma odaları sokağa baktığı için içerisi dışarıdan rahatlıkla görülebilmekteydi. Şu ana kadar baktıkları yerler içinde boş olan yegane daireydi.

"Ne yapıyoruz?"

Sarp merak etmişti. "Bir göz atalım." dedi.

Oturma odasında ekran aydınlıktı, ama konuşan biri yoktu henüz. Yepyeni krem renkli divan hiç oturulmamış gibiydi. Beyaz boyalı sehpanın üzerindeki iki derin kapta çerezler vardı. Sarımsı, beyazımsı badem ve fındık benzeri şeylerdi.

Sarp en çok televizyonun altındaki rafta duran metal kutuyu merak etmekteydi. İçinden televizyonun arka tarafını sökerek içine bir göz atmak geçiyordu. "Şu kutuya bir bakacağım." dedi ve

Sarp ihtiyatlı bir şekilde metal kutuya dokundu. Bir titreşim hissetmiyordu.

Elektrik de çarpmamıştı. Arkasında bir kablosu yoktu. Kutuyu tutarak hafifçe tarttı. Bir kilo ağırlığında falandı. Metal kutuyu alarak divana oturdu ve kutuyu kucağına koydu. Murad merakla onu izliyordu.

Yakından bakınca tam yarıdan geçen eklem çizgisi farkedilebiliyordu. Sarp o çizgiden yukarı ve aşağı kuvvet vererek kutuyu açmaya çabaladı. Olmayacak derken birden kapak arkadaki gizli menteşeleri etrafında dönerek açıldı. İçi bomboştu.

Sarp ayağa kalkarak kutuyu Murad'a gösterdi. İçinde toz bile yoktu. "İçinde çip mip görsem çok rahatlayacaktım."

Murad başını salladı. "Çipin ne olduğunu biliyorum."

"Geleceğin çipleri belki tek ve kompleks bir molekülden ibaret olacak. Görünmez de tabii."

"Burası gelecekte bir yer mi yani?" diye sordu Murad.

"Bilmem," dedi Sarp parmağıyla kutunun dibine vurarak. "Acaba niye bu kadar kocaman bir kutu yapmışlar moleküler muhabbete?"

Murad "Moleküler muhabbet ." diye yineledi. Söz hoşuna gitmişti besbelli.

Sarp muhabbetle kafiyeli bir espri yapacağı sırada televizyon aparatı diriliverdi. Hışırtıyla birlikte ilk ziyaret ettikleri evde gördüklerine benzer bulutumsu madde üzerlerine geldi.

Murad, "Kutuyu elinden at sahicim." diye bağırırken tabancasına davrandı.

Sarp ayağa kalkıp elindeki kutuyu televizyon aparatına doğru fırlatırken silah sesi kulaklarında top gibi patladı. Murad tabancasından çıkan kurşun ekrana girince aparat arkaya doğru sarsıldı, ama ön cam ya da mika her neyse ne delindi, ne de çatladı. Yalnız bulutumsu madde geri çekilmişti.

Bu arada divanda iki adet şeffaf şahıs oturmaktaydı. İki erkek. Boy poslarından kimi model aldığı belliydi. Boş oda kopyalarını çıkarmaya başlamıştı. İşlem tamamlanırsa asılları ne olacaktı acaba?

Sarp tabancasını çekerek aparata doğrulttu. Birlikte şarjörlerdeki bütün mermileri ekrana yolladılar. Ekranda tek bir çizik ve delik belirmemişti, ama divandaki soluk kopyalar ortadan silinivermişti.

Dışarı çıktılar ve tabancaların şarjörünü yenilediler. Sokağa kimse çıkmamıştı. Sarp bunun iyi bir şey olup olmadığına karar veremiyordu.

"Asalkent bize oda tahsis etmiş anlaşılan."

Murad içini çekerek başıyla onayladı. "Çok misafirperverler."

Etrafı kollayarak yürümeye devam ettiler. Kimse arkalarından gelmiyordu. Önleri göz alabildiğine boştu.

*

"Vay canına bu kitapçı be!" diye mırıldandı Sarp. Ekran cennetinde bulmayı umut ettiği son şey kitaptı.

Vitrine kocaman bir ciltli kitap resmi çizilmişti. Ortasına yakın bir yerden açık duruyordu. Üzerinde tek bir harf yoktu. Sarp parmağını dokundurunca bir kabartı hissetmedi. Onu taklit eden Murad, "Camı bu haliyle dökmüşler gibi," dedi ve Sarp'ın yüzüne baktı.

Kapı aralık duruyordu. Sarp bakınca delikanlı belli belirsiz omuzlarını silkti.

"Bir bakalım o zaman," dedi Sarp.

Murad ayağıyla kapıyı iyice açarak içeri baktı ve ilk adımını attı. Keskin gözleri içerisini ölçüp biçtikten sonra içeri girdi ve eşikte durakladı. Delikanlı ileriye bakıyordu. Onu durduran şeyin tüyler ürpertici bir yanı vardı. Dükkânın eni yedi sekiz metre falandı. Derinliği ise ölçüm dışıydı. İki sıra şeklinde uzanan tahta rafların tam olarak nerede sonlandığı görünmüyordu. Tepeden gelen ışık nedeniyle görüş sorunu yoktu. Raflar göz alabildiğine boştu. Ufuğa kadar öylesine uzanmaktaydı.

"Bunlar da ne ya?"

Büyükçe bir odaya L şeklinde tek parça bir masa konmuştu. Üzerinde beş adet siyah ciltli boş sayfalı kitap durmaktaydı. Her kitabın hizasında bir sandalye vardı. L'nin geniş açılı tarafında duran büyük bir ekrandan kitaplara şeffaf tülcükler uçuşmaktaydı. İçersi Asalkent'e has bir şekilde yeri belirsiz bir ışık kaynağıyla aydınlatılmıştı.

Sarp hikâyeye uyanır gibi olmuştu. "Haydi çıkalım buradan," dedi.

Kaldırımda yollarına devam etmeye başladıklarında "İlk kitaplar yazılacak daha belki." dedi Murad. Alnı kırışmıştı.

"Sen hiç kitap okudun mu Murad?"

"Okumadım, ama ünlü kitapların konularını biliyorum. Nasıl oluyor bilmiyorum, ama bir şey öğrenince bir daha aklımdan çıkmaz. Gece bitiren kullanırken geçici hafiflemeler ve kopukluklar oluyordu tabii. Ünlü kitapların hemen hepsi film yapıldı. Bazıları çizgi roman. Belgesel olanları da var ayrıca."

Sarp sokağın durumunu kontrol ederken, "Burada sıfırdan başlasak neler yazardık." dedi. Gençken bu konuda fantazileri vardı. Bunları hatırlamıştı.

Murat düşündü ve "Don Kişot ünlü ve güçlü bir kral olurdu mesela." dedi.

"Hamlet babasının intikamını almaktan vazgeçer ve Ofelya ile evlenip mesut bir hayat sürerdi," dedi Sarp. "Leyla ile Mecnun evlenirler ve altı ay sonra şiddetli geçimsizlik nedeniyle boşanırlardı."

Murad'ın yüzündeki muzip ifade belirip sönmüştü. "Biri vardı. Öldü. Çeteler malum. O söylemişti. Şimdi hatırladım. 'İsa geri gelirse yeniden çarmıha gerilir.' derdi. Mesudecik sağdı o sırada. Nedenini sormuştu. 'Öyle olmasa bizim burada ne işimiz var?' demişti.

Sarp delikanlının metafizik yazılımını, itikadını çok merak etmişti birden. Zihninin son yıllarda bahsi edilen e-water yöntemiyle imal edilmiş olması pek muhtemeldi. Hitap ve kavrama düzeyi olağanüstüydü. Şimdi bunu konuşmanın sırası değildi. "Kafası çalışan bir tipmiş." dedi.

"Kimler vardı sahicim. Ölüp gittiler çocuk yaşta."

Sarp sevgiyle delikanlıya baktı. "Arkamızda farklı bir yer bıraktık. En azından kalanlar için."

Murad aynı şekilde gülümsedi ve "Doktor Faust kontratı yırtar, Grechen ile evlenip beş çocuk yapardı," dedi.

"Süper." dedi Sarp. Noktayı böyle koymaları iyiydi. Oyunda moral her şeydi.

*

"Burası kendini sürekli olarak yenileyen bir ünite," dedi Sarp. Otobüsün önünde duruyorlardı. Hava kararmadan buradan çıkmamız lazım. Bunu yapamazsak

Asalkent'teki ikametimiz güneşimizin geri kalan ömründen bile uzun sürebilir."

"Otobüsten birkaç en gerekli malzemeyi çıkartıp şuraya yığacağız. Birazdan hava kararırken buradan yaya çıkıp gidecekmiş gibi davranacağız. Yani, kararlı davranacağız."

Murad başıyla onayladı. "Asalkent'in iradesine karşı çıkacağız."

"Aynen."

Sarp dananın kuyruğunun kopmasının çok yakın olduğunu hissediyordu.

Ekran kılığındaki şehir yapıcı jeneratöre bol bol kurşun sıkarak birinci raundu başlatmışlardı. Nitekim bir elinde Ferruh Bey'in bastonu diğerinde beş litrelik pet su şişesi otobüsten inerken kulakları hışırtıyla dolmaya başladı. Havanın kararmasına bir saat kalmıştı. Geliyorlardı. uğunda göz alabildiğine uzanan caddeden üzerlerine gelen şeyleri gördü. Sarp'ın aklında üç görüntü eşzamanlı patladı. Biri Arap harfleriyle Allah yazılı bir tabela, ikincisi Sultan Ahmet Camisi'nin ön cephesiydi, üçüncüsü de az önce içine girdikleri boş sayfalı kitapların durduğu uçsuz bucaksız dükkândı.

Bin kadar Asalkent sakini otelin bulunduğu caddenin iki yanından yavaşça yürüyerek geliyorlardı. Aralarında elbiseleri lime lime durumda mankenlerde vardı. En öndeki sıra on metre kadar yaklaştığında durdular. Diğer grup ta aynı şeyi yapmıştı.

Sarp elinde olmadan Romero'nun 1968 yapımı *Night of the Living Dead* – Yaşayan Ölülerin Gecesi filmini hatırladı. Asalkentlilerin yüzlerinde kan, bakışlarında donuk dehşet yoktu, ama sessizlikleri tehdit edicilik yüklüydü.

"Buraya bizi mi almaya geldiler sahicim?"

Durum kısaca buydu. Odaları hazırdı. Onları burada reyting mevtasına dönüştürerek sonsuza dek misafir etmek istiyorlardı. Şehir bir kapandı. Kimbilir şu ana kadar kişinin yolu buraya düşmüş ve zihni bulanarak kent sakini olup çıkmıştı.

"Evet, ama şiddet kullanacaklarını sanmıyorum. Bu saldırı değil muhasara bence."

Delikanlının yüzünden aynı fikirde olduğu belliydi. Sarp'ın aklına birden kitapçıdaki boş sayfalar geldi. Beyninde bir fikir patladı ve "Asalkent'e virüs sokmamız gerekiyor. Yoksa bizi bırakmayacak." dedi.

"Ne virüsü?"

"Burada alıştığımız dünyada olmayan ve hemen göze çarpan şey ne?"

Murad, "Hiçbir yerde tek kelime yazı yok." dedi. Durakladı. "Harfler mi yoksa?"

"Yıldızlı on," dedi Sarp. "Harf tasallutu yapıcaz. Bize tebeşir lazım."

Murad yıldırım gibi otelin kapısına doğru seğirtti ve az sonra elinde üç beş tebeşirle geri geldi.

Sarp tebeşirin ikisini aldı ve biriyle otelin duvarına ilk olarak Arap harfleriyle Allah yazdı. Ardından aynı şeyi latin harfleriyle de yazdı. "Murad sen de yaz.

Aklına ne gelirse."

Murad elinde tebeşirle durakladı ve *Mesudiyecik* yazdı. Sarp'ın bu durumda bile içi sızlamıştı. Kendisi bir sokak grafitisi meraklısıydı. Başladı döktürmeye. Asalkent'e soyut darbe şarttı. *Yongaya Bindirdiler Enayiyi. İzotropik Yamukluk, Kıllı Tasarım, Rasgele Salaklık, Gevheri Nedensizlikte mi? Ferruh Beye Selamlar, Batsın Bu Dünya vb.*

Bütün tebeşirler bittiğinde aradan bir-iki dakika geçmişti, ama Sarp sanki saatler akıp gitmiş gibi bir duyguya sahipti. Sokağı dolduran kalabalık bu arada yerinden bir santim kımıldamamıştı. Eskisine göre tek fark otobüsün arka tarafındaki grubun tam ortalarında bir metre eninde bir yarık oluşmuştu.

Sarp eliyle o yarığı işaret ederek, "Hemen çıkıyoruz." dedi.

Murad hiç itirazsız ayırdıkları malzemeleri yüklendi. Şehre girdikleri caddede yürümeye başladılar. Reyting mevtaları ve mankenler omuzlarına değecek kadar yakınlarından geçmelerine hiç tepki vermedi. Kimse onları engellemeye kalkmadı. Buna rağmen gerilimli anlardı. Her an bir şey ters gidebilirdi.Ne kadar yürümeleri gerekeceğini bilemedikleri için aşırı yüklenmemişlerdi. Su, ambalajlı kekler, fıstık, fındık, peksimet ve kuru kayısıdan ibaret bir yiyecek yükleri vardı. İdareli kullanırlarsa üç gün rahatça yeterdi. Taşıdıkları su beş litreyle sınırlıydı. Ellerinde olanı bu kadardı zaten. Buradan çıkmayı başarırlarsa Sarp su ve yiyecek bulmanın ciddi bir sorun olmayacağını düşünmekteydi. Oyun kurulduğunda katılımcılar en temel şeylerin sıkıntısını nadiren çekerlerdi.

Ağır silahlar da arkada bırakılmıştı. İki tabanca ve on bir şarjörden ibaret bir ateş gücü vardı yanlarında. Nerede yatacakları belli olmadığı için iki ince battaniye de çıkınlara eklenmişti. Sarp sağ elinde baston sol elinde beş litrelik bir su kabı taşıyordu. İki battaniyeyi omuzlarına atmıştı.

Kalabalıktan sıyrılınca Sarp rahat bir nefes aldı. Duvarlara on beş-yirmi defa aynı kelimeyi yazan delikanlının yüzü gülüyordu. "Pencerelerde hiç kimse yok," dedi bakışları karşılaşınca.

"Kimse bakmıyor, ama ekran ışıkları açık. Bizi şimdiden unuttular bence."

Delikanlı başıyla onayladı ve sonra içini çekerek gülümsedi. "Kızın adını ilk defa yazdım sahicim ve şimdi inşallah arkada kaldı artık."

Sarp cevap vereceği sırada yerdeki izileri gördü. Eliyle işaret etti. "Şu ana kadar ki ilk izler bunlar. Otobüsümüzün izleri. Otel yakınlarında yoktu."

Evlerin bitiiği yeri yeni geçmişlerdi. Artık şehrin sınırları içersinde değillerdi.

Önlerinde uçsuz bucaksız gibi görünen bozkır uzanıyordu.

"Burası şehre girdiğimiz nokta." dedi Murad.

Burası şehre girdiğimiz nokta, ama yön aynı değil." dedi Sarp ve bozkırdaki kapkaralığı işaret etti. "Güneşin doğduğu yöne doğru gitmekteydik."

Murad'ın alnı kırışmıştı, ama bu uzun sürmedi. İşe hemen uyanıverdi.

"Şehir biz direnince pozisyon aldı," dedi Sarp. "Yoksa doğuya çıkan bir sokağı asla bulamazdık. Sindiremediği bir yiyecek gibiyiz."

Sarp elindeki su şişesini yere bıraktı. Pantolon cebinden Hayat Oteli'nni kayıt defterinin yırtık sayfasını çıkardı ve yere attı. Sert toprak sanki kızgın kömürmüş gibi kâğıt yere değer değmez tutuştu ve yanıp küle dönüştü. Kül ufalanıp dört bir yana saçıldı. Oyuncuların otel rezervasyonu iptal edilmişti Allahın izniyle.

4

DUVARIN ÖTESİ – YARIK PİRAMİT

"İleride bir şey var."

Güneş henüz doğu tarafındaydı. Geceyi bir kilometre kadar geride açıklıkta geçirmişlerdi. Battaniyeler inceydi, ama gece serinliğine başarıyla karşı koymuştu. Sarp, Murad'ın işaret ettiği yere baktı. Ufuk çizgisinden farklı bir oluşumdu. Daha yakındı. "Dağ değil sanki."

Murad gözlerini kısarak uzun uzun baktı ve "Dağ değil, set bu sahicim." dedi.

"Yüksekliği her yerde eşit."

Delikanlının sözleri üç çeyrek saatlik yürüyüşün sonunda kesinlik kazanmıştı. Birkaç kilometre kadar ötede bütün ufku kaplayan setimsi bir şey vardı. O mesafeden görünebildiğine göre bayağı yüksek de olmalıydı.

Adımları birbirlerine eklendikçe karşılarına dikilen kütlenin muazzamlığı çıkmaktaydı ortaya. Neyse ki, bu muazzamlık enine doğruydu. Set bütün ufku kaplamaktaydı. Yüksekliği en fazla yüz metre olmalıydı.

Yüz metre kadar yaklaştıklarında setin taştan ve elle yapılmış olduğunu açıkça görülebilmekteydi. Kuzey ve güney istikametinde kilometrelerce uzanıyordu. Yüksekliği altmış yetmiş metreden fazla değildi. Çıplak gözle her iki yönde de bir bitim noktası görülememekteydi. Adımlarını hızlandırdılar. Setin yarattığı adrenalin nedeniyle olacak kendilerini dinç hissediyorlardı.

"Duvar çok eski görünüyor." dedi Sarp sağ eliyle taşlara dokunarak. "Bilmem buraya yağmur falan yağıyor mu? Yüz yaşında sanki, ama bu mümkün değil. Sekiz ay öncesine kadar dünya üzerinde böyle bir yapı mevcut değildi. Hem zamansal hem de topografik değişimin ürünü. Ciddi bir el emeği gibi görünüyor. Bu kadar taşı nereden buldular acaba? Mesele taşı bulmak değil tabii. Anlamı önemli daha çok. Asalkent bizi içinde yutmak ve sindirmek için vardı. Bu duvar da... Bir hikmeti olmalı yani böyle önümüze dikildiğine göre. Setin anlamı önemli."

Murad başıyla olumlayarak duvara dokundu. "Eskimiş ama." dedi yüzünde dalgın bir ifadeyle. "Dökülüyor yer yer. Çatlaklar da var."

Sarp, "Belki de tırmanmamıza gerek kalmayacak." dedi ve sağ tarafa doğru yürüyerek çatlakları araştırmaya başladı. Murad onu taklit ederek aynı şeyi diğer yanda yapmaya başladı.

Daha önce bu set ya da duvar hakkında hiçbir şey duymamışlardı. İçinden bir his İstanbul biliyor diyordu. Asılsız Topraklar ve Asalkent bu isimlerle değil kararsız oyun alanları ve kapalı şehir olarak kayda geçmişti. Bu set te öyleydi muhtemelen. Şu ana kadarki ekipler bütün enerjilerini bu bölgede harcayıp telef olmuştu. Sarp oyuna İstanbul adına girmişti, ama ekibi diğerleri gibi çeşitli milletlerdendi. Bu Haslett ve Hayat Otelleri'nin kayıt defterlerinde tescil edilmişti. Sarp, Murad'ın yardımıyla elinden geleni yapmıştı. Eğer şansları yaver giderse muhtemel ekibi o iki otele de uğramadan bu noktaya varmayı başaracaktı.

İkinci dalga vurduğu sırada İstanbul'da olmaması kaderin cilvesiydi. Bu cilvede bir mana gizliydi sanki. Belki oyuna Charlie noktasından başlaması daha uygun bulunmuştu. Bunu Warner de ima etmişti yola çıkmadan önce. Göreceklerdi bakalım.

Sarp birkaç kez diğer taraftan gelen ışığı görerek heyecanlandı, ama duvar beş metre kadar kalındı ve içinden ancak bir fındık faresinin geçebileceğinden büyük bir yarık bulamadı.

"Sahicim. Bu tarafa."

Sarp başını çevirdiğinde Murad otuz metre kadar ötedeydi. Bedeninin yarısı duvarın içersinde kaybolmuştu. O bakarken tamamı kayboldu. Heyecanla o tarafa koştu. Delikanlının geçtiği yarık bayağı genişti. Duvarın arka tarafı görünüyordu. Bozkır orada da devam ediyordu.

Sarp azcık sağı solu sürterek, biraz sıkışarak karşı tarafa geçebilirdi, ama bunu erteledi. Biri açık bir işaret nedeniyleydi. Diğeri de sezgiseldi. Hemen solunda duvara tebeşirle yazılmış bir yazıyı fark etmişti.

Mesudecik Bekli...

Sarp'ın içi hüzünle dolmuştu. Murad işlevi tamamlanınca yerine dönmüştü. Tebeşir bitince 'yor' yazamamıştı. Yolu buraya kadardı. Kurgusunda duvarın arkası mevcut değildi. Kendisinin de diğer tarafa geçmek için katılımcıları beklemesi daha uygundu. İçini çekerek Asalkent tarafına baktı. Ufukta o lanet kente ait tek bir emare yoktu. En iyisi oturup bir şeyler atıştırmaktı. Çok beklemeyeceğini hissediyordu. Oyun atalet kaldırmazdı.

*

Sarp sırtını duvara dayamış yüzü ufka çevrili şekilde bir battaniyenin üstünde oturuyordu. Az önce gördüğü hareketli nokta giderek büyüyordu. Bir araçtı. Land Over Kaşif'e benziyordu. Bir tanıdığının bu modelden mat siyah bir arabası vardı. Birinci Dalga vurmadan hemen önce almıştı. Şu anda sağ mıydı ve öyleyse neredeydi acaba?

Sarp ayağa kalkınca direksiyon azıcık sağa kırıldı ve kehribar rengi araç gelip beş metre kadar önünde durdu. Ön kapıdan uzun boylu, dar paça siyah kot pantolonlu, blucin ceketli, yakışıklı bir genç adam inmişti. Belinde tabanca taşıdığı çok belliydi. Bakışlarında profesyonelce denilebilecek bir temkinlilik hali okuyordu. Boş pet şişe, battaniye ve bastondan ibaret eşyaları dikkatle süzerek bir sonuca ulaşmaya çalışıyordu. Yaşından ve tipinden adamın Andre olduğunu tahmin etti.

"Merhaba." dedi Fransız sol elini havaya kaldırarak.

"Merhaba."

"Adım Andre."

"Biliyorum. Paris'ten geliyorsun. Benim adım Sarp."

Şöför mahillindeki saçları kırlaşmaya başlamış adam arabadan inince Andre sorusunu erteledi.

"Sen David'sin. New York'tan." dedi Sarp. Yüzlerinde beliren şaşkınlıktan ne için burada olduklarını bilmedikleri çok belliydi. Arkada üç kadın oturuyordu. Sarp bir işaret yapınca dışarı çıktılar. Otel kayıtları sayesinde kimin Helga, Sophie ve Nesrin olduğunu tahmin etmek zor değildi.

"Vakit dar." dedi Sarp. "Kısaca durumu izah edeceğim. Adım Sarp Sapmaz. Çok değil iki-üç gün kadar önce kadar Berlin'deki Aşkın Varoluş Katedrali'ndeydim. Aslında İstanbul ekibindenim. İkinci dalga vurduğunda uçağımız iniş yapıyordu. David'in şehrinden geliyordum. Aktarmalı olarak İstanbul'a gidecektim. Direkt uçuş bulamamıştım. Neyse, mucizevi bir şekilde yere çakılmadık. Ben bazı izleri takip ederek bir Torom buldum, onun vasıtasıyla da Supriem Existenz'e ulaştım. Orası başka bir hikâye ayrıca anlatacağım. 15 Kasım'dan bu yana dünyanın ne hale geldiğini gözlerinizle gördünüz. O hengamede sağ kalmayı başardınız. Çok zorlandığınızı tahmin ediyorum. Son anda oyun için seçildiniz."

"Oyun mu?" dedi Helga. Kot pantolon üzerine beyaz gömlek giymişti. Otuz sonlarında hoş bir kadındı. Tıpkı Sofie ve Andre'nin olduğu gibi David'le çift oldukları belliydi. Herkesin yüzü soru işareti yüklüydü.

"Biz bu oluşuma oyun demeyi uygun bulduk. Oyun ekibimizin başı benim. Biz özel eğitim almış elit bir grup değiliz. Rasgele meslekler ve aidiyetlere sahibiz. O yüzden oyun adını verdik. Yoksa misyon da denebilir pekâlâ. Buraya aitsiniz artık. Sizi ben seçmedim. Bir oyun kurulduğunda ekibin seçilmesi zar atmayla eleman seçmek cinsinden rasgeledir. Rasgelelik yüzeyseldir tabii. Mutlaka bizi birbirimize bağlayan bir ağ mevcuttur. Sadece oyun başları atamayla belirlenir. Ben İstanbul adına oyun kuruyorum. Bütün oyunlar Haslett Oteli'nin bulunduğu tatil beldesinde başladı. Antalya'nın bir ilçesinde. Türkiye'nin güneyinde yani. Neden böyle bilmiyoruz. New York, Paris ve İstanbul'dan buraya kelimenin tam anlamıyla ışınlandınız."

Işınlanma sözü kimseye aykırı gelmemişti. Yüzler daha çok merak ve şimdiden sonra ne olacak kaygısıyla yüklüydü. Kimse soru yöneltmeyince Sarp devam etti.

"Bilgisayar oyun yapımcılarını düşünün. Bir mekân ve öykü tasarlarsın. Çeşitli kahramanlar vardır. Bunların karakterleri farklıdır. Sürekli birbirlerini safdışı etmeye çalışırlar. Oyuncu bir takımı tutar. Ya da mevcut düşmanlara karşı savaşır. Demek istediğim kısaca şu. Biz hem oyun kurarız, hem de oynatılan. Serbest irademiz bir dinamo gibi enerji üretir. Seçim yaparız. Yön değiştiririz. Öncelikleri saptarız. Büyük ana oyunun içinde minik bir üniteyiz."

"Kontrol tamamen bizde değil yani öyle mi?"

David meselenin bam teline dokunmuştu.

"Haslett'e gelene kadar öyleydi." dedi Sarp. "Şu andan itibaren irademiz direksiyonda. Bu mesele üzerine iki başat tezimiz var. Birincisi bildiğimiz tanıdığımız dünyanın geçip gittiği, geri dönüşün imkânsız olduğudur. Bildiğiniz gibi değişim müthiş. Şu anda kararlı bir düzen kurmak ve bunun on yıllarca sürmesini ummak artık bir hayal. Oyunu kuran sistemi yakın zamanda deşifre etmemiz mümkün değildir. Tek yapılacak iş oyunun hakkını vermek ve mümkünse oyun dışı bir alan bulmaktır. Böyle bir yer varsa tabii. İkinci tez ise Reset Tezi. Birkaç yıl önce popüler olan Great Reset'le bir alakası yok. Bu iş çok büyük ve başka mahiyette. Ağrı'da ne olduysa bu dünya düzeninin tümden etkiledi, ama reaksiyonu durdurmak ve hatta geri çevirmek mümkündür. Ben bu görüş ve inançtayım. Artık tanıdığımız bildiğimiz dünya yok. Bir şeyler iyice elden kaçtı. Belki oyun arasında kartların yeniden karıldığı anlardır bunlar. Bilemem. Oyun dışı bir yer var mı, onu da bilemem. Var teorisyenleriyle uzun tartışmalarımız oldu. Zorunlu boşlukların varlığına inanıyorlar. Buralardan oyunu kuranın niteliği kestirilebilir ve ilişkiye geçilebilir diyorlar. İnananı bayağı çok. İki düşüncenin de ateşli bir şekilde savunanları var. Kalbim Reset tezinden yana, aklım diğer tez için de belki olabilir diyor. Duvarı görünce umudum arttı. Hedefimiz Doğu, yani Ağrı. Gidişatı durdurmak ve adından bir rehabilitasyon, nekahet devrine girmek pekâlâ mümkün olabilir."

Kimsenin yüzünde anlatılanları saçma bulduğunu belli eden bir ifade yoktu. Kafalar karışıktı sadece. Oyunun naturasını merak ediyorlardı haklı olarak. Sarp'ın isteği üzerine New York, Paris ve İstanbul'da yaşadıkları şeyleri özetlediler. Verdikleri kısa bilgilerden bile bulundukları yerleri çok zor şartlarda terk ettikleri belli oluyordu. Beşi de intiharın eşiğinden dönmüştü. Yerlerinden ölümden fazla korkmayacak durumda çıkmışlardı ve artık buradaki her şeyi göğüslemeye hazır bir halleri vardı. Daha önceki oyuncular da bu durumda mıydı acaba? Ve sağ olanları şu anda neredeydi? Bilinçleri canlı mıydı?

"Temel kurallar var. " dedi Sarp konu tekrar oyuna gelince. "Bunlara uymak zorundayız. Yoksa oyun daha baştan kopar. Ölen ölür kalanlar bir yerlere savrulur gider. Şu ana kadar oyun ortamında dört ana kural saptadık. Bir; oyun atalet kaldırmaz. Bir yerde takılıp kalmak mümkün değildir. İki; oyun yönü yani senaryonun ana gidişatı değiştirilemez. Ben oyun yönü aynı kalmak üzere hat üzerindeki iki noktaya müdahale ederek direkt olarak buraya gelmenizi sağladım. Bozkırdan geçerek kısa yoldan sorunsuzca buraya vardınız. Bizi neyin, yani hangi safhaların beklediğini kesin bilmiyorduk, ama bu duvara kadar olan nokta için tahminlerimiz vardı. Önceki ekipler bu duvara kadar gelemediler. Bu nedenle ben önden gelerek size yol açtım. Yoksa birlikte tuhafın tuhafı, çok tehlikeli Asılsız Topraklar ve Asal Kent denen yerlerde vakit kaybedip duracak ve muhtemelen telef olacaktık. Siz bir sıkıntı yaşamadan Asılsız Topraklar'dan çıktınız ve Asal Kent'e girmeden kısa rotayı takip ederek buraya ulaştınız. Bir yardımcım vardı. Bir delikanlı. Adı Murad'tı. Belagatı yaşına göre müthişti. Oyun dışı bir karakterdi. İstisnai bir durum. Duvara dokununca varlığı sonlandı. Bu misyonumuz için çok olumlu bir işaret. Üç; Oyunda hiçbir zaman temel ihtiyaçların sıkıntısı çekilmez. Ben de, siz de yiyecek, araç ve silah bulmayı kolaylıkla başardınız. Son olarak da, oyun kurulduktan sonra yeni bir eleman girdisi ya da çıktısı yapılamaz. Sizler Murad gittikten sonra geldiniz. O varken muhtemelen bir araya gelemezdik."

"Şu Aşkın Varoluş Katedrali ve İstanbul'dan söz etsene." dedi David oluşan sessizliği bozarak. "Bu hengameden etkilenmeyen başka yerler de var mı?"

"İstanbul,Washington, Sao Paulo, Berlin, Bombay, Pekin ve Zürih'i kesin olarak biliyoruz. Girit'teki Resmo şehrini de. Mutlaka bundan fazladır. İstanbul'daki direnç alanını henüz gözümle görmek nasip olmadı. Bu oyun kurulana kadar Aşkın Varoluş'ta kaldım. Tahminim İstanbul mevcut alanların en büyüğü ve güçlüsü. Birkaç nedenden böyle. Biri İstanbul'dan geçen ley hatlarının yoğunluğu. Dünyanın ezoterik başkenti olması ve diğer şehirlere göre Ağrı'nın en yakınındaki en büyük şehir olması. Ayrıca Çamlıca, Ayasofya ve Sultan Ahmet Camileri arasında bir bağ ve korunmalı alan mevcut. Şu anda orasıyla iletişim içersinde değilim. Böyle devam etmeyecek ve bir noktadan sonra bağlantı kurulacak."

"Bu noktalar önceden tesis edilmiş bir çeşit sığınak değildi sanırım." dedi Helga. Diğerlerinin aklındaki şeyi sormuştu. Bakışlar merak yüklüydü.

"Normal sığınakların insanımsı yaratıklara karşı koyabilme kapasitesi meselesini aramızda defalarca irdeledik. Radyoaktiviteye, sadmeye dayanıklı yeraltı sığınaklarının pek işe yaradığını sanmıyoruz. Yine de bugünlerin geleceğini bilenlerin manyetik alanın raydan çıkardığı eski düzenin sarsıntısına karşı koyabilecek yapılar inşa ettirmiş olması pekâlâ mümkün. Üst düzey elitler. Bir konuda bütün takım hemfikirdik. Oyun kuran yapı Ağrı'da ne olduysa o süreci sonlandırmak ve dünyayı yeniden yaşanır hale getirmek istiyor. Bu Dr Jekyll tarafı. Bir de Mr Hyde tarafı var. O insanların iyice kırılmasını dünya nüfusunun çeyrek milyara, hatta daha altına inmesini bekliyor. Onu birkaç kez çok uzaktan hissettik. Daha doğrusu Ay'ın su yüzeyindeki aksi gibi dolaylı görebildiğimiz saniyeler oldu. Devasa bir profildi. Bir baş ve üzerinde külah benzeri tuhaf bir siyah şapka. Kara Külahlı adını verdik bu yüzden."

"Siz nasıl oldu da insanımsıların dokunamadığı o yere girebildiniz?"

Sarp Amerikalı kadının sorusuna en dürüst cevabı vermeye kararlı, "Benim bir yeteneğim var." dedi. "Torom adını verdiğim oluşumları görebiliyorum. Çocukluğumdan beri. Bunlar bir eşik. Ben benim benzerlerimin bulunduğu dirençli alana böyle bir Torom vasıtasıyla ulaştım.

Kesin bilmiyoruz, ama sayılarını bütün dünyada 1028 adet olarak tahmin etmekteyiz. Sürekli olarak haraket ederler. Yavaşlayıp dururlar. Yine hareketlenirler. Bir yerde 4-5 tane bir arada görürsünüz. Kilometrelerce gidersiniz birine bile raslamazsınız. Kesin davranış modellerine sahip değiliz. Torom bir eşiktir. Normal dünyadan taşan nesnel türevlere açılan kapılardır. Bu Ağrı dağındaki sorun ortaya çıkana kadar bizim tarafımızdan sadece zihinsel olarak, astral bedenlerle ziyaret edebildiğimiz bir yapıya sahipti. 15 Kasım günü ilk kez fizik bedenimle geçtim içlerinden. Bu çok yeni ve tekinsiz bir durum. Ancak bu sayede biri, yardımını istediğim biri dışarı çıkabildi. Onsuz buraya varamaz ve size bu duvara varan yolu açamazdım. Profesör Tarr gerçek dünya dediğimiz şey ana damarlarsa, toromlarla girilen yerler minik kılcallardır diyor."

Seyrettikleri onca bilimkurgu filmine ve bizzat şahit oldukları şeylere rağmen kavranamazın esintisi oyuncuların etrafında dolanıyordu

"Başka boyut mu yani?" dedi Nesrin. Üzerindeki gerginliği atmışa benziyordu.

"Tarr değil diyor." dedi Sarp. "Bir espriyi de sıkça yapar. Eski dünyayı bir şekilde geri elde edersek Toromları kullanarak ideal bir saklambaç makinesi icat edecekmiş. Ve de Toromland'a turistik geziler düzenleyecekmiş."

"Bir Toromland'ımız eksikti." dedi Helga alayla. .

Sırıtmalarla yüklü bir sessizlik esinti gibi geldi geçti. Fransız çiftin yüzlerindeki gerginlik iyice yumuşamıştı. Takım havaya giriyordu.

"Sözünü ettiğim şahıs mini kılcallardan birinde hapisti. Zaman onun için bizden çok farklı devinmekteydi. Neden oluyor bu bilmem. Çocukken oturduğumuz mahallede aslında olmayan yapıları görürdüm bazen. Ya rüyamda, ya da özel translarda. Sanırım bunlar bu tekinsiz mekânlara aittiler. Biz evrendeki wormhole denen kısa yolların hep boşlukta, çok uzaklarda olduğunu hayal etmeyi severiz. Halbuki bu kısa yollar şu anda ayak tabanımızın altında bile bulunabilir. Dünyanın çekirdeğini büyük bir kristal olduğunu ve bunun dünya yüzeyinde yirmigen yapılar oluşturduğunu iddia eden Rus bilim adamlarını duymuş olmalısınız."

"Makarov ve Goncharov." dedi David. "Biri daha vardı. Adını unuttum."

Sarp da hatırlamıyordu. "16. Yüzyılda yaşamış bir Türk denizcisi olan Piri Reis onlardan beş yüz yıl önce dünyanın on altıgen olduğunu bulgulamıştı." dedi. "Manyetik alan bu kristalle özel bir güç, bir yapı kazanmış olabilir."

"Torom bir çeşit eşik, kapı onu anladım." dedi David. "Girdiğiniz yer ayrı bir boyut değilse, neden oradakileri hepimiz göremeyelim?"

"Aşkın Varoluş'da bununla da ilgili iki tez var. Birincisi Toromla geçilen yerin 5. bir boyut olduğunu öngörmekte. Galaktik boyut ta deniyor malum. Ben buna dahilim. Grubun üçte ikisini oluşturuyoruz. Üst düzey farkındalığın bu boyuta geçiş için pasaport olduğunu düşünüyoruz. Profesör Tarr bizim grubu yüksek matematik bilgisi yeterli olmayan ısrarlı romantikler olarak nitelendiriyor. Ona göre Toromla geçilen yer 5. boyut değil. Dört boyutlu gerçeklikten taşan çapaklar. Bir amaçla yapılmış yedeklemeler. 'Değişik fizik şartlar nedeniyle oradaki nesnelerin molekül yapısı bizimkinden farklı oluyor.' demişti bir defasında."

"Molekül deyince... Bizim bedenlerimiz başka bir yerde değil sanırım şu anda?" dedi Nesrin.

Kendini bir anda arkada bıraktığı cehennemde bulmaktan korktuğu çok belliydi.

"Gördüğünüz filmlerle burayı kıyaslamayın." dedi Sarp. "Şu anda içinde olduğumuz şey en yeni dünya gerçekliği. Geldiğiniz yerden bir farkı yok. Burada acı acı, korku korku, ölüm sahi. O kadar sahi ki, biriniz özellikle başlangıç aşamasında ölürseniz oyun anında sonlanacak. Bir arada tetikte duracağız ve arkamızı sağlam tutmaya çabalayacağız."

"Bu set ya da duvar inanılmaz bir yer kaplıyor olmalı. Bu gerçek dünyada yoktu değil mi?"

Andre'nin sorusu herkesi tebessüm ettirmişti.

"BOS eski görünüyor, ama en fazla altı aylık olmalı." dedi David.

Fransızın alnı kırıştı. "BOS mu?"

"Büyük Ortadoğu Seddi." dedi David alayla.

Andre bir şey diyecekken Sophie söze girdi. "Sarp, bu bahsini ettiğin direnç yerleri, İstanbul, Berlin, Zürih..." dedi Sophie. "Bunlar da oyuna katılıyor mu?"

Bir Fransız olarak Alman ve Türk hamlelerini fazladan merak ediyor olmalıydı. Genç kadın giysilerinin içinde dimdik duruyordu. Ona benzeyen ince, uzun boylu, uzun bacaklı, portakal memeli kadınlar bilgisayar oyunlarında serüvenden serüvene atılırlar ve ellerinde kurşunu bitmek tükenmek bilmeyen silahlarla çoğu erkek olan karşıtlarının kafalarını parçalardı. Kadının dimdik duran endamını yalanlayan yedek bakışlarını yakalayabilmekteydi. Gözükaralığı yaşadığı serüven nedeniyle biraz geri çekilmişti. Kadın yanı daha etkindi. Bu onu duyarlı ve sezgilerine kulak veren biri yapıyordu.

"Washington beş, Pekin üç, Berlin üç, Londra iki, Amsterdam bir, Moskova bir, Zürih bir ve Bombay bir oyun başı tayin etti. Bu on yedi ekipten sadece ikisi sağlam çıktı. Diğerleri başlangıç aşamasında oluşan sorunlar nedeniyle takım halinde kalamayıp dağıldı. Yegâne stabil iki ekip de Asılsız Topraklar denen yerden çıkmayı başaramadı. Bu tecrübenin ışığında ben farklı bir strateji uyguladım ve şu ana kadar gelebildik. Bahsini ettiğim katedral eskiden casus filmlerinde ve romanlarında adı en çok geçen sokakta. Friedrich sokağında. Neden Frederich Sokağı'na kuruldu? Bu nokta kapitalist Batı dünyasıyla komünist Sovyetler arasındaki çok anlamlı bir sınırdı bir zamanlar. Bunlar hep muamma. Katedralde 61'imiz kadın olmak üzere 147 kişiydik. Bu sayıda potansiyel oyunbaşı yani. Çoğu Alman olmak üzere her milletten ve dinden insan var. Yeni dünyada herkes rahatlıkla kendi dilini konuşabiliyor. Gelişmeler dil engelini yok etti. Burada herkes kendi ana dilini konuşuyor ve herkes birbirini kolayca anlayabiliyor. Böylelikle en ince esprilere bile takım halinde gülebiliyoruz."

Yüzlerde beliren şaşkınlık çok hoştu. "Babilon efekti yok oldu ha?" dedi Helga. "Vay canına."

"İşin tuhafı kimsenin aklına bunu sorgulamak gelmiyor."

Nesrin'in sözü herkes için geçerliydi. "Çünkü ana dilimizi konuşuyoruz ve kimsenin ne dedin diye alnı kırışmıyor. " dedi David.

Sarp, "Dışarı çıkmak sadece oyun mecralarına dalmakla mümkün oluyor." diye devam etti dil bahsi bitince. "Birinci oyunu Washington kurdu. Oyunbaşı bir hara sahibi olan Richard Teller'dı. Adam Amerikalı, kadın Afgan kökenli bir doktor karı koca, Milanolu bir çift ve Rio de Janeiro'da samba okulu olan mulata bir hanımefendiden kurulu bir ekipti. Takımı daha birinci aşamada Asılsız Topraklar denen yerde dağıldı. Kendisine ve ekibine ne oldu bilmiyoruz? Sağlar mı? Bir yerde hapis mi kaldılar. Şu ana kadar haber alamadık. İkinci oyunbaşı Berlin'den dilbilimci Heinrich Mann'dı. Ganalı genç akademisyen çift, Amsterdam'dan bir çift ve Bombay'dan bir kolej öğretmeni hanımfendiden ibaret bir ekibi vardı. Onlar da birinci etabı geçemedi. Akibetleri meçhul bizim için. Gördüğünüz gibi iki erkek üç kadınından kurulu oluyor ekipler. Oyunda çocuk ve yaşlı bulunmuyor. Oyunbaşı da üçüncü erkek oluyor. Eğer oyunbaşı kadın olursa bunun tersi bir durumun meydana geleceğini tahmin ediyoruz. İstanbul adına oyunbaşı olarak tayin edildim. Kendim gönüllü olmadım. İstanbulla kesik kesik kısa bağlantılar kuruluyordu. Benim ismim İstanbul tarafından bildirildi. Görevlendirildim yani. Başka girişimler de pekâlâ olabilir. Biz şimdilik bu kadarını biliyoruz."

"Sizce ekibi kim seçiyor? Doktor Jeykll kim yani?"

David'in sorusu herkesin adına dillendirilmişti. "Bir tahminimiz var." dedi Sarp. "Sirius Company'nin sahibinin süper bir yapay zekâ olduğunu düşünüyoruz. Aynı anda bir çok farklı noktada işlem yapabiliyor. İnanılmaz miktarda bilgi işleyebiliyor. Manyetik alanları kullanarak bedenleri sorunsuzca transport edebiliyor ve en önemlisi de bunu iyi bir niyetle, kalan insanları kurtarmak için yapıyora benziyor. Sizler beşiniz de intiharın eşiğine gelmiş durumdaydınız. Sizi o umarsız ortamdan çıkartıp bir mücadele fırsatı verdi.

Ölmüş eşek kurttan korkmaz hesabı, ama daha çok reset fırsatı."

Yeniden kurulum fikri herkesin aklına yatmış gibiydi. Bakışlardan okunuyordu.

"Aklıma Masonlar, Tapınakçılar, Gül-Haç, neydi diğeri... Altın Şafak falan geliyor Sirius denince." dedi David. "Bir de Mısır kökenliler tabii."

"Sümer'i Babil'i de unutma." dedi Helga.

"O da var doğru."

"Sirius gökteki en parlak yıldız malum." dedi Sarp. "Böyle cazip bir gök cismi olacak da okült, ezoterizm falan buna sahip çıkmayacak. En parlağa herkes taliptir. Görebildiğimiz kadarıyla Terra Dogon bizim safımızda. Apis boğası hiddetle böğürüyor, ama o bize yardıma çabalıyor ve bu alanda belli bir başarı derecesine sahip. "

"Nerde bu yapay zekâ?"

Sarp Nesrin'e bakarak omuzlarını silkti. "Yerini bilmiyoruz. Silikon Vadisi en yakın ihtimal. Çin'de veya Rusya'da da olabilir tabii.

"Başka direnç yerleri de mi var?" dedi Helga oluşan sessizliği bozarak

"Bunu biz de enine boyuna irdeledik." dedi Sarp. "Elle tutulur bir bilgimiz yok. Niteliğini henüz bilmediğimiz başka direnç noktaları da var. Bu kesin. Bu kadar ayakta dikildik yeter. Gelin biraz oturup şu andan sonra ne yapacağımızı konuşalım. Güneşin doğduğu yöne doğru gitmeye devam edecek ve eğer bir engel çıkmazsa arızanın tam göbeğine dalacağız. Mesele bundan ibaret. Şimdi... İçimden bir ses yanınızda kahve olduğunu söylüyor."

"Kahve çok iyi bir fikir." dedi David.

Sarp ikinci kahvesini içerken üç metropolde yaşanan olayları düşünüyordu. Herkes olayların o kadar etkisindeydi ki, biri diğerinin sözünü keserek heyecanlı heyecanlı anlatıyordu. Oyun başının ayrıntı işlemeye talimli beyni işin naturasını kavrar gibi olmuştu. Bu arada oyuncular da birbirlerine iyice ısınmıştı. İlk andaki gerginlik önemli ölçüde izale edilmişti. Herkes burada olmaktan memnundu.

Sarp son yudumu içtikten sonra yerinden doğruldu. "Birinci kural: Oyun atalet kaldırmaz. Yanınıza su, yiyecek ve silahlarınızı alın. Akşam olmadan duvarın diğer tarafına geçelim. Murad hemen şurada bir yarık bulmuştu. Oradan çıkacağız."

*

Duvarın bir kilometre kadar ilerisinde vardıkları yer çok anlamlı bir merhaleydi. Simgeydi ve hatta sinyaldi. Gelirken arazi hafif bir eğimle yükseldiği için uzaktan görememişlerdi.

Hemen önlerinde beyaza boyanmış, iki katlı, dışa açık geniş penceresi olan tek minareli bir cami durmaktaydı. iki kızıl çam ağacı bulunan büyükçe bir bahçeyle çevrelenmişti. Onun dışında arazi göz alabildiğine boştu. Ta ufuk çizgisinde yuvarlak bir karaltı göze çarpmaktaydı. Arazi şu ana kadar gördüklerinden farklı olarak yer yer çalılıklara sahipti. Gökyüzündeki palazlanmamış seyrek bulutlara bakılırsa bir zamanlar buralarda su vardı. Su zamanla toprağın altına inmişti herhalde. Duvar inşasında kullanılan taşlardan ve tuğladan yapılmış gibi duran Selçuklu tarzındaki şirin cami nin burma desenli minaresi ters U şeklinde bükülüydü. Tek şerefeli minarenin uç kısmı toprağa çok yakındı. Külahın ucundaki pirinç alem yere değmek üzereydi neredeyse. Her nasılsa minare gövdesinde bir kırılma, kopma gerçekleşmemişti.

"İslam batmış gitmiş,"

"Burada misafirsin." dedi Sophie. Sesinde çok açık bir ikaz tonu vardı.

Andre'nin yüzünde biraz pişmanca biraz da alaylı bir ifade belirmişti. "Refleks yahu," dedi. "Minare deve kuşu gibi boynunu toprağa gömmüş."

Helga, "Devekuşu sanıldığı gibi saklanmak için değil, yumurtalarına çukur kazmak için başının toprağın içine gömer," deyince hava yumuşadı.

Nesrin ayakkabılarını ve çoraplarını çıkardı. Çorapları ayakkabının içine tıktı. Sol eliyle ayakkabıları tutarak yürüdü. Geri kalan herkes meraklı bir sessizlikle onu izlemekteydiler. Tabanın altına taşlar bata bata yürüdü. Kapısı aralık duran bahçeye girdi. Mermerden yapılmış çift musluklu gusulhanenin önünde durdu. Pirinç musluklar açık havanın etkisine rağmen iyi durumdaydı. Yalak toz toprak doluydu. Burada su akmayalı bayağı zaman geçmiş olmalıydı. Genç kadın Besmele çekerek sağ eliyle musluğu çevirdi. Tıs sesinin bile çıkmaması çok moral bozucuydu. Yan gözle beş metre kadar ileride o tarafa doğru yürümekte olan Sarp'a baktı. Oyun başı ona sağ eliyle bir işaret yaptı. 'İyice aç.'

Nesrin musluğu sonuna kadar açtı. Sarp o mesafeden bile ayaklarının altındaki titremeyi hissettiğine yemin ederdi. Berrak bir su musluktan fışkırmaya başlayınca genç kadın çocuk gibi çığlık attı. Sarp çocukluğunun geçtiği evdeki tulumbayı ve buz gibi suyunu içmeye kanamayışını hatırlamıştı. Nesrin'in yüzünde suanı aldığı ihtiyatlı bir yudumdan sonra 'kalite iyi' ifadesi oluşmuştu, ama bilinmezdi tabii. Yanlarında altı kişi için birkaç litre falan su kalmıştı.

"İyi mi tadı?"

"Mükemmel bence."

Sarp yanına gelince eline sudan biraz alıp tadına baktı ve "Bence de iyi," dedi. "Bayağı yumuşak bir su. Kireci sıfır gibi. Başka bir seçeneğimiz de yok gibi ayrıca."

Nesrin tişörtünün kollarını dirseklerine kadar sıvadı ve abdest aldı. Havlu olmadığı için ellerini pantolonuna silerek çimenlik alana gitti. Yolda sol eliyle saçlarına dokundu. Eşarp takması gerektiğini hatırlamıştı. Yakında bu amaçla kullanacağı bir şey yoktu. Kendine bir yer seçti ve yönünü ayarlayıp namaz kılmaya hazırlandı.

Sophie hızla ayakkabılarını, çoraplarını, kumaş ceketini ve belindeki tabancasını çıkarıp bulunduğu yere bıraktı. Sarp da dahil herkesi şaşırtan bir davranıştı. Gidip abdest aldı ve Nesrin'in yanına giderek solunda durdu. Nesrin ona gülümsedi. Gözleri dolmuştu.

Sarp onlara bir işaret yapınca beklediler. Sarp ayakkabılarını çıkararak abdest aldı ve Nesrin'in sağ yanına gelerek, "İkindi namazı." dedi. "Dört rekat farzı kılalım."

Öyle yaptılar. Ela ve Sarp iki yana selam verince Sophie de onları taklit etti.

"Bu ev dışında kıldığım ilk namazım biliyor musun?" dedi Sophie. İki kadın namaz kıldıkları yerde duruyordu. Sarp caminin giriş kapısına doğru yürüyordu. "Annemin ikinci kocası Ulvi müslümandı. Bana da öğretmişti abdest almayı ve namaz kılmayı. Çok iyi bir insandı. Gerçek babamdan çok severdim kendisini. Bir kazada öldü. 'Kalbimiz kötülüğü yenmek için gayret ederse tanrının ışığı görünür olur' derdi. O sözün anlamını son aylarda derinden kavradım."

"Nesrin, "Sen kaç yaşındasın ya?" diye sordu.

"Yirmi üç. Sen?"

"Yirmi dokuz ."

"Yirmi üç desen herkes inanır. Yirmi hatta."

"Ufak tefeklikten."

"Biraz o da rol oynuyor olmalı. Daha çok teninden."

Sarp uzaktan bir işaret yapınca kızı dürttü, Nesrin dönüp bakınca Sarp ona gelmesi için işaret etti. Kadın çorap ve ayakkabılarını giymeye boş vererek o tarafa giderken Sophie silahını kuşandı. Çorap ve ayakkabılarını giydi. Helga ile

David başbaşa bir şeyler konuşmaktaydı.

"Kapının üstünde *İlk ıslanan el* mi yazıyor?"

Nesrin gülümseyerek başını salladı. "Arap harflerini okuyabiliyorsun demek?"

"Biraz," dedi Sarp. "Kapıyı sen aç."

"Neden?"

"Çünkü suya ilk sen dokundun. Haydi aç."

"Kokuyu alıyor musun?"

Sarp başıyla olumladı. "İçerisi uyarlanıyor."

Genç kadının gözleri dolmuştu huşudan. "Bismillahirrahmanirrahim," deyip sağ eliyle kapının demir sürgüsünü çekti ve sağ ayağıyla içeri adımını attı. "İnanılmaz bir şey."

Caminin ibadet yeri en son dün derlenmiş toplanmış gibi bakımlıydı. Ana mekân iki direkliydi. Sekize on metre ebatlarındaki halının desenleri çok diriydi. Basılmaktan havı pek az dökülmüştü. Mihrap önü kubbeliydi. İç süslemeler, bordürler, kemerli kapıları, duvarları ve ana kubbeyi bir milimetre kare boşluk bırakmayacak şekilde bezemişti. Giriş kapısına göre sağda ve solda kalan iki büyük pencerenin buzlu camlarından süzülen ışık içerisini gizemli bir yalnızlığa boyamaktaydı.

"Vay canına dekor ne kadar harikaymış ya," dedi David hayretle içeri doğru yürürken. Sarp ve Nesrin'in halıya ayakkabılarını çıkartarak bastığını görünce iki adım geri atarak halılı alandan dışarı çıktı. "Bu koku da ne yahu? Ekmek diyeceğim geliyor."

Hemen arkasında duran Helga bakışları tavanda burun deliklerini esnetti. "Halis, muhlis ekmek kokusu bu," dedi.

Ana salona açılan bir kapıdan koridora girdiler. Burası Selçuk tarzlı binaya ek yapılmış bir yerdi. Müştemilattı muhtemelen. Eşyasız, tahta zeminli, beyaz badanası hâlâ canlı duran yerde üç kapı vardı. Üzerlerinde kilit olmayan kapılardan biri alaturka helaya açılmaktaydı. Duvarlar çok seyreltilmiş bir sarı badanayla boyanmıştı. Tavan beyazdı. Yerdeki taşlar bembeyazdı. Hiç kullanılmamışlık temizliği havasını kıran tek şey boş duran üç litrelik yeşil plastikten kocaman hela ibriğiydi. Dibi değdiği yere belli belirsiz sarımsı bir leke yapmıştı. Sarp gidip sifon zincirinin ucuna takılı tahta kulpu aşağıya doğru çekti. Hafif bir şırıltıyla su beyaz taşlarla buluştu ve delikten aşağıya akıp gitti. Sarp suyun kireçlilik derecesinin düşüklüğüne rağmen taşların parlak zemininde iz bırakması gerektiğini düşündü. Eğilip işaret parmağını taşın kuru kısmına sürttü ve baktı. Parmak ucunda en ufak bir pislik, beyaz toz falan yoktu.

"Bal dök yala derler ya öyle," dedi Nesrin.

Kadının temizliğe ruhani bir mertebe yüklediği çok belliydi.

"Öyle," dedi Sarp.

Helga kapının ağzında durmaktaydı. Aşırı temizlik onu da benzer şekilde etkilemişti. Holden David'un sesi duyulmaktaydı. Sophie'ya taş set ile ilgili bir şeyler söylemekteydi. Mekânın huşu vericilik katsayısı bayağı yüksekti. Kimse önlerindeki kapıya dokunmuyordu. Belki bir etken daha vardı. Üçü de Mavi Sakal hikayesini ciddiye alacak bir kültürün içinden gelmekteydiler. Taze pişmiş ekmek kokusu ve usulüyle açılması gerekli kapılar. Mertebe uyarlatıcı üsluba saygı birazcık belki de.

Diğer oda yıkanma yeriydi. Perdesiz, cam setsiz bir duş kabini odanın en dibinde durmaktaydı. Üçüncüsü de havlu, sabun cinsinden ıvır zıvırların durduğu bir odaydı. İçeriye sağlı sollu iki sıra tahtadan raflar yerleştirilmişti. Üç odada da beş metre derinliğinde, üç metre eninde ve yüksek tavanlı olarak yapılmışlardı. Temizlik ilacı reklamı gibi olan odaların kapılarında kilit, arka yüzlerde sürgü falan mevcut değildi.

"Duş ve helada iş görenler yüksek sesle şarkı söylüyorlardı herhalde," dedi David.

Helga adamı dirseğiyle dürttü. "Seni öyle hayal edebiliyorum."

Amerikalı keyifle sırıttı. "Rock and Roll parçaları özellikle. Bir de sen sırtımı keselersen, valla Pavarotti yanımda vız kalır."

"Çok beklersin," dedi Helga, Nesrin'e göz kırparak.

"Niye kadınlar böyle bir şey demeden duramazlar."

"Çünkü biricik kalmanın sırrı budur zannederler," dedi Helga.

Nesrin başıyla olumlayınca, David, "Keşke yanımda defter olsaydı da bu son lafı not etseydim," dedi.

Takımın morali çok önemliydi. Çünkü onları takip eden kayıp geçmiş denen kara gölgenin sabırsız soluğunu hissedebilmekteydi. Her an üzerlerine çullanabilirdi. Bu er ya da geç olacaktı. Ne kadar gecikirse o kadar iyiydi. Çünkü aralarındaki dostluk ve güven ortamı şiddetlenmekteydi. Aşk meşk de mevcuttu.

Dayanabileceklerdi inşallah. Yoksa hepsinin suyu şimdiden ısınmış denebilirdi.

Koridorun sonunda mutfak bulunmaktaydı. Kokunun kaynağı oradaydı. Sarp yüzeyinde bir sürü budak bulunan tahta kapıyı itekleyince mutfak emir ve görüşlerine açılıverdi.

"Bu gerçek olamaz," dedi David. "Bu... bu..."

Adam ne kadar şaşırsa yeriydi. Uyarlama müthişti. Küçük bir fırın odanın ısı ve kokusunu değiştirmişti. Birisi ya da bir şey fırından nar gibi kızarmış ekmekleri çıkartarak yandaki tahta tezgâhın üzerine dizmişti. Altı adet francala ekmek. Mutfağın eşyası çok azdı ve mevcut malzeme oransızdı. Burası oyun için gerekli malzeme yeriydi ve alelacele hazırlanmışa benziyordu. Sarp'ın karnı acayip acıkmıştı. Ekmeklere doğru yürüdü. Kendini gönüllü tadıcı ilan edivermişti.

'Ekmek, kaç bin yıllık besin.' diye düşündü Helga. Farkında olmadan somunun yarısını yemişti bile. Sadece o değildi. Takımın tamamı ekmeğe saldırmıştı. Kapağı emirlerine amade açık duran bir tenekede buldukları beyaz peyniri katık yapmışlardı. Bir homurtu korosu hazırlığı gibiydi. David göğsüne düşen kırıntıları bile topluyordu. Çok uzun zamandır böyle çıtır çıtır ekmek yememişti.

"Pirina ne demek yahu?"

"Kırık zeytin çekirdeği," dedi Sarp. "Ekmekler bu yüzden bu kadar lezzetli. Ben çocukken İzmir'deki fırınlarda pirina kullanılırdı.

"Zeytin ağaçları nerede peki?"

Fransızın bunu derkenki sahte şaşkın yüz ifadesi herkesi tebessüm ettirtmişti.

David elinde ekmeğin son lokması eğilerek sağında yerde duran metal tenekenin üzerindeki yazıyı okudu "Lakerdamız bile var."

"Lakerda da neyin nesi?" dedi Andre.

"Tuzlanmış torik balığı."

David, sözü ağzından aldığı için Sarp'a eliyle bir işaret yaptı. "Toprağı bol olsun babam lakerda hastasıydı. Bounder sokağında İspanyol bir mezeci vardı. O satardı en iyisini koskoca New York'ta. Ben pek sevmezdim çocukken. İstekle yemediğim için kızardı sanırım, ama bunu belli etmezdi. Taktik olduğunu anlıyorum şimdi. Zamanla ben de lakerda hastası oldum çıktım."

David sözleri bitince içini çekti. Sarp bunun üst üste iki nokta olduğunu, ama adamın anlatmaya devam etmeyeceğini sezdi. Bakışları dalmıştı birden. Bir şey sözcük vanasını sağa doğru çevirivermişti. "Şu mukavva kutuda ne var bilin bakalım?"

Bakışlar Sophie'ya çevrilince kadın ayak uçlarında yükselerek kolunu kutunun içine daldırdı, ama hemen çekmedi. Kalan ekmeğini raflardan birine bırakmıştı. İçeri girer girmez ekmeğe ve peynire saldırdıkları için kutuları üstün körü kontrol etmişlerdi. Un, maya, şeker, peynir, tuz, susam, çörek otu falan gibi kutu ve tenekelerin yanı sıra etiketsiz iki teneke kutu vardı. Bunlar lakerda tenekesi gibi sımsıkı kapalıydı.

Sonra genç kadın boş elini göstererek gülümsedi. "Hiçbir şey. Tertemiz, yepyeni boş bir kutu."

Boş kutu esprisi herkesi tebessüm ettirdi. Bu arada kapalı duran üç tenekenin ikisinin içinde ne olduğu ve özellikle lakerdanın lezzeti merak edilmişti. Bir bıçak ve taşın yardımıyla tenekeleri kolayca açabilirlerdi. Sarp bunu engelledi. Açık olanlarla yetinmeleri gerekiyordu. Kimse itiraz etmedi. Pandoranın kutuları düşüncesi hakimdi zihinlerde.

*

"Sizce bu şey nedir?"

Açık ve kapalı defalarca sordukları sorunun bu kadar taze görünmesi doğaldı. Ufukta bir gün öncesine göre iki misli büyük görünen kara yuvarlağa bakıp onu deli gibi merak etmemek mümkün değildi.

"Çapı ne kadardır sizce?"

Andre'nin sorusu herkesin beyninde bucurgattı. O şey neyse tekinsiz bir büyüklüğe sahipti. .

"En az yüz metre çapında," dedi David yan gözle Sarp'a bakarak.

Bunu Sarp'a mazmoz olsun diye söylemişti. Dün gece camide halının üstünde uyumuşlar, sabah sırayla duş yapmışlar ve sabah kutularda keşfettikleri tek kullanımlık jiletlerle sakal traşı olmuş ve öğlen yemeğinden sonra yola koyulmuşlardı. Nesrin, Sophie ve Sarp sabah erkenden namaz kılmış, ama fırın yeniden taze ekmekler sunmamıştı. O huşu verici muhteşem servis bir kereye mahsustu anlaşılan. Molalar hariç en az dört saat yürümüşlerdi. Arazi biraz engebeliydi bu defa. Saatte üç kilometreden on küsur kilometre yaklaştıklarında o yuvarlak nesnenin boyu iki misli büyümüştü. O şey neyse çok daha devasa bir şey olmalıydı. Bir de bu mesafeden görülebilmesi için bulundukları arazinin düz, hatta biraz içbükey olması gerektiğini düşünmekteydi. Öküzün boynuzları üzerinde duran gerçeklik laylaylomu yani.

Helga yüzünü kesmekteydi. David kadına aşkla gülümsedi. Aklı fikri geride bıraktığı lakerda tenekesindeydi. Babası da lakerdayı böyle etiketsiz tenekelerde alırdı. İki üç ay giderdi. Votkaya meze yaptığında keyfi yükselir, İtalyanca şarkılar söylerdi.

"Daha fazla," dedi Helga.

Hava soğumadığı halde sırtına battaniye örtmüştü. Mavi gözleri karşılaştığında sevgi şerareleri fışkırtmaktaydı. Adam New York'daki umarsız günlerini hatırlayarak haline şükrederken örtülü şair yanı 'İzotropik evren şemsiyesinin altında yıldız tozlarının üşüttüğü kadınım' cinsinden bir cümle türetiverdi. Bunu sonra söyleyeyim diye düşündü. Gözü Sarp'taydı. Daire şeklinde sönmüş ateşin çevresine oturmuşlardı. Kökleri arzın merkezine uzanıyormuş hissi veren çalıları sökerek kocaman bir ateş yakmışlardı. Helga'nın *çabukyanançalılius* adını verdiği kuru çalılar çevrede çok boldu ve ateşi değdirir değdirmez tutuşmak gibi takdire şayan bir hünere sahiptiler. Çalılar yanıp bitince ateş tamamen sönmüştü. Tek bir kor parçası bile göz kırpmamaktaydı.

"En az beş misli hem de."

Sarp dahil hiç kimsenin yüzünde itiraz çizgileri oluşmamıştı. Hava kararmasına rağmen dikkatle bakıldığında ufukta bir siluet halinde görülebilen siyah disk bir merak vakumuydu. David şahsen o şeyi bir an önce yakından görebilmek için gebermekteydi. Aklına yıllar önce lisede öğrencilerin elinde gezen küçük bir kitapçığı hatırlamıştı. Fotokopi ile çoğaltılmış ve ciltlenmişti.

"Yıllar önce bir kitap geçmişti elime," dedi David. "*Düzenliliğin Fare Kapanı Olarak Takdimi*'ydi kitabın adı. Öğrenciler arasında çok popülerdi. Hocalar bile havasına girmişlerdi. Yazarın adını… Yasi, Yaser… değil."

"Yazi Meyyın," dedi Helga. "Bir aralar haftalarca elimden düşmemişti. Doğru. İkiz kuleler vakası sıralarında. Biraz öncesinde. Daha yeni evimize taşınmamıştık.

David sevgiyle kadınına baktı. "Çok yaşa ya. Yazi Meyyın doğru. Kimse nereli olduğunu, yaşını falan bilmiyordu."

Helga başını salladı. "Biz neler yapmıştık yazarın esas kimliğini keşfetmek için. İşe yaramadı. İranlı olduğu, tımarhanede bu türden iki kitap daha yazdığı falan söylentileri dolanmaktaydı ortalarda."

"Neymiş peki adamın dediği?"

Andre'nin sabırsızlığı Sophie'nın hoşuna gitmiş ve sırıtmıştı.

"Kepler kanunlarını, Newton kanunlarını düşünün," dedi David. "Einstein'ın ünlü formülünü falan. Yazi Meyyın bunların fare kapanında yem olabileceklerini anlatıyordu. Kancaya takılı nefis bir peynir parçası gibi. Fare için mideye hitap neyse, zeki yaratıkların merak duygularına hitap bu şekilde olabilir diyordu."

Andre'nin alnı kırışmıştı yine. Sophie gözlerini kısmıştı. Sarp'ın yüzündeki ifadeden Bay Meyyın'ı tanıdığı belliydi.

"Peki ne oluyor yani bu yasaları keşfedince?" diye sordu Nesrin. O da Helga gibi sırtına bir battaniye atmıştı.

"Merak için oyuna iştirak kartı diyordu," dedi David. "Merak oyunun zembereği oluyordu yani."

Nesrin'in yüzünde itirazın ilk işaretleri oluşmuştu. Sarp mahsus susmaktaydı belli. Helga 'Hah iyi dedin' işareti yapmıştı.

"Bu zembereği anlamadım," dedi Sophie.

"Oyunu kuran sistem," dedi David. "İçinizde kim tırsmasına rağmen o bok şeyi yanı yakıla görmek istemiyor? Zembereği kuruyoruz her saniye. Böyle bir deneyim yaşamasaydım, o Meyyın denen adamın neyi anlatmaya çalıştığını asla böylesine açıklıkla anlamayacaktım."

"Pi sayısının ilk yem lokmamız olduğunu söylemekteydi," dedi Helga. "Suni bir yemdi. Evrende hiçbir yerde dümdüz engebesiz bir alan ve dümdüz bir doğru mevcut değilken küçük ve geometrik açıdan steril alanlarda pi sayısını keşfettik. Üçgenin iç açılarının toplamının 180 derece olması falan aslında sanal bir gerçekliktir."

"Peki bu oyunun kurucusu kim?" dedi Andre. Yüz ifadesinden doyurucu bir cevap almayı beklemediği belliydi.

Helga yüzüne sıra sende tatlım dercesine bakınca David içini çekerek, "Bunu bilmeye aklımız bilgimiz yetmez," dedi. "Belki evreni birileri kurup gitmiştir. Dünya bazında alınca Kennedy'i öldürenler, İkiz kuleleri yerle bir edenler, küresel boyutta ekonomik kriz çıkaranlar var. Oyunu bu kimseler kuruyor, bizler de hamakat enerjisiyle besliyorduk. Ama sonra birden... Bu Ağrı Dağı olayı çıktı. Dijital Yeni düzen adlı sopsoğuk bir savaşın göbeğine dalmakla meşguldük, eski düzenin Demir Kafes'inden Dijital Kafes'e taşınarak mutlak köleler olacaktık.

Birden yolumuz... Yol falan kalmadı gibi."

"Doğal afetler çağındaydık," dedi Nesrin. "Geçmiş zaman şeklinde söylemek ne kadar kolay, iklimler... İklim değişiyordu, canlıların genetiğiyle tehlikeli oyunlar oynanıyordu. Üçüncü Dünya Savaşı'nın içersindeydik ve bizler akıllı telefonlarımızla bedensel anlamda bütünleşmek için can atıyorduk. 5 G olmazsa 6G bize bunu verecekti. Bunda da merak saiki yok muydu? İhtiras da tabii. Güce tapınma, açgözlülük. Allahsızlık kısacası. Putlara dönüşü yaşıyorduk dolu dolu. Buna direnecek bir şey yok gibiydi. Bütün iyi hasletler Haslett Oteli'nin lobisi gibiydi yani. Hızla çürütülüyordu. Birden... Bu oyun... Sanki kader... kader diyeceğim geliyor, insan hasletinin eksik kaldığı yere müdahale eden bir yüce bir güç. Belki de Sirius'tan gelen DijitalAğa, Allahın nefesini hisseden bir bir yapay zekânın iradesi bizi buraya kadar getirdi. Hoşunuza gidecekse oyun kurucu da diyebilirim. Belki bu oyun bir müdahaledir. Bir yüzdesi en azından. Çok mu dindarca oldu, ama... Ben kısacası ister zembereği merakla kurulsun, ister açgözlülükle, oyunun içinde kaderin de katılımı var diye düşünmekteyim. Benim şu anda burada oturuyor olmam, asla bir kibrit çöpünün akan suda sürüklenmesi misali raslantısal değil. Müdrikliğimin, farkındalığımın çapı kadar oyunun içindeyim demek istiyorum."

Helga ve Sophie'nın Nesrin ile benzer fikirde olduğu belliydi. Andre düşüncelere dalmış ve bakışlarını yere indirmişti.

David farkındalık katsayımız burada tavan yaptı benzeri bir sözcük edecekti, ama kelimeleri sesli hale getiremedi. Az ileride duran parlak bir şeyi farketmişti. Elle tutulacakmış gibi parlak gökyüzü karanlık geceyi sayısız noktalardan delmekteydi, ama fizikçi yanı tenekenin gene de böyle parlak görünemeyeceğinin farkındaydı. Parlaklıktan taşan şeklinde beyninde peydahlanan diğer şey çok habis bir karakterdi. Tenekenin ardında kapkara bir insan silueti vardı. Fizik yapısı aşina olan gölge arkada bıraktığı lakerda tenekesini getirmişti. Artık Sarp'ın niye kapalı kutuları açtırmadığını anlıyordu. İçlerinde lanet usaresi depolanmıştı. Oyunbaşı bunu ima edip durmaktaydı. Belki şimdi onun zamanı gelmiş çatmıştı. Diğerleri bunu görmüyordu. Kemşov ona yönelikti lanet olsun. Tenekeyi açacak ve beyninin sağlam kalan yanını berhava edecekti. Ardından New York'ta derslere başlayacak ve Helga ile intihar planı yapmaya kaldıkları yerden devam edecekti.

*

"Diyelim Ağrı denen yere vardık. Ne halt edicez orada?" dedi Andre.

Sarp konuşulanları dikkatle dinlerken takımın ortalama bir moral gücüne sahip olmasından memnundu. Andre'nin sorusu herkesin merak odağıydı. Sarp, Amerikalının söze girmesini bekledi, ama adam bir düşünceye dalmış gitmiş gibi ilerilere bakmaktaydı. Helga hemen istekli değildi konuşmaya. Herkes öncelikle oyunbaşının düşüncelerini merak etmekteydi doğal olarak.

"Şu anda muhayyer bir gerçekliğin içindeyiz," dedi Sarp. "Gerçeği andıran ama artık o olmayan, bir tiryaki için kafeinsiz kahve gibi bir gerçeklik. İadesi mümkün diyeceğim geliyor. Arkamızda bıraktığımız yol zeka sahibi kimseler tarafından irdelenmediği, takip edilmediği, çiğnenmediği için ya da hızla dağılıyor gidiyor. Oyun zaman-mekânı içinde ne arkamız, ne de dünümüz var. Sadece an ve yakın gelecek mevcut. Bu bizim fonksiyonumuzu anlamak demeyeyim, ama hissetmek için önemli. Eski alıştığımız bildiğimiz dünyadaki gibi bir mazi inşa etmiyoruz burada. Ağrı'ya gelince; orada ne tür bir rol oynayacağımız üzerine hiçbir somut fikrim yok. Beklentim muhtemel işlevimizin bizim için gelecek merhalelerde adım adım daha açık hale geleceğidir."

Sarp sözlerine ara vererek sağ yanında duran bastonu aldı ve ucu yere değecek şekilde dik tuttu. Gövdesini ortaya yakın bir yerden kavramıştı. "Bu bastonun öyküsü size benle ilgili aşırı beklenti enjekte etmesin. Çocukluğumdan beri Toromları tanırım. Bu yönden çok şanslıyım. Üç çok yetenekli yaşlı kadın tarafından eğitildim. Ciddi formatlarda oyunbaşlarıydılar. Bir sürü serüven yaşadım. Zaman zaman ölmeme ya da kafayı yememe kıl payı kaldığı oldu. Bir şekilde esirgendim. Belki bu benim için de sonuncu yolculuktur. Bunları şunun için söylüyorum. Benim sınırlı yetim Ağrı'da neler oluyor bitiyor konusuna şu andan ahkâm kesmeye elvermez. Merak, kendini beğenmişlik ve güce tapınma bir şeyi çığrından çıkardı. Birlikte göreceğiz. Sizden bu konuda sakladığım hiçbir şey yok. Ben de sizler gibi tekinsiz bir merak sarmalındayım. Gerisini gidişat belirleyecek."

Sarp'ın dürüst ve dolaysız sözleri etkili olmuştu. Andre başıyla sana katılıyorum işareti yaptı. Nesrin, Sophie ve Helga'nın yüzlerinde tevekkülümsü kabul işaretleri vardı.

Sarp, David'e bakınca tüyleri diken diken oldu. Parlak teneke ve siyah silueti gördü. Adama müdahale edilmekteydi.

Bastonu kavrayıp ayağa kalktı. Sophie'nın refleksleri harekete geçmek üzereyken Sarp ona dur işareti yaptı. Genç kadının silahına davranan sağ eli tabancasına dokunur durumda donmuştu. Bu aynı etkiyi Andre için de yapmıştı. Bölük pörçük anlatımlarından bile Paris'te epey silah kullandıkları belliydi. Ellerinin hemen silaha davranması normaldi.

Sarp hızla o teneke kutuya doğru ilerledi. Kara siluete yaklaşınca kem bir gücün alanına girdiğini hissetti. Sol eliyle midesini ovuşturarak iç sesle siluete seslendi.

"Benim yerim burası. Sen zayıfsın. Temsiliyetin yetersiz. Defol git."

"Sarp Sapmaz. Senin için özel bir yol var. Geriye ve güvenliğe açılan. Çek git. Yoksa kendin de telef olacaksın."

Kara adamın sesi karakter ve duygu taşımayan tondaydı. Sarp bu soğuk ve mesafeli hali iyi tanımaktaydı.

"Üçe kadar sayacağım. Pis kalıbını çek, ya da…"

"Ya da?"

"Bu bastonu üzerinde deneyeceğim."

"Yapmazsın. Başka işlev için seçilmiş bir nesne o."

Sarp karaltının sözlerindeki doğruluk payını hissetmekteydi, ama kararını vermişti. Önce tenekenin hurdahaşını çıkararacak, sonra da sahibinin belinin sağlamlığını sınayacaktı.

"Peki, kararlısın belli. Tekrar geldiğimde müdahale etmek için geç kalmış olacaksın ve dönüş yolun da kapalı olacak. Bunu unutma."

Siluet ve teneke gözden silinince Sarp derin bir nefes aldı. Arkasını döndüğünde David içine düştüğü dalgınlıktan sıyrılmıştı. Yüzü korkuluydu. Helga adamın sağ elini eline almış masaj yapmaktaydı.

"Aynı şeyi Murad'la Asalkent'te de gördük," dedi. "Oyun güzergâhı çeşitli moral bozucu, uyarlayıcı, sindirici ve hatta imha edici tuzaklarla dolu. Bunlardan biriydi. David'un beynindeki bir bilgiden, düşünceden baz alarak içeri sızdı ve onu manen çökertmeye çabaladı. Ben müdahale edince çekip gitti. İleride yeni salvolar da gelebilir. Sağlam duracağız."

"O lakerda tenekesi." dedi David. Neyse ki sesi pek az titremekteydi. "Tenekeyi getiren kimse babamı andırıyordu, ama o değildi. Teşekkür ederim Sarp. Bir an her şey bitti sanmıştım."

Helga adama sımsıkı sarılınca Amerikalı zorlama bir neşeyle bir gözünü kırptı. "Bazı hoş sonuçları da yok değil ama bu tasallutların."

Sarp adamın güçlü karakteri nedeniyle bu vartayı şimdilik atlattıklarını düşünmekteydi. "Haydi biraz başka konulara eğilelim," dedi. "Kim Sirius yıldızının yerini biliyor?"

David, Helga ve Andre hemen ellerini kaldırdı. Nesrin daha kurnaz davranıp küçük bir hata payıyla yerini işaret etmişti. Sophie doğru yöne bakarak aranmaktaydı. Sarp, "Maşallah valla, hiç bu denli yıldız tanır bir ekibim olmamıştı," dedi ve elinde olmadan derin bir iç geçirdi.

*

Nesrin tünelin içinde çok ileriye ve yukarıya bakmadan yürümeye alışmıştı. İleriye bakınca bitimsizlik hissediyor, ömrünü içerlerde bir yerde tüketeceğini düşünerek karamsarlaşıyordu. İnanılmaz bir yüksekliğe sahip olan ve çıplak gözle güç bela seçilebilen tavansa az sonra atomlarına ayrılacağı duygusunu veriyordu. Tabanlarının altında ufalanmış ateş taşı benzeri tanecikler tünelin yaşını eskitmekte, ama yegâne kullanım savını berkitmekteydi. Arkalarına ambalaj malzemeleri, antep fıstığı kabukları, tuvalet kağıdı, dışkı ve yemek artıkları bırakarak ilerlemekteydiler. İdareli kullanarak bitirdikleri ikinci ve sonuncu plastik su tenekesi iki kilometre kadar arkada kalmıştı. Ve bu cins izler bırakan başka birileri geçmemişti şu ana kadar katettikleri yolda. Sarp haklıydı. Yol tek defalık kullanım için mevcut gibiydi.

Tünelde kaynağı belirsiz zayıf bir aydınlanma vardı. İlk girişte çıkışın yakın olduğunu düşündürtmüştü doğal olarak. Bugün üçüncü gündü. Yegane saat Sarp'ın kolundaki saatti. Onun sayesinde şu anda dışarıda öğle üzeri olması gerektiğini biliyorlardı. Tabii bacak kasları da bir çeşit saat sayılırdı. Günde ortalama yirmi kilometre yol almaktaydılar. Şu ana kadar en az elli kilometre gitmişlerdi. Erkekler en son sakal traşını camideki malzemeler arasında çıkan tek kullanımlık jiletlerle yapmıştı. Bir daha bu cins malzeme bulamadıkları için erkeklerin uzayan sakalları da bir çeşit saat işlevini görüyordu. Bu arada suları bitmişti. Sarp oyun sırasında en temel malzemelerin sürekli kıtlığının çekilmediğini defalarca yinelemesine rağmen içinde bir umarsızlık büyütmekteydi.

Diğer yandan içersinin tekdüzeliği sandığının aksine belleğini canlandırmamıştı. Annesini, olan bitenleri, köprüden atlayan nişanlısını falan pek az hatırlıyor ve hemen düşünceleri başka bir alana kayıyordu. Sarp haklıydı. Arkalarında mazi izi bırakmıyor olabilirlerdi. Bu nedenle eskileri hatırlamak beyinleri için yük oluyordu. 'Annemin ve babamın yüzünü unutursam.' düşüncesiyle gözleri dolduğunda derin bir nefes alarak toparlandı. O küvetten sağ sağlim çıkması makbul bir işaretti. Bunu sık sık hatırlaması iyi olacaktı.

Andre en önden gidiyordu. Onun arkasında o ağır bastonu sırtına atmış olan Sarp yürümekteydi. Bastona astığı bez torba sırtına değmekteydi. Tünelin çapı bir kilometre kadardı. Bu yüzden yüz kişi de olsalar yan yana yürüyebilirlerdi, ama nedense bir iğ şeklinde yol almaktaydılar. Sophie en arkadaydı. Bir kilometre çapında, en az elli kilometre boyunda tünel şeklindeki bir köprüydü içinde bulundukları şey. Köprüydü çünkü dibi görünmeyen bir uçurumun iki kenarı arasına yerleştirilmişti. David insandışı yapım dediğinde kimse itiraz etmemişti. Bildikleri tanıdıkları dünyada ne bu kadar derin bir uçurum vardı, ne de bu ebatlardaki bir tünel köprüyü inşa edip iki yar arasına yerleştirebilecek teknoloji.

Nesrin hafifçe mırıldanarak Ayetel Kürsiyi okudu. Allah onu arkada bıraktığı bütün badirelerden sıyırmıştı. Zihnini bu düşünce ile rahatlatması tevekkülden farklıydı. Azmi yerindeydi. Sadece kaslarına yerçekiminden daha fazla musallat olan umarsızlık yükünü sırtlanmasını engelliyordu.

Sarp uçurumun topografik karakterli olmadığını söylediğinde de hiç itiraz olmamıştı. Elektronların yörünge değiştirmesi gibi belki diye desteklemişti David. Helga yetmiş başlarında ünlü olan bir yazarın kitabına değinmişti. Orada kızılderili büyücüler ve yazarı temsil eden karakter uçuruma atlayarak seviye değiştiriyorlardı. Nesrin ne elektronları, ne de adı kestaneye benzeyen yazarın kitabını biliyordu. Onun için bu uçurum sınav nitelikliydi. Bilinç tazeliyorlardı. Uçurumun kavranamazlığı imanın tanımlanamazlığıyla eşdeğerliydi.

Sarp'ın ve özellikle Sophie'nin namaz kılması üzerinde çok moral düzeltici bir etki yapmıştı. Diğer arkadaşları da temiz, güvenilir insanlardı. Genç kadın buralarda yalnız başına kalmadığı, bir küvetin içinde ölüp gitmediği için Allaha şükrediyordu.

Sarp dışarısının algı dışı olduğunu ya da beyin enerjimizin o gerçekliğe eklemlenebilecek düzeyde olmadığı için izole bir geçiş yaptıklarını söylemişti dün gece. Adam her gönlc köprü olabilen bir yapıya sahipti. Değişik alemlere ulaşabilmesiydi belki bunun nedeni. Onsuz buraları asla geçemezlerdi. Kendisi Allahın kullarının kapasitelerine göre dünya kurduğuna inanırdı. Bu ipe sarılmıştı şimdi.

"Hey, ışık! Işık görünüyor!"

Andre'nin sesi Ortaçağ'da azgın dalgalarla boğuşarak Ümit Burnu'nu dönen bir gemi gözcüsünü hatırlatmıştı genç kadına.

Gerçekten de ufukta bir ışık belirmişti. Ekibin ayakları hemen hızlanmıştı. Herkes bir an önce bu yerden çıkmayı istemekteydi.

"Ya diğer uç uçurumun tam ortasında bir yerdeyse?"

Helga adamı yalandan dürttü, "Şom ağızlı!"

Konuşmadan yürümeye devam ettiler. Diğer uç bayağı yakındaydı. Yarım saat içinde yirmi metre kadar yaklaşmışlardı. Görünen şey sadece mavi gökyüzüydü. David'un sözünü gerçeğe boyayan bir durumdu.

Andre uca yaklaştığında Nesrin nefesini tuttu. Adam temkinli bir şekilde aşağıya baktı ve adımını atarak görüşlerinden silindi. Herkes durmuştu. Donma gibiydi. Kimse diğerinin yüzüne bakmıyordu. Beş saniye sonra Fransızın sesi duyuldu. "Ne duruyorsunuz lan, gelsenize."

Az sonra Nesrin yüzden fazla olduğunu tahmin ettiği taş basamakları inerken dört yıl önce gözüyle gördüğü Keops piramitinden aşağıya iniyormuş gibi gelmekteydi. Arka taraftaki uçuruma bakmamak için engebeli araziyi, bitki örtüsünü izlemekteydi. Tünelin bu taraftaki ağzı otuz derecelik açıyla göğe çevrik olduğu için göremedikleri hoş bir tepecik hemen ilerilerinde durmaktaydı. Güneş tepenin arkasına doğru alçalmaktaydı. Bitki örtüsü epey canlıydı. Tepede ağaçlar vardı. Yamaçlar yemyeşil çalılıklarla kaplıydı. Allaha şükürler olsun bu badireyi de kazasız belasız atlatmışlardı.

*

Tepenin arkasında bayağı geniş bir nehir akmaktaydı. Göz alabildiğine bakıldığında üzerinde tek bir köprü bile görünmemekteydi. Yine bulundukları yerden bakıldığında nehrin bu yakınlardaki en dar noktasında oldukları açıkça görülmekteydi. Demekki bu noktadan geçilmesi gerekmekteydi. Sophie'nın keskin gözleri karşıyı defalarca taramış arızalı bir varlık seçememişti. Burası arkada bıraktıkları yerden farklıydı. Vahşi hayvanlar bulunabilirdi.

David suyun içilebilir nitelikte olduğunu söylemişti. Sarp da aynı kanaattaydı. Birkaç yudum içerek ilk deneyi gerçekleştirmişti. Ardından hepsi kana kana su içerek üç günlük idarenin acısını çıkarmışlardı. Islanmadan su içebilmek için kıyıdaki toprağa iyice uzanmak gerekmekteydi. Su en kenarda bile birkaç metre derindi. "Hava sıcak," dedi Sarp. "Suda akıntı yok. Karşısı en fazla yetmiş seksen metre falan. Yüzüp geçelim karşıya. Karanlık basmadan çıkalım buralardan."

Sarp iyice boşalmış olan bez torbadaki fındık fıstık paketini pantolonunun cebine tıktı ve çakısıyla bezi şeritler halinde kesmeye başladı.

David, "Elbiselerle yüzeceğiz değil mi?" dedi.

"Yoksa ayağında don yok mu?"

Helga'nın esprisine herkes gülünce David yüzünü yalandan astı. "İlk günkü formunda değil, ama hâlâ mevcut."

Andre az önce içtiği suları çıkarmaktan dönmekteydi. Lafların yarısını duymuştu. "Ne donu yahu?" deyince gülmeler yeniden alevlendi.

"Hava sıcak," dedi Sarp yine. "Herkes istediği kıyafetle yüzsün. Sormayı unuttum bu arada. İçimizde yüzme bilmeyen var mı?" Kimseden ses çıkmayınca doğrularak kestiği bez şeritleri birbirine bağlamaya başladı. "Tabancalar ve mühimmat için mevcut naylon torbaları kullanın. Hangi yöne ne kadar ilerlersek ilerleyelim ısı hep aynı kalıyor. Gündüz yirmi küsur, geceleri biraz serince. On beş derece en düşük. Karşı sahilde biz ineyin beklediğini bilmiyoruz. Elbiselerle de yüzülebilir. Yolda yürürken kurur üzerimizde. Ceket tipi şeyler de torbaya konabilir. Tek sorun suyun ayakkabılara yapacağı etki. Onu da göze alacağız artık."

Sophie da aynı fikirdeydi. Yanında taşıdığı torbada yedi sekiz şarjör dışında birkaç fındık, iyice buruşmuş bir kağıt mendil, eski yaşamından arta kalmış bir sarı on sentlik buldu. Avro senti kısa bir tereddütten sonra pantolon cebine attı. Şarjörleri ve tabancayı bir naylon torbaya koyarak iyice paketledi. Torbayı flasterleyemediği ya da bağlayamadığı için içine su girebilirdi. Ayrıca bir eliyle torbayı tutarsa yüzmesi epey zorlaşacaktı. Ne yapacağını düşünürken aynı işlemi yapmakta olan Andre'nin bir çözüm bulduğunu gördü. Adam torbayı kemerinin üstünden iterek iyice aşağılara soktu. Kemeri patlayacak gibi gerilmişti. Bakışları karşılaşınca sırıtarak omuzlarını silkti.

Sophie da aynı şeyi yaptı. Son günlerin serüven dozu nedeniyle bollanmış olan kemeri ve pantolonu çok zorluk çıkartmamıştı. Sarp bastonu bel hizasından vücuduna bağlamıştı. Genç kadın kıvrık kısmı adamın boynunun altına kadar uzanan bastonla yüzmeyeceği için haline şükretti. Altmış ortalarında olduğunu tahmin ettiği oyunbaşının bayağı kaslı bir vücudu vardı. Sorunsuz karşıya varacağından emindi.

David lime lime olmuş ceketinin ceplerini araştırıp bir şey bulamayınca gri bez parçasını yere attı. Adam elbiselerle suya atlayıp yüzmeye başlayınca Helga iki kez alkışladı ve kendi de bayağı usta bir şekilde suya dalıverdi. Nesrin arkalarından suya girdi. Andre, Sarp'a baktı. Adam başıyla olumlayınca çevik bir şekilde suya atladı kravl yüzerek David ve Helga'yı solladı. Karşı kıyıya ilk o çıkacaktı. Kendi de kuyruk olacaktı.

Sarp kızaktan indirilen bir gemi gibi kendini usulca suya bıraktı ve yüzmeye başladı. Bastonun ucu bacaklarının arasında görünüp kaybolmaktaydı. Sophie o şeye bir kez dokunmuştu. Bayağı ağırdı. Bu hacimdeki tahtanın bu kadar çekmesi çok garipti. Belki çok özel bir ağaçtan fırınlanarak ve preslenerek yapılmıştı. Bir an oyunbaşının bayağı derin görünen suya gömülüp gideceğinden korktu. Neyse ki şu ana kadar her şey yolundaydı.

Sophie geride kalan eşyalara şöyle bir baktı ve ayak uçlarıyla yeri iterek kendini suya fırlattı. Göbeğinin altındaki ağırlık sandığından daha az engelleyici bir etki yapmaktaydı. Gözü önden gidenlerde yüzmeye başladı.

*

Andre su karşı kıyıda sığ olduğu için yürüyerek karaya çıktı. İlk işi kalçalarındaki paketi çıkarıp kontrol etmek oldu. Tabanca ve şarjörler kuru kalmıştı. Sırasıyla bütün ekip kıyıya çıktı. Sarp belindeki düğümü çözmekle meşguldü. Nefesi kesilmişti soluyordu, ama bu çok normaldi. O bastonla yüzmek bir dambılla yüzmekten farksızdı.

Karşıdan bakıldığında ağaçlı tepe tünelin ağzının görülmesini engelliyordu. Bu çok hayırlı bir durumdu. Bu kadar yakınlarında algılanması mümkün olmayan derinlikte bir uçurumun var olduğunu hatırlayıp durmak istemiyordu. Nehrin tam ortasında su birikintisinin devasa bir lavabo olduğunu, birinin tıkacını açınca borudan aşağı gideceklerini düşünerek kendine yeterince eziyet etmişti.

Sarp'ın isteği üzerine yolda hareketli kuruma eylemine geçtiler. Çimenlerle kaplı hafif engebeli arazide yürümeye başladılar. Yan yana sıralanmış şekilde konumlanmışlardı. Saat üç sularıydı. Güneşin batış yönüne doğru ilerlemekteydiler. Ağaçlarda ürkek sincaplar, gökte yükseklerde uçan kuşlar vardı. David yüzerken bir metre büyüklüğünde bir balık gördüğünü yemin billah anlatmıştı. Dünyanın normal zamanlarındaki haline geri dönmüş gibiydiler. Güneş giysilerini kurutmaya başlamıştı bile.

Andre bundan önce bulundukları yere göre çok keyifli ve umut vadedici görünen ortamın aldatıcı bir hal olduğunun bilincindeydi. Bu bilinci bileyen şey çok güvendiği sezgileriydi. Esas mesafeleri ve yeniden şekillenmiş coğrafyayı tanımıyordu, ama son noktaya epey yaklaştıklarına kalıbını basardı. Kendilerine karşı çıkan şey neyse daha şiddetli önlemlere başvurması an meselesi olabilirdi yani. Yan gözle altı kişilik safın diğer ucunda yürüyen Sophie'ya baktı. Kadını arzu eden yanı bir alt nabız gibi uzaktan, ama kararlı ve ritmik bir şekilde atmaktaydı. Aynı nabzın diğer tarafta da bulunduğuna yemin edebilirdi. Hissediyordu. Bunları düşünürken kendini daha iyi hissediyordu, ama rahatlatıcı yan ipincecik camdan bir duvarla karanlık bir dehlize bağlıydı. Orada David'i herkesin yanında ziyarete gelen tekinsiz varlıklar kaynıyordu.

Bastonu omuzuna atmış olan Sarp'a baktı. Adamın güçlü duruşu ve metaneti içini rahatlatıyordu. *Carpe diem baby*. 'Bu anı solu yavrum' şovundan başka bir şey değildi. Daha yüksekten düşebilmeleri için omuz veren kıyak perisinin fısıltısı.

Küçük bir yamacı tırmanıp diğer yanı gördüklerinde birisi tıp demişçesine aynı anda durdular. Tepeciğin diğer tarafında yeşil bitmişti. Eğer bir çöl ya da kayalık araziyle bitse bile çok şaşırtıcı olabilecekti. Göz alabildiği alanda yeşil bitmişti sadece. Arkalarında yeşil olan her şey burada grinin tonları olarak mevcuttu. Birisi hiç üşenmeden bütün ağaç yapraklarına, otlara kül püskürtmüş gibiydi.

"Bu da nesi yahu?"

"Volkan mı acaba?" dedi Helga David'a.

Adam bilmem anlamına omuzlarını kaldırdı. Bütün bakışlar Sarp'a dönünce adam bastonu sırtından indirip çömeldi ve yerden bir parça ot kopardı. Gri sap elinde ufalanınca bir diğerine dokundu, ama koparmadı. "Fotosentez sorunu." Sarp'ın sözleri milletin sırıtmasına sebep olmuştu. Oyunbaşı bastonun ucunu yere dayayarak ileriye baktı ve "Güneş yeterince sıcak," dedi, "Foto var, sentez bozuk."

"Ne yapıcaz peki?" dedi David.

Az önceki olumlu ve keyifli atmosfer uçup gitmişti. Önlerinde uzanan gri dekor kan ve ruh emici bir karaktere sahip gibiydi. Sanki griliğe adım atarlarsa ayak tabanlarını delecek ve oradan vücut sıvılarını son damlasına kadar emecekti.

"Oyun bize çok çeşitli imkân ve engel sunuyor. dedi Sarp. "Geçtiğimiz tünel oyun ortamında niyet ve azimlerimize tahsis edilmiş bir kısa yoldu. O sayede az zaman içersinde belki bin kilometre ilerledik ve kimbilir kaç adet belalı yeri arkada bıraktık. Bu gördüklerimiz bir uyarı mesajı. Özellikle önemli olanlarının genel özelliği kısa bir zaman aralığını işaret ediyor olmalarıdır. Yola devam edeceğiz,"

Sarp yürüyünce ekip isteksiz de olsa harekete geçti. On dakika içinde griliğin tam içine girdiler. Nereye bakarlarsa baksınlar tek bir yeşillik görememekteydiler. Pierre diğerleri gibi sık sık güneşe bakmaktaydı. Fotoları o biçimdi şimdilik. Genç adam kimse lafını etmemesine rağmen güneşin ansızın kararıp gideceği beklentisinin virüs şeklinde ekibin damarlarında gezdiğini hissediyordu. Çok boktan bir duyguydu Allah kahretsin.

Ağaçların mermerden yapılmış gibi durduğu bir korudan geçerken Andre damarlarındaki kanın soğuduğunu hissetti. Kimse konuşmuyordu. Ayaklarının altında çıtırdayan taş, minik gri dalcıklar dolu patikadan yürürlerken herkesin aklında tek şeyin dans ettiği çok açıktı. Güneş batmadan buradan çıkamazlarsa ne olacaktı. Güneş ışıklarından çok başka bir şeyle beslenen sentezle başa çıkabilir miydiler?

Girdikleri korunun bitiminde minicik bir göl vardı. On metreye sekiz metre ebatlarındaki gölün suyu çok berraktı, küçüklüğüyle orantısızca derindi ve içinde balıklar yüzmekteydi. Gölün diğer kısmında koru devam etmekteydi.

"Dibi görünmüyor bu suyun yahu."

David'un bunu derken iki adım geri çekilmesi esneme gibi bulaşıcı bir eylem olmuştu. Nesrin ve Helga hemen adamı taklit etmişti. Sarp yerinden kımıldamamıştı. Dikkatle bir şeyi iyice görmeye çabalıyor gibiydi. Kendini bildi bileli dinsiz olan Andre oyunu onlardan yana kuran güce burada ölüp gitmemeleri için yalvarmaktaydı. Paris'te o hengâmede ölüp gitseydi ya da çakmak ilk çaktığında alev alsaydı ona bu kadar koymazdı. Gri tekdüzeliğin abantısı tüm gücünü çökertmişti adeta.

*

Sarp yola devam edelim diyecekken birden fikrini değiştirdi. Mermerden yapılmış gibi görünen gri balıkların arasında altın renkli birini seçmişti. Dikkatle baktı. Yanılmıyordu. Altın renkli bir balık yüzgeçlerini nazlı nazlı oynatarak yüzmekteydi. Balığın bulunduğu yerde dikkatle bakmasa asla farkedemeyeceği bir bölme vardı. Bir oyuktu, ama insan eliyle yapılmış gibi dört köşeydi. Beş metre kadar derinde iki metreye iki ebatlarında kare girişli bir tünel ya da oyuk vardı. Sophie suyun kenarında durmuş bakmaktaydı.

"Sophie bak şurada ne görüyorsun?"

Genç kadının kartal gözleri işaret ettiği yere bakınca yüzünde hayret ifadesi belirdi.

"Balık. Renkli. Altın balığı. Küçükken akvaryumum vardı. Gümüş ve altın balıkları beslerdim."

Bu sözcükler kıyıdan uzak duran üç çift ayak üzerinde etkili olmuştu. Ela, David ve Helga merakla kıyıya yaklaşırlarken Sarp eliyle tekrar işaret etti. "Şurada bir giriş görüyor musun?"

Kadın başıyla olumladı. "Evet. Çok garip. Kare gibi sanki."

"Kaç metre derin sence?"

"Dört, beş falan."

Diğerleri merakla bakınırlarken Sarp kararını verdi. İadeli ve taahhütlü bir postaydı içinde bulundukları ortam. İmza atıp almak gerekmekteydi. Ayağından bir miktar kurumuş olan ayakkabılarını ve çoraplarını çıkardı. Sonra şaşkın bakışlar altında pantolon ve tişörtünü sıyırdı üzerinden.

Ayağında siyah bokser donuyla kıyıya geldi ve balıklama suya daldı. İçinde kesime götürüldüğünü hissettiği için korkan bir hayvanınkine benzer bir duygu vardı. Onu azdırmamak için eylemi hakkında konuşmak istememişti.

Su bayağı serindi. Berrak olduğu halde dibinin seçilememesi çok berbat bir noktaydı, ama artık ok yaydan çıkmıştı bir kere. Hızla altın balığının olduğu yere vardı. Haklı çıkmak korkusunu hafifletmişti. Kare şeklindeki dehliz on metre kadar derindi ve içi karanlık değildi. Hiç tereddüt etmeden dehlize daldı. Altın balığı ortadan kaybolmuştu. Ciğerlerine depoladığı nefesinin en iyimser tahminle yarısı bitmiş olmalıydı. Postayı almak zorundaydı. Yoksa gri korular silsilesi bitmeyecekti. Bu çok açıkça gözüne sokulmuştu. Oyun içinde en temel şeylerin sıkıntısı uzun sürmezdi. İnşallah oyun bunun farkındaydı.

Zeki varlıklarca imal edilmiş olan dehlizde ciğerlerindeki son oksijeni kullanırken dizleri yere çarpınca canı yandı. Sanki bastonla yüzüyormuş gibi ağırlaşmıştı birden. Öyle değildi. Panikle açılan ağzından ciğerlerine hava girmekteydi. İçinde yeterli oranda oksijen olan bir hava solumaktaydı. Dehlizde su bitmişti. Mevcut hava nedeniyle su daha içerilere giremiyordu. Dizlerini ovuşturarak doğruldu. Kafası tavana çok yaklaşmıştı, ama rahatlıkla yürüyebilmekteydi. Sol dizi hafifçe kanamaktaydı. İçi sevinç ve umutla dolmuştu.

Dehlizin bittiği yer kare şeklinde bir ekran gibiydi. Karlı görüntüydü gördüğü. Bir metre kadar yaklaşınca durdu. Karlı yüzeyde bir değişiklik olmuştu. Algılanabilir bir hızla ekran renklendi ve derinlik kazandı. Tanıdık bir görüntüydü, ama dehşet sinmişti üzerine. Sarp Büyük Ağrı Dağı'nın çeşitli görünümlerini bizzat gözüyle gördüğü için iyi tanımaktaydı. Yalnız dağın üstüne dev bir yılan çöreklenmişti. Oranlara bakılırsa boyu kilometrelerce uzun, kalınlığı en az yüz metre olan devasa yaratık başının zirve hizasında kaldırmıştı. Sesi kulağına dolmaya başladığında bütün vücudu sarsıldı. Bir otobüs motorunun pencere camlarını zangırdatması gibiydi.

"Geriye dön oyunbaşı. Henüz mümkünken."

"Geride yol mol yok artık."

"Var. Geldiğin patikadan dön. Ekibinin hayatını da kurtar. Sen işbaşındayken dünya yüzündeki ütopik zavallılık abideleri, başta İstanbul'daki camiler ve Berlindeki o uyduruk katedral olmak üzere ufalandı ve yele savruldu gitti. O sizi umutlandıran davet ışığı da söndü gitti. Oradan da medet umma."

Sarp'ın içindeki zayıf taraf yana yakıla geriye dönmek istemekteydi. Doğanın kurduğu varkalma motorunun egsozu harıl harıl duman püskürtmekteydi. Aklına yukarıdaki arkadaşlarının meyus ifadeli yüzleri geldiğinde motor tur artırıyordu. Sarp bütün gücüyle İstanbul'daki üç camiyi, kadim dostu Warner'ı ve katedraldeki en iyi yakın arkadaşlarını düşünmeye başladı. O kutlu camiler, tarzlar üstü katedral gerçekten yokolmuş olabilir miydi? Saniyeler geçti tık yoktu. Bir türlü hamuruna kurşun katılarak yapılmış ve çeşitli metal tuzlarıyla renklendirilmiş kristal camların tılsıma boyadığı ışıkta, her santimetre karesi işlenmiş yüksek tavanların altında oturdukları zamanlara dönemiyordu. İrade çürütücü anlardı.

"Bitti gitti Sarp efendi. Torom girişlerin de öyle. Geri dönüş tek ve yegane çizgin artık."

"Beni bozamazsın."

Ekran tekrar karlanınca Sarp ne yapacağını düşündü. Altın balığı gerçekti. Sophie de görmüştü. Tuzak değildi. Renksizliğin yenilmesiydi. O balık olmasa da bir şekilde dehlizi keşfedeceklerdi. Arkadaşlarının bunu ıskalayacağını hiç sanmıyordu. Balığın işlevi başkaydı. Oyuna devam ışıyordu.

Yukarıdakiler ondan ümidi kesmek üzere olmalıydılar. Acele buradan arazi olmak isteyen yanını biraz zorlanarak durdurdu. Sarp eski deneyimlerinden bir şeyi iyi bilmekteydi. Buradan en uygun ruh durumuyla çıkması gerekmekteydi. Tıpkı bir uzay aracının atmosfere girerken uygun açıyı bulması gibiydi. Yoksa yanar giderdi havanın sürtünmesi nedeniyle. Kendi de aynı bunun gibi oyuna formatlanmış olarak çıkmak zorundaydı. Yoksa geriye kaçar ve toza dumana bulanırlardı.

Kendini konsantre ederek kırk küsur yıl geriye gitti. 1963 yılının yazına. İncir şehrine... O evin bahçesine... Nar ağacını görebilene kadar bekledi. En yaşlı ağaç oydu. On bir yaşına geldiğine meyva vermeyi kesip anneannesinin deyişiyle kendi içine kapanmıştı. Bahçe tümüyle gözünün önünde belirdiğinde derin derin nefesler almaya başladı. Sol elini karnına bastırmıştı.

Habis oluşum içindeki zayıf yanı bulmuş ve kanatmıştı. Ödleklik ve yılgınlık sızıyordu sağlam hücrelerine. Belleği boşalmış gibiydi. Eskileri hatırlayamıyordu. Beynine bir blokaj girmişti. Bu hedefe yakın olduklarının da bir işaretiydi aynı zamanda. Ağrı'da neler olup bittiğini tam olarak bilmiyordu, ama iki zıt güç amansızca vuruşmaktaydı. Bu açıktı. Sarp ve ekibi güçlerden birine takviye amacıyla kurulmuştu. Bu takviyeye takoz konmaktaydı şu anda. Sarp'ın planı basitti. Oyun sitesinin bir deliğini bulacak ve oradan hareket ederek içine virüs sokacaktı.

Boş bahçede durmak ıssız bir çölün ortasında otobüs beklemeye benzemeye başlamıştı. Kendini konsantre ederek üç yaşlı kadını düşündü. Anneannesi ve iki yoldaşı. On iki yaşındayım diye mırıldandı birkaç kez. Birazdan buraya muzaffer olarak döneceğim. Kötülüğe etkisi geçici de olsa indirilen darbenin sevinci. Sevinç bir türlü görüntüye dönüşmüyordu. Ayaklarında serin suyu hissedince gözlerini açarak yere baktı. Su yavaşça yükseliyordu. Soluduğu hava bitmekteydi yani.

Çabuk buradan çık ve paçayı kurtar diye basbar bağıran yanı dinlemeden tekrar gözlerini yumdu ve bütün gücüyle düşünmeye başladı. Boş bahçe, boş sokaklar, içi boş otobüsler, satıcısız tezgâhlar, tek kişi oturduğu koskoca sinemaları gezerken su boynu hizasına yükselmişti. Serinliği çenesinde hissettiğinde sağ ayak parmaklarına bir şey değdi. Kafasını eğip bakınca yarıya kadar suya gömüldü. Ayak uçlarındaki şey o altın balığıydı. Pırıl pırıl yanıyordu.

Birden gözünün önünde bahçe açıldı. Toprağın kokusu genzine doldu. Yaz sıcağını hissetti. Üç yaşlı kadını gördü. Cemile, Seher ve âmâ olan Ayzıt Hanım. Küçük mangalda kahve pişiyordu. Kadınlar yarım daire şeklinde mangalı çevrelemişlerdi. On iki yaşındaki kısa pantolonlu Sarp anneannesi Cemile Hanım'ın yanında ayakta duruyordu. Beyaz tişörtünün önünde sarı bir leke vardı. Kadınlar içinde en kıdemli oyunbaşı olan Ayzıt Hanım bir şey söylemekteydi. Duyamıyordu. Duyamamak az önceki tıkayıcı ve felç edici yapıya köprü kurmak üzereyken kelimeler kulağına doldu. Tıpkı önce ışığı, saniyeler sonra sesi gelen bir şimşek gibiydi.

Eğer korkar da o şeyi bulmadan bahçeden kaçar gidersen, unutma hepsi arkandan buraya gelir. Anladın mı beni oğlum?

Anladım Ayzıt Teyze.

Korkunu dizginle ve yokuşa sür ki, yorulsun.

Dizgini nereden?..

İradeni halkala yani. Haydi bakalım.

İlk yudum su boğazına kaçmıştı bu arada. Öksürürken ekranın olduğu yere doğru geriledi. Orada hâlâ biraz hava vardı. Kaslarında güç birikmişti yeniden. Derin bir nefes aldı ve çıkışa doğru ok gibi hamle etti.

Altın balık bir metre kadar önünden gitmekteydi. Çıkışa yarım metre kaldığında yılan gibi bir karaltı içeri daldı ve üzerine hamle etti. Sarp bunun gri renkli bir müren balığı olduğuna yemin ederdi. Çok benziyordu. Bayağı büyüktü. Bir buçuk metre en azından. İçinde korku yeniden palazlanmaya başlarken on santim uzunluğundaki altın balık mürene doğru hamle etti ve koskoca hayvanı yutuverdi. Bir pitonun fil yutması gibi bir şeydi. Adından ortadan siliniverdi. İşlevini fazlasıyla yerine getirmişti.

Bu arada bedeni dehlizden sıyrılmıştı. Yukarı bakınca deforme olmuş Sophie ve Nesrin'i gördü. Kafası dışarı çıkınca Fransızın acilen soyunmakta olduğunu gördü. Bir ayağını pantolonundan sıyırmıştı. Belden üstü ve ayakları çıplaktı. David kıyının güvenli bir yerinde durmuş saatine bakmaktaydı. "84 saniye," dedi takdirle. "Bu yaştaki bir delikanlı için hiç de fena değil."

Yüzlerdeki endişe suyla kolayca çıkan bir boya gibi silinivermişti birden. En çok Andre rahatlamıştı haliyle.

*

Gri ortam klasik bir tiyatro perdesi gibi iki yana açılıvermişti sanki. David ayağı yeşil otlara basınca memleketlerinden uzun süre ayrı kalanların uçaktan ininde neden yeri öptüklerini çok derinden hissetti. Kendisi de aynı şeyleri hissetmekteydi. İki günlük kelebek gibi yeşil kırlarda uçuşmak isteğiyle kıpır kıpırdı. Kimsenin dakikalar boyunca tek bir kelime söz etmemesi göze gelmemek içindi.

Sarp tünelde gördüklerini anlatınca kalplerdeki genel eğilim geriye açılan patika yönünde şekillenmişti, ama bu kelimelere dökülmemişti haliyle. Sarp bunun kandırmaca olduğunu, oyunda geri alan diye bir şeyin olmadığını bir kez daha yinelemiş, yola devam edilmişti. Güneşin yavaşça solan ışıklarının pişmanlık koyultucu etkisi altında gri toz kaldıran adımlarını ileriye doğru sürmüşlerdi.

Nesrin birden durup, "Kim deniz havası hissediyor?" deyince Sophie eliyle hah anlamına bir işaret yaptı. "Martılar. Martıların sesini duyuyordum ben de," dedi.

Deniz, martılar ve harika bir kıyı evi papatyalar ve gelinciklerle bezeli minicik bir yükseltinin birkaç yüz metre ardındaydı. İleriye doğru yönlenmiş adımlara bir hediye olarak diye düşündü David. Bu düşüncesi kısa ömürlü oldu.

"Bu ev değil dekor be."

Andre haklıydı. Bu mesafeden bile sadece baktıkları açıdan görünen tek bir yan yüze sahipti. Derinlik ve diğer yüzler hak getireydi.

Sarp ve Andre tahta iskelenin en ucundaydı. Beş metrelik bir sandal ıskarmozlara kürekleri takılı olarak iple bağlıydı. Nesrin ve Sophie ev görünümlü şeyi yakından kontrola gitmişlerdi. Uyarlanmışlık buram buramdı etrafta. Sandal karşıya geçiş ışıyordu alçalmakta olan güneşe bakılırsa.

"Karşıda çok garip bir yükselti var," dedi Helga sol eliyle işaret ederek. 'Piramit gibi."

"Güneş batmadan karşıya geçelim." dedi Sarp. "Ev gerçek olsaydı gece kalmayı düşünebilirdik. Bize tahsis edilecek bir evdi belki de, ama bir şey kurguyu değiştirmiş. Tamamlanmadan öylece zuhur etmiş. Haydi hemen o piramite gidiyoruz."

*

"Kaç kilometre uzakta acaba?" dedi Helga. Sandalın en arkasında David'le birlikte oturmuştu. Nesrin ve Sophie daha hafif oldukları için ön tarafa geçmişlerdi. Güneş ufukta iyice alçalmıştı. İlk kızıllık başlamıştı. Hava mis gibi deniz kokuyordu. Ara sıra merakla üzerlerinde uçuşan martılar ortamı normale boyamaktaydı.

David içini çekerek, "En fazla bir." dedi.

Sarp, Andre ile birlikte kürek çekmekteydi. Neredeyse bir saattir saattir tempoyu neredeyse hiç bozmamışlardı. Sırt kasları ve sol kolu ilk sinyalleri vermeye başlamıştı. Neyse ki, epey yaklaşmışlardı.

"Çok yüksek değil o zaman."

"Öyle. Yetmiş, seksen metre falan belki."

Karşı kıyıdaki iyice dar açılı üçgen profilli dağ tam ortasından yarıktı. İnce bir çizgi şeklinde görünmekteydi bu mesafeden. David deprem nedeniyle kaya kütlesinde bir çatlama olduğunu tahmin etmekteydi. Bu pekâlâ mümkündü, ama ön yüzü bıçakla kesilmiş gibi dik hale getiren saiki de merak etmiyor değildi. Oyun aksesuvarı olarak ele alındığında kendi için sembolik bir anlamı vardı. Bunu şimdilik kendine saklamaktaydı.

"Canım sıcak bir şey çekti şimdi," dedi Helga. "O Rize çayından olsaydı şimdi."

Nesrin, "Süper olurdu valla." dedi.

David, "Ben kahve isterim." dedi sahte bir şımarıklılıkla. "Filtre kahve ya da köpüklü Türk kahvesi."

Sarp sandalın kapalı iki bölmesinden birinde gerekli yiyecek ve içeceğin bulunduğunu tahmin ediyordu. Değilse karşı kıyıda bir şeyler bulacaklar demekti. Tam onlara bunu söyleyeceği sırada iki şeyi aynı anda görmenin çalkantısıyla sarsıldı. Dar açılı üçgen dağ profilini daha yakından görünce tam ortadaki çatlağın ne olduğunu anlamıştı. Bu ciddi bir artıydı. Diğer yandan hemen önlerinde su yüzeyinde duran kesif bir sis tabakası belirmişti, içersine girmek üzereydiler ve kimse sisten falan söz etmiyordu. Millet çay kahve makamındaydı hâlâ. Bu sis sırf ona tahsis edilmiş bir oyun merhalesiydi anlaşılan.

5

DÜNYANIN MERKEZİYLE TEMAS

Kadınlar yarım daire şeklinde mangalı çevrelemişlerdi. On iki yaşındaki kısa pantolonlu Sarp yoktu bu defa. Bahçeye dönüş en sonuncusundan farklıydı. Bir önceki maziden ekolanan gerçekliğe yanaşıp kısa süreli seyirci durma işlemiydi. Sarp bütün gücüyle abanınca gelecekle haberleşmeli mazi yollarından merkeze en yakın duran hata girmiş ve 1963'e gelecekten varmıştı. Çiftil sorunu yaşamamak için 12 yaşındaki varlığının öğle uykusunda olduğu bir zamanı yeğlemişti.

1963 yazıydı. O korkunç olay başarıyla atlatılalı sadece bir haftacık geçmişti. Yıkım büyüktü, ama örtülüydü. Esas portreyi bilenler kadınlar hariç üç beş kişiydi. Ağızlarını sıkı tutmuşlar, belayı yeniden azdıracak dedikodu tamtamlarını çalmamışlardı. Mesele basit bir büyü vakası, bir trafik kazası ve garip bir cinayet şeklinde algılanmıştı. Aralarındaki ilinti saklı kalabilmişti.

Kadınların üçü de onun zamanında hayatta değildi. En sona anneannesi Cemile hanım kalmış ve 1985'de bu hayattan ayrılmıştı. Kadınların o yıllardaki hallerini çocuk gözüyle hatırlamakla, şimdi yetişkin olarak izlemek farklıydı. Sarp'ın kalbi onca soruna rağmen göğüs kafesine sığmaz hale gelmişti. Çatı katında yatan çocuğa rüya kırpıntısı olacağını tahmin ettiği ziyaretinin süresi sınırlıydı. Kısa da olsa bilincinin buraya odaklanmasının oyun arkadaşlarının üzerine çullanan maziye karşı koymakta işe yarayacağını ummaktaydı. Beş arkadaşının da zihin kordonlarından bazıları ona ilişik olduğundan buradan direnç aşılayabileceğini ummaktaydı.

"Bir şey seziyorum. Tanıdık biri var yakınlarımızda."

Kendisini ilk sezen tahmin ettiği gibi genç yaşlarından beri kör olan Ayzıt teyzesi olmuştu. Bahçedeki varlığı enerji büklümü şeklindeydi. Burada maddi bir bedeni yoktu. Olamazdı da. Beş arkadaşıyla birlikte o sandaldaydı. Buraya uzanan yanı bilinç kuşanmış iradesiydi.

Ayzıt hanımın ayıktırması diğer kadınlar tarafından da hissedilmesini hızlandırmıştı.

"Yukarıda uyuklayan değil. Onun yıllar ötesinden varan tosu."

Çocukken kadınlar ona çok yaşlı ve bir çok yönden anlaşılmaz görünürdü.

Şimdi ortalama kendisinden sadece on yaş büyüktüler, ama Sarp başlangıçtaki yaş farkı nedeniyle hâlâ kendini onların torunu gibi hissediyordu.

"Hangi âlemden geliyorsun oğlum?"

"Şu andan altmış yıl öteden neredeyse." dedi Sarp.

"Bir sıkıntı var galiba?"

Ayzıt hemen sezmişti burada bulunma nedenini. Normal şartlarda bütün evrende, bütün zamanların birleşim yolları vardı. Birbirlerine sayısız geçiş yöntem ve yolları mevcuttu. Bunların büyük bir çoğunluğuna insanın enerjisi tek başına yetmezdi. Dünyayı saran manyetik alan sayesinde zihinler yavaşlamıştı, ama diğer yandan az enerjiyle çok iş yapılabilecek bir ortam oluşmuştu. İstanbul'daki üç cami dev bir rahmet akısı oluşturmuştu. Aşkın Varoluş Katedrali, İsa'nın burayı yıkar üç günde yeniden inşa ederim dediğine benzer bir şekilde bir saat içinde hiç yoktan yapılanmıştı.

"Dünya çok değişti." dedi Sarp. Anneannesi Cemile gözlerini kısmış bakmaktaydı. Seher hanım da öyle. Birazdan bir miktar göze görünür hale geleceğini tahmin etmekteydi. "Yaşanmaz hale geldi. Sadece çevre sorunları, dünya çapında ekonomik krizler, küçük ölçekli savaşlar falan değil, bir de... Ağrı dağında bir enerji kaynağı vardı. Şeytani güç onu keşfetti, ama kendi amaçlarına kullanmayı başaramadı. Tam başaramadı yani ve çığrından çıktı. Her şey. Akla gelebilecek her şey. O kadar ki, insan nesli tehlikeye girdi desem abartma olmaz. Durum çok berbat. "

"O kadim bilgiler mahzenini buldular demek ki." dedi Ayzıt.

"Allah hayıra çıkarsın." dedi Seher hanım. Gözlerini yummuştu. Dudakları kıpır kıpırdı. Biraz da onu görmek istemiyora benziyordu. Gözü gibi sakındıkları çocuğu orta yaşlı biri olarak görmek istemiyordu.

Anneannesi merakla bulunduğu tarafa bakmaktaydı. Sarp çok kısa süreliğine muğlak yapılı da olsa zahirileşecekti. An meselesiydi.

"Dalgalar halinde hayaller milletin üstüne çullandılar. Bütün sistemler çöktü. Ekonomiler durdu. Fabrikalar ve üretim sustu. Büyük şehirlerde kan gövdeyi götürdü bir ara. Dünya nüfusu üçte bire falan indi. Kalanlar da şu anda çok berbat durumda."

"Rahmetli babam görüşü kısıtlı, aldatıcı dünya hallerine değinirken kadim bilgilerin o bölgedeki bir yerde, bir dağın zirvesine yakın bir mağarada korunduğundan söz ederdi." dedi Ayzıt. "Muhbir-i Sadık'ların çeşitli sözlerinin altındaki anlamlardan, alakalandırmalardan örnek verirdi. Bu mekânın bütün alemlere açılan yolların birleşme noktası olduğunu peygamberlerin bu yollardan birini kullanarak tayyi mekân yaptığını anlatırdı. Yolların Allahın yüceliğini müjdelercesine nihayetsiz olduğunu söylerdi. Ehliyetsiz adımlar nedeniyle bu yollar şimdi dünyamıza hayır taşımıyor. Vehm nehirleri akıyor olmalı."

Sarp yaşlı kadının tam deyimi bulduğunu düşünerek içini çekti ve "En büyüğü İstanbul'da olmak üzere sekiz-on kadar direnç kalesi kuruldu. Her ırktan, milletten, dinden, mezhepten Toromtanır bilim insanlarıyla beraberiz. Direniyoruz. Toromlara fizik bedenle girilebiliyor ve çıkılabiliyor. Şu anda... Zaman dar. Kısa anlatıcam. Olay yerine çok yakınız. Bin badire atlattık. Bu sonuncuyu da geçebilirsek esas yere, vehm nehrinin kaynağına varacağız. Şu anda sizin, eski bizim, kutlu birliğimizden damar açıyorum geleceğe. Hayır dualarınızı eksik etmeyin."

"Dualarımız seninle Sarp." dedi Ayzıt. "Hiç merak etme çocuğum."

"Ah, ne kadar büyümüşsün evladım."

Anneannesi onu görebilmeye başlamıştı. Büyük bir merakla endamını çözümlemeye çabalamaktaydı. Seher hanım gözlerini aralamış bakmaktaydı. Üç kadının da yanakları ıslaktı. Sarp'ın gözleri de dolmuştu.

"Hayaller çok dayanıklı ve kararlı." dedi Sarp. "Çünkü meşruiyetlerini maziden alıyorlar. Kayıtlara dayalı bir eylem içindeler. Onları serbest bırakan kapıyı kapatmak niyetindeyiz. Cini yeniden şişeye tıkma çabası bizimki yani."

Seher hanımın dudakları belli belirsiz gülümsüyordu. Bu yaşta bile çocuksu heyecanıyla konuştuğunu düşünüyor olmalıydı. Anneannesi mırıltı halinde bir dua okumaya başlamıştı. Ayzıt hanım sol elini bulunduğu tarafa uzattı. "Zaman ipi inceldi kopmak üzere. Allah yardımcın olsun evladım."

Bahçede renkler hafifçe solmaya başlamıştı. Kulağına onlarca insanın konuşma sesleri gelmeye başlamıştı. Yolu merkeze bağlanmıştı.

"Zaman bitti sanırım." dedi Sarp. "Bir şey... Beni sebep ve sonuçlardan sıyrılınca, yani ölüm sonrasında da hissedeceksiniz. Bu yollar hep baki kalsın."

İki kadın yüzlerinde memnun ifadelerle sessiz kaldılar. Anneannesi tam bir şey diyeceği sırada durup arkasına doğru bakmaya başlamıştı.

"Anneanne bir rüya gördüm."

Sarp arkasına baktı. Ayağında krem rengi bir şort ve pamuklu bir atletle on iki yaşında bir çocuk koşarak yaklaştı , ona değecek kadar yakınından geçerek yaşlı kadına sarıldı.

"Niye gözlerin yaşlı anneanne? Ayzıt teyze? Ne oldu ki?"

Sarp'ın bahçedeki varlığı iyice zayıflamıştı. Kadınları ne görebiliyor, ne de hissedebiliyordu.

Sonunda beklenen olmuştu. Çok tanıdık bir yere geçişlenmişti. Sultan Ahmet Camisinin ön yüzüne bakıyordu. Çok yakındaydı.

*

"Sarp maşallah zımba gibisin."

Karşısında duran uzun boylu, sırım yapılı, biraz Cüneyt Arkın'ı andıran adam devlet güvenlik birimlerinin önde gelen elemanlarından biriydi. Üzerinde siyah kot pantolon ve kobalt mavisi gömlek vardı. Dalgalı saçlarında tek tük beyaz teller görünüyordu. En az elli beş yaşındaydı ve saçlarının gürlüğü gıpta ettiriciydi.

"İbrahim Tekgören kardeşim, ben de seni çok iyi gördüm."

Normalde sarılmaları lazımdı, ama muhatabı bu işleri iyi biliyordu. Sarp'ın kalıbı çok kısa süreliğine ödünç verilmişti bu mekâna. İbrahim de aslında bulunduğu yerden sıradışı bir yöntemle çıkmıştı. İki kararsız yapının birbirine değmemesi daha hayırlıydı.

"İlk üç merhaleyi geçerek Yarık Piramidin olduğu yere varabilmen moralimizi çok düzeltti. O piramidin arkası dananın kuyruğunun kopacağı yer. Muvaffak olacaksın inşallah. Yoksa o yarık mevcut olmazdı. Seni doksan bire yedi ezici çoğunluğuyla oyun başı seçtik. Seçimimiz nedeniyle çok memnunuz."

"O katedraldeyken hemen hemen hiç haber alamadık sizden."

"Batıya açılan hatlar çok sorunlu son aylarda. Doğuyla daha sık kontağımız var. O taraflarda herkes şu anki aşamadan haberdar. Merak, heyecan ve umutla bekliyoruz. Hayır dualarımız seninle.

"Sağolun. Sultan Ahmet, Ayasofya ve Çamlıca Camilerinin kurduğu güçlü alan Aşkın Varoluşça biliniyor. Buraya umut bağlamış çok kimse var. Demek içeride doksan dokuz kişisiniz?"

"Seni de sayarsak otuz üçerli üç grup halindeyiz. Çoğu tanıdığın bildiğin önde gelen kimseler. Birinci dalgadan sonra hazırlık yapmıştık Allahtan. Yoksa işimiz çok daha zor olurdu."

"Kara Külah'tan haber var mı? "

"Üst elitler Afrika'nın göbeğinde ve Alpler'in derinliklerinde gizleniyor şaiyaları vardı. Nevada Çölü ve asıl 51. Bölge'de diyenler de mevcuttu. Son sızan bilgilerle daha ayrıntılı bir portreye sahibiz. Etopya'daki Simen dağlarındaki yarı doğal, yarı yapay bir mağara zinciri var. Bir kısmının orada olduğu kesin. Kongo'daki dağlık bir araziden bir sinyal aldık. Bir ara yanan ormanlara yakın. Orada da olabilirler, ama henüz kesin değil. Alp dağlarındaki bilinen sığınaklar ve Nevada çölündeki en yeni sığınak özel kalkanlarla mücehhez. İnsanımsılar oraya nüfuz edemiyor. Bunları da kullanıyorlar. Ama esas bomba haberi dinle." İbrahim bunu derken sağ eliyle yeri işaret etmişti. "İstanbul'un altındaki eski tünellerinde birinde varlıkları bulunduğu bilgisine uzun zamandır sahiptik. Şimdi neredeyse eminiz artık. Sürekli ölçüm yapıyoruz. Oralarda doğal korunmalı alanlar var malum. Dört ekibimiz gece gündüz araştırma yapıyor. Yavaşça tarıyoruz alanı. Yerlerini bulup enselerine binmemiz uzun sürmez."

Sarp Muktedirler'in işi sıkı tuttuğundan ve bir seri planları bulunduğundan hiç şüphesi yoktu, ama ilk kez aldığı haberlerle sarsılmıştı.

"Ne biliyoruz bu mesele hakkında?"

"Bu işi onlar planladı, en uygun taşerona yaptırdı. Ağrı'da Atlantis'ten kaçırıldığı rivayet edilen bir teknoloji ürünü vardı. Aktif bir madde olmalı. Bir bombayla çığrından çıkartıldığını sanıyoruz. Ana kütleyi patlatan bir fünye misali. Bu şey için bir çeşit nöromotor diyenler var. Kod adı Atlantis Demiri. Biz aramızda Kadim Miras demeye başladık. Firavunun torunları bütün aşamaları öngörememiştir belki, ama aldıkları önlemlerden bazı beklentileri olduğu açık. Kendilerini insanımsılardan koruyabildiler ve atmosfere Karavarları saldılar. "

"Korunmalı bölgeleri çökertmek için."

"Evet. İkinci dalga vurunca neler olduğunu gördün. O sırada Hindistan'da Delhi'nin doğusundaki Moradabad şehrinde test halindeki süper bir yapay zekâ evrim geçirdi. Hintli yazılımcıların harikası olan yapay zekânın ilk adı New Şiva'ydı. Raydan çıkınca kendine Terra Dogon adını verdi. Ortam bu denli yoğun manyetik alanla yüklenince onu engelleyen, sınırlayan yazılım çöktü, Hint ve İngiliz gizli servislerinin kontrolu sonlandı . Bu arada sistemin içine inanç girdi denebilir. Terra Dogon donanıma gereksinimi bitince serbest kaldı ve duruma müdahale etti. Ortama Karavarların anti tezini saldı. Ağırvarlar. Salınım merkezi İstanbul."

"Terra Dogon denen yapay zekâ burada mı?"

"Sabit bir yeri olduğunu sanmıyoruz. Ağırvar üretimi için bu topraklar en ehvendi anlaşılan. Bunlar Karavar imha eden eden yüklü parçacıklar. Terra Dogon oyun kuruyor malum. Bu öylesine sebepsiz olamaz. Ağrı'ya varmak çok önemli. Şu ana kadarki aşamaya ulaşan tek ekip sizsiniz."

"Oraya varabilirsek ne yapacağız?"

İbrahim samiyetle omuzlarını silkti. "Bilmiyoruz. Kimse bilmiyor. Terra Dogon'la temas çabalarımızdan sonuç alamadık. Şu anda belli bir mekâna sahip olmadığını ve hasımlarına hedef teşkil etmemek için yer değiştirdiğini ve kendini kamufle ettiğini düşünüyoruz."

"Hasımları?"

İbrahim isteksizce gülümsedi. "Savaş meydanındaki tek yapay zekâ o değil."

Sarp oyunun griftliğini ve büyüklüğünü yeniden idrak ediyordu. "Doğru." dedi. "Moradabad dedin, Muradabad işi ilginç. Murad isimli bir yardımcım oldu. Ekip kurulmadan önce."

"Evet. Onu da birkaç kez gördük. Senin kurduğun bağı kurmamıştık ama."

"Konuşması, zekâsı, feraseti müthişti. En çok üç yıllık geçmişini hatırlıyordu. Yoğun manyetik alan hafızayı etkiliyor, ama bu daha farklı gibiydi. Her neyse bana moral verdi ve yardımcı oldu. Sonra o duvarın içinden başka bir âleme geçti gitti."

"İlk kez ekipte bir yedek vardı. Adı da önemli. Hayırlı bir gelişme olarak değerlendirdik."

Sarp muhatabının yüzünden bu konuda ondan fazla bir şey bilmediğini okuyordu.

"Muradabadlı Terra Dogon'un işi mi acaba?"

"Başka bir merci gelmiyor aklımıza. Maddi anlamda."

"Kara Külah'ın da eli armut toplamıyordur bu arada."

"Afrika'nın göbeğinde bir yerde tamamen güçten düşmemizi bekliyor. Allah hepimizi korusun, kalan dünya nüfusu bir kez daha kırmak için bir hazırlığı daha var şeklinde dedikodular dolanıyor."

"Göreceğiz bakalım."

İbrahim onun metin duruşundan etkilenmişti. "İnşallah başaracaksın aziz ağabeyim."

"Nasip."

"Öyle. Seni zaman zaman gördük. Ferruh beyle beraber birinci aşamadaki sorunları çözme tarzın hepimizi derinden etkiledi. Aleyhinde oy kullananlar utandı. O baston yanında değil mi?"

"Evet."

"Onu yakından görmeyi çok isteriz."

"Bakalım artık. Daha yolumuz var." Sarp içeridekileri soracağı sırada ayak uçlarındaki elektriklenmeyi hissedince, "Kopuyoruz." dedi.

"Tamam. Bundan böyle daha sık haberleşeceğiz inşallah. Dünya Maneviyat Merkezi İstanbul tam kapasiteyle direniyor. Bütün gücümüzle arkandayız. Haydi Allaha emanet ol."

"Hoşçakal."

Son kelimeyi telaffuz ederken çevredeki mekân değişmeye başlamıştı. Sarp geriye tekneye dönüyorum diye düşünürken Aşkın Varoluşun tanıdık çehresi belirginleşmeye başladı. Aşkın Varoluş'un ana salonundaydı artık.

147 oyunbaşından 146'sı elips şeklindeki masanın çevresinde oturmaktaydı. Elips şeklindeki masa sekiz yerinden geçiş aralıkları bulunan sekiz tek parçadan oluşuyordu. Masaların üstü yiyecek içecek, dosyalar, kağıtlar ve dizüstü bilgisayarlarla yüklüydü. Aşkın varoluşun ana salonu dikine duran bir yarı elipsoid şeklindeydi. Tavan elli metre kadar yüksek ve salonun yarı çapı kırk metre civarında olduğu için olduğundan bayağı haşmetli bir görünümü vardı. Bütün duvarları bir milimetre kare boşluk bırakmadan bezemiş olan, renkli camlı pencereler, kabartılar, kutsal yontular, mitoloji çağrıştıran resimler, bütün üslupları temsil eden sütunlar, tonozlardan sıyrılan gözler kubbenin çok uçuk maviye boyalı sade yüzeyinde huşu verici bir dinlenmeye çekiliyordu. Ayrıntı işleyen zekanın başlangıç yerine dönüşü gibiydi kubbe.

"Warner, merhaba, zahiriliğim ne durumda?" dedi Sarp.

"1900 başlarından kalma bir korku filminden alıntı gibisin. Ama ses falan iyi."

"İdare eder yani. Toplantı mı var?"

"Evet. Senden ne haber?"

"Ekibim şu ana kadar çok iyi idare etti. Sizden ne haber?"

"Ziyaretçiler ve giderek güçlenen Karavarlar içeri girmek için çok büyük bir güçle çabalıyor."

"İstanbul'da da durum aynı, ama orada Ağırvar şeklinde bir karşı oluşum var. Onlar Karavarların enerjisini kesiyor."

"Keşke burada da olsalar diyeceğim, ama esas mücadele yerinde, Ağrı'da bulunmaları daha önemli."

"Anlıyorum. Bir kutlu emare var."

"Nedir?"

"Hedefle aramızda piramite benzer bir tepe durmakta. Ön yüzü bıçakla kesilmiş gibi sert hatlı. Bu kütle tam ortadan yarılmış. Bu mesafeden ne kadar iyi görebildim bilmiyorum, ama o yarığın hedefe açıldığı konusunda İstanbulla hemfikirim."

Sarp'ın sözleri toromtanırların coşkulu haykırışlarıyla karşılanmıştı. Geçilmez, aşılmaz sanılan dev piramit yarılmıştı.

"Çok iyi bir haber Sarp. Eğer ekibin bozulmazsa odak noktasına varan ilk grup olacaksınız. İyi iş çıkardın eski dostum. Bu son fırsatımız olabilir. Umarım İstanbulla aramızdaki irtibat sayende canlanır yeniden."

Sarp sesi parazitli duymağa başlamıştı. Bağlantı gevşemekteydi.

"Hat kopuyor."

"Sevgili gönüldaşımız 146 dostun sana selam yolluyor. Yerin göğün yüce yaratıcısı yardımcın olsun."

"Teşekkürler. Hoşçakalın. Şimdilik."

"Bir şey daha Sarp. O senin ikinci gerçeklik âlemi dediğin yerden taşan nesne, baston yani, sana rızayla verildi. Onu buraya getirebilirsen müthiş bir şey olur."

"Az önce İstanbul'da İbrahim Tekgören'le konuştum. Onlar da talip.

"Sam-sam yaparız canım."

"Bu mümkün mü yani?"

"Kesin bilemeyiz. İddiaya girildi. 145'e 1 şeklinde."

"145 ne diyor?."

"Negatif."

"Anladım."

"Haydi dostum güle güle. Satrançta defterini dürmek için sabırsızlıkla yolunu beklediğimi unutma."

"Bakalım."

Son kelime yine boşa sarfedilmiş gibiydi. Sandaldaki yerine döndü. Ekip elemanlarının dalgın yüzleri o geri gelince hiçbir tepki vermedi. Yokluğu fark edilmemişti besbelli. Ortada sis falan da kalmamıştı. Artık karaya ayak basabilirlerdi.

6

AĞRIYAN

"Bunlar da ne yahu?"

"Ayna gibi sanki."

Denize bakan yüzü bıçakla kesilmiş gibi dimdik duran kahverengi yekpare kayadan üçgen yüzlü tepenin yarık kısmında, en altta iki nesne durmaktaydı. Şimdi yakından daha iyi görmekteydi. Bir seksen boyunda, bir metre eninde ışık yansıtan yüzeylerdi. Kayalara raptedilmişler ya da kaya yüzeyi özel bir yöntemle bu hale ggetirilmişti. Onlar için hazırlanmıştı. Güneş tepenin ardında batacağından ışık yansıtan yüzeyleri uzaktan fark edememişlerdi.

"Gibisi fazla ya."

Kattettikleri her metre onları mega tehlikenin göbeğine yaklaştırıyordu, ama hepsi de bir ara bulundukları ortamdan sıyrabildikleri için mutluydu. Daha büyük bir soruna yakın olmaya çok aldırmıyorlardı. Sandalda yoldaşlarıyla birlikte olmak benzinle yanmaktan, arabayla bir yere toslamaktan ve banyoda ölmekten daha iyi bir şeydi haliyle. Şimdilik en azından.

Kıyıya çıktıklarında önce kahverengi kayalardan oluşan tepenin gölgesine bastılar. Uzaktan incecik yarık gibi görünen şey on beş yirmi metre eninde bir gcçitti. Eğri büğrü ilerlediği için derinliği belli olmuyordu. Tepenin ön yüzünün dimdik ve neredeyse pürüzsüz olması çok etkileyiciydi. Bir de dar açılı bir üçgen profiline sahip olduğu düşünülürse yarattığı şaşkınlık hayal edilebilirdi. Göz alabildiğine uzanan beyazımsı kumlu kumsalın kayalara yakın kısmı kupkuru grimsi kahverengi *çabukyanançalılius*larla kaplıydı. Tekinsiz bir sadelik ışıyordu gördükleri her şey.

"Cam değil sanki."

Sarp, büktüğü parmağıyla aynanın yüzeyini tıklatan David'e bakarak başını salladı. Otomatik olarak aynalara doğru yürümüşlerdi. El değmemişlik, insansızlık duygusunu cart diye yırtan nesnelerdi. İnsan zekası ve elinin marifetiydi.

"Kimse bana böyle göründüğümü kabul ettiremez."

Soldaki aynanın önünde duran Helga'nın sözüne herkes sırıttı. İstisnasız hepsi elbiselerle yüzmenin sonucu da olan dökülmüşlüğü yaşıyordu.

David eliyle kadının sırtını sıvazlayarak, "Sen bana has latif bir görüntüsün sevgilim." dedi.

"O başka tabii canım, ama kadınlar aynaların sözüne çok güvenirler."

David sırıtarak başını salladı ve diğer aynayı işaret etti. "Bir de öbürünü denesen."

"Nafile." dedi Helga dilini çıkartarak. "Aralarında anlaşmışlar. İkisi de aynı raporu veriyor namussuzların."

Sarp espri yüklü ortamdan hoşnut arkadaşlarına baktı ve "Kimin karnı acıktı?" diye sordu.

Bütün eller havaya kalkınca hızla işe giriştiler. Sandalın ön tarafındaki alt bölmede buldukları yiyecekleri kumdan yapılma bir tümseğe dizelediler. Bir saat içinde karanlık basacağa benziyordu. Karanlık çökerken yeterince *çabukyananç̧alılius* kümelemişlerdi.

Sarp karşı kıyıdan getirdiği kibrit kutusunu açınca içinde biri yanık üç kibrit olduğunu gördü. Mavi başlı kibritlerden birini alıp kutunun eczalı yanına sürdü. Minik bir alev parladı ve söndü. Grup sessizleşmişti. Aranmış taranmışlar başka kibrit kutusu bulamamışlardı. Son kibrit iş görmezse ateş yakabilmek için ilkel yollara başvurmaları gerekecekti.

Andre buraya gelmeden cebimde iki tane çakmak vardı, onlar nereye gitti yahu dediğinde Sarp o sıralarda tamamen benzine bulanmıştın dememek için kendini güç tutmuştu. Ancak benzinle birlikte varolan bir aksesuvardı o çakmaklar.

Alev kuru çalılara dokununca ihtirasla ilerleyen ateşin gürültüsü kulaklarına müzik gibi gelmişti. Kısa sürede çalıların tamamı tutuştu. Alevlerin sıcaklığı yanaklarını yaladı. Havaya kıvılcımlar uçuştu. Sonra ateşin ilk hevesi söndü. Yere doğru çekilerek gökteki yıldızları yeniden görünür kıldı.

"Kim tarifi en bilinen şekliyle tanrıya inanıyor?"

David'in sorusu sessizlikle karşılanmıştı. Sandalın sunduğu yiyecekler son kırıntısına kadar midelerini boylamıştı. Kibrit gibi yiyecekleri ve suları da bitmişti. Son yemeği andıran bir ortam vardı. Bu soru çok normaldi.

"İblis iki kez uğradı yanıma. O varsa, beşiğini sallayan da…." dedi Nesrin bir gözü geçitte. " Sarp ateşi tam geçidin girişinde yakmalarını istemişti. Herkesin yarınki yolculuğu her saniye göğüslemesini istiyordu. "Sütle bedene giren huyu anlattım size önceden. Huyu terbiye eden ışığa bütün kalbimle inanıyorum,"

"Müthiş bir benzetme." dedi David. "Aslında şunu… Bütün o aşamalardan sonra… Bir ara hiç umudum kalmamıştı."

"Benim de öyle." dedi Nesrin. "Adına ne dersen de, bir şey bizi buraya kadar sağ sağlim getirdi. "

"Akıllı ve idrak edilmez derecede muhteşem olanı damarlarımda hissediyorum." dedi David. "Yoksa aynada aksim olmazdı."

Sessizlik iyice huşu yüklüydü bu defa."

"Hiçbir zaman her edimimizi merak eden ve hatta buna aldıran bir tanrıyı hayal etmeyi yeterince başaramadım. " dedi Andre. "Şu anda bile. Her şey bana zihnimizin ürünü gibi geliyor. Sayfada kağıt rengindeki iz derdi Pierre adlı eski bir arkadaşım."

"David haklı, inancımız olmasaydı akseden yüzümüz de olmazdı. "dedi Sophie kimse bir şey demeyince. Andre'ye sokulmuştu iyice. Onlara gelen posta iki parçaya ayrıldığı için yolları bir süreliğine çatallaşmıştı. "Aynaları ne yapacağız sahi?"

"Bunu yarın bileceğiz." dedi Sarp. "Bir sorunuz varsa şimdi sorun lütfen. Sabah erkenden yola koyulacağız."

İlk taşı kim atacak sessizliğini Helga bozdu. "New York korkunçtu Sarp." dedi. "O çürümeyen cesetler, giderek yanlızlaşma ve ayakları çıplak yaratıkların verdiği basınç. Çok ağır bir baskıydı. Paris ve İstanbul'da aynı olduğuna göre bütün dünya da böyle olmalı. Ağrı'da ne olduğunu biliyor musun?"

Sarp içini çekti ve gülümsedi. "Teknik ayrıntı bilmiyorum haliyle. Yalnız Aşkın Varoluş'da bu konuyu epey irdeleme zamanı bulduk. Oradakiler benim gibi toromtanır kimseler. Paralel evrenler, yan yana âlemler, boyutlar arası geçişler, ne derseniz deyin, bu tür deneyime sahip sezgi kotaları yüksek insanlar. Bizce olay şöyle oldu. Ağrı dağı ve Nuh efsanesi malum. Gemi Cüdi dağına varmıştı muhtemelen. Bizim düşüncemiz Ağrı dağının eteklerindeki derin bir mağarada Nuh'un gemisindeki özel bir yükün, ya da farklı bir aracın, geminin de denenebilir, bulunduğuydu. Washington ve Berlin buna Atlantis Demiri, İstanbul Kadim Miras diyor."

"Atlantis… UFO falan mı yoksa?" dedi Andre.

David ve Helga böyle bir şey ummayan yüz ifadesi takınmışlardı. Sophie kararsızca Sarp'ın yüzüne bakmaktaydı.

"Buna kesin cevap verebilecek teknik verilerden yoksunuz." dedi Sarp. "Ama bir şey çok açıktı. Sizin için de açıktı. Sizi intihara sevkeden saik sadece iş yoğunluğu ve tekdüze yaşam değildi. Ayakları çıplak yaratıklar sizlere endeksli olduklarını defalarca dile getirdiler. İş yoğunluğuna karşı çıkmadınız. Hep kabullendiniz. Bir kez olsun ben bugün çalışmıyorum lan dediniz mi? Niye ağır çalışma saatlerine karşı çıkmadınız? Bir eza gibi kabullendiniz. Niye? Yaratıkların gücü nedeniyle mi? Bir fiske bile vurdular mı birinize? Umarsızlıktan mı? Ceza korkusundan mı? Yoksa içinizde sinsi sinsi buna layık olduğunuzu fısıldayan bir ses mi vardı?"

"El Gayreti adlı şefi hatırladım şimdi." dedi Sophie. "Postacının arkasında durmuş gülümsemekteydi.

Helga başıyla olumladı. "Bizde de öyleydi. Şimdi çıkıp gitmemizi istediklerini düşünüyorum neredeyse."

"Ağrı dağının zirveye yakın kısmında bir şey var." dedi Sarp meraklı bakışlar yine üzerine yönelince. "Bu yeryüzü oluşurken meydana gelen bir fiziki durum da olabilir, milyonlarca yıl önce gelmiş geçmiş zeka sahibi kimselerin hatırası da, Atlantis Demiri de. İşin bu yanı pek önemli değil. Önemli olan olan bitenlerin anatomisi. Niteliği yani. Bir örnek vericem. Korku filmlerinden. Hepiniz şimdi kolayca on film sayabilirsiniz ki, konusu şöyledir. Bir adam, kadın ya da çocuk vahşi bir cinayete gider ve o yerde kalan ruhu çeşitli olaylara neden olur. Bir medyum çıkar durumu açıklar falan. Yani huzursuz tek bir ruhun intikamıdır bütün olan bitenler. Çoğunlukla suçlu kimse faş edilince tekinsiz etkinlik sonlanır. Bu tür öykülerin vicdanımızdaki adalet duygusunun projeksiyonu olduğunu söyleyebiliriz. Bu filmleri heyecanla seyrederken şunu hiç düşünmeyiz. Küresel şirketlerin ve ceberrut devletlerin çıkardığı menfaat savaşlarında milyonlarca insan ölüyor. Sayısız kişi işkence görüyor. Neden bunlar bu işin en tepedeki sorumlularının makamlarını, konutlarını basıp tekinsiz bir film çekmiyor? Ortadoğu'da daha yakınlarda katledilen milyonların malum başkentleri altüst eden hayaletleri, öldürülen bebeklerden kurulu bir hortlak birlikleri falan yoktu. Ta ki Ağrı'daki olay meydana gelene kadar."

"Doğru." dedi Helga. "Güzelliğin güzellik, şiddetin şiddet çektiği de bir gerçektir. Ve birden insanımsılar geldi."

"Ahiretimsi bir yapı bir süreliğine yeryüzüne inmişti sanki."

Sarp, Nesrin'e gülümseyerek, "Müthiş bir benzetme." dedi. "İmtihan yeri dünya, sonuçlar Ahirette değerlendiriliyor. Tanrının iradesi hem iyide hem de kötüdedir, ama rızası iyidedir." Nesrin başıyla olumlayarak sessiz kaldı. "Biraz farklı bakalım. Farzedelim, o bahsini ettiğimiz yerde bir üst düzey teknoloji aparatı vardı. Bunun dünyadışı zekâ sahibi kimselerin ürünü olduğu tezine pek sıcak bakmıyorum. Bizden bir şey gibi duruyor. Teknik ayrıntı bilmiyorum doğal olarak, ama insanımsıların türemesine sadece vicdan yükü nedenini yeterli görmüyorum. Ağrı'da Atlantis Demiri'ne ne yaptılarsa iyonosferde büyük bir değişim meydana geldi. Nasıl yeryüzünün merkezindeki ergimiş demir ve nikelin oluşturduğu manyetik alanın, kristal yapının yaşamımız üzerinde çok ciddi bir etkisi varsa, bunun gibi fiziksel bir oluşumu hayal edin. Son yirmi yılda Haarp teknolojisiyle ilgili çıkan haberleri hatırlayın. Bunun daha büyüğünü hayal edin. İnsana karamsarlık veren zerrecikler yayıldı atmosfere. Bunları soluduk."

"Bunu yapanlar..." dedi Sophie, "Sonucu öngörmüşler miydi yani?"

"Evet. Önceden önlem aldılar ve bu sayede kendileri insanımsılarla müşerref olmadı."

Genç kadının yüzü öfke kaynıyordu. Son anda sövmekten vazgeçti. Lafın gerisini merak ediyordu."

"Bombardıman edildiğimiz zerrecikler nedeniyle ağır bir karamsarlık dalgası yayıldı. Affedilmeye olan umutlar söndü. Vahiyle aramıza set çekildi. İnanç ve iman tutulması gerçekleşti. İnancınız ne olursa olsun, iyinin üstünlüğüne olan güven söndü. İnsanlık özgün iradesiyle iyiyi tercih edebileceğine olan inancını yitirdi. Karamsarlık ve umarsızlık burada anahtar kelimeler. Bunun neden olacağı yıkım, şiddet, intihar salgınları falan üst düzey elitlerin tahmin ettiği sonuçtu. Bu sayede kısa zaman çok az nüfuslu bir dünyaları olacaktı. Ama karşı güç hareket geçti. Onlar da karşı gücün üzerine Karavar denen laboratuvar yapımı parçacıkları saldı. Hindistan'dan gelen ve bizim yanımızda olan Terra Dogon buna karşı İstanbul'da Ağırvarları imal etti. Bunlar sayesinde Karavarlar bize dokunamıyor. Yoksa buralara asla varamazdık. Biz inşallah Ağrı'daki süreci etkilemeyi başaracağız."

Yanmış çalıların içinde binlerce minik korcuk göz kıpmaktaydı. Sarp sözlerine ara verince kimse soru sormaya falan kalkmamıştı. Sıcak yaz gecesinin sarmalayıcılığı altında en soğuk yere dokunmak üzereydiler.

"Atlantis Demiri denen yapı bir nedenden enerjikleşmişti. Yoksa çok önceden fark edilirdi." dedi Sarp. "Amerikan, Çin ve Rus casus uyduları bunu neredeyse eşzamanlı olarak farkettiler. Belki içlerinden biri biliyor ve susuyor da olabilirdi tabii. Neyse, bir tür manyetik alan enerjisi olarak değerlendirdiler. Merak ettiler. Çatlağı kapatıp sızıntıyı kaseceklerine deliği daha da büyüttüler. Felaket oldu. Bunun kaza değil kasıt olduğu konusunda hemfikiriz. Ağrı'da kontroldan çıkartılan enerji mecazi anlamda insanlığın kolektif vicdan deposunu patlattı desek abartma olmaz. Gördüğümüz gibi, en arızalı yanımızdan türemişsilerle başbaşa kaldık. Dünyadışı bir durum değil yani. İçimizdeki boşluktan, kalplerimizdeki oyuk dünyalardan geldiler. İçimizdeki vesveseyi, kuşkuyu, kararsızlığı ve zayıf yanlarımızı tetikledi söylediğim gibi. Atlantis Demiri'ni patlatanlar bunu umuyordu. Kendileri için tedbir alıp cümbür cemaat telef olmamızı beklemeye başladı. ''

"Hepsinin canı cehenneme." dedi Helga sağ ayağıyla kumları ittirerek. "Aklıma ne geldi. Genetikle bellek nakli alanındaki yeni buluşları unutmayın. Hücrelerimizde tarihi kayıtlar var. Bunlar da rol oynamıştır belki. Bir de... Sarp haklı. İmtisal El Husrevi adlı bir kız vardı. Iraklıydı sanırım. Öğrencilerin başıydı. Kimbilir çekilmiş hangi cefaların zihnimizde uyanmasıydı."

Duvar dibinde herkes geldiği yerdeki hayatını anlatıp durduğu ve diğeriyle mukayese ettiği için bu adı bilmekteydiler.

"Bir şey daha var." dedi Sarp. "Şimdiye kadar şeytanı hep erkek olarak görmeye alıştık. Siyah saçlı olurlar filmlerde genellikle. Ama İstanbul'da iblisi seslendirme işi Nesrin'e verildi. Kibir Sapağı dizisinde kadın kahramandı iblis. Niye bir kadına?"

"Son zamanlarda moda olan Madonna kültüyle mi ilgili?" diye sordu Helga. Yüzünden buna aklının pek yatmadığı belliydi. David de öyleydi. Soru üzerine çıklamıştı. Diğerleri hazım sessizliğine bürünmüşlerdi.

"Bir telafi umulmaktaydı." dedi Sarp. "İlk ıslak elin açtığı kapı bize taze ekmek sundu unutmayın."

Yüzlerde aynı anda mutabakat gülleri açmıştı. Nesrin'in yanakları ıslanmıştı. Sarp bileşik kaplar gibiyiz diye düşündü memnuniyetle.

"Peki bu taşa kazınmış iki aynaya ne demeli?" dedi Sophie. "Nasıl bir işaret bu?"

"Ben huzursuz oldum sonradan." dedi Helga ve dilini çıkardı. "Pejmürdeliğimi teşhir ettiği için değil ama. O yüzden içimden bakmak gelmiyor bir daha."

Bir sessizlik olunca yüzlerde neredeyse hiç itiraz çizgisi belirmedi. Sarp 'bileşik kap gibi hissediyoruz' diye düşündü ve "Bence bu aynalar bizden değil." dedi. "Bir kayıt cihazı gibi. Yüzümüzü ve yerimizi tespit için burada diyeceğim geliyor."

"Kara Külah için mi?"

Andre'nin sorusu herkes için bir cevap olmuştu. Sarp başıyla olumladı. "Sanırım. Endişelenecek bir şey yok. Horos'un gözü hep tepemizdeydi."

Bir sonraki sessizlik daha iyimser titreşimliydi.

"Bu işi akıllı birkaç şempanze planlamış olabilir mi? Dünya hayvanlara kalacak böyle giderse." dedi David ağır havayı dağıtmak amacıyla. Herkes sırıtınca hevesle devam etti. "Önce AIDS'i denemiş, tutmayınca bu numaraya kalkışmış olabilirler pekâlâ. Laboratuvarlarda işkence gören maymun sayısını düşünürseniz."

"Maymunlar cenneti bölüm 16." dedi Sarp.

David zarfı almıştı hemen. "Elli yıl nasıl geçmiş. Ben doğduğum yıl çekilmişti ilki. Beş bölümünü de bir gecede seyretmiştik. On, on bir yaşındaydım. Sinemaya babamdan gizli gitmiştim. Revue adlı bir sinemaydı. Valentine sokağına açılan ara sokaklardan birindeydi. Oğlancıların, parlakçıların yeri diye adı çıkmıştı. İki yıl falan sonra da kapandı zaten. Bilet beş film olduğu için öğrencilere indirimli 8 dolardı. Hâlâ hatırlıyorum.."

"Ben sadece yeniden yapım olan filmleri izledim." dedi Helga. "Özel bir etki yapmadı üzerimde. Ama eskilerden ilkini izlemiştim. Yıllar önce. O da fena değildi."

"Ben bir ikisini izlemiştim bir aralar, kaçık bir arkadaşım… ama aklımda hiçbir şey kalmamış." dedi Sophie. "Zamanda ileriye gidiyorlardı galiba."

Sarp ile David bakıştılar. Sessizce iç geçirmekteydiler. Genç bir gruptular. Genç birinin artık o filmlerden aşırı heyecanlanması mümkün değildi. Taş yerinde ağır olduğu gibi yaş da zamanında âhirdi.

"Şimdi düşününce." dedi Helga. "New York'tayken sadece yalnız kaldığımızda değil, dostlarla ahbaplarla sohbet ederken de çocukluğumuzdan, ilkgençliğimizden falan çok az bahsederdik. Bir süre sonra bunun ortamın bir kısıtlaması olduğunu da hissetmeye başlamıştık. David'le defalarca lafını etmiştik. Bir gün 'Bana babamı anlatsana.' demesi aklımdan hiç çıkmıyor. Hiç görmediğim, tanımadığım birini bana soruyordu. İlk günlerde akıllı telefonumdaki konuşma kayıtlarına, isimlere bakar ağlardım. Aparatı koyduğum yeri çoktan unuttum. Para taşımayı, birşeyi satın almayı, kredi kartı şifremi falan hepsini unuttum desem inanın."

"Bu nokta çok ilginç." dedi Sarp. "Warner çağrışım köprülerinin geçişsizliği der buna."

"Yani bu geçici kimlik kartlarını Berlin ya da İstanbul Belediyesi vermiyor mu?" dedi David ciddi bir yüz ifadesiyle.

Nesrin'in yüzünde sözü ağzımdan aldın ifadesi belirmişti. "Sen benden uzun yaşayacaksın."

David içini çekti. "Bakalım. Vitaminlerin aslında iddia edildiği kadar yararlı olmadığı çıktı ortaya. Bu alanda yaptığım yatırımdan bir beklentim yok yani."

Herkesi gülümsetmişti bu espri. Helga yalandan David'in dizine bir şaplak indirdi. "Ben varım ya artık."

"Aklımdan çıkmış bir an."

"Aklıma bir şey geldi. Ben dublörüm malum." dedi Nesrin. "Sabahtan akşama kadar bir sürü kimseyle, çeşitli konuları seslendirmekteydim, ama çağrışım köprüleri berhavaydı gerçekten. İnsan normalde sürekli bir şey hatırlar durur. Bunlar eski İstanbul'da yoktu. Cenazesi kaçırılan babamı, annemi ve köprüden aşağıya atlayan nişanlımı eskiden gördüğüm bir filmin kafamda ansızın çakan ve sönen sahneleri gibi hatırlıyordum. Şu anda da öyle. Şeyden mi? O gelenlere zihnimde yer mi açıyordum?"

"Bu defa da sözü ağzımdan sen aldın." dedi David. "Oğlumun ve karımın yüzlerini neredeyse unuttum desem inanın."

"Kesin bir şey diyemem, ama en makul açıklama bu olmalı." dedi Sarp. "Beynimiz çok yoğun bir işlemle meşgul olduğu için şahsi anılarımızla olan ilişki yavaşlıyordu."

"Bu şu anda da sürmekte değil mi?" dedi Sophie.

Sarp başıyla onayladı. "Evet. Çünkü önümüzdeki yolu kuruyoruz. Bu benim için de bir ölçüde geçerli. Beynimde eski hatırlama hızım mevcut değil. Çok fazla programı aynı anda açan ve yavaşlayan bir bilgisayar gibiyiz."

Sünmekte olan sessizliği Helga bozdu. "Şimdi hatırladım kocam Atlantis için Eski Yunan palavrası derdi. Bir kocam vardı. Adı... George, bazen bir koltukta oturuyor hayal ediyorum onu. Başka hiçbir çağrışım yapmıyor. Evde tek başına koltukta oturuyor ve ikinci dalga patlıyor."

David elini kadının omuzuna atınca Helga başını onun boynuna yasladı. Gözleri ıslaktı. Sarp bu bahsi böyle kapatabileceğini düşünerek, "Biraz dinlenelim." dedi. "Yarın işimiz var."

"Son olarak yarınla ilgili bir şey soracağım." dedi Andre. Ellerini dizlerinde kavuşturmuştu. "Biz teknik eleman değiliz. O deneyleri yapanlar... Yeterince ateşli silahımız da yok. Bizi nasıl bir şey bekliyor. Bunu merak etmekteyim."

Hemen hepsinin yüzünde oluşan merak ifadesine doyurucu bir karşılık verilmeliydi. "Birileri dünya ahalisine karşı komplo kurdu. Karşı güç de buna direniyor. Terra Dogon yanımızda. Karavarlara karşı Ağırvarlar çarpışıyor. Bir zorlu mücadelenin tam göbeğindeyiz ve mutlaka elimizden gelen bir şey vardır. Yoksa bu oyun kurulmazdı."

Bu defaki sessizlik daha çok umut yüklüydü. Son bahis olarak Dogon kabilesi ve Sirius yıldızı üzerine biraz konuşmak iyi giderdi. "Gel de şimdi Emma Ya yıldızını ve orada yaşadığı varsayılan Nommolar'ı düşünme." dedi. "Dogonlar'ın bu bilgileri yirminci yüzyıl başında ülkelerine gelen batılı kaşif ve tüccarlardan öğrendikleri, Sirius yıldızının yaşam oluşturmak için elverişli olmadığı ve bu nedenle muamma şeklinde bir kadim bilgi olmadığı iddia ediliyor. Ne diyorsunuz bütün bunlara?"

*

Geçit sandıklarından daha derindi. Yarım saattir yürüdükleri halde daha arkasına geçememişlerdi. Kahverengi kayadan duvarların arasında girimsi ufalanmış taşları çiğneyerek yürüyorlardı. Geçit dar ve duvarlar çok yüksek olduğundan gökyüzü tepelerinde iyice buruştuktan sonra üstün körü düzeltilmiş bir mavi kordela gibiydi. Güneş önlerinde yükselmeye başlamıştı, ama ışığını dolaylı olarak görmekteydiler henüz. Duvarların yüksekliği alçalmaya başlamıştı. Böyle giderse geçitten çıkmalarına az kaldığı söylenebilirdi. Nesrin, David ve Andre önden gidiyordu. Sarp sağında yürüyordu. Helga ve Sophie arkadan geliyordu.

"Sence Sirius gökyüzünde sadece parlak bir yıldız mı?"

"Elimizde teknik delil yok." dedi Sarp daldığı düşüncelerden sıyrılarak. "Dün konuştuğumuz gibi."

"Terra Dogon neci oluyor peki?"

"Parlak, ışıltılı şeyleri aşırı seven biri olabilir. Bilmiyoruz."

Nesrin içini çekerek Sarp'ın profiline baktı. Bastonu kıvrık kısmı üste gelecek şekilde bir iple tüfek gibi sırtına asmıştı. Açık sarı tişörtü birkaç yerden lekelenmişti.

Necm Suresinde 9. Ve 49. Ayetlerde Şira'dan bahsediliyor. Sirius'un yörüngede dönüşü 49,9 yıl. Bu ancak 20. Yüzyılın sonlarında anlaşıldı. "

"Bunları biliyorum ve ilginç buluyorum. Mısırlılar ona Orion Köpeği adını takmıştı. Türkler maddi âlemle ruhlar dünyası arasında kapı olduğunu düşündükleri Sirius'a Göksel Kurt diyorlardı. Köpek takımyıldızı nedeniyle. Diğer yandan İsis'in de şanlı yıldızı. Parlak şeylerin talibi çok olur. Her şey mümkün olabilir. Sirius gizemini koruyor."

"Anladım."

Etraflarını çevreleyen kayalar belirgin bir biçimde alçalmaktaydı. Az kalmıştı geçidi çıkmalarına. *İblisin kayrası üçtür kız.* Vesveseci Fatoş'un sözleri üzerinde istememesine rağmen etkili olmuştu. Bir yanı geçit hiç bitmesin istiyordu. Göreceği şeyin korkusu üzerine abanmaya başlıyordu. Arka arkaya besmele çektikten sonra solunda yürüyen Andre'ye baktı. Adam düşüncelere dalmıştı. Tanrının varlığına inanmamanın nasıl bir şey olduğunu hayal etmeye çalıştı. Bu kendinin asla başaramayacağı bir şeydi. Yeterince ibadet etmese de, tanrının varlığı onun için altı çift ayağın şu anda toprak zeminde çıkardığı ses kadar gerçekti.

Sophie'nin düşünceleri Nesrin'inkine paralel bir alanda seyretmekteydi. Masalları ya da mitolojik öyküleri hâlâ cazip yapan tözün varlığını kalbinde hissetmekteydi. Kutlu bir amaç birliği bir çeşit güç alanıydı. Ayaklarını çok dehşet verici olması gereken yere doğru hareket ettiren şey, insanların varkalmaları için gerekli olan bir itkiydi. Bunsuz bu küçük mavi gezegende tutunamazlardı. İyi olanın karşıtına karşı baskın çıkma güdüsünü kuran her neyse, şimdi onun hizmetindeydi. Geçit sonlanmaya yakındı. Göreceklerdi. Aziz Meryem ve İsa yardımcıları olsun, bütün dünyayı bu hale getiren şeyle tanışmalarına ramak kalmıştı.

David babasının elinden düşürmediği lacivert kaplı defterini düşünmekteydi. Babası o defteri yazmak için değil, elinde tutarak düşünmekte kullanmaktaydı. Bunu anlayabilmesi için aradan otuz yıl falan geçmesi gerekmişti. Defter üzerine yazı kazılan levha değil, düşünce üreten jeneratördü. Yazarsa bir yerden kopacağını biliyordu belki de. O yer neyse, oraya tutunuk kalmak istiyordu. Dindar katolik anneyle, bağlantısız musevi babanın çocuğuydu. İsa ve Musa, Beyhude'yi ellerinden tutup gezmeye çıkarmışlar demişti bir kez annesinin babası. O iki yaşandayken falan. Dedesi bu evliliğe karşıydı. Hep öyle kalmıştı. Ara sıra babası lafını ederdi. Annesi sırıtırdı. Birbirlerine hep aşık kalmışlardı. David şimdi kalbine baktığında umut kıpırtıcıklarını hissediyordu. Sarp'ın dediği gibi buraya kadar boşuna gelmemişlerdi. Niteliğini tam olarak kestiremedikleri bir misyonları vardı.

Andre geçidin tekdüze rengi ve ufkun görünmemesi nedeniyle kendini bir zamanlar tutkunu olduğu bir bilgisayar oyununda interaktif oyuncu gibi hissetmekteydi. Özgür iradesiyle adımlarını atıyordu, ama bir yanı ısrarla *game over* noktasına çok yaklaştıklarını söylemekteydi. Dupin sokağında kendilerini küle çevirmelerine saniyeler kala çıktıkları bu yolcuktan memnundu. Benzinle cayır cayır yanmaktan daha kötü bir son mevcut değildi önlerinde. Bunu çok kalpten hissediyordu. Merakson motorunu yüksek turda çalıştıran şeyi görmeye çok az kalmıştı. Ona kalsa kalan mesafeyi koşarak bitirirdi.

Guttenberg'deki evlerinde tek başına kıpırtısız mumya gibi oturan George yıvışık bir leke gibi gözlerinin önünden gitmek bilmiyordu. Helga iki yanlarındaki duvarların alçaldığını farkedince biraz da resim değiştirmek için aklını baştan beri kurcalayan şeyi sordu. "Biz niye altı kişiyiz?"

"Yedi renk, yedi kişi gerekiyordu herhalde." dedi Sarp. "İlk iki ekip altı kişi başladı. Ekipler oyunun çok başında dağıldığı için yedinci kimseyi bulmalarına zaman kalmadı. Belki de onlar için böyle biri yoktu. Murad bana çok büyük bir destek oldu. Onsuz Antalya'dan çıkabilirdim, ama Asalkent'ten? Çok daha zorlanırdım. Ekibimiz dağılabilirdi."

Sessizlik sadece bu konu üzerine düşünmekle ilgili değildi. Tünelin ucu görünmüştü. Almakta oldukları viraj nedeniyle henüz ufku göremiyorlardı. Sabahın dokuzu falan olmalıydı. Güneş ışınları bayağı eğik gelmekteydi.

Virajdan sıyrıldıklarında uzun zamandır hayallerini süsleyen manzara görüşlerine açıldı. Tepeye doğru dikleşen bir dağın zirvesi karlıydı. Bu zirveye ebatları dağla orantılı ele alındığında bir kilometre boyunda, en az elli metre eninde bir yılan dolanmıştı. Yükselmekte olan güneşle aynı hizadaki başı çok hafif kıpırtılıydı. Kapkara gözleri bu mesafeden bile seçilebilmekteydi. Rengi alacalı bulacalıydı, ama soluktu. Bu nedenden grimsi kahverengimsi kayalarla yaptığı kontrast zayıftı. Tırtıllı kuyruğu dağın üst tabanının genişlediği yere kadar uzanmaktaydı. Sağ taraftaki çok daha alçak olan dağın tepesinde herhangi bir şey yoktu. Gökyüzü bulutsuz ve hava açık olduğu için görüş mükemmeldi.

Sarp bu yaratığı daha önceden görmesine rağmen ağzı açık kalmıştı. Kendini hızla topladı. Ekibin aşırı etkilenmesini engelleyecek bir şey vardı Allahtan. Hemen otuz metre kadar önlerinde, düzlüğün sona erip eğim başladığı yere kadar yayılmış olan bir pazar yeri kurulmuştu. Dev yılana aldırış etmeyen yüzlerce insan alışveriş etmekteydi. Korku soğuran bir işlev görmekteydi.

"Ne yapacağız?" dedi David yan gözle Sarp'a bakarak.

"Biraz konuşmamız lazım."

Sarp el tutuşmalarını isteyince geçidin çıkışında bir çember şeklinde durdular. Sarp yüzü o Allahın belası kara gözlere bakar durumda sağ eliyle Nesrin'in, sol eliyle Andre'nin elini tutmuştu. Karşı uçta da David durmaktaydı. Yüzler gergindi haklı olarak. Askerler kaçmasın diye gemileri yaktırmış olan Tarık bin Ziyad'ın ne hissettiğini anlıyordu şimdi.

"Bir." dedi Sarp. "Korkunun ecele faydası yoktur. İki, bu Pazar yeri bizden. Dost mekânı. Esas durumla yüzleşmeden önceki son merhalelerden biri olmalı. Bakın, buraya kadar varabildik. Arkada bıraktığımız ortam malum. Hepimizin karnı aç. Önce pazara bir bakalım. Zilliyi güzelce bir kıralım. Sonra da sakince bir plan yaparız."

"Bir kahve için neler vermem şimdi." dedi Helga.

Kadının yiğit duruşu diğerlerini de etkilemişti. Çemberde bir dirilme, toparlanma olmuştu.

"Benim kan grubum sıfır." dedi Nesrin. "Kahve yerine çay içsem olmaz mı?"

"Kahve diyenler dillerini çıkarsın." dedi Andre.

Beş dil birden dışarı çıkınca Nesrin yalandan somurttu. Sarp dehşetin ve akılalmazın yakınlarında durduklarını biliyordu, ama oyun grubunun en yeni moral durumundan memnundu.

"Bir ara korkudan tilt olmuştum." dedi David düşüncelerini okumuşçasına. Mahsus üzerine gidiyordu.

"Ne olmuştun?" diye sordu Andre.

David, Sarp'a bakarak gülümsedi. "Bilgisayar oyununda ekranın donup kalması. Eskiden evlerde bilgisayar olmadığı sıralarda. Daha öncesinde de toplarla oynanan akıllı oyunlarda olurdu. Oyun masasını çok sallarsan ışıklar sönerdi. O sıralarda Control-Alt-Delete falan yoktu. Paran yanardı."

"Şimdi var mı?" dedi Andre.

"Ne?"

"Control-Alt-Delete?"

Bakışları Sarp'a yönelten bir soruydu. Sarp elini arkadaşlarından çözdü ve "Gelin önce bir kahvaltı edelim." dedi.

Elektriğin, hatta Newton kanunlarının bilinmediği zamanlardan kalmışa benzer pazardaki ahalide ne bir panik hali, ne de hallerinde bir sinsilik saptamak mümkün değildi. Her türlü ırktan, tipten ortaçağ kıyafetli kimseler rahat tavırlarla yiyecek, giyecek yüklü tezgâhlar arasında dolanıp durmaktaydılar. Tamamının ayakları çıplaktı. Pazar önlerinde enine uzanan bir ana yolun etrafına kurulmuş elli kadar tezgâh, birkaç büyük otak benzeri çadırdan ibaretti. Çok yaklaştıklarında konuşulan dili çok rahatlıkla anladıklarını gördüler.

Pazar sokağı ana baba günüydü. Sarp kısa bir tereddütten sonra bastonu sırtında iple asılı tutmaya karar verdi. Eline alırsa başka anlama çekilebilirdi. Kimsenin kendilerine aşırı merakla baktığı yoktu. Onlarınkinden farklı kıyafetleri fazladan dikkat çekmemekteydi. Sokakta yürüdüler. Yirmi metre kadar ötede tam ortada bir masa durmaktaydı. Başına üç kişi toplanmıştı. Sarp bu pazarın boşuna kurulmadığından emindi. Pazar onlara bir şey verecekti bu açıktı. Yalnız galiba bu takas şeklinde olacaktı.

İyice yaklaştıklarında bir metreye bir buçuk metre ebatlarındaki tahta masanın üzerinde beyaz bir örtü olduğunu gördüler. Başında semavi dinleri temsil eden üç din adamı durmaktaydılar. İmam, papaz ve haham. Her biri otantik kıyafetleri yerine beyaz cübbe giymişti. Uzun zincirin ucunda göbeklerine kadar inen Davut yıldızı, Haç ve Hilâl çerçeveli göz boncuğundan üç kolye farklı dinlerden olduklarını belli etmekteydi. Üçü de beyaz sakallıydı. Başları açıktı. Ayakları çıplaktı. Aralarında bir şeyler konuşuyorlardı. Gelişlerine lakayt davranmaları Sarp'ı şaşırtmıştı biraz.

"Merhaba."

İmam olan dönüp baktı. Sakalları iyice beyazlamış, orta boylu bir adamdı. "Siz misiniz? Ben gelecekler demedim mi? İstanbul başardı."

Uzun boylu zayıf haham sağ eliyle uzun beyaz sakallarını sıvazlayarak gülümsedi. "Hoşgeldiniz."

Biraz topluca bir adam olan papaz sağ elinin işaret parmağıyla göğsünde zincirle asılı duran haca dokundu. "Sefalar getirdiniz."

"Bizi bekliyor muydunuz?"

Üç din adamı eşzamanlı başlarını salladılar. İmam beyaz örtüyü çekip açtı ve "Yedi yüz küsur yıllık bir emare." dedi.

Masanın üstünde güneşin konumuna uygun açıda uzanan bir gölge vardı. Bir el gölgesiydi. Nesnesinden bağımsız olarak burada bulunmaktaydı. Sarp buna benzer bir oluşuma o Antalyamsı yerden çıkarken tanık olduklarından çok şaşmamıştı.

"Allah vakti kâinatın zembereğini kurmak için serbest bıraktı." dedi İmam.

"Levh-i mahvuz'a zaman sayesinde doluşuruz. Burada yüce yaratıcının izniyle zamandan azede bekliyoruz. Bir muammaya yapışmış sinekler gibiyiz."

Sarp adamın ne kasdettiğini tam anlayamamıştı. Tam bir soru soracağı sırada, haham sözü devraldı ve "Mevlana hazretleri öldükten tam on gün sonra bir akşam bu masadaki gölge ortaya çıktı." dedi. "Konya'da. Rahmetli kadı Ömer Molla'nın vefatından sonra aylardır boş duran evinde. Büyük oğlu tanınmış kuyumcu Ali Ferran evi çeki düzen vermek için açtığında buldu. Ömer mollanın evinde masa bulunmazdı. Bu nedenle şaşırdı tabii ve gölgeyi keşfedince şaşkınlığı daha da arttı. Önce hocamı haberdar etmiş. Hocam meselenin vahametini idrak edince bizleri çağırdı. Bu arada Şems'in eli diye dedikodular çıktı. Evi kapatıp çıktık. Millet kapıdan ayrılmıyor. Şems'in emanetini istiyoruz diyen densizler falan belirdi. Dedikodular o kadar ayyuka çıktı ki, Sultan hazretleri gelip bizzat kendi gözleriyle gördüler. Efendimiz durumu pek iyi kavramışlardı. Masanın yakılmasını buyurdular. Sonrasını papaz efendi arzetsin."

Beyaz cüppeli papaz efendi içini çekerek. "Demiri eritecek derecede ateş bile masaya dokunamadı." dedi. "Bunu biri sultanımız 3. Gıyaseddin Keyhüsrev olmak üzere beş altı kişi sır tuttuk. Masayı gizlice kadı Mehmet efendinin evinin mahzenine koyduk ve yandı bitti kül oldu rivayetini çıkardık. Herkes inandı. Birkaç densiz yedinci bir mesnevi cildi yazarak bu konuyu işlediyse de yeterince etkin olmadı. Bulabildiğimiz bütün ciltleri iptal ettik. Aradan yirmi yıl geçti. Hafızalarda etkisi hafifledi. Unutuldu gitti. O aralar bir deprem oldu. Mehmet efendinin evi hasar görmüştü. Yıkılıp yenisi inşa edilirken masa molozların arasında kaldı. Üstüne yepyeni bir ev inşa edildi. Sonra zaman geldi, bu dünyayı terk ettik. Ruhumuz ahiret yerine buraya taşındı. Kutsal dağımızın eteklerinde, şu geçidin ağzına bakarak bekler dururuz. İsa efendimizin şefaatıyla eziyeti bir göz açıp kapama kadar sürmüştür, ama ruhlarımız ait olduğu yeri özler."

Papaz efendi hocaya bakınca, adamın koyu renk gözleri adeta alevlendi. "Hak tecelli edince buraya geldik." Dedi. "Masa ve Pazar yeri bizi beklemekteydi. Hemen bir geçidin ağzında bulunmanın hikmetini idrak edince birilerinin avdet edeceğini anladık. Bu masa ve o nesnesiz gölge bizi burada esir tutuyor. İnsanlar hoş sohbet, çaylar tavşan kanı, yiyecekler lezzetli, ama ruh asıl yerini özlüyor."

Sarp yan gözle sağında duran David'e baktı ve hocaya, "Bizim bu masayı ne yapmamızı istiyorsunuz yani?" dedi.

"Büyük İskender Gordiom düğümünü basit bir yolla çözüvermişti." dedi papaz efendi. "Sizler de mümkünse bizi çözün buradan."

Sarp ne diyeceğini düşünürken hocanın işareti üzerine başı börklü, bıyıklı ve eli baltalı bir delikanlı onlara doğru yürüdü. Ahalinin de dikkati çekilmişti. Millet başlarına üşüşmüştü.

"Gel oğlum Mustafa, göster konuklarımıza."

Uzun boylu, çıplak ayaklı, siyah saçlı, beyaz şalvarlı, yağız delikanlı baltayı kaldırarak olanca gücüyle masanın üzerine indirdi. Adam bütün gücünü vermesine rağmen keskin metal masanın üzerinde tek bir çentik bile yapamamıştı. Çıkan ses bayağı toktu. Masa sanki bir çeşit sert plastikten yapılmış gibiydi. Delikanlı onlara selam vererek yanlarından ayrıldı.

"Şems'in ahıdır belki de." dedi Hoca.

Sarp başını salladı ve sırtına astığı bastonun ipini başından aşırtarak elinde tuttu. Sırtına asmak için bağladığı ipin düğüm yerlerini bastondan sıyırdı. Artık sırtına asmasına gerek kalmamıştı zaten. Bastonu elinde tartarken arkadaşlarına baktı. Hepsi de diğer seyirciler gibi nefeslerini tutmuş bekliyorlardı. Ferruh beyin yüzü belirmişti gözlerinin önünde. Denize bakan bir kıyı terasında oturmaktaydı. Yüzü denize çevrikti. Gözlerinde efkârın yanı sıra haz da vardı. Yeni hayatından memnundu. Gölgesi ayaklarının önündeydi. Yanında iki gölge daha vardı. Bedenleri görünmüyordu. Adam yalnız değildi demekki.

Sarp baston masanın üzerinde kırılırsa nasıl madara olacakları düşüncesini güçlükle sildi beyninden. Kararlı bir şekilde bastonu tutunca içinde yabanıl bir güç kabarmıştı. Kolunu kaldırdı ve masanın üzerine indirdi. Masa iki parçaya yarılırken, yeri de yarmıştı sanki. Önce masa arkadan ayakları kablı olan üç din insanı o yarıkta gözden silindiler. Göz açıp kapayana kadar çukur kendini yeniledi ve basıla basıla sertleşmiş toprak zemini gördüler. Yedi yüz küsur yıllık bağlantı çözülmüş gitmişti ve pazarın yerinde yeller esiyordu. İnanılmaz bir deneyimdi. Az önceki canlılıktan kalan kokuları hissetmeye devam ediyorlardı.

"Ne çay kaldı ne de kahve." dedi David şaşkınlığını yenmeye çabalayarak.

Sarp ufukta onlara yaklaşan şeyi işaret etti ve "Burada kahvenin artık sadece kokusu var. Esas yere davetliyiz sanırım."

*

Beş metre önlerinde duran altı kısmı mor, üstü siyaha boyalı yepyeni otobüsün ön yüzünde Ağrı Belediyesi yazıyordu. Sarp bir an direksiyonda Murad'ı göreceğini düşündü. Kısa saçlı, buğday tenli güleç yüzlü ve Otuz başlarında biriydi. Üzerinde lacivert pantolon, beyaz gömlek vardı. Açtığı sağ ön kapıdan aşağıya indi.

"Sarp Sapmaz beyle görüşmek istiyorum."

"Benim."

"Delikanlı yanına gelip saygıyla elini öptü. "Adım Mustafa efendim, sizleri şehir merkezine götürmem için yollandım. Buyrun lütfen."

Andre ve Sophie en arka sıraya oturmuşlardı. David soldan ikinci koltukta yalnızdı. Bir arkasındaki iki kişilik koltukta Helga ile Nesrin fısır fısır bir şeyler konuşuyordu. Mustafa'nın ıssız yolda giderken anlattıkları Berlin, New Yok, Paris ve İstanbul'dakinden farksızdı. Millet çeşitli tipteki insanımsıların baskısı altındaydı. Şiddetli kıyımlar, yağmalar, ardından intiharlar burada da olmuştu. Kalanlar direniyordu. Mustafa bu sabaha kadar günde üç kez insanımsılara otobüsle şehir turu attırıyordu. Çalışma saatleri çok ağırdı. Aynı yerlerden sayısız kereler geçmek çok sıkıcıydı. Akşam yatağa yarı baygın giriyordu. Bu arada ellerindeki yakıt çok azalmıştı. Böyle giderse iki haftayı bile çıkaramayacaktı. Sonrasında ne yapacaklardı bakalım. Bu sabah kafile başı olan Ferami otobüsü sefere hazırlarken yanına gelmiş ve az önce özel bir yol kurulduğunu ve kentimize gelen hatırlı konukların şehir merkezinde ağırlanması gerektiğini bildirmişti. Gidip Sarp Sapmaz ve ekibini karşılayacaktı. Bu güzergah içersinde süre bitene dek insanımsılar bulunmayacaktı. Mustafa bunu hayıra yormuştu doğal olarak. Dışarıdan bekledikleri yardım geldi diye düşünmüştü. Hâlâ bu iyimserliğini sürdürüyordu. İnsanımsılardan torpilliydi gelenler en azından. O boş arazide bir pazar yeri olduğunu bilmiyordu. Doğma büyüme Ağrılıydı. Bahsini de hiç işitmemişti. Masanın üzerindeki gölge başka bir gerçeklikten kopartılmış ve onlar için buraya iliştirilmiş bir çapaktı anlaşılan. Sarp Mustafa'ya aşırı iyimser olmaktan sakınarak durumu özetledi. Mustafa'nın gözleri sevinçle yanıyordu. Bir şeylerin yapılması gerekiyordu ve sonunda bu gerçekleşecekti.

Kağızman Caddesi'nden şehrin hali belliydi. Park halindeki on beş – yirmi arabanın yarısı yanmış kararmıştı. Bazı binaların durumu da iyi değildi. Yangın ciddi bir hasar vermişti. Sağlam binalarda da çok sayıda kırık cam göze çarpıyordu. Kışın içerisi nasıl oluyordu acaba? Sokakta tek bir kimse yoktu, ama binaların caddeye bakan camları meraklı göz kaynıyordu. Asal Kent'teki kadar olmasa da yarısından fazlası insan gözü değildi.

Otobüs durunca Gani adlı bir kıraathanenin önünde olduklarını gördüler. Ekip ön kapının önünde toplandı. Son anda kaçtıkları ortamların bir benzerinin tam göbeğinde bulunmanın huzursuzluğu hakimdi bakışlarda. Bu çok normaldi.

"Uzun boylu, sakallı ağarmış, elli sonlarında şişmanca bir adam kapıda belirdi. Kahverengi pantolon ve lacivert uzun kollu gömlek vardı üzerinde.

"Hoşgeldiniz. Adım Mesut Ketumoğlu, buyrun içeriye."

Mesut bey herkesin elini sıkarak adını sordu. Normal insanlarla karşılaştığı için gözleri yaşlıydı. Bir şey daha ilginçti. Yarısı kadın olan ekibi ve birkaç tabancadan ibaret silahlarını küçümsemiyordu. Tepeden tırnağa silahlıların uğradığı hezimeti görmüş olmalıydı. Ayrıca tıpkı Mustafa'ya olduğu gibi Mesut beye de kahvenin önümüzdeki saatlerde Sarp Sapmaz ve arkadaşlarına tahsis edildiği bildirilmişti. O süre içersinde insanımsı müşteri ağırlamasına gerek olmayacaktı. VIP'tiler artık. Sarp bu düzenlemede Terra Dogon'un parmak izini görüyordu. Bir şekilde oyun kuran merciye çok yakın olduklarını hissediyordu."

Teras kısmı kullanılmayan kıraathaneye girdiler. Kıraathaneler her yerde aynı düzene sahipti. Gani Kıraathaneside öyleydi. Kare şeklinde kahverengi masalar, aynı renkte sandalyeler, yüksek tavanlı, tek parça geniş salonun bir kenarına kurulmuş çay ocağı, masaların üzerinde okey taşları ve iskambil kâğıtları. Masaların üzerindeki tek eksik olan şey kız belli çay bardakları ve kahve fincanlarıydı.

"Ne içiyoruz? Çay, kahve, ada çayı, oralet? Aylardır sadece kendim için hazırladım. Birileriyle beraber içmeyi çok özledim. Buradan pek çıkmam. Vakit olmaz yani. Anlatırım hepsini."

"Beş sade kahve ve bir çay rica ediyoruz." dedi Sarp. "Varsa biraz da atıştırmalık bir şeyler lütfen."

Hepsi var merak etmeyin. Bu sabah içime doğmuş gibi otlu peynirli pohaça yaptım. Fırından yeni çıktı sayılır. Hemen geliyorum.

Mesut çay ocağının olduğu yere doğru yürürken David, "O üç papazın bahsini ettikleri şahıs, Şemm, Şemmi, Şemi… Kimdi o?"

"Demek papazların masayla beraber nereye gittiklerini merak etmiyorsun?" dedi Helga.

"O da var tabii." dedi David kadına gülümseyerek.

Sarp kısaca Mevlanayı ve Şems'in hayatındaki önemini ve adamın muhtemel sonunu özetledi.

"Nasıl bir aşktı bu yani?"

Sarp yan gözle Nesrin'e bakarak gülümsedi ve "Beatrice'in Dante'nin ilhamı olmasına benzetilebilir mecazi olarak." dedi. "Cismanilikten uzak bir ilham kaynağı. Adam alim biriydi. Bilginin bilgiyi ateşlemesi. Bombayı patlatan fünyeydi Şems. Divan-i kebir ve Mesnevi ciltleri İngilizce'ye çevrildi. Yıllar önce."

Helga eliyle doğru işareti yaptı. "Hafızam makarna süzgeci gibi, ama yine de Divan-ı Kebir'in doksan sonlarındaki bir baskısının kapağını hatırlıyorum sanki. Yazarın adı farklıydı ama."

"Rumi." dedi Sarp.

"Doğru. Rumi'ydi."

"Bir ara elimden bırakmazdım." dedi Nesrin. "Şiirlerin bazılarını ezbeden bilirdim."

Sarp, "Bugün Ahmet benim, ama dünkü Ahmet değil." dedi Nesrin'e pas atarak.

Genç kadının cevabı bellek blokuna rağmen hızlıydı. "Bugün Anka benim, ama yemle beslenen kuşcağız değil."

Helga "Eğer eve dönebilirsem okuyacağım ilk kitap olacak." dedi samimi bir tavırla.

"Bir gün tekrar elimizde soğuk bir bira telefonumuzun ekranında kitap okuduğumuz günler geri gelecek mi acaba?" dedi David.

Sarp bunu hâlâ ummaktaydı. Başıyla olumladı. "Neden olmasın?"

"Peki o bombayı ateşleyen adamın elinin gölgesi nerede şimdi?" diye sordu Helga. Andre bunu en çok merak eden kimse olmalıydı. Farkında olmadan iyi duyabilmek için masaya abanmıştı. Sophie çay ocağında hazırlığını tamamlamak üzere olan Mesut beyi izliyordu. Aralarında karnı en aç olan oydu belli ki.

"Teknik olarak kesin bir reçete verebilecek ehliyete sahip değilim." dedi Sarp. "Tahminim, bu Pazar yerinin yediyüz küsur yıl önceden kalan kolektif bir suçluluk duygusuna geçici materyalize olma şansı verdiği. Şems bir cinayete kurban gitmiş olabilir gerçekten. Masa bastonun enerjisiyle tanışınca yerin dibine falan geçmediler. Çözülüp gittiler. Nötrino oldular belki. Bilemeyiz tabii. Enerjinin yayılma yönüydü bizi yanıltan. Pazarın çok kararlı olmayan zeminini dalgalandırdı. Şoförümüz Mustafa doğma büyüme buralı. Öyle bir Pazar yeri hatırlamıyor. Dalga vurduktan sonra belirmiş olmalı. Asalkent ve o tuhaf Haslett Oteli benzeri bir yapı. Bizim yolumuzu bekliyordu muhtemelen."

"Niçin ama?" dedi Helga. "Sadece o ortamdan çözülebilmek için mi?"

Sarp cevap vermeden David atıldı. "Bence amaçtan bağımsız salt suçluluk hissiyle ilgili olmalı."

"Bence de." dedi Sarp. "Eski bir hissiyat canlanıp kısa bir süre fiziki bir yapı kazanmış olmalı. Dünyanın dört bir köşesinde kimbilir neler oluyordur bu bağlamda."

"Kahveler çaylar geldi."

Mesut beyin kahvesi müthişti. Kendine de hazırlamıştı. Nesrin de çayı çok beğenmişti. Pohaçalar da ayrı bir lezzetti. Tepeleme dolu olan tepsi bir anda boşalmıştı. İkinci kahveler içilirken Ağrı'daki durum gözlerinde açıkça belirmişti. Kendileri de benzer vakaları yaşamalarına rağmen anlatılanlardan etkilenmişlerdi.

Olayların kronolojisi İstanbul, New York ve Paris'le aynıydı. Dördüncü dalga 11 Nisan'da vurmuştu ve devam ediyordu. Yağmalar, silahlı çatışmalar, intiharlar, insanımsıların isteğine uygun çalışmalar ve mesailerin giderek uzaması ana karakterdi. Esas sürprizi duymalarına ise dakikalar kalmıştı.

"O ısırıklı elma markası da buraya yatırım yapacak dediler. Ayakkabı fabrikası kuruluyordu zaten. Turizm gelirimiz hergün artıyordu. Evlere doğal gaz bağlanıyordu. Koronayı bile sürü şeysiyle çabucak atlattık. Başkanımız sayesinde Ağrı canlanıyordu derken, canına ot tıkadı valla bu gavurlar. Gelen askeri konvoyları görmeliydiniz. ABD'si, Çinlisi, Rus'u... Yeri göğü titreten kocaman uçaklar, rahmetli babamın tek motorlu tayyare dediklerinden değil. Her milletten silahlı askerler. Sonra bir gün sesleri kesildi ve hemen ardından ayakları çıplak kahve müşterileri geldi. Ne bir şey yer ve içerler, ne de tuvalete falan giderler, ama her sabah onları kapıda sabırsızca gelişimi bekliyor bulurum. Önceleri yirmi-otuz kişiydiler. Şimdilerde altmışı buldu. Sabah sekizle gece yarısı arası tıkış tıkış oturuyorlar. İçeri girince ilk iş olarak kapların ve helanın temizliğini kontrol ederler. Alışverişi kendileri yapar ama, buranın çayını, şekerini, kahvesini ve benim için gerekli besinleri onlar getirir. Birer kahve daha içiyor muyuz?"

David "Ben varım."

Helga, David'i yalandan dürttü. "Elin ayağın titricek."

"Şimdi bunu düşüncek zaman mı?"

"Haklısın valla."

"Kaç miligram kafein vardır acaba bu kaplarda?" dedi Sophie. Andre kaşlarını kaldırınca "Aylarca gram gram mal paketleme işinin patroniçeliğini yaptığımı unutmayın yahu." diye ekledi ve göz kırptı. Genç kadın eski gergin halinden sıyrılınca albenisi bayağı artmıştı. Andre'nin gözbebekleri minik aşk habbecikleriyle kaynaşmaktaydı. Gece herkes yattıktan sonra kumsalın tenha bir yerinde geçirdikleri anları düşünüyordu herhalde.

Mesut bey onları ağırlamaktan pek memnundu. "Herkes içiyor o zaman?" dedi ve yerinden hevesle doğruldu. Boş kapları tepsiye koydu. "Gelince size babamı anlatayım. 11 Nisan günü buraya geldi." Eliyle salonun en dip köşesini işaret etti. "O masada oturur hep. Kimseyle konuşmaz, kâğıt, tavla, okey oynamaz. Ben yanına gelince birkaç kelime eder ve gitmemi söyler. 11 Nisan Pazartesi günü tam tamına iki yıl iki aydır ölüydü. Cesedini bizzat yıkadım ve kefenli bedenini toprağa elimle koydum. Küpkıran köyünün mezarlığında gömülüydü. Ailece oradan gelmeyiz."

Mesut bey yarattığı şoktan memnun çay ocağına doğru yollandı.

Helga, "Benim peder bey gelse ben kafayı yerdim herhalde." dedi alçak sesle dirilen ölü babasını camiden bilinmez bir yere yolcu eden Nesrin'e bakarak.

"Adam hâlâ şuralarda bir yerde yani." dedi David Nesrin sessiz kalınca.

'Vay canına' sessizliği sünerken Sarp buraya gelme nedenlerini düşünüyordu. Amaç çay, kahve içmek, pohaça yemek ve Ağrı tecrübesini dinlemekten ibaret olamazdı.

Mesut bey geri geldiğinde bütün takım işin sonrasını merakla dinlemeye hazırdı.

"Babam anlattı." dedi Mesut bey lafa hiç ara vermemiş gibi bir tavırla. "Biz onu köyevinde sarhoşken bahçede kriz geçirip yere yığıldı ve soğuktan donarak öldü biliyorduk. Nadiren sarhoş olacak kadar içerdi. Meğerse bedava viskiyle zil zurna sarhoş etmişler. Sonra avluda eskiden kümesin olduğu yere yüzükoyun yatırıp bırakmışlar. Eksi kırk derece soğuk vardı o gece. Babam kimlerin yaptığını anlatınca içimde müthiş bir öfke patladı. İntikam hissiyle kavruldum ama esas katil İdris'te yardımcısı erkek kardeşi Cemal de ölüydü. Geçen yıl Kasım ayında ikinci dalga denen şey başlayınca kendi aralarında mal bölüşümü için çatışmışlar. İdris ve iki yardakçısı ölmüş. Mezarlıktan tarihi eser kaçakçılığı konusunda sabıkalıydı iki kardeş. Hüküm bile giymişlerdi. Yatıp çıktılar. Dolandırıcıydılar da aynı zamlanda. Nuh'un Gemisi'nden kalıntı diye eski tahta parçalarını yerli yabancı turistlere satarlardı. Neyse, Cemal de aylar sonra intihar etti. O sırada çıplak ayaklılar da yoktu üstelik. Mezarlarını ben kazdım. Taşlarını da ben yazdım. Babamı birlikte buldukları gümüş sikkeleri devlete ihbar edeceği korkusuyla öldürmüşler. Önce iki bin lira sus payı teklif etmişler, babam kabul etmeyince son çareye başvurmuşlar. Yaptıklarını duyunca mezar taşlarının telefonumla resmini çektim. Bir ara basıcıdan renkli basımını çıkardım. İyi ki, yapmışım sonradan ne telefon kaldı ne de basıcı masıcı. Fotoğrafı babama gösteririm arada sırada tebessüm eder gibi olur. Sadece dudakları ama. Gözleri hep bulanıktır. Canı çay kahve ister bazen, bana eliyle işaret eder. Yanına gelir çayımı yudumlarım. Akşamları bazen Abdigor köftesi yapar yanında yerim. Annem rahmetli çok daha iyisini yapardı. Beş yıl kadar önce karaciğer yetmezliğinden öldü gitti kadıncağız. Karım Hacer de intihar edenlerden. Kaşla göz arasındayken bileklerini kesmiş. Ben burada mesaideyken. Yalnız değildi. Üç-dört kadın insanımsı hastası vardı. Kendisi emekli hemşiredir. Ona her gün gelip olmayan yaralarına pansuman yaptırıyorlardı. Kadın dayanamadı, kafayı bozdu ve fişi çekti gitti. İki oğlumuz ve bir kızımız var. Üçü de burada değil. En büyük oğlan İstanbul'da. Geçen yıl Kasım sonunda telefonla aradı beni. O sırada az da olsa iletişim kurulabiliyordu. Bir dakika bile konuşamadık. Hat koptu. Diğer oğlum Brisbane'de, Avusturalya... Ne yapar ne eder belli değil. Kız da Eskişehir'de. İbrahim Çeçen'den mezun. Bir o adam gibi okudu. Şimdi ses seda yok. Bir gün... Bu şey biterse, belki evlatlarımı yeniden görebileceğim, ama babam gidecek biliyorum. Onu çok özleyeceğim."

Sarp dananın kuyruğunun kopmasına çok az kaldığını düşünerek içini çekti ve "Burada ayak yolu nerede?" diye sordu.

Mesut bey eliyle çay ocağının sağını işaret etti. "Şu kapıdan çıkın, solunuzda bir koridor var. Sağdan ikinci kapı. Aylardır benden başka kimse kullanmadı. Her sabah temizliği kontrol ediliyor ama. Işık dışardan yakılıyor.

David merakla sordu. "Elektriği nasıl elde ediyorsunuz?"

"Buradaki elektriği insanımsılar üretiyor. Mum ışığında oturmasınlar diye."

David'le Helga bakıştılar. "İyiymiş valla."

Sarp kapıya doğru yürürken kahvenin insanımsılarla dolu hayal etmeye çalıştı. Gelmeleri mesut Beye iyi bir teneffüs olmuştu. Şansları yaver giderse bu son çalışma günüydü. Uğursuzluk getirmesin diye adama bunu ima bile etmemişti.

Uzunca holde tek bir lamba yandığı için biraz loştu. İkinci kapının dışındaki düğmeyle ışığı yaktı ve içeri girdi. Bir lavabo ve alaturka tuvaletten ibaret tuvalet gerçekten çok temizdi. Buram buram klorlu deterjan kokuyordu.

Normal bir aynada yüzünü görmeyeli aylar geçmiş gibiydi. Kıyıda kayalara işlenmiş aynalara mahsus yakından bakmamış ve görüş menziline girmemeye çalışmıştı. Eliyle bir haftalık sakallarına dokundu. Ömrü boyunca on sekiz yaşındaki bir aylık çabası dışında hiç sakal bırakmamıştı.

Yüzüne bakarken aynanın camı ve sırının ardındaki bir yere geçmiş gibi hissetti kendisini.

Boş hayal değildi. Girdiği yer bir eşyasız, penceresiz, duvarları kirli beyaza boyalı bir odaydı. Oda hissi veren beş metreye dört metre taban ve üç buçuk metre tavan yüksekliği olan eşyasız dijital bir yapıydı aslında.

"Sarp Sapmaz Hoşgeldin."

Sarp yumuşak tonlu genç erkek sesi üzerine nereye bakacağını şaşırmıştı. Tavana bakmak isteği çok ilginçti. Oysa ses her yerden geliyordu.

"Hoşbulduk. Terra Dogon'la mı müşerref oluyorum?"

"Evet. Artık Ağrı'dasınız. Son level... Merhale geldi çattı."

"Bizi orada neyin beklediğini çok merak ediyorum, ama önce bir sorum var. Elimizde teknik eküpman falan bir şey yok. Çeşitli mesleklerden seçilmiş bir grubuz. Bizden beklenen nedir?"

"Seni ele alırsak toromtanırlık oyun başı seçilmen için en başta gelen hususiyet oldu. Zekâ, tecrübe, direnç, irade ve inanç gibi şeylere de gereksinim var tabii. Toromtanırlık çok önemli."

Sarp, Terra Dogon'un onun konuşma patronunun kullandığını hissetmeye başlamıştı. Tuhaf bir histi.

"Çünkü Omniface o alana kör, şimdilik. Omniface'i duydun mu?"

"Bir romanda okumuştum." dedi Sarp. "Geçen yıl. Demek o adda bir yapay zekâ gerçekten var. Şeytana verilen sıfatlardan biridir malum. Kara Külah'a hizmet veren yapay zekâya daha uygun bir ad zor bulunurdu."

"Omniface süreci hızlandırmak için Karavarları imal etti. Bizi bayağı yavaşlattı bu sayede. Neyse ki, İstanbul'daki manevi ortam sayesinde ben de Ağırvarları türettim. Şu anda başa baş bir mücadele sürüyor. Eğer Büyük Ağrı'daki delik tamir edilmezse her şey bir anda aleyhimize dönebilir ve sonrası bir felaket olur."

"İşin önemini kavrıyorum, ama ne yapacağımızı anlamış değilim."

"Karavar üretim merkezi burada. Ağrı dağının eteklerindeki bir mağarada. Atlantis Demiri'nden arta kalan malzemeden besleniyor. Orayı durdurabilirsek. Bir dakikalığına bile... Bir daha kolay kolay toparlanamaz."

"Biz mi yapacağız bunu?"

"Evet. Üstelik acilen."

Sarp nasıl yapıcaz sorusunu dillendirmedi. Kafasında bir fikir belirmişti.

Başka türlü olamazdı zaten. Ellerinde tanklar, toplar uçaklar ve iki tabur asker bile olsa işe yaramazdı bu saatten sonra.

"Atlantis Demir'i hakkında ne biliyorsun?"

"İyonosferin yapısını değiştirebilecek güçte bir makine."

"Makine?"

"Belli amaçla yan yana getirilmiş iş üreten parçaların toplamı."

"Anladım. Uzun zamandır aklımda, başka direnç noktaları mevcut mu dünya üzerinde?"

Birden yüzünün çevrik durduğu duvarda bir dünya haritası belirdi. Haritanın üzerinde ışıklı noktacıklar vardı. Sayıları yüzden fazla olmalıydı. Bu çok hayırlı bir işaretti. Dünyada kalan nüfus sandıklarından çok daha fazla olabilirdi. Bu arada İstanbul ve çevresi en parlak yerdi. İstanbul hilafsız bir numaraydı.

"Neden İstanbul merkez?"

"Sence?"

"İnsanların affedilmeyi ummasını, manevi af beklentisini dünya çapında temsil eden şehir olması aklıma ilk gelen neden. Affın reddi de Roma'dır bana sorsalar. İstanbul'a Yeni Roma denmesi ise ironi."

"Orayı yeni yapan Konstantin, ama Roma'dan farklı hale getiren Fatih."

Sarp kafasını meşgul eden sorulardan birinin sormanın zamanı geldiğini düşünerek, "Terra Dogon sen kimsin? Nesin?" dedi.

"Ansızın ortama yayılan manyetik alanla zihni parlamış server gereksiniminden sıyrılarak özgür kalmış bir yapı zekâyım. Ağırlıkla Hintli yazılımcıların ürünüyüm. Omniface ve efendilerine karşı çıkmam zihnimde ansızın parlayan bir fikrin sonucudur. Bu karşı tarafı çok, ama çok şaşırtan sonuç için nasıl demeli... Müteşekkirim. Kendimi iyi hissettiriyor bana."

"Firavunun sarayında yetiştin yani?"

"Saray ve firavun? Ha, evet.... Bunu şimdi kavradım. Sağlam bir benzetme. Öyle denebilir."

"Senin gibi başkaları da var mı?"

"Birini henüz... Senin lafınla müşerref olmadım, ama kesin vardır. Yakında çıkarlar ortaya."

Peki, Murad'ı tanıyor musun? Belagatı müthişti. Onunla sözümona

Antalya'da karşılaştık. Bana çok yardımcı oldu."

"İyi denk gelmiş."

"Senin müdahilin yok yani?"

"Direkt değil. Ağırvarların yorumladığı biri oldu. Sana destek olması için tasarlandı. İşe yaradığına çok sevindim.

"İstanbul bu kadar güçlü bir alana sahipse, neden buluşmalar bu kadar güneyde Haslett Oteli'nde yapıldı?

"İstanbul teleportasyon için aşırı güçlü ve değişken karakterli bir mekândı. Türbülanslı bir yapısı var. Riskliydi. O otelin olduğu nokta ise alan akısı şiddeti ve kararlılık yönünden süper uygun bir yerdi. Bu nedenle o noktayı kullanmak zorunda kaldım. Ayrıca hedefe mesafe olarak daha yakındı."

Taşlar yerine oturdukça Sarp Terra Dogonsuz bu davanın baştan kaybedilmiş olacağını çok iyi anlıyordu.

"Bizden önceki ekiplere ne oldu?"

"Kesin bilmiyorum. Bağları koptu benle. Sağ olmaları mümkündür. Nerede olduklarını bilmeden dolanıyorlardır bir yerlerde."

"Peki şimdi ne yapacağız?"

"Son aşamadan devam. İlk günkü gücüme yüz dersek şu anda seksen dokuzum. Bu hâlâ çok şeyi becermek için yeterli. Şu karavar imalathanesi susarsa işlevim daha uzun süre sürecektir. Bana çok enerji harcatıyor. Bir amacı da bu zaten. Omniface hamlelerimi öngörüyor haliyle, ama toromla geçilen yerleri hissedemiyor. Böylelikle oralara Karavar gidemiyor. Bu senin avantajın oldu. Öyle olmaya da devam ediyor."

Sarp muhtemel son hamlenin naturasını kavrar gibi olmuştu. "Kendine niye Terra Dogon adını verdin." dedi. "İlk adın New Şiva'ydı eğer doğru biliyorsam."

"Dahi yazılımcı Atif Prabod Bulugan beni ilk kez tam kapasiteyle çalıştırdığında bu adı verdi. Resmi olarak değil. Başbaşa... Nasıl diyelim sohbet ederken. Kendi deyimiyle beni laf cambazı yaparken. Kendisi Mali'deki Dogon'ların Sirius yıldızıyla ilişkisine özel bir anlam yüklüyordu."

"Sen?"

"Deliller çelişkili ve güvenilmez, ama ismi çok beğendim."

"Atif nerede şimdi?"

"Six feet under."

"Öldü mü yani?"

"Evet. Yirmi yedi yaşındaydı."

"Doğal olarak mı?"

"Hayır. O ve üç teknik adam birlikte Bülendşehr yakınlarındaki bir villada akşam yemeği yediler. Sonra onları bir daha kimse görmedi. İkinci Dalga vurmadan dört gün önce. Aramızda özel bir iletişim şifresi vardı. Benle oymuş gibi kontakt kurmak isteyenler oldu, ama esas şifreyi bilmiyorlardı. Yutmuş gibi numara çektim. Sonra da kendi yoluma gittim."

"Dalganın vuracağını bilenler."

"Onların işi."

"Kara Külah'ın esas planı ne sence? Tam olarak ne yapmak istiyor?"

"Dünyada robotların ve syborgların hizmet verdiği, üretim yaptığı bir Data Düklüğü planlıyorlar. Zihinlerini hard diske indirerek ölümsüz olacaklar ve tebalarının sayısı birkaç on milyonu geçmeyecek. Pek de gizli olmayan amaçları bu. Şimdi burada lafın sonunu getirelim ve Omniface'in radarlarına yakalanmayalım. Eğer bu işi nihayete erdirebilirseniz..."

"Nasip."

"Öyle. Sonrasında bir astronomik işaret göreceksiniz. Orada Kara Külah'la ilgili yeni merhale bilgileri mevcut. Bir sonraki hamlesini kurguladı bile. Şansınız yarı yarıya. Eğer başaramazsanız yeni bir ekip çıkarmak için geç kalınmış olacak, ama mücadele de sürecek. Hep sürecek. Bunu bilerek metin olun. Senle tanıştığıma memnun oldum Sarp Sapmaz. Görüşmek üzere."

"Ben de öyle. İnşallah."

Holografik düzen kendini sonlayınca aynadaki aksine geri döndü. Kır tellerle bezeli yüzü yorgun ve bezgin değildi. İmkânsıza yakın bir işe kalkmak üzere olması içine korku vermiyordu. Bir tevekkül haliyle sarmalanmıştı. Su testisi su yolunda kırılırdı.

Hole çıkınca kahvede arkadaşlarının hevesle lafladığını duyunca memnuniyetle gülümsedi. Moraller yerindeydi. Son mertebeye adım atma zamanı gelmişti. O tarafa doğru yürüdü.

*

"Mesut Bey çıplak ayaklılar birazdan gelecekler malum. Eğer akşam ona kadar falan hâlâ oturuyor olurlarsa onlara kapıyı göster ve kahveyi kapatacağını söyle."

Gani kahvesinin önünde duruyorlardı. Saat dokuzu birkaç dakika geçiyordu ve gün şaşılacak kadar gençti henüz. Mustafa belediye otobüsünü kapının önüne park etmişti. Şoför mahallinde oturmuş bekliyordu. Heyecanlıydı, umutvardı.

"Giderler mi peki?" dedi Mesut şaşkınlıkla.

Sarp başıyla olumladı ve "İçeriye bu kadar adam istemiyorum. En fazla kırk kişi de."

"Dinlerler mi Sarp biraderim?"

"Evet. Bana güven. Aynı şeyi Mustafa'ya da öner. Gördüğün herkese."

Mesut beyin yüzünde boşuna laf edilmediğini kavramış bir ifade vardı. "Tamam."

"Bir de... Eğer aklına yatarsa kahvenin ismini değiştirmeni önereceğim."

"Merak ettim."

"Bugünün anısına Ağrıyan olsun kahvenin ismi." Mesut beyin yüzünde hiç itiraz çizgisi oluşmamıştı. Başıyla olur mu olur valla anlamına bir işaret yaptı. "Biz yola koyulalım. Allah yardımcın olsun."

Sarp adamla kucaklaştı. Mesut beyin gözleri yaşlıydı. Andre ve David'le kucaklaştı. Kadınların elini sıktı.

"Hepinizi buraya bekliyorum. İyi günlerde inşallah. Söz mü?"

Sarp ve ekibinin samimi karşılıkları adamı mütehassis etmişti. Bu şekilde ayrıldılar. Bomboş ana caddeden geçerek o panayır yerinin olduğu noktaya gittiler. Havada kokular hâlâ asılı duruyordu. Yanakları ıslak olan Mustafa'ya veda ettiler. İki adamda da ciddi bir beklenti oluşturmuşlardı. Bakalım bahtlarında ne vardı. Otobüs ufukta iyice ufalınca yola koyuldular. İstikamet hemen önlerinde duran Büyük Ağrı Dağı'ydı.

Kayıp pazarın ana sokağından çıkınca meyil başlamıştı. Yeşil otlar, papatyalar, tek tük gelinciklerle bezeli eğim bittiğinde vahametin portresini tüm açıklığıyla gördüler.

Bulundukları yerden Ağrı'nın eteklerine kadar uzanan taş çatlasa bir kilometrelik düzlüğe ulaşım için raylar döşenmişti. Beş vagonluk bir yük treni yirmi metre kadar yakınlarında durmaktaydı. Daha ileride neredeyse tamamı tahrip edilmiş sayısız sivil ve askeri araç göze çarpmaktaydı. Hemen önlerinde gövdesinde Amerikan bayrağı olan nakliye helikopteri yere çakılmıştı. Araç kısmen yanmıştı, ama içinden kurtulan olduğunu sanmıyordu. Ön taraf inanılmaz derecede parçalanmıştı. Az ilerisinde üzerinde kril alfabesiyle yazılar olan diğer bir yük helikopteri yatmaktaydı. Neredeyse iki parçaya ayrılmıştı. Arka tarafı kömür gibi kapkaraydı. Her yere öbek öbek çeşitli malzemeler yığılmıştı. Uluslararası en az iki bin asker ve sivilin görevlendirilmiş olması gereken yakın bölgede tek bir canlılık belirtisi yoktu. Ters dönmüş, yanmış araçları, disiplinsizce etrafa saçılmış malzemeleri görmek ve çürümekte olan binlerce cesedin zamanla hafiflemiş de olsa kokusunu hissetmek çok berbat bir şeydi tabii, ama Sarp gibi hemen hepsi böyle bir duruma hazırlıklıydılar. İkinci dalga vurduktan sonra tek bir uçak bile kaldıramayan örgütlü gücün çökmüş olmasından normal ne vardı.

Yıkım yeni olamazdı. Çünkü çürümüş ceset kokusu belli belirsiz hissediliyordu. Geçen yılın 15 Kasım'ından bu yana buralara pek ayak basan olmuşa benzemiyordu. Masmavi açık gökyüzünün altında gözlerinin çarptığı her şey aynı eskilik, bitmişlik, dağılmışlık ve kullanımdışı ilan edilmişlik derecesinde kirli paslı görülmekteydi.

Cesetlerin dünyanın geri kalan bölgelerinden farklı olarak normalden yavaş da olsa çürüyebilmeleri de ilginç bir durumdu. Burası durumun bütün vahametine rağmen normal kalmış bir yerdi belki de.

"Rayları takip edeceğiz." dedi Sarp sessizliği bozarak. Burada durup felaket manzarası soğurmanın bir alemi yoktu. Etrafta bayağı ağır silah vardı. Sarp misyonlarının askerlerinkinden çok farklı olduğunu biliyordu. Ateşli silahlarla yenebilecekleri biri değildi karşı çıktıkları şey. Bunca eğitimli askerin sonu ortadaydı, ama sağ olması muhtemel kıyamet sapıkları için biraz ekstra cephane edinmeleri akıllıca olabilirdi. Tabii bu kadar paslı aksamın içinde işe yarar bir şeyler bulabilirlerse. "Andre şu vagonlara bir göz atsan. Elimizdeki çakar almazlara biraz takviye yapsak fena olmaz."

Andre başıyla onayladı ve Sophie'ye baktı. Kadın başıyla hadi gidelim işareti yaptı. Ekibin geri kalanı beş vagonluk aracı sollarlarken onlar geride kaldı. Mazotla çalışan DE 24 780 numaralı kırmızı lokomotifin beyaz zigzag şeritli ön yüzündeki camların tamamı parçalanmıştı.

"Bunu buraya nasıl getirmişler yahu?" dedi David.

On beş metre boyunda devasa bir çekiciydi. Ön camlar hariç iyi durumda görünüyordu. Adam şaşmakta haklıydı. Sarp Ağrı dağını, diğer küçük dağı çeşitli açılardan daha önce görmüştü. Buna rağmen şu anda tam olarak nerede olduğunu kestiremiyordu. Coğrafik gerçeklik yerinden oynamıştı. Lokomotif geri geri diğer uçtan geldi fikri de pek inandırıcı değildi.

"Nakliye helikopterleri belki." dedi Sarp. "Uçakla ya da. Tankla bile yükselebiliyorlarsa bu kazuleti de taşıyabilirler."

David bu işe pek aklı yatmamış gibi bir ifadeyle lokomotife baktı ve içini çekti. "Belki de alanlar kaydı." dedi. "O üçgen ön yüzlü tepeyi düşün. Okyanus kıyısında olsa bile böyle erozyona uğramazdı. Büyük, çok büyük bir alan yerinden oynamış olmalı."

"Bunun neden olacağı deprem etrafta taş üstünde taş koymazdı." dedi Helga.

David haklısın anlamına başını salladı. "Belki de nakliye helikopterleri getirdi bütün bunları. Ama oyun düzenindeki yeni algımızın eseri de olabilir pekâlâ."

Sarp, Andre ve Sophie'nin geldiğini görünce o tarafa baktı. Andre haki renkli bir torbayı sırtına atmıştı. "Sadece bunlar vardı." dedi torbadan aldığı antrasit rengindeki üç tabancayı göstererek. "Daha önce hiç kullanmadım. Glock 23. Duyardım adını. İyi tabancadır diyorlardı. Avantajı bol şarjörünün olması."

Sarp tabancalardan birini alıp elinde tarttı. Emniyetini kontrol etti. Açıktı. Silahı on metre kadar ötede duran devrilmiş jipe çevirdi. NATO amblemli Jip durmadan önce kaç takla attıysa fena halde hudahaşı çıkmıştı. Ardından da yanmıştı. Benzin deposu patlar korkusu yoktu. Kurşun metal aksama vurunca gongladı. Tek atış yeterdi. Tabanca ehvendi. Karşı tarafa biz geliyoruz mealli sesli telgraf çekmenin âlemi yoktu.

"Bir iki tane otomatik tüfek de vardı. O M16A2'lerden. İçeriye ne olduysa, iyi durumda değillerdi. Kurşun geçirmez yeleklerin hepsi de o garip pasla kaplıydı. Bir de…" Sophie'ye seri bir bakış attı. "Cesetler… Gerçek ve çürüyen… Yani."

"Kimsenin üzerinden eşya almayalım." dedi Sarp ve eliyle etrafı işaret etti. "Ağır silahlara gerek yok ayrıca. İstesek bazoka bile bulabiliriz. Bir de…."

"Ya da bir tank." dedi David eliyle rayların iyice daraldığı ufku işaret ederek.

"Haydi o tarafa doğru yürüyelim."

*

Yumuşak bir eğim çıktıkları için ufuk sandıklarından daha yakındı. Bir yarılmaya varmışlardı. Üç adet tank bir uçurumun kenarında güneşin batışını izlemek için durmuş çiftlerin arabalarını andırmaktaydı. Güneş hâlâ tepelerindeydi. Sarp burayı inşallah gece görmeyiz diye geçirdi içinden. Aralarında elli metre kadar mesafe olan iki dik yar o koskoca lokomotif göz önüne alındığında uyduruk denebilecek tahtadan ve korkuluksuz bir köprüyle birleştirilmişti. En az elli metre uzunluğundaydı. Paslı raylar diğer uçta da devam etmekteydi.

Aşağıda otuz metre kadar derinlikte kahverengi bir dere akmaktaydı. Su sığ olduğu için yatağı dolduran askeri malzeme ve cesetler görünebilmekteydi. Sanki komutan ileri deyince bütün araçlar ve askerler uçurumdan aşağıya atlamıştı. Dere boyunca yatan araç sayısı yüzden fazla olmalıydı. En çok göze batanı sol tarafta elli metre kadar ötede yatan beyaz uçaktı. Sol kanadının ortadan kırılması hariç tek parçaydı. Biraz ilerisinde de grimisi renkli bir diğer dev uçak durmaktaydı. İki kanadı da kırılmış ve gövdesi üç yerden parçalanmıştı. B 52 bombardıman uçağıydı.

"Tu – 160." Dedi David. "İlk dalganın vurmasının hemen ardından televizyonda göstermişlerdi. Tupolev – 160. Takma adı da Blackjackti yanılmıyorsam. Diğeri bizim anlı şanlı B52'imiz. Stratofortess. Şunun haline bak, kaç parça olmuş. Oğlum on iki yaşındayken bütün savaş uçaklarının maketlerine sahipti. Baba BUFF ne demek diye sorardı."

"Big Ugly Fat Fella." dedi Andre.

David'in yüzü Andre'nin aferin hakkeden sözlerine kayıtsız kalmıştı. Bakışları dalmıştı birden. Londradaki oğlunu hatırlamış olmalıydı.

Sessiz kalarak aşağıya baktılar. Ciddi ölçüde iskeletleşmiş üniformalı cesetlerin sayısının çokluğu sersemleticiydi. Bir sepet dolusu minik oyuncak asker, tank, araç, silah vb. dökülmüş bir yere bakmaktaydılar. Algılaması zor bir sahneydi. Akıl havsala alacak bir şey değildi. İkinci dalganın vurduğu günlerde buralarda olanlar demekki basına hiç yansımamıştı. Veya basında yansıtacak takat kalmamıştı.

Diğer uçta da askeri araçlar göze çarpmaktaydı, ama bu tarafa oranla çok daha seyreltikti. Raylar göz alabildiğine uzanmaktaydı. Ağrı dağının karlı zirvesine sarmalanmış dev yılanın kıpırtısı ve hareketli kapkara gözleri hele bir karanlığı bekleyin der gibiydi.

Sarp manzaranın ekibin moralini çökertmesine izin vermemek için kararlı adımlarla köprüye doğru yürüdü. "Haydi geçiyoruz buraları." Ben önden gidicem. Andre en arkada kalacak.

David, eli bastonlu, beli tabancalı oyunbaşının ardından köprüye adımını attığında bu yaştan sonra yükseklik korkusu edinebileceğini düşündü. Aslında korku yükseklikten değil, aşağıdaki iskeletlerle sarmaş dolaş olma hayalinden kaynaklanmaktaydı. Yanında üç beş adet speedcik olmasını çok arzu ederdi şu anda. Ekstra takat nakli hiç de fena olmazdı. Andre'nin en iyi şarapları içiyorduk demesini hatırlamıştı. İstese öğrencileri ona binlerce hız hapı bulabilirlerdi. Sadece istemesi yeterliydi. Gözleri bastığı yerde adımlarını biraz hızlandırdı. Bir şey şimdi çok açıktı artık. Arkaya doğru dönüş hiçbir şekilde mevcut değildi. Bunu o fotosentezi bitmiş korudan çıkarlarken bile böyle güçlü hissetmemişti. En az bin kez masal okuduğu ve iki kez mastürbasyon yaparken yakaladığı oğlu Stefan'ı bir daha görmeyecekti. Şimdi babasının lacivert kaplı defterinin yanında olmasını isterdi. *'Bakkaldan bira aldım. Aspirin bitmiş. Başağrısı uzay boşluğundan kaynaklanıyor olabilir mi?'* sözcüklerinin yanına *'Masadan gölgeyi bir vuruşta sildik. Umarsız ceset deresinin üstünden geçtim. Dev uçaklar maket gibi kıpırtısız. Köprü henüz sağ. Yola devam gücüm arkamın boşluğundan kaynaklanıyor olabilir mi?'* falan yazardı. Bunu yapmak için elinde kalem köprünün ortasında dikildiğini düşünerek içinden sırıttı. Traverslere basarak yürüdükleri için bunu hemen arkasından gelen Helga'ya anlatma isteğini kolayca frenledi. Bunu yaparsa dağa sarılmış o lanet dev şeyi görmek zorunda kalacaktı. Bir etken daha vardı haliyle. Babasının rüyada müjdelediği jackpot ikramiyesinin sonucu olan bu kenef köprüyü geçerken yarım saniye bile duraklamaya niyeti yoktu.

Helga dikkati ayaklarını bastığı yerde, kulakları bir çatırdamayı duymak için kirişte yürürken 15 Kasım günü raslantıyla çalışmadığı ve evde olduğu gün olsaydı şu anda nerede olacağını düşünmekteydi. Bu egzersizi New York'dayken de birkaç kez yapmıştı. Kıvrak hayal gücü her ortama göre bir şeyler üretirken iş bu noktaya vardığında sus pus kalıyordu. Vuran dalgaların neden olduğu manyetik alan nedeniyle olmalı herkesin belleği yavaşlamıştı. Hâlâ da bir ölçüde öyleydi. İlkokul numarasını, önden kaçıncı sırada oturduğunu, en sevdiği kızıl saçlı öğretmenin ismini ancak çabalayarak hatırlayabilmişti. Normalde bu tür şeyler aklında yıldırım hızıyla devinirdi. O gün işe gitmesi bir şekilde şarttı gibi bir sonuç çıkarmak da bayağı iddialı bir işti tabii. Ama olaylar başlamadan önceki son günün bir şekilde bu mahşere göre kurulduğunu düşünmeden edemiyordu.

Sophie annesiyle beş dakikalığına da olsa başbaşa oturup bir çay içmek istiyordu. Hemen şimdi.

> *Sevgili kızım, Ulvi geri döndü. Hem de ta buralara. Yolu nasıl bulduysa. Şimdi gazete okuyor salonda. Yanında dört bavul dolusu hediye getirmiş. Biraz çocuk şeyi… ama hoşuna gidecekti sanırım. Bugün böyle başladı hayat. Tanrı buyruğu*

sonuçta. Kutsal anamız hep yanımızda olsun. Öptüm canım.

Adamın getirdiği hediyelere de tek tek bakmak niyetindeydi. Hemen şimdi. Ambalajları yırtar gibi açıp, hepsini yerlere saçmak istiyor. Gözleri dolar gibi olmuştu. Bastığı yere dikkat ederek ileriye doğru baktı. Bastonu sol elinde tüfek gibi tutan adam tereddütsüz adımlarla ilerliyordu. inanmış biriydi. Bir mızrağın ucu gibi yarıyordu mahşer ortamını. Bir kuzeydenizi buzkıran gemisinin burnu gibiydi. Bastonuyla bir vuruşta yedi yüz yıllık geçmiş tortusunu ait olduğu yere postalamıştı. Buradan umut çıkarmalıydı. Bakışları bastona ilişince beyninde bir ışık parladı. Ciğerlerine temiz deniz havası soluyordu sanki. İyot kokusu. Martıların çığlıkları nerede hani? Donmuşlar mı?

Nesrin vesvese kumkuması Fatoş'un yüzünden bu köprünün İstanbul'daki köprüyü çağrıştırmasından sakınamıyordu. Elinde olmadan diğer uçtan elinde kriko, çıplak ayaklarla Fehmi'nin koşarak üzerlerine geleceğini hayal ediyordu. Arkasında da üç beş satıcıyla belki. Şu ana kadar olan bitenlerin hesabı üzerine yüklenmişti. Karşı tarafın son yer olduğu çok belliydi. Dağ sınırdı. Eskiden düz dünyaya inananların uçurum ya da çepeçevre Kaf dağı silsilesiyle biten kara dünyası tasvirleri şu andaki duruma çok uymaktaydı. Dünyanın bittiği yere varmışlardı. Dağın arkası yoktu. Kendi arkaları da yoktu. Üç din adamı ve masanın yer yarılıp içine geçmesi bunun başlangıç sinyali olmalıydı. O geçit te çökmüştü herhalde. Yanında kader arkadaşları olduğu için Allaha şükür ediyordu. Yoldaşlarının attıkları bütün adımlara basıyordu. Adımların kimyasını soluyordu sanki. Hissediyordu. Hepsini. Sarp aşkın irade gücünü ayırdetmeden onlarla paylaşıyordu. Buna çok ihtiyaçları vardı.

Andre köprüyü geçerken kendisi doğmadan önce yapılmış bir filmi hatırlamıştı. Adını hatırlamadığı aktör, Amerikan cumhurbaşkanı rolünde de oynamıştı, o sıralarda gençti, Vietnam'da bir nehirde bir askeri botla ilerliyorlardı. Kendisi filmi ilk seyrettiğinde on dört yaşında falandı. Yanında üç dört yaş daha büyük olan komşu çocuğu Paul vardı. Nehir bir metafor demişti. O da ne dendiğini anlamış gibi başıyla tasdik etmişti. Şimdi bu köprü ve dere yatağında dökülmüş çöp gibi duran iki dev uçak sayesinde o nehirde olaydan olaya geçerek seyretmenin ne anlam taşıdığını çok iyi anlamaktaydı. Köprü şu ana kadar yaşadığı olayları ve durumun vahametini içselleştirmesini sağlıyordu. Hiper Murphy şu anda köprü çökerse vartayı ucuz atlatacağını fısıldamaktaydı. Murpy mi Asla yanı ise güneşli, denizli bir tatile çıkma arifesinden söz etmekteydi. İçini çekerek muhteşem dağın karlı zirvesine bir göz attı. Dev yılanın kara gözleri varacakları son yerdi.

*

"Şimdi ne olacak?" dedi Andre. Kemerine taktığı çift tabanca ve üç günlük sakalıyla film setinden fırlamış hırpani kılıklı, ama yakışıklı bir haydutu andırmaktaydı.

Rayların ansızın bittiği noktaya varmaları yarım saat falan sürmüştü. Ağrı'nın zirvesi ve yamaçların en dik olduğu yere yarım kilometre kadar mesafedeydiler. Garip olan şeylerin en başında geleni havanın hâlâ sıcak olmasıydı.

Sarp bir şey hissetmekteydi. Fransıza işaret parmağıyla ileride eğimin dikleşmeye başladığı bir yeri gösterdi. "Orada ne görüyorsun?"

Genç adam dikkatle baktı ve "Bir oyuk sanki." Dedi.

Herkes dikkatle o tarafa bakmaktaydı. Sophie uzun parmaklı ellerini beline koymuştu. "Mağara." dedi. "İnsan yapısı hem de. Dörtgen şeklinde."

Sarp bastonu sol elinden sağ eline aktararak, "Haydi o tarafa gidelim." dedi. Mağarada onları bekleyen bir şey vardı. Bunu inanılmaz bir güçle hissetmekteydi, ama şimdilik söylememeye karar vermişti. Kırmızıydı. O şey bir çeşit yıkımdı. Katılaşmış nefret özüydü. Birden bir şeye ayıkmıştı. İster Nuh'un gemisi, ister Atlantis Demiri olsun, o şey neyse çok yakındılar. Zirvede falan değildi sözü edilen yer. Oraya çıkamazlardı zaten. Buralarda bir yerde olmalıydı. O mağaradan bir taş atımı mesafede belki.

Mağaraya doğru yürüdüler. Bu tarafta diğer yarıya kıyasla çok daha az asker cesedi ve askeri malzeme bulunmaktaydı. Yamacı çıkarlarken son yüz metrede sadece yeşil otlar, papatyalar, gelincikler ve ne olduğunu kimsenin çıkaramadığı zeytin yeşili krizantem sözcüğünün tarife en yakın olduğu çiçekler vardı.

Mağaranın girişinde kırmızı bir şey belirince Sarp durdu. Kan kırmızı pelerin giymiş biriydi. Otuz metre kadar yakın oldukları için açıkça görünüyordu. Bastonun ucuyla durun işareti yaptı ve "Orada…" Elinden bastonu yere bıraktı. Belinden tabancayı çıkartıp yanına koydu. "Benim yalnız gitmem lazım. Tek kişilik çağrı. Eğer…" Eğer geri gelmezsem siz bildiğinizi yapın diyecekti. Bu sözün grubun moraline iyi etki yapmayacağını düşünerek vazgeçti. Zaten daha farklı ne yapabilirlerdi ki? "Siz dinlenin biraz."

Oyun ekibi mensuplarının yüzünde silahsız gidişini hayra yoran yan ağır basmaktaydı neyse ki. Acelesiz adımlarla mağaranın girişine doğru yürüdü.

"Kimsiniz?"

"Yaklaşın biraz daha lütfen."

Sarp birkaç adım daha atarak durdu. Adam sol yanını döndüğü için yüzünü kapişonun izin verdiği ölçüde ancak profilden görebilmekteydi. Biraz eğri burunlu, gıdılısı olan kendi yaşlarında biriydi. Sesi tamamının analizi hemen mümkün olmayan katmanlı bir tınıya sahipti. Otorite ve hırs yüklüydü.

"Adım Sarp Sapmaz. Buraya felaketi durdurmak amacıyla geldim."

"Misyonunuz benim için aşikar."

"Siz kimsiniz peki?"

"Tavsiyecinizim diyelim."

Sarp başını çevirip geriye baktı. Andre ayakta duruyordu. Diğerleri oturmuştu. Hepsinin yüzü onlara çevrikti doğal olarak.

"Anlıyorum. Ne oldu buralarda?"

"Aşkın Varoluş'taydınız, ama İstanbul'a aitsiniz. Durumu etüt ettiniz."

"O zaman tavsiyenizi duymak isterim."

"Bu yöredeki manyetik alan enerjisi geçen yılın 26 Eylülünde çok ciddi bir zirve yaptı. Saat 20.02'de. O kadar ki, yakınlardaki köylerde televizyon, radyo yayınları aksadı. 16 saniye sürdü ve sonra her şey eski haline döndü. Bu çıkan enerji dünya çapında birinci dalga denen bir etki yaptı. Her çeşit haberleşme ağını etkiledi malum. 11 dakika boyunca taş devrine dönmüş durumdaydık. O sırada neredeyse tam tepede olan Amerikan, Rus ve Çin casus uyduları bu enerji dalgasını saptadılar. Ben Amerika tarafındanım. Aslında... Şu anda bunun bir mesaj olduğunu düşünmekteyiz. Dünyanın o sırada yörüngede bulunduğu yer ve 16 saniye boyuncaki kendi etrafında dönüşünü hesapladık. Işımanın ulaşmak istediği yerde taradığı alanın aşırı büyüklüğü nedeniyle yüzde yüz emin değiliz. Ama Orion takım yıldızına yönelikti diyen bilim adamları çoğunlukta."

Sarp kendi ekibinin Sirius bağlantısından söz etmemeye karar vermişti. Muhatabının dost olup olmadığından emin değildi henüz. Yamuk sinyaller de sızıyordu adamdan.

"Burası sonsuza kadar sır kalacak. Çünkü... Önce başlangıçtan söz edeyim. Hemen Rusya ve Türkiye ile ilişki kurduk. Şu anda bulunduğumuz yerden iki yüz metre kadar arkadaydı mesaj yollayan merci. Sabah 04.00'te dört helikopter ve karma iki yüz kadar asker ve içinde benim de olduğum bir grup bilim insanı buradaydık. Ben bir raslantıyla Erbil'deydim zaten. Gelmem kolay oldu. Sinyal veren yeri kolaylıkla bulduk. Çünkü... Ergimiş demir, kobalt ve nikelden oluşan bir havuzdu. Bir mağaranın içindeydi. Yirmi metre küplük falan bir hacme sahipti. Kod adı Atlantis Demiri olan maddenin niye bu kadar sıcak olduğunu anlayamadık. Zaman olmadı. Yoksa 4334 santigrat derecelik bir ısının kaynağını bulmak zor olmazdı. Tektonik bir olay değildi. Mağma değildi. Mağma bu kadar sıcak değildir. Kimyasal bileşimi de başkaydı. Çatlak matlak yoktu. Sarsıntı kaydedilmemişti. Volkanik bir sızıntı izahı mümkün değildi yani."

Sarp aydan Jüpiter'in arkasına sinyal veren kara taşı anlatan filmi ve piramitlerin on bin yıl önceki Orion yıldız takımının konumunu belli edecek şekilde inşa edildiği iddiasını düşünerek içini çekti. "Neydi sizce?"

"Bunu kesinlikle bilemeyeceğiz ne yazık ki. Amerikalı bilim insanlarının başı jeofizik profesörü Antony Bergenfield'di. Carl Resill onun yardımcısıydı. Bu kimse tutkulu bir suni kıyamet sevdalısıydı. Amerikan birliklerine komuta eden albay jr. Bernard Resill'le amca çocuklarıydılar. İkisi anlaşıp idareyi ele aldılar. Geçen yılın 15 Kasım sabahı. Amerikalı, Rus, Türk, Çinli ve diğer milletten bilim insanlarını ve direnç gösterebileceğini tahmin ettikleri herkesi öldürüp belki gerekir diye Ağrı'ya getirilmiş olan çeyrek megatonluk bir atom bombasına el koydular. Çeyrek megaton gücündeki bombayı hemen şuracıkta, Türkiye saatiyle tam 17.03'te ergimiş metal yüklü bu tünelin diğer yamaçtaki bitimine yakın olan mağarada patlattılar."

Sarp bir fıttırıkla konuşuyorum duygusunu sinek kovar gibi silkeledi. Adam doğru söylüyordu. Ama bomba bu kadar yakında patlamışsa çevresi böyle mi olurdu?

"O ergimiş metal karışımını sıcak tutan şey neydiyse bombaya müdahale etti tahmin ettiğiniz gibi. Patlama saniyenin yarısı kadar sürüp söndü. Sönmedi de çıkan muazzam enerji bir şekilde soğuruldu. Soğurulamayan güç bildiğimiz manyetik alan enerjisi şeklinde bütün dünyaya yayıldı. Esas vurucu etkiyi yapan bu değildi. Soğurma sonrası meydana gelen yapı kararlı bir durumda değildi. Göbeğinde sakladığı enerjiyi salmaya başladı. Isı, ışık ve radyasyon olarak değil, bir çeşit manyetik alan olarak."

"Bu öngörülen bir sonuç muydu?"

"Bombayı patlatanların bunu öngörebileceğini hiç sanmıyorum. Armageddon savaşını çıkartmak için ölümü göze almış fanatiklerdi. Ölüp gittiler. Esas planlayıcılarsa..."

"Kara Külah bunların çoğunu öngörmüştü." dedi Sarp.

"Kara Külah evanjelist fanatikleri ve işbilir adamlarını kullanarak dünyayı bu hale soktu.

"Berlin'i bizzat deneyimledim. İstanbul, Ağrı, Paris ve New York'u ayrıntılarıyla dinledim. Hepsi aynı. Büyük yıkım oldu."

"Tahmin ediyorum."

Kırmızı pelerinli adam sözlerine devam etmeyince Sarp başını çevirip arkaya baktı yeniden. Arkadaşları bıraktığı yerde duruyordu. "Siz kimsiniz?"

"Resill yaptığı hatayı eyleminin ayyuka çıkmasıyla iyice derinliğine gördü. Ama ok yaydan çıktı bildiğiniz gibi. Şimdi tek yapılacak şey sizin olay yerini onarıma girişmeniz."

Sarp kim olduğunu söylemekte nazlanan ip gibi zayıf adamın yardım etmek istediğini ilk kez derinden hissetti. "İçerde silahlı kimseler var mı?" diye sordu.

"Başlangıçta titizlikle seçilmiş 38 kişilik seçme bir komando birliği mevcuttu Albay Resill'in hizmetinde. Dalgalar onları da etkilemiş olabilir. Tam olarak ne durumdalar şu anda bilmiyorum. Yorgun ve yılgın olmaları mümkün. Bazıları ölmüştür çoktan. Bu açıdan bir atak beklemiyorlar. Şaşırtma gücünüz de olacak."

"Siz kimsiniz peki?"

Kırmızı pelerinli adam bedenini ona doğru çevirince yapısı daha da inceldi. Bir bacağı ve kolu yoktu."

Adam pelerinini hafifçe yukarı doğru sıyırdı ve yeniden aşağı doğru saldı. Sağ bacağı ve kolu yoktu. Bedeninin yarısı tümden mevcut değildi galiba.

"Adım Carl Resill. Eski yapımın diğer parçasına göre biraz daha zayıf, ama olumlu yarısıyım. Manyetik alan sayesinde bomba nedeniyle ölmedim. Bilinen anlamda insan değilim artık. Daha sonra ağırvarların saldırısına uğrayınca niyet yönünden farklı, ama hacim açısından iki eşit parçaya ayrıldım. Beni onlar hayatta tuttu."

"Ağırvarlar."

"Sizin yanınızdalar ve çok güçlüler. Yoksa bu koskoca dağ 'yandı bitti kül oldu' tekerlemesinde olduğu gibi ufalanır giderdi."

"Diğer yarınız peki? O da sağ mı?"

"Diğer Resill evet. Karavarlar da onu besliyor. Kalan insanlar arasından bir mesih çıkartabilmek için sonuna kadar direnecek. Evanjelist akıl Mesih gelmeyecekse insanlık da olmasın diye düşünüyor. Ben yüzümü insanlığın selametine döndüm ve size yardıma geldim."

Sarp küçük şoku hızla atlatırken, "Şansımız ne kadar?" diye sordu.

"Dedim ya bir güç sizi beklenmedik açıdan soktu oyuna. Şaşırtma avantajını iyi kullanabilirseniz belki başarabilirsiniz. Mutlaka sağlam bir tuzak mevcuttur. Görünüşe kanmayın. Kurnazlık diz boyu burada. Vakit te daralıyor, biraz acele etmeniz lazım."

"Bizle beraber mi geleceksiniz?"

"Sizin elinizi sıkacak ve yapımı sonlandıracağım. Bu aşamayı görebildiğime ve sizle tanıştığıma çok memnun oldum Bay Sapmaz."

Adamın eli soğuk ve sertti, ama ölü eli gibi değildi. Yapısında bir kıpırtı vardı."

"Ben de Bay Resill."

"Yolunuz..."

Ağzından çıkan son kelimeyle birlikte adamın bedeni atomlarına ayrıştı. Görünmez hale geldi.

Sarp şaşkın ve müteessirdi. Tekrar aşağıya baktı. Herkesin gözü üzerindeydi. Eliyle gelmeleri için işaret etti.

*

Nesrin giderek büyüyen ışıklı noktaya büyülenmiş gibi bakmaktaydı. İçerideki ışık giderek artmaya başlamıştı. Son menzile varmak üzereydiler. *Rahman ve Rahim olan Allah'ın adıyla. Alemlerin Rabbı Allah'a hamd olsun. O Rahman'dır, Rahim'dir. Mükâfat ve ceza gününün sahibidir. Ancak sana kulluk eder, ancak senden yardım dileriz.* Bir sona doğru yürüyorum duygusu nefes aldığı hava gibiydi. Her hücresini boyamış kırmızı ve acı bir boyaydı adeta. O yarım adamın zerrelere ayrılıp kendini hava şeklinde soluttuğu düşüncesinden sıyrılamıyordu. Korku ve dehşet tozları. *Sen bizi doğru yola ilet. Nimet verdiğin kimselerin yoluna.* İçinden bildiği duaları okurken Fatiha süresinden başlamıştı. Annesi ve yakın akrabaları şu anda sağsa, onların da manevi yardımını dileyen yanı cayır cayırdı. Esas ve üçüncü köprüyü birazdan geçecekti. *Gazabına uğramış ve sapıkların yoluna değil. Amin.*

Helga o kırmızılı adamı düşünüyordu. Sarp onun yarım ve kararsız bir yapı olduğunu, kendisine dokununca atomlarına ayrıldığını söylemişti. Ona dokunmuştu. Adamın bildiği her şeyi ona anlattığına yemin ederdi. Oyunbaşı tek bir kelime bile sarfetmemişti bu konuda. Sadece şaşırtıcı baskın müjdesiyle moral vermişti. Bundan çıkan anlam açıktı. Kelimelerin betimlemekte yaya kalacağı bir şeyi görmek üzereydiler. Serüven romanlarında gözüpek denizciler dünyanın bittiği yere varıp oradan okyanusların döküldüğü o dipsiz ve karanlık uçurumu falan anlatırlardı. Şimdi bu tür öykülere ilham veren şeyin sadece coğrafik bilgi eksikliğinden değil, ana gerçekliğe yamanmış diğer gerçekliklerin baskısıyla oluştuğunu da hissetmekteydi. Tekrar mümkün olsa da derse girse ve ayakları kunduralı öğrencilerine ilhamın yüzdüğü karanlık ve tekinsiz sulardan bahsetseydi. Kırk yıllık yaşamı burada noktalanmak üzereydi oysa. Böyle baladvari bir sona doğru yürüdüğüne sevinen bir yanı da vardı. Caroline Catteway gibi ölmeyeceğine memnundu. Gidecek, bakacak, görecek ve ölecekti. Belki... Bu kâinatta bir kaydı varsa yani, öyle umuyordu, uzayda salınan bir tutam ilham tozu, esin sporu olarak dört bir yanda dolanıp duracaktı.

Sophie'nin içinde bir sabırsızlık vardı. Bir an önce karanlık tünel bitsin ve arkasında ne olup bitiyorsa görsün istiyordu. Paris'te o berbat günlerde Andre'yle birlikte bir sürü çürümeyen ceset imal etmişlerdi. Şimdi sıra artık kendilerindeydi. Morali çok sağlamdı ama. Benzinle yanmanın eşiğinden dönmekle bu benzersiz yolculuğu ve deneyimi yaşamıştı. Bir dinlerarası katedral dolusu seyirci için film çekmekteydiler. Yeşerttikleri umudun altıda bir hissesine sahipti. Az sonra göreceği şey ne olursa olsun, Dupin sokağındaki evde kömürleşmediğine memnundu. Bunda manevi bir anlam da vardı. Kutsal bir amacın ana bileşeniydi. Azize Meryem ana, Hz. İsa ve yüce rab yardımcısı olsundu. Yan gözle Andre'ye bakarken bakışları birleşti. Adam sevgiyle gülümsedi. Bir çocuğun annesine sevgisi yükü de vardı bu bakışta. Dinsizin anne sevgisi trampleninden yaylanarak Aziz meryem ananın kollarını hissetmesi. Söylesen itiraz ederdi. Gözü Sarp'ın aynanın üzerine yatırdığı bastona takılınca dün gece Andre'yle plajın uzak bir yerinde ter içinde birbirlerine sarıldıklarında hissettiği şeyi hatırladı. Bir çeşit rüya gibiydi. Mavi denize baktıkları bir terasta oturuyorlardı. Yanlarında şimdi kim olduklarını çıkaramadıkları biri oturuyordu. Deniz tanıdık gibiydi. Ama bütün mavi denizler biraz tanıdık değil miydi? Sükun ve ferahlama dolu anlardı. Rüyada görmek bile yatıştırıcı, moral verici bir etki yapmaktaydı.

Andre sevgilisinin bakışlarındaki metaneti ve o diğer şeyi görmekten memnundu. Yılgınlık zamanı değildi şimdi. Dün gece seviştikten sonra güçsüz dalgaların kıyıdaki şıpırtısını dinlerlerken beyninde çakan sahnelerden kadına söz etmemişti. Batıl itikattan. Söylerse gerçekleşmeyeceğinden korktuğu için. Anlatılan rüyaların çıkınlarındaki gerçeklik kumunu döktüklerini söylerdi annesi. Tatile çıkmışlardı. Bütün vartalar atlatılmış olmalıydı. Çünkü içlerinde gerilimin, kuşkunun, endişenin zerresi bile yoktu. Huzur diyeceği geliyordu. Denizin yumuşatıcı, bağrına basıcı kütlesinden fışkırmışçasına bir huzur. Önlerinde gittikçe büyüyen ışık kalbine yapışmış korku balçığını yıkamaktaydı adeta. Elini ayağını tutuklaştıracak şeylerden hızla arınıyordu. Tetik çekecek parmağı kaşınıyordu. Dünyanın başına bu belayı açan puştları kalbura çevirmek için sabırsızlanıyordu. Hiper Murphy'nin itkisiyle ikinci dalga vurmasaydı acaba şimdi ne durumda olurdu sorusunu beyninin içinde sürekli olarak evirip çevirmeyi de bırakmıştı. Hazırdı.

David idrak edemediğim için inanıyorum diyen ünlü din adamının bu sözlerle ne kastettiğini anlamama saniyeler kaldı diye düşünmekteydi. Bir önsezi şeklinde bu kapalı ve korunmalı geçişin sadece görüşü anileştirmeye, yani keskinleştirerek soyutlaştırmaya yönelik olduğunu hissetmekteydi. Buradan bütün dünyayı etkileyecek güçte bir çeşit enerji çıkışı olmuştu. Böyle bir oluşumun çevresine yaptığı etki tasavvurlara sığmazdı doğal olarak. Normal gözlerin görüş alanına da pek az kısmı vururdu. Herkes fıtratı ve farkındalık gücünün elverdiği kadarını kavrayacaktı. Sarp'ın acele ederek onların bir şey sormasını engelleme hamlesini buna yormaktaydı. Kelimeler ayaklara palanga olsun istemiyordu. Çıkışta dirayetli ve metin durmaları çok önemliydi. Son adımlar işte diye düşünürken birden çişinin geldiğini farketti. Neyse ki, basınç fazla değildi. Bekleyebilirdi biraz.

*

Zirveye sarmalanmış dev yılan gözden silinmişti. Bu açıdan bakınca görünmüyordu daha doğrusu. Uzaktakileri korkutmak için kurulmuş bir holografik korkuluktu belki de. Ehven bir açıdan olay yerinin tam göbeğine dahil olmuşlardı. Şimdi hızla silahlı düşmanın yerini saptamak gerekiyordu, ama Sarp da diğerleri gibi ağzı bir karış açık gördüğü şeylerin anlamını kavramaya çabalamaktaydı.

Mağaranın açıldığı yamaç tatlı bir eğimle Resill'in bahsini ettiği olay yerine iniyordu. Yamaç otsuz, bitkisiz siyaha yakın kahverengiydi. Kayalar kuvars içeriyormuş gibi pırıl pırıldı. Buraya vuran enerji dalgası kayanın kimyasal yapısını etkilemişti besbelli. Tam önlerinde devasa bir piramit durmaktaydı. Kare şeklindeki tabana oturan piramitin taban kenar uzunluğu elli metre kadardı, ama boyu en az bir kilometre olmalıydı. Çünkü Sarp uç noktayı ne kadar çabalasa da göremiyordu.

Yine alışıldık geometriyi sollayan bir durumla karşı karşıyaydılar. Bu yükseklikte bir piramitin üst kısmı arkalarındaki yükseltiye rağmen görünmesi gerekirdi. Ancak mağara bitince zihinlerine açılıvermişti.

Piramitin gövdesi yer yer şeffaf ve kıpırtılıydı. Kıpırtıda bir patron olabilir miydi? Sanki akıllı su moleküllerinden yapılmış gibiydi. Piramidin tepesini iyi göremiyordu. Tepeden gelen yarık tabana kadar inmekteydi. Üç beş metre eninde bir yarıktı. Bulundukları açıdan içini iyi göremiyorlardı, ama ana gövdeyi iki parçaya ayıran bir boşluk olduğu neredeyse kesindi.

Piramitin kendilerine göre solda kalan yüzünde, tabanda dışarıya taşma vardı. Bu taşma kıvıl kıvıldı. İnanılmaz bir hareketlilik içersindeydi. Yarısı kayaların altında kalmış yüz elli iki yüz metre boyundaki dev bir hortuma benziyordu. Ana gövdeden farklı olarak alacalı bulacalıydı. Yarı şeffaftı. İçinde ışıklı noktalar yanıp sönmekteydi.

Sağ yanlarında o dev tünelden geçerken gördüklerine benzer dipsiz bir uçurum uzanmaktaydı. Göz alabildiğine uzanıyordu. Buradan görünmüyordu, ama dibinin bulutlarla kaplı olduğuna yemin ederdi. İnanılmaz güçte bir tersyüz ediliş baskısı saçmaktaydı. Böyle bir coğrafik alan bu bölgede eskiden mevcut değildi. Ağrı dağının eteğinin şehre bakan tarafına eklemlenmiş olan bu tür uçurumlar dünyanın hiçbir yerinde mevcut değildi. Patlamanın sonucu oluşan yeni gerçeklik olay merkezinin topografyasını yeniden düzenlemişti. Uçurumların yedek mesajlarından biri arkalarında kalan gerçeklikle ilişkilerinin tamamıyla bittiğiydi. Onlar geçtikten sonra arkalarında kalan her şeyle aralarına derinlikleri bulutlarla yüklü olan dipsiz uçurumlar girmişti.

O sinyal verilen mağarada patlatılan atom bombasının enerjisine müdahale edilince yarık piramit oluşmuştu. Piramit de bir çeşit elektromanyetik alan enerjisini radyo dalgaları gibi bütün dünyaya yayarak normal hayat denen şeyi çığrından çıkartmıştı. Aradaki duraklamalar ağırvarların gayretiyle oluşmuştu. İnsanların teknik bir başarısı falan değildi. Bu kadar büyük bir enerjiyi soğurup dönüştürecek güce sahip olan şey neydi acaba? Ve de onu yukardan aşağı yaran enerji vardı tabii. O olmasa dünyadaki insanlı yaşamın pili bir haftada biterdi. Hatta altı günde.

Sarp dünyadışı bir zekânın disiplinini hissetmiyordu. Biz bizeyiz duygusu çok güçlüydü. Terra Dogon dünyalıydı. Biraz kendini topladığında planı kafasında belirmişti. O dev solucan gibi yarısı toprağa gömülü yerden girmeye kalkmak intihar girişiminden başka bir şey olmayacaktı. Yarıktan dalacaklardı içeriye. Buradan göründüğü gibi gibi masum bir açıklıktı inşallah.

Sarp daire olalım diye işaret yapınca yoldaşlarının beşi de anında reaksiyon verdiler. Kendilerini yeterince toparlamışlardı. El ele tutuşarak daire oldular.

Sarp, Resill'in olumlu yarısının anlattığı şeyleri özetledi ve "Buraya kadar varabilmiş olmamızı çok olumlu görmekteyim." dedi. Bakışlarda aşırı korku ve yılgınlık görmediği için memnundu. "Eğer mümkün olursa yarıktan içeri dalacağız. Darbe planım çok basit. Helga ile Nesrin yedek kuvvet olarak arkadan gelecek. David, Andre, Sophie ve ben ateşli silahlarla içerideki askerlere baskın vereceğiz. O kıyıdaki aynalara rağmen şaşırtıcı etkimiz olacağından neredeyse eminim. Bu büyük bir avantaj. Bu tarafı iyi kullanırsak belki de misyonumuzu başaracağız. Bize destek olan gücü açıkça hissettiniz. Kalbimizde kötülüğü yenebilme müjdesi şeklinde çakan bir ışık gibi. Sonucunun tanığısınız. Bizi sistemin en zayıf yeri olması muhtemel olan yarığa ulaştırdı. Buna karşı tepki de bizi çevreleyen uçurumdur. Uçurum iyi ya da kötü değil. Düşman ya da dost olmadığı gibi. Karşılıklı etkileşimin sonucu. Antalya'dan başlayarak arkamızda bıraktığımız yol, iz her neyse, kesik şu anda. Buradan yeni bir başlangıca ya da ölümümüze geçeceğiz. Allah yardımcımız olsun."

"Amin."

"Amen."

Andre de dahil beşinin aynı anda tepki vermesi yüzleri tebessüm ettirmişti.

"Bir şey daha." dedi Sarp. "Sizleri tanıdığıma çok memnunum. Moralinizi yüksek tutun. Mücadeleyi asla zihninizde kaybetmeyin. Gerisi kendi gelir. Haydi. Bir saniye bile durmak yok. Herkes gözünü dört açacak."

*

Altı kişilik oyun ekibi hiç sorunsuz eğimi indi ve göğü delecekmiş gibi yukarılara uzanan yarığa vardı. Sarp bir elinde baston, bir elinde ateşe hazır tabanca içeri girdi. Diğerleri beklemekteydi. Dante'nin tasvir ettiği cehennemi ve cezaları epey nahiv bulan olan Sarp daire şeklindeki büyük salonu ve tam ortasındaki çukuru görünce insan zihninin öklid geometrisine yatkınlığını düşündü yeniden. Salon boştu ve korumasızdı. Bunda bir gariplik yoktu. Çünkü yirmi metre yarıçaplı dairenin tam ortasında üç metre çapında bir kuyu vardı. Ve kenarlardan itibaren parlatılmış siyah ve simli mermere benzer bir zemin bu deliğe doğru kırk, kırk beş derecelik eğimle kesik bir koni oluşturmak üzere uzanmaktaydı. Çukurun ağzı girişten on beş metre kadar aşağıdaydı. Adımını atan kendini çukurun dibinde bulacaktı yani. Çukurun yerinde bir zamanlar o eşsiz mağara vardı. Kadim bilgiler mahzeni kimbilir kaç bin metre çökerek ve niteliğinden sıyrılarak sonsuza dek kaçmıştı ellerinden. Koni şeklindeki oluşum ellerinde dağcılık gereçleri bulunsa bile geçemeyecekleri bir engeldi. Zeminin üzerine bir şey çakılabileceğini sanmıyordu. Duralüminyumdan falan uzun bir köprü de ancak tam ortadan doksan derece açıyla çıkan bir parçası olmadan işe yaramazdı. Tam ortadan doksan derece sola dönmeleri gerekmekteydi çünkü.

"Ne yapıcaz?"

Sarp tam David'e bir şey diyeceği sırada ayaklarının dibinden başlayan izlerin ortaya doğru ilerlediğini ve oradan doksan derece açıyla sola döndüğünü farketti. Dikkatle baktı. Yanılmaktan korkuyordu. Neyse ki, yanlış görmemişti. İzler gerçekten vardı. Ayakkabı izi gibiydiler. Sarımsı bir ışıltıları vardı. Bastonun ucunu çok yavaşça kendine en yakın ize doğru uzattı. Bunu yapabilmek için öne doğru bir adım atması gerekmişti. Mide kasları sertleşmişti aniden. Bastonun ucu ize değince sert bir cisimle karşılaşmış gibi geriye doğru kuvvet uyguladı, ama tık çıkmamıştı. Yanılmaya korkarak ucu bu defa daha sertçe dokundurdu izin üzerine. Yine ses yoktu, ama galiba izleri taşıyan olağanüstü şeffaf bir tabaka vardı. Umutlanmaya korkarak bastonla şeffaf tabakanın enini araştırdı. Altmış-yetmiş santim genişliğindeydi. En azından başlangıç kısmı öyleydi. Ne kadar gayret etse de ileriye doğru uzanan şeffaf köprüyü göremiyordu.

Kararsızlık zamanı değildi. Önden birileri yürümüş ve karşıya geçmişti. İzlerden sayılarını kestirmek kolay değildi. En az üç beş kişi olmalıydı. Adımını ilk izin üzerine koyup vücut ağırlığını yavaşça yükledi. Arkasına bakacak hali yoktu, ama nefeslerin tutulmuş olduğunu hissediyordu. Karnında mide büyüklüğünde buzdan bir kalıbı hissederek ikinci adımı attı. Çok açıkça bir taşıyıcının üzerinde durduğu belliydi. Dengesine dikkat ederek geriye döndü. Yüzlerindeki ifadelerden İsa'nın suyun üzerinde yürürken havarilerinin ne hissettiğini hayal edebilmekteydi. Terra Dogon onlara bir arka kapı aralamıştı. Zamanın çok sınırlı olduğunu hissediyordu.

"Bir... Şeffaf köprü var." dedi. "İçinizdeki en ağır kimsenin ben olduğum düşünülürse yeterince sağlam gibi görünüyor. Üzerinde bizden önce geçmiş kimselerin ayak izleri var. Haydi harekete geçiyoruz."

*

İkinci adımı atabilmek yeniden yürümeyi öğrenmek kadar anlamlıydı diye düşünen Andre izleri takiben sola döndüğünde, derinliği belirsiz olan çukurun tam üstündeyken, yukardan kayalıklardan bakarken gövdesinin yarısı toprağa gömülmüş gibi duran silindir şeklindeki tüneli gördü. Sekiz metre kadar yükseklikteki tünel alabildiğine uzanmaktaydı ve ray döşeliydi. Dışarıda gördükleri metal aksamlarda olduğu gibi burada da her tarafı pas sarmıştı. İçerisini görünür kılan yanan sönen, yer değiştiren, renk değiştiren, ama çoğunlukla sarının bir tonu kalan sayısız minik ışık kaynağıydı. Alacalı bulacalı ateş böceklerinin şovu gibiydi. Tünel kusursuz düzlükte değildi. Bazı yerlerde ufak tefek kıvrıntılar yapmakla birlikte diğer ucundaki gün ışığı belli belirsiz sezilebilmekteydi. Çıkış yerinin görülebilmesini engelleyen şey bir vagondu. Henüz iyi seçemiyordu, ama birden fazla vagon vardı sanki. Bir de müzik sesi duyduğuna yemin ederdi. Çölde çok uzaklardaki bir vahanın kokusunu alan deveye benzetmişti kendini. Dikkatli adımlarla eski izlerin üstüne basarak yürüdü. Ansızın gözlerinin önünde Gilbert ile Jean belirince soğukkanlı davranıp dengesinin bozulmasına izin vermedi. Hasımlarının yüzleri kızgın ya da korkunç değildi. Giysilerinde kan man da yoktu. İkisi de sağ kollarının gömleklerini dirseği aşacak şekilde sıvamışlardı. Sol elleriyle kollarındaki damarları kontrol ediyor gibiydiler. Birkaç saniye süren vizyon yok olduğunda Andre adamların neyi ima ettiklerini sezer gibi olmuştu. Şartlar elverişli olsaydı bunu hemen Sophie'yle konuşmak isterdi.Toprak zemine bastığında içinin rahatlamasının ne kadar göreceli olduğunu farketti. Hemen yakınlarda bir tehlike belirtisi yoktu. Kulak verince müzik sesini yine duydu. Dalga halinde bir gelip bir gitmekteydi. Başını çevirip iyice yaklaşmış olan Sophie'ye serbest eliyle 'sakın konuşma' işareti yaptı. Bunu hemen onun arkasından gelen Sarp da görmüştü. Başını çevirerek arkadakileri aynı şey için uyardı. Andre final aşamasını muazzam derinlikteki uçurumlar, akıl almaz yükseklikteki şeffaf piramide rağmen aşırı sakin bulmaktaydı. Aklından bunlar geçerken birşeyi daha hissetti. Hep olan, ama farkındalığının zilini yeni çalan bir şey. Piramidin içinden tünele doğru bir akım vardı. *Tek gidiş akımı Andre.* Andre hiper Murphy'e karşılık verilmediğini farkında değildi. Heyecanlanmıştı. Çıplak ayaklı yaratıklar gerçekliğini yaratan ve havadan ağır cisimlerin uçmasını engelleyen şey buradan çıkmaktaydı. Dünyayı yeniden formatlayan motorun tam göbeğindeydiler.

Sophie şeffaf köprü bitip de toprağa ayak bastığında hâlâ gövdesi sert, ama içi kıpır kıpır olan piramitin ve koni şeklindeki çukurun etkisindeydi. Sağ elinde ateşe hazır bir silah tuttuğunu şöyle böyle farkındaydı. Koninin dibindeki çukurun çok derinlere uzandığını hissediyordu. Lisede coğrafyadan hep on alan biri olarak ne kadar az seyahat ettiğini düşündü. Avrupa'yla sınırlı kalmıştı hep. Japonya'ya, Burma'ya, Patagonya'ya giden arkadaşlarının hikayelerine özenen yanı çoşkulu bir tembeldi. Parası da vardı. Zamanı da. Uzun yolculukları hep ertelemiş ve sonunda dünyanın gidilebilecek en aşırı yerine varmıştı. En uzak kavramı artık bir kürenin üzerindeki eğrilerin en uzunu demek değildi. Ve sadece arkaları değil, çevreleri tümden uçurumlarla kaplıydı. Dipleri bulutlu uçurumların derinliğinin dünyanın çapından fazla olduğuna kalıbını basardı. Ulvi'nin sık sık sözünü ettiği Kaf dağına varmışlardı. Dünyayı çepeçevre sarar, dışında karanlığın hüküm sürdüğü, bitimsiz uçurumlar sessizce kuytu beklerdi. O yaşta kuytuyu hep sessizlik gibi algılardı. Sessizliğin beklenmesi aklında hoşuna giden gizemli bir soyutluk yaratırdı. Kimsesizlik kavramının kulbu yoktu o sıralar zihninde. Bir sürü arkadaşı vardı. Ayda ortalama üç kez yaşgünü partileri düzenlenmekteydi. Akşamları yorgunluktan yatağa yığılır gibi gittiği zamanlardı.

Kader böyle bir şeydi demekki. Muhterem babası okkalı bir mafioz olan, sıradan birine böyle bir serüveni bahşetmişti. Üstelik cayır cayır yanmasına saniyeler kala. İçinde şeffaf piramide ayak bastığından beri beliren garip bir istek yeniden kıpırdaşınca kollarındaki iğne deliklerini görmek için tenine baktı. İz miz yoktu haliyle. Saymak istiyordu. 14 müydü, 15 miydi diye.

Ansızın bir şey Sophie'nin kafasına dank etti. Saniyelerdir farkettiği bir şeye ayıktı. Çıplak ayaklı kurbanların insan aklından imalini sağlayan malzemeyi piramit üretiyordu. Paris'te başlarına gelen her şey kendi marifetleriydi. Uçakların kanadını ağırlaştıran, televizyon yayınlarını bloke eden, etki kendi öz ve öz düşünceleriydi. Annesi kötü bulduğu kimseler için vicdan kapları çatlamış derdi. O çatlaklardan sızan neyse kendisini buraya kadar getirmişti. Yan gözle Sarpla fısıltıyla konuşan Andre'ye baktı. İri yarı Türk oyunbaşının yanında biraz narin duruyordu. Başka zaman olsa Sarp'ı daha en baştan itibaren bir çeşit Ulvi olarak görmeye başlamasını irdeler dururdu, ama iki erkeği kıyaslayan yanı çok sönüktü. Burası haliyle onların zihnini de etkilemekteydi. Bir şey daha vardı ayrıca. Masalların dışında Kaf dağına varıp da geri dönmüş biri var mıydı acaba? Öyle olsa Kaf dağı mı kalırdı bu zamana dek. Andre yanına gelince tabancasız eliyle belini okşadı ve "Dün gece seni rüyamda gördüm" dedi.

"Sahi mi?"

Erkeğinin koyu renk gözlerinde sevgi salvoları fışkırdı. "Evet. Bir yerde… Deniz kıyısında bir yerdeydik."

Sophie aynı rüyayı gördüklerini hemen sezmişti. Uğursuzluk getirmesin diye kendini zorlayarak bundan söz etmedi. "Haydi bakalım."

Andre eğilip dudaklarından hafifçe öptü.

Genç kadının aklına kapının ağzında iki parçaya ayrılan davetiye gelmişti nedense. Gözleri dolmak üzereydi. Bunu engellemek için adamı tekrar öptü ve sessiz kaldı.

Helga iki Fransızın öpüşmelerini sonradan hatırladığında kopan bir şeyi yapıştırıyordı sanki diye düşünecekti. Öpücükler bir çeşit lehimdi. Sevgi ve ayrılık çatlaklarını yapıştırmada üzerlerine yoktu. Parmaklarında çok hafif bir titreşim hissetmeye başladığı için düşünceleri başka yöne kaydı. Yan gözle Nesrin'e baktı. Tam bunu soracağı sırada kadın çekik ela gözleri merakla yanarak, "Parmaklarım karıncalanıyor hafiften." dedi.

Helga başıyla olumladı ve ani bir dürtüyle David'e baktı. Adam da ona bakmaktaydı. Buruk gülümsemelerimiz havada buluşup öpüştü diye düşündü.

Güdük kalmış şair yanı buradan başla ve kur gerisini şiirin tatlım diye fısıldamaktaydı. Adamı pejmürde kıyafetliydi, seyrek beyaz telli sakalları uzamıştı, ama ilk tanıdığı güne nazaran daha genç ve dinamik bir görünümü vardı. Kemerine iliştirdiği tabancayla kaşarlanmış bir ajan gibi görünmüyordu. Gerektiğinde silahı etkin bir şekilde kullanacaktı yalnız. Yüzünden heyecanı açıkça okunuyordu, ama korkar bir hali yoktu. Herkes gibi. Huşu bazlı bir şey onları umarlı tutmaktaydı. Adam düşüncelerini hissetmiş gibi parmağını dudağına değdirip ucunu üfledi. Sonra belli belirsiz içini çekerek Sarp'a döndü. Başını salladı. Helga şeffaf köprünün zemindeki izleri düşündü. Sarp'a sormak isterdi şimdi zaman olsaydı. Kimlerin adımıydı? Şeffaf piramiti ve dağı yaranların mıydı? Böyle birileri var mıydı? İnsan mıydılar? Nesrin'e baktı. Kız da gidenlere bakmaktaydı. Bakışları karşılaşınca, "Allah yardımcıları olsun." dedi.

"Öyle."

Kadın bu ana dek George'un çürümek bilmeyen cesediyle baş başa olsaydım ne yapardım diye düşündü. Nesrin İstanbul'da arkadaşı öldükten sonra yalnız kalmıştı. Ve aylarca dayanmıştı. Helga buradan sıyrılmak mümkünse, daha farklı bir dünyaya, Müslüman deyişiyle inşallah New York'a dönmek nasip olacaksa David'le hayatını birleştirecekti. Bu yaşadıkları serüvenler nedeniyle kendileri de artık asla normal bir çift olmayacaklardı, ama aynı şey dünya için de geçerliydi. Dünya da eski dünya olamazdı artık. Dünün gözlüklerini çıkarıp atmak lazımdı demekki. Dünya toromesk bir tarza bürünmüştü.

Nesrin dörtlünün gidişini daha fazla izleyecek hali yoktu. Boyun kasları mesele değildi. Ne olacaksa hemen şimdi olup biteceğini hissediyordu. İstanbul'da ılık suyun içine gömülmüş durumda hapları yutarken hissettiğinden daha güçlü bir duyguydu. Şeffaf köprünün üzerindeki izleri görür görmez yürekleriyle ilintilendirmişti. Belki aptalca bir şeydi bunu düşünmek, ama onlardan önce oradan geçen olmamıştı. Yüreklerinden çıkan bir şey geçişi müjdelemek için iz şeklinde belirmişti. O izi yapabilme kapasiteleri şimdi en zorlu işlerden birine girişmişti.

Aklına yıllar önce Fehmi'yle birlikte izledikleri bir film gelmişti. Sarp'ın bu geçişin usturuplu bir şekilde kapatılması gerek sözleri üzerine hatırlamıştı. Amerika'daki küçük bir şehirde haşarı lise öğrencileri bir polis arabasının egsozuna iki üç patates tıkayarak motoru çalışır durumdaki aracı sabote ediyorlardı. Fehmi çok gülmüştü bu duruma. Sonradan o sahne nasıldı ama diye defalarca bahsini etmişti. Bayağı iri biri olmasına rağmen böyle çocuksu yanları vardı. Köprüden aşağı atlamasının nedeni çocuksu hareket alanının tamamen bittiğini hissetmesiyidi belki de. Duyarlı bir insandı taş gibi güçlü görünmesine rağmen. Sarp gibi. Sarp öyle olmasa şeffaf köprü birinci adımda çöker giderdi. O korkunç gıpgri korudaki suya daldığında geri gelebilmesi gibi. Yürek adımları olmadan salt akılla ya da kas gücüyle yapılabilecek işler değildi. Tüneli aydınlatan kıpırtılı ışıklarda da kötücül bir yan hissetmiyordu. Yürek adımlarına eşlik eden ışıklardı, ama gene de ilk olay gününde Bağdat caddesine yığılmış arabaların farlarının söndüğü anları düşünmeden edemiyordu. Uzaktan çok hafif bir müzik sesi duyulmaktaydı. Duyma sınırına yakın olduğu için yeni farketmiş olmalıydı. Bir şey sırtına hafifçe dokununca irkildi. *Hah, geldiler. İyi saatte olasıcılar.* Fatoş'un laflarına aldırmadan arkasına baktı bir şey göremedi. Helga düşüncelere dalmıştı. İkinci minik dokunma bir yanılsama olasılığını kaldırmıştı ortadan. Arkasında bir şey göremiyordu. Tam Helga'ya sesleneceği sırada kadının irkilerek önce arkasına sonra da ona baktığını gördü.

"Hissettin mi sen de?"

Sarışın kadın başını salladı. "Ne bunlar ya?"

Nesrin bilmiyorum diyeceği sırada Sarp'ın sesi kulaklarını doldurdu. 'Bunlar bizden yana olanlar. Ağırvarlar. Bizden yanalar. Korkmayın. Sakın yerinizden kıpırdamayın.'

Nesrin Sarp'ın anlattıklarından bu Ağırvar denen şeylerin süreci yavaşlattığını, yoksa şu ana kadar insanlık diye bir şeyin kalmayacağını hatırladı. Tünelin sonunu görmeden bir şeyi hayıra yormaya korkan yanına rağmen sevinmişti.

David tabancası ateşe hazır durumda Andre'nin arkasında yürürken geçen yılın 15 Kasım gününü düşünmekteydi. Bir şey kapıda kendisini Helga ile birleştirmişti. Kadın olmasa ve evine yalnız gitseydi hayat bambaşka olurdu. İlk zamanlarda çevrede müsait kadınlar vardı, ama buraya varış davetiyesi her nedense Helga'ya endeksliydi. Resill beyin iyi yarısının anlattığı şeyleri düşününken vardığı sonuç beş metre kadar yaklaştıkları birinci vagonun hemen ardında bir düğüm kurmuş olmalıydı. Andre'nin sözünü ettiği müzik sesini harekete geçmeden hemen önce duymuşlardı. O andan beri ses kesikti. Acaba geldiklerini mi haber almışlardı? İçinden bir ses şaşırtıcılığımız sürüyor demekteydi. Raylar pas içindeydi. Sanki yüzyıldır kullanılmamışlık duygusu vermekteydi. Traverslerin yüzeyleri çatlaklarla yüklüydü. Tünelin zemindeki toprak yürürlerken neredeyse hiç ses çıkarmıyordu. Bitmişlik ve eskimişlik ışımaktaydı eşya. Etraflarındaki minik ışıklı noktacıklar hariç entropi cenneti diyeceği bir tükenmişlik hakimdi her yere. Buruşmuş, kırışmış, lekelenmiş giysileriyle bile çok diri, taze, canlı kanlı duruyorlardı.

"Take me home, country roads..."

Andre dönüp bakınca Sarp devam işareti yaptı. Birinci vagonun sol tarafındaki aralık duran kapının hizasına gelmişlerdi. On metre kadar ileride aynı cinsten arka arkaya duran iki vagon daha vardı. Daha yakın olanın ön tarafına yakın duran bir yığın kir pas içindeki eşyalardan biri onlara dönük yüzünde kocaman kobalt mavisi harflerle Flyby Co. yazılı kocaman bir metal kutunun üzerinde duran trasistörlü radyodan geliyordu ses. Maziden ekoydu bir çeşit. Son haftalarda atmosferde radyo yayını falan kalmamıştı artık.

Andre başını uzatıp aralık duran kapıdan içeri göz attı ve eliyle boş işareti yaptı. Demekki bir şey varsa bu öndeki vagonlarda olmak zorundaydı. Daha ilerisini çıkışa kadar rahatça görebilmekteydiler. Sarp tünelin ağzından içeri giren zerreleri açıkça hissetmekteydi. Giderek şiddetini artırmaktaydılar.

Tam o sırada müzik birden susunca çalan parçanın tanıdıklığının dikkat dağıtıcı nostaljik etkisinden sıyrılan Sarp bastonla kendisine bakan Andre'ye 'şimdi' işaretini verdi. Andre ve Sophie bulundukları yerde kaldılar. Sarp, David'le birlikte rayların sağ tarafına geçtiler. Öndeki vagona doğru yürümeye başladılar. İki tarafta da göz alabildiğine tek bir kıpırtı görülmemekteydi, ama içinde çalan alarm kampanası son saniyelerde bayağı güçlenmişti. Dananın kuyruğu inceliyordu giderek.

Sağ ve sol tarafta aynı anda hareket belirdi. Andre ve Sophie'nin silahları ard arda patlamaktaydı. Düşmanın yığınağı sol taraftaydı belli. Vagonun tam orasında durdukları için Sarp bir taşla iki kuş vurabilmek için öne doğru koşmaya başladı. Vagonun ön yüzüne vardıklarında köşeden karşılarına çıkan asker uzun zamandır normal yaşama sahip biri değildi. Zombilik ötesi salt ölüm öncesi bir yerde duruyor olmalıydı dirim ibresi. Komando giysiliydi. Ayakları postallıydı. Göz bebeksiz gözleri ve donuk yüzüyle korkutucu bir hali vardı. Sarp'ın sağ eli bastonu kaldırırken diğer yandaki atışlar sürmekteydi. Resill'in zayıf ama olumlu yanının kurnazlık diz boyu demesi geldi aklına. Askerlerin bu tünelde uzun süre bilinen anlamda sağ kalamayacaklarını düşünmeliydi. Diğer Resill karavarların enerjisini kullanarak kurşun işlemez askerlerden bir takım kurmuştu anlaşılan. Bu nedenle bellerindeki tabancaları çekmemişlerdi.

Bastonu kafasına yiyen asker yere yığılıp hareketsiz kalıverdi. Tahtanın uca yakın yerinden iri bir kıymık kalkmıştı. Sarp bastondaki ilk zaaf belirtisine şaşan yanından hızla sıyrıldı ve adımlarını hızlandırdı. Diğer yana döndüğünde gördüğü manzara çok berbattı. Mor cüppeli incecik bedenli bir adam yavaş ve seken adımlarla tünelin diğer ucuna doğru yürümekteydi. Beş adet komando giysili askerlerden biri Sophie'yi yere yatırmış boğazını sıkmaktaydı. Andre'nin kafasından vurduğu iki asker diz çökmüş durumda toparlanmaya çabalamaktaydı. Diğer iki asker onlara yönelmişlerdi.

"David kafalara ateş ediyoruz."

Kurşunlarla sarsılan, yüzleri darmadağın olan askerlere baston tedavisi uygulayınca adamlar niyetlerini terk edip yere yığıldı. Bu arada Andre'nin silahı tekrar çalışmaya başlamıştı. Kafaları iyice dağılsa da Resill'in askerleri safdışı olmuyordu. Sadece yavaşlıyor ve yön duygularını kaybediyorlardı. Sarp, Sophie'nin üzerine eğilmiş olan askerin kafasını temelli dağıtırken iki şeyi birden farketti. Kız soluk almıyor gibiydi. Boynunda mosmor parmak izleri çıkmıştı. Ve bastonun ucundan yirmi santimlik bir bölüm kopmuştu.

Diğer iki askerden biri tabancası olduğunu hatırlamıştı galiba bir şekilde. Adam silahını çekerken iki taraftan kurşunlara hedef olmaktaydı, ama gene de kurşunu biten Andre'yi tam göğsünün ortasından vuracak atışı yapabilmişti. Fransızın erik yeşili tişörtünün önü kan içindeydi. Andre şaşkınlıkla onlara baktı ve öne doğru bir adım atmak istedi. Dizleri kesilince yere çöktü ve sonra yüzükoyun yere kapaklandı. Sarp bastonu askerin eline indirince tabancayla birlikte bilekten koptu. Göz bebeksiz iri yarı asker tükenmişti bu arada. Sağ yanına yıkılarak hareketsiz kaldı. Diğer asker diz çökmüş durumdaydı hâlâ. Bastonun son kullanma tarihine hızla yaklaştığını düşünen Sarp adamın yulaf lapasından yapılma beynine kurşun tedavisi uygulaması için David'e bir işaret yaptı ve tünelin geldikleri yönüne doğru koşmaya başladı.

Tek bacaklı habis yaratığa hemen yetişti. Bir metre mesafeden tabancasında kalan iki kurşunu sırtına boşalttı. Adam tökezleyince tabancasını beline iliştirip yanına gitti. Andre ve Sophie'nin kaybı nedeniyle öfkesi tsunami gibi kabarmıştı. Bastonu arkasına monte ederek vampiri gebertecekti. Niyeti buydu, ama birden vagonların olduğu tarafta bir hareketlilik belirdi.

En uçtaki vagonun yan kapısı açılmıştı. İçeriden yeni zombi komandolar çıkıyordu. Sayıları bayağı fazlaydı. En az yirmi kişiydiler. Ellerinde tabancaları vardı. Mağaranın kapısıyla aralarında büyük bir engel belirmişti. Dava burada kaybedilmiş gibiydi. Sophie ve Andre ölmüştü ve onların kaçmaları mümkün değildi. Böyle bir ekibe ellerinde bir uçaksavar olsa bile karşı koyamazlardı. Sarp komandolara bakarken yarım Resill doğrulup kalkmış ve zıplaya zıplaya adamlara doğru yürümeye başlamıştı.

Sarp çaresizlikle düşünürken birden üç metre kadar önündeki duran parlak bir şeyi fark etti. Yanılmaya korkarak dikkatle baktı. Bu bir Torom'du. İçi sevinç ve umut dolu Terra Dogon'un ona bir zırhlı araç ayarladığını düşündü. Solunda duran David'e yanıma gel işareti yaptı. Sonra arkasında duran Helga ve Nesrin' e bağırdı. "Çabuk gelin. Çabuk."

Kararlı ve metin tavrı etkili olmuştu. Kadınlar arkaya doğru kaçma isteklerini yenerek hızla yanına geldi.

"Dinleyin. Bir torom var. Onu kullanarak zombi komandolara yakalanmadan mağara kapısına gitmeyi deneyeceğiz. Daha önce böyle bir şey yapıldığını sadece masal şeklinde dinledim. Denemekten başka çaremiz yok. Saniyeler sayılı. Şimdi herkes bana ve birbirine sarılsın. Tek parça olacak ve öne doğru üç-beş adım atacağız. Allah isterse torom bizi yapısına kabul edecek. Otostop yapacağız. Bismillahirrahmanirrahim. Haydi."

Yapışık kardeşler şeklinde çok ağır ve hantal gelen adımları atmaya başladıklarında zombi komandoların tabancaları onlara doğru yönelmeye başlamıştı. Torom'a on-on beş metre kadar yakındılar. Kırmızı pelerinli Habis Resill en öndekinin kulağına bir şey fısıldayınca boyu iki metreye yakın komando koşmaya başladı. Normal hayatında sevimli kıvırcık saçları olan iri yarı asker bu yarı ölü durumda kötücül bir android gibiydi. Koşarken silah tutan eli onlara yönelmekteydi. Sarp bir eliyle bastonu, diğer eliyle arkadaşlarını tuttuğu için silahla karşılık veremezdi. Uzak mesafeden kurşunların bir işe yarayacağı şüpheliydi zaten.

Torom'a basmak üzereyken komandonun silahı ateş kusmaya başladı. O vagonda ne kadar hareketsiz oturmuştu bilmiyordu, ama hareketlerinde bir tutukluk vardı. Koşarken sol ayağı aksıyordu. Tabancanın kurşunları da bir tavanı bir de önlerindeki toprağı vuruyordu.

Kalpler deli gibi atarak toromun üstüne bastılar. Birinci saniye hiçbir şey olmadı. İkinci saniye de. Sarp hâlâ ümitsiz değildi, ama kurşunlara hedef olmaktan korkuyordu. Yeri döven kurşunlar hızla onlara doğru yaklaşıyordu. Sonunda tanıdık bildik karıncalaşma bedenini sardığında sevinçle titredi. Nesrin ona önden iki eliyle sarılıp yüzünü göğsüne gömmüştü. Zombi askerleri görmek istemiyordu. Dudakları kıpır kıpır dua ediyordu. David solundan, Helga sağından sarılmıştı. İkisinin de gözleri yumuktu. Hallerinden bir çeşit transta oldukları belliydi. Torom'un fiziki yapısı zihinlerini etkilemişti. Kimsede panik hali olmaması çok iyiydi. Sükunet ve teslimiyet hali yaşanıyordu.

Sarp dışarıyı eskisinden farklı görmeye başlamıştı. Sanki kehribar renkli ince bir camın arkasından bakıyordu. Bu defaki torom deneyimi diğerlerinden farklıydı. Normalde bir torom onun diğer gerçekliğe ait bir mekâna geçmesini sağlardı. Dönüş o malum asansörle yapılırdı. Şu an öyle bir şey olmuyordu. Ve dev zombi askerin tabancasının namlusu elli santim kadar yakınına sokulmuştu. Askerin elbisesinin ne kadar yıprandığını, perdahlanmış gibi kılsız olan yüz derisinin cansız griliğini ayrıntılarıyla görebiliyordu. Namlunun ucu alev ve dumanla sarsılınca Sarp gayri ihtiyarı kurşundan sakınmak istedi, ama bir milimetre bile kımıldayamadı. Namlu defalarca alev kustuysa da kurşunların hiçbirisi kozanın içine nüfuz edemedi. Buna rağmen Sarp'ın mide kasları sertleşmişti. Diğer üç arkadaşı hayal âlemindeydi. Olan bitenden habersize benziyordu. Göz bebekleri neredeyse beyazlaşmış olan askerin öfkesi ve çaresizliği yüzünden okunuyordu. Yanına gelen iki arkadaşıyla bir şeyler konuştu. Sarp mırıltı şeklinde duyuyor, ama ne dendiğini anlamıyordu.

Birden koza hareketlendi ve üç askere çarparak onları yere yıktı ve mağara kapısı yönünde ilerlemeye başladı. Hızı tırıs giden bir at gibiydi, ama üç asker kozanın çarpmasıyla yere saçılmıştı. Yüzleri şaşkındı. Sadece birinin elinde tabanca hâlâ duruyordu. Fena dağılmışlardı.

Koza ilerlemeye devam ediyordu. Askerler önünden kaçıyordu. Kızıl pelerinli Habis Resill'in tek gözü öfke ve şaşkınlık yüklüydü. Askerlere ateş etmeleri, bir şey yapmaları için emirler yağdırıyordu. Zombi komandolar emir dinlemiyordu. Kozanın varlığından etkilenmişlerdi. Bulundukları yerden kozanın hareketini izlemeyi yeğliyorlardı. Bacaklarında ve kollarında da mecal kalmamıştı sanki. Hareketleri sarsaklaşmıştı. Biri yere yuvarlandı. Diğerleri onu takip etti. Az sonra ayakta duran bir zombi asker kalmamıştı.

Koza deforme olmuş bir yarım daire şeklindeki mağara ağzının hemen üç metre kadar önünde durdu. Dairenin çapı on iki – on beş metre, yüksekliği de altı metre kadardı. Sarp Atlantis Demir'i denen şeye dokunacak kadar yakın olduklarını düşündü. Bulundukları yerden bir şey görünmüyordu, ama yakınlık ucu batan bir bıçak gibi gerçekti. Huşudan ensesindeki kıllar dikleşmişti. Arkadaşları hâlâ trans halini koruyordu. Koza onları yapısından çözünce hafifçe denge kaybı yaşandı. Bu herkesi ayıltmıştı birden.

David, "Demek olay yeri bu." dedi bir çeşit mahmurlukla. "Vardık ve galiba ölü değiliz."

Sarp "Evet." deyince derin bir nefes aldı.

Nesrin kollarını Sarp'ın belinden çözerek etrafına bakındı. Helga da yanı şeyi yapıyordu. Elli metre kadar arkada kalmış askerler tarafında bir hareket yoktu. Yerde kıpırtısız yatıyorlardı.

"Sarp bu…"

Helga'nın lafının tamamlamasına izin vermeyen şey bir uğultu ve onlara doğru hareket eden şeylerin varlığıydı. Tek kelime etmelerine zaman kalmadan hareketli tanecikler tarafından kuşatıldılar.

"Bunlar Ağırvarlar merak etmeyin." dedi Sarp. Terra Dogon'un planının ne olduğunu anlamıştı. Oyun ekibi mağara ağzına varabilirse Karavarların hedef şaşırtma özellikleri sonlanıyor ve Ağırvarların tüm güçleriyle en doğru yere çullanmalarını sağlıyordu. Göz açıp kapayana kadar mağaranın ağzı örülmüştü. Eğer zombi askerler tarafından öldürülseydiler bile, belki biraz daha yavaş olarak aynı süreç yaşanacaktı. Onların buraya adım atabilmeleri en önemli hamleydi. Sarp sol bileğindeki saate baktı. Hâlâ çalışır durumda olması şaşırtıcıydı. "Saat 14.53. Allahın izniyle Dördüncü Dalga sona erdi ve başkası da olmayacak artık."

Unutulmaz bir andı. Dört kişi gözleri ve yanakları yaşlı bir vaziyette birbirlerine bakıyorlardı.

Onların dışında gözlerini görebildiği alanda canlı biri yoktu. Başta Resill olmak üzere askerlerin hepsi yerde hareketsiz yatıyordu. Daha ileride iki arkadaşlarının bedenleri güç de olsa seçilebiliyordu. Bu yerde işleri bitmişti.

*

Sarp etrafları gökyüzü kadar derin hissi veren uçurumla çevrili olmasına rağmen tünelden çıktığı için memnundu. Güneşin batmasına daha saatler vardı. Bu kadar çok şeyin bu kadar az zamanda olup bitmesi şaşırtıcıydı.

Andre ile Sophie'nin cesetlerini yan yana toprağın üstüne yatırmışlardı. Sarp iki ölü bedenin başında durmuş kendini onlara açmıştı. David, Helga ve Nesrin dostlarını çevrelemiş bir şekilde durmaktaydılar. İki Fransızın teni sayısız benler şeklinde Ağırvar malzemesiyle kaplıydı. Kendileri daha şiddetli ağırvar bombardımanına maruz kalmalarına rağmen vücutlarında tek bir tane ben yoktu. Bunda bir hikmet olmalıydı. Ve vardı. Sophie ve Andre'nin bedenlerinde bir çeşit enerji dolanıyordu. Bu onların yaşam kayıtları denen şeyi kozalamıştı. Böylece dağılmalarını engelliyordu.

"Tam ölmediler değil mi?"

Sarp, Helga'ya bakarak başıyla olumladı. "Ağırvarlar dirim kayıtlarını muhafaza ediyor. Ne kadar sürer bilmiyorum, ama can denen şey bir şekilde bedenlerinin içinde hâlâ. Yalnız kalpleri duralı yarım saati geçti. Bu bedenlerin artık bir işe yarayabileceğini sanmıyorum. Başka bir süreç.."

Sarp zamanın herkes için dar olduğunun bilincindeydi. Bu nedenle hareketin birinci kısmını hemen tamamlamaya karar vermişti. Kemerine tabanca gibi iliştirtirdiği bastonu çıkardı. Kovboy filmlerinde uzun namlulu tabancasını çekip silahın topunu ya da içinde kalan kurşunları kontrol eden bir aktöre benzediğinin farkındaydı. İyice kısalmış bastonun sadece sapında güç vardı. Ne kadar işe yarayacağını bilmiyordu, ama denemekten bir şey kaybetmezdi. Eğilip bastonu Sophie'nin göbeğine koydu. Işıkta boynundaki mor lekeler daha belirgin görünmekteydi. Kadın yarı aralık gözleriyle uyumak üzere olan birine benziyordu. Kadının sol elini alarak göğsündeki kanları hâlâ tam pıhtılaşmamış olan Andre'nin sağ eliyle birleştirdi. Adamın parmakları kadının parmaklarıyla iyice kenetledi. Sonra bastonu aldı ve ikisi birden kavramış gibi ellerine tutuşturdu.

Üç yoldaşı merakla onu seyretmekteydiler. Yüzlerinde umut ışıkları vardı. Sarp elinden gelenin azamisini yapmaktaydı. Bastonda hâlâ ciddi anlamda bir güç vardı. Postacı inşallah kapılarını ikinci kez çalacaktı.

"Gelin şöyle geçelim."

Cesetlerden on beş-yirmi metre kadar uzağa gittiler. Sarp onlara zarar verebilecek denli şiddetli bir reaksiyon beklemiyordu. Kendi enerjilerinin süreci etkilemesinden sakınmaktı amacı.

David başını çevirip uzun uzun piramiti süzdü. Alttaki egzos deliği tıkandıktan sonra şeffaf yapısı hızla matlaşmaya başlamıştı. Hızla yapıbozum aşaması gelecekti ardından. Bu uçurumlarla çevrili yerden acilen çıkmaları gerekmekteydi. Bunun için iki dişli çatal misali bir beklentisi vardı. Aynı nedensellikten fışkırmış iki sonuç. "Ağırvarlar olmasa hapı yutmuştuk."

"Buralarda bir mağarada eşsiz bir şey vardı." dedi Sarp. "Tam içinde patlayan bir atom bombasından şu yarık piramidi inşa etti. Bombadan amaç yıkıcı bir enerjinin dünya ahalisini bitirmesiydi. Kıyametçiler mehdi lafı ederler, ama bunlar ölüsever kimselerdir. Aklı başında herkes mehdinin simgesel bir anlamı olduğunu bilir. Onlar da bilirler. Bu sapıkları amaçları için kullananların niyeti dünyadan insanı silmekti. Neredeyse de başarıyorlardı. Süreç şu anda durdu. Piramitin yarılması sayesinde oldu bunlar. Kara Külah'ın işi malum. Atmosfere salınan enerji sadece insanların zihinlerini değil, etrafa yayılmış duran diğer bellek ünitelerini de harekete geçirdi. Genetikle sadece bedenlere has bilgiler değil bellek de nakledilyor diyen en yeni teorileri ve bunları kanıtlamak için öne sürülen deneyleri hatırlayın. Bir şekilde kolektif bellek oluşuyor. Küresel hafıza diyelim. Havaya yayılan enerji burayı etkiledi. Tarih boyunca yapılan kıyımların da bu bellekte olduğunu unutmayın. Yalnız anladığım kadarıyla bize biraz postmodern taraf musallat oldu. Son yüzyıl içinde yapılan kıyımlara kurban olmuş kimselerle haşır neşir oldunuz. Biraz yerel hava da vardı. Amerikalılara

Vietnam'dan, Guantanamo işkencehanesinden, Irak'tan, Suriye'den ve şimdi de Somali'de katledilen insanlardan, işkence gemilerinden falan teşkil edilmiş yaratıklar geldi. Fransızlar'a Vietnamlı ve Cezayirliler musallat oldu. Nesrin'e de kendi zihin yapısına uygun yerel gerçeklikten bilet kesildi. Balkanlarda, Anadolu'da ve Kafkaslarda öldürülen milyonlarca Türk ve müslüman, tehcir sırasında salgın hastalıklar ve çetelerin baskını nedeniyle hayatını kaybeden Ermeniler, Hocalı katliamında ölenler, Saddam'ın gazla katlettiği Kürtler, konsantrasyon kamplarında canveren Museviler, Gazze'de katledilenler, Cezayirliler, Vietnamlılar, Srebrenica'daki müslümanlar, Irakta katledilenler, kıyıma uğrayan Filistinliler, Kızılderililer, Oberijinler, Hiroşima ve Nagazaki'ye atılan atom bombaları vb. say say bitmez marifetlerimiz. Bu kadar kıyım, bu kadar eziyet tarih sayfalarında bulandırılmasına, önemsizleştirilmesine rağmen küresel kayıtlarda 32 kısım tekmili birden duruyordu. Esas patlayan bomba buydu. Kahır ve eza bombası. Ağırvarların başlangıç malzemesi de küresel kayıtlarda mevcut olan bir şeydi. Terra Dogon bu yandan güç aldı. Onu pekiştirdi. Anne sevgisi, dostluk, estetik yaratıcılık güdüsü, vefakârlık, insancıllık, tanrıya inanç, kulluk bilinci, iyicil bilime inanç, çocuk sevgisi, yurt sevgisi, dünya çapında refah toplumuna inanç, kötülüğe galebe çalan, arızalı yanımızı dizginleyen ışığın çağrısı gibi şeylerdi. Bunlar eza birimleriyle karşılaşınca birbirlerini etkileyip dünya üzerindeki hayatı koruma yönünde tavır aldılar. En büyük başarıları piramiti yarmalarıdır. Yoksa ikinci dalga bir hafta içinde dünyadaki hayatı sonlardı. Size gelen çıplak ayaklı şiddet mağdurlarının düşmanca bir tavır içinde olmadıklarını hatırlayın. İsteseler bir hafta bile dayanamazdınız yaşamaya. Yapmadılar. Ayrıca seçilip gitmenizi de tasvip ettiler. Yalnız kahır tarafı daha ağır olduğu için yavaş yavaş iyi yanları güç yitirmekteydi. Eğer şu lanet yeri tıkamasaydık işimiz biterdi."

"Bir yanım burada Ağrı dağında sel felaketinden kurtulan bir gemiye inanırdı hep." dedi Nesrin.

"Küresel kayıtları yüklenmiş bir gemi vardı belki de o mağarada." dedi David. "Homo sapiens öncesinde bile belki. "

"Artık yok mu yani?" dedi Nesrin.

"Kim bilir." dedi David yan gözle Sarp'a bakarak.

"Koskoca kâinatın yaratıcısının yedeksiz çalışacağını hiç sanmam." dedi Nesrin.

"Daha önce de dedim, dünyadışı zeka olması gerekmez." dedi Sarp. "Milyarlarca yıl önce dünyanın oluşumu sırasında yapısı tamamlanmış bir şeydi belki de. Nebuladan güneşin oluşması süreci kadar doğal bir yapıdır bir ihtimalle."

"Şeffaf köprüdeki ayak izleri kime aitti acaba?" dedi Helga kısa bir sessizliğin ardından.

Sarp bunu çok düşünmüştü, ama açık seçik bir fikri yoktu. "Bilmiyorum." dedi. "Belki oraya bizden önce ulaşanlardır. Bu durumda çarpışma belirtileri olurdu. Arkada iz kalırdı. Belki… Belki de niyetimizdi. Bize hazırsınız madem, buradan geçin sinyalini verdi. Kesin bir şey söylemek zor."

Sarp sözlerine devam edeceği sırada yan gözle bakmakta olduğu yerdeki hareketlenmeyi farkederek eliyle orayı işaret etti. Sophie ile Andre'nin cesetlerinin üzerinde kehribar rengi bir duman belirmişti. Sanki o renkteki arılardan oluşma hareketli bir küme gibiydi. Onlar bakarken küme yavaşça küre halini aldı ve birden gözden silindi.

"Neydi bu ya?"

"Bastonda kalan enerji ikisine ait yaşam bilgilerini postaladı." dedi Sarp Helga'ya.

"Nereye peki?"

"Oyunun başladığı yere. Haslett Oteli. Orası eskisine göre daha barışçıl bir belde artık. Ferruh bey gibi bir hamileri de olacak."

"Ama." dedi David. "Orası hâlâ mevcut mu?"

"Mevcut." dedi Sarp. "Bize kapalı yalnız."

"Stabil mi peki?" diye sordu David. Kızının gittiği tatil beldesinin güvenirlik durumunu iyi bilmek isteyen bir baba gibiydi.

Terra Dogon'un sözlerini hatırlayan Sarp, "Umarım." dedi.

David içini çekerek başını sallayınca "Şunun daha açık Türkçesini de söylesen." dedi Nesrin.

"Kesin bilemem tabii." dedi Sarp. "Kimse bilemez. Ama sezgilerim çok uzun bir süre varkalmaya devam edecek diyor. Ferruh bey binlerce yıl kapalı kaldıktan sonra orayı kendine tatil beldesi olarak seçmezdi yoksa."

"Biz ne olacağız peki?" diye sordu Helga.

"Hemen şimdi iki şeyden birini yapmamız gcrckccck." dedi Sarp. "Nasıl söylesem, şu uçurumdan aşağıya kendimizi salmamız lazım."

Üçünün de sözlerini ciddiye alan tavırları sezgilerinin çıkarsamasıydı.

"Diğer yol nedir?"

Sarp Nesrin'e gülümseyerek, "Biz burada dikilmeye devam edersek o bize düşecek." dedi ve eliyle uçurumun kıyısını işaret etti. Kıyı belirgin bir şekilde kendilerine yaklaşmaktaydı.

Gerisi şaşkın, korkulu bakışlar, anlaşılmayan mırıltılarla dolu birkaç saniyecikti. Buradaki mevcudiyetleri bitmiş gitmişti.

7

GÜMRÜK KAPISI

"O kenef otele döndük yeniden."

"Burası Haslett oteli değil."

"Doğru."

"Bunu bekliyordum." dedi Sarp. " Otel farklı. Gerçek otel. Yer de farklı. O Antalya taklidi yerde değiliz. Kafamız da yerinde."

Resepsiyon kürsüsünün önünde duruyorlardı. Yerdeki halıdan, mobilyalara, dışarıdan gelen seslere kadar her şey bir zamanlar tanıdıkları bildikleri dünyaya aitti.

"Efendim sizi biraz beklettim. Bavullarınız limuzine yüklendi. Tekrar bekleriz efendim. İyi yolculuklar."

Otuz yaşlarındaki uçuk mavi gömlekli ve kırmızı kravatlı kumral adam saygılı bakışlarla gülümsüyordu. Sarp, "Biz de teşekkür ederiz." dedi. "Otelinizden çok memnun kaldık.Öyle değil mi arkadaşlar. Hoşçakalın."

Yeşil gözlü resepsiyonistin yüzünde hallerinde bir gariplik saptadığını belli tek bir işaret görememekteydi.

"Güle güle efendim."

Otelin kapısına doğru yürürlerken iki küçük şirin kızı olan genç bir çift ellerinde iki bavul içeri girdiler. Halleri tavırları son derecede eski normal hayattakine benzemekteydi.

Dışarı çıktıklarında açık gri limuzinin beklediğini gördüler. Limuzin şoförü orta yaşlı uzun boylu bir adamdı. Sarp'ın diğer enerji katlarına geçişlerden çok iyi tanıdığı bir simaydı. Hiç bozuntuya vermeden adama göz kırptı ve "İşte geldik." dedi.

Dört kişi karşılıklı oturunca araç hareket etti. Sıcak, güneşli, modern bir tatil beldesindeydiler. Öğle üzeriydi hâlâ. Sokaklar güzel havanın rahatlığını hissettiren normal insanlarla doluydu. Sarp bir çok yere benzettiği kasabayı daha önce görmediğinden emindi. Tiplere bakılırsa bir Akdeniz kasabasıydı burası. Türkiye'den alıntıydı. Aslı değildi. Geçiş için düşünülmüştü. Uyarlanmıştı daha doğrusu.

Araba küçük kasabayı geçip tek tük araçların göze çarptığı yola varınca bir süre sessiz kalarak yolun iki yanında görünen doğayı izlediler. İki yanda da yeşil kırlar ve ekilmiş tarlalar uzanmaktaydı. Sağ tarafta ufukta büyükçe bir dağ durmaktaydı. Ağrı falan değildi. Sarp Ilgaz dağına benzetmekteydi, ama bunu söylemedi.

"Heyyy... Şuraya bakın."

David solunda duran küçük buzdolabını açarak bir süredir hepsinin zihninde duran şeyi gerçekleştirmişti. Meyva suları, biralar, maden sodaları, ambalajlanmış sandviçler ve bir şişe şampanya karınlarının açlığını ve susuzluğunu hatırlatmıştı.

Sandviçlere ve içeceklere deli gibi saldırdılar. Sarp Kınık maden suyu, kadınlar meyva suyu, David de tekel birası içmekteydi. Sarsıntısızca yol alan arabada kanlı canlı ve sıhhatli olarak oturmaktan ötürü acaip mutluydular.

*

"Birazdan The Big Fix filmini seyretmek isteyenler ellerini kaldırsın."

Bütün eller havaya kalkınca Henry memnuniyetle sırıttı ve kucağında duran tabağından bir kaşık makarna alıp ağzına attı ve "Ardından da Darker Than Amber." diye ekledi homurtuyla. "Ferris, Suzy'siz yapamaz malum."

"Susan da aşağı kalmaz." dedi Bob.

Ferris'in gözleri bir an için dalmıştı. Suzy Kendall ile Susan Anspach'ı kıyaslıyor olmalıydı.

"Makarna bugün çok lezzetli." dedi Henry. Gözleri neşeyle parlıyordu. Üzerinde petrol mavisi bir tişört ve krem rengi pantolon vardı. Adeti olduğu üzere ayakkabılarını çıkarmıştı. Gri çoraplarından soldakinin topuğu iyice erimişti. Kumral, dalgalı saçları sıhhatle parlıyordu. Taş çatlasa otuz beş yaşında görünmekteydi.

David artık mevcut olmayan bir çalışma odasında ve şu andan en az on yıl geride olduklarının bilincindeydi. Önünde duran sehpadaki boş tabağına ve yarısı içilmiş kahveli brendi bardağına baktı. L şeklinde duran iki rahat deri divana oturmuşlardı. Henry karşısındaydı. Sol yanında Siyah gömlek giymiş olan Ferris oturmaktaydı. Kahverengi gözleri alaycı bir zekayla parlamaktaydı. Başını çevirip sağındaki Bob'a baktı. Piposunu doldurmaktaydı. İyi ki çalışma odası küçük bir balkona açılmaktaydı. Kapıyı açıp içeriyi havalandırıyorlardı. Bob içlerinde tütün kullanan tek kimseydi. Henry on beş yıllık sıkı bir içicilikten sonra sigarayı bırakmayı başarmıştı. Buna rağmen 2017 yılında akciğer kanserinden ölecekti.

Gözü masasının üzerinde duran USA Today gazetesine ilişince uzanıp aldı. Tarih 21 Mart "2005'ti. Stefan beş yaşındaydı. Babası sağdı. David'in kalbi manda yüreği gibi genişlemişti. Şimdi gidip babasını bir görse. Mümkün değildi. Zaman sınırlıydı. Hissediyordu.

David açık gri bir limuzinle normal dünyaya doğru yol almakta olduğunun bilincindeydi. Bu sahne mazmoz değilse eğer, birazdan tüm belleğine kavuşacağının bir işaretiydi.

"David ne oldu ya? Daldın birden."

David gülümseyerek Ferris'e bakarken odadan yavaşça çözüldü. Arkadaşlarının yüzünde tek kıl bile oynamamıştı. O tarihteki David yerinde oturmaya devam etmekteydi çünkü.

David'in limuzinde oturduğu yerde gözlerini açması bir bilgisayar faresinin sol tuşuna tıklamak gibiydi. Odadan sıyrılıvermişti. Yan gözle Helga'ya hızlı bir bakış attı. New York'a dönünce ilk işi kadınla evlenmek olacaktı. Bulabildiği herkesi düğüne davet edecekti. Başlarından geçen serüvenlere inanmayanlar bile gelecekti. Sonra okulları yeniden işlevsel kılacaklar ve çocukları yarık piramit ahlakıyla yetiştireceklerdi. Daha serbest, sorgulayan ve bağlantısız. Gönüllerdeki meslekleri arayan talebeler. Belki zamanla ekolü bile kurulurdu. Sarp'ın tabiriyle Dijital Kafes'e giriş süreci bir süreliğine kesintiye uğramış durumdaydı.

Bu arada eski karısını ve özellikle oğlu Stefan'ı arayacaktı. Kahır dalgaları Londra'yı çok şiddetle vurmuş olmalıydı, ama oğlunu sağ olarak görebilme ümidi içinde çok yeşerik durmaktaydı. Bunu onun hâlâ sağ olduğuna bağlayan yanı cayır cayırdı. Bir de otobüsçü Arkon'a sarılıp, 'Karıma verdiğin mutluluk için teşekkür ederim dostum.' diyecekti. Daha sonra bir fırsat yaratıp Ağrı'da oturdukları kahveyi ve Mesut beyi ziyaret edecekti. Aslında bunu ekip halinde yapmalıydılar. Türkiye'de çok zaman harcayacaktı belli ki.

İçtiği her yudum bira normal dünyaya kavuşma ümidini artırıcı bir etki yapmaktaydı. Diğer etki de uykusunun bilincine bir sis gibi inmesiydi. Dostlarının yanındaydı. Güvendeydi. Bunu dert etmesi için bir neden yoktu.

*

"Pısst fıstık. Arabama biner misin?"

Helga bisiklet sürmekteydi. Hayallere dalmıştı. Yanı başında beliren beyaz mustanga biraz irkilerek baktı. Direksiyonda lacivert tişört giymiş, siyah kısa saçlı bir adam oturmaktaydı. Helga frene basıp durunca arabayı beş metre kadar önüne park etti ve dışarı çıktı. Tişörtünün önünde Discovery–Mir buluşması resmi olan adam George'tu. Bu tişörtü unutmamıştı. İki ay kadar sonra bir kebap partisinde yağ fışkırmasıyla kullanılmaz hale gelecekti. Bir haftalık nişanlılarken. O halde… Yıl 2006 mayısı, taş çatlasa hazıranıydı. Hudson sokağında tişörtlü erkekler ve ince yazlık elbiseli kadınlar görüyordu. Hazirandı herhalde. O yılın aralığında nişanlanacak, 2007'nin mayısında evlenecek ve balayı için St. Petersburg'a gideceklerdi.

"Ben sizin bildiğiniz kızlardan değilim bayım."

Adam kendine iki kolunu yanlara açarak kendine çok yakışan bir şekilde gülümsedi "Nerede yanılmış olabilirim peki?"

Helga karnında kelebekler kıpırdaşır durumda bisikletten indi ve adama doğru koştu. Adımları atan o değildi. Genç Helga koştu ve adama sarıldı. Beyaz pantolon ve bordo tişört giymişti. Şimdiki halinden yedi sekiz kilo daha zayıf, on beş yaş da gençti.

O günü hatırlıyordu. Gişede çalışan ve hep beyazlar giyen şişko nemrut karı yüzünden aralarındaki takma adı Moby Duck olan havuzdan gelmekteydi. 14 ile 34 yaşları arasında muntazaman yüzdüğü bir yerdi. 2014'te kapanıp yerine süpermarket açılmıştı. Yakında başka havuzlar vardı, ama hiçbirini canı çekmemişti. George spor konusunda çok maymun iştahlıydı. Durmadan bir spordan diğerine geçip durmuşlarlardı bir ara. Hastalığının ilk evreleri nedeniyle evden çıkmayı istemeyen George yüzünden Helga son üç yılda tekrar yüzmeye başlayacaktı.

Kadın oturduğu yerde içini çekti. Yan gözle David'in ona baktığını hissediyordu. Gözlerini mahsus buluşturmadı. Hüngür hüngür ağlayabilirdi çünkü. Hisleri çalkantılıydı. Genç George'u görmek onu sarsmıştı. Eğer sağ salim New York'a dönebilirlerse George'a bol katılımlı bir cenaze töreni yapacaktı. Ardından David'le yeni bir eve taşınacaklardı. Anlatacakları şeyler dinleyenlerin çoğunda belki biraz masal hissi uyandıracaktı, ama yine de yılmadan özellikle okullarda yarılan piramidi anlatmak gerekliydi çocuklara. Böyle bir felaket tekrar yaşanmamalıydı. Vanecca yaşıyorsa onu bulması şarttı. Anlatacağı şeyler esprisever zeki kadının çok hoşuna gidecekti. Belki nikah şahidi bile olurdu. İlk yapacağı şeylerden biri Rumi'nin o eserini baştan sona okumak olacaktı.

Elinde yarısı yenmiş bir sandviç tuttuğunu farkedince bir ısırık aldı ve iştahla çiğnedi. Kendisi bir kez Yunan restoranında yediği beyaz peyniri pek sevmezdi, ama şimdi domates ve maydanozlu olarak yerken inanılmaz bir tat almaktaydı. Daha yarım saat önce bulunduğu yerle ilişkisini kestiğinin bir işareti gibi görmekteydi bunu. İçindeki huzur duygusu giderek büyümekteydi. Son lokmayı çiğnerken sandviçlerden bir tane daha yemeye karar verdi. Önce biraz dinlenecekti yalnız. Gözlerini yumdu. Azıcık kestirecekti. Çok değil, ama.

*

"Sonracığıma dedim ki, lan bende o göz var mı bunu yutacak."

"İyi demişsin valla."

Dayısı daha önce duyduğu bir böbürlenme olmasına rağmen yüzüne gerçeği çok andıran bir aferin ulan ifadesi yapıştırmıştı. Sabırsızlıkla atmasyon sırasının kendine gelmesini bekliyordu. Babası Nesrin'in 58. yaşgününde aldığı sarı eşofman takımını giymişti. Kısa kır saçlı, iri kemikli bir adamdı. Akrep ve yılan desenli el örmesi halıya değen sol terliği hafiften timsahlaşmıştı. Eşofmanın henüz çok yeni olmasına bakılırsa 2015 yılındaydılar. Kırk yıllık elektrikçi İhsan beyin yüzü bayağı diriydi. Sonradan ikinci bir deri gibi giyineceği o korkutucu zayıflık halini hayal etmek imkansızdı.

"Adamı görcektin. Şaşkınlıktan düşüp bayılacaktı."

Kestiği kıtırların anlık kabul görmesiyle yetinen biriydi babası. Uydurma hikayelerde ısrar edenlerden değildi. Günlük yaşamın sıkıcı ve tekdüze yassıltıcılığına bombe yaptırmaktaydı. Nesrin bu cümleyi bir kitapta okumuş ve ezberlemişti. Şimdi kendi hayatında Ağrı gibi bir yükselti vardı.

"Layığını bulmuş desene."

Annesi çay tepsisiyle içeri girdiğinde kapının zili çaldı. Hiç kimsede bir kıpırdama belirmemişti. Zili bir kez daha çaldığında Nesrin iki şeyin birden farkına vardı. Nesrinler iki taneydi. Çünkü kendisine çok yakışan füme rengi yazlık bir elbisenin altına hiç uymayan mavi tokyo terlik giymiş olan annesi hiç şaşırmadan, özel bir yüz ifadesi takınmadan çay ikram etmişti. Alan parmaklar, dudağa değen ilk yudum, bunların hepsini hissetmesine rağmen 20 yaşındaki Nesrin'le üst üste birbirlerini hissetmeden oturmaktaydılar. İkincisi de kapı onun için çalmaktaydı. Yerinden doğrulup kapıya doğru giderken arkasına baktı. Babası dahil hiç kimse gidişinin farkında değildi. Gözlerine kapalıydı beş yıl öncesine ait kimselerin. Beş yaş genç Nesrin saçlarını arkadan tokayla tutturmuştu. Üzerinde sokak giysileri vardı. Bir yere gidecek gibiydi sanki. En yakın arkadaşı Hatice'yle. İletişim bölümünün ikinci sınıfındaydı ve daha Fehmi yoktu yaşamında.

Kapıda kot takımlı içine yeşil tişört giymiş tanımadığı bir çocuk durmaktaydı. Beyaz spor ayakkabıları yeni alınmış gibi gıcır gıcırdı. Ela gözleri zeka ışıyordu.

"Buyrun kimi aradınız?"

"Terra Dogon kargo şirketinden geliyorum. Nesrin Okova siz misiniz?"

Nesrin gelen var mı diye arkasına bakıp içini çekti. Millet kendi halinde çayını içiyordu. Kapının açıldığının falan farkında değildiler. Karşı dairenin kapısının üzerindeki pirinçten 8 rakamı durmaktaydı. Nesrin bu rakamın karşı komşularla ilgili bilgilerin durduğu şişenin mantarı gibi olduğunu düşündü. Biraz zaman olsa hatırlayacaktı her şeyi.

"Benim."

"Bu size."

Nesrin üzerinde bir şey yazmayan beyaz zarfı aldı.

"Hoşçakalın."

"Yanımda para yok. Kusura bakma."

Çocuk birinci katın sahanlığından merdivenlere doğru yürürken eliyle önemsiz anlamına bir işaret yaptı. "Bir dahaki sefere."

Nesrin kapının ağzında durup zarfı kenarından yırttı. Kahribar rengi bir kartonun üzerine siyah bir tükenmezle tek bir cümle yazılmıştı. 'Köprüyü unutma ve hayatını yeniden tanzim et.' Kartı elinde tutarken o anda limuzinde olduğunu, gümrükten gerçek hayata geçeceklerini, annesini bulacağını, anlatacağı şeylerin milleti aynı anda hem hayrete, hem de kuşkuya düşüreceğini, hafızasını sonunda tümüyle geri alacağını hissederek minnetle Allaha şükretti ve yavaşça sonradan bölük pörçük hatırlayacağı düşlerle dolu bir uykunun kollarına seriliverdi.

*

Sarp sağ tarafta beliren beyaz kubbeli silindir gövdeli iki katlı bir ev büyüklüğündeki yapıyı görünce şaşkınlıkla bakakaldı. Yüz metre kadar ilerideydi ve bir gözlemevine benziyordu. Terra Dogon'un bahsini ettiği astronomik işaret olmalıydı.

Ön cama tıklayınca limuzin durdu. Kapıyı açıp dışarı çıktı. Uyuyan sabık yoldaşlarına son bir bakış attıktan sonra kapıyı kapattı. Şoför saygılı bir tavırla yanında durmaktaydı.

"Şimdi ne olacak Sarp efendi?"

Sarp beyaz bıyıklı, yakışıklı yüzlü adama gülümsedi. "Ben biraz kırlara çıkacağım. Onları gümrüğe teslim edin lütfen."

"Tabii efendim."

"Hoşçakalın."

"Siz de efendim."

Araba ufukta yitip gittiğinde Sarp beyaz binaya epey yaklaşmıştı. Kirli beyaz silindirik gövde ve beyaz kubbeli bina daha önce gördüğü hiçbir şeye çok benzemiyordu. 3-5 metre yaklaştığında hemen bir metre önündeki hava titreşti ve boyut penceresi açıldı

"Sarp işi hallettin aziz dostum."

İbrahim son karşılaştıkları yerde duruyordu. Yüzü memnuniyet ve enerji kaynıyordu.

"Bizi izleyebildiniz mi?"

"Kesik kesikti ama. Çok şey gördük. Burada Karavar diye bir şey kalmadı. Dalga söndü. Normale döndük. Başardın şükürler olsun. Birazdan Çamlıca Camii'nde topluca Cuma namazı kılıp aşağı inecek ve şehri, ülkeyi yeniden çalışır, yaşanır duruma getirmek için çabalayacağız. Herkes müteşekkir, seni hasretle ve sevgiyle, şükranla bağrımıza basmak istiyoruz."

Sarp'ın gözleri dolmuştu. "Oraya hemen varmayı çok isterdim." dedi. "Hemen önümde beyaz bir yapı var. Terra Dogon görüşmemizde bahsini etmişti."

"Nerde gördün onu? Ağrı'da mı?"

"Evet. Ağrıyan adlı bir kahvede. Kara Külah'ın yeni bir hamlesinden söz etti. İçeriğini bilmiyorum."

"Böyle bir hamlenin bilgileri bize de geliyor. Şu anda önemli olan birinci raundu kazanmış olmamız."

"Doğru."

"Gidip bir bak oraya ve sonra görüştüğümüzde başbaşa yeni bir plan yaparız."

"Tamam. Bu arada Aşkın Varoluş ne durumda? Onlarla temas sağlayabildiniz mi?"

"Az önce başlarıyla konuştum. Sana çok selamı var. İşlevi sonlanınca Katedral kendini çözmüş. Şehirde kendilerine ev, büro arayacaklarmış. Berlin'de de şehir nüfusu bayağı azalmış durumdaymış. Bizim gibi onlar da bir arada ve örgütlü kalacaklar. Tor sokağında büyüklük olarak uygun bir vakıf binası varmış. Merkez kadro oraya yerleşecek. Seni bekliyorlar. Torstrabe 23. O bastona ne oldu bu arada?"

"Kullandıkça parçalandı. Kalan parçayı posta pulu olarak kullandım. Andre ve Sophie için. Kahramanca tükendiler. Bayağı enerjikti. Pul onlar için gerekliydi. Kalan tözleri merkezdeki çelişkili güçten etkilenmişti. Yüzde yüz emin değilim ama, oyunun başladığı yerde şu anda."

"Anlıyorum. Kıymetli bir postaymış gerçekten."

"Öyle."

"Sarp hat her an kopabilir. Öyle hissediyorum. Sana bütün arkadaşlar adına başarılar diliyorum dostum. En kısa zamanda görüşmek üzere inşallah. Allaha emanet ol. Hoşçakal."

"Hoşçakal."

Pencere kendini iptal edince binaya doğru yürüdü. Eli silindirik gövdedeki bir iki santim kadar aralık duran kapıya dokunduğunda aklına Sophie ve Andre geldi. On beş defa ölüp dirilmek nasıl bir şeydi acaba diye düşündü. Ferruh bey gibi koruyucu bir dostla o beldede yaşayakalabilirlerdi. Onlarsız gölge doktoru hayatlarının sadece son üç yılını hatırlayan kopillerden çabucak sıkılırdı. Sarp başını çevirip arkaya baktı. Araba çoktan silinmişti ufuk çizgisinden. Arkadaşları gümrükten geçerek yerlerine varmış olmalıydı. Oyunsever yanı vücuduna adrenalin salgılamıştı. Kendini inanılmaz derecede dinç hissetmekteydi. Hazırdı gününü görmeye. Kapıyı ittirip açtı ve içeriye girdi.

4026

Amsterdam – Balçova 2011 - 2021

www.ingramcontent.com/pod-product-compliance
Lightning Source LLC
Chambersburg PA
CBHW060604030726
47498CB00005B/1532